世界文学评论

THE WORLD LITERATURE CRITICISM

第 19 辑

《世界文学评论》编辑部　编

天津出版传媒集团
天津人民出版社

世界文学评论

编辑部邮箱　sjwxpl@126.com

电子阅读 扫一扫

（点开中国知网学术辑刊可下载）

目　录

中外作家学者访谈

欧洲文学研究

美洲文学研究

亚太文学研究

文学理论研究

中国古代文学研究

中国现当代文学研究

比较文学研究

我与世界文学

语言文学教学研究

图书评论与研究综述

Contents

Interview with Chinese and Foreign Writers and Scholars

European Literature Studies

American Literature Studies

Asian Literature Studies

Literary Theory Studies

Ancient Chinese Literature Studies

Modern and Contemporary Chinese Literature Studies

Comparative Literature Studies

I and World Literature

Language Literature Teaching Studies

Book Review and Academic Trends

七十而随心所欲
——刘荒田先生访谈录

刘荒田　邹　茜

内容提要： 刘荒田先生著作等身，影响广大。他创作的主要文学体式是诗歌、散文、随笔与小品，并且形成了鲜明的思想个性与艺术风格。虽然年过七十，但他还是在坚持写作，每一年还发表大量的散文与随笔作品。许多读者都特别欣赏他的才华，关心他的创作近况，本刊在最近就相关问题对他进行了一次访问，他愉快地回答了与诗歌创作与散文创作相关的问题。本文就是根据访谈的原始记录而整理出来的。

关键词： 刘荒田；诗歌创作；散文创作；中外传统；华人文学

作者简介： 刘荒田，美国著名华文作家，曾任美国华文文艺界协会主席、《美华文学》主编。邹茜，武汉大学文学院博士研究生，武汉理工大学外国语学院讲师，主要研究写作学和诗学。

Title: Following One's Heart at Seventy: An Interview with Mr. Liu Huangtian

Abstract: Mr. Liu Huangtian's writings are vastly influential. His main literary genres are poetry, prose, essays and sketches, and he has formed a distinctive ideological personality and artistic style. Although he has passed seventy, he still keeps on writing and publishes a large number of prose and essays every year. Many readers are particularly appreciative of his talent and the recent development of his creative work. This book recently conducted an interview with him on related issues, and he happily answered questions about the creation of poetry and prose. This article is based on the original record of the interview.

Key Words: Liu Huangtian; poetry writing; prose writing; Chinese and foreign traditions; literatures by overseas Chinese

About Author: **Liu Huangtian** is a famous American Chinese writer, former President of the Chinese-Literature & Art Association-in-America and Editor-in-Chief of *The Literati.* **Zou Qian** is a PhD candidate at the College of Literature, Wuhan University, and a lecturer at the School of Foreign Languages, Wuhan University of Technology, focusing on writing and poetics.

邹茜（以下简称“邹”）： 您认为什么才是好的诗歌作品？

刘荒田（以下简称“刘”）： 我已没正经地写诗好多年了，年轻时的狂热，遗留至今的只有欣赏的兴趣。我个人的标准可算“无标准”。打个不恰当的比喻——如隔岸观火，先要好看。具体一点，一曰鲜活。如日本人荒木田守武的俳句：“我看见落花又回到树上，啊，蝴蝶！”二曰有余味，如小林一茶的俳句：“秋夜，旅途中的男人，笨手笨脚补衣衫。”三曰童真或幽默感，日本老人的俳句：“说好一起白头到老/老公啊，你怎么/先把头发掉光了。”

邹： 您认为写诗是否需要才华？

刘： 必须有才华，这是成为卓越诗人的前提。具体点，才华即悟性——敏锐的感觉，从表面进入内核的穿透力以及由此及彼、由个别至普遍的联想力。我从知青年代起读诗、写诗，全力以赴逾二十年，成诗作过千首，出了几本诗集（基本上是自费），得过海峡两岸的诗奖，在20世纪90年代中期却更换跑道，专注于散文随笔写作。原因在于明了自己到底欠缺澎湃的才气，诗思日益枯竭，由此而产生焦虑，生怕自己成为诗道上的“江郎”；为证明自己“还行”，不是沉潜以积累，反而以滥写充数。不再写诗，人就放松了。

强调才气，并非剥夺普通人通过写诗抒发情感的权利。诗是谁都可以写的，以之自娱以及在小圈子交流，和打麻将、打高尔夫有类似的功用。但也需要具有起码的自知之明，不要动不动就把自己封为“天才”。逐步培养鉴别力，和充斥套话、谀语的“老干体”拉开距离，乃为要务。至于诗的外在形式，我并不苛求，无论哪一种，具有纯粹的诗质的作品，就是好诗。

邹：您在诗歌艺术上的主要追求有哪些？

刘：我进入老年后已很少写诗（偶尔为之，只用于写日记）。我1980年移民美国，开头几年忙于学英语，养家活口，暂时离开了文学。数年以后，以大量阅读中国台湾现代诗为契机，尝试写作早年所熟悉的单线、平面风格切割的新作。简言之，走过两个阶段，一是与过去告别。痛感从前的虚伪抒情、血脉偾张的空喊之可恶，致力于清除灵魂之毒，花了十年时间。往往以信笔涂鸦的方式，无腹稿，不假思索，提笔直干，不是为了成篇，而是为了突破早已沉淀为下意识的恐惧，以获得百无禁忌的自由。二是写一种立体的现代诗，可惜自认为很少有出色之作。

邹：您认为海外华文诗歌与中国新诗的主要区别有哪些？

刘：这个题目太大，我囿于阅读范围，无法回答。只说一点感触较深的。美国主流社会很可能不存在专业诗人，作者均另有职业。写诗出于爱好，将之作为精神寄托。我所在的旧金山有一家独立书店，叫“城市之光”，诗人劳伦斯·费林盖蒂（1919年生）于1953年创办，20世纪60年代嬉皮士运动勃兴，著名诗人艾伦·金斯堡在离书店不远的“六艺廊”，赤身露体，首次朗诵长诗《嚎叫》，这一经典之作，旋即被费林盖蒂出版，从此该书店成为该市文化名片。我常常进去浏览，它里面有一个专区，摆放自费出版的诗集，数量和花样之多，叫人惊讶。有一次，我在市内商铺集中的坡街闲逛，看到某酒吧门外贴着一张并不起眼的布告，称今天下午四点至六点举办诗歌朗诵会，我按时进内旁听。一共来了十多人，白人、黑人、拉丁裔和印度裔均有，各人买了饮料，散坐各处。签到处摆着诗人自己的诗集，很薄的一本，是自己打印装订的，价钱便宜。朗诵会开始，作者站起来读诗，大家静听，然后提问、品评、争论，气氛热烈，几乎是毫无隔阂。诗人们也许并无很大的名气，诗艺普通，贵在坦诚。这一类诗歌朗诵会，有时在大街上举办，围观者甚多。在美国，文学人口远远比不上中国，靠写作混饭吃，成功率极低。除非具有天赋加上专业训练，不然，靠写作出人头地、发大财，基本上只是妄想。

邹：您的散文随笔小品的主要追求是什么？

刘：散文和随笔，我很少间断地写了三十多年。题材的主要来源，一是日常生活，从每天所做、所见、所感、所思中撷取材料；二是读书和上网的所得；三是记忆。基本上是非虚构的路子。刻板、平淡的庸常日子，在凡俗的眼光下，因无意外，可预测而被定义为安稳、快乐；然而，文学须充满变数，愈是波澜叠起，出其不意，愈吸引人。是故，如何摆平平常日子的“平”，是写作者第一位的挑战。我别无良策，只出以真诚的态度。中年时代，写诗虽半途而废，但还是具有正面作用，那就是对诗意的感知，部分地获得对“俗气”的免疫力。与芸芸众生并无二致的人生，它所蕴藏的诗的特质，潜伏在我的散文或随笔的底部。

要回答什么是“主要追求”，先说一般的。写作作为职业，作为敲门砖，作为兴趣，作为安身立命之处……各有选择。但有一点是共同的：写出来，让别人读。除了涉及某人、某团体阴私的“爆料”，读到的人越多越好。洛阳纸贵，名满天下，说的是现世。藏之名山，传之其人，是指向后世。“良贾深藏若虚”，“藏”是不让外人见财起意。文人的“藏”，是想战胜伴随时间的蠹鱼、老鼠、雨雪和火灾；还要躲避口诛笔伐，各种各样的“从指挥刀下骂下去”（鲁迅语）。归根到底是为了“传”。说来说去，文人的“软肋”，永远在被人赏识，作品得以流布。所有这些，都以“作品存在”为底线。有了，才分优劣，才有寿命长短的讲究。

我早到了迟暮之年，对名利、不朽的追求已淡化，乃至消失，之所以写下去，只为了对抗无聊。我已离开职场十多年，根据长期观察，老人群体所面对的最大困扰，未必是病，而是源于无所事事的空虚、无聊。从“有无寄托”着眼，生病（指非绝症）让本人有事做，包括跑医院、抓药、交流病况、寻偏方、检查以及等候结果，有“填空隙”的正面作用。是故，把写作当作消遣，十分之卫生、环保，皆大欢喜。不求发表、获奖、出书，写的本身已让我享受淋漓的快意。

邹：您认为新移民文学与留学生文学的主要区别是什么？

刘：随着时间的推移，20世纪八九十年代，国门大开之初，数以十万计的留学生在美国居留、深造，获得学位，那一代人以及比他们更早的台湾留学生，联手创造了“留学生文学”的兴旺时代，出了相当多的名作家和代表作。但是在进入新世纪以后，那一茬留学生（海归的不算）在异国成家立室，大体完成了落地生根的蜕变，这一群体中坚持母语写作的一部分，成为创作海外华文文学的主体，体现于他们的作品中。“异乡为异客”的乡愁思维逐渐被“中西融合”的安身立命思维所取代，直面当下的生存状态，全方位介入所在国的现实。由于环境宽松而寂寞，他们都或多或少地具有较鲜明的识别度，达到了较高的境界。

说到和母国文学的主要区别，我以为有三点：一是贯通华洋的思想自由度；二是主题与题材兼及中西方的传统与现实；三是“宏大叙事”退位，专注于个人、家庭及所在社区。

邹：您认为用汉语写作和用英语写作有什么本质的不同？

刘：这个问题，如果分别向中英语写作者同时提出，那么，本质应无区别。如果问的是我这样以母语写作的移民，只好这样回答：出于对语言本身沦肌浃髓的敬畏，以第二种语言写作想也不敢想。且回头看，学习和运用汉语数十年，写作还做不到心到手到，为表达不尽意、为语不惊人而苦恼，如何奢望写“鸡肠”写出名堂？尽管粗通英语，英语文学作品多少浏览过一些，但论读书时的质与量及其结果，和阅读的汉语书籍根本不能比。

我以为，半路出家者，最大的短板不在英语词汇贫乏、书写不熟练，而是无法建立一个由“暗示”连接成的文化氛围。比如，在母国文学作品里，“江南”岂是与“江北”等量齐观的地理名词？前者蕴涵曲水流觞、丝竹花鼓、烟波拱桥，梅雨、深巷、杏花、莲……然后是“魂兮归来，哀江南”，“白头想见江南”。由此及彼，可知英语世界何等繁复，欲抵达一种游刃有余之境，何等艰难。绝不是说成年后移民、以英语写作的国人无一成功，而是成功的比率是太低太低。

邹：您与“第一故乡”广东佛山之间的关系是什么？

刘：我的人生，简言之为“三山”——土生土长于“台山”，移民后定居“旧金山”，晚年居住在“佛山”。但在佛山这个千年古镇、制造业重镇，只是居住的时间较长，并非“落叶归根”。我回到佛山，有一个难以言传的奇妙感觉，那就是踏实。去国大半生，老感到灵魂难以安定，生命多少处于“悬浮”状态，和大地隔着什么。十多年前，头一次在佛山居处附近的河涌旁边流连，全身被紫荆和落羽杉的美荫覆盖，蓦然悟出：心灵所皈依的“实处”，只能是母土。

邹：您和“第二故乡”旧金山之间的关系又如何呢？

刘：从1980年于兹，我在旧金山这个美国西海岸旅游名城住了四十多年，初来时黑发满头，儿女尚幼；如今是皤然老叟，连儿子也到知命之年。我对它充满感恩。旧金山被中国人称为“大埠”，自从1849年淘金潮兴，我的出生地台山，数以十万计的乡亲抵达这里，其中有我的外祖父。半个世纪前，台山方言居然成为中国人圈子的“普通话”。我和万千先侨一样，在这里谋生，购置房产，安居于太平洋之滨。养育儿女直至他们完成大学教育。凭自己及妻子的劳作，一家人得以温饱。即便是一无所有的新移民时期，也从来没有感到匮乏。

更为紧要的是：我从16岁起立志当作家，偏偏是英语当道的旧金山成全了我这个梦想。

邹：可以再谈一谈其他您感兴趣的话题。

刘：从常识出发，写作者写自己较有把握而换上别人则未必的作品，是成功的捷径。问题在于如何发现并善加利用自己的长处。三十年间，我产量较多的是每篇千来字的小品文，已成五千多篇。当然，敝帚自珍不等于自家的玩意必然了得，乐此不倦，仅仅因为在写作小品文的过程中，有任何其他享受都难以比肩的快意。

周作人说，小品文是文学发达的极致。小品文怎么写才算好？大师级作家、被誉为“海外散文第一人”的王鼎钧先生，曾经有一段广受赞誉的论述：

……尺幅之内，舒卷自如，落笔时一点击发，四围共鸣，触机成文，诉诸悟性。无因果，有纵深；无和声，有高音；无全景，有特写；无枝叶，有年轮。他取材广泛，向外则山川草木天地日月信手拈来，向内则心肝脾肺脉搏体温皆是文章，取之不尽，用之不竭，不涸干，无压力，多潇洒，有生机，海生潮，云生霞，花生蝶，熟生巧，美连连，意绵绵，文心生，生不已。

它虽然出自《细品刘荒田》一文（收入《桃花流水杳然去》一书），但绝非对我本人作品的评价，而是广义的标准。我已接近七十六岁，孔夫子云：“七十而随心所欲，不逾矩。”此言的意思是说：随便怎么行事，都在“规律”里面。其最高境界，只能乞灵于譬喻：一个超级高手，以黑布蒙眼，在划定的圈子内骑自行车，时而快如闪电，时而慢如乌龟，拐弯，后退，爬山，越崖，蛇行于山顶羊肠小径，无比酣畅，却不越界。如要增加视觉刺激，将圈外设计为万丈悬崖，他照样轻骑过关。这里还有讲究，彻底的不逾矩，指警戒线已消隐在潜意识之中。当事人岂但不必借助于外物的提醒，连暗示也成多余，自然而然地，他做到了尽兴、尽意，又无不合法度，反而恰到好处。

古为今用
——李乃庆先生访谈录

王祖友　李乃庆

内容提要：李乃庆先生是中国作家协会会员，他淡泊名利、志向高远，具有浓厚的家乡情结和爱国精神。回顾自己的成长历程，李先生坦言文化历史意识形成是个漫长的过程，其小说创作从现实题材转向历史题材离不开自己的生活经历，以及铭记先贤、弘扬中华民族优良传统、传承优秀文化和美德、增强文化自信的使命担当。李老师写的关于淮阳故事的历史小说《秦楚情仇》上下卷、《符氏三皇后》及"廉吏三部曲"《汲黯传》《黄霸传》《张咏传》，立意是古为今用、弘扬主旋律，践行了他的"作家要用作品担起社会责任"的创作理念，体现出高度社会责任感。

关键词：李乃庆；文化历史意识；历史小说；古为今用

作者简介：王祖友，博士，江苏泰州学院外国语学院教授，博士生导师，跨文化交流研究所所长，主要从事美国文学、文学翻译研究。李乃庆，中国作家协会会员、中华伏羲文化研究会理事、河南省博物馆学会理事。

Title: Making the Past Serve the Present: An Interview with Mr. Li Naiqing

Abstract: As a member of the Chinese Writers Association, Mr. Li Naiqing is indifferent to fame and fortune with lofty aspirations, loving his hometown and motherland. Looking back on his own growth process, Mr. Li admitted that the formation of cultural and historical consciousness has been a long process. The shift of his novel creation from realistic themes to historical themes is related to his own life experience, as well as his mission to inherit excellent culture and virtues and to enhance cultural confidence by learning from the scholars of the past and promoting best traditions of the Chinese people, Mr. Li's historical novels on the story of Huaiyang, including the first and second volumes of *Love and Revenge between State Qin and State Chu, Three Queens of King Fu Clan*, and "The Trilogy of Uncorrupt Officials" (*The Biography of Ji An, The Biography of Huang Ba and The Biography of Zhang Yong*), aim to make the past serve the present and highlight the themes of mainstream ideology, putting into use his creation concept of shouldering social responsibility with works and reflecting a high sense of social responsibility.

Key Words: Li Naiqing; cultural and historical consciousness; historical novel; making the past serve the present

About Author: Wang Zuyou, Ph.D., Professor, Ph.D. Supervisor, School of Foreign Languages, Taizhou University, Jiangsu Province, and Director of the Institute of Cross-cultural Communication, specializes in American literature and literary translation. **Li Naiqing**, member of China Writers Association, member of a council of China Fuxi Culture Study Association, member of a council of Henan Museum Society.

王祖友（以下简称"王"）：李先生，您好！很高兴受编辑部委托，对您进行书面采访。您给读者的印象是一位具有文化历史意识的作家，《史官》是中国首部从修志的角度写现实生活的小说，在沈阳市图书馆借阅量上排第二名，仅次于讲述明朝丞相张居正的《火凤凰》。《博物馆馆长》是中国首部文博题材的小说，写的是文物保护，出版后立即被天津广播电台连播。这种意识的形成有一个漫长的过程吧？

李乃庆（以下简称"李"）：你说得很对，这种意识的形成确实有一个漫长的过程。我自步入学堂，即从上小学开始，就见长于文科，"作文"常常被语文老师当作范文在班里给同学们阅读。高中毕业后回乡务农。高考制度恢复后考入大学，虽然攻读的是政治专业，但课余仍然不忘练习写作。因为那时候文学刊物很少，且写作水平还不行，我仅在县里的一些内刊和报纸发一些不同文体的短文。大学毕业后被分配到曾经就读过的高中——新站高中，从事教育工作。既教政治、历史，也教语文。因为爱好文学，工作之余不忘写作。就在参加工作的第二年，即1981年，我在公开发行的开封市的《梁园》杂志发表了处女作《赶集》。从此，我增强了从事文学创作的信心，之后我不断有中短篇小说和其他文学作品见诸报刊。

从事教育工作10年后，我因为爱好写作，被转入行政，先是下乡一年，工作之余依然不忘小说创作，在写现实题材小说的同时，1994年出版了第一部长篇小说，即科幻小说《人类灭亡》。后被调到县委宣传部，负责对外宣传，即面向国际社会的宣传。因为工作出色，1997年被组织上派往县博物馆，任书记、馆长，负责国家级文物保护单位——太昊陵庙。县博物馆设在太昊陵庙，和故宫一样，属于馆庙合一，我既负责太昊陵庙的保护和建设，也负责全县的文物保护和展览。因为事业心强，从此全身心投入文物保护和学术研究，出版多部学术著作，也因此停止了文学创作10年。10年后的2007年，因为全国进行第二轮县志的编修，这是一个重要工程，加上对淮阳历史文化的研究，我被组织上“提拔”为地方史志办公室主任，负责编修《淮阳县志》。因为地方史志办公室相对清静，我又“重操旧业”，工作之余继续文学创作。因为阅历的丰富和知识的积累，我在写中短篇小说的同时，根据在博物馆工作时了解到的一个上访人的故事，创作了我国第一部上访题材的长篇小说《无路之路》。该小说2010年8月1日正式出版发行，当月底就在北京被盗版，很快，遍布全国大小书摊和当时刚刚兴起的淘宝网。

看到《无路之路》如此受到读者的欢迎，我不由深思：文学作品是写给读者的，读者喜欢，才有价值。既然被称为“创作”，就是要“创新”，不仅要主题上的创新，还要有题材上的创新。作为一个作家，要发挥自己的优势，创作出别人创作不出的作品，给读者提供一个新的天地，不仅要讲好这片天地的故事，也让读者在这片天地里学到知识。这样，才不负读者。于是，我就结合自己编修县志的经历，创作了中国第一部记录当代史官修志生活的长篇小说《史官》。小说出版后，很受欢迎。于是，我又创作了中国首部反映文博题材的长篇小说《博物馆馆长》。这两部小说的成功，得益于我做过博物馆馆长和地方志办公室主任，没有这些阅历和这方面的知识，写不出这两部作品。

王：您对家乡有着深沉的爱，为了宣传淮阳，您依据考古，先后创作了书写淮阳人、淮阳故事的历史小说《秦楚情仇》上下卷、《符氏三皇后》及“廉吏三部曲”《汲黯传》《黄霸传》《张咏传》。

李：我的小说创作从现实题材转向历史题材，同样是得益于做过博物馆馆长和地方志办公室主任。淮阳历史悠久、文化厚重，伏羲、女娲、神农都在此定都，它被誉为“三皇故都”，是中华文明第一缕曙光升起的地方。博物馆馆藏文物数万件，上至远古，下至民国，见证了很多史料上没有的东西。从志书记载和文物的佐证，我揭开了很多史书上记载不清或者记载错误的地方，特别是“乱世”时期，如春秋战国、五代十国。我既是作家，又是文博研究员，出于对历史负责的态度，为了让更多的人了解一些历史真相，不能仅让文物沉睡在库房里，要让它活起来。于是，我下决心创作一批还原“真实”历史的历史小说，并对自己历史小说的创作定下“规矩”：研究历史者可为史，喜欢文学者可为文。所以，我的历史小说皆依据的首先是考古，其次才是史料。虽然以淮阳为立足点，但放眼于中华。《秦楚情仇》《符氏三皇后》是我的“乱世系列”，主题是“国家统一和民族团结”，它虽然不能像论文那样直言，但在创作时“暗藏于心”。《秦楚情仇》上卷“秦灭楚”，下卷“楚灭秦”。这部作品不仅要表现主题，还要让读者深思：秦国，一个边陲小国，为何能跻身战国七雄并统一天下？楚国，战国七雄中的强国，为何一步步走向衰亡，并被秦国所灭？秦、楚为何缔结成姻亲之国，都有哪些美丽传奇且令人唏嘘不已的爱情故事？被秦国灭掉的楚国为何又复国？秦朝，一座强大的帝国大厦为何仅十五年就轰然倒塌？正因为这样，所以，作家出版社在腰封上特别推介该书道：从黄歇到李斯，从秦始皇到项羽，不一样的天下一统，不一样的王朝覆灭，不一样的历史小说。此书出版发行仅六个月就脱销再版。

《符氏三皇后》写的是五代十国到北宋建立这段历史的故事。五代十国可以说是中国历史上最乱的一段时期，五个朝代仅五十多年的历史，且周围又有十国。赵匡胤陈桥兵变的故事可谓家喻户晓，但他与符皇后有什么关系？符皇后为什么禅让给赵匡胤？赵匡胤是怎么死的？因为《宋史》是宋朝人写的，所以，很多真实的东西都被隐去或者写得模棱两可。五代时期著名将领、陈州（今淮阳）人符彦卿有六个女儿，其中符金玉、符金环、符金锭三个女儿，相继辅助后周皇帝柴荣及宋太宗赵光义，一个随夫征战，共襄统一天下；一个垂帘听政，偕子治理国家；一个深明大义，助君成就帝业。一门三后背后的故事，中国历史上鲜为人知。所以，我通过史料和考古，再现了这段历史。小说一出版就被天津广播电台连播，反响很大。天津广播电台连播结束后对我有个专访，特别问“小说的真实性有多大”，我说：保证人物、事件、时间、地点都是真的，并特别举例说：某年某月我和一个朋友去天津，什么时间到了天津，做了什么事，作为史料，会这么简单的记载，但路上我们看到了什么，想了什么，说了什么，这是小说。这是我历史小说与史料的区别。

因为这两部以考古为依据创作的历史小说深受读者喜爱，更增强了我创作历史小说的信心。就是在这个时候，即2017年，我们纪委要筹建一个“廉政”主题公园——“廉园”，特别让我去创意和策划。因为淮阳历史上著名廉吏不胜枚举，我创意为：为在淮阳做官的外地清官塑像，为在外地做官的淮阳清官做壁画浮雕像。在整理这些廉吏的资料时，最让我感动的是汲黯、黄霸、张咏。所以，我相继创作了“廉吏三部曲”。《汲黯传》是第一部，在2020年5月出版。

王：您“廉吏三部曲”《汲黯传》《黄霸传》《张咏传》涉及三位主人公，即西汉时期的汲黯、黄霸和北宋时期的张咏，他们所处时代不同、家庭背景不同、出仕渠道不同，但勤政爱民如一人，您的这类创作是不是古为今用、弘扬主旋律？

李：我之所以创作这三部曲，立意确实是古为今用、弘扬主旋律。西汉时还没有科举制度，汲黯出身官宦之家，因汉景帝《任子令》走向仕途，以“敢言直谏”著称，被汉武帝赞为“社稷之臣”；黄霸出身于富庶之家，因响应汉武帝诏令，捐资纳粟出仕，以“仁厚爱民”闻名，被汉宣帝赞为“贤人君子”；张咏出身于贫民之家，因科举考试出仕，以“智略神出”蜚声，不仅是“世界纸币之父”，被丞相韩琦赞为“一代伟人”。并且，汲黯、张咏都在淮阳为官，卒于任，葬于淮阳。黄霸是淮阳郡阳夏人，也葬于淮阳。之所以选择为三个不同时代、不同家庭出身、不同出仕渠道的廉吏立传，一是因为敬仰他们清政为民的施政理念和风采，让他们走出历史的深宫，成为当代人争相效仿的远隔时空的朋友；二是鼓励今天出身和成长环境不同的青少年都要像他们那样，立志报国，有所作为，为民服务；三是让今人和后人铭记历史，铭记先贤，弘扬中华民族优良传统，传承优秀文化和美德，增强文化自信。

王：我认识到您是一位具有高度社会责任感的作家，您能谈谈当代作家的社会功能或者历史使命吗？

李：我曾经在《文艺报》发表过这三部曲的创作谈，题目是《作家要用作品担起社会责任》，文中特别说：人类社会的发展是一个漫长和复杂的过程，从猿到人，从愚昧到野蛮到文明，虽然已经进步到今天这种程度，但仍然在发展过程中，真善美假丑恶具存。作家虽然不一定都具备行政权力，但也是重要的社会一员，既然称得起“家”，就应当为社会的进步担负起一份责任，那就是通过作品服务于社会，扬善除恶，树浩然正气，传递正能量，不然，作家就不配为作家，作品就成了毒品。

王：您对文、史互鉴很有体悟吧？能说道说道吗？

李：小说作为文学作品，我有这样的看法：纯虚构小说可以随心所欲进行演绎，但历史小说必须尊重历史。纯虚构的小说尽管人物、事件、故事是虚构的，但反映的也应是这个时期的“现实生活”，否则，不会被读者欢迎。一个负责任的作家要写历史小说，就要对历史负责。每个朝代，它的发展进程都是纷纭复杂的，书写这个时期的人物，就要认真考证和分析它的背景、环境、各种人物关系，不然，就不能“准确”地再现这个时期的历史事件和人物。史料是我们了解历史的重要依据，但是，它是官方的东西，往往会有官方的色彩。一个作家，如果没有有力的文物“证据”和独到的分析、思考，仅仅依据史料去演绎，很难得到读者的厚爱。

王：后现代主义认为不仅文学是虚构，历史也是。以福柯的概念，我们应透过各种论述去还原历史，而该种论述，是根据当时的时间、地点、观念建构的。换句话说，历史并不是对史实单一的记载，亦并不是对于过去的事件的单纯的记录，故有“历史的文本化”之说。德里达也说：“没有文本之外的世界”，语言本身就是一种结构，我们都透过这种结构再理解整个世界。您怎么看？

李：我不赞同“不仅文学是虚构，历史也是”这个观点。文学的虚构指人物和故事，但离不开书写对象所处时代的“现实”。历史指人类社会过去的事件和活动。虽然因为多种因素造成记载与史实有出入，但不是虚构。我赞同福柯的观点：我们应透过各种论述去还原历史，而该种论述，是根据当时的时间、地点、观念建构的。当然，不同时期、不同人物对历史的解读会有差别，但大的史实是不会改变的。

王：您的处女作《赶集》一经发表，就受到了读者的好评，也受到了行业专家的高度肯定。您还记得第一次发表作品的心情吗？

李：作为文学爱好者，作品能在公开发行的文学刊物发表，无疑是对作品质量的肯定。当我接到《梁园》采用的通知后，心情是无比激动的。收到刊物后，更是忍不住向家人和朋友报喜。它的意义不仅是发表了一篇作品，重要的是有人肯定了自己的“水平”，让我很有成就感，更坚定了我在文学道路上走下去的决心。

王：您曾经获得各种各样的荣誉，其中有哪些是您特别难忘、珍惜的？

李：我对荣誉看得很淡，不再说。我看重的是作品能否受到读者的喜爱，能否给读者输送精神食粮。所以，当看到我的作品被盗版时，虽然对盗版者心怀忌恨，但内心却很高兴：说明有人喜欢。当看到作品被电台连播和一次次再版时，心情也是这样。如果非要提荣誉，我唯一想说的就是因主编并创新《淮阳县志》（1988—2008）编纂，2010年我被河南省地方志编纂委员会授予“河南省地方志系统特殊贡献者”“河南省地方志系先进工作者”荣誉称号。因为这次志书的编纂是续志，而不是通志，如果按照通志的编纂方法，旧志中很多遗漏和记载错误的地方无法记入志书中，所以，我创新编纂方案，即采取通志和续志相结合：大事记按通志的编纂方法从古记载到今，其他则按续志的要求编纂。这一创新编纂方案在全省得到推广，也是对修志工作的一个贡献。

翱翔于现实与梦想之中
——吕红博士访谈①

王冠含

内容提要： 吕红博士作为海外华文作家，在主编文学刊物《红杉林》、小说和散文创作及文学研究上多有建树，访谈即围绕这三方面展开。吕红回顾了主办文学刊物的艰辛历程，并首次发布《红杉林》将在明年举办学术活动的重要信息；文中概述了其长篇小说《美国情人》和《午夜兰桂坊》等中短篇小说的思想内容、叙事特征和艺术特色，并梳理了《女人的白宫》等散文作品的内容和主要特色；访谈也深入总结了其学术论著《身份认同与文化建构》的跨文化视野和女性文学研究这两大特征及其学术创新。

关键词： 吕红；《红杉林》；《美国情人》；《女人的白宫》；《身份认同与文化建构》

作者简介： 王冠含，华中师范大学文学院在读博士生，研究方向为民间文学和比较文学。

Title: Soaring Between Reality and Dreams: An Interview with Dr. Lyu Hong

Abstract: Dr. Lyu Hong, as an overseas Chinese writer, has made significant contributions in editing the “Chinese Literature of the Americas”, writing novels and essays, and conducting literary research. The interview revolves around these three aspects. Dr. Lyu Hong reflects on the arduous journey of running a literary journal and announces for the first time the important information that they will host an academic event next year. The article also outlines the thematic content, narrative characteristics, and artistic features of her novels “The American Lover” and “Midnight Lan Kwai Fong” as well as the content and main features of her essay collection “The Women’s White House”. The interview also delves into the summary of her academic work “Identity Recognition and Cultural Construction”, highlighting its two major characteristics of cross-cultural perspective and the women’s literature research, as well as its academic innovation.

Key Words: Lyu Hong; “Chinese Literature of the Americas”; “The American Lover”; “The Women’s White House”; “Identity Recognition and Cultural Construction”

About Author: Wang Guanhan, a doctoral student in literature section of Central China Normal University.Her research fields: folk literature and comparative literature.

十多年前吕红博士在读时，我正读硕士，在校园里曾经和她有过一面之缘，不期多年后再次碰面，有了较深入的交流。吕红给人的第一印象往往是俊秀弱女子，实际上她可是巾帼不让须眉的多面手，既是美华文学重要刊物《红杉林》的总编，又是中国高校客座教授、美国俄亥俄大学研究学者，同时还创作长篇小说、中短篇小说及散文作品，其作品曾获世界华人文学奖、女性文学奖、华文著述奖、写作佳作奖、首届新移民文学突出贡献奖等。

一、主编《红杉林》：廿年辛苦不寻常

吕红担任美国华文文艺界协会会刊《红杉林》的总编已近20年时间。赴美最初主要是在大学做当代华裔历史人文及女性创作的学术研究。在那个期

间也写了些文章发表在海内外报刊，其中有《世界科技论坛》《世新学报》《人民日报海外版》《星岛日报》等。后应聘为报刊编辑记者，业余创作小说、散文等，投稿作品获好评。她也担任《美华文学》的编委，包括撰稿、推荐及评论作品等，后因经费问题停刊。2006年春季由柏克莱大学王灵智教授牵头创办《红杉林·美洲华人文艺》季刊，邀请她担任刊物总编。该刊有国际刊号，是公开发行的连续性的中英文刊物。吕红一做近二十年。她说："那时年轻，有时为了赶稿子就会熬通宵，否则那些纪念性文章错过了时间点就没有意义了。"还有一次她向人约稿，已经留出了版面，但因他人有事交不了稿。无奈之下作为总编她只得亲自上阵，通宵赶稿把版面补齐。再就是刊物经费也是个棘手问题。"头两三年几乎是社长自己垫付的，他也通过个人关系向朋友募捐。但这毕竟不是长久之计，好在随着刊物知名度的提升和发行量的提高，经费问题才得以缓解，起码当年不会再忧虑下年的费用问题。"此外，《红杉林》也不定期举办一些会议和活动。比如，他们联系当地总图书馆为严歌苓的新作《米拉蒂》举办了新书发布会，取得很好的反响。"从2012年到2022年《红杉林》以两年一届的方式举办了五届中美国际青少年大赛，吸引了北美各地、中国及澳洲等大中小学生参与。首届参赛人数逾一万五千多；之后参赛范围和地域也越来越宽。"当然，举办这些活动都是非常劳心耗神的。吕红说她作为总编感觉很多事情责无旁贷，其实她"更希望钻进象牙塔里写作，沉下心来将自己多年的观察、阅历转化为精神产品。但事实上又不能甩开会务刊物等诸多烦琐事。曾经有人郑重跟她说'文坛不缺好主编，缺的是好作家'，以此激励她全心写作。但目前很难找到合适的接替者，这不仅需要编辑经验、写作能力，还需要担当意识，是三者的综合。"事实上，她认为"担当意识"是最难的，因为这意味着要花费大量的时间和精力，做很多幕后事情，现在很多人都更喜欢推脱而不是承担。

当然，长年的辛苦付出后往往是意想不到的收获。"为表彰《红杉林》在推动文学创作、华文教育及东西方文化艺术交流方面的成绩和贡献，美国加州议会和旧金山市政府颁发多项嘉奖。2011年新春获美国国会议员赵美心颁发嘉奖及加州议会副议长马世云致贺。"[②]2014年荣获首届中国新移民文学研讨会突出贡献奖，2016年荣获第20届北加州华人传播媒体协会颁发的传媒大奖，2021年于《红杉林》创刊15周年之际，总编吕红获得"杰出成就奖"。

2024年，美国华文文艺界协会将迎来成立30周年的节点，《红杉林》创刊也临近20周年，作为该协会会长和刊物总编，当吕红被问及是否会举办相关庆祝活动时，她谈起了初步打算："还计划组织跨文化国际论坛。我为此已经联系了三所美国高校，但因为人事变动或时间等原因，目前场地还没有完全定下来，时间也没确定。原来打算今年暑假，不过有学者反馈时间太赶了，可能签证都批不下来。或许就到明年了。这次的会议主题也会突显包容性，上次的范围是'北美华人文学'，这次准备就'跨文化交流'的话题展开，不论文学、历史、外语等专业，都可以参加。"她认为就当下社会现实看，国际交流还是很重要也很必要的，因此尝试突破文学等专业界限做更广泛深入的交流沟通。的确，只有加强中西方文化的交流和沟通，才能促进理解以及和平共处，而且当下学界也提倡打破学科边界的大文学、大文化研究。由此可见吕红的学术敏感性及其全球化视野以及知识分子的责任感和使命感。不过，她也坦言自己实际上很怕举办这类大型国际性会议，"因大型会议操办太多困难，令人望而生畏。虽然2015年5月的'北美华人文学国际论坛'办得很成功的，邀请了不少知名作家、文学研究者及当地政要。如著名诗人舒婷，著名专家陆建德、陈洪、赵稀方、黄汉平、乔以钢、林丹娅，韩国汉学家朴宰雨，资深教授江少川、邹建军、胡亚敏、胡德才等。有伯克利大学资深教授王灵智牵头，更多的北美作家如刘荒田、沙石、陈瑞琳、唯唯、陈谦、陈绮屏等近百位文友参与。还有的学者是第一次到美国，因此也很感谢主办方组织首届盛会。当时的麻烦主要是办会前前后后的各种杂务和烦琐程序，比如资金来源、场地选择、吃饭住宿等相关安排以及学者们的报销凭证等，中间还夹杂各种手续、协调等，累到人头皮发麻，大脑停转……但这次毕竟是协会成立30周年，刊物也近20年，无论如何咱们都应该好好总结，拟筹办第二届甚至考虑颁奖给推动跨文化交流贡献卓著者。”

二、用笔倾诉：一颗文心绽芳华

在出国前，吕红已经是省市作协的签约作家。旅美后她创作了第一部长篇小说《美国情人》。这部小说以女性的细腻感受和丰富体验，细针密线地反映了移民生活的种种况味，特别是女性走出国门后在物质、情感和精神等各方面所承受的重压和磨炼，真实地再现了海外漂泊者的生活境遇和对人性、命运的多层次探索。如论者指出的，女性主义是其小说的鲜明特色。作者自己也说：“过去我比较关注女作家的作品，如张洁、王安忆、张辛欣、铁凝等以及稍后一批女性文学的冒尖作家，也很关注新写实文学，像池莉等人的作品。”不难看出，国内这些女性作家的作品已经具有鲜明的女性觉醒意识，特别是对情爱主题的探索已经颇多。这一主题同样体现在《美国情人》中，可以说是小说的主线。但《美国情人》并不是纯粹的情爱小说，主角芯所有行动的出发点并非情爱，而是她对自我价值和梦想的不懈追求。但逐梦的过程不仅引爆了过去的家庭港湾而且诱使她陷入异域的情爱漩涡。这似乎再次印证了对女性而言事业与家庭、梦想与情感之间的永恒矛盾，而产生这一矛盾的根源在哪里？很大程度上就在于不论中国还是西方都普遍存在的男权主义。正如波伏瓦所言：“几乎在任何国家里，女人的合法地位与男人不一样，男人往往让女人处于极为不利的处境。”[③]20世纪初的女作家苏青在其自传性小说《结婚十年》中已深刻地体悟到：“我相信有志气的男人都是宁可辛辛苦苦设法弄钱来给太太花，甚至于给她拿去打麻将也好，没有一个愿意让太太爬在自己头上显本领的。”[④]这可谓一语道破了男性给女性设置的附属的第二性的位置，因此一旦女性在才能、地位等方面有超越丈夫的可能，大多会遭遇婚姻破灭的结局。芯的家庭悲剧可以说是又一个例证，而她随后遭遇的情爱陷阱似乎是失去家庭后必然的续集，不管是遇人不淑还是人性自私，其中都不乏男权主义的蛛丝马迹，同时也敲响了女性应当觉醒的警钟。

在表现技巧上，吕红小说的首要特点应该说是写实加新感觉，尤其是大量类似新写实小说的原生态细节描写，这可能与作家早期阅读同是武汉作家的池莉等的小说有关，这一写实技法已经化入作者的创作思维中。如《美国情人》中对芯初到美国时租住的简陋房屋的描写、对百老汇红灯区的细节展现、对花园洋房的精写细摹……繁复的细节铺陈似乎要逼真再现生活的原貌，极大地增强了小说视觉化现实感。其次是心理刻画。如果说写实侧重外在的客观现实的还原，那么心理刻画则侧重人物主观的、内在的心理感受的呈现，特别是女主角在感情受挫或工作遇阻时，波涛汹涌的内心世界如沸腾的开水一样到处蒸腾，烟雾弥漫，纷扰纠缠，让人真切感受到人物内心所经受的煎熬和撕扯，真实地披露了女性在异域环境中所承受的痛苦和重压。这是男性作家难以感同身受和微妙传达之处，也是女性写作的优长所在。同时，小说中也有不少叙事者直接跳出来表达自己的感悟或理性思考的内容。不论在长篇还是短篇如《午夜兰桂坊》《绿墙中的夏娃》《曾经火焰山》等小说中，总会时不时穿插一段或长或短的议论或理性感悟，犹如盈盈灯火闪烁在繁复的叙述中。如《曾经的火焰山》中的一段：“思考会让人痛苦，思考人生的终极意义会让人干什么都觉得累。有时人做的种种努力也像希腊神话，石头不停搬上又落下。所以有时人不能太清醒，不能无所事事，而必须忙和累，在累了一天之后倒头便睡，既不是得过且过，也不是向往太高。”[⑤]这些理性内容或借人物之口表达，或直接对相关人物、现象或场面进行评论，体现了作者试图超越迎合读者的通俗性文学作品而力图展现出作品严肃性的纯文学追求。当然，如果这些理性内容能自然无痕地溶解在文本中，或许会有更好的艺术效果。

小说之外，吕红的散文创作也取得了不俗的成绩。旅美后她曾在《星岛日报》《世界日报》《世界周刊》《侨报》《国际日报》等刊发作品，并结集出版《女人的白宫》《让梦飞翔》两部散文集。散文的内容或写人、记事，或抒情、写景，大多为旅美后的见闻感想，追忆国内生活的相对较少，这也体现了新移民文学超越乡愁主题转而开放探索的精神情怀。其中尤以写人的散文曲折入微，一方面是如同短小说的散文，如《美国梦寻》《英姐》等，展现了移民域外生活的种种艰辛苦楚，具有透视人心、人情、人性的内在力量，颇为震撼人心。另一方面是传记类散文。大概是记者的职业关系，吕红交友广阔，特别是结识了不少作家名流、政坛精英，并对他们多有采访记录。在此基础上写出人物传记是吕红的一大优势，她的名人传记散文如《茫茫太空永恒闪烁的“田长霖星”》《美丽女部长赵小兰》《陈树柏：以松柏之志育桃李万千》等，既抓取了典型事例和细节，又突显了人物精神和品质，有很强的可读性和教育意义。如果这类人物传记和《红杉林》中的人物访谈结集出版，应该是面向学生和大众的很有普及教育意义的作品。另外要指出的是，吕红在写景类散文中体现出的诗性意境是又一闪光点。《走过四季》《花园随想三则》以及旅游随笔《南行记系列》《九寨沟系列》《天高水长》等都是代表作。除了旅游随笔，吕红的小说和散文作品中景物描写本来较少。这一方面和作者的个性及经历有关，或因生于都市长于都市，较少接触田园、山林等自然环境，而不像乡土作家那样和大地自然有天然的连接，因而更多的是写人心、人性。另一方面大概也在于北美工作压力，现代生活节奏紧张快速从而缺乏悠游于自然的闲情逸致。不过令人欣喜的是，作者并非不擅长写景，女性作家与生俱来的自然本真和直觉敏感让她一接触自然景物，就能直观地呈现本真物象并把握蕴藏于景物中的无穷意蕴。

三、学术研究：视野广阔跨文化

难得的是，在创作的同时，吕红也是一位文学研究者。以博士论文为主体内容，在中国社科出版社出版了学术专著《身份认同与文化建构——华人文学跨文化特质》。其实，早在1996年，吕红已有研究成果问世，她的论文《从情感到欲望：女性文学的流向》就在《文艺评论》上发表。后来还先后发表了《女性异化：论苏青的创作特色及影响》（2006年）、《海外移民文学视点：文化属性与文化身份》（2006年）、《海外新移民女作家的边缘写作及身份透视》（2007年）、《华人女性影像嬗变的多重解析》（2018年）等多篇论文。从这些研究中，不难看出吕红研究的主要方向是女性文学和移民文学。在《身份认同与文化建构——华人文学跨文化特质》这部专著中，虽然也不乏对男性作家的论述，但着墨更多的还是女性作家。论著不仅涉及严歌苓、张翎、虹影、聂华苓、於梨华、陈若曦、周励、吕红、张慈、唯唯、施玮、施雨、陈谦等华文作家，还谈及华裔英文作家汤亭亭、谭恩美、李翊云，更有中国大陆现当代作家张爱玲、苏青、张辛欣等，并从族裔身份、艺术身份、性别身份等几个方面论述了女性文学的特质。她认为：“女性文学作为富有特色的表现形式之一，在很大程度上体现了全球化视域下中西两种异质文化冲突、融合的历史。由于海外华人女性这个特殊群体（少数边缘族群），在特殊境遇（身处异质文化包围，身负双重或多重文化传统）下，从特殊视角（女性视角）展开的自我历史的写作活动，折射出一个独特的世界——海外华人女性自我的探求，身为移民的海外华人女性在异文化包围中更加关注‘失落的自我’，于是在写作中去追溯女性曾经失落的自我，来建构自己的过去、现在和将来，重建生活经验，确定自我身份。”⑥

吕红作为一个移民作家，在华人移民文学的研究上如她所言更有亲历的“现场感”。她个人的移民生活经历典型地体现了大部分新移民的生活历程，因此她的研究视角和视野与国内的华文文学研究有较大不同。大陆和台湾的学者大多将这一领域视为中华文化乃至中国现当代文学在海外的一个分支，而吕红似乎更强调国际性视野，认为海外华人文学是“具有世界性的新的学术领域”，应该逐步

“与国际上的移民文学、离散文学接轨，形成一个极具特色的文化、文学圈”⑤p22。这无疑为我们提供了一个新的研究方向和路径，有待学界的开垦与拓展。同时她也指出了海外华文作家在人生形态和文学创作中所拥有的双轴：“一是与自己有着深刻历史联系的故土；一是与自己存在现实密切联系的新地。”⑥p30这种跨国属性也决定了海外华文写作跨文化的特质，以及由此引发的身份认同问题和文化构建问题。全书从不同角度梳理了海外华文文学的发展演变，总结了海外移民从难以接受异国文化，希冀“落叶归根”到“像美国人那样生活”的“落地生根”的基本脉络，其中还夹杂着“异域失根”“问祖寻根”等枝节杈叶。在艺术创作上，吕红认为海外华文作家在内容上大多赓续中华文脉，书写中国故事，但也自觉吸收借鉴西方各种现代叙事方式。同时这种跨文化语境也意味着“触动了回忆、想象、构筑世界的创作灵感和叙事的愿望。经过西方艺术思想冲击，头脑中原先的观念被颠覆和解构，已经浑然不分，便形成新的艺术视域及现代意识表述”⑥p111。这种新的“艺术视域”似乎就是影像视觉艺术，其对文学的冲击和影响非同一般，特别是对那些艺术感觉敏锐的作家如严歌苓、张翎、吕红等女作家，她们的小说多少都融入了影像叙事的因素，尤其是严歌苓的小说作品，因强烈的故事性、传奇性和影像化表述，致使她的小说多次被改编为电影，并受到大众的广泛好评。总之，吕红认为海外华文写作不可能摆脱中华文化的影响，同时也不断吸纳西方文化的精神，自然地担当起东西方文化交流融合的使命与角色，促使东西方文化在互补互鉴中走向融合共通的和谐愿景。

“人的生活就是找到或建立与世界的关系，找到其中能够支撑其生命的真正联系和其中的界限，也就是找到安身立命之道。”⑦吕红正是以自己的激情和生命跋涉在寻找的路上，跨越重洋千山，历经千磨万击，但她终究还是以柔弱之身在异国他乡打拼出了自己的天地，找到了安身立命之道：以文字、文学安身立命。在物质繁荣而精神贫乏的年代，这是多么不易，然而她终究做到了。

注释【Notes】

①吕红：旅美作家，《红杉林》美洲华人文艺总编，文学博士，中国高校客座教授，美国俄亥俄大学研究学者。著有长篇小说《美国情人》《世纪家族》，中短篇小说集《午夜兰桂坊》《曝光》等，散文集《女人的白宫》《让梦飞翔》等，另有专著《身份认同和文化建构》。其作品荣获世界华人文学奖、女性文学奖、华文著述奖、写作嘉奖、首届新移民文学突出贡献奖等。

②见《红杉林》2011年第1期封一。

③[法]西蒙娜·德·波伏瓦：《第二性》，郑克鲁译，上海译文出版社2014年版，第49页。

④苏青：《结婚十年》，中国妇女出版社2009年版，第166页。

⑤吕红：《午夜兰桂坊》，长江文艺出版社2010年版，第227页。以下只在文中注明页码，不再一一做注。

⑥吕红：《身份认同与文化建构——华人文学跨文化特质》，中国社会科学出版社2021年版，第259页。以下只在文中注明页码，不再一一做注。

⑦吕红：《美国情人·序》，中国华侨出版社2006年版，第4页。

雷蒙·威廉斯生态观的文本检视：以《德伯家的苔丝》为中心[①]

张晓婷 王敬民

内容提要：威廉斯生态思想未尽系统，却也不乏洞见。本文从威廉斯的生态观出发，对《德伯家的苔丝》进行解读和阐释，揭示了其在重构乡村认知、反思城乡结构、省思发展理念等方面，文学书写和理论探索存在着某种互构性。威廉斯的理论观念得到了文本验证，文学家的文学书写促进了理论话语的建构，这对我们的学术研究极具典范意义。

关键词：威廉斯生态观；《德伯家的苔丝》；乡村认知；城乡结构；发展理念

作者简介：张晓婷，河北大学外国语学院硕士研究生，研究方向为英美文学；王敬民，河北大学外国语学院教授，文学博士，研究方向为英美文学、西方文论和比较文学。

Title: A Textual Review of Raymond Williams' Ecological Ideas: Centering around *Tess of the D' Urbervilles*

Abstract: Raymond Williams' ecological ideas, though not systematic, are very insightful. The interpretation of *Tess of the D' Urbervilles*, from the perspective of his ecological views, helps to reveal the inter-construction of literary writing and theoretical endeavor in terms of rural recognition, urban-rural structure, and development ideas. Williams' ideas have been proved in Hardy's work, and the literary writing has also enhanced the theoretical discourses. Undoubtedly, this is of the exemplary significance to our academic research.

Key Words: Raymond Williams' Ecological Ideas; *Tess of the D' Urbervilles*; Rural Cognition; Urban-rural Structure; Ideas of Development

About Author: Zhang Xiaoting, a postgraduate student from School of Foreign Studies of Hebei University, specializes in British and American Literature. **Wang Jingmin**, a professor at School of Foreign Studies of Hebei University, doctor of Arts, specializes in British and American Literature, Western Literary Theories and Comparative Literature.

一、前言

雷蒙·威廉斯（Raymond Williams）一生著作颇丰，他的情感结构理论、共同体思想、文化唯物主义、关键词等受到国内外学者的广泛探讨，但对其生态思想的研究并未得到应有的重视。究其原委，或与两方面原因有关，一是威廉斯本人并未出版过系统阐述其生态思想的专著，二是其蕴含生态思想的多本著作中译本在我国出版时间较晚[②]。现如今，已有学者开始关注威廉斯生态思想的学术价值和现实意义，他们或提议深挖威廉斯的生态社会主义思想模式[③]，或称威廉斯为生态思想家乃至生态文化研究的创始人[④]。值得注意的是，同托马斯·哈代一样，威廉斯也生活在脱离国家核心地带的边远乡村。他曾在自己的著作中肯定了哈代的边乡书写，认为哈代的小说对于理解英国小说的整体发展过程具有深刻的意义[⑤]。因此，在生态、城乡、环境、发展等问题日益受到关注的当下，从威廉斯的著作以及诸多学者的研究成果中厘清威廉斯的生态思想主张，并将其作为哈代小说的分析范式，不仅让其受到文学文本的检视，也为文本阐释提供了新的理论视角。

二、重构乡村认知

在工业化进程的裹挟下，农村人口大量迁入城市，英国的城市人口激增，这不仅带来了大规模、密集型建筑的拔地而起，也造成了城市与乡村的观念对立⑥。对城市千篇一律的钢筋、混凝土建筑的厌恶，以及对更为“自然的”环境的幼稚渴望，驱使很多人远离城市，去乡村寻找心灵栖所与精神抚慰。在《花园里的机器——美国的技术与田园理想》一书中，利奥·马克斯（Leo Marx）将这种逃离城市、拥抱乡村的做法称为“情感型田园理想”⑦。这种心理反映了人们对绿色风景的渴望以及对宁静和谐的美好生活愿景的追求，但同时也受到了媒体的大肆宣扬和资本的高度青睐。为赚取利润，媒体与资本携手营造了田园乡村的诱人景象。譬如，美国的影片和杂志就通过呈现乡村生活的原始与幸福来迎合人们的这种心理，与田园理想相关的香烟、啤酒、汽车也广受热捧⑦p3。长此以往，在旅行者、农家乐、媒体效应、作家文学“绿色”书写等多种因素的渲染下，乡村呈现出一片风景优美、心旷神怡的伊甸园形象。然而，这种盲目追捧的背后有着更深层次的问题：加诸乡村的种种光环是否符合实际呢？乡村居民能否予以认同呢？它们究竟名实相符还是言过其实呢？其背后又有多少商业动机和意识形态印迹呢？不消说，这些问题均需详加考辨。

为了还原农村的真实图景，威廉斯在其著作《乡村与城市》中首先追溯了田园诗歌的写作历程。在经过一番梳理后，他发现早期的田园诗歌书写了彼时乡村的事实，不仅呈现了安居乡村的乐趣，也传达出乡民频受战争威胁的恐惧心理。但在随后英国古典作家的笔下，“田园诗变成了一种极其造作和抽象的形式：它的纯朴完全是外部的”⑧。也就是说，人们不再以劳作中的乡下人的眼光来看待自然，而是从一个旅行家的角度来感受自然。对此，威廉斯列举了蒲伯（Alexander Pope）对牧羊人的理想化塑造、迈克·德雷顿（Michael Drayton）对乡村生活的梦幻性想象、托马斯·卡鲁（Thomas Carew）对乡绅生活的赞美等来佐证其观点。这些新古典诗人的诗歌皆是对乡村地主的一种美化和辩护，而这种辩护其实是“通过对劳工的生存的简单提炼来完成的”⑧p32。质言之，此时的田园诗歌已沦为宣扬地主统治秩序合理性的工具，早已从根本上剔除了劳工的存在及其生存的艰辛。事实上，“无论过去还是现在，乡村都是美好与苦难并存，它既没有因为资本主义工业化而消亡，也并非我们在诗歌中看到的那么美丽”⑨。学者陈海的该观点鲜明有力地指出了乡村生活的两面性：乡村生活既有它的甜美之处，也饱含苦难色彩。因此，要还原乡村的真实面貌，有必要借径威廉斯的理论，并验之于哈代的乡村书写，以此来客观、公正地更正人民对乡村生活的认知。

（一）乡民的愚昧和世俗成见

在《德伯家的苔丝》中，哈代借苔丝的悲惨遭遇书写了乡民的愚昧和世俗成见，这在一定程度上纠正了将乡民生活浪漫化、理想化的文学书写传统。首先，德伯好吃懒做、整日耽于幻想的形象打破了乡民素来勤劳朴实的刻板印象。而苔丝的母亲也爱慕虚荣，指望苔丝嫁给富贵人家来帮助家里渡过难关。在这样一个不幸的家庭中长大，苔丝很早就背负起家庭的经济重担。但勤劳淳朴的苔丝并未得到命运女神的垂青，相反，她接连遭受了心怀不轨的亚雷的玷污、克莱的抛弃、乡亲的指责和父亲的冷眼。秉持世俗成见的乡民指摘苔丝：“无论在贞操方面，无论在节制方面，无论在嗜好方面，都不能算是好榜样。”⑩就这样，本该是受害者的苔丝，却被当成是一个不正经的女人。甚至在苔丝父亲去世之后，村民立刻将居无定所的孤儿寡母赶出马勒村，让她们自生自灭。

可见，乡村生活并非宁静和谐的世外桃源，其内部也波谲云诡，充斥着不同思想之间的交锋。乡村生活主体的不理想状态，对人们惯常的乡村认知不啻为一种颠覆性的冲击，使得威廉斯揭示乡村刻板印象的努力变得合情合理起来。

（二）劳工辛苦的体力劳动

“如果说美丽的乡村确实存在，那也仅仅存在于那些远离劳作的人的眼中。他们远离劳作却拥有土地以及土地上的一切，正是他们写出乡村美丽的神话。”[⑨p59]陈海此言道出了“美丽乡村”的诈骗神话，即乡下生活的美好与富足仅仅是外来人和大地主的特权，佃农、短工、长工等劳动者已被排除在外。

劳动者的辛苦首先体现在工作的不稳定性上。苔丝等劳工的农作时长全凭季节的更替和农事性质而定，具有时效性和极大的不确定性。在小说中，自苔丝辞去亚雷家养鸡场的工作后，她就像浮萍一样随处漂流，寻找自己能干的工种。其次，劳动者的辛苦也体现在他们平日的忙碌劳作上。在秋季农忙时节，苔丝等短工还可以找到稍微轻松些的零活。但一到庄稼停长的冬日，迎接他们的就只有凄风苦雨的天气和冻成冰碴的削萝卜活计。就这样年复一年，劳工们随着农田上的繁忙情况不断转场、迁移挪动，在田野上、牛奶厂里等短暂需要他们的地方挥洒自己的汗水，没有稳定的工作和收入。

因此，仅仅讴歌乡村生活美好，而对乡村生活的阴暗面视而不见的诗作，只是为封建统治阶级地位合法化辩护的工具，也掩盖了劳工的悲惨生活处境[⑪]。哈代对劳工贫苦生活的揭露，同威廉斯在《乡村与城市》中呼吁诗歌创作应承认劳作事实的做法不谋而合。他们都认为：严格意义上的乡村属于那些真正在乡村从事各种活计的人，而不是拥有豪华大宅的庄园主。

三、反思城乡结构

曾几何时，人们一提起城市和乡村，就带着一种深植的刻板印象：城市的先进与农村的愚昧，城市的肮脏与农村的美丽等。在《乡村与城市》中，威廉斯追溯了这种二元对立的思维模式，指出将乡村与城市加以对立的源头可以追溯到古典时期[⑧p1]。不仅如此，他还指出农村的自然经济和资本主义经济之间并不是一种毫不相干的关系，相反，资本主义经济正是在自然经济的孕育下产生的。哈代也在自己的文学作品中书写了这种乡村生活中潜藏的变革暗流[⑫]。

（一）乡村生活内部的流动性

乡村生活并非一成不变，而是“具有一种切实存在的流动性”[⑧p200]。这种乡村生活不断变化的性质首先可以从不谙世事的苔丝的思想变化看出。苔丝并非一个完全没有接触过城市世界的农村姑娘，她曾在求学期间跟着一个伦敦毕业的女教师读了六年书，或多或少地受到了外部世界的影响，在某种程度上接受了社会流动性的观念，这就是她曾与宗教迷信观念短暂对峙的原因。在与亚雷生下的孩子不幸去世后，她不顾父亲的反对，私自给孩子洗礼。这时的她已经无意识地对陈旧的社会道德观念产生了质疑。由此看来，苔丝所在的乡村即使再偏远，其内部也正在经历缓慢的变革，迎来各种各样的思想抗争。

其次，乡村内部的流动性还体现在新旧贵族的财富变更中。苔丝祖上原本是一个家产殷实的大户人家，但是传到德伯这一代，早已家徒四壁、捉襟见肘。不仅是苔丝家，村里很多原本有钱的家族，如今都相继没落。而发迹的商人西蒙·司托则凭借自己的资产购入了一座乡下小庄园和德伯这个古老而荣耀的姓氏。因此，德伯这个姓氏，不仅证实了德伯家曾经的风光荣耀，也见证了而今真正的德伯家子孙后代的陨落和其他新家族的崛起。“三十年河东，三十年河西”，“这是数个世纪以来发生在有权阶级以及其附属阶级身上常见而富破坏性的故事”[⑧p210]。此外，新旧贵族的交替也对社会结构产生了复杂的影响。像哈代的父母亲以及其他商人、手艺人在早期都属于比较稳定的保产人，但若是他们久住的房子一到期，就很少有人再租房子给他们住了。因此这些“旧日乡村生活的骨干”，现如今只能迁移到人口稠密的大地方去了，即统计家所说的“乡村人口聚会都市的趋向”[⑩p512]。

（二）城乡间的紧密联结

城市和乡村之间并不存在截然对立的联系。正如李先悦所言：资本主义社会的市场关系是从封建时期的自然经济里孕育出来的[⑪p62–63]。换言之，资产阶级的前身就是靠圈地运动、收取土地租金致富的大地主。在赚取足够多的财富之后，他们在城里安家立业，摇身一变成了资产阶级。哈代的小说中就体现了这种内在变化的连贯性。据他看来，英国的乡村大体上可以分为三种。其中一种就是“地主不住在乡下，由着他的佃户们耕种，他只收地租”⑩p414。苔丝在棱窟槐的短工就属于这种。当地的佃农们为了加快收成速度，不仅雇用了短工，还租了蒸汽打麦机。正像雷蒙·威廉斯所说的：“机器受雇于一个农场主，而非受雇于产业主义”⑧p212，因此经常摘取哈代的片段来证明乡村力量同城市力量对峙的学者，在一定程度上忽视了作家将城市与乡村联系在一起的努力。苔丝早年工作的牛奶厂也与城市之间保持着农产品的交易往来。哈代笔下这种城乡联结——而不是截然对立——可以说俯拾皆是，这是不容忽略的事实。

（三）城乡传统关系在世界范围的重建

在《乡村与城市》中，威廉斯以两章的篇幅对城市与乡村间的贸易关系做了探讨。航海大发现与殖民扩张使得偏远国家的原材料——咖啡、茶叶、香料、烟草——纷纷流入英国的乡村宅邸中。为了加快对被殖民地的剥削，帝国主义也在偏远地区建立了种植园，通过安排白人管理、掳掠黑奴等方式保障商品贸易的顺利进行。约瑟夫·康拉德（Joseph Conrad）的《黑暗的心》、古尔纳（Abdulrazak Gurnah）的《遗弃》等作品，都对英国殖民者强取豪夺的行为进行了控诉。正是通过对外的殖民与贸易，英国本土的乡村宅邸得以与世界其他各地建立联系，“于是城市和乡村的传统关系又在世界范围内得以彻底重建”⑧p280。由此，那些原本自给自足的国家变成了英国的农村地区，在政治、经济、军事等力量的压制下沦为帝国主义的原料国。

无论是乡民的思想观念、没落贵族和新兴庄园主向城市的流动，还是城乡间的贸易往来，都可看出二者之间的密不可分性。因此，城乡对立观念实则在很大程度上忽略了乡村内部的流动性以及“乡村对城市的供养关系”⑬。

四、省思发展理念

《德伯家的苔丝》不仅有对风景优美的自然环境描写，还揭示了农业化、工业化对自然风景的扰乱。苔丝家周围的环境与她后来做劳工时的环境形成了鲜明的对比。在小说第一章中，马勒村到处都是葱茏茂密的树林、连绵苍翠的草地。虽然也有长庄稼的地，但是“块数不多，面积有限”⑩p10。但她后期工作的农舍周围却非常荒凉、不见草木，映入眼帘的只有随处可见的休作地和萝卜地。随着农产品的商品化，还会有越来越多的绿地被征为农用地，从自然风景转变为人造景观，以服务市场需求。在征服自然、人定胜天的理念下，人们不惜以牺牲环境为代价来赚取利润，个中需要付出的代价是惨痛的。对此，威廉斯推崇布莱恩·诺顿（Bryan Norton）和哈格罗夫（Eugene Hargrove）的“弱人类中心主义”这一概念，中和了人类中心主义和生态中心主义两个极端概念，重新定位人与自然的关系，这不失为威廉斯对发展理念的审视和反思。

工业革命带来的新机器使得机械化参与农作物生产成为可能，哈代的小说也对蒸汽打麦机等农具进行了描写：“他只把煤烧红了，把蒸汽憋足了；在几秒钟以内，他就能让机器上那根长带子以目不及见的速度转动。”⑩p473尽管机械化的投入加快了收割效率，但同时也显现了人类对自然秩序的破坏。威廉斯在《希望的源泉》一书中探讨了人们对工业初期自然环境破坏的异常强烈的反应，如气锤的发明者詹姆斯·内斯密斯（James Nasmyth）就提到了工业活动对自然的影响：“烟囱里冒出的亚硝酸蒸汽使草木干枯死亡；各种植物都变得灰头土脸，惨不忍睹——标志着植物正以最悲惨的方式死去。”⑭从詹姆斯以及而后世界爆发的数次环境灾难事件来看，越来越多的人认定工业革命就是环境破坏的罪魁祸首。

尽管工业革命引发的环境污染发人深思，但威廉斯指出，无论是回到工业化前的社会还是忽视环境问题、集中精力搞生产的做法，抑或进行“非政治”的生态运动都是不可行的。首先，回到工业化前的社会这一畅想，实则是一种对先前生活秩序的美化，因为那个时期的人类活动也曾引发过大规模的自然灾害。其次，依靠生产消除贫困、忽视环境的做法更是不切实际的，且资本主义国家贫富差距的鸿沟更是证明了追求极端性的生产“非但没有消除贫困，甚至还造成了新的贫困”⑭p215。而非政治化的生态运动则更多地成为一种口号和小打小闹。

在《希望的资源》一书中，威廉斯重新思考了“生态社会主义”这一概念。他将“绿色社会主义”看作是“我们这个时代最有希望的社会和政治运动”，也会“导致一种公平生活的新型政治”[⑭p237]。一方面是因为这一概念在发展的过程中考虑适度性和整体性影响，控诉资本主义社会追求利润而将生产本身作为目的，从而造成了资源的挥霍和浪费；另一方面，该理念对某些发达国家打着环保旗号禁止欠发达国家进行发展的丑恶做法进行了谴责，认为只有社会主义者才能更好地协调各方利益，促进资源的公平分配。罗伊（Michael Löwy）和塞尔（Robert Sayre）将生态社会主义比喻为一棵“绿色的社会主义之树”，虽然新栽不久，却深植于对资本主义的批判中[⑮]。这一判断鞭辟入里，也给人以想象未来发展方式的底气。

五、结论

客观来讲，威廉斯的生态观对现实世界具有极强的警示意义和指导作用。其一，他区分了作为谋生场所的乡村与作为休闲场所的乡村之间的对立，后者在一定程度上忽视了劳动者的存在，而只是把乡村当作赚取资本利益的旅游场地。其二，在对待城乡关系的问题上，他聚焦乡村内部的流动性和城乡之间的互动往来，揭示了城乡之间的紧密联系。其三，他将破坏自然环境的始作俑者归结于资本主义无节制的生产方式，并以“生态社会主义”的概念，呼吁诸位关注环境公正与可持续发展议题。总之，威廉斯的生态思想不仅具有深切的现实关怀，也在一定程度上纠偏了生态批评的极端化思潮，而这一切均可在《德伯家的苔丝》中得到不同程度的应验，文学文本与理论话语的良性互构在此彰显无遗，这无疑具有典范意义。

注释【Notes】

①本文为2022年河北省社会科学基金项目“雷蒙·威廉斯生态知识生产研究”（课题编号：HB22WW003）的研究成果。

②郑楠：《田园哀歌的神话——雷蒙·威廉斯“乡村”关键词研究》，载《思想与文化》2019年第2期，第294—310页。

③李兆前：《雷蒙德·威廉斯的生态社会主义思想》，载《理论月刊》2014年第5期，第184—188页。

④Rodney Giblett. “Nature is Ordinary too: Raymond Williams as the Founder of Ecocultural Studies”. *Cultural Studies*, No. 6, 2012, pp.922-933.

⑤Raymond Williams. *The English Novel From Dickens to Lawrence*, New York: Oxford University Press, 1970, p.97.

⑥纪晓岚：《英国城市化历史过程分析与启示》，载《华东理工大学学报（社会科学版）》2004年第2期，第97—101页。

⑦[美]利奥·马克斯：《花园里的机器——美国的技术与田园理想》，马海良、雷月梅译，北京大学出版社2011年版，第2—3页。以下只在文中注明页码，不再一一做注。

⑧Raymond Williams. *The Country and the City*, New York: Oxford University Press, 1973, p.20. 以下只在文中注明页码，不再一一做注。

⑨陈海：《雷蒙·威廉斯对乡村和城市的文化批判及当代价值》，载《中国图书评论》2015年第4期，第58—61页。以下只在文中注明页码，不再一一做注。

⑩[英]托马斯·哈代：《德伯家的苔丝》，张谷若译，人民文学出版社2020年版，第512页。以下只在文中注明页码，不再一一做注。

⑪李先悦：《威廉斯对生态危机的新阐释及其当代启示》，载《长春理工大学学报（社会科学版）》2022第3期，第62—66页。以下只在文中注明页码，不再一一做注。

⑫魏艳辉：《反田园牧歌的乡土叙事——重论哈代小说〈还乡〉与〈德伯家的苔丝〉中人与自然的关系》，载《解放军外国语学院学报》2012年第6期，第104—109页。

⑬方英、卢艺萱：《田园幻象的解构：托马斯·哈代的乡村书写》，载《河北师范大学学报（哲学社会科学版）》2023年第2期，第64—74页。

⑭Raymond Williams. *Resources of Hope: Culture, Democracy, Socialism*, London: Verso, 1989, p.211. 以下只在文中注明页码，不再一一做注。

⑮Michael Löwy, Robert Sayre. “Raymond Williams, Romanticism and Nature”. *Capitalism Nature Socialism*, No. 4, 2018, pp.75-91.

《离开科罗诺斯之路》中的希腊众神：与《俄狄浦斯在科罗诺斯》对读①

王 菁

内容提要：《离开科罗诺斯之路》是爱德华·摩根·福斯特（E. M. Forster）早期重要的短篇小说，小说在场景、人物和意象等方面与索福克勒斯《俄狄浦斯在科罗诺斯》相互映照，常为学者所探讨。本文通过分析对比两部作品中重合的意象，揭示希腊众神在福斯特小说中的文本存在；以小说结尾处希腊旅店一家的非自然死亡为切入点，进一步引入希腊众神特别是复仇女神的概念，进而从神话视角阐释小说中希腊旅店一家的死因以及主人公卢卡斯先生的精神死亡。

关键词：《离开科罗诺斯之路》；《俄狄浦斯在科罗诺斯》；希腊众神；复仇女神

作者简介：王菁，法学博士，江苏警官学院助理研究员。研究方向：海外中国学、英国文学。

Title: Greek Deities in *The Road from Colonus*: A Comparative Study with *Oedipus at Colonus*

Abstract: As one of the important works in E. M. Forster early writing period, *The Road from Colonus* has been frequently discussed with Sophocles' *Oedipus at Colonus* in its setting, characterization and symbols, etc. By analyzing the overlapping symbols in the two works, this paper unveils the textual presences of Greek deities in E. M. Forster's story. Taking the unnatural dead of the Greek Khan household in the end of the story as a key point, this paper introduces the notion of Greek deities especially the Furies, thus offering an explanation in the perspective of mythology for the unnatural death of the Greek Khan household and the spiritual death of the protagonist Mr. Lucas.

Key Words: *The Road from Colonus*; *Oedipus at Colonus*; Greek deities; the Furies

About Author: **Wang Jing**, Doctor of Laws, a research associate of Jiangsu Police Institute. Research fields: World China Studies, British Literature.

一、引言

爱德华·摩根·福斯特（E. M. Forster）的短篇小说《离开科罗诺斯之路》描写了英国旅行团一行途经希腊科罗诺斯的经历。在小说第一节结尾处，“孝顺的”女儿埃塞尔强行带着父亲卢卡斯先生离开了科罗诺斯；而第二节在描绘卢卡斯先生回到伦敦的生活状态时，借来自希腊的报纸传递了一则骇人的死讯：就在旅行团强行带走卢卡斯先生的当晚，曾给卢卡斯先生带来万千触动的树林倒塌，压垮了他执意想在当地过夜的旅店，还压死了正坐在旅店阳台上的一家五口。当前的研究主要探讨小说第一节与《俄狄浦斯在科罗诺斯》在意象表现和人物冲突上的异同②，对小说第二节的讨论仅停留在卢卡斯先生的悲凉晚年凸显小说反讽意味的层面。③虽有一些基于神话原型的解读④，但这些研究都没有为小说结尾处希腊旅店一家五口的非正常死亡提供合理解释，只当这是一场意外。然而，小说结尾处出现如此重要的转折必有作者的深意，不应被当作一场意外而忽视。在前序研究对比福斯特小说和《俄狄浦斯在科罗诺斯》在人物构架与阵营划分的基础上[⑤]，本文通过进一步提炼两部作品中重合的意象，引入古希腊悲剧中无所不在的希腊众神，并重点围绕复仇女神的概念，从神话角度解释希腊旅店一家的死因和卢卡斯先生的“虽生尤死”的晚年生活，进一步揭示这篇浸润着古希腊悲剧情怀的现代小说的反讽意味。

二、重合意象的背离：圣林、泉水、神谕

在古希腊悲剧《俄狄浦斯在科罗诺斯》中，俄狄浦斯和女儿安提戈涅开场就来到一片“圣林（sacred grove）”[⑥]，当地人极力劝阻俄狄浦斯离开这片属于几位可畏女神的“禁止侵犯、禁止居留的圣地”[⑥p262]。后来，俄狄浦斯在当地人的指导下，由女儿安提戈涅取“活泉水（running stream）”[⑥p274]举行仪式向神灵赎罪。同样重要的意象还有“神谕”，全文对俄狄浦斯安葬地的冲突都与阿波罗的神谕——“我（俄狄浦斯）在这里居住，一定能为我的居停主人造福，能使驱逐我的人遭殃”[⑥p263]有关。这些意象表明，希腊众神虽未直接现身于索福克勒斯的悲剧文本，但通过“圣林”“泉水”仪式和“神谕”等方式显现，希腊众神推动着整部悲剧的走向，引导主人公俄狄浦斯走向命中注定的埋葬地。

出人意料的是，现代小说《离开科罗诺斯之路》在“圣林”“泉水”和“神谕”等意象上与《俄狄浦斯在科罗诺斯》高度相似。小说的开篇写道：“受不可理解的原因驱使，卢卡斯先生赶超了随行人员。”[⑦]作为全文的第一句话，“不可理解的原因”的表述显得十分神秘，但与《俄狄浦斯在科罗诺斯》的阿波罗神谕对读——“他曾经预言，我命中多灾多难，说这个地方是我多年后安息的地方。我到这终点时，一定能从你们三位威严的女神这得到座位，得到安身之所，能在这里走完我辛苦一生的最后一程。”[⑥p263]“不可理解的原因”或可解释为神谕在指引现代版的俄狄浦斯卢卡斯先生来到科罗诺斯。接着，小说又描绘卢卡斯先生先于旅行团来到一片树林（grove），再一次与古希腊悲剧里的“圣林（sacred grove）”意象重合。同样，就像俄狄浦斯听从当地人的劝说离开圣林并取“活泉水（running stream）”举行赎罪礼、清洗对神灵的不敬一样，现代小说文本中的卢卡斯先生也举行了一场仪式：在寻找树林中“泉水（spring）”源头时，他发现了“一具神龛，上面放着一盏灯和一张圣母像，是纳伊德（泉水女神）和得律阿德斯（树神）的住所”[⑦p196]，当看到从树根处缓缓流出的泉水之时，他“伸开双臂，沿着松软的焦木块稳住身子，然后缓缓后仰，直到全身都倚在身后的树干上”，由此让他觉得好似“经历了一场神秘的洗礼”。[⑦p197]这场“神秘的洗礼”给他带来的是不可思议的变化，是一股使周围的一切变得“清晰美好”，“难以想象，难以言说”[⑦p197]的力量。然而，带给卢卡斯先生灵魂愉悦的“树林”和“泉水”，在小说结尾却遭到树林倒塌、泉水改道的悲剧命运。

因此，综合分析两部作品出现圣林（树林）、（活）泉水和神谕等重合意象，比之重合意象背后天各一方的主人公——俄狄浦斯获得平静而有尊严的死亡，接纳他的忒拜人民得到了神的庇佑；现代版的俄狄浦斯卢卡斯先生却在现代版“泉水”（下水管）的轰响下郁郁而终，未能接纳他的旅店一家五口死于非命——可以看到，福斯特在《离开科罗诺斯之路》嵌入的不仅有古希腊的人和物，更通过意象的重合暗示了希腊众神的存在。而希腊众神特别是科罗诺斯属地的复仇女神，以神话中“天罚”的方式，造成了小说中希腊旅店一家的非自然死亡以及卢卡斯先生疯癫凄凉的晚景。

三、复仇女神的禁忌：违背誓约、怠慢客人

在《俄狄浦斯在科罗诺斯》中，当俄狄浦斯问起“这是什么处所，是供奉哪一位神的？”，当地人回答“这是个禁止侵犯、禁止居留的圣地，是属于几位可畏的女神的，她们是地神和黑暗神的女儿们”。[⑥p262]罗念生在注释中明确了“几位可畏的女神”身份，即复仇女神（也称慈悲女神，当地人因不敢得罪而给她们取了好听的名字），指出她们的特点是“无所不见”：“一切罪恶都逃不过她们

的眼睛。她们惩罚犯了不孝父母、不敬老人、发伪誓、不接待客人、不救乞援人、杀人等罪行的人。”⑥p311对此，《世界神话辞典》也有印证，对复仇女神的释义为：指母系社会中母系亲族的保护神。母系氏族血统关系的维护者，追究、惩罚违背誓约、怠慢客人的人，特别追究和惩罚杀害母系亲族的人。她们使犯罪者发疯，遭受灾难。⑧可以看到，两则解释都指出了“复仇女神”的禁忌：违背誓约、怠慢客人。比照《离开科罗诺斯之路》中的希腊旅店一家五口和卢卡斯先生，则他们都触犯了此种禁忌。

（一）希腊旅店一家五口之死：违背了誓约，怠慢了客人

与《俄狄浦斯在科罗诺斯》中忒修斯及其臣民所对应的是《离开科罗诺斯之路》的希腊旅店一家五口，因为他们都支持主人公留在科罗诺斯，并不惜动用武力捍卫与挽留。⑤pp87–91忒修斯及其臣民的动机是出于神谕，因为神谕指出了科罗诺斯应为俄狄浦斯的安息之地，在他死去并安葬后，此处将世世代代受到神灵庇佑。对比古希腊悲剧中忒修斯帮助挽留俄狄浦斯的行为和动机，《离开科罗诺斯之路》中希腊旅店一家挽留现代版的俄狄浦斯卢卡斯先生也事出有因：小说对英国旅行团鄙夷敌视希腊旅店的描写，旅店一家对卢卡斯先生热情有加的态度，甚至为了捍卫他在旅店过夜与旅行团大打出手的行为，都将旅店一家挽留卢卡斯先生的原因指向“有利可图”。然而，考虑到卢卡斯先生与俄狄浦斯一样重要的主人公身份、希腊旅店一家对应着忒修斯及其臣民的身份，联系到俄狄浦斯的安葬之地能为城邦带来世代的福祉，此处的“有利可图”就不应局限于卢卡斯先生作为英国中产阶级给希腊旅店带来的经济利益，而是呼应着古希腊文本中的神谕与违背神谕的后果：希腊旅店一家极力挽留卢卡斯先生与忒修斯捍卫俄狄浦斯的原因相同，因为卢卡斯先生的安息之地也会给他们全家带来世代的福祉；反之，如果错失卢卡斯先生，他们就忤逆了神谕，结局必遭天罚。对此，《离开科罗诺斯之路》中使用了两次“神秘的”表述来暗示：当埃塞尔催促父亲卢卡斯先生离开科罗诺斯之时，“旅店一家人好似从神秘的渠道获知似的，英国旅行团的争吵触动了他们。老妇人停下手中的纺线活儿，年轻人和两个孩子也站到卢卡斯先生后边，像是在支持他的决定”⑦p199……“阳台上的老妇人停下了手中快要完成的纺线活儿，用神秘的眼神凝视着他，希望他留下”⑦p200。并且当英国旅行团的格雷汉姆妄图强行带离卢卡斯先生时，希腊旅店的年轻人拦下了卢卡斯先生的骡子，两个孩子还向格雷汉姆掷了石子。两处“神秘的”用法以及旅店一家不惜以武力挽留卢卡斯先生的行为，仿佛预示了他们在潜意识中已经感知到如果失去卢卡斯先生，等待他们的只有神话中的“天罚”，因他们违背了“俄狄浦斯应该安葬在科罗诺斯”的神谕。更紧要的是，没能留住卢卡斯先生还触犯复仇女神“违背了誓约，怠慢了客人”的禁忌：小说第二节埃塞尔读出了希腊报纸上对旅店一家殒命详列的名字与血缘关系——“年长的玛利亚·罗曼德（旅店老板）和她46岁的女儿，还可以清晰辨认；但她的孙子……”⑦p202——就说明了祖孙三代人在灾难中丧命。可以说，与忒修斯因得到俄狄浦斯而享受的世代福祉形成强烈对比的，希腊旅店一家因失去卢卡斯先生而遭受到“断子绝孙”式的天罚。小说里“树林”与“泉水”意象变化再次印证了这一解释：在卢卡斯先生最初来到“复仇女神”的树林时，“高大的树木朝着旅店方向倾斜生长”⑦p197，借他之口还传递了供奉的神龛和祭品是“这些乡野人家通过这种形式向美丽与神秘致意”⑦p197，说明希腊旅店一家供奉着神灵，神灵亦通过“树木朝着旅店方向倾斜生长”来表示对他们的庇佑。但到小说结尾，对突发灾难的描述和倒塌的树木将旅店五口全部压死的结局——“报纸上说，整个地方成了一片废墟，泉水也改道了”⑦p202——预示着神灵已经抛弃违背誓约、怠慢客人的希腊旅店一家，他们全数殒命在复仇女神惩罚之中。

（二）卢卡斯先生“虽生尤死”：缺乏自知，违背誓言

在《离开科罗诺斯之路》结尾，主人公卢卡斯

先生回到了英国，女儿埃塞尔即将成婚离去，他只得被托付给“既怕又恨”的妹妹照顾。回到英国的卢卡斯先生终日念叨琐事，觉得自己的住所“压根让人睡不着”，“狗整天叫唤个不停，隔壁的孩子吵得不行”⑦p202，最让他难以忍受的竟是下水管道里的水流声，甚至当得知自己逃过一劫也没有一丝触动。若将卢卡斯先生晚年境遇与俄狄浦斯相比，不难发现，虽然俄狄浦斯老迈失明，但他仍拥有对自己人生的掌控力，他可以控诉命运的不公，痛斥儿子的不肖，庄严地做出选择并捍卫选择；而卢卡斯先生虽“逃过一劫，身体获救”，但“灵魂彻底枯萎死亡”，③p132完全失去了对自己人生的掌握，可谓“虽死犹生”。问题在于，卢卡斯先生的悲剧是什么造成的？是因为他对自己的决定不够坚持，是女儿埃塞尔对老父亲不够尊重，还是因为现代社会中缺少“只有连结”的沟通？延续前文对希腊众神和复仇女神存在于《离开科罗诺斯之路》文本的分析，卢卡斯先生晚年的悲剧亦可从神话“天罚”视角解释：卢卡斯先生缺乏自知、自以为是，因而第一次触犯神灵；又因违背誓言（即没有坚持自己的誓言）而第二次触怒神灵，最终难逃“天罚”。

1.缺乏自知

在古希腊悲剧《俄狄浦斯王》中，俄狄浦斯由于杀父娶母而承受了无边的苦难；虽然到《俄狄浦斯在科罗诺斯》开篇，他不再甘于默默忍受命运，而是为自己辩护：自己的受苦具有无辜性质——杀父娶母不假，但他没有犯“罪”。这一辩护的关键是，他认为这些所谓的“罪”都非自愿而为，是在“无知”的情况下犯的错误。⑨然而即便有“无知”作为解释，年轻的俄狄浦斯还是难辞其咎——“追求知识、心智狂傲、怠慢了神”，这些都是《俄狄浦斯在科罗诺斯》中指出的他所遭受苦难的真正原因。直到故事结尾，俄狄浦斯在老迈失明和四处漂泊的痛苦经历中逐渐认识了自我：“人逃不脱神定的命运，人的那点知识和智慧在神面前是多么可怜，人必须收起因知识而产生的狂傲，重新虔敬地对待神、神谕、神的仆人。”⑨p18正是在重新认识自我、重获自知之后，俄狄浦斯得以被众神接纳，庄严平静地死去。

福斯特笔下的卢卡斯先生何尝不是心智狂傲直至缺乏自知！他缺少对自己年老力衰和无力选择的足够认识，天真地认为“希腊属于年轻人，但是我来了，我将拥有这一切。树叶将重新变绿，泉水将变得甘甜，天空也将湛蓝。……我在逐渐衰老，但我装作不是这样”⑦p196。这段描述表明，卢卡斯先生不仅缺乏自我认识，甚至还发展到“但我装作不是这样”的自我欺骗。而当他在探寻泉水源头时看到供奉神灵的神龛和祭品，他先是犹豫了一会儿，生怕触犯了神灵，“但很快他想起自己方才的感触，不禁微微一笑——‘这个地方属于我，我要走进去并且拥有它’”⑦p196。这再一次表明卢卡斯先生的自以为是，已经发展到对一切后果不屑一顾的地步。再到后来，他又自以为是地认为与女儿埃塞尔抗争一番便可留宿希腊旅店，然而结果却不如他意：“正当卢卡斯先生想着自己已将这美好的一天收入囊中，他突然感到自己被硬生生地抬起放到鞍上，几乎在同时，骡子就载着他一路小跑。”⑦p200上述引文例证表明，正是因为卢卡斯先生缺乏对自身能力的认知，缺乏对女儿埃塞尔的足够认识，高估了自己选择的权利，所以才被强行带上了“离开科罗诺斯之路”。这种与年轻的俄狄浦斯王一样的狂傲与无知，使卢卡斯先生第一次触犯了希腊众神，推动了他悲剧命运的进程。

2.违背誓言

不仅希腊旅店一家客观上因没能留住卢卡斯先生而触犯了复仇女神“违背誓言”的禁忌，卢卡斯先生也因承诺献祭却被强行带走而违背了誓言。

在《离开科罗诺斯之路》中，卢卡斯先生已经承诺将自己献给科罗诺斯的守护神。当受到神秘泉水的触动，他明确表示愿意“为这树奉上另一样祭品——一个完整的人……”⑦p197；而当他幻想可以留宿旅店时，又一次谈到了祭品：“他们会为神龛点亮灯盏，当我们一起坐在阳台上休息时，他们会告诉我他们准备了什么祭品。”“埃塞尔会先睡着，然后我就告诉他们我准备的祭品。”⑦p198可以看到，卢卡斯先生是如此热爱科罗诺斯，他愿意将自己的身体和灵魂都献祭给这片给他带来生活意义的地方、献祭给当地人供奉的神灵。事实上，《离开科罗诺斯之路》全文有4次提到“祭品”（offering），足以彰显出卢卡斯先生对神灵献祭的承诺与决心。然而，由于他缺乏自知，高估了自己选择的权力而造成被强行带走，虽然并非他的本愿，但在客观结果上确实造成了他未能践行献祭的誓言，因而亵渎了此处的神灵——复仇女神。复仇女神并未直接夺走他的生命，而是让他在喋喋不休、万千琐事中度过凄凉的晚年，显然，这种“虽生尤死”的惩罚甚至比死亡更加残酷。

可以看到，希腊众神特别是复仇女神的惩罚为阐释卢卡斯先生的悲剧提供了一种视角：他凄凉的晚景是他缺乏自知、心智狂傲的结果，也是他违背誓言、触怒复仇女神的天罚。然而，更具讽刺意味的是，复仇女神的禁忌中还有“不孝父母、不敬老人”一条，但小说中“不孝父母”的埃塞尔和“不敬老人”的格雷汉姆，却没有遭到任何惩罚，不得不令人叹服福斯特对人物命运的反讽处理。

四、结语

美国著名批评家特里林（Lionel Trilling）指出，福斯特是如此热爱希腊的神秘主义和自然主义，⑩这在他对《离开科罗诺斯之路》人物关系和自然意象的处理可见一斑：不仅是场景、人物和意象都映照着古希腊悲剧《俄狄浦斯在科罗诺斯》，甚至是古希腊神话中的神秘众神也参与到这篇现代小说之中。可以说，在分析两部作品在圣林、泉水和神谕等意象重合与背离的基础上，通过引入希腊众神特别是复仇女神的概念，从神话的天罚角度解析了古希腊神明的参与对福斯特小说故事的推进和人物命运的结局所起的关键作用，不仅为小说中希腊旅店一家的意外死亡以及主人公卢卡斯先生缺乏自知的晚年悲剧提供了新的阐释视角，而且进一步挖掘了福斯特作品中层层嵌套的意象结构及他横贯古今的希腊情怀。

注释【Notes】

①本文为2021年度江苏警官学院一般科学研究项目“西方的中国警察形象谱系：溯源及其影响”（课题编号：2021SJYSK12）的阶段性研究成果。

②邢海霞：《福斯特的〈离开科罗诺斯之路〉与索福克勒斯的〈俄狄浦斯王〉互文性研究》，载《安徽文学（下半月）》2012年第3期。

③叶蔚芳：《平行的旅程 迥异的归宿——对〈离开科罗诺斯之路〉现代弱者生存状况的评析》，载《外国语言文学》2010年第2期。以下只在文中注明页码，不再一一做注。

④孙晔：《〈始于科娄纳斯的路〉的神话原型解读》，载《齐齐哈尔大学学报（社会科学版）》2015年第4期。

⑤王菁：《人物的错位与降级——〈离开科罗诺斯之路〉与〈俄狄浦斯在科罗诺斯〉之深层比较》，载《成都理工大学学报（社会科学版）》2015年第4期。以下只在文中注明页码，不再一一做注。

⑥罗念生：《罗念生全集（第三卷）》，上海人民出版社2015年版，第261页。以下只在文中标注页码，不再一一做注。

⑦王守仁：《英国文学选读》，高等教育出版社2005年版，第195页。以下只在文中标注页码，不再一一做注。

⑧鲁刚：《世界神话词典》，辽宁人民出版社1988年版，第105页。

⑨张文涛：《受苦与正义：〈俄狄浦斯在科罗诺斯〉中的神义论问题》，载《中山大学学报（社会科学版）》2007年第6期。以下只在文中注明页码，不再一一做注。

⑩Trilling, Lionel E M. “Forster”. *The Kenyon Review*, 1942 (02).

新现实主义视野下沙尔古诺夫小说《乌拉！》中的作者形象研究

闫　坤

内容提要： 新现实主义在当代俄罗斯自由多元的文化语境中应运而生，旨在恢复传统现实主义诗学观念中的批判精神和意义追求。这一文学运动既借鉴了现实主义创作的原则，也融合了包括后现代主义在内的各种先锋技巧，形成了一种综合性的文学态势。谢尔盖·沙尔古诺夫是俄罗斯新现实主义文学的杰出代表，其中篇小说《乌拉！》展现了新现实主义的创作理念和美学特色。小说采用自传式叙事，讲述人和主人公的“我”与作者本人的形象高度重合，使得对小说中作者形象的研究具有实质性的意义。本文利用维诺格拉多夫的“作者形象”理论，分析《乌拉！》中不同语层的修辞特点，旨在揭示作者独特的艺术风格，并深化读者对俄罗斯新现实主义小说的理解与鉴赏。

关键词： 语层结构；作者形象；新现实主义；沙尔古诺夫；《乌拉！》

作者简介： 闫坤，北京外国语大学俄语学院博士生，研究方向为俄罗斯文学。

Title: The Authorial Persona in Sergey Shargunov's *Ura!* from the Perspective of New Realism

Abstract: New Realism has surfaced in the context of contemporary Russia's free and diverse cultural landscape, with the aim of revitalizing the critical spirit and pursuit of meaning inherent in traditional realist poetics. This literary movement draws upon the principles of Realism while integrating a spectrum of avant-garde techniques, including Postmodernism, thereby crafting a composite literary posture. Sergey Shargunov, an eminent figure in Russian New Realism, in his novella "Ura!" demonstrates the creative philosophy and aesthetic traits of New Realism. Employing an autobiographical narrative approach, the novel's author, narrator, and protagonist share a single name, aligning the narrator and protagonist's "I" closely with the author's own persona, rendering the exploration of the author's image within the novel substantially meaningful. Utilizing Vinogradov's "image of the author" theory, this paper analyzes the rhetorical characteristics of the various narrative layers in "Ura!", with the intent to disclose the author's unique artistic style and to enrich the reader's understanding and appreciation of Russian New Realism fiction.

Key Words: linguistic architecture; the image of the author; New Realism; Shargunov; "Ura!"

About Author: Yan Kun is a doctoral candidate at the School of Russian language, Beijing Foreign Studies University, majoring in Russian literature.

一、沙尔古诺夫与当代俄罗斯文学中的“新现实主义”

21世纪俄罗斯文学的显著特征之一是对现实主义的回归，新一代俄罗斯作家对文化空间中的意识形态、知识、伦理和审美态度的全新探索标志着俄罗斯当代文学正向新的阶段过渡。后现代主义文化思潮中罗兰·巴尔特“作者已死”的宣言和克里斯蒂娃“任何文本都是其他文本的变体”①的论断正在逐渐失去其现实意义。在当代俄罗斯社会现实剧烈转型的语境下，“新现实主义”（новый реализм）文学在现实主义、现代主义与后现代主义之间的跨界、互渗过程中渐次兴起，表现出面对现实生活的新美学理念和创作手法。

新现实主义文学作品常常将经典现实主义的

主题和内涵融入现代语境，表现出时代变迁与冲突，彰显时代主人公个性。新现实主义之“新”并非是新旧现实主义的对立，而是强调在“更新的”现实中加深对传统现实主义的艺术表现，在后现代语境中进行反思。青年作家谢尔盖·沙尔古诺夫（Сергей Александрович Шаргунов）成为“新浪潮”的“标杆”。他生于1980年，成长于一个东正教神父家庭，是作家、新闻记者、社会活动家、电台主持人。2000年，他开始发表文学作品，曾获“大书奖”“高尔基文学奖”“处女作奖”等多个文学奖项，除进行文学创作外，他还兼做文学评论，是新现实主义文学的奠基者和倡导者。

2001年，沙尔古诺夫在《新世界》杂志上发表《拒绝送葬》一文，揭示了后现代主义文学在新时代语境中的因循守旧，宣告新现实主义文学的勃兴：“在年轻人的小说中……重又感受到以前的传统文学。新现实主义！”②沙尔古诺夫批评了后现代主义作家对文学传统的讥讽态度，认为新现实主义代表着对真正艺术——现实主义的重归，这一理念在前几代作家中逐渐被遗忘。沙尔古诺夫认为，后现代主义已接近尾声，对新现实主义寄予厚望。他还提出了新现实主义创作的美学原则，如号召“严肃精神”的回归、拒绝模仿和嘲讽、坚持意识形态上的折中主义、提倡“真实的虚构”、语言清晰简洁等。2003年，沙尔古诺夫以中篇小说《乌拉！》获得“莫斯科国家奖”，该作被称为“新现实主义的纲领性作品”。小说以第一人称向读者揭示了当代青年虚度光阴、萎靡不振的生活状态。“我”因恋爱受挫而意志消沉，但在青春美丽的莲娜出现后，“我”决定重新振作，并以“乌拉！”作为鼓励自己的口号，在冷漠的世界中大声呐喊，奋斗，热烈地爱。沙尔古诺夫通过这部作品表达了对克服虚无、摆脱荒凉的渴望，并强调了对真实性和原始性的追求。

二、自传式小说《乌拉！》中的作者形象

自传性是新现实主义文学作品情节建构的重要方法，作家在虚构的作品中创造性地使用自己的记忆和生命体验，使作品更加真实可感。笔者认为，沙尔古诺夫的作品并非传统意义上的自传体小说。一般的自传体小说通常是作者依据自身经历，以真人真事为基础，以“书记员”的姿态真实再现现实生活中的方方面面。而沙尔古诺夫将现实主义白描与后现代主义手法有机融合起来，用以表现非理性状态下的自我成长和生活经历。在叙事结构方面，其小说具有先锋派的特点，为非线性叙事，章节可以随意调换位置，打破读者接受习惯。③因此，《乌拉！》虽采取了自传的叙事策略，却未完全遵循自传传统的线性时间轴和内心描写。沙尔古诺夫借用自传的形式为其文学表述选取了一条优雅的捷径，故而“自传式小说”是对《乌拉！》更为准确的表述。

在此意义上，新现实主义小说《乌拉！》必然带有作家本人的印记，体现出作家的创作风格和思想态度。而作家风格到底在何处体现，又是如何呈现的，则无法用缥缈的感受来解释。苏联语言学家维诺格拉多夫也发现了这一问题，并试图用科学的话语体系去阐释，提出了“作者形象”（образ автора）的范畴。作者形象“囊括了人物语言的整个体系，以及人物语言同作品中叙述人、讲述人（一人或更多）的相互关系；它通过叙述人、讲述人而成为整个作品思想和修辞的焦点，以及作品整体的核心”④。作者形象是作品中思想意蕴与言语构造的核心，统摄全局，起着内在整合统一的作用。通过对作品辞貌、叙述格调、作者对读者态度等因素的剖析，可以揭示作品的语言修辞结构和表达特色，把握作品的思想性与艺术性。

此外，在体裁上，《乌拉！》也是一部典型的讲述体（сказ）小说。讲述体是指以讲述人独白叙述为主的一种具有俄罗斯本土民族特色的叙述体式。在俄罗斯文学发展进程中，讲述体不断与本土的、外来的、传统的、先锋的文学因素相互渗透、融合，保持着强大的生命力，在新现实主义作家的作品中仍然能找寻到这种文体。在讲述体小说中，作者假托一个讲述人来进行叙事，讲述人的声音与作者的声音有时泾渭分明，有时彼此交融，形成内在的对话属性。《乌拉！》几乎通篇采用了讲述人自述的方式展开叙事，作者看似“完全隐匿”，实则在背后“操纵”着一切。通过主人公的“我”视

角，小说突破了传统连续叙事的框架，让人物和事件超越时间顺序的限制，随着主人公的思维自由穿梭，以跳跃、非线性的方式为读者拼凑出“我”的童年、少年和青年。

讲述体小说中的作者形象体现在由作者、讲述人、人物这三个语层组成的叙述结构中。三个语层的关系颇为复杂，不同语层之间进行对话并相互作用，表现出各自的语言风貌和思想态度，但始终存在一个主导语层。因此，在分析小说《乌拉！》中的作者形象时，首先要识别“谁在说话”，找到主导语层，再分析各语层之间的相互关系，把握整个作品的叙述结构，分析文本的语言艺术风格及其蕴含的思想特征，进而梳理出作品风格的核心和灵魂——作者形象。

三、小说《乌拉！》中的语层结构

（一）作者语层：鲜活明晰的畅叙

沙尔古诺夫是一位不循规蹈矩、非商业化的作家，在小说中经常使用青年俚语，语言风格粗犷。在辞章层面，他偏爱简练而直接的叙述方式，常常打破句法，避免使用长句，通过不断变化的语调和节奏迫使读者全神贯注于文本。沙尔古诺夫在语言上展现出独创性与趣味性，尤其擅长用简洁的笔触描绘人物的典型特质，仅用几句话就能生动勾勒出人物的外貌、表情、姿态，深刻反映其性格与内心世界。此外，他还善于运用富有反差感、漫画感和童稚化的比喻。例如：

1.“我得了选美冠军。”莲娜吹牛道，嘴巴咧得**像鲨鱼一样**笑着。[⑤]

2. 她转身就消失了，**像一面小旗子**一样飘走了，那么美丽。[⑤p323]

3. 艾琳的脸色黝黑，皱皱巴巴的，**像一个要腐烂的猕猴桃**，还长着一张**毛毛虫似的**嘴。[⑤p324]

沙尔古诺夫笔下的比喻生动具象，避免了陈词滥调，既清新可爱，又带有一丝幽默和夸张色彩，使人物形象跃然纸上。这些独具匠心的比喻不单让人物形象更加立体，同时也深刻展现了作者的独到观察力和创意，让读者通过这些鲜活的描绘，窥见一个别样的世界。

在小说中，人物的姓名不仅具有称名功能，而且能够揭示人物性格特征。塑造人物形象是俄罗斯经典现实主义作品中刻画形象的一贯手法。沙尔古诺夫也非常重视人物姓名的雕琢，小说主人公谢尔盖•沙尔古诺夫与作家本人同名同姓，作者巧妙地将个人成长经历与自己的创作结合起来，将纪实性和虚构性相融合，这种自传性的运用，不单是他作品中一项关键的叙事策略，更是新现实主义作家利用以增强作品真实感、表达个人观点，以及塑造公众形象的有效方式，赋予了作品更高的话题性和信服力。

同时，作者对人物姓名的匠心独运还体现在对两位女性角色的塑造上：莲娜•米斯妮科娃和“美人鱼”斯黛拉。一位是令主人公神魂颠倒的青春丰腴美少女，另一位则是衰败、残疾的底层女性。

4. **美到极致，几近怪物**……连她的姓都带着几分血腥与汁液的味道——米亚斯尼科娃！[⑤p320]

5. (斯黛拉)拖着因疾病变得**畸形的双腿**，颤抖着……**浓密的长发，散发着潮湿的气味**。[⑤p339]

在莲娜•米斯妮科娃的角色塑造中，沙尔古诺夫巧妙地模糊了传统的美丑界限。莲娜的名字源自希腊神话，代表了一种理想化和超脱物质的美，而她的姓氏米斯妮科娃，其词根“мясо”意味着“肉体”，强调了人物的物质和生理属性。这样的命名不仅体现了一种现代主义的双重性，也深刻揭示了角色复杂的内在性格和命运。

斯黛拉则被描绘为一位“美人鱼”，一种出现在俄罗斯北部省份的邪恶生物：衣衫褴褛、头发蓬乱、苍白的脸、绿色的眼睛和头发，经常勾引没有防范的过路人，把他们抓住并拖到河中溺死。[⑥]斯黛拉的形象——包括她的“畸形的双腿”和“浓密的长发”以及身上的“潮湿气味”——与这种传统美人鱼的描述惊人相似。沙尔古诺夫通过这种强烈的文化隐喻和形象对比，描绘了一个与众不同、充满戏剧性的角色，深化了故事的情感和象征层次。

（二）讲述人语层：言为心声的独白

《乌拉！》作为讲述体小说，内心独白占据了显著的篇幅，不仅限于几句话，而是延伸至数页之长。章节如《喊声的由来》《清晨—哑铃—慢跑》和

《食物》，均以讲述人的内心独白为主，这些独白深入展现了主人公的思维和情感流动。如讲述人在《基督复活了》一章中表达了对宗教和死亡的理解：

6. 我怎么看待宗教?我总是躲开那些哭哭啼啼的、歇斯底里的女信众，那些彼岸世界的宣扬者。他们在慢慢饮尽生命、土壤、草地和雪中所有的汁液。⑤p337

7. 我推崇生命之严酷的神秘主义！人是会死的，这没什么，但为什么不在有生命的时候展现奇迹？我喜欢巧合，喜欢悲剧性地扑入窗子的小鸟。而通常我遇到的是一个接一个的死亡……也许有这么个老太婆，谁知道呢。她拿着镰刀绕着我们走，在我们眼前嘿嘿笑着。手一挥——完了……⑤p320

小说讲述人在叙述时常常转入内心独白，发表对人生、爱情、健康、宗教等社会话题的看法，作品中诸如此类的抒情、议论、讽刺和作者的客观叙述有机融合在一起。作者借助讲述人这一“面具”，评述各种情境和事件，深刻表达了自己的情感和观点，明确地呈现了个人立场。这样的叙事手法不仅使主题得到了丰富和深化，也成功塑造了作品独特的艺术风格，与读者建立起情感共鸣。

文学语篇中，言语的生产者和叙述主体是不一致的，即作者和讲述者是不统一的，作者要借助作者形象来阐述和传达自己的思想和情感，作者形象的主要表现手段之一是对话性。⑦独白还是对话，维诺格拉多夫和巴赫金各有侧重，实际上这两种语型是一体两面的关系，并不矛盾。巴赫金认为，在具体的话语中，对话性是以独白的形式表现出来的，包含在主体的“独白”意识之中。⑧《乌拉！》通过其讲述人的语层，采用了“嵌入式结构”来展现这一对话性。该结构通过使用括号或破折号等语法手段，使得文本内部对话得以显现。这种叙事策略不仅丰富了作品的层次，也使得作者能以隐秘的方式与读者进行思想上的交流。例如：

8. 小伙子们无聊地往干热的陈土地上吐一口唾沫（**这是当地的一种习惯——无聊地吐唾沫！**），等待着需要擦洗的汽车。⑤p320

或者借助嵌入式短语来实现。例如：

9. 她和母亲、哥哥一起住在里瓦季村一座破旧的棚子里，没有广播，甚至连本书都没有。**想想看**，除了一本油污的小册子《园艺》外，一本书都没有！⑤p320

通过嵌入式结构，作者能够直接介入叙述，以讲述者的身份表达个人情感和对特定事件或人物的看法，从而赋予文本更强烈的情感表现力和深度。在讨论无所事事的当地青年时，这种结构使作者得以明确表达自己的不满和鄙视；而在描述莲娜一家的生活条件时，又传达了作者对他们艰苦境遇的震惊和同情。

在小说中，作者深刻阐述了一个观点：精神上的麻木和身体的衰弱预示着一种生命的终结，而一个健全的身心则象征着灵魂的成熟和完整。为了强化这一主题，作者多次借助嵌入式短语向读者发出警醒。如：

10. 读者，**撕碎烟盒，折断香烟吧**……从自己的身体里赶出成团的烟气！再也不会想抽烟了。⑤p331

讲述人没有一味陷入迷惘和堕落的情绪，而是始终保持对自身状态的觉察。“我”始终同自己对话，同读者对话，剖析内心，坦诚呼吁。作者的创新之处在于使用命令式的章节标题，如《吐出啤酒，折断香烟》，通过这种略带说教色彩的叙事手法，不仅未引起读者反感，反而更加拉近了彼此的距离。《乌拉！》不是简单的教诲文本或生活指导手册，它是一场关于深层自我的探索。沙尔古诺夫重新审视了善恶、对错、道德与尊严等二元对立概念，并激励读者采取行动。这种独特的“乌拉”精神，为长期处于“哀悼”状态的社会生活，提供了一种激励和觉醒的力量。

（三）人物语层：生动鲜活的口语

沙尔古诺夫等新生代作家成长于苏联解体后，展现了一种更自然、不拘一格的思想意识和创作方式，形成了独特且前卫的世界观和语言风格。在小说《乌拉！》中，沙尔古诺夫深入探讨了社会转型时期的政治、经济、城乡、宗教、青年生活等社会性主题，通过这些主题反映了时代的变化和社会矛盾。

沙尔古诺夫巧妙地将个人经历融入作品，但

他所绘制的，是整个时代群体的命运，而非自己的人生回忆录。新文化的冲击让青年人热衷于标新立异、展示自我，因而主人公谢尔盖的语层中形成主体基调的是大量生动鲜活的口语、俗语、俚语及行话，构成了作品语言的鲜明特色，人物对话中更是出现大量带有乡俗气息的口语表达。例如：

11. “我们家那个冤家留下了一件黑夹克。去年秋天我用这件黑夹克**塞**住了顶棚上的窟窿。因为老是漏雨，我才**堵**上的。现在我把它**拽**出来了。”⑤p339

12. 母亲兴高采烈地说，“以前小鸡都是从那个碟子里**叼**东西吃的。我用根棍子**动了动**，再一**看，变白**了。是碟子！闹了半天是我们偶然**踩**了它一下，它就**陷下去看不见**了。”⑤p339

描述这位乡村中年妇女时，使用的简洁“动词+名词”句式虽然简单，但却深刻反映了她的生活环境和社会身份。通过细腻描绘乡村日常生活的平凡场景，作者不仅展示了与家禽和谐共处的质朴生活，还生动描绘了这位农妇忙碌而勤劳的性格。这种充满乡土气息的语言风格，不仅捕捉了当地社区的文化风韵和生活情趣，也让读者自然而然地沉浸于对这个环境的想象与理解中。

人物的直接话语是高度个性化的语言，纵观小说《乌拉！》的文本，沙尔古诺夫将所有人物设置在几近真实的环境中，人物的语言俚俗简单却富于感情。故事以“我”的第一人称视角贯穿，作者巧妙地将人物间的对话编织成一系列多彩的叙事片段。这些对话不仅语言风格简约、口语化，且反映了人物各自不同的社会背景和教育水平。沙尔古诺夫通过将标准书面语和生动口语巧妙地融合，实现了语言风格的多样性和情感深度的转换，塑造出一个既完整又和谐的艺术表达体系，极大地丰富了读者的体验，提升了作品的艺术价值。

四、结语

作为新现实主义“旗手”的沙尔古诺夫力图恢复现实主义的“黄金原则”。在小说《一个男孩受到了惩罚》《乌拉！》《禽流感》《没有照片的书》中都注重运用写实的笔法反映苏联解体后一代青年人的生活，力图“将回忆录中的人物塑造成生动的同时代者”⑨。在《乌拉！》中，他走出了大众文学和后现代主义的传统框架，创造了真实可信的人物和场景。正如沙尔古诺夫所说的那样：“《乌拉！》是一部关于真实的个人体验的小说。我真诚地写作，因为碰到了生活中的尖锐角落而大喊。”沙尔古诺夫试图通过文学，探索和表达社会变革下个体的内心世界和命运，从而使其作品成为他个人艺术思想的真实展现。

通过对小说《乌拉！》的作者形象研究，可以窥见作者对作品艺术现实的理解和对语言艺术的独特审美追求。沙尔古诺夫融合现实主义、先锋派和现代主义风格，利用真实与虚构相结合的创作手法和现代语言的应用，塑造了带有自传色彩的“当代英雄”。在他的笔下，后现代主义曾试图淡化的价值等级得以重塑，强化了作者与文本及现实世界的深刻连接，重新确立了作者在文本构建和意义传达中的中心地位，象征着作者的“回归”。

注释【Notes】

① Кристева Ю. *Избранные труды: Разрушение поэтики*.пер. с франц. Москва: Российская политическая энциклопедия (РОССПЭН), 2004, p.399.

② Шаргунов С.А. *Отрицание траура*. Новый мир. 2001(12).

③ 邱静娟：《新现实主义作家沙尔古诺夫：宣言与创作》，载《齐齐哈尔大学学报》2019年第1期，第19页。

④ Виноградов В.В. *О теории художественной речи*. Москва: Высшая школа, 1971, p.118.

⑤ [俄]伊琳娜·鲍加特廖娃等：《回到伊萨卡》，侯玮红译，四川人民出版社2017版，第323页。以下只在文中注明页码，不再一一做注。

⑥ 桂芳：《俄罗斯民俗文化中的“Русалка”》，载《俄语学习》2007年第3期，第61页。

⑦ 王辛夷：《俄语嵌入结构中的作者形象：以文学语篇为例》，载《中国俄语教学》2021年第1期，第4页。

⑧ 黄玫：《文学作品中的作者与作者形象：试比较维诺格拉多夫和巴赫金的作者观》，载《俄罗斯文艺》2008年第1期，第47页。

⑨ 陈建华、杨明明：《世纪之交俄罗斯现实主义文学的转型》，载《同济大学学报（社会科学版）》2008年第5期，第95页。

米兰·昆德拉小说的酒与酒神精神

于新伟

内容提要：酒与酒神精神是米兰·昆德拉小说中重要的书写对象和意象。酒神传统是西方自古希腊以来重要的文化传统，尼采立足于酒神现象进一步在古希腊哲学和艺术中重新发现了酒神精神。昆德拉作品中蕴含着丰富的酒神元素，并通过大量的酒和饮酒叙事、人物的酒神精神气质塑造、集体狂欢仪式等表现出来，体现了米兰·昆德拉对尼采“永恒轮回”的反思下“生命的轻”的世界观。

关键词：酒；狄俄尼索斯；米兰·昆德拉；饮酒叙事

作者简介：于新伟，中国海洋大学文学与新闻传播学院，比较文学与世界文学专业在读硕士，主要从事外国文学研究。

Title: Alcohol and Dionysian Spirit in Milan Kundera's Novels

Abstract: Alcohol and Dionysian spirit are important writing objects and images in Milan Kundera's novels. The Dionysian tradition is an important cultural tradition in the West since ancient Greece. Based on the Dionysian phenomenon, Nietzsche rediscovered the Dionysian spirit in ancient Greek philosophy and art. Kundera's works contain rich Dionysian elements, which are manifested through a large number of alcohol and drinking narratives, the creation of Dionysian spiritual temperament of characters, collective carnival ceremonies, etc., reflecting Milan Kundera's world view of "lightness of being" under the reflection of Nietzsche's "eternal reincarnation".

Key Words: Alcohol; Dionysus; Milan Kundera; Drinking narrative

About Author: Yu Xinwei, a postgraduate student majoring in Comparative Literature and World Literature, College of Literature and Journalism, Ocean University of China, is engaged in foreign literature research.

米兰·昆德拉（Milan Kundera）以其小说作品的思辨性、革命性、哲理性而蜚声世界文坛。在其小说中，蕴含着深刻的“轻与重”的生命观的哲理思考，其中，酒神精神以“生命的轻”之内核彰显于其中。酒、饮酒、醉酒在米兰·昆德拉小说中频频出现，是其小说的重要元素和场景构成要件。酒神狄俄尼索斯（Dionysus）是一个重要的古希腊文化原型与艺术现象，尼采立足这一现象，在古希腊哲学和艺术中重新“发现”了酒神的艺术精神。酒神精神作为欢乐、苦痛的力量与缘起，象征着在异常艰难之中肯定生命，对生命必然的痛苦不迎不拒。原欲的极致追求、生命本能的纵情宣泄、欢乐迷狂的生命体验，就是酒神精神的精髓。

国内外对米兰·昆德拉关于生命的“轻重”之思考、音乐性研究等早已硕果累累，关于其作品中的重要意象如“牧歌”“童年”“死亡”等亦是有许多精彩的论述。但还未有学者从事于昆德拉小说中关于酒与酒神的重要意象的专门分析。米兰·昆德拉作品中充斥着大量的酒与饮酒场面的描写，人物的“耽溺”的醉境和音乐、狂欢等场面更是频频出现，内在地体现了酒神精神生命观和价值观。酒神是西方文学艺术的重要文化原型，尼采的酒神精神更是深刻地影响了对悲剧理论和音乐理论，以及人的存在这一重要哲学问题的阐释。而关于经典的轻重之论，生命的“轻”更是代表了象征着酒神精神的一端。在尼采的酒神精神视域下观照米兰·昆德拉的作品，研究酒神精神在小说文本中的具体彰显，以及这一精神在其小说的延异，以期为米兰·昆德拉小说研究带来一种新的解读视角。

作为西方文化的重要组成部分，酒频频出现在西方文学文本之中，亦是米兰·昆德拉小说的重要书写内容。本文主要从米兰·昆德拉小说的酒元素及饮酒叙事、人物的酒神气质和酒神仪式的实体化彰显三方面来做研究。“酒”这一元素在昆德拉作品中占有重要的地位，并以此推动叙事进程，构建小说意义，从而体现了独特的“饮酒叙事”；昆德拉在作品中多次提及酒神，酒神也是其用来形容人物的富有意味的形容词，作品中许多人物具有典型的酒神精神气质，酒神式的激情在其间游荡，在昆德拉笔下的人物生命观里就是“生命的轻”，体现为生命的自由、个体的解放和对原欲的追寻；而昆德拉的作品中经常出现的集体活动，如游行、聚会等狂欢仪式的描写，则是作为实体的酒神庆典的狂欢化表现。

一、酒与饮酒叙事

酒是西方文化的重要组成部分，在许多西方文学作品中可以见到对酒的描写和与酒有关的情节。酒常起排解苦闷和助兴烘托气氛之用，是现实的世俗生活与非理性世界的中介物。醉酒之时，主人公的行为和遭遇的事件显示违背了日常生活的法则，却因醉酒状态而显得愈加合理。米兰·昆德拉作品中出现了大量的酒、饮酒、酗酒及酒后狂欢的描写，与酒相关的内容既是小说文本的重要组成部分，也是推动故事的进程、塑造人物形象的重要环节，从而形成独特的“饮酒叙事”。

以《不能承受的生命之轻》为例，作品有将近一半的章节出现了酒或酒馆、酒吧等事物或场景，这种情况也同样见于《玩笑》《不朽》等作品之中。可以说，酒这一元素在昆德拉小说中大量出现，并起到重要的叙事意义。除此之外，可以发现昆德拉小说中许多具有酒神气质的人物，而这些人物往往需要喝酒来抛弃世俗的规约和来自道德的、自我的法则，通过酒这一中介才能实现酒神生命观的世俗化实践。《不能承受的生命之轻》中，托马斯发现只有醉酒后才能坚持自己的“灵肉分离”的爱情观，“……他（托马斯）必须麻醉自己才能不再想她。从他认识她起，他不醉酒便无法同别的女人上床……然而，恰恰是他醉酒呼出的气味，让特蕾莎更轻易地发现他不忠诚的蛛丝马迹”①。靠酒达到的短暂的非理性状态，使得主人公的行为可以实现日常生活的越轨或自我准则的越界，而越界之后，又以酒之气味推动了故事的进程。

昆德拉创作中的“酒”多与两个要素相关：一为“情欲”，二为狂欢的集体仪式。就情欲书写而言，性压抑和性放纵是昆德拉笔下的两个极端，“酒”成为这两种极端的重要催化剂。《玩笑》中，路德维克被昔日友人告发而被送去军营做苦役，进行劳动改造，生活在规律、节制、孤寂的一团漆黑之中，被“甩出了自己生活的轨道”②。直到跟随同伴一起“外出”成群结队地光顾小酒馆并遇见露茜，路德维克的生活才开始改变。小说描绘了镇上酒吧的场景，“一支蹩脚的铜管乐队在台上奏着一支又一支华尔兹和波尔卡舞曲，有两三对舞伴在池里旋转着。我们十分安闲，一边偷眼瞟着姑娘们，一边啜着汽水，那里面的一点点酒精味使我们一时间比这里所有的顾客都尊贵了些……”②p70在“外出”的活动中，主人公在自我的情欲中确证本我，也陷入矛盾中。路德维克本不愿与同伴“同流合污”，但又为了融入集体而随波逐流，而他也确实在自己曾鄙夷的行为中获得了快感。因此，路德维克经受着已有道德原则的拷问，在遵循集体的过程中享受着个体消融的快感，也承受着个体解体的痛苦。

而性放纵的书写之中，酒更是以一种叫人耽溺的力量，将人抛入原始的、本能的欢乐体验之中。酒精可以拉近人的距离，放大人的情感，剥去人的压抑。特蕾莎工作的酒馆里，酒精氤氲着的暧昧气氛使得她与工程师相遇及更进一步的接触便显得顺其自然。《好笑的爱》里，诗人、艺术家、编辑在酒吧里谈天说地，互相盯着对方，构成了一个“美丽的四边形”③，铺垫了接下来的艳遇的发生；但酒精也会放纵人的疯狂，《玩笑》中的露茜就是在酒精的作用下失贞于六个男子，并在这种疯狂中受屈辱，从而害怕恋爱的发生，而这直接导致了露茜和路德维克关系的破裂。

捷克拥有悠久的啤酒文化，而昆德拉也将捷克的酒气带入文本之中。在他笔下，人们或小酌，或畅饮，有文人相聚的雅气，也有恣意放浪的随性。而在集体仪式的狂欢中，人们饮酒、放歌、欢舞，以达到与酒神的神交。当所有人发出一种声音，信徒们被神灵掌控而全身心地为神所有，而实际上，信徒们其实是为生命本能所驱使，也就是为自我所有。

二、人物酒神精神气质——生命的“轻”

米兰·昆德拉小说中许多人物具有典型的酒神精神气质，这很大程度体现于昆德拉笔下人物的酒神精神生命观。

酒神精神的生命观在其人物塑造上体现为某种耽溺欲望的热烈、放任自由的悲感、自我毁灭性的激情。酒神精神“用一种形而上的慰藉来解脱我们：不管现象如何变化，事物基础之中的生命仍是坚不可摧和充满欢乐的”[④]。这种精神昭示了生命的洒脱与轻纵，也是对人性的本能欲求的呼唤和对伦理和秩序的反抗。昆德拉笔下的许多人物都具有相似的气质，按照昆德拉的说法就是“生命的轻”。酒神与象征秩序、克制的日神相对立，代表着狂热、过度和反叛。酒神作为象征着“轻”的一端，正因为这“轻”确确实实地关系到人的存在的本质的问题，以某种对立统一的立场担任着衡量生命重量的角色而“不能承受”。

酒神的死亡与复活是生命轮回与再生的象征。昆德拉在《不能承受的生命之轻》开篇引用尼采的“永恒轮回”说，提出了一个永恒的问题：生命到底是重还是轻？酒神象征的生命的狂欢形式，在现代演化为对人的世俗欲望的肯定，意味着抛去过往“重”的规约和枷锁的束缚。而在这部作品中，主张灵肉分离的托马斯与向往自由的萨比娜显然象征着“轻”的一端。他们的生活方式是酒神精神实化为现代人生活方式的体现。一如《身份》中的让·马克，同样也是“轻”的代表，他不顾一切地放弃很多东西，但仍用爱情维持着和世界的联系，在原欲中寻找并肯定自我生命的意义。昆德拉笔下的许多人物大都活在一种神秘、模糊的矛盾之中，这种矛盾或可用“轻”“重”来彰显，矛盾的一端指向原欲的自由，另一端指向束缚着这种自由的感情和羁绊。前者指向酒神状态的迷狂，后者指向面向生命的痛苦。

《身份》中，让·马克给尚塔尔写的信中说道：“您走路时周身都是火焰，快乐的、酒神般的、沉醉的、原始的火焰。想起您的时候，我向您裸露的身躯抛去一件用火焰织就的大衣。”[③p1935]在这里，酒神成为一个与火焰、热情、生命力相关的形容词。《不能承受的生命之轻》贯穿着昆德拉对于音乐理论和酒神精神的思考：“对弗兰茨来说，最接近于酒神狄俄尼索斯那种狂醉之美的，是艺术。”[③p1285]昆德拉将酒神这一具有符号性质的意象引入小说之中，使得作品增添了一丝神秘的、原始的、活力的意蕴。尼采在《偶像的黄昏》中总结道：“肯定生命，让生命意志在生命最高类型的牺牲中为自身的不可穷尽而欢欣鼓舞——我称之为酒神精神。”[⑤]而昆德拉将这种不可穷尽的生命最高类型的牺牲认为是人对原欲、艺术的追求，这很典型地体现在雅罗米尔身上，“他已经写了不少关于死亡的美丽诗句，他在某种程度上已经成了一个死亡之美的专家”，“有哪个诗人没有梦想过自己的死亡？”雅罗米尔觉得“在做爱过程中掐死情人是很美好的一件事”[③p631]，在他身上，诗与死亡结成了暧昧的关系，共同导向酒神毁灭的、欢乐的世界。

除此之外，昆德拉的许多作品出现了酒神的身影和对酒神节的描写。在《玩笑》“雅洛斯拉夫”一章中，昆德拉这样解释民歌茫昧杳然的内容：“茫茫不可溯源的传统所具有的惯性是唯一的力量，竟使歌里已经变得晦涩难解的词儿原封不动地传下来。经历了无数圆月，最后唯一可能的解释就是：唱的是古希腊的酒神狄俄尼索斯。一个在羊背上的森林之神和在啤酒花丛中挥舞着一根酒神杖的神明。”昆德拉将对民间音乐理论的思考投射于雅洛斯拉夫，并认为“我们最古老的民歌就是和古希腊所唱的歌曲属于同一音乐理念的时代”[③p113]，而民歌里的酒神就是古希腊音乐流传至今的痕迹。除了酒神，《不朽》第三部中提到了酒神节（Bacchanalia）：“比酒神节还要富于刺激性。在那种酒神节上每个人都竭力完成要求的动作，一切都是约定好的，而且只有一个含义，可悲地只有一个含义！”[③p1618]酒神节上，人们尽情欢饮，举行盛大的游行歌舞。尼采认为在这种集体活动中，个体被击碎和瓦解，获得大悲大喜的消融感。回溯到遥远的古希腊时代，这种个体的消融实际上是一种对未知恐惧的对抗。但在昆德拉这里，它以巨大的力量抹去所有而只剩下其本体的一个含义，这种消融和统一是可悲的，昆德拉对与酒神精神一致的“轻”感推崇之时，又对其进行了冷静的反思。

三、酒神精神的实体化——集体仪式

昆德拉的作品中经常出现各式各样的集体仪式，如游行、聚会、舞会等。这些仪式为酒神精神提供了在世俗容身的场域，是酒神庆典传统上狂欢精神的实体化表现。

相传，狄俄尼索斯从希腊漫游到小亚细亚，所到之处便教人葡萄种植和酿酒工艺，他走到哪儿，欢乐就到哪儿。他的追随者们成群结队、没日没夜地欢舞，昭示了对自然的复归和对文明、伦理的反叛。昆德拉的小说中经常出现一些大型集体仪式，如《玩笑》中的众王马队游行、《不能承受的生命之轻》中弗兰茨和萨比娜参加的乡村舞会、《不朽》中的裸体女人的学术聚会等。米兰·昆德拉认为，“晚间散步曲、窗前小夜曲、求婚曲，这些全都是集体仪式”[③p119]。这些场面一方面是人群狂欢的活动，另一方面，这些大型活动都显现出自古以来仪式的特征，是古希腊酒神祭祀活动的延异。酒神节开始于7世纪，当天，古希腊人为了表示对狄俄尼索斯酒神的尊重，都会举行盛大的祭祀仪式。仪式上，人们共同欢舞、歌唱、饮酒、与神神交。神不再和普罗大众有距离，而是和所有人平等。在酒神仪式的集体活动中，人的个体被无限地抬高，而后被无限地消解，最终所有人都是一样的，都是神的代言，发出神的声音。

《玩笑》中的众王马队的游行就是一种酒神精神的实体化仪式，与酒神祭祀仪式一致，它是民俗的、传统的。仪式中的“国王”由民间推举一名青年男子担任，他在这一天里将在众人的簇拥下骑马穿越长街，风光无两。雅洛斯拉夫重视传统文化和民间艺术，被推为国王使他感到无上的光荣。时隔多年，他仍然能满怀激动地回顾当年的“盛大游行”。但时过境迁，尽管游行仪式保留，但人们早已不再重视这类民间活动。以雅洛斯拉夫的儿子为代表的年轻人早已经不再重视、不再严肃，而将此类活动玩笑化了。

酒神艺术的最典型形式就是音乐，集体仪式必然伴随音乐。昆德拉的小说中夹杂着许多独特音乐理论。在音乐、合唱、歌舞与诗的结合中，个体消融走向覆灭，最终导致世俗的悲剧的诞生。《玩笑》中的雅洛斯拉夫，他年少时扮演国王，作为众王马队的中心游行于闹市，但时过境迁，他所珍视的民族音乐已不再被年轻人喜爱，从而成为抱残守缺、怀念过去的“堂吉诃德”。最终，他在一场演奏之中不能自已，在酒吧突发心脏病。故事戛然而止，在狂欢的集体氛围内，人物个体走向了毁灭和个体的消亡。尼采认为悲剧是因日神和酒神力量之间的斗争而产生，那么在昆德拉笔下，人物在酒神精神带来的“生命之轻”的悲剧中走向毁灭。

注释【Notes】

①[法]米兰·昆德拉：《不能承受的生命之轻》，许均译，上海译文出版社2003年版，第25页。

②[法]米兰·昆德拉：《玩笑》，蔡若明译，上海译文出版社2003年版，第64页。以下只在文中注明页码，不一一做注。

③[法]米兰·昆德拉：《米兰·昆德拉作品系列》，许钧等译，上海译文出版社2022年版，第659页。以下只在文中注明页码，不一一做注。

④[德]弗里德里希·尼采：《悲剧的诞生》，周国平译，译林出版社2011年版，第33页。

⑤[德]弗里德里希·尼采：《偶像的黄昏》，李超杰译，商务印书馆2013年版，第152页。

"破碎感"与"虚幻感"
——法国作家电影剧作特征研究

季 毅

内容提要：法国作家电影是新浪潮运动的重要组成部分，其剧作特征对后世影响深远。本文将法国作家电影的剧作特点概括为"破碎感"和"虚幻感"。"破碎感"指的是二战后法国作家电影中人物的支离破碎人生和整体影片语言、台词的凌乱散碎。"虚幻感"指的则是法国作家电影选择的人物通常具有迷茫、厌世等情绪，进而导致影片主题极具"虚幻"性。

关键词：法国作家电影；叙事；情节

作者简介：季毅，贵州工程应用技术学院人文学院教师，研究方向：戏剧影视学。

Title: Sense of "Fragmentation" and "Illusion": The Characteristics of the French Writers' Film Plays

Abstract: The films of French writers are an important component of the New Wave movement, and their theatrical features have had a profound impact on future generations. This article summarizes the characteristics of French author films as "a sense of fragmentation" and "a sense of illusion". "Fragmentation" refers to the fragmented lives of characters in French writers' films after World War Ⅱ, as well as the overall chaotic language and lines in the film. "Unreal feeling" refers to the fact that the characters chosen by French writers in their films often have emotions such as confusion and disgust with the world, leading to a highly "illusory" theme in the film.

Key Words: French writer's film; narrative; plot

About Author: Ji Yi, a teacher at the School of Humanities at Guizhou University of Engineering Science, main research: drama, film and television.

一、法国作家电影

作家电影，起源于20世纪30年代，由剧作家兼电影家让·谷克多开创。作家电影的导演多生于20世纪20年代，经历两次世界大战，关注国家命运和人的存在，受存在主义影响。该流派以塞纳河左岸为活动中心，被称为"左岸派"。①

二战后，法国社会动荡，作家电影导演从左倾角度反思社会，关注时代印记和人民彷徨。代表人物包括阿伦·雷乃、阿涅斯·瓦尔达、克里斯·马尔凯和亨利·科皮尔。阿伦·雷乃以纪录片起家，后创作《去年在马里昂巴德》等杰作。马尔凯借鉴真实电影手法，加入个人评论，代表作有《美好的五月》。瓦尔达是唯一女性导演，作品关注生命和社会，如《短岬村》。亨利·科皮尔结合记者、作家和诗人风格，作品如《长别离》获奖无数。其他重要人物还有阿兰·罗伯-格里耶、玛格丽特·杜拉斯、让·凯尔罗等。②

二、法国作家电影的"破碎感"

作家电影流派的作品中普遍存在一种"支离破碎"的感觉，这与导演们经历的第二次世界大战伤痛以及20世纪法国文艺思潮的涌现密切相关，特别是存在主义哲学的理论对他们产生了深远影响。

存在主义起源于丹麦，二战后成为法国主流思想。让-保罗·萨特和阿尔培·加缪是其代表人物，他们通过作品广泛宣传存在主义观点，影响了作家电影流派。萨特是存在主义的代表，其剧本《禁闭》中的台词“他人就是地狱”体现了存在主义的核心理念。存在主义者认为人的基本感受是恐惧、孤独等，认为存在即死亡，得出了悲观的结论。③

存在主义者认为文艺作品不是现实的复制，而是创作者个人哲学和感受的表达，旨在激发观众的理性思考。这种观点在法国作家电影导演的作品中体现为一种“破碎感”，即通过描绘个人的心理失落和阴暗来反映战争的残酷和世界的荒诞。这些作品通常以战争为背景，通过人物的悲惨命运来表达对和平的向往。

以阿伦·雷乃的《广岛之恋》为例，影片通过二战背景下的爱情故事，展现了战争的破坏和人物的无奈，传达了反战的主题。导演们还通过探索人物的过去，使用记忆和忘却的手法，以及如诗歌般的语言，来增强作品的感染力，同时挑战观众对人物情绪和导演意图的理解，模糊了电影、小说和诗歌之间的界限。

三、法国作家电影的“虚幻感”

法国作家电影导演在创作中融合了弗洛伊德的无意识学说和柏格森的直觉主义哲学，强调直觉在理解人类心理中的重要性。他们通过探索梦境和意识的虚幻性，深入挖掘人物的精神世界，形成了一种现代的电影理论。

弗洛伊德的理论将无意识分为潜意识、前意识和意识三个层面，认为潜意识虽不易察觉但影响深远。这促使电影导演摒弃传统的线性叙事，采用非线性叙事手法来表现人物内心与现实的冲突。此外，这些导演在剧作上注重时间和记忆对个体的影响，将心理时间和记忆作为叙事的核心。他们通过梦境与现实的交织，创造了独特的叙事风格。理解这类作品需要借助弗洛伊德的精神分析法，尤其是对梦的解析，区分梦的显意（可回忆的情境）和隐义（隐藏的深层意义）。

法国作家电影导演的创作在理论和艺术表现上都深受弗洛伊德的无意识学说和柏格森的直觉主义哲学的影响。他们的作品通过非线性叙事和对时间、记忆的特别关注，展现了对人物内心世界的深刻洞察，以及对梦境与现实关系的创新性探索，对电影艺术的现代性发展做出了重要贡献。

柏格森的“直觉主义”哲学认为直觉是理解事物本质的关键，这种思想在法国作家电影中得到了体现。导演们在电影中使用非理性感受来表现人物的意识，以此来感受事物的本质。因此，这些导演在剧作的选择、情节设置和叙事手段上都具有强烈的直觉性，这种直觉性也给影片带来了一种虚幻感。

由于法国作家电影导演对弗洛伊德学说和柏格森“直觉主义”的偏爱，所以作家电影导演常常注重“心理现实”与“眼前现实”的有机统一。④法国作家电影导演通过“虚幻感”来展现“双重现实”，即现实世界与内心世界的结合，这种技巧特别关注人物的内心和梦境。他们利用梦境的虚幻性来深化影片的“破碎感”。

战争是这些导演常用的背景，他们通过描绘战争影响下的小人物及其内心世界，将角色的生活与历史相连。影片中的人物常表现出迷茫和厌世等消极情绪，导演们使用弗洛伊德的无意识学说和梦的解析技巧，通过梦境和潜意识将人物的过去融入影片，同时运用柏格森的直觉主义来增强观众的直觉感受，让观众非理性地体验影片的深层意境。总的来说，探索记忆、幻想和潜意识等虚幻元素是法国作家电影的核心主题。

亨利·科皮尔的电影《长别离》通过一个虚幻的叙事主题来展现情感和对战争的批判。影片的女主角，一位咖啡馆老板娘，多年后遇到了一个与她已故丈夫长得很像的流浪汉。她尝试用各种方法唤起他的记忆，但最终都是徒劳。流浪汉在被呼唤名字时做出的举手动作，象征着一种无奈和投降的姿态。影片开篇通过展示飞机和坦克的空镜头，暗示了战争给人们带来的破碎感，这种破碎感与影片的虚幻叙事相结合，增强了情感表达和对战争的反思。

法国作家电影在情节构建上不遵循传统电影的

因果叙事方式[⑤]，而是采用弗洛伊德的无意识理论和柏格森的直觉主义，通过人物的前意识、潜意识和意识来展现故事。电影制作人阿兰・罗伯-格里耶认为，这种手法与观众习惯的叙事手法不同，它更贴近人类精神活动的真实顺序，而不是仅仅遵循艺术或小说的线性结构。

在编剧阿兰・罗伯-格里耶的电影《去年在马里昂巴德》中，通过结合观众和角色的想法，创造了一种新的现实主义，强调电影应该展现人物的内心世界，如梦境和联想，并将这些心理活动与现实环境结合，形成独特的剧情。

法国作家电影导演的叙事技巧通常包括打破时间连续性，用虚幻的段落来贯穿主线，形成电影的对话关系。他们受到弗洛伊德学说的影响，不侧重于外部事件的因果关系，而是更关注对人物内心世界的探索。他们的结局往往具有隐喻性，通过虚幻的叙事线索来揭示人性和人生价值。

在法国作家电影中，银幕上的“虚幻”主要通过主人公的梦境、幻境和记忆来展现，这些都是人的心理现象。弗洛伊德认为梦是满足愿望的幻觉方式。导演们虽然用直观语言讲故事，但实际上是通过虚幻手段来揭示人物的内心世界，形成了独特的叙述结构，使作品具有艺术特色。

以《去年在马里昂巴德》为例，导演阿伦・雷乃通过主人公X的讲述与画面的反差，创造了一个似真似假的虚幻空间。总的来说，法国作家电影的虚幻叙事手法使他们的电影成为心理型影片，这种对虚幻心理活动的探索也是导演叙事的最终目的。

总结

法国作家电影对电影剧作有着不可磨灭的贡献，它们独特的“破碎感”与“虚幻感”丰富了电影语言，开辟了电影表达的新纪元。这些作品打破了传统叙事结构，引领电影向多元和开放的方向发展，更深刻地捕捉和表达了人类的情感和内心世界，为观众带来了新的观影体验。同时，它们的美学追求和哲学思考激励着后来的电影创作者不断探索新边界，推动电影艺术向更丰富多元的方向发展。

注释【Notes】

①盛柏：《从法国电影史的发展看“作家电影”流派的意义与影响》，载《电影新作》2016年第1期，第45—49页。

②[美]大卫・波德维尔：《世界电影史》，北京大学出版社2014年2月第1版，第583页。

③方丽华：《浅析萨特的存在主义哲学思想》，载《重庆科技学院学报（社会科学版）》2010年第13期，第34—36页。

④刘卫东：《意识流文学综述》，载《安徽文学（下半月）》2009年第5期，第95—96页。

⑤李显杰：《当代叙事学与电影叙事理论》，载《华中师范大学学报（人文社会科学版）》1999年第6期，第18—28页。

自我消亡的通道：海德格尔论“诗人”

王倩龄

内容提要： 海德格尔关于诗人/艺术家的观点十分独特：成为作品的通道而消亡。他的诗人观与他的存在主义思想以及艺术哲学之间有着紧密的联系。海德格尔首先阐述了技艺是一种揭示和生产真理的形式；其次，他进一步区分了“制作的生产”和“创作的生产”，强调了艺术的创作的本质规定于艺术作品之中，在艺术品的敞开中将人带入真理之境；最后，海德格尔用“哀伤地弃绝”一语说明诗人/艺术家如何在作品中消亡自身从而成就作品之伟大：先是弃绝，然后倾听，最后命名。艺术家并不是凭借作品上的署名而赢得荣誉的胜利者，而是为了伟大艺术牺牲了自身的悲剧英雄。

关键词： 海德格尔；诗人；“通道”

作者简介： 王倩龄，浙江大学文学博士，牛津大学访问学者（2018-2019），浙大城市学院讲师，研究方向：古希腊诗学、文艺理论。

Title: Pathway to Self-Annihilation: Heidegger's Essays on "Poet"

Abstract: Heidegger's perspective on poets/artists is notably distinctive, characterizing them as conduits who vanish into the creation of their works. His conception of the poet is deeply intertwined with his existential philosophy and his philosophy of art. Heidegger first articulates that craftsmanship is a form of unveiling and producing truth; he then distinguishes between "productive making" and "creative production", underscoring that the essence of artistic creation is defined within the artwork itself, which brings individuals into the realm of truth through the openness of the art object. Ultimately, Heidegger uses the phrase "sorrowful abandonment" to describe how poets/artists dissolve their selves within their works, thereby achieving the grandeur of the work: first through abandonment, then by listening, and finally by naming. The artist is not a victor who gains honor through the signature on a work, but rather a tragic hero who sacrifices self for the sake of great art.

Key Words: Heidegger; Poet; Pathway

About Author: Wang Qianling, Phd of Literature of Zhejiang University, Academic Visitor of Oxford University, Lecturer of Hangzhou City University, interests in Ancient Greek Poetics and Literary Theory.

在西方诗学传统中，关于诗人/艺术家①的定位有两种观点，一种来自柏拉图的“迷狂说”，即诗人是神的代言人。他在《伊安篇》提出，诗人作诗并非凭技艺的规矩，而是依诗神的驱遣；“神对于诗人们像对占卜家和预言家一样，夺去他们的平常理智，用他们做代言人，正因为要使听众知道，诗人并非借自己的力量在无知无觉中说出那些珍贵的词句，而是由神凭附着来向人说话”②。另一种看法来自柏拉图的学生亚里士多德，他在《诗学》里这样说：“一般说来，诗的起源仿佛有两个原因，都是出于人的天性。人从孩提时候起就有摹仿的本能（人和禽兽的分别之一，就在于人最善于摹仿，他们最初的知识就是从摹仿得来的），人对于摹仿的作品总是感到快感。”③诗人作为有创造性的主体从被创造物中获得知识和快感。在这两种观念之外，海德格尔提出了关于诗人/艺术家的第三种定位：通道。海德格尔对诗人/艺术家的看法主要集中于《艺术作品的本源》（以下简称《本源》）和《在通向语言的途中》（以下简称《语言》）两篇文章。

《本源》一文中有一段关于艺术家定位的描述：

“……有必要使作品从它与自身以外的东西的所有关联中解脱出来，从而让作品仅仅自为地依据于自身。而艺术家的本意就在于此。作品要通过艺术家而释放出来，达到它纯粹的自立。正是在伟大的艺术中，艺术家与作品相比才是某种无关紧要的东西，他就像一条为了作品的产生而在创作中自我消亡的通道。”④

《语言》一文也有类似的描述：“这首诗是特拉克尔写的。但在这里，谁是作者并不重要，其他任何一首伟大的诗篇都是这样。甚至可以说：一首诗歌的伟大正在于：它能够掩盖诗人这个人和诗人的名字。”⑤

因为这段文字，许多学者认为在海德格尔看来诗人/艺术家是不重要的。但稍加考察便能知晓，海德格尔此处意在强调伟大诗歌的绝对性和超越性，这与诗人的贡献并不矛盾。从全文语境来考察，作为通道的诗人恰恰十分重要。

一、技艺作为一种真理的生产方式

海德格尔从他的存在主义哲学出发重新解读了技艺和知识的关系。在海德格尔的哲学中，技艺是认知和真理揭示的一种形式。对他而言，这不只是艺术或手工技艺，而是一种深层的知识体现，能够使本质从隐藏走向显现。海德格尔强调，真正的知识不仅是对物体的外在认识，而且是洞察其作为存在者的内在真相，这一过程体现了αληθεια[真理的无蔽状态]。因此，技艺不仅构成了一种技能的展示，更是深入事物真实本性的一种方式，是真理的一种自我展现和自我证明。这就是他所说的“技艺作为希腊人所经验的知道就是存在者之生产”④p46。因此，无论是艺术作品的创造还是工具的制造，都属于生产活动，这种生产本质上是使存在者以其外观出现在世的过程。同时，海德格尔反对把“制作的生产”和“创作的生产”混同起来。尽管艺术作品的实现依赖于创作过程，作品的现实性由创作确定，但创作的本质实际上是由作品的本质规定的。他的观点表明，艺术作品中的真理发生起着核心作用，使得创作可以被定义为让某物出现于被生产者之中。真理进入艺术作品的过程是一种特殊的生产活动，这种生产创造了一个全新的存在者，这个存在者是独一无二的，不会被重复。在生产过程中，这个存在者被置入敞开领域之中，从而使敞开领域的敞开性被照亮。他描述这种生产即是创作，而创作本身是一种接收和获取无蔽状态即真理的行为。

二、创作与保存——创作者与保存者

作品的被创作存在与其他一切生产不同之处在于：它是一道被带入被创作品而被创出来的，从如此这般的生产品中突现出来。在这个过程中，艺术家不仅是在使用材料，更是在与大地进行对话，将其解放出来以显现其本身。这种创作不单纯是物质的转化，而是一种使真理通过形态固定而展现的行为。因此，艺术作品的存在不仅是实体的存在，也是一种真理的展现。这种真理的展现不依赖于创作者的个人名声，而是作品自身稳固性和连续影响力的直接体现。他指出，作品愈是在形态中孤独地立足于自身，就愈能显示出与人类日常关联的解脱。作品通过这种方式，能更容易地将我们从寻常的平庸中移出，并引领我们进入一个新的认识领域。这种从日常生活中到作品里的真理转换过程，意味着我们与世界及自然的联系发生了变化。这不仅改变了我们的行动和评价方式，还挑战了我们通常的思想和观点，让我们得以在作品中感受到真理。海德格尔把这种状态称为“作品的保存”。

创作者和保存者在海德格尔这里是一对互相依存的概念。“要是作品没有被创作便无法存在，因而本质上需要创作者，同样地，要是没有保存者，被创作的东西也将不能存在。”④p54作品的存在不仅依赖于创作者，而且本质上需要保存者，因为作品的真理只有在被认识和体验时才得以实现。即便作品未直接寻找保存者，它们仍然与保存者紧密相关联，这种关系在作品等待被发现和理解时表现得尤为明显。那么，诗人的位置究竟在哪里呢？

三、诗人：弃绝、倾听、召唤

海德格尔在《语言的本质》一文中，引述了斯蒂芬·格奥尔格的一句诗："我于是哀伤地学会了弃绝：词语破碎处，无物可存在"，虽然海德格尔解读此句诗是为了论述语言是存在之家这个命题，但是海德格尔所说的、所认同的"诗人学会弃绝是要弃绝他从前所抱的关于词与物的关系的看法，弃绝是对另一种关系的准备"[⑤p230]，以之来理解诗人与作品的关系也未尝不可，即诗人在创作时首先要弃绝自我。当诗人学会了弃绝，诗人把他自己，亦即他的道说，允诺给词语这一神秘之物。这里隐含着诗人本身的转变，他在物以及物与词的关系上取得了一种新的经验。

其次，作诗作为倾听进一步深化了这种理解。对海德格尔而言，作诗是一个持续的、动态的倾听过程。诗人必须投身于道说的悦耳之声中，这种声音来自一种更深的、孤寂的精神层面。在海德格尔看来，这种声音承载了存在的呼声，诗人的任务是捕捉这些声音并将它们转化为语言。但这种倾听是任何人都可以做到的吗？海德格尔在评价特拉克尔的诗作时说，特拉克尔的诗作所特有的、本身完全可靠的多义性的道说和其他诗人的语言之间难以划出一条清晰的界限；其他诗人的语言的歧义性乃起于诗意探索的不确定性，他们的语言缺乏那首真正的"独一之诗"及其位置。他认为每个伟大的诗人都是从一首"独一之诗"出发的，这首诗体现了诗人与存在之间的独特关系。一个诗人的伟大，在于他如何忠实地保持这种独一性，并在他的创作中纯粹地展现出来。这种独特的关联不仅使得作品具有深刻的个人色彩，同时也确保了作品能够触及普遍的真理。

最后，诗人和艺术家通过他们的作品命名世界，不仅仅是给予事物名称，而且是使这些事物首次以其真实的本质显现。这种命名是一种召唤，诗人通过语言的力量将事物从隐匿之中呼唤至可见之地，使其参与到一个更广阔的真理事件中。这一过程不仅展现了事物的存在，也揭示了它们与整个存在的关联。

虽然格奥尔格说弃绝是"哀伤"的，但海德格尔解释说，诗人的哀伤与巨大欢乐紧密相连。这种哀伤并非简单的消极情绪，它蕴含着深层的肯定，是对隐匿中巨大欢乐的珍视与敬畏。诗人的弃绝，实则是对生命深刻体验的一种肯定，是他们承受并超越经验的独特方式。如果不是这样，诗人就不能经受这种经验。在弃绝中反而成就了真理之诗。

真正的语言首先体现在伟大诗人、艺术家的"作诗"活动及思者的思考中，因为他们是神圣者、无蔽之真理、大道的深刻倾听者和对话者。这些伟大的创作者和思考者能够以独特的敏感性接受并响应这些超越性的真理。换句话说，艺术及其创作过程是在本真语言中产生和发展的关键事件。参与这一事件的诗人和艺术家不仅仅是在使用普通的语言和材料，他们的创作超越了常规意义，成为表达存在的真理和大道的一种高级形式。因此，他们的艺术创作不仅仅是艺术表现，更是一种深刻的"道说"，是与宇宙真理对话的方式。这种艺术创造显示了一种对真理深刻的理解和表达，将艺术家的作品提升为存在的真理和大道的传达者。

弃绝了自己，化为一条通道的艺术家是哀伤的，但这种哀伤与最大的欢乐相关联。这也与我们所熟知的艺术家形象是吻合的，在创作练习时饱尝艰辛，完成伟大艺术时又经历狂喜。海德格尔不曾把艺术家看作是无关紧要的，但与前人不同的是，在海德格尔这里，艺术家不是凭借着伟大作品而赢得荣誉的胜利者，而是为了艺术牺牲了自身的悲剧英雄。

注释【Notes】

①诗人在西方诗学传统里是最重要的艺术创作者，因此可以作为艺术家的代名词，后文两者视语境通用，海德格尔更是认为"一切艺术的本质都是诗"。

②柏拉图：《柏拉图文艺对话集》，朱光潜译，人民文学出版社1963年版，第9页。

③亚里士多德：《诗学》，罗念生译，上海人民出版社2005年版，第24页。

④海德格尔：《林中路》，孙周兴译，上海译文出版社2004年版，第26页。以下只在文中注明页码，不再一一做注。

⑤海德格尔：《在通向语言的途中》，孙周兴译，商务印书馆1997年版，第8页。以下只在文中注明页码，不再一一做注。

解构的时间和地点：评彼得·巴里对挽歌的研究

王子麟

内容提要：本文借助雅克·德里达的解构主义理论，对彼得·巴里关于维多利亚时期的两首著名挽歌的研究进行评论，揭示了挽歌中时间和空间的多重意义和内在矛盾。以及挽歌如何超越传统的时间和空间理解，展示情感和意义的“延异”现象。本文强调解构主义为读者提供了新的阅读视角，使得读者能够体验到挽歌中独特的情感和记忆网络。

关键词：挽歌；解构主义；彼得·巴里的研究

作者简介：王子麟，南宁师范大学外国语学院在读研究生，主要研究方向为英美文学。

Title: Deconstructing Time and Place: Review of Peter Barry’s Study of Elegy

Abstract: Drawing on Jacques Derrida’s theory of deconstructionism, this paper reviews Peter Barry's study of two famous Victorian elegies, revealing the multiple meanings and inherent contradictions of time and space in the elegies. And how they transcend traditional understandings of time and space, demonstrating the phenomenon of “différance” of emotion and meaning. The paper emphasizes that deconstructionism provides readers with new reading perspectives that enable them to experience the unique networks of emotion and memory in elegies.

Key Words: elegy; deconstructionism; Peter Barry’s analysis

About Author: Wang Zilin, a graduate student of Foreign Language College, Nanning Normal University, research domain: English Literature.

一、引言

挽歌，作为一种融合了文学与音乐元素的形式，常在丧礼和悼念活动中被采用，其主要功能是表达作者对逝者的哀悼以及作者对生与死的深层思考。在文学层面，挽歌利用丰富的象征、比喻来传达对已逝之人的怀念与尊敬。然而，挽歌不仅是对逝者的哀悼和对生死的反思，也是一种承载复杂时间和空间维度的表达媒介。彼得·巴里（Peter Barry）指出，挽歌中常常包含矛盾的情感，这种情感在一种不安的静止状态中聚合，使得过去与现在之间的界限变得模糊。①此观点解构了挽歌中过去与现在的二元对立结构，与雅克·德里达（Jacques Derrida）在解构主义中提出的反逻各斯中心主义理论（反二元对立）相呼应。

在*Reading Poetry*一书中，巴里深入分析了维多利亚时期的两首挽歌，旨在解析挽歌中时间和地点的表现方式。他认为，挽歌中所呈现的时间和地点并不单纯属于现在或过去，而是属于挽歌独有的时间与空间维度。解构主义称自己是一种针对形而上学的批判，一套消解语言及其意义确定性的策略。②从解构主义的角度看，文本并非一个固定、具有确定意义的结构，而是一个开放的、可供多元解读的领域。所以，本文认为可以通过解构主义对挽歌中这一独有的时间和地点进行解读。本文将借助解构主义中德里达的研究对巴里的分析进行再学习，以期更深入理解挽歌中超越传统时间和空间理解的深层次意义。

二、《悼念集》之第七首

《悼念集》（*In Memoriam A.H.H.*），由阿尔弗雷德·丁尼生（Alfred Tennyson）创作，是一首长篇哀悼诗，旨在纪念自己的密友亚瑟·亨利·哈勒姆（Arthur Henry Hallam），其于1833年意外去世。该作品深刻反映了丁尼生对友谊、死亡、不朽以及自我探索的沉思。

弗雷德里克·哈里森（Frederic Harrison）曾赞誉丁尼生为“无可争议的桂冠诗人”，并指出丁尼生的诗“以精致的诗句赞颂了当代大多数读者的兴趣、信仰、希望和同情心”③。在国内李公昭强调只有通过细致阅读《悼念集》，才能真正理解其结构和发展轨迹。④

在《悼念集》的第七首诗中，丁尼生表达了他站在已故密友哈勒姆家门外时对好友的怀念。丁尼生试图营造一种直接向读者倾诉的幻觉，仿佛读者不仅是观众，甚至成为参与者，与诗人一起在哈勒姆的住所前感受并共鸣。然而，巴里提出了对这首诗的批评性见解。他认为，诗中所描绘的在特定地点发生的思维序列实际上不太可能在当时当地出现。

在这首挽歌的语体方面，他进一步指出，挽歌的语言过于正式。如果被表征的思想确实发生在房子外，那么其语言风格应该更加口语化，例如，“Here I am again, outside the same old house”。而非华丽的修辞，如“Dark house, by which once more I stand”。此外，巴里还认为，在大多数情况下，人们不会通过语言完整地表达思想。完整的思想表达通常仅在正式场合如面试或演讲中出现。因此，这首诗作为丁尼生在现场即兴创作的情景是不成立的。尽管丁尼生试图将读者带入他在哈勒姆家前抒发对好友的思念之情的时刻，但从解构主义的视角阅读时，读者可以发现时间和空间的概念是可被解构的。

在解构主义的视域中，文本中存在的解构现象被视为一种内生性质，而非由读者或批评家人为构造。特雷·伊格尔顿（Terry Eagleton）提出语言远不像经典结构主义者所认为的那样稳定。与其说它是一个定义明确而界限清晰的结构，不如说其中没有什么成分是可以被绝对规定下来的，其中每个东西都被所有其他东西牵扯和贯通。⑤巴里指出，尽管在日常生活中人们通常不会与房子进行对话，甚至在心理层面也很少发生这种情况，如通过称呼（例如“Dark house”）或邀请其见证个人行为（如“Behold me, for I cannot sleep”），但在这首诗中，丁尼生似乎正是这样做的。在这首诗中，房子既是一个实际存在的物理空间，又是对过去、记忆和失去的象征。通过与房子对话，丁尼生探表达了他对挚友的深切思念。

三、《塞西斯》

《塞西斯》（*Thyrsis*），由马修·阿诺德（Matthew Arnold）创作于1866年，既是一首牧歌体长诗，也是一篇深情的挽歌。这首诗是阿诺德对牛津大学的朋友亚瑟·休·克拉夫（Arthur Hugh Clough）的生平的阐述与逝世的哀悼。

国外学者尼尔斯·克劳森（Nils Clausson）分析了马修·阿诺德在融合传统牧歌与挽歌形式时的独特处理方式。⑥国内学者王秀梅在其论文中对阿诺德的挽歌理论进行了总结：阿诺德认为挽歌的主题应该能为读者带来愉悦且应具备高度的真实性与严肃性。⑦

在《塞西斯》中，阿诺德重返牛津大学，回溯了他和克拉夫的一段散步路程。诗的开篇：“How changed is here each spot man makes or fills”，阿诺德运用“here”一词，将读者拉入诗的情境之中，使之成为共鸣者。巴里则运用“反时空体（a-chronotopic）”概念，对“here”进行解构，让读者体会到此处存在一个复杂而多层次的情境。他认为“here”可以是具体地点（阿诺德年轻时的牛津大学），甚至可以扩展至更广阔、更抽象的层面（地球本身）。这种多层次的解释使读者意识到语言和符号的不确定性，以及它们在表达回忆时的复杂性。正如德里达的解构主义强调语言的不稳定性和开放性，巴里的解读挑战了传统的时间和空间观念。这一诗中的“here”的多重解释不仅突显了文本中的语义流动性，还凸显了阅读过程的主观性和多样性。总之，通过解构主义的解读，读者被引导去探究" "here" 的不同可能性，这一过程不仅揭示了文本的多层次性，还提醒了读者语言的局限性和多义性，以及文学作品如何引导读者思考时间、空间的复杂性。

巴里指出，马修·阿诺德笔下创作《塞西斯》的感情与他实际在牛津大学的游览体验时的感情，因为时间差的原因存在区别。阿诺德于1862年为悼念亡友克拉夫前往牛津大学，而他创作《塞西斯》却在1864—1865年。这一时间差导致了情感的转变。德里达的"延异"理论提供了对这种时间差对挽歌情感的影响更深层次的解释。在这个背景下，阿诺德的《塞西斯》不仅反映了他特定时刻的情感，还呈现出一种跨越时间和空间的情感与记忆网络。因此，这首挽歌不仅是阿诺德的个人情感表达，还是一种超越时间和空间限制的情感网络。

四、结语

解构式阅读主要探究文本的潜意识层面，而非显而易见的表层意义，揭示隐藏在文本表面之下、甚至作者自身难以察觉的深层内容。在本文中通过德里达的解构主义观点，对丁尼生和阿诺德的挽歌进行解构式阅读，可以发现传统的时间和空间概念被重新诠释。虽然诗人试图引导读者进入诗人的体验时刻（哈勒姆的屋前，同克拉夫散步的牛津大学小径），挽歌中的每个场景，不再只是物理上的位置，而是成为情感和记忆的载体。诗中的时间和空间被解构，使得过去与现在的界限模糊。这种"延异"效果使得读者无法完全进入诗人的过去体验。这种解构不仅仅是对传统意义的瓦解，更是对挽歌深层次意义的探索。

挽歌中时间和空间具有流动性和模糊性，这种流动性和模糊性为读者提供了更为丰富和多维的阅读体验。[⑧]在这种体验中，读者不再是被动接受作者的情感表达，而是成为与作者共同创造意义的参与者。解构式阅读为读者提供了更加丰富的阅读体验，让读者在不同的时间维度中体验不同的情感。以解构主义的方法分析阅读文本，能找到与传统解读不太一样的理解，从而可以更好地挖掘被忽视的文本信息，更好地理解文本所要表达的内容和主题，而不只是局限于某一单一主题。

注释【Notes】

①Barry Peter. *Reading Poetry*. Manchester: Manchester University Press, 2014.

②王泉、朱岩岩：《解构主义》，载《外国文学》2004年第3期，第68页。

③Harrison Frederic. *Tennyson, Ruskin, Mill, and Other Literary Estimates*. London: Macmillan Publishers Ltd., 1902.

④李公昭：《新编英国文学选读》，西安交通大学出版社2004年版。

⑤Eagleton Terry. *Literary Theory: An Introduction*. Minnesota: University of Minnesota Press, 2008.

⑥Clausson Nils. "Pastoral Elegy into Romantic Lyric: Generic Transformation in Matthew Arnold's 'Thyrsis' ". *Victorian Poetry*. 2010(2), pp. 173-192.

⑦王秀梅：《马修·阿诺德文学与文化批评研究》，吉林大学2017年博士学位论文。

⑧陈锡颖：《从解构主义的角度分析〈白桦树〉》，载《文学教育（上）》2020年第7期，第64页。

浅析《乌发碧眼》中现代社会的人类生存困境

修涓译　央　泉

内容提要：《乌发碧眼》（*Les Yeux bleus cheveux noirs*）是法国女作家玛格丽特·杜拉斯发表于1986年的一部中篇小说，故事以双层叙述结构展开，以意识流的描写方式讲述一段扭曲且绝望的爱情，并由此呈现出主人公异化的生命状态。绝望，零碎，无序，是整个故事的主题词，由此也展现了现代人类的生存困境，包括人面对自我时的认知模糊、对世界的虚实难辨以及面对生活确定性缺失时的恐惧。

关键词：《乌发碧眼》；玛格丽特·杜拉斯；生存困境

作者简介：修涓译，中南大学外国语学院比较文学与世界文学在读硕士，主要从事外国文学研究。央泉，中南大学外国语学院教授，研究方向：比较文学与世界文学、生态文学。

Title: A Brief Analysis of the Survival Dilemma of Humans in Modern Society in *Les Yeux bleus cheveux noirs*

Abstract: The 1986 novella *Les Yeux bleus cheveux noirs* was written and published by French novelist Marguerite Duras. Through the use of a dual narrative structure and a stream-of-consciousness style, the novel reveals the protagonist's estranged state of being by portraying a twisted and desperate love affair. The story's major themes — despair, disintegration, and disorder — highlight the predicament of modern humans in trying to survive. This encompasses the terror that results from life's uncertainty, the haziness of self-awareness, and the inability to tell the difference between reality and illusion.

Key Words: *Les Yeux bleus cheveux noirs*; Marguerite Duras; Existential Dilemma

About Author: Xiu Juanyi, a master student in the school of foreign languages of Central South University. Her research fileds: foreign literature. **Yang Quan,** the professor in the school of foreign languages of Central South University. His research fileds: comparative literature and world literature and ecocriticism.

一、 人物的异化：自我认知模糊

意大利当代著名学者安贝托·艾柯（Umberto Eco）提出："异化已经不再只是一种基于一定社会结构之上的个人之间的关系，而是人与人、人与物、人与机构、人与社会习俗、人与神话世界、人与语言等之间的一系列的关系。"[①]异化几乎成为现代社会的主题词之一，人在这样一个异化了的世界里不可避免也会受到浸染。在《乌发碧眼》中，异化主要通过人物的存在的异化与情感的异化两个方面呈现。首先这部小说呈现了"存在"本身的变异，即从确切肯定的存在，异化为一种模糊不清的甚至反叛存在本身的存在。小说中的两位主人公均没有名字，二者的存在以人称代词"他"与"她"替代，人称代词是一个较为宽泛、模糊的概念甚至包含歧义，无法在一个较长篇幅的语境中赋予人物具体的身份与明确的形象，因此在交错的人称代词之间作为主体的故事主人公会不时地出现身份混乱与存在的游移不定，比如"没有听见。他不哭了。他说他正在遭受一个巨大的痛苦的折磨，因为他还想见一个人，可是他失去了他的踪迹。他又说他向来如此，经常为这类事情，为这些要命的忧愁而痛苦。他对她说：留在我身边吧。”②p126这种第三人称的叙述本就具有一种来自叙述者主观的不确定性，加之人称的拼凑更加给人一种模棱两可的迷乱之感，对于人称之下的这个人物本身的存在也产生了一种莫名的怀疑。而这种存在上的异化导致的对自我的认知模糊必然致使人物情感的异化，主人公之间的情感或者说他们各自对自己情感的认知也呈现了一种异化，二者之间的感情在小说的描写中并不直接，而在两人的对话中若隐若现。并且男女主对于自己的感情认知其实也并不十分清楚，他们似乎爱得强烈，但是却又呈现一种茫然的漠然。就如文中所说：“她说这些人都是不露真容的，以便一起互相渗透、交融并且享受快乐，但他们互不认识，互不相爱，几乎是互不看见的。”②p145

这种存在的异化与情感的异化正是现代人类生存的一大困境之一。身处这个后工业文明之中，混乱的环境、庞杂的信息、焦灼的压力，这些像西西弗斯所推的巨石一般横亘在人类面前，难以跨越，想要前进就只能用力推着巨石向前。在推动的过程中，人们渐渐遗忘自己存在的逻各斯原点，渐渐成了为了推石头前行而前行的“意义丢失”者，存在的主体性在消退，存在渐渐变得模糊不清难以界定，精神世界也在各类信息的冲击下渐渐崩塌，于是我们渐渐无法对自我进行清楚的认知，我们成了世界中的“他”与“她”，我们的身份不再清晰，我们的名字不再重要，我们渐渐无法准确把握自身的存在与情感的发生与发展。

二、双层叙事结构：真实与虚构的模糊

法国结构主义叙事学家热奈特对小说的叙事层分析到“叙事讲述的任何事件都处于一个故事层，下面紧接着产生叙事的叙述行为所处的故事层”③。热奈特认为故事叙事可以划分为两层：第一层为外部故事，旨在呈现整体作品，因此第一叙事主体是故事外的主体。第二层为这个外部故事所讲述的具体故事，因而这一层也被称为“元故事事件”，它的叙事主体即第二叙事主体为故事主体。由此，形成一种双层叙事结构而产生两个视角，一个是外部视角主要用于解释内部视角的叙事，内部视角则主要用于强化故事的真实性，推动整个故事的发展。张辉在《论叙事结构和叙述话语》一文中提道：“元故事叙事和它插入其中的第一叙事之间可能存在的主要几类关系……第二类关系是一种纯主题关系，因此不要求元故事和故事之间存在任何时空的连续性，这是对比关系或类比关系。六十年代‘新小说派’大为赏识的著名纹心结构，是将故事和元故事事件的对等关系发展到极限的极端形式。”④

《乌发碧眼》的叙事便展示上述的第二类关系。首先，它的外部叙事视角是以一出戏剧为着眼点的。小说开篇“一个夏日的夜晚，演员说，将是这个故事的中心所在”②p121。直接告诉了读者这是一出戏剧。故事内部视角由第三人称对故事主人公的情感纠缠的讲述展开，在这个视角下我们看见的是一个较为完整的故事。这两个叙事层次之间平等存在，但是外部视角不断地在故事进展中插入，出其不意地打乱内部叙事的连贯性，从结构上给读者以模糊零碎感，也破坏了整个故事的真实性，似乎在直言不讳地宣称本故事纯属虚构，就是一个剧本、一出戏剧。当然这也暗合了新小说派作家的一贯风格，“与传统小说总是竭力掩盖自身的虚构痕迹以制造‘逼真性’幻觉的做法相反，新小说则不断地将其自身揭示为虚构作品，小说叙述不断地反射写作过程，以表明小说中的现实不过是叙述语言虚构的产物”⑤。杜拉斯利用“故事中的戏剧中的故事”这种双层叙事结构，以看似平等的两层叙事分头并行，实际上这种并行之间撑开了整个故事结构的张力，在其中增添了更多的虚实扑朔与真假难辨。不仅如此，杜拉斯还有意地加入外部视角中演员个人对于这出戏的评价指点：“听剧本的朗读，男演员说，应当始终保持一致。一静场，就马上读剧本，这时候演员们必须洗耳恭听，除了呼吸以外，要一动不动，仿佛通过简单的台词，逐渐地总有更多的东西需要理解。”②p142多层次的叙事中小说一直追求的真实性逐渐瓦解，读者不自觉间退出到故事外部寻找此句此段究竟是“谁在说话”。而

在这种内外视角的不断转换中，读者也跟随着在真实还是虚构中不停转换，难以确定事件发生的真实性、人物情感的真实性，陷入一种迷茫的虚实难辨的状态。究竟何为真实何为虚构，成了阅读这部小说的一个思考难点。

杜拉斯借由叙述视角呈现出的真实与虚构的混沌其实正是对现代社会生活的照见。资本主义的发展伴随而来的是血腥残忍的压榨与社会贫富二元分立的失衡对峙，二战的人间炼狱图景也给世人的内心与灵魂蒙上了残酷的阴影，生命如此的脆弱又如此的残忍，人类生死在枪林弹雨之中越发无足轻重，真实世界的意义重量不断减轻，尼采、叔本华、海德格尔等继黑格尔以后，也对“现实”“真理”产生怀疑，理性信仰开始崩塌。在这种境况下，人类对所谓真实的认定不再那么言之凿凿。加之近年来互联网与人工智能的发展，AI技术渗透至生活各处，虚拟世界不断地建设发展，真实的地位更加岌岌可危，正如萨洛特所言，我们进入了一个“怀疑的时代”。

三、意识流的书写：生活确定性缺失

意识流的书写方法是在现代语境中出现的，是文学呈现出向内转的具体表现，也是现代乃至后现代主义作家们惯用的一种写作手法。所谓意识流写作方法即作者不再是全知全能的神，情节不再被倚重，相反，人物内心、思绪、意识成为连贯整部小说的线。“由于‘作者退出小说’和叙事主体的弱化与丧失，特别是叙事的时序性与意识流的无序性之间的矛盾冲突，传统小说构成故事的因素失去了现实性和可行性，小说的叙述形式也因此发生了重大变化，以情节为主的传统和经典现实主义小说中叙述程序几乎消失殆尽。”[⑥]而意识流写作方法的这种特点也就契合了新小说派作家们试图打破传统的叙事模式和结构、挑战读者的习惯性阅读方式的目的。意识是一个抽象的概念，这个概念中包含了不稳定、不可靠的基因，也因此意识流写作手法总是会给读者呈现出混乱迷蒙之感。在《乌发碧眼》中，杜拉斯也以意识流写作方法为基底，通过男女主人公的混乱迷离的情思与对话完成了整个故事的书写。故事从海滨一间酒吧开始，男女主人公各自无处安放的爱成了连接两人的起点，作为陌生人的他们住进了同一个房间，而所有的一切都在这个几乎没有正常时序的房间之中，在他们俩毫无逻辑的对话与思绪的随意流动中进行着。没有传统小说剧情层层推进的过程，反而给人一种无头无尾，似乎在任何之处结束收尾都行得通的错觉。但是与传统意识流手法不同，杜拉斯并没有以一位主人公持续的意识流动完成书写，而是以第三人称的口吻在两位主人公各自间断的、交错的意识流动中讲述故事。由于第三人称的使用，以及意识的切换间断，小说的意识流手法似乎更多是建立在作者本人的意识流动上，即作者随着自己对情人的回顾而跟随意识的流淌写下了这些充盈着厚重感情却无序的文字。“她说：这样，所有的一切都在房间里了。她用摊开的手指着石板地、指着被单、指着灯光、指着两个躯体。她睡得像青春年少的人一样，又沉又长。她变成那种不知道有船驶过的人了。他想：就像我的孩子。”[②p203]毫无逻辑的对话与情节描写是作者意识流过的痕迹，同时这样的两个意识交缠碰撞又并行不悖的流淌方式让整个故事更加迷离混乱，情节发展与人物形象的稳定性大大降低。

杜拉斯使用意识流的手法表现了男女主人公各自情感的废墟，男主人公对一位陌生人无缘无故而热烈执着的爱成了他找寻希望的动力，同时也成了推他坠入深渊的最后一击。他这强烈到难以抒发的爱与绝望让他狰狞而破碎，这种难以抒发的感受让他只能在内心不断去转圜思索而后用语言混乱描述，时间与情节在他的语言中破碎凌乱，你只能听见他不停地在说，在痛苦地思考却难以捋清缘由。“他又对她说，他在城里找一个人，想重新见到他，就是为了这个缘故他才哭的，这个人他并不认识，他今晚才偶尔见到的，这是他一直等候的人，他一定要再见到他，付出生命也在所不惜。原来是这么回事。”[②p128]一个并不认识却一直在等候的人，这种悖论式的描述更能凸显出人物本身的一种不确定性与心中情感的混乱挣扎。而女主人公对男主人公同样“情不知所起，一往而深”的爱恋也显得荒诞，她在向男主表达自己强烈的爱意时却无法为这个爱找到确定的缘由，“我注意到你那小丑式的装束和眼睛周围的蓝色眉墨。于是我确信我没有弄错，我爱上了你，因为，与人们教育我的恰恰相反，你既不是流氓，也不是杀人犯，你是个厌世者”[②p172]。这与她所受教育相反的爱，叛逆中流露出不稳定的因素。

杜拉斯以意识流手法书写这部小说，让整个故事与主人公的情感都处于一种不稳定的结构之中其实也是对现代生活的映射。由于历史的发展，科技让理性的光辉努力照耀着整个世界，而光辉之下的阴影之处潜滋暗长的是失序后的人类精神。宗教加之于人类社会的道德束缚已经脱落，科技带来的信息大爆炸冲击了人类的认知，挑战了千百年来人类中心主义的思想。人类对外部世界的认知在无限的知识冲击下显得极为有限，加之政治、文化各方势力的角逐，如今我们面临的生活处处充满了不确定性。不管是个人对自己生命的把握还是对自己情感的把握，都随着越来越快节奏的生活变得愈发不稳定。在这种不确定、不稳定的生活状态里，人类精神承受着更大的重压，焦虑与绝望此起彼伏，希望渺茫成了比绝望更痛苦的存在。

《乌发碧眼》融合了异化、双层叙事结构与意识流的写作手法展现了现代人类的生存图景：模糊，混乱，失序。人类在社会高速发展的进程中必然享受到了各种福祉，但同时也面临着各式各样的生存困境，生活空间受到挤压，精神世界受到侵染，如何在发展的洪流中寻到一块安身之处，或者找到与其和平共处的方法，是拯救人类摆脱各种生存困境的当务之急。

注释【Notes】

①[意]安伯托·艾柯：《开放的作品》，刘儒庭译，北京新星出版社2012年版，第183页。

②[法]玛格丽特·杜拉斯：《乌发碧眼》，王道乾译，上海译文出版社2009年版，第126页。以下只在文中注明页码，不再一一做注。

③方圆：《热奈特“叙事”概念研究》，浙江大学2020年毕业论文，第29页。

④张辉：《论叙事结构和叙述话语》，载《南京大学学报》1996年第2期，第62页。

⑤黄涛梅：《现代主义和后现代主义文学研究》，甘肃人民出版社2005年版，第173页。

⑥李常磊：《意识流小说的叙事美学》，载《山东社会科学》2006年第10期，第73页。

美国黑人文学在何种形式内得以突破?
——保罗·比第小说《背叛》获2016年布克奖原因三论

雷舒天

内容提要：非裔美国作家保罗·比第凭借《背叛》成为第一个获得布克奖的美国人。本文针对一个核心问题展开讨论，即《背叛》自文本内到文本外，是如何被塑造并最终获奖的呢？本文将就此问题从三个方面切入，一是对比黑人文学典型形象及叙事传统与《背叛》中的叙事手法与人物塑造；二是根据Maria José Canelo的观点从寓言的角度探讨《背叛》中寓言手法的运用并将其与影射的美国私营监狱等不平等现实并置讨论；三是从文本外的两份调查报告中窥探作品的非文本性获奖原因。本文参考中外研究者相关论文，立足于前人论述基础，并结合布克奖颁奖词中给出的评论，分析《背叛》的获奖原因。

关键词：黑人文学传统；布克奖；寓言；后种族时代

作者简介：雷舒天，中山大学中国语言文学系本科在读，主要从事文艺学、现当代文学研究。

Title: In What Forms Does African American Literature Break Through? : Three Reasons Why Paul Beatty's Novel *The Sellout* Won the 2016 Booker Prize

Abstract: African-American writer Paul Beatty became the first American to win the Man Booker Prize for his *The sellout*. This paper discusses such a core issue, that is, how is *The Sellout* shaped and finally won from the inside to the outside of the text? This paper will focus on this issue from three aspects. The first is to compare the typical image and narrative tradition of black literature with the narrative techniques and characterization in *The Sellout*. Second, according to Maria Jose´Canelo's point of view, the use of allegorical techniques in *The Sellout* is discussed from the perspective of allegory and juxtaposed with the insinuated unequal reality of American private prisons. The third is to pry into the reasons for the non-textual awards of the works from the two survey reports outside the text. Referring to the relevant papers of Chinese and foreign researchers, based on the previous discussion, combined with the comments given in the Man Booker Prize speech, the reasons for the award of *The Sellout* are analyzed.

Key Words: Black literary tradition; Man Booker Prize; Allegory; Post-racial era

About Author: Lei Shutian is an undergraduate student in the Department of Chinese Language and Literature of Sun Yat-sen University. He is mainly engaged in the study of literature and art, modern and contemporary literature.

一、破：历史性的黑人叙事

当谈及《背叛》时，首先浮现在我们脑中的词语往往是讽刺与幽默，似乎它正是因叙事上的这点创新而获奖的。正如2016年布克奖给保罗·比第的颁奖词所言："一部我们时代的小说……它用幽默掩饰了激进的严肃。保罗·比第用狂热粉碎了神圣不可侵犯的信条，用机智、锐气和怒骂直击种族和政治禁忌。"①然而，嘲讽与幽默正是黑人文学所最不缺乏的传统，顾左右而言他的喻指和暗讽是奴隶叙事的一种表现方式。②出于生存环境的考量，早期非裔黑奴不得不一面戴着谄媚的面具以保全基本的生存，另一面则以微妙的讽刺抒发内心的真实想法。③这种讽刺的手法被广泛运用于民谣、灵歌和反奴隶制的宣传布道之中。"用现在的话说，这些讽刺表达当属于‘抗议’的圣歌。黑奴将幽默融入音乐，在歌词中大胆使用双关语，成为他们最主要的情感发泄出口，使他们从奴隶制的残酷和险境中得到了一种稍许的戏剧性解脱。”④

因此，我们似乎可以说，保罗·比第在小说叙事风格上所做的工作并非是创新，而是一种复古。然而这种复古却不是简单的重复，而是历史性的螺旋形上升。全面废奴后，不断觉醒的反抗意识使一些美国黑人选择采取更为激进的策略来对抗无处不在的种族压迫，同时也诞生了更为直白露骨的黑人文学，如拉尔夫·艾里森（Ralph Ellison）的《看不见的人》：一个年轻的黑人，竭尽全力想得到别人的承认，想“使人看见他”。他曾试图融入美国的工业社会，做一个“老实的黑人”，成为机器上一个合用的齿轮；也加入过“兄弟会”，使自己依附于左派政治。他尝试过的每一件事情，似乎都能使一个黑人在美国生活里处于被人看见的地位。然而这些都并不能使他被人“看见”，最后他宁愿成为一个社会中“看不见的人”。⑤然而，这一类小说虽然将种族压迫的事实从美国社会体制结构中揭示出来，在放大问题与情绪化的同时却很难令读者反思种族问题并有所建构。保罗·比第的“复古”尝试，实则隐含着更大的野心和理想，即在美国社会现状种族不平等的事实之下，解构的同时寻求一种建构，正如颁奖词所言的那般，恰如其分地指向其时代。出版于1931年的《黑人绝迹》（*Black No More*）可谓现代美国黑人讽刺文学的奠基之作，一种将黑人变成白人的技术的发明，充满讥讽地揭露了美国社会体制中以肤色划分的尊卑之别。保罗·比第则在此基础上更进了一步，利用虚构的特权倒转了在现实的种族关系中无法言说的真相。“我”在狄更斯（Dickens）社区内恢复种族隔离制度，甚至还养了自己的奴隶，通过时间、空间的倒置，为读者打开了一个想象性的世界。全书处处可见的种族笑话，以荒诞对抗荒诞，通过真真切切地还原种族主义的罪恶历史来“庆祝荒唐和邪恶的胜利”，通过虚构一种“政治不正确”的荒谬来回击现实中种族权力话语自身的荒谬。⑥

在致谢词中，保罗·比第坦言威廉·克罗斯（William E. Cross, Jr.）的代表作《从黑鬼到黑人的身份转变历程》（*The Negro-to-Black Conversion Experience*）给了他很大的启发。在克罗斯的理论中，黑人一般会经历五个阶段来建构自己的身份认同：无种族意识、被外界强加种族观念、以仇视白人的方式建立种族意识、以自我接受的方式巩固种族意识、对黑人的身份充满自信的认同。⑦小说中的隐喻正是威廉·克罗斯理论的翻版，主人公“我”坚信处于第二阶段的福伊不能代表进步的力量，因为他为了赢得政治上的筹码，为一己私利篡改了黑人历史而塑造其文化进步的假象，这一点并不利于族群成员确立积极的身份认同。⑧当福伊的领唱词由“我们”变成“我”时，这场模仿民权运动标志事件的举动也变成了福伊为泄私愤同时塑造自己光辉形象的政治手段；在《小捣蛋鬼》电影遗失片段流出时，这位民权运动代言人居然花大价钱买下了自己曾出演带有种族歧视色彩的黑人角色的片段。这让读者意识到，福伊这种所谓的“正义人士”，似乎才是非裔族群利益的真正出卖者，也是小说的反讽目标。

到现在，我们似乎已经把握到《背叛》这本书获奖的部分隐情了。其一，它突破了传统，推动了黑人文学叙事传统的进步，看似复古，实为创新，看似怯守，实为猛攻。作者避开情绪化的激进批评形式，转而用一种更为幽默新颖的讽刺手段，在颠倒的关系中逼迫着读者反思，并在阅读的不适感与挣扎中重新尝试完成对种族理论和少数族裔身份认同的建构。其二，它“背叛”了普通读者所熟悉的美国黑人文学经典中的典型黑人形象，在以往的黑人文学叙事中，黑人同胞共同受到压迫，而黑人群体是团结友爱的战士，拥有共同的立场和利益。作者敏锐地洞察到当今“后种族主义时代”美国黑人群体的内部存在的矛盾，黑人不单单是被压迫者，也有可能是压迫者，作者塑造了福伊这一代表着压迫者的形象，他出卖着族群的利益，换取私人的政治资本。这一形象尖锐地指向了种族问题的时代特征和正义假象。其三，它勇于自我批评，揭露出黑人社区内部的复杂关系，以及黑人群体内部成员之间观念差，将刀口指向自身，揭露了“后种族主义时代”美国社会种族问题的现状，以及在政治话语裹挟下，少数族裔的人群是如何被以一种符号化、体制化的新形式换种方式压迫着。从这个角度出发看布克奖给保罗·比第的颁奖词，便能理解为何《背叛》是“一本我们时代的小说”，“幽默掩饰了激进的严肃”有着何等重要的意义，也便能意识到保罗·比第对“种族和政治禁忌”的冲击意在何为了。

二、立：《背叛》中的寓言及其影射的现实

Maria José Canelo认为，保罗·比第在《背叛》中运用的幽默与反讽，实则为一种寓言（Allegory）[⑨]。讽刺是黑人文学中重要的表现手法，根据克劳福德（Margo Crawford）的理论，这种讽刺生产了一种笑声（Laughter），这种笑声却不仅仅是为了逗读者，而是一种“潜在的延迟”（Lurking late，Crawford 2017，139），“它是一种更精致的形式，预计会出现一系列偷偷摸摸或颠覆性的东西”[⑩]。《背叛》的这一寓言特征使其形式与一般的讽刺保持距离，后者建立在对对象的熟悉上，通过讽刺使对对象的认识更为直接。寓言所带来的笑声的延迟则不仅使读者期待接下来会发生什么，还将超越第一层意义而指向第二层的意义空间。

小说中的狄更斯社区虽然是虚构的，但我们知道它位于洛杉矶。实际上，加州是美国自20世纪70年代末以来建造监狱系统最多的州之一。虽然加州在1852至1964年期间仅建了12所监狱，但在1984年至2007年，这一数字翻了一番。[⑪]其中私营监狱也是这套体系的一部分。其之所以最受欢迎，原因便在惩教部使社会问题从公众眼中消失的同时，私营监狱能够从监狱中获得最为廉价的少数族裔劳动力。正如Angela Davis在论文中所提到的，“监狱行业正在产生每年约400亿美元的利润，这受益于所谓的奴隶劳动。事实上，使用监狱劳动力更容易避免罢工和工会索赔，同时规避有关尊重人权标准的法规”[⑫]。

新废奴主义者的目标不仅仅是改革，而是彻底地废除种族矫正制度，这一理论经由新废奴主义者将美国种族主义监狱系统与奴隶制的回归联系起来而得到加强。在《背叛》一书中，保罗·比第采取了一种基本的看法，即后民权时代并不代表着美国社会正义的真正成就，也不代表少数族裔美国人在社区中感受到的差别对待得到了消除。相反，后民权的几十年见证了包括法律在内的多种形式的种族主义话语的持续存在，这件事情与一个世纪前并没有什么不同。

狄更斯曾经是一个城市，它的没落是附近地区中产阶级化的结果[⑬]，它最终从地图上消失，被抹去。为了拯救正在被遗忘的社区，“我”开始领导对社区的改革和建设。从寓言的角度来说，这影射着少数族裔的声音在后种族主义时代被淹没的现状，也暗示着黑人民族不断摸索和寻找自我身份认同的迷茫处境。Bonbon的姓氏是“Me”并非偶然，这是作者的精心设计，引导读者更贴近这种艰难处境的一种表现策略。第一层意义可能是讽刺性的，读者可能会对狄更斯社区的居民们的行为感到困惑和惊讶，但这只是因为他们生活于社会的虚伪表皮之下。而在第二层被揭示的意义中，美国社会将种族主义制度化，从而使狄更斯社区的遭遇普遍化、正常化，小说的这一设计，将矛头指向了更为严峻的现实。

小说中，“我”自导自演了一出荒诞剧，收小镇上的老黑人Hominy为奴隶；在小镇的公交车上重新实施种族隔离，为白人设置专座；在当地学校推行按肤色划分的种族隔离政策。在废除奴隶制一个多世纪、取消种族隔离近半个世纪后，“我”却堂而皇之地重新做起了奴隶主，光明正大地在小镇除医院外的其他地方实行黑白隔离政策并且取得了不错的效果。如此荒诞不经的情节不仅将讽刺的艺术效果推到了顶峰，更是寓言式地影射着美国的私营监狱制度，而这一制度恰恰被认为是继吉姆·克劳法之后最为有效的社会控制装置。在《背叛》中，作家将情节投资于开放形式和暂停状态以

展望未来，而不是将其锁定在过去的整洁公式中。读者可能想知道最高法院的判决，以及Bonbon的未来，但读者也意识到，关键不在于Bonbon最终是否会入狱，也不在于狄更斯社区在种族隔离实验后是否会过得更好，并最终赢得黑人的权利斗争。相反，无论种族主义的言论采取哪种形式，真正起决定作用的都是种族主义本身，而不是个别案例。

我们已经可以从第二种角度，即寓言及其所影射的现实的角度来探讨《背叛》的获奖原因了。非裔美国人正处于不平等之中，并且制度和法律正在为这种不平等保驾护航。早期的黑奴贸易是，后来的吉姆·克劳法是，如今的私营监狱也是。种族主义从未消失，只不过换了一种更不可察觉的形式存在。保罗·比第的种族隔离寓言，实际上是通过社区实践的“历史的退步”来影射美国现实社会种族歧视的顽固不化，不论是狄更斯社区还是其他的什么社区，从来都没能从被边缘化的压迫之中走出来，每一则讽刺或寓言，实际上都包含了现实的锥心之痛。而作者构思“我”在社区中通过实行种族隔离等方式改造社区的情节，述说着底层黑人群体在当下的艰难现状，并隐含着作者对非裔群体努力寻找身份认同，找到自我栖居之所与文化记忆的鼓励与期盼。从这个角度来看，评委说“它以一种斯威夫特和马克·吐温的野蛮机智，钻进了美国社会的核心”的理由也就解释得通了。

三、Friedrich和N. Kadiresan等的两个调查：文本外的发现

情感分析（Sentiment）也被称为意见发掘（Opinion mining），是研究者使用自然语言处理等手段系统地识别、外派、量化和研究情感状态和主观信息的方式。在N. Kadiresan等人的调查中，研究者主要关注Goodreads网站上关于2016年布克奖获奖作品《背叛》的情绪分析，意见被归类为意见持有者对书籍某一方面的积极或消极情绪、观点、态度等情感评估。研究者对Goodreads网站中截至2017年8月的所有评论都采用R情绪函数进行了分析，得出了每条评论的分数。结果显示，对于Goodreads上的读者而言，给出积极的评价人数仅占约40%的比例，而大约有60%的读者给出了相对消极或中立的评价。⑭这个结果并不符合评奖专家对《背叛》这本书的描述。

调查者还对比了小说获布克奖前后读者对该书的情感分析结果。可以发现，截至2017年8月，尽管《背叛》已经被宣传为“布克奖2016年得主”，但读者对其情感分析的态势仍然没有发生显著改变，可见是否获得布克奖在为获奖小说增加销量的同时，却很难真正地改变读者对该书的看法。然而据笔者调查，截至2023年10月，Goodreads网站上关于《背叛》一书的评论的情感分析却已经发生了较为显著的改变。⑮我们难以否认这样一个事实：即这本书在6年内以某种其他的方式再次获得了读者的青睐。笔者认为，自2017至2023的六年内，发生了两件颇受讨论的政治事件：2020年5月，非裔男子弗洛伊德被白人警察跪杀而引起的“黑命贵”事件，以及2021年1月拜登颁布关于司法部不再与私人监狱续约的行政令。这些事情不仅带来了关于种族主义的广泛讨论，更是在余波之中让一些问题浮出了水面，引起了美国民众的广泛讨论。其一是“黑命贵”运动一周年后，作为发起者之一的帕丽丝·卡洛斯就在洛杉矶富人区购买了一套223平方米的豪宅，价值高达140万美元。她一共购买了四套房产，总价值高达320万美元，位于佐治亚州的那一套，甚至配备了一座小型机库和飞机跑道，而原生家庭并不能为她提供这样的生活。这正像极了《背叛》中的福伊，利用政治噱头，鼓吹所谓的争议，而所做的一切都不过是为自己牟利的手段罢了。其二是拜登签署行政令后近一年过去，几乎没有迹象表明私营监狱带来的问题能够得到解决。这份行政令仅对联邦政府有影响，而无法对州政府产生实际的影响。民众多认为此举政治作秀意义大于实际意义，主要目的在于把私营监狱造成的人权灾难的责任推卸给共和党。放在如此社会背景下讨论，我们似乎找到一些《背叛》在Goodreads网站上评价逆转的线索了：一些政治事件将公众视野重

新聚焦到当今美国的复杂的政治问题上，事实是种族矛盾不再单纯，而是与阶层矛盾含混不清，制度化、符号化的种族歧视阴魂不散地盘旋在广大少数族裔美国人的头顶，美国政府与黑人组织的“政治正确”的理念又是那样的有名无实。如此语境下的《背叛》则早在2015年便高瞻远瞩地举起了批判的大旗，在公众讨论之前就已经洞察到了当下美国社会种族的核心问题。当读者回看这本写于2015年的小说时，方能在阅读中体会到虚构与现实强烈的遭遇感，并在作者敏锐的洞察中感受到惊喜与力量。

N. Kadiresan等人的调查还揭示出另一层面的问题，即至少就获奖作品《背叛》而言，反映出了公众的评价与专家意见的分离。作品为何被塑造出来？为了讨论这一问题，我们或许应该回到布克奖的历史之中去。⑯

布克奖的殖民起源及其与弗莱明（Ian Fleming）之间的联系相比而言更少为人所谈论。当时布克公司的负责人是坎贝尔（Jock Campbell），该公司拥有英属圭亚那殖民地的大部分甘蔗种植园，当时圭亚那总是被称为“布克圭亚那”。⑰坎贝尔建议布克公司购买邻居弗莱明的书籍版权，负责其小说的营销，并将部分利润指定用于文学奖。该奖项成立于1968—1969年，当时叫“Booker-McConnell Prize”，旨在鼓励除美国以外的任何地方用英语写作小说。然而，讽刺的是，英语人群的扩张实际上也正是殖民带来的产物之一。1972年，约翰·伯格凭借小说《G》获奖，却宣布把5000英镑奖金的一半捐出去，以抗议赞助方在其他国家的商业行为涉嫌了殖民主义政策。纵观布克奖评奖传统，有不少作品是书写少数族裔处境的，尤其是在被称为“后殖民主义”的背景和视角中，虽然欣赏后殖民主题几乎是布克奖的道德义务，评奖方理应通过这种方式向殖民地提供赔偿，但是被殖民的族群又向文学界抛出了一个令人尴尬纠结的话题，难以讨论。因此，需要对这一话题进行喜剧化处理：幽默为不可能说出口的话提供了一种方式。⑱而从幽默而来的这种形式特殊的喜剧，我们称为漫画小说的写作形式，在布克奖的评选中受到了普遍接受并形成了新的潮流。这也是保罗·比第以幽默书写种族问题并最终得到评奖方青睐的一个重要原因。

就像理查德·托德（Richard Todd）在论文中已经证明的那样，布克奖正在作为振兴小说出版业的可行性工具，成就相当可观。布克奖已经成为著名的文学奖和当代英国小说经典形成的重要力量。布克奖本身，已经成为并超越了其他媒体，成为一部优秀文学作品的最有力量的塑造者。但这股力量必须首先思考一个问题：为谁塑造？如何塑造？在现代英国小说的背景下，英语写作的重要命题之一是“将社区视为政治的当代视野”（regard community as the contemporary horizon of the political⑲）。保罗·比第融合了事实与虚构、地理和政治，他的幽默是一种“社会实践形式”⑳，保罗·比第的获奖，从这一方面来说，是将一段历史、一个问题带入公众视野的举动，而不仅仅是将文学作为兴趣的桥梁将公众与作品联系了起来。用喜剧术语呈现世界并不一定减损文学作品的价值，反而打开了一个更宽广的世界。保罗·比第将这一方法推至更远：在读者中创造认知错位，同时接受不同的观点和看法，而不是简单地给出结论——也许这才是布克奖作为英国文学奖真正应该表彰的地方。

注释【Notes】

① 参见Jamie Bullen. *Man Booker Prize 2016: US Author Paul Beatty Wins with The Sellout*. Evening Standard, Oct. 25, 2016.

② 孙璐：《美国“后种族时代”话语的建构与解构——从保罗·贝蒂〈出卖〉的讽刺艺术窥探当代美国的种族问题》，载《四川大学学报（哲学社会科学版）》2018年第4期。

③ Sebastian Fett. *The Treatment of Racism in the African American Novel of Satire*. Dissertation, University of Trier, 2008, p.37.

④ William Schechter. *The History of Negro Humor in America*. New York: Fleet, 1970, p.26.参见孙璐的翻译。

⑤ 拉尔夫·艾里森：《看不见的人》，任绍曾译，人民文

学出版社2022年版。

⑥ Darryl Dickson-Carr. *African American Satire: The Sacredly Profane Novel*. Columbia, University of Missouri Press, 2001, p.16.

⑦ 转引自孙璐，威廉·克罗斯原文刊载于Black World, Vol.20, 1971, p.26.

⑧ 郭昕：《保罗·比蒂〈出卖〉中的反讽与文化记忆形塑》，载《外国文学动态研究》2018年12月。

⑨ Maria José Canelo. "Paul Beatty's The Sellout as Allegory of the US Carceral System". *Journal of the Spanish Association of Anglo-American Studies*. December, 2022, p.190.

⑩ 此处引号中内容及前文"寓言""笑声""潜在的延迟"均为笔者自译，特此说明。

⑪ Gilmore Ruth Wilson. "America's Addiction to Prisons': From Golden Gulag (2007)". *Caldeira, Canelo and Ramalho Santos*, 2012, pp.153-172.

⑫ Davis Angela. "Masked Racism. Reflections on the Prison In dustrial Complex". Colorlines (Fall).1998. pp.12-17.

⑬ James Joy. "Introduction". *The New Abolitionists: (Neo)Slave Narratives and Contemporary Prison Writing*. Albany: SUNY. 2015. pp.xxi-xlii.

⑭ 数据来自N Kadiresan等：*The Sellout: Readers Sentiment Analysis of 2016 Man Booker Prize Winner*, Aug, 2017.

⑮ 数据来源自Goodreads网站：https://www.goodreads.com/book/show/22237161-the-sellout? From _search =true&from_srp=true&qid=PNIOnzxl27&rank=1#CommunityReviews.

⑯ Judit Friedrich, *Levels of Discomfort*: *Paul Beatty's The Sellout as the First American Novel to Win the Man Booker Prize*. HJEAS. 2019.

⑰ Seecharan Clem. *Sweetening "bitter sugar": Jock Campbell, the Booker Reformer in British Guiana 1934-1966*. Kingston, Jamaica: Ian Randle. 2005.

⑱ 闫杰：《功能冲突视域下保罗·贝蒂〈叛徒〉的阐释》，Chapter Three。

⑲ 括号内引文来自Richard Todd。

⑳ 社会实践形式：F. English 定义为"an activity by means of which work is performed within and upon a concrete and historically specific social situation（在具体的和历史的特定社会环境中开展工作的活动）"，此处为笔者自译。

漂泊的语言，女性的空间

——《木星的卫星》中的女性关系世界

薛　琴

内容提要：《木星的卫星》是艾丽丝·门罗的第五个短篇小说集，一共有十一个故事，涉及女性在不同方面的关系：家庭关系、情人关系和朋友关系。不管处于哪一种关系中，女主人公们都只能携带着隐秘的伤痛在这种关系里漂流。而语言也是漂泊无依，从一个能指滑向另一个能指。结果就是，文本的语言和这些女主人公一起漂流。“维持着和生活着”是门罗在十一个故事中一次次表达的主旨。生活的表层、人与人的连接抑或某个具体的物，就是门罗为她们选择的能够暂时停靠的驿站。

关键词：《木星的卫星》；漂泊的语言；女性关系世界；维持着和生活着

作者简介：薛琴，北京理工大学珠海学院外国语学院讲师，研究方向：英语语言文学。

Title: Floating Language, Female Space: The Worlds of Female Relationships in *The Moons of Jupiter*

Abstract: *The Moons of Jupiter* is Alice Munro's fifth short story collection, which has eleven stories altogether, dealing with women's relationships in different fields: family relationship, relationship with lovers and relationship with friends. No matter what kind of relationships they are in, the heroines can only carry the secret pain and float in this relationship. Language, too, is adrift, slipping from one signifier to another. As a result, the language of this text drifts along with these heroines. "Sustaining and living" is the theme that Munro expresses repeatedly in these eleven stories. The surface of life, the connection between people or something concrete, is the station that Munro can choose for them to have a momentary stay.

Key Words: *The Moons of Jupiter*; floating language; worlds of female relationships; sustaining and living

About Author: Xue Qin, School of Foreign Languages, Beijing Institute of Technology, Zhuhai, lecturer, specializing in English Language and Literature.

《木星的卫星》是艾丽丝·门罗的第五部短篇小说集，1982年出版，由11个故事组成。这些故事描述了各种各样的女性关系世界：女性与家庭、女性与情人以及女性与朋友。罗伯特·撒克教授在《艾丽丝·门罗：书写她的生活》中提到，该小说集刚一出版就得到了极大的关注。但在国内，关于它的研究并不多。近年来，相关的研究论文有王一诺的《译者的“温情与敬意”——艾丽丝·门罗〈木星的卫星〉中译本分析》（2023），陈芬的《解读〈木星的卫星〉中的隐喻》（2021），黄字辉的《论〈木星的卫星〉中的女性身体书写》（2020），以及杨燕苓和李青洋的《〈木星的卫星〉中反抗型女性形象分析》（2019）等。可见，在国内，该小说集不仅受到的关注较少，而且研究者对它的语言及其所营造的女性关系空间的探讨也几乎没有。

在小说集的前言里，门罗在提到第三篇故事《火鸡季——致乔·雷德福》时说：“可是它讲的是什么？我们因此看得更清楚了吗？是性还是劳动？还是火鸡？是中年妇女的妥协还是年轻女孩的发现？当我想起这篇小说的时候，我想到的是玛乔丽、莉莉和女孩走出火鸡屠宰厂的那一瞬间。天空中飘着雪花，她们挽着胳膊，唱着歌。我想每个故事中大概都有这样一个奇怪、闪亮的瞬间。我莫名地觉得这就是小说要讲的东西。"[①]如果作者都无法对故事要表达的内涵给出清晰的说明，那么就可以说，语言根本无法确切地锁定所指。用这样的语言构造出的女性关系世界也是开放的，流转的。

一、语言和存在的关系

无论是在历史上还是在现代，无论是在东方还是在西方，许多哲学家都对语言和存在的关系进行过阐述。在我国，早在春秋时期，老子就认为"道可道，非常道"，明确表达了语言只能表达普通的"道"；而对于宇宙间的终极大道，语言是无能为力的。在《道德经》第五十六章，老子又写道"知者不言，言者不知"，再次申明语言只能进行一般意义上的言说。至于宇宙间的"大知"和"真知"，语言是没有办法将之表达出来的。相较于老子，庄子在语言和存在的关系上走得更远。他在《内篇・齐物论》中认为，"言非吹者，言者有言，斯所言者，特未定也"。人说的话，并不像风那样自然。人要表达的意思，也并不确定。可见，老庄认为，语言和存在无法对应。当世界进入20世纪，德国哲学家叔本华在《作为意志和表象的世界》中表示，世界分为两个层次——意志的世界和表象的世界，这和老子的"道"和"非常道"有些类似。奥地利哲学家维特根斯坦认为，对于表象的世界，人们能够用语言说得清楚，而对于意志的世界，人们则只能沉默。这和老子的"道可道，非常道"有异曲同工之妙。尼采和福柯则从另外的维度，阐述了语言和存在的不对应。尼采认为，人只有健忘时才会相信词与物是一致的，因为语言的本质是修辞。[②]福柯则认为，口头的语言和书写的语言其实是一样的，因为它们都是语词的修辞空间。[②p9]总之，语言不仅不是存在的家园，而且它自身也根本没有家园。语言永远只能表达一部分的存在，亦即，它既敞开存在，又遮蔽存在。从根本上来说，语言只能指向更多的语言，漂泊无依是语言的本性。

在门罗笔下，女性的存在和语言的存在具有同构的关系。语言在不同的时空中漂流，居无定所，不知所往。同样，女性也在诸种关系中漂泊，无所依傍，无处安放。比如家庭空间通常被认为是人心灵的港湾，但门罗的女主人公们却无法从中得到温暖和安宁，因为来自婚姻的箭矢，时不时地会隐秘地射向她们，让她们在最初的时候猝不及防，然后在一次次的重复后，渐渐感觉迟钝。她们的生活无所谓向前奔流；她们只是一天又一天地在日子里漂泊。在情人世界中，她们也没能得到情人的温情和抚慰，相反，已婚女性所经历的隐秘的伤痛，她们也一样经受。在朋友空间中，她们似乎也找不到最终的温暖和抚慰。和她们洒脱的朋友相比，她们面对自己境遇时的无力感更加突出。她们似乎找不到终极的出口，就像语言没有最终的落脚点一样。

二、家庭空间中的女性

《查德列家族和弗莱明家族》是小说集的第一篇，也是所有故事的起点。该故事写到了家庭、婚姻、亲戚、爱情等多种人际关系，而这些关系中的某一方面或者某几方面就成了后续那些故事的中心关系。同名故事《木星的卫星》是压轴之作，在主题上又回归家庭关系。在开篇故事中，"我"还是个小女孩，由父亲带着去认识姑妈们，"我"由此得以走近和姨妈们完全不同的女性。在最后一个故事里，父亲已经病入膏肓，成了需要"我"照顾的对象；而"我"已人到中年，离了婚，有了两个个性非常不同的女儿。"我"联系着两个女儿和父亲，就像姑妈们和姨妈们通过"我"联系在一起一样，"不管她们有过什么样的生活，现在都已经是逝者长已矣。我身上还留着她们的影子"[①p47]。

这两个故事都呈现出某种不确定性。在开篇故事的第二部分《田间的石头》中，"我"无论如何也找不到那块标志着布莱克埋葬之处的大石头了。他或许曾经是哪个姑姑的男朋友，或许是奥地利人或许是其他地方人，这些都是未知数。对于"我"记忆中父亲修栅栏的故事，父亲的回应是"有可能是真的"。在《木星的卫星》中，当"我"（詹妮特）和父亲想用科学的语言描述木星的卫星时，却发现能找到的只有文学语言——希腊神话，再加上父亲也只是凭着记忆说出的，所以科学的确定性在这里被文学、神话以及记忆“玷污”了，“我走到门口时，父亲大声对我说，‘伽尼墨得斯’不是牧羊童，他是朱比特的斟酒童”[①p318]。一分钟之前，语言还可以让事物看起来确定无疑，可换一种方式表达后，事物的确定性在转瞬之间就被抹去。语言在存在之中无法找到精准的对应，套用斯特芬·乔治（Stefan George）的诗《词语》的最后一行，这就是，“词语破碎处，无物存在”[③]。

《家有来客》也聚焦了家庭关系，这让它在内容上和《查德列家族和弗莱明家族》有某些共通之处。只是它显示了威尔弗雷德家和弟弟艾伯特家之间的亲密关系，而后者则以“我”和丈夫理查德之间的鸡飞蛋打作为结束。该故事的绝妙之处在于威尔弗雷德和弟弟艾伯特的寻根之旅，因为他们在现实中再也无法找到曾经的家园了，“房子没了，农场也没了，镇子的那一片整个被化成了自然保护区”[①p285]。根无法确定，那么从根处生出的其他方面，又如何能够确定？！艾伯特提到在那个地方曾有人走进沼泽地但是却再也没能走出来，这个细节也呼应了第一个故事里那块找不到的田间石头。意味深长的是，喜欢把封闭式结尾赋予任何故事的威尔弗雷德，这一次却没这样做，“‘也许吧。’威尔弗雷德说。他长长地、重重地喘了一口气，似乎很满意”[①p295]。人们通过语言理解世界和生活，而语言只能指向更多的语言，就像福柯指出的那样，“语言，在它对存在的关注和遗忘中，具有一种掩饰的力量，这种力量抹去了每一个确定的意义”[④]。《木星的卫星》写了“我”和两个女儿以及和父亲之间的关系。对于女儿们，“我”应该是木星，而两个女儿则应该是卫星。但事实是，小女儿朱迪斯和男友唐要去墨西哥度假，让“我”留在他们的房子里，“我”似乎被他们遗弃了。大女儿尼古拉音信全无，只留下“我”为她徒然牵挂。如此看来，似乎两个女儿是木星，而“我”才是她们的卫星。在传统的男权社会里，男人是家庭的中心，是其他成员的“木星”。该故事从表面上看也是如此。父亲生病，是“我”把他送往医院，也是“我”在医院里陪伴他。但换个角度看，“我”又何尝不是父亲的木星？因为父亲现在只能依靠“我”。故事的不确定性为阅读本身带来了极大的审美快感。

文本的不确定性来源于语言的“漂泊”本质。保尔·瓦莱里认为，文学只是利用了语言的某些内在品质而已。南非当代著名作家安德烈·布林克在《小说的语言和叙事：从塞万提斯到卡尔维诺》中认为：“语言本质上就有叙事的倾向。”[⑤]尼采说过，并不存在“无修辞性的自然语言”[②p7]。福柯也说，“语言本身就具有流动性。”[②p11]语言是无穷的能指链，所指被无限地延异着。甚至语言本身，它的产生也是不确定的。在人类语言学博士何勇的《第二心灵》里，他说：“英语里常常把语言说成是一个奇妙的礼物（miraculous gift）。”[⑥]这礼物来自何方呢？《圣经》中这样说：“创造宇宙和其中万物的神，/其实他离我们各人并不远。/我们生活、动作、存留，都在乎他。”[⑦]语言无法锁定其所指，所以故事的深处没有答案，抑或说故事根本没有深处，重要的是语言漂泊的过程，是生活本身的流动。一个个的此在，就是人可以暂时休憩的驿站。

三、情人世界中的女性

《事故》《巴登汽车》和《普鲁》这三个故事中的男主人公都有一定的社会地位。《事故》中的泰德是科学老师，《巴登汽车》中的X是人类学家，而《普鲁》中的戈登是神经科医生。这些故事里不和谐的男女关系，很像《查德列家族和弗莱明家族》中“我”和律师丈夫理查德之间以及《掌状红皮藻》中莉迪亚与曾经的作家男友邓肯之间的关系。通过这些故事，门罗想要表达的似乎是，普通人之外的人群里，人和人之间没法有真诚的连接。他们无法像《火鸡季》中三个普通姑娘那样一起挽着胳膊唱着歌，无法像《掌状红皮藻》中文森特对待莉迪亚那样体贴，也无法像《查德列家族和弗莱明家族》中“我”的姨妈们那样快乐和“我”的姑妈们那样安然。在《事故》中，音乐教师弗朗西丝和有妇之夫泰德相恋。后来泰德的儿子鲍比因为车祸身亡，弗朗西丝把这归咎于她和泰德不道德的相爱，这成为她心中永远的刺，“如果那个下雪天比彻没出门，没穿过镇子去送婴儿车，她现在就不会在渥太华，不会有这两个孩子，不会有这样的生活，一定不会。这是真的，弗朗西丝十分确信，但是这么想太让人不愉快了。永远都不能承认自己看这件事的角度，那太可怕了”①p145。考虑到加拿大在20世纪六七十年代的社会状况，弗朗西丝和泰德的恋情也可以理解。那个时候，加拿大已经进入了由皮埃尔·埃利奥特·特鲁多引导的自由主义时代。1969年，加拿大通过法律，放松对堕胎、节育、离婚、赌博和自杀的限制。⑧在一些闹市区，自由主义的生活方式随处可见。加拿大社会已由年轻人支配，“人们几乎要摆脱每一种传统的约束……而自由主义则意味着结束妇女以前所固有的角色”。社会学家说，如果妇女要改变受男性控制、社会地位低下的状况，妇女就必须摧毁这些陈规陋习，在商业、政府、教育和专业领域占有足够有权的地位……裸体和婚前同居禁忌均已淡化。⑨但是门罗对此并不热心，所以她设计了鲍比的车祸，让它成为弗朗西丝心中永远的刺。弗朗西丝在回顾自己的生活时这样想：“她有爱情，有丑闻，有男人，有孩子，但在内心深处却是一个人前行，和这些出现之前的那个自己一模一样。”“当然不完全一样。”“一样。”①p145没有确定的语言能够捕捉到她纷乱复杂的思想。当一个人想向思想的深处探索，除了更多的语言，那里并无清晰的路线图可提供帮助。像其他几个故事一样，弗朗西丝最后的选择也是专注于现在，“不用担心，那还早着呢”①p145。

《巴登汽车》也同样和语言的游戏性有关。X是人类学家，是“我”这个有夫之妇在澳大利亚结识的男友，也是在“我”的回忆中不断变化形象的人。“我”对X不停地回忆表明这段关系破裂对“我”造成的伤害，这和《掌状红皮藻》中的莉迪亚相似。与“我”形成对照的是同住的凯伊。她的爱情一段接着一段，虽然每一段都会带给她伤害，但这并不妨碍她开启下一段关系。而“我”则很难从X的阴影中走出；“我”依然幻想着通过丹尼斯传话来间接地吸引X，“我精心洗了头，化了妆，希望他下次见到X时会说我很迷人”①p161。为了这个目的，“我”还努力地改变自己：买衣服，理发，修眉，擦口红和胭脂等。一个偶然的机会，“我”在商店里看到一个非常有女人味的人，但却是一个男孩。这让“我”明白了女人是被男权社会建构出来的。语言和事物本就无法完全对应，是社会习俗让它们对应，从中可以看出语言的符号本质。那个在“我”的回忆中不停变化的X是有确定的所指，还是他也是被“我”的回忆所建构出来的呢？这个问题没有答案。

《普鲁》是小说集最短的故事。普鲁和非常富有的神经科医生戈登同居。门罗对来自不同社会阶层的男女之间的关系似乎并不看好，所以这个故事也以双方分道扬镳结束。普鲁在知道戈登还有其他女伴后选择离开，但是她离开时从戈登的衣橱里拿了一颗纽扣。这个琥珀色的纽扣成了普鲁走出情感困境的出口，因为她和其他几个故事的女主人公一样，终于回到了具体的事物。《不幸的故事》和《掌状红皮藻》《巴登汽车》以及《普鲁》的主题都很接近，但是其男主人公道格拉斯·赖德的地位不如邓肯、X和戈登，相反，却有些像《掌状红皮藻》中的劳伦斯、尤金和文森特，以及《火鸡季》中的赫布，“负责为省档案馆收集和购买各种旧的日记、信件、记录之类的东西，以免这些文件消失或被外省、外国的收藏家买走”①p251。朱莉和“我”都经历过不幸的爱情，她们在倾诉中找到安慰和释放，而道格拉斯·赖德是她们忠实的听众。他们三个之间的关系虽然是对传统道德的严重逆反，但却是舒服的。如果读者考虑到加拿大六七十年代的社会状况，这种关系也可以理解。再者，那些看似符合社会规范的婚姻双方之间，比如“我”和理查德，其矛盾却不可调和。道格拉斯和小说集中那些有身份的男性之不同在于，他善于倾听，不判断，不好为人师，他对两个女友都很体贴。在教堂里，他“把一只手放在我的肩胛骨上一不是肩头，而是肩胛骨……他的手一路向下划过我的背，落在我的腰上，轻轻地捏了捏我的肋骨。然后他从我身后绕过去，沿着外侧过道走到前面，准备跟朱莉解释些什么。朱莉正试着读一扇彩色玻璃窗上的拉丁文”[①p268]。这样的关系让他们感觉到了家庭生活的欣喜，“我想从那时开始我变得高兴起来，实际上我们三个人都高兴起来，仿佛我们秘密地拥有了彼此，发现了一眼心照不宣的希望之泉”[①p269]。

四、朋友世界中的女性

在《掌状红皮藻》中，莉迪亚经历了严重的情伤，“自己是卡住了，就像机器卡住了一样。即便在当时，她心里也有一个自己的形象，有点儿像从后面掏空了的鸡蛋包装盒”[①p55]。为了缓解心里的痛楚，她选择外出旅行。在旅行中她遇到了薇拉·凯瑟的崇拜者斯坦利，包工头劳伦斯和他的两个工人尤金和文森特。她从和这几个普通男人的交流中得到了放松和安慰。斯坦利让她明白人要有热爱的人或物，而那人或那物就可以成为随时随地的“避身之所”。文森特临走前留给她的掌状红皮藻让她觉得“这份礼物悄悄地、远远地带给她怎样的温暖啊。”[①p78]一个普通的包工头一个普通的举动就把莉迪亚从她深重的情殇中救赎出来，这与她的前作家男友邓肯有着天壤之别。邓肯对她有很多要求，“他瞧不起不会说俏皮话的人，和他说话的时候你得跟上他的节奏，得充满活力。她觉得自己仿佛是一个高度紧张的芭蕾舞者，浑身颤抖，唯恐下一轮会叫他失望。”[①p72]“你得”表现出邓肯的高高在上以及她的屈从和紧张。她把对他的理解迁移到她对女作家薇拉·凯瑟的评判上；她并不认为作家对人就一定理解得更深刻。恰恰是普通的物（掌状红皮藻）和普通的人慰抚了她。如此看来，《掌状红皮藻》在一定程度上也是《查德列家族和弗莱明家族》的续写。虽然“我”的姨妈们和姑妈们都是普通人，但是她们身上都有令人心动的能量。相比之下，“我”的律师丈夫理查德，高高在上，素质低下，他管“我”的艾丽斯姨妈叫“讨厌的老骚货”。他这种对身份低于自己的女性的公然鄙视，和邓肯类似。通过这种方式，门罗批判了传统男权社会的等级关系。

门罗说过，“我可以从小说中的任何部分开始阅读，从开头读到结尾，从结尾读到开头，或者从中间的任何部分开始向着任一方向读起。”[⑩]读者用这种方式阅读《火鸡季——致乔·雷德福》，也会得出很有意义的见解。如果从结尾开始读起，那么映入眼帘的是“我”与两个普通女孩玛乔丽和莉莉在一起唱《我梦想有一个白色的圣诞节》。欢快的场景让人觉得生活的表层可以带给人希望和救赎，这和文森特的掌状红皮藻温暖了莉迪亚类似，也和《木星的卫星》的结尾“我进屋喝咖啡，吃东西”产生的效果相像。门罗曾经说过，她对生活的表层很感兴趣，这里也是印证。再往前读，就是圣诞节的雪。这雪勾起了读者对乔伊斯的短篇故事《死者》中圣诞节那场纷纷扬扬的大雪的记忆。事实上，门罗和乔伊斯经常被研究者放在一起比较。[⑪]在纷纷扬扬的大雪里，赫布走了，带着他的秘密。他和布赖恩是否有暧昧关系以及“我”对他的各种臆想，都随着他的离开而变得不重要了。几个姑娘的歌声，抹去了这一切，剩下的只有当下。这也许是门罗给这个故事起了如此具体的标题（《火鸡季——致乔·雷德福》）之原因。“火鸡”不仅具体，还是圣诞节的食物，食物可以疗愈人，就像《掌状红皮藻》里的掌状红皮藻和《木星的卫星》里的咖啡一样。

《劳动节晚餐》和《家有来客》也有类似之处——它们都是两个家庭之间的关系。只是在前者中，两个家庭是朋友关系；而后者则是亲戚关系。《劳动节晚餐》和《掌状红皮藻》以及《火鸡季——致乔·雷德福》的标题都非常具体。《劳动节晚餐》中也有不如意的夫妻关系（罗贝塔和乔治），而不如意的根源也是女人顺从男人，取悦男人，而私下里却要独自咀嚼那隐秘的屈辱，这和《查德列家族和弗莱明家族》中的理查德和“我”，《掌状红皮藻》中的莉迪亚和邓肯的关系如出一辙。乔治嫌弃罗贝塔腋窝松弛，希望她穿有袖子的衣服，这让她非常不舒服，“乔治的声音里有种残酷的满足——那是心中的厌恶得以发泄后的畅快淋漓。他厌恶她变老的身体，这本来就是可以预见的。罗贝塔开始哼出声，受着那份因受到伤害、冷冷的挑战和无情的侮辱而独有的轻松、自由和巨大的战略优势。"①p185相比之下，她的朋友瓦莱丽自在，潇洒，轻盈。她打扮得非常漂亮，"她穿着一件绿、金、蓝三色的宽松长裙。她不用担心乔治对长裙的看法，反正没有人指责她，说她想招蜂引蝶。"①p186罗贝塔因为乔治，经常神经紧张，"她经常躲在墨镜后流眼泪。"①p195而瓦莱丽经常能够把"难以忍受的事情变得饶有趣味。"①p194两家人在饭桌上的各种争论，瓦莱丽只用一段话就给止住了，"人们一直在谈论人口过剩、臭氧层破坏、生态灾难、核灾难等这样那样的灾难，年复一年，从未停止；可现在他们还不是坐在这里，身体健健康康的，神志也算清醒，肚子里还装着美食美酒，享受着乡间未被破坏的美景。"①p213所有的滔滔宏论，所有的重大世界关切，最终都要落实到具体而琐细的此在人生中。罗贝塔和乔治的紧张关系并没有随着这次拜访的结束而结束。她依然在想对付乔治的办法，"她必须一不做二不休，做到彻底不在乎。那样他就会觉得她飘忽、遥远，对她的爱就会复燃，她便拥有了权力。"①pp214-215但是一场侥幸得以逃脱的车祸终止了她的思考。"你们都死了吗？这不是到家了吗？"①p216"到家了"暗示了这场灾难的隐喻功能。一个急刹车终止了语言无休止的游戏，一切停留在现在。

《克罗斯夫人和基德夫人》写了一对身份和地位都很不同的老妇人，其差距如同开篇故事《查德列家族和弗莱明家族》中"我"的姨妈们和姑妈们。基德夫人"和她的父母住在邮局和海关楼上的公寓里，她的父亲是邮局局长；克罗斯夫人和父母、两个姐姐、四个兄弟住在纽盖特街的排屋里。基德夫人去圣公会教堂，克罗斯夫人去自由循道会教堂。基德夫人二十三岁结婚，嫁给一个高中科学课老师；克罗斯夫人十七岁结婚，丈夫在湖船上工作，一辈子都没能当上船长。"①p219随着她们年岁渐长以及各自孩子的成年，两个家庭的差距在变小，"虽然克罗斯夫人的孩子们受教育水平没有基德夫人的孩子们高，但就平均收入而言，两方不相上下，而克罗斯夫人的孙辈们收入更高。"①p219这一对认识了80年身份地位如此迥异的两位老人，竟会在同一家养老院终老余生。没想到新的紧张又来——克罗斯夫人的身边有了杰克，而基德夫人也有了夏洛特。杰克激起了克罗斯夫人的母性，也许还有她潜在的对异性之间的情感。所以，当夏洛特和杰克互生好感之时，克罗斯夫人的"灾难"也降临了，"克罗斯夫人觉得自己的心扑通一声摔了下来。她的心脏就像一只瘸腿的老乌鸦，在胸膛里乱拍乱跳。她双手交叉放在胸前，想要抓住它。"①p242基德夫人的一句"管它呢"为她的伤口及时地抹上了止痛膏，就像瓦莱丽之于罗贝塔。故事结尾时，当基德夫人把克罗斯夫人推进屋之后，"基德夫人就瘫倒在地上。她背靠墙，双腿直挺挺地伸着，坐在凉凉的油地毡上。"①p245这里，她们最终走向了真正的连接。

五、结语

玛格丽特·康拉德在《剑桥加拿大史》中认为，加拿大是"一个谨慎的国家"。⑧pi门罗亦是如此：她一方面受到六七十年代女性主义运动的影响，可又并不完全认同它的主张。她反对传统道德，但是也不会与之完全决裂。亦即，她的选择是"既不"和"又不"。在小说集中，女主人公或者在婚姻生活中带着隐秘的伤痛一日日地漂流，或者踏入婚外情的泥淖，和地位比自己高很多的男人纠缠不清，在一段男女关系中卑微地屈从迎合取悦对方，最后落得满心伤痛。整部小说集并没有主题的螺旋式上升，也没有生命的不断升华。一次次的重复，重复领悟，也重复愚蠢。生命就是这样的一条河，并不一定向前方奔流，时光流转，人或者原地打转，或者走了一段，再折回原地。门罗抛弃了现代的宏大和进步叙事，也抛弃了语言能够有精准所指的愿想。

如果把这些故事连缀起来，读者也许可以看出门罗大概想要表达的东西。从故事开端的小女孩到打零工的14岁少女到成年女性（莉迪亚，弗朗西斯，普鲁，罗贝塔，朱莉，米尔德丽德，詹妮特，克罗斯夫人和基德夫人），“我”少年时能够感受到的，也是小说集行将结束时“我”所能领悟的：是连接，是爱，是生活的表层，是具体的物，可以把人从对深层无谓的探索中解救出来。同样的，也是这些给予了日日漂流的她们以安慰。汪民安认为，“物无论如何同人不是一种对立关系，也无论如何不是人要探究的知识对象，相反，它类似于一种栖息之地，一种神秘的容纳性的家宅，一个四方和谐其乐融融的温柔之乡，它是一个微观世界，但也是一个宏阔的世界。它的目的就在于拒绝将世界清晰地图像化。”[③p111]不确定性，游戏，向物的返回和生活的表层，这些在门罗笔下都显示出它们的“深度”。木星不在，卫星无法安顿，一切在漂流，一切也都在鲜活地存在。“维持着和生活着”，这是门罗在这十一个故事中一次次所要表达的，其表达的途径就是漂流着的无法精准锁定所指的语言。

注释【Notes】

①[加]艾丽丝·门罗：《木星的卫星》，步朝霞译，译林出版社2019年版，第4页。以下只在文中注明页码，不再一一做注。

②黄海容：《辞转空间：福柯语言观视野中的考古学》，载《外国文学评论》2023年第1期，第10页。以下只在文中注明页码，不再一一做注。

③汪民安：《情动、物质与当代性》，山东人民出版社2022年版，第31页。以下只在文中注明页码，不再一一做注。

④汪民安：《福柯读本》，北京大学出版社2010年版，第45页。

⑤[南非]安德烈·布林克：《小说的语言和叙事：从塞万提斯到卡尔维诺》，汪洪章译，上海人民出版社2010年版，第10页。

⑥何勇：《第二心灵》，南京大学出版社2020年版，第3页。

⑦[加]琳达·哈切恩：《加拿大后现代主义——加拿大现代英语小说研究》，赵伐、郭昌瑜译，重庆出版社1994年版，第81页。

⑧[加]玛格丽特·康拉德：《剑桥加拿大史》，王士宇、林星宇译，新星出版社2019年版，第258页。以下只在文中注明页码，不再一一做注。

⑨李节传：《加拿大通史（修订本）》，上海社会科学院出版社2018年版，第330页。

⑩New W H. “Rereading *The Moons of Jupiter*”. *The Cambridge Companion to Alice Munro*. Cambridge Press, 2016, p.11.

⑪Thacker R. *Alice Munro: writing her lives: a biography*. Toronto: McClelland & Stewart Ltd., 2011, p.428.

《桑塔格传：人生与作品》：一部用传记美学叙事的女性传记

王秋雨 王成军

内容提要： 苏珊·桑塔格是20世纪著名的女性作家、艺术评论家，是美国声名卓著的“新知识分子”，更是西方当代最重要的女知识分子之一。《桑塔格传：人生与作品》即是一部对苏珊·桑塔格进行全面介绍的传记作品，其书写的细致真实使其成为一部经典的传记作品，具有典型性。因此本文从传记美学的层面进行研究，从传记事实的运用以及长篇传记的现代性写作和翻译的角度进行分析。

关键词： 苏珊·桑塔格；《桑塔格传：人生与作品》；传记事实；现代传记；译介学

作者简介： 王秋雨，江苏师范大学文学院比较文学与世界文学专业在读硕士，主要从事比较文学研究；王成军，江苏师范大学文学院教授，研究方向为中西小说叙事学。

Title: *Sontag: Her Life and Work:* A Female Biography of Biographical Aesthetics

Abstract: Susan Sontag is a famous female writer and art critic of the last century, a renowned “new intellectual” in the United States, and also known as the one of the most important contemporary Western female intellectuals. *Sontag: Her Life and Work* is a comprehensive introduction to Susan Sontag, and its meticulous and authentic writing makes it a classic biographical work with typicality. Therefore, it is necessary to conduct research from the perspective of biographical aesthetics, analyzing the application of biographical facts and the modern writing and translation of long biographies.

Key Words: Susan Sontag; *Sontag*: *Her Life and Work*; Biographical facts; Modern biographies; medio-translatology

About Author: Wang Qiuyu is currently pursuing a master’s degree in Comparative Literature and World Literature at the School of Literature, Jiangsu Normal University, mainly engaged in comparative literature research. **Wang Chengjun** is a professor at the School of Chinese Language and Literature of Jiangsu Normal University, mainly engaged in the research of Chinese and Western novel narration.

苏珊·桑塔格毋庸置疑是20世纪美国最杰出的作家之一，但现在“桑塔格”这个名字并非仅代表一位女作家，而是一个标志、一个符号，“桑塔格”已然是一个时代的象征，象征着20世纪美国社会中自由而破碎、骄傲而不安的灵魂。苏珊·桑塔格是时代人物，在聚光灯下人们早已了解到他们想要看到的桑塔格，在此之前已有数本桑塔格传记，不乏对桑塔格详尽的叙述，所以对这样一位当代作家作传是冒险的。但是本杰明·莫泽用现代传记的形式再一遍阐发桑塔格，其以事实为基础，通过材料的搜集整理，洞察传主心灵的方式将桑塔格不为人知的一面进行解构，让桑塔格形象立体地展现在读者面前，形成一部用传记美学叙事的现代传记。

一、镣铐下的舞蹈

（一）传记的基本事实

《桑塔格传：人生与作品》顾名思义是关乎苏珊·桑塔格的一部传记文本，作为传记文本来讲，最重要的环节莫过于对事实的处理。传记文学与小说一样包含着人物与情节，文章中的主人公也会有跌宕起伏的人生经历和多样的生命历程，但二者的区别即在于文本内容的真实性。传记文学讲究书写事实，即表明传记文学是建立在事实基础上的文学，因此对事实的阐述是传记文学的重要组成部分，也是评判一部传记文学的重要标准。在《桑塔格传：人生与作品》中，作家引用了大量访谈材料、文档资料以及桑塔格本人在作品中的自述等，试图全方位多角度地还原出桑塔格生活环境、成长因素以及发展路径的本来面貌，用事实资料来构建桑塔格的精神世界，从中解释其“坎普”风格的形成。《桑塔格传：人生与作品》这本书是唯一一本经过授权而写成的关于苏珊·桑塔格的传记作品，因而，其中包含了大量从未被世人了解过的真相。比如一直以来关于《弗洛伊德：道德家的心灵》这本书的作者的争议，在《桑塔格传：人生与作品》中得到披露：这本书的笔记或许属于桑塔格的前夫菲利普·里夫，但这本书真正的整理编撰的人是苏珊·桑塔格。作家从人们的主观认知、真实信件以及菲利普·里夫自己承认桑塔格至少应该有共同署名权的角度进行分析论证，证明了《弗洛伊德：道德家的心灵》的作者无疑是苏珊·桑塔格，解决了这个自出版几十年以来一直都有的疑团。类似于这种的披露在《桑塔格传：人生与作品》中还有很多，这些存在来自作家莫泽对桑塔格的全面了解。据悉作家用了七年的时间读完了桑塔格所有的作品，采访了接近600人，包括桑塔格的情人、亲人和同人等。并且由于作家是苏珊·桑塔格唯一的儿子钦定的传记作家，莫泽能够接触到更丰富的资料。仅是苏珊·桑塔格的日记就多达百本，作家可以第一手资料的角度进行写作。作为他者的作家看待桑塔格的日记更具有客观性，茨维格认为“要求一个人在他的自我描述中绝对真实，就像是尘世间的绝对公正、自由和完善那样荒唐”①，他认为因为记忆和羞耻的存在，传主的事实很难成为真正的事实。莫泽作为他者，恰恰避免了这些问题，这就愈发显得其传记作品的真实性。在这本书中作家深入挖掘了桑塔格的生活，同时也将桑塔格本人的真实样貌展现到了读者面前，这种毫无保留在心胸狭隘的人眼中或许都会显得残酷。莫泽不仅描写了桑塔格的天赋与赤诚，同时也表现了她内心对爱的渴望与心理的矛盾甚至是挣扎扭曲，而这正是作家写作事实的表现，不贬低、不称颂，做到了莫泽写作的原则“不去嘲笑、不去悲悼、不去诅咒，而是去理解”。

（二）立体的事实

同时作为传记而言，如果作家在创作时仅仅满足于对历史事实的简单概括，那似乎就与同样依赖于非虚构性的文学作品相差无几。但事实在于二者之间必然有其区别性，否则传记文学岂非与新闻报道无异？因而传记事实与材料事实之间就有着本质上的区别，乔治·圣兹伯里曾言：“一个真正的传记作家不应该满足于仅仅展示材料，不管这些材料编排得多么精确有序。他的功夫应该用在回忆录、书信、日记等等材料之外。作为一名有造诣和才智的艺术家，他应该把所有这些材料在头脑里过滤，然后再呈现在我们面前。这是纯粹的一堆细节和素材无法比拟的。”②其他学者也认同这一观点，认为“西方传记的‘史传分离’模式，并不是忽略历史的成分，而是从传主的个性视角出发来展现历史”③。《桑塔格传：人生与作品》全书八百余页，共分四十三章，大量的章节与文字并不是事实的简单罗列与整理，而是以事实为基础，将文字材料进行筛选加工，将理性的素材变成完整的图画，将冰冷的材料转换成有温度的文学作品，这些带有温度的文字材料构成一个多彩的传主形象。在整本书的写作顺序中，作家以时间为架构，但不局限于单调的线性发展，而是在人生经历的大框架下补充了传主以此为契机而产生的日后发展，这就使作家的人生经历不是以点叙事，不是看到传主单独的一面，而是将桑塔格复杂性格的全貌在可能的情况下最大限度地表现。杨正润教授认为传记是“对一种个性化历史的解释”④，就其“历史”二字便可看出对客观事实的看重。教授认为传记具备的第一要素是“传主的生平”，其中包括“幼时的人格形成期、为步入社会做准备积累经验的学习期、活动最多的成熟期以及退隐期”。莫泽这部巨著就是以这几个时期为切入点对桑塔格进行了系统的介绍，介绍了桑塔格的童年青少年成长时超过同龄人的成熟、成年后的文学创作与对社会风潮的影响，以及在病痛最后的人生故事和观念转化。从“个性化”角度来看，是对传记呈现作家个性提出的要求，表现了“传主个人与外界、个体内部之间的对抗与冲突”[③p205]，最终丰富传主的形象。作者在《桑塔格传：人生与作品》中清楚写到桑塔格原生家庭的不健全：父亲的早逝与母亲独特且扭曲的性格，造就了桑塔格童年的不幸，也对她日后的人生发展产生深刻影响。作为母亲的米尔德丽德对异性的过分追求使得她会在无聊时将女儿当作情人，要求女儿从异性的角度对她进行赞美。这显然是一种趋于病态的情感体验，但童年的桑塔格会顺从于母亲的游戏，对她进行性方面的赞美与调情，这是她对于母亲关注度的追求。可即便如此，当真正情人出现时，米尔德丽德会毫不犹豫抛弃女儿的情人角色，此时的桑塔格便是被所有人抛弃的那一个。米尔德丽德的酗酒与沉沦，使得她的精神世界是崩塌的一片废墟。叙事于此仅仅是作者洋洋洒洒百万字的开篇，却已然使读者感受到桑塔格由于母亲而产生的内心的破碎。从童年的记忆开始，桑塔格就与“疾病”这个词有了千丝万缕的联系，也正是这种联系使得她在成长学习中受弗洛伊德影响很深，在人格成熟期形成对“性”话题敏感的写作。至此桑塔格性格面貌就已经有了一个相对全面的展示——苏珊·桑塔格由一位并不会充当母亲角色的母亲抚养长大，她内心敏感而又渴望母爱却往往爱而不得，继而导致了内心封闭，害怕抛弃并没有安全感，所以只能寄托于自我保护。“性”与“疾病”从童年时期就充斥于传主的生活中，《桑塔格传：人生与作品》中说“它创造了一种施虐与受虐的动力，这一动力在桑塔格的一生中反复出现”[⑤]。正是因为这一动力，所以形成米尔德丽德对苏珊的“需要”迫使她的女儿进行自我保护的这一过程。这里所讲的“自我保护”便可从苏珊·桑塔格的作品中表现出来，在作品写作中，隐匿的自我往往最能揭示出她内心的真实状态，她用他人的人生故事当作面具，在用文字搭建的壁垒下肆意展现自我的内心，这是桑塔格人格成熟期所表现的人格倾向。在这样的心理状态下，桑塔格就对纯心理的过分阐发表现出反对态度，在传记作品中作家本杰明·莫泽就罗列了《反对阐释》《恩主》等作品，总结桑塔格对心理学分析的态度为“不屑”，这生动地表现了传记作家对传主形象的塑造。这种塑造不是材料的堆砌，而是作家笔下的动态人物形象的展示。

人作为有自由意志的主体，其本体的复杂性不言而喻，真实的人不可能是平面人物，正是人性的复杂造就了个体的人格魅力。在小说的创作中，主人公的样貌个性由作家勾勒，作家是拥有主动权的。但对于传记作家而言这几乎是不可能的，作家必须按照传主本身的个性去写作，他是困在严格局限的范围内创作。记录真实的人很大程度上在于体现人的复杂，这通常是最难的，《桑塔格传：人生与作品》的作家却完成得相对出众，因为莫泽同样重视传记文学中的叙事。在叙事中，作家重点表现了桑塔格对待事物的态度，以此展现其思维方式：她往往是采用辩证的思维。这点从她对弗洛伊德思想的认同度方面看出，“正如，桑塔格在大学期间撰写的论文中对T·S·艾略特提出质疑一样，尊敬并不等于毫不质疑地全盘接受”[⑤p132]，这是作家对桑塔格所表现出的辩证思维最显著的例证。将辩证的含义向情感的天平倾斜，将之作用于桑塔格的个性之中，便不难看出她纠结的人生态度，这是一种无意识的分裂造就的人性的复杂。本杰明·莫泽将桑塔格的纠结病态的内心通过叙事进行了一镜到底的展示。在感情上桑塔格倾心于强势的人，爱上强势的人的理由是喜欢上位者对她的不屑与蔑视，“他们排斥我，说明他们优质，有品位”[⑤p272]，这是一种自我精神的折磨，在世俗的观念中必然是病态的存在。桑塔格的理由是自己之所以这样是因为不尊重自己，认为自己不可爱。而随着时间的推移当她不再喜欢上位者时，她却说尊重这不可爱的自己。前后矛盾纠结的自我是她的本色。就像她对自己的性取向一样，感到羞耻却又逃离无果而一直生活在羞愧阴影下。桑塔格对于同性恋、性的写作会让人感觉到她思想的开放性，但在莫泽的叙事下，桑塔格对自我同性取向的排斥则又进一步表现了她的心理的复杂。可以说，在本杰明·莫泽的笔下，桑塔格是个能够推翻前期自我的人，她的想法随着时间不断变化，由曾经的极端虚无慢慢转向到现实的看法。桑塔格的病态纠结、自我否定让她的人生充满着复杂神秘的色彩，而这层面纱就由作家揭开，这幅关于桑塔格的自画像也逐渐丰盈、真实。

（三）虚构的事实

文学作为作家主观意识形态的客观表现，总归是有作家自己的想法镶嵌其中，这就是关于传记文学的虚构。赵白生先生关于传记虚构的观点是："传记既不是纯粹的历史，也不完全是文学的虚构，它应该是一种综合，一种基于史而臻于文的叙述。"⑥在优秀的传记文学中虚构是不可忽略的存在，作家通过传记写作，不仅是展示传主的生活，更重要的是展示传主的形象，否则就是一本枯燥的材料整理，与文学就有了间隙。而需要填补的这份空隙便是传主的个性展现。传记作家虚构成分过多，作品就成了小说，与传记文学的第一要义基于事实的写作就相差甚远了，这就对作家虚构的内容和程度有着要求。传记作家需要虚构的是"虚构的真实"，赵白生先生的观点是"'书写的好'的关键在于'叙述的真实'"。⑥p51"叙述的真实"和"事实的真实"是"一致的一贯论就构成了传记文学的特殊的真实性"⑥p52，也就是说传记作品中传主的形象要具有连续性，传主形象不是分割的，而是连贯且完整的。在《桑塔格传：人生与作品》中，作家首度披露了桑塔格与同性情人安妮·莱博维茨的恋情。重要的是，苏珊·桑塔格在有生之年从未承认过自己同性恋的身份，不仅没有承认，反而是撒了许多谎言试图遮盖她真实的性取向。甚至在其小说《恩主》中，桑塔格认为成为同性恋者是虚伪的另一种形式，具有对同性恋者明显的蔑视态度。在传记中，作者不但揭露了苏珊·桑塔格的同性恋情，而且其篇幅要远超于其与其夫的故事。同性性取向是作家深度挖掘之后得出的结论，没有传主的自证而是通过材料收集推断出来的，而他的结论正好符合外界对桑塔格印象的揣测。这种推断便是作家使书中人和现实中的人和谐统一的一贯性的书写，展现了《桑塔格传：人生与作品》这部传记文学的真实性。在写同性恋情时，作家更注重描写这段恋情下桑塔格与之相处的精神状态，这里同时说明的了是什么原因造成这种状态与选择，这是对桑塔格心灵深处的剖析，表现的是桑塔格灵与肉的关系。比如在露辛达与苏珊这一段长达十五年的纠葛中，莫泽将桑塔格原生家庭带给她的创伤解释在了这一段感情之中，将桑塔格对于爱与感情所体现的性格表现和情感表现的底层逻辑归于幼年时残缺不健康的爱。"她深受我自己的一个家庭形象——我是我母亲的女儿——的摆布"⑤p42，所以桑塔格没有能力去爱，她总会成为一个"通过退缩来避免冲突的人"⑤p481。无论是与异性还是同性的爱恋关系描写，作家都没有过多地描写他们或她们的蜜月期，而是将更多的笔墨放在恋情的冲突上，展现的是桑塔格神秘、纠结甚至是病态的心理，这一段段的塑造更能显现桑塔格的个性。作为一段恋情而言，必然有其开始的理由，但作家刻意回避了过多的激情描写，更多是关注在关系的分裂上，而这点是最符合桑塔格性格特点的一面，这就保持了传记写作的连续性，所以莫泽放大了桑塔格的个性，让叙述的真实再现传主的个性。

二、现代性的叙述

（一）长篇传记的包容性

这本书获得了2020年普利策奖，从时间上看这毫无疑问是一本现代传记文学。根据杨正润教授的观点，传记的现代性包括传记的"长度以及故事性"⑦。长篇传记可以做到包罗万象，更全面地展示传主的生平。现代短篇传记源自16世纪，以随笔的形式出现，随时间发展，至18世纪的欧洲，短篇传记因成为市民阶级的娱乐消遣而流行。时至今日，现代传记研究已然成为一种学术研究，古代的短篇传记相应的价值也就不再明显，所以现代传记的标志之一就是传记的长度。从长度角度看《桑塔格传：人生与作品》，其无疑具备了现代传记的特点之一。长篇传记能够包罗万象，能够在有限的篇目中更多地包含传主信息，不仅有作为具有影响力的人物所展现的正向事件，同时还包含了传主的生活轶事，更全面地展示传主形象。就如上文所述，人是一个复杂的主体，更何况是一位值得去写传的思想家，其个人的人生经历与内涵思想是庞大的，更需要一个长篇传记的框架去承载。桑塔格本人就是一个既张扬而又低调的人，她性格中、认知上的两面性很多，没有足够的篇幅是作品无法承载的，从某种意义上来讲，是苏珊·桑塔格选择了长篇传记。

（二）传记材料的补充

长篇传记下，内容容量的增加必然会带来传记材料的增多，传记文学的故事性也由此而来。勃兰兑斯在评价克鲁泡特金时曾认为许多人的生活虽然是无大意义、平平常常，然而他们却引人入胜，至于克鲁泡特金的一生则兼有伟大与引人入胜两种特性。他将克鲁泡特金的伟大与传记创作联系在一起也就是说，传记的书写不是历史资料的叠加，它需要有小说文体的趣味性与可读性，“现代传记区别于传统传记一个关键性要素，在于是否将这一文体当作‘一种艺术样式’，突显其由史入文的‘文学性’的特性”[⑧]。现代性传记要有鲜活的叙述，要让传主的面貌跃然纸上。故事性出现在传记文学中喻示着文本的艺术性得到提升。为了表现文本的故事性存在，就必须有丰富的细节作为文章的支撑。《桑塔格传：人生与作品》中莫泽将桑塔格的信件日记都做了描述、引用或者直接以图片的形式表现出来，桑塔格的生活中的点滴都因聚光灯的照明而显现。同时，故事性的传记在编排布局上也要有所考量，不能是文献记录般从头至尾，事无巨细毫无轻重地直白展示，莫泽力图用结构布局来展现苏珊·桑塔格图像。所以，抛开时间维度来看，《桑塔格传：人生与作品》也是一部现代传记文学的典范。

（三）传主心灵的阐发

为他人作传在西方文学中是一个比较常见的体系，因为传记要求真实地展现传主的生活，而最熟悉传主的便是其亲友，所以有相当数量的、从亲友角度进行传主叙事的传记作品。从19世纪开始，长篇传记写作逐渐转型——传记写作逐渐由传统的亲友写作转变至学者写作。亲友写作依靠的是作者对传主的直接了解与主观感受，这样的写作可以很真实但缺乏系统性。而学者写作，侧重于对材料的搜集整理与研究，系统化地呈现传主的生平，对传主进行剖析式的理解，其写作的客观性和真实性无疑上了一个台阶，但同样其弊端也是显著，即缺少了传主的“人性”，大量的材料堆积难免呈现出巨型传记的缺点。到了20世纪，学者写作已经成为传记写作的主体，并且作家们也已经认识到素材堆砌对传记作品的影响，所以“新传记”应运而生。现代小说重视对事实情节的安排，重视对传主心理的探索，这样的传记小说避免了巨型传记沉重滞涩而无法表现传主个性的弊端。“历史学家要用全知的多视角来把握历史事件的各个侧面，而传记作家却必须戴上传主的眼睛来复调叙事”[⑨]，传记作家既要充分地把握事实材料而又要通过材料复现出传主的心灵，才能完成一部不同于材料整理的传记作品，实现传记“以‘人’为撰写对象，致力于描绘‘人们灵魂的特征’”[⑨p214]。《桑塔格传：人生与作品》中莫泽因为是桑塔格亲属钦定的传记写作作家，这得天独厚的条件使得他有机会去接触一手资料，包括桑塔格的信件日记等。日记是一个人自我对话的窗口，日记之所以作为一种隐私而受到个人的保护，是因为个人难以言喻的情愫与羞耻都能毫无顾忌地表现其中。桑塔格的日记是自我意识的物化，通过对有行文字的阅读能够了解桑塔格不为人知的另一面。莫泽在书中写“很多认识她的人对她日记中多处流露出的不屈不挠的自我意识感到惊讶”[⑤p265]，桑塔格能够很有力地去打击自我，她在日记中写道：“我不是个好人，这句话一天说20遍。对不起，情况就是这样。”[⑤p265]但是在几天后的日记中，桑塔格就写到“还有更好的说法。‘你算什么东西?’”[⑤p265]。莫泽在书中引用桑塔格这段日记的内容，就是从桑塔格内心深处去看这位美国当代女作家内心的强大。她不断地打击自己但同时她又不断地塑造自己。在日记中能看到桑塔格在努力拾起童年破碎的灵魂，“我讨厌独处，因为独处时我感觉自己只有10岁左右”[⑤p265]，对于生活的无力感让成年桑塔格努力寻求外界的热度，“名气似乎为她排解孤独寂寞提供了一个解决办法”[⑤p266]，这为理解苏珊·桑塔格源源不断地创作、拓展领域提供了心灵的理由。

三、翻译的艺术

（一）翻译的文学性

国内读者之所以能够看到鲜活的传主形象，不仅是作家本杰明·莫泽的缘故，更是得益于本书的翻译者姚君伟教授的翻译工作。传统翻译会对文本进行一对一的直接翻译，使得翻译出来的中文语句定语中套着定语，形成了一种中文含义对应但不符合中文语序的翻译，这样的翻译会使国内读者有阅读困难，也平添了对文章内容理解的偏差。作为文学翻译作品，译者在翻译过程中必然会遇到中西方语言差异的问题。姚教授在处理这个问题时不可避免地进行了文学的个性化翻译。比如在翻译一些定语从句时，译者接受了异化翻译，并没有完全按照中文的阅读顺序，而是利用中文中不常见的“—”符号作为分隔符，以让读者在中文语境下更好的理解英文修饰句所代表的含义。这种异化的最终目的也是让读者能够流畅的阅读并理解作家意思。作为读者在阅读《桑塔格传：人生与作品》时，感受到译者保留了西方语言特点，但大部分的文字排列组合和读中文著作并无明显差异。译者笔法流畅细腻，传主形象活灵活现，文章内容引人入胜。可见，姚教授在翻译过程中注重了文学翻译作为一种跨文化交流的实践活动所具有的独特价值和意义。作为翻译桑塔格作品的资深翻译家，姚教授前后共翻译了十本关于桑塔格的作品与传记，他本人也与苏珊·桑塔格建立了友谊，因此，译者翻译不仅有着专业性与真实性，其翻译的作品中也展现着对传主的热爱，“余光中说过，诗歌、散文、评论和翻译是他写作的‘四度空间’。全面考察这些空间，不难发现它们其实是打通的、因而相得益彰的”[⑩]，译者与传主间足够的交往与熟悉在一定程度上帮助了他国读者能够看到一个立体丰满的苏珊·桑塔格形象。所以就有了“《桑塔格传：人生与作品》可以说是传主的个人魅力、作者和译者的才华三方交相辉映的绚丽之作”的评论，也因此姚教授凭借翻译《桑塔格传：人生与作品》再一次获得了第十一届春风悦读榜金翻译奖。

（二）翻译的完整性

“其实，一本译书只要够分量，前面竟然没有译者的序言交代，总令人觉得唐突无凭。”[⑪]《桑塔格传：人生与作品》这本书的中国版本在引言的前面还有一章作家本杰明·莫泽专门为中国读者写的出版感受。中国对于苏珊·桑塔格而言是一个具有独特意义的地方，她的父亲早年便来到中国做生意，母亲也是在结婚跟随丈夫来到中国，他们就是中国被资本主义强权打开国门而尽得利益的西方典型家庭，可见传主与中国关联性之高。在中文版序中，读者首先就可以了解到苏珊·桑塔格与中国的渊源，而这种渊源也带给读者独特的感受，这种文化上的相交同时拉近了中国读者与传主的关联。在相互熟悉的历史背景下，中国读者似乎更能读懂桑塔格对他亲生父亲身上的神秘感的认知，“她对父亲的记忆来自一组照片，还是有一段反映中国场景的几分钟的短篇——以及她在哪里出生的幻想”[⑤p1]，伴随着桑塔格这种幻想与随后她来访中国之后发现幻想迥异于现实的差距，“是她的重大主题之一的又一例证”[⑤p1]，幻想与现实之间的差距、梦境与实际间的距离以及真实与虚假的关系，这些都成为桑塔格作为作家和思想家思考的命题。翻译序言能够让读者更快速地了解书目所讲所写。《桑塔格传：人生与作品》中的两份引言都得到了细致的翻译，这也使得读者对传记内容的快速浏览。正如作家所说，没有哪个当代思想家比她更能帮助我们了解这个世界。如此思想容量的传主必然要求大量的篇幅述其一生，那么引言的重要性不言而喻，它可以使读者对传主有轮廓式的了解，在此基础下的传记阅读会更加流畅，读者能够更顺畅的跟随作家的写作思路来进一步认识传主。在引言翻译部分，译者完整地将引言呈现给了中文读者，让或许还不熟悉这位美国当代作家的中国读者了解她的机会。

四、结语

苏珊·桑塔格本人就像这本巨著中描写的那样，是一个毋庸置疑的才女，她超越了同时代的大多数公共思想家，她用思辨的思维看待生命与社会，用文字去思考道德、思考艺术、思考生命的存在。关于她的争议从未停止，在这本官方授权的现代传记文学写作中，这些争议也是保留的。作家通过各方的证据，加之对桑塔格作品的理解，对这些争议做出了结论。有些结论甚至是桑塔格本人都想隐瞒的，比如她的性取向，但事实即为事实，莫泽选择真相。这一本八百余页的传记巨著，最大的优点即是对事实的呈现，这是传记文学最本质的要求，戴着镣铐跳舞。莫泽戴着最重的镣铐，用文字跳着最美的舞蹈，将苏珊·桑塔格的一生呈现在读者面前。作为一本现代传记，它深入传主的心灵，从心灵的角度对传主行动进行阐发，以长篇传记的容量涵盖了传主生平的故事，不仅说明了传主的行为，并且通过一手资料，挖掘了行为背后的原因，如此而来传主立体鲜明的形象跃然纸上。作为英文作品，中文读者能够无障碍的阅读归功于译者的翻译。这部外文著作的翻译语言流畅自然，注重了汉语语言规则，使中文读者实现阅读无障碍。并且译者翻译的全面性更使得读者对传主有更深入的了解，所以这部作品在中国的欢迎无不得益于译者艺术性翻译。

注释【Notes】

①[奥地利]斯蒂芬·茨威格：《自画像：卡萨诺瓦、司汤达、托尔斯泰》，袁克秀译，西苑出版社1998年版，第9页。

②George Sainsbury. “Some Great Biographies”. *Macmillan Magazine*, 1892, p.107.

③王成军：《中西传记诗学研究》，北京出版社2011年版，第156页。以下只在文中注明页码，不再一一做注。

④杨正润：《论传记的要素》，载《江苏社会科学》2002年第6期，第178页。

⑤本杰明·莫泽：《桑塔格传——人生与作品》，姚君伟译，译林出版社2022年版，第38页。以下只在文中注明页码，不再一一做注。

⑥赵白生：《传记文学理论》，北京大学出版社2003年版，第44页。以下只在文中注明页码，不再一一做注。

⑦杨正润：《现代传记学》，南京大学出版社2009年版，第248—249页。

⑧黄科安：《由“史”入“文”——论西方传记的现代性转型》，载《东南学术》2012年第5期，第216页。以下只在文中注明页码，不再一一做注。

⑨王成军：《纪实与纪虚——中西叙事文学研究》，百花洲文艺出版社2003年版，第52页。

⑩姚君伟、姚望：《译者如何存在？——论译者文化身份的建构方式》，载《山东外语教学》2012年第5期，第92页。

⑪余光中：《余光中谈翻译》，中国对外翻译出版公司2002年版，第172页。

辛格《巴士》中的叙述时间建构

曹叔荣 李 吟

内容提要：美国犹太裔作家艾萨克·巴什维斯·辛格被赞誉为像契诃夫一样会讲故事的叙事大师，其高超的叙事艺术一直是学界孜孜探究的焦点。本文以辛格的著名短篇小说《巴士》为蓝本，以叙事时间为切入点，深入解读辛格的叙述时间艺术，及其背后所蕴含的作家对整个犹太民族命运的深刻思考与关切。对这种审美与人文兼容并蓄的文学艺术的探讨也为理解辛格的创作以及《巴士》中丰富内涵与意蕴提供一个新的阐释视角。

关键词：《巴士》；叙述时间；犹太民族；辛格

作者简介：曹叔荣，上海外国语大学英语学院博士研究生，主要从事美国文学研究；李吟，巢湖学院外国语学院讲师，主要从事美国文学研究。

Title: Construction of Narrative Time in Singer's *The Bus*

Abstract: Being highly acclaimed a master of story-telling as Chekhov, Jewish American writer Isaac Bashevis Singer's superb narrative art has been widely discussed by the academic community. From the perspective of narrative time, this paper explores Singer's ingenious time construction in his short story *The Bus*, and also decodes his deep concern about the fate of the Jews. The discussion about Singer's literary art combined with aesthetics and humanity provides a new perspective for interpreting Singer's writing and the rich connotation in *The Bus* as well.

Key Words: *The Bus*; narrative time; Jews; Singer

About Author: Cao Shurong is PhD candidate at School of English Studies, Shanghai International Studies University, specializing in American literature; **Li Yin**, is a Lecturer at School of Foreign Languages, Chaohu University, specializing in American literature.

作为当代具有代表性的美国犹太裔作家，艾萨克·巴什维斯·辛格（Isaac Bashevis Singer，1904—1991）创作颇丰，共发表了30多部作品，其中辛格本人最钟爱的要属其短篇小说。辛格认为，短篇小说的创作最具挑战以及富有张力，因为“它必须直指高潮、必须有一气呵成的紧张和悬念”①。学界也一致认为，辛格了不起的故事讲述能力和独具一格的风格艺术在其短篇中体现得最为明显。②正如中国学者刘建德教授所言：“辛格是位像契诃夫那样会讲故事的大师，其简单的故事背后时时透出意蕴复杂的洞察。”③

辛格的著名短篇小说《巴士》非常典型地从各方面呈现了叙述要素的参与与互动，学界也纷纷从不同的维度解读辛格“洋溢着激情的叙事艺术”④。例如，魏小梅在《论辛格短篇小说〈巴士〉的空间叙事》一文中探讨了这部作品中的空间叙事特点。⑤而于杰则关注了小说叙事视角问题，认为该故事采用了第一人称有限视角，这种不可靠叙述让读者和“我”一起感同身受，聆听各个人物的倾诉，共同思索故事背后的真相。⑥然而，较为遗憾的是，该作品中的叙述时间问题一直未能引发足够的重视与讨论。李乃刚认为这种研究上的空缺，是源于小说中时间线的模糊性，读者在阅读后只能对这次旅行建立起模糊的时间概念。⑦然而，在文本细读后可以发现，虽然小说中故事时间的呈现并不是遵循传统的线性走向，但是辛格在叙述时间的处理上仍然展示了作家的独特审美与伦理意蕴。

优秀的叙事作品都有清晰的时间觉悟⑧，这是因为叙述从根本上来说属于一种时间性的表意活动⑨。有关叙述时间的理论形态可谓丰富多样。法国叙事家热奈特将叙述时间分成三个方面：时序（order）、时长（duration）和频率（frequency）⑩。而梅叶霍夫（Hans Meyerhoff）在《文学中的时间》中则罗列叙述时间的六个主要特征，包括主观相对性或不均等的分布；时长；动态的融合；与自我身份相关的记忆中的时间结构；永恒以及短暂性等。⑪因此，接下来将在热奈特的理论框架之下，融合梅叶霍夫的时间理念，从文本时间安排的主观相对性、多层叙述的动态融合、记忆结构的参与、重复叙述的介入等维度探究辛格在叙述时间处理上的巧妙构思，以期深化读者对该小说情节建构、人物塑造、主题凸显以及作家创作意图等核心问题的认知。

一、多维时间结构的不均等安排

辛格对时长的处理颇有自己的风格。在热奈特的叙事时间理论中，时长主要是考察由故事事件所包含的时间总量以及描述相关事件的叙事文本中所包含的时间总量之间的关系。⑫前者指的是故事时间，即事件发生需要的实际时间，后者指的是叙事时间，即用于叙述事件的时间，也就是文本中所占篇幅或者读者阅读所需的时间。如果说，故事时间是一块未经雕琢的璞玉，那么只有经过包含叙述行为的叙事文本才能展现出其精美的轮廓。在《巴士》中，辛格在处理时间上显示出非常明显的主观相对性，“在他笔下，时间像是一条条可见的缰绳，可以被他随意牵扯，将人物和事件有条不紊地展现出来”⑦p94。

《巴士》的主要叙述者是一位用意第绪语创作的美国犹太裔作家，讲述了他搭乘旅游巴士，进行为期12天的西班牙观光之旅的故事。因此，从故事时间的层面上来说，小说的时间跨度为12天，在这期间发生了大大小小的很多事件。如果辛格依循故事时间，对12天旅行中的林林总总进行平铺直叙，那么小说将沦为流水账式记录，变得索然无味。与此相反，辛格通过两条故事情节线并行，将这些事件有机地串联起来，使文本呈现出多维的时间结构。

首先，通过收集文本中散落的时间标志，我们可以大致勾勒出旅行开始到旅途结束的行程安排。（如图1）

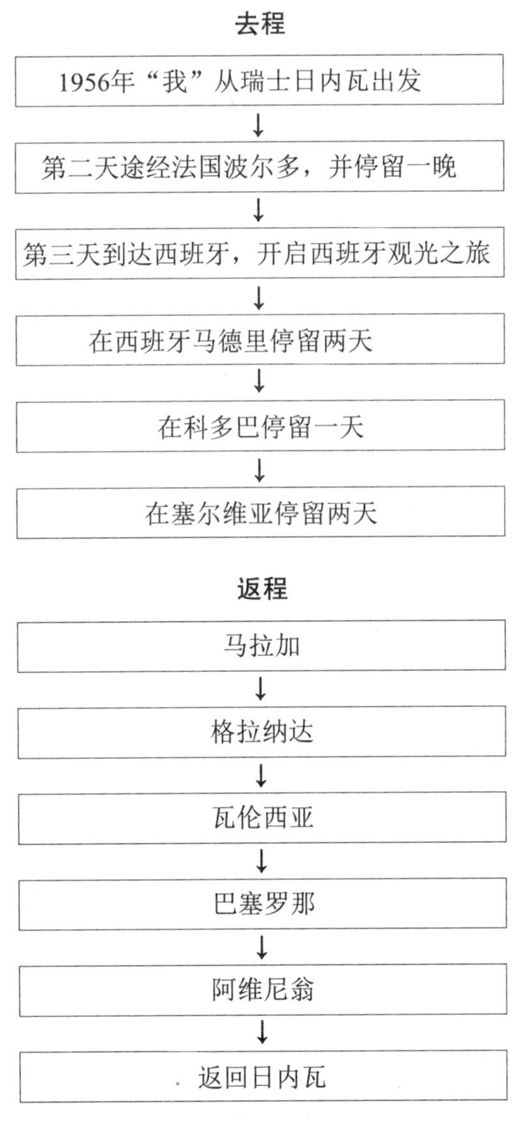

图1 《巴士》中的观光时间与路径图

在这12天的旅行中，主要活动包括观光、购物、就餐、住宿、交谈等。作者没有详尽地介绍每一天的每一项活动，而是通过省略、停顿、概要、场景和延缓等不同叙述运动控制文本节奏，使叙述张弛有度、重点分明。叙事时间不可避免是线性的，因为事件必须一件件地被叙述出来，但是这种线性时间并不局限于故事时间的绝对规律，故事时间与叙事时间之间往往呈现出不均性，而这与故事情节事件的发展、人物性格的展现以及与所表现的内容密切相关⑫p146，很好地彰显了作家在创作过程中的能动性与创造性。

辛格在该作品中安排了两条故事线，两者并驾齐驱，其中故事A主要讲述叙述者“我”与韦尔豪弗夫妇的相遇，故事B则聚焦“我”与麦塔隆夫人的情感纠葛。此外，这两条情节线并未泾渭分明，而是多有重合之处，并最终汇集到一点。根据这两条故事情节线，笔者尝试将整个文本细分为几个小的叙述单元，具体如表1：

表1　《巴士》中叙事情节线

叙述单元	主要内容	隶属的情节
Part 1	“我”与韦尔豪弗太太的交谈	故事A
Part 2	“我”与麦塔隆母子共同就餐	故事B
Part 3	“我”与韦尔豪弗先生的交谈	故事A
Part 4	韦尔豪弗太太与“我”谈论其丈夫以及评论麦塔隆母子	故事A和故事B
Part 5	“我”与麦塔隆母子的相处	故事B和故事A
Part 6	韦尔豪弗夫妇的最终决裂	故事A
Part 7	“我”的逃离	故事B和故事A

从表1中，我们可以清晰地感知到辛格在时间处理上的安排与用意。首先，故事A（涉及6个单元）的比重高于故事B（涉及4个单元），且故事叙述最终落脚于故事A。其次，韦尔豪弗太太是贯穿故事始终的核心人物，其他人物的出场或多或少是为了突出韦尔豪弗太太的角色塑造和命运走向。《巴士》表面上是在描写旅行故事，但是作者通过浓墨重彩地刻画犹太裔女性韦尔豪弗太太这一形象，意在观照在以韦尔豪弗太太为代表的，由于在“二战”中深受创伤，导致精神迷失，不知所终的女性命运⑬，从中我们也得窥视辛格对犹太女性的情感关怀。

此外，在故事时间长度与叙事时间长度对比之外，辛格还以较为隐蔽的方式将记忆时间融入人物塑造中，使人物形象更加丰满，作品的时间建构更为立体。

记忆时间的长短并不取决于事件本身持续的时间，也不局限于文本的叙述篇幅，而是有赖于这个事件对个体的影响程度，以及由此在个体记忆中持续的时间长短。故事A中，我们得以了解韦尔豪弗夫妇由“相遇—结婚—反目成仇”的婚姻故事。而在该故事线索中，韦尔豪弗太太有关二战集中营的创伤记忆对故事发展的走向起着至关重要的推动作用。大屠杀是犹太历史，乃至人类历史上的灾难性事件，因此这段历史是犹太民族记忆中永恒的痛点。丁玫认为，“大屠杀给现代犹太人的心理世界造成了无与伦比的创伤，同时大屠杀改变了犹太人对世界、对自己的认知和认知方式”⑭。叙事文本中对犹太大屠杀事件的提及仅有两处：Part 1一开始的概要中叙述者“我”告诉读者，“很快我就探明她是集中营的难民”⑮，以及在Part 3，韦尔豪弗先生在回顾性叙述中抱怨道，“可是我娶了一个刚从集中营出来的女人呀，我算哪门子的反犹主义者”，“我告诉自己：是集中营和漂泊的生活毁了她的精神”⑮p12。但是辛格多次将叙述聚光灯投射到韦尔豪弗太太身上，描述她夸张的穿衣打扮、怪诞的性格、反常的行为举止等，由此读者可以捕捉到大屠杀记忆在韦尔豪弗太太记忆结构中的浓重印记，也暗含了大屠杀对以韦尔豪弗太太为代表的大屠杀幸存者所造成的不可磨灭的精神创伤与身份价值困惑。他们一方面要表达自己遭受的苦难以及怨恨这世界给予他们的种种不公；另一方面，这些难以言语的身心创伤却又使得他们失去了正常表达自我情感的能力，只能转而借助一些扭曲的行为与方式去“言说”记忆中永不磨灭的伤痛。

总体而言，辛格借助故事时间、叙事时间与记忆时间在时长上的差异性安排，让自己的文学书写成为承载犹太大屠杀的有效记忆。辛格在尊重历史事实的基础上，对创伤事件进行象征性文学重现与见证。这种具有隐喻性叙事隐含了辛格对犹太民族战后生存与发展的思虑，从中我们可以看到辛格对这些大屠杀幸存者同胞的深深同情。同时他也意在表明，沉溺伤痛无益于本民族的发展，犹太人应该为走出创伤、探索救赎之路做出更多的探索与努力。

二、复合叙述的动态融合

在叙事文本时间研究中，最易察觉的关系是时序（order）关系，即叙事文本的叙述时间（话语时间或文本时间）的顺序与被叙述时间（故事时间）的顺序之间的关系。[⑫p123]这两者之间不可能是完全平行的关系，而往往存在着诸多错置。辛格短篇小说的叙述很少完全跟随故事时间的流动，呈现出一览无余之景。在常规的叙述进程中，辛格会时不时插入非常规的链接点，一方面打破原有的静态叙述状态，使叙述跌宕起伏，推动故事向前发展；另一方面不断制造悬念，增加读者的阅读期待，参与文本的内涵建构，感受作品的叙述魅力。这种非常规叙述点的多重介入以及由此带来复合叙述层级的动态融合很好地彰显了辛格的叙述时间艺术。

总体而言，在《巴士》中，故事A和故事B交替叙述构成了故事的第一叙述层级。但是在两个主要情节之中，辛格又时常采用追述的手法，穿插了多个富有寓意的次级故事情节，形成了故事套环，很大程度上丰富了小说的叙述层次，也丰盈了小说的叙述内涵。以故事A中嵌入的韦尔豪弗夫妇的性爱故事为例。在Part 3中因为交换座位，我被安排和韦尔豪弗先生坐在一起，在与韦尔豪弗先生的交流过程中，他突然小声地说道，“在性事方面，她相当厉害”[⑮p13]，然后开始向“我”追述与妻子的疯狂性生活经历，且他自认为他与妻子在性事方面很合拍。但是当韦尔豪弗先生说道，“我有个推测：现在的犹太妇女想补救数个世纪以来在隔都中所失去的一切”[⑮p13]，至此有关性爱故事的讲述戛然而止。在该部分的结尾处，“此外，犹太民族是个富有想象力的民族，尽管犹太人在现代文学中还没有创作出任何伟大的作品”[⑮p13]，叙述又从回顾性叙述回归到小说的第一叙述层。但是，性爱故事到Part 4中才形成一个完整闭环。在该部分，韦尔豪弗太太对丈夫有关性生活的说法进行了驳斥，认为丈夫肉体上和精神上都让她觉得恶心，“他性取向不正常，是个潜在的同性恋者”[⑮p13]。这种应答模式在故事A中建构了一个完整的第二叙述层级，即性爱的故事a。虽然该故事跟故事A的叙事走向并没有直接关联，但是对我们理解韦尔豪弗夫妇婚姻的破裂有着重要的作用，从而使故事形成了一种动力学上的有机融合。

性爱书写是辛格文学创作中一个颇具争议的话题，但是辛格坚称，性是与人接触的最好方式之一，因为它更能揭示人的本性，言说未被表达的事实。[⑬p209]因此，在《巴士》这个短篇中，辛格加入性爱情节显然并非是一时兴起，而是有着特殊的寓意。对于基督教而言，性爱是禁忌，然而在犹太教中，性并不是污秽、罪恶与可耻的代名词，而是犹太宗教的一个自然构成部分。韦尔豪弗夫妇对性爱的不同理解与不同体验感受，从某种意义上，隐喻了两个民族融合之间横亘着永恒的鸿沟，无法实现真正的融合。

三、重复叙述的精巧构思

频率同样是探讨文学作品叙述时间时的一个不可或缺的维度，即一个事件在故事中发生的次数与在文本叙事中出现次数之间的关系。在考察频率时通常会谈及重复，比如重复讲述同一类事情。重复是控制叙述节奏的重要手段之一，但是，热奈特认为，“重复”更重要的是思想的构建。正如人不能两次踏入同一条河流，重复其实并非严格意义上的重复，因为两次叙述不可能完全是一致的。[⑩p73]因此，我们对重复技巧的识别与理解应该是开放的。正如美国当代评论家希利斯步·米勒在《小说与重复》中将“重复”大概归为三类：语言层面的重复、事件或场景的重复、主题的重复。[⑯]

重复是辛格常用的一种处理时间的技巧，以此来增强叙事的表现力与张力。《巴士》中重复叙述首先体现在场景的重复上。在小说中，辛格两次详尽地描述了韦尔豪弗太太购物迟到激怒其他游客的场景。第一次是在Part 3中，“巴士因为要等她一个人被迫延时出发——在里昂等了她半个小时，在波尔多等了她一个多小时……她跑出去购物，大包小包地满载而归”[⑮p12]。第二次是在Part 6中，“在科多巴，韦尔豪弗太太害得巴士延迟了近两个小时……当她最终拎着大包小包出现时，韦尔豪弗先生扇了她两个耳光”[⑮p18]。短篇小说因篇幅有限，所以作家往往更需要字斟句酌。在《巴士》中，辛格用差不多的语言，描叙韦尔豪弗太太因为沉湎购物而延误其他旅客行程的做法显然是别有用意的。因为购物迟到，引发众怒，最终导致韦尔豪弗先生大打出手，这也成为这对夫妻婚姻走向破灭的重要导火索，从而推动了故事情节的发展。

此外，重复还体现为多重叙述，即辛格安排不同人物从不同角度对同一个事件进行反复描述。例如，对于韦尔豪弗太太疯狂的怪异行为，辛格采用了多人多视角的模式，即让韦尔豪弗夫妇对同一个问题分别做出了回应。小说一开始韦尔豪弗太太先发制人地说道，“我准备好了和他离婚，可是他太吝啬了，不给赡养费。事实上，他给我的钱不够我活的”[⑮p11]。而韦尔豪弗先生后来却告诉叙述者，“这个女人是个购物狂，她净买些永远用不上的东西”[⑮p12-13]。借助这种具有矛盾性的多重叙述，一方面，辛格希望激起读者的好奇心，鼓励读者加入文本意义的建构；另一方面辛格想要隐射犹太民族“同化”和“被同化”过程的失败，与此同时再一次向战后犹太民族发出振聋发聩的警醒，正如叙述者“我”对韦尔豪弗太太说的那样，“夫人，你的所作所为对犹太人声誉的伤害，比任何反犹主义者的伤害都要大”[⑮p18]。

最后则是以隐喻方式出现的、更为隐蔽的主题重复。《巴士》中反复上演的“逃离”的戏码。例如，在小说伊始，叙述者为了逃离情感创伤而踏上这次旅行。而在故事结尾，“我”又急于摆脱与麦塔隆夫人的纠葛，旅程还未结束，就再一次上演仓皇出逃的戏码。此外，这种“逃离”主题也体现在核心人物韦尔豪弗太太的命运上。作为犹太大屠杀的幸存者，韦尔豪弗太太逃出黑暗的集中营，嫁给瑞士银行家韦尔豪弗先生，而故事最后，韦尔豪弗太太还是选择走出了令她窒息的婚姻围城。这种类似于环形的叙事结构或许进一步凸显了犹太民族的“逃无可逃”的宿命。正如小说中写道，“夜的黑暗笼罩着这片风景，这是一种不愿成为永恒的永恒”[⑮p18]。

四、结语

叙述时间是文学创作审美价值的重要彰显，因此，“真正懂得或者本能地懂得小说技巧的作家，很少有人不对时间因素加以戏剧性地利用”[⑰]。相较于长篇，短篇小说必须在尽可能紧凑的时间内完成故事的呈现，因而更加考验作家对叙述时间的掌控力度与火候。正如辛格本人在接受采访时所言，短篇小说核心就是要短，要做到像契诃夫和莫泊桑的短篇小说那样才行。[⑱]作为一个会讲故事的大师，辛格短篇小说中对叙述时间的处理必然是充满考量与深意。在《巴士》中辛格凭借着高超的叙述时间技艺，主要包括文本时间安排上的主观相对性，多层叙述层级的动态融合，以及记忆结构的参与和重复叙述等手段，使得整个小说的叙事节奏张弛有度、叙述的层次分明丰满，从而极大地增加了叙述的表现力与张力。此外，更为重要的是，辛格将自己对犹太民族历史创伤的见证与未来之路的探寻，以及族裔之间的冲突与融合等问题的思考巧妙地融入小说的叙述之中，使整部作品呈现出浓郁的人文关怀以及深刻的命运关切。

注解【Notes】

① [美]艾萨克·巴什维斯·辛格：《辛格自选集》，韩颖等译，人民文学出版社2019年版，第16页。

② Huang Linwen. “The Bus’ Tour the Life’s Tour: Interpretation of The Bus from Narrative Perspective”. *Canadian Social Science*, 2010(03), pp.81–85.

③ 毛信德：《诺贝尔文学奖颁奖演说集》，百花洲文艺出版社1991年版，第658页。

④ 陆建德：《为了灵魂的纯洁——读辛格短篇小说有感》，载《当代外国文学》2006年第2期，第34—43页。

⑤ 魏小梅：《论辛格短篇小说〈巴士〉的空间叙事》，载《外国文学》2012年第2期，第3—9页。

⑥ 于杰：《第一人称有限视角和不可靠叙述——辛格〈旅游巴士〉叙事策略与主题的融合》，载《求索》2013年第10期，第173—175页。

⑦ 李乃刚：《辛格短篇小说的叙事学研究》，上海外国语大学2012年博士学位论文，第114页。以下只在文中注明页码，不再一一做注。

⑧ 倪浓水：《小说叙事研究》，群言出版社2008年版，第98页。

⑨ 赵毅衡：《广义叙述时间诸范畴》，载《苏州大学学报》2013年第4期，第133—140页。

⑩ [法]热拉尔·热奈特：《叙事话语 新叙事话语》，王文融译，中国社会科学出版社1990年版，第1页。以下只在文中注明页码，不再一一做注。

⑪ Hans Meyerhoff. *Time in literature*. Oakland: University of California Press, 1974, p.85.

⑫ 谭君强：《叙述学导论——从经典叙事学到后经典叙事学》，高等教育出版社2008年版，第135页。以下只在文中注明页码，不再一一做注。

⑬ 乔国强：《辛格研究》，上海外语教育出版社2008年版，第131页。以下只在文中注明页码，不再一一做注。

⑭ 丁玫：《艾·巴·辛格小说中的创伤研究》，上海外国语大学2012年博士学位论文，第52页。

⑮ [美]艾萨克·巴什维斯·辛格：《巴士》，魏小梅译，载《外国文学》2012年第2期，第10页。以下只在文中注明页码，不再一一做注。

⑯ [美]希利斯·米勒：《小说与重复：七部英国小说》，王宏图译，天津人民出版社2007年版，第140页。

⑰ [英]伊丽莎白·鲍温：《小说家的技巧》，傅惟慈译，载《世界文学》1979年第1期，第276—309页。

⑱ Richard Burgin. *A Conversations with Issac Bashevis Singer*. New York: Farrar Straus & Girous, 1986, p.78.

《玛丽·西科尔们》中的单向关怀与女性共同体建构①

秦思淼 孔 瑞

内容提要：当代美籍非裔女性戏剧家杰基·希波利斯·朱里的剧作《玛丽·西科尔们》荣获奥比奖。该剧是一部凸显关怀伦理的剧作，基于历史与现代双线并行相互映衬呈现黑人女性群体面临单向关怀的身心之困。本文通过关怀伦理分析黑人女性单向关怀表征及归因，同时借助关怀伦理拟构建超越种族肤色的关怀伦理女性共同体，寄予着社会成员间放下偏见与矛盾、达成和而不同的有机整体的愿景。

关键词：杰基·希波利斯·朱里；《玛丽·西科尔们》；单向关怀；女性共同体

作者简介：秦思淼，山西师范大学外国语学院英语语言文学在读硕士。研究方向：英语语言文学。孔瑞，博士，山西师范大学外国语学院教授，研究方向：美国戏剧。

Title: One-Sided Care and Female Community Construction in *Marys Seacole*

Abstract: Contemporary African-American female playwright Jackie Sibblies Drury's play *Marys Seacole* won the Obie Award, which is a play highlighting the ethic of care, based on the dual threads of history and modernity to reflect the physical and mental difficulties faced by women of color facing one-sided care. This paper analyzes the representation and causes of one-sided care for women of color through the ethics of care. At the same time, the ethic of care is intended to build an ethical community of caring women that transcends race and color, with the vision that members of society will put aside their prejudices and contradictions and come to an organic whole that is harmonious and different from each other.

Key Words: Jackie Sibblies Drury; *Marys Seacole*; one-sided care; female community

About Author: **Qin Simiao**, Postgraduate of the School of Foreign Language, Shanxi Normal University, specializing in British and American Literature; **Kong Rui**, Professor of the School of Foreign Language, Shanxi Normal University, specializing in American Drama.

当代美国女性戏剧家、普利策戏剧奖得主杰基·希波利斯·朱里（Jackie Sibblies Drury, 1982—）荣获奥比奖的剧作《玛丽·西科尔们》（*Marys Seacole*, 2019）取材于牙买加裔护士玛丽·西科尔的自传《西科尔夫人多地的奇妙冒险》（*The Wonderful Adventures of Mrs Seacole in Many Lands*, 1857），该剧超越传统戏剧模式，在现实主义场景中融汇后现代主义表现风格，呈现叙事时间断裂和故事空间转化的戏剧叙事特点，以此关涉黑人女性的生存困境与内在体验，体现了朱里不受历史经验桎梏的开阔视野和珍视普世价值的精神追求。

已有研究从戏剧叙事角度探究舞台时空穿越以及人物形象塑造②，从戏剧舞台空间呈现当今医疗体系中普遍存在的种族不公③，从舞台光影变换强化忧郁孤寂氛围，揭示黑人女性对种族创伤的内省沉思④等，这些研究有益于多维度深刻理解该剧的舞台艺术和主题意蕴。本文拟探讨以玛丽·西科尔为代表的黑人女性群体单向关怀的戏剧表征，揭示黑人女性面临的身心之困，表达对社会女性边缘群体境况的深切关怀；探究黑人女性单向关怀的归因，强调建立和谐伦理意识的必要性；同时借助关怀伦理构建超越种族肤色的关怀伦理女性共同体，寄予着社会成员间放下偏见与矛盾、达成和而不同的有机整体的愿景。

一、单向关怀表征

《玛丽·西科尔们》通过碎片化的历史与现实交融的情节架构旨在凸显黑人女性照护者的单向关怀表征，呈现其在照护关系中所面临的身心之困。照护关怀贯穿整个人类历史和生命进程，对关怀的强调可追溯到19世纪的医学领域；19世纪70年代，关怀伦理学以卡罗尔·吉利根（Carol Gilligan）为代表的女性主义伦理学者所创立，揭示了女性伦理世界中的基石是照护而非正义；21世纪初期，照护关怀在道德哲学领域被广泛接受，随着医学人文学领域奠基人凯博文（Arthur Kleinman）的著作《照护》中译本的出版，照护关怀进入学术视野。关怀伦理学的核心概念是“关怀”（Care），具有关心、照护之义，关怀伦理强调关怀的双向性，伦理学家内尔·诺丁斯（Nel Noddings）认为“关怀是一种关系行为，关怀关系的保持取决于关怀方对这种关怀的维系，同时也有赖于被关怀方的态度和感受能力。”⑤关怀实际上是关怀方通过行为实践尽可能满足他人需要，并能够得到被关怀方回应的一种关系行为。剧中“单向关怀”表征主要体现为扮演关怀者角色的黑人女性始终单方面地满足白人的关怀需要。

关怀实践与脆弱性相关联，不论种族性别阶层之分，每个人在面对灾异病祸时内心都渴求关怀，然而，《玛丽·西科尔们》的种种场景却展演了黑人女性不论在殖民时期抑或现代社会中一如既往地关怀脆弱状态下的白人。该剧将历史与个体经验交织，既强调殖民历史遗留在黑人女性个体生活中的伤痛，又见微知著地反映了黑人女性在美国现代社会文化语境中面临的挑战。该剧的时空顺序在舞台上依次呈现为现代美国社会中的养老院病房，19世纪牙买加瘟疫爆发的酒馆，现代都市空间中的公园，19世纪前往克里米亚的船舱，现代美国社会中的护士培训学校，一百多年前的克里米亚战场，碎片化的情节架构打破了戏剧整体层面的时空线性发展的逻辑顺序，呈现过去与当下时空跳跃交错的特点，展现以玛丽·西科尔为代表的黑人女性单向关怀照护白人的生存境况。该剧的创作灵感来源于一位名叫玛丽·西科尔的真实历史人物，她出生于19世纪英国殖民统治下的牙买加，将一生奉献给需要照料的白人。不论南美洲霍乱中心抑或克里米亚战争前线，人们都能目睹玛丽·西科尔照护白人的身影，但其关怀实践最终被白人所遗忘，正如英国印裔作家萨曼·拉什迪（Salman Rushdie）所述，“这是玛丽·西科尔，她在克里米亚所做的工作不亚于另一位提灯女神，但由于她肤色黝黑，佛洛伦萨的烛火几乎看不到她的身影。”⑥剧目伊始，扮演玛丽·西科尔的演员手捧自传《西科尔夫人多地的奇妙冒险》，将玛丽的照护经历娓娓道来。玛丽自幼便被母亲送往白人家庭，照料垂垂老矣的白人老妪直至老人离开人世；1850年牙买加霍乱爆发之际，精通医术的玛丽冒着被疫病感染的危险去照护感染霍乱的白人；在克里米亚战争期间，在霍乱肆虐的军队中，她得知士兵饱受疾疫之苦且无人照料之时，她前往战场为士兵提供关怀照料，分发衣食，抚慰人心。个体在生命历程中无法避免脆弱性，譬如身体衰老而变得脆弱之期，病毒入侵而生病之时，战争灾难到来之际……玛丽·西科尔尽可能通过照护满足白人各种关怀需求而终日奔忙。但随着时间的流逝，她的关怀实践却湮没在历史尘烟中无人问津，沦为被遗忘的照护者。

单向照护劳动早已贯穿黑人女性的历史与生命进程之中，剧名中的复数形式暗示该剧不仅聚焦历史中的玛丽，而且关注身处现代社会中的“玛丽”们，她们的照护故事总会在不同时空内发生，黑人女性的单向照护在现代社会中仍是普遍现象，例如，养老院中悉心照料老人的护理人员，异国他乡照顾白人孩童的移民保姆，护士培训学校中的职业护士等，她们需要照护风烛残年的白人老者、呵护嗷嗷待哺的白人幼儿、照料生死垂危的白人病患。然而这些单向关怀实践映射了黑人女性在白人树立的秩序和等级模式中始终处于他者的卑微地位的境况，她们从未感受过生命的美好与自由，体会过来自家庭与社会的和谐的人伦关怀，无法跳脱出母离子散、少无所养的家庭悲剧。

“家”是剧中反复出现的空间意象，“家”通常是人类情感血缘联结的纽带，抵御外界危险，提供心灵慰藉。对于剧中黑人女性群体而言，“家”并非是充满温情的空间，而是充斥着渴望亲情而不得的痛苦以及童年“寄人篱下”的悲苦记忆。作为伦理实体的家庭环境“应当是家长承担责任和义务，成员关心爱护彼此，道德旨归以关爱照顾子女为基础的代际伦理关系”⑦，然而黑人女性的照护工作致使家庭伦理关系异化，母女之间缺失情感关怀，冷漠疏离。从儿时起女孩们便寄居在一个母亲缺席、没有情感关怀的“非家之家”。剧目伊始，玛丽在回忆人生经历时，对母亲的回忆仅是只言片语带过，反映了在她成长过程中母亲角色的缺席。在家庭中，母子关系在孩子的一生中起着至关重要的作用。儿时母爱的缺失使孩子内心产生恐惧，情感上易产生愤怒孤独。这致使玛丽与母亲再度见面时，玛丽向缺席多年的母亲宣泄道，“离开这个地方，回到属于你的地方去。你不是我的母亲，你抛弃了我去做饭，去打扫。我是我自己的母亲，我一生都得像母亲一样照顾自己，你给我的只是这个肤色，那是我从你那里得到的一切”⑧。母女间融洽的感情已不复存在，女儿认为母亲抛弃了自己，对母亲的情感由爱转恨，内心只有被母亲抛弃后的伤痛。她自幼沦为白人家庭的女仆，时常遭受主人的侮辱谩骂和拳打脚踢，剧中许多细微之处体现她时常遭受主人暴力伤害的悲惨境遇，女主人一抬手，玛丽便向后畏缩；当玛丽给女主人梳头时，发现梳子上有一大团头发，她瞬感战栗惊悚等。儿时寄人篱下的悲惨境遇令玛丽深觉恐惧，渴求母亲的庇佑关怀，但她深觉母亲对她的境况不闻不问，从未看望过她。年幼的她仿佛生活在“失乐园”中，缺乏来自母亲的温情和关怀，亲情纽带分崩离析。然而，玛丽母亲同样面临一个充满危险与暴力的生存处境，沦为白人社会边缘性的工具身份。剧中殖民地时期的金斯顿旅馆场景呈现着玛丽母亲卑躬屈膝地不停收拾白人留下的残局，为了维持生计，她只能卑躬屈膝地服务白人，忍辱负重地不停工作。在玛丽母亲的独白中，她道出自己所处的生活境遇，“白人会强奸你，抢走你的钱，夺取你的尊严，他们在你工作时嘲笑你，会把你看成比狗还不如，比奴隶还不如的物件”⑧p119。玛丽母亲受尽物质匮乏之苦，任人贬低的屈辱之感，在这个缺乏人性关怀的等级社会中，玛丽母亲无力改变此等境况，只能将年幼女儿送入白人家庭中服务白人。

长期以来，社会空间压迫致使黑人母女关系疏离，这种悲剧并非最后的绝唱，同样在现代空间中不断上演，呈现移民黑人女性无法照顾家庭的精神困顿。戏剧背景是在现代社会的美国公园场景中，两位保姆坐在长椅上促膝长谈，她们作为廉价、易剥削的理想劳动力来源，从事着各式各样的照护工作，薪水微薄，毫无福利。她们在移民国家内照护病人、老人和儿童，而她们自己的家人却无法得到无微不至的照料。其中有一位黑人保姆玛米生有一女，为了维持生计，她不得不抛弃女儿只身前往异国他乡，寻得一份家政佣工的工作，远隔千里的她只能借助网络了解女儿近况聊以慰藉，却无法亲身陪伴女儿成长，提供庇佑关爱。显而易见，单向照护实践并非一种互惠平等的关怀关系，黑人女性尽可能满足白人需求，却并未得到白人认可理解，白人社会往往忽视了处于关怀方的黑人女性及其家人同样需要关怀。黑人女性关怀白人却以无法照料自己的亲人为惨痛代价：悉心照料白人雇主的父母却无法在双亲膝前尽孝，关怀白人雇主的孩童却难以给相隔万里的孩子提供爱护庇佑等，剧中呈现黑人女性单向关怀的表征正如朱里所阐释的那样，“白人对黑人女性照护关怀早已习以为常，对于她们的境况漠不关心”⑨。

二、单向关怀归因

在人类社会中，关怀的意义毋庸置疑，但现实是并非所有人都能平等地得到关怀。在关怀伦理学家琼·特朗托（Joan Toronto）看来，关怀照护潜在地与社会权力分配相关联，由于“社会财富分布不均导致关怀分配不平等，从而产生了一个‘要求关怀’的阶级（a class of care demanders）”⑩，作为“要求关怀”的有权阶级能够将其自身的关怀需要或关怀义务转嫁给无权的关怀者，当有权者将命令和分配关怀的能力作为认识权力不平等的手段时，不公现象便呼之欲出。《玛丽·西科尔们》揭示了社会等级制度下的权力关系成为黑人女性单向关怀的主要归因。

在种族等级社会中，白人凭借社会地位财富

而“备受关怀”，享受着来自弱势族群的照护服务。“备受关怀”象征着权力金钱带来的极大生活便利，将照护过程中不可避免的污秽具身化体验最大限度地阻隔在生活之外，以维持一种洁净的生活方式，从而成为白人维持社会权力和地位的方式。在人情淡漠壁垒森严的种族社会中，“受性别结构的限制和权力关系固化影响”[11]，她们被局限于照护老弱病残的女仆保姆等职业范围，忍受着照护过程中所带来的污秽具身化体验，用尊严和汗水满足白人需求才得以艰难生存。“污秽”与“洁净”分别代表了两种截然对立的生活方式，该剧凸显了黑人女性照护者所处的恶劣环境，呈现了弥漫着“尿液和漂白剂味道”[8]p10的病房，白人的呕吐物、汗液、粪便等污秽景象。同样该剧也着力展现了另一种与肮脏污秽截然相反的白人境况，剧中的白人女性总是享受着洁净舒适的环境以及女仆的悉心照料。在殖民时期的牙买加，黑人女性儿时被迫离家沦为白人家庭奴仆是其普遍的生活境遇，其存在正是为了在白人家庭内外实现白人的等级权威，她们承担着清扫房屋、清洗衣物、服侍主人沐浴更衣等工作。此外，该剧同样呈现了美国现代社会中黑人女性代替白人妇女侍候卧病在床的父母。在养老院场景中，梅里、梅和米里亚姆是白人祖孙三代，女儿梅和外孙女米里亚姆来探望在养老院中的外祖母梅里。梅里缠绵病榻，生活难以自理，脆弱性与依赖性是老年人的显著特征，因此老年人需要他人关怀照护。女儿借工作繁忙之由将母亲送入养老院，将自己的关怀伦理责任通过雇佣方式推脱给养老机构中的黑人女性护理人员代为执行。在家人探望过程中，口齿不清的老年人梅里因肠胃不适不断发出痛苦呻吟以期引起家人注意，而女儿由于长期忙于事业无暇顾及母亲，难以了解母亲需求，自认为是因为护理人员没有给母亲喂食，母亲感到饥饿才不断痛苦呻吟，于是她怒气冲冲地出门质询护理人员，不分青红皂白便斥责她们缺乏“基本的人情关怀”[8]p19，要求她们悉心照顾老人，例如，老人吃饭时需要喂，且喂汤时要把任何不光滑的东西挑出来以免老人呛到。这一场景看似女儿梅对母亲关怀备至，但讽刺的是梅斥责护理人员之际，母亲如厕在床，房间内弥漫着污浊气味，梅见此场景，来不及和母亲告别便匆忙带着女儿离开养老院，将残局留给护理人员清理。梅的行为代表了社会中普通人对待年老者的惯常态度——眼不见为净，同时也意味着关怀伦理危机的萌发，揭示了家庭中亲密关系淡漠，血缘纽带式微。这一场景同样揭示了白人作为权力支配者根据自身需求将关怀义务转嫁给黑人女性照护者。社会中不断加深的等级制度和人情淡漠的生活现状屡见不鲜，若这种现象被人类认为是再正常不过且无可抱怨之时，社会道德就已经跌至空前的低谷，社会对人类关系的异化已经达到了令人无比悲哀、荒诞至极的至暗时刻。

三、关怀伦理照耀下的女性共同体

关怀伦理的内涵强调人与人之间的情感、关系以及相互关怀。国内学者肖巍强调关怀的重要性，认为关怀作为一种关系实践和行为，“能够使人类种族得以延续发展，关怀实践也能不断修复这个世界，使每个人能够得到最好的生存条件”[12]。关怀从何而来？首先需要人们承认共同人性和共同命运的平等，这种平等存在于人们对关心他人和满足关系中所受到关注的需求。关怀伦理设想“一个不同的世界，在这个世界里，人们每天相互关爱是人类生存的重要前提……一种以人类关怀和互相依赖为中心的另一种生活愿景”[13]，女性之间关切彼此需求成就了超越种族肤色的关怀伦理女性共同体。

剧中，在养老院场景中，牙买加裔护理人员玛丽和玛米对白人老妪梅里的悉心照料便诠释了关怀伦理的内涵。梅里身卧病榻无法自理时，玛丽和玛米肩负起陪伴照顾与其毫无血缘关系的梅里的职责。当玛丽观察到梅因肚子痛而呻吟时，她连忙走到床边按摩梅里的肚子，舒缓梅里的痛苦。这一即刻反应显然是出于强烈的道德意识，而非通过参照种族身份迫于白人权力而做出的选择。在玛丽称呼梅里为“妈妈”时，这种胜似亲情联结的称呼凸显对种族身份的超越。梅里由于无法自理而如厕在床，流露出羞愧和愤怒交织的复杂情绪，玛丽注意到老人的情绪不断安抚梅里，“妈妈，我知道你很尴尬……我们互相能够看见彼此，我们都是值得尊重的女人，妈妈，你现在平静了吗？”⑧p21，玛丽关注老人的伦理诉求，理解老人即使身卧病榻，仍希望获得人们的尊重理解，体现了关怀者对被关怀者感同身受的能力。同样身为关怀者的玛米为生活无法自理的老人清理床上污秽，悉心擦拭老人身体，帮老人整理衣物梳理头发。关怀伦理学强调“所有人都是相互依存的，都有潜力和责任去关心和照顾别人”⑭，这也是该剧通过玛丽和玛米对梅里的照料而意欲表达的思想。

关怀者关注被关怀者并做出行动承诺，这构成了关怀的基础；被关怀者对所接受的关怀做出回应，这种良性反馈带给关怀者快乐，有助于维护关怀关系，使双方形成一个基于关怀伦理的共同体。梅里虽身卧病榻，接受着护理人员的照护关怀，但同时她也对护理人员施予关怀，使得关怀伦理成为她们的共识。梅里在眼神和行动中对玛米所流露的也是关怀之意，梅里感动于护理人员对于她的照料，主动给她们拥抱，眼里闪烁着慈爱愉悦的目光，“她们紧紧地依偎……如此亲密，如此放松”⑧p36，使儿时母亲缺席的玛丽和玛米感到异常温暖。关怀者与被关怀者的身份不断转换，从而形成一个网络，使关怀关系得到延伸和发展。关怀伦理的核心目标是建立、维持和增进关怀关系，构建共同体抑或增强共同体意识。因此，这份胜似“母女”的关怀之情超越了种族身份差异，形成了超越种族肤色的关怀伦理女性共同体。

结论

朱里的剧作聚焦于“人类命运未来走向的主题”⑮，关怀存在于人类日常生活之中，是所有家庭得以维系、人类社会得以繁荣和生生不息的价值源泉。《玛丽·西科尔们》不仅呼吁对边缘女性群体的关怀，更是设想了一种跨种族关怀伦理女性共同体，表达了超越种族主义并实现不同肤色的人类和谐共处、团结友爱、创建人类命运共同体的美好愿景。超越种族性的关怀伦理女性共同体的达成隐含着朱里对包含黑人女性在内的社会边缘群体与白人主流社会之间互存芥蒂状况的关切，是实现双方和解与关联所提供的路径选择。“即使某些根深蒂固的种族偏见会使得关怀先行、种族靠后的关怀伦理在实践层面道阻且长，但毋庸置疑的是，超越种族的关怀伦理共同体不失为一种值得人类为之努力的共同体。”⑯

注释【Notes】

①本文系2023年度山西师范大学研究生科研创新项目“美国都市戏剧中女性共同体研究”（项目编号：2023XSY039），2024年度山西省研究生课程思政示范课程“当代美国戏剧”（项目编号：2024SZ18）阶段成果。

②Holdren Sara. *Theater review: The tightly packed power of “Marys Seacole”*. New York. 2019(9), p.23.

③Evans Lloyd. “Angry diatribes and amusing pranks: Donmar Warehouse’s Marys Seacole reviewed”. *The Spectator*. 2022(17), p.15.

④Damman Catherine. “These Women’s Work: Catherine Damman on Jackie Sibblies Drury’s Marys Seacole”. *Artforum International*. 2019(9), p.56.

⑤肖巍：《女性主义关怀伦理学》，北京出版社1999年版，第131页。

⑥Rushdie Salman. *The Satanic Verses*. London: Vintage, 1988, p.292.

⑦孔瑞：《山姆·谢泼德戏剧的创伤叙事研究》，中国戏剧出版社2021年版，第56页。

⑧Drury Jackie S. *Marys Seacole*. New York: Dramatists Play Service Inc, 2019, p.103. 以下只在文中注明页码，不再一一做注。

⑨Bigsby Christopher. *American Dramatists in the 21st Century: Opening Doors*. London: Bloomsbury Publishing, 2023, p.79.

⑩Tronto Joan. *Moral boundaries: A political argument for an ethic of care*. New York: Routledge, 1993, p.173.

⑪张丽、邹带招：《女性自我的成长：〈心之死〉中的女性主题》，载《世界文学评论（高教版）》2017年第3期，第98页。

⑫肖巍：《女性主义伦理学对于生命的认知：一种整合性思考》，载《求索》2021年第2期，第57页。

⑬Urban Petr, Ward Lizzie. *Care ethics, Democratic Citizenship and the State*. Cham, Switzerland: Springer International Publishing, 2020, p.24.

⑭苏忱：《呼唤关怀伦理：多丽丝·莱辛〈好邻居日记〉中的养老困境》，载《英语文学研究》2023年第2期，第152页。

⑮秦思淼、孔瑞：《未曾发声的发生：〈纳米比亚种族屠杀的史与戏〉戏剧叙事》，载《剧作家》2024年第2期，106页。

⑯周雪松：《流动的共同体——论〈邻居罗西基〉中薇拉·凯瑟的共同体观》，载《外国文学》2017年第5期，第45页。

被摧毁的塔
——论《布里奇太太》中的巴别塔神话原型与多重象征

徐润文　徐　振

内容提要： 希伯来文化作为西方社会文明的源头之一，在很大程度上影响到了西方作家的文学创作。诺思洛普·弗莱以《圣经》为本源阐发的神话原型批评理论，则为我们解读西方文学作品提供了新的思路。在伊凡·S.康奈尔的小说《布里奇太太》中对于巴别塔神话原型的移置在很大程度上揭示了布里奇一家存在的危机。本文将比对《圣经》巴别塔神话以及《布里奇太太》中与塔相关的内容，运用神话原型批评、文本细读以及精神分析的方法，探究《布里奇太太》中的巴别塔神话原型与多重象征。

关键词： 神话原型批评；巴别塔；伊凡·S. 康奈尔；《布里奇太太》

作者简介： 徐润文，西安工业大学文学院比较文学与世界文学硕士研究生在读，主要研究欧美文学。徐振，西安工业大学文学院讲师，主要从事文艺理论、马克思主义、世界文学研究。

Title: The Destroyed Tower: The Mythological Archetype and Multiple Symbols of Babel Tower in *Mrs. Bridge*

Abstract: Hebrew culture, as one of the roots of Western civilization, has influenced the literary creation of Western writers to a great degree. Northrop Frye's Myth-Archetype Criticism based on the Bible provides a new way for us to interpret Western literary works. The transposition of the mythological archetype of the Tower of Babel in Evan S. Connell's novel *Mrs. Bridge* reveals much about the existential crisis of the Bridge family. By comparing the Tower of Babel myth in the Bible and the contents related to the tower in *Mrs. Bridge*, this essay explores the mythological archetype and multiple symbols of the tower of Babel in *Mrs. Bridge* by means of Myth-Archetype Criticism, Close Reading and Psychoanalysis.

Key Words: Myth-Archetype Criticism; the Tower of Babel; Evan S. Connell; *Mrs Bridge*

About Author: Xu Runwen, Postgraduate of Comparative Literature and World Literature, the School of Liberal Arts, Xi'an Technological University, majoring in European and American literature. **Xu Zhen**, Lecturer at the School of Liberal Arts, Xi'an Technological University, mainly engaged in the research of literary theory, Marxism, and world literature.

《布里奇太太》（Mrs Bridge）是伊凡·S.康奈尔（Evan S. Connell）基于其为《巴黎评论》（*Paris Review*）所撰写的故事《布里奇太太的浮华生活》（*The Beau Monde of Mrs. Bridge*）扩充延展而成的代表作之一。它于1959年出版并在后来与1969年出版的《布里奇先生》（*Mr. Bridge*）一同被艾弗瑞电影公司（Merchant-Ivory）于1990年拍摄成电影《布里奇夫妇》（*Mr. and Mrs. Bridge*）。它讲述了一位堪萨斯城家庭主妇在两次世界大战之间的生活，她尽职尽责地履行社会义务，照顾丈夫，抚养三个孩子。这部小说由117个简短的章节组成，约书亚·费瑞斯（Joshua Ferris）称其展现了一场"彻头彻尾的存在主义噩梦"（"A fully fledged existential nightmare"①）

一、巴别塔原型

诺思洛普·弗莱（Northrop Frye）认为原型是一种典型或反复出现的意象。②由于原型有强劲的继承性、传播性和无限生成的转换性，故原型在不同时代的不同创作者笔下显现出不同的形态。巴别塔（the Tower of Babel）作为一个极为经典的圣经原型，在伊凡・S.康奈尔的作品中被赋予了更为深刻的意义。

（一）《圣经》中的巴别塔

巴别塔出自《圣经・创世纪》第十一章。当时天下人都操有相同的口音言语，他们在东迁至示拿（Shinar）时发现了一片平原，众人便商量在此建造一座城市和一座塔，塔顶通天以传扬人类之名。然而上帝降临，变乱天下人的言语，使人们相互之间不能沟通，人类从此各散东西。这座尚未竣工便被废弃的通天塔便是巴别塔。“巴别”一词意为“动乱”。

（二）《布里奇太太》中的塔

在《布里奇太太》的第26和第29小节中也提到了一座塔。布里奇太太的儿子道格拉斯没有像他的大多数朋友那样在树上建一个洞穴或房子，而是选择用垃圾建造一座塔（Instead of building a cave, or a house in a tree, as most of his friends were doing, he chose to build a tower of rubbish[①p45]）。随着塔的不断“生长”，布里奇太太对之的态度也发生了相应的变化：在刚得知道格拉斯要建造塔时，布里奇太太有些心不在焉地回应他（responded somewhat absently[①p46]），并默许了这项行为。在不久后，当布里奇太太发现塔已经高耸在栅栏上方时（it rose jaggedly above the fence[①p47]），她开始紧张起来并试图以危险为由阻止儿子的建造行为，“想一想，如果它倒下来，砰地砸在你的头上，会发生什么。”（“Think what would happen if it fell over ker-plunk and hit you square on the head”[①p48]）。再后来，当布里奇太太意识到正像不断变高的塔那样，道格拉斯也不再是那个可以哄骗的小男孩（like the tower, he seemed to be growing out of her reach. He was becoming more than a small boy who could be coaxed this way or that[①p48]）时，她开始恶意评价塔，称它是“丑陋的”（ugly）、“可笑的”（silly），并试图以激将法让道格拉斯自行拆毁它。终于，在一切努力宣告无效，特别是在一次鸡尾酒会上，一位素未谋面的男人向她打听那座塔之后，布里奇太太趁道格拉斯上学时叫来消防员，将塔变作一堆瓦砾（turn it into a mound of rubble[①p53]）。“它只是变得太大了，人们开始怀疑。”（“It was just getting too big ... People were beginning to wonder”[①p53]），这是布里奇太太给道格拉斯做出的解释。

二、巴别塔神话的移位

弗莱所谓的“移位”（Displacement）指的是“通过改变神话和隐喻，使之符合关乎社会道德和事物情理的种种规范，由此使虚构的现实主义文学作品显得更可信”[②p193]。

（一）意象的移位

就巴别塔这一意象而言，《布里奇太太》中的塔（以下简称为T塔）显然就是对《圣经》中巴别塔的移位。根据《圣经》的描述，巴别塔的建材是砖头（brick）和石漆（slime）；而在《布里奇太太》中，道格拉斯建造T塔使用的却是他从镇上四处收集来的废品（junk）。相较于让一位处于青春期的男孩使用专业的建材，建造一座真正意义上的塔，这样一座“垃圾塔”（tower of rubbish）显然更合乎现实性。

除此之外，布里奇太太对于T塔的形容也颇耐人寻味：在初次尝试劝道格拉斯停止建造T塔的时候，她“轻描淡写地对儿子说：‘天呐，那可真是个又大又老的塔’”（“she said lightly to her son, ‘My, but that certainly is a big old tower’”[①p47]）。“当时那座塔有将近六英尺高”（“At this point it was nearly six feet high”[①p47]），因而形容它“大”并不为过。然而作为一座刚刚耸立起来的塔，形容它“老”似乎就不太贴切了。弗洛伊德认为，潜意识中存在的冲突会在不同程度上影响清醒意识。而口误就是潜意识的表现，其内容往往是内心深处最真实想法的写照。布里奇太太是一位虔诚的基督教信徒，她对于巴别塔的神话自然并不陌生。故将这里对T塔“老”的形容，看作是布里奇太太由T塔联想到巴别塔而引发的口误似乎可以解释得通。在一定程度上看，这也是巴别塔原型在故事中的又一显现。

（二）人物形象的置换

两个故事中的人物形象亦存在置换。在巴别塔神话中，存在人与神这样一组对立关系，这在《布里奇太太》中表现为道格拉斯与布里奇太太之间的对立。在《圣经》中，上帝没有纵容人类建造巴别塔，认为人类“如今即做起这事来，以后他们所要做的事就没有不成就的了”[③]（“now nothing will be restrained from them, which they have imagined to do”），于是变乱人类的语言间接摧毁了巴别塔；而在《布里奇太太》中，尽管布里奇太太最初默许了道格拉斯的行为，但在最终依旧毫不留情地叫来消防员摧毁了T塔。

神和布里奇太太在对立关系之中都处于强势方，并且两者都间接造成了塔的最终毁灭。除此之外更需要注意的是，两者都是基于自身的目的摧毁塔。历来对巴别塔神话的解读多认为人类建造的通天之塔，传扬人类之名[③p9]（“a tower, whose top [may reach]unto heaven; and let us make us a name”）的行为实为傲慢之举，是对上帝的不信任以及对其旨意的违背，这使上帝的权威受到挑战，故上帝决定阻止人类；在《布里奇太太》中亦是如此，道格拉斯的行为在最初并没有威胁到布里奇太太的权威，她甚至认为“孩子们希望他们的父母对他们正在做的事情感兴趣”（“children wanted their parents to be interested in what they were doing”[①p46]），因而默许了他的行为，然而后来当她发现无法像哄骗小男孩那样阻止他的行为，这让她感到权威被动摇；最终当鸡尾酒会上的陌生男子指出这是“一种奇怪的抗议形式”（“A curious form of protest”[①p52]），并且询问道：“你知道这个男孩行为的动机，不是吗？”（“You are aware of the boy’s motivation, are you not? ”[①p52]）以后，她确信道格拉斯就是在挑战她的权威，于是在第二天便请来消防员将T塔摧毁。因而将布里奇太太视为上帝的化身而将道格拉斯视为人类的置换可谓是恰如其分。

三、巴别塔多重象征的沿袭

巴别塔神话本身具有多重的象征意义，而《布里奇太太》对于巴别塔神话的“复刻”则承袭了这些象征。

（一）象征“沟通（communication）”的塔

Communication最先可以追溯到拉丁语Communis，是一个形容词，意为“共同的、公共的、全体的”。Communis又发展出动词形式的Communicare，意为“分享、交流、传达”；“交流”表示“双向”的沟通，而“传达”表示“单向”的传递。但它的形容词communis表达的是一种“共同、全体”的含义，因而词义更倾向于前者，即群体中的彼此交流，更多表达的是“双向”的沟通。

在《圣经》中，巴别塔象征着人与人之间的沟通，或者说是言语之间的相通。唯有当人类能够相互沟通、言语得以互通时，巴别塔才有可能建成；而《布里奇太太》中的T塔同样承袭“沟通”这一象征，只不过这样的沟通由全人类之间的相互沟通，转到了家庭成员之间的彼此沟通。随着T塔一同崩塌的，是布里奇太太与正处青春期的道格拉斯之间沟通的桥。

值得一提的是，塔（Tower）一词与布里奇太太的姓：布里奇/桥（Bridge）一词之间亦存在着呼应。“桥”（Bridge）一词在柯林斯词典中有这样两个词义：①“是建在铁路、河流或道路上的一种建筑，以便人们或车辆可以从一边穿过另一边。”（“A bridge is a structure that is built over a railway, river, or road so that people or vehicles can cross from one side to the other. ”）②“如果某物或某人在两个人、团体或事物之间充当桥梁，他们就把它们连接起来。”（“If something or someone acts as a bridge between two people, groups, or things, they connect them.”）前者显然是桥的本义而后者则为引申义，亦可翻译为“纽带”。现在反观塔，在巴别塔神话中，人类建造巴别塔以求直通天堂，传扬人类之名。从某种程度上来看，巴别塔正是一座连同人间与天堂的“桥”。因而布里奇太太本身也呼应了巴别塔的象征，不仅是从本意上——连通两地的建筑；更是从引申义上——“沟通”。然而不幸的是，正如巴别塔一样，布里奇夫人对于道格拉斯来说不是桥梁，相反，是一个岛屿。

（二）象征“本我”的塔

弗洛伊德将人格结构分为三个层次：由底层到顶层分别是本我（id）、自我（ego）以及超我（superego）。本我是人格中最原始的部分，包含人类的全部原始冲动和本能，包括性欲、破坏欲等，遵循“唯乐原则”活动；自我源出本我，为一认识过程，它的活动（大部分属无意识）按照现实原则展开，即感受外部影响，满足本能欲求。当本我的冲动违背了外部世界的行为准则时，自我便会压抑本我；而超我，则是从自我中分裂出来的一个支流，是人类精神发展到最高阶段的产物，是人格结构中的管制者，遵循至善原则活动，代表道德标准，调控本能表现。④

从精神分析的角度阐释巴别塔神话可以窥探其又一象征。巴别塔可以视作男性生殖器象征物，是男性本我的化身。人类意图使巴别塔塔顶通天的行为即本我对超我（上帝）的冒犯；而最终上帝变乱言语，间接摧毁巴别塔的行为则可视为超我对本我的压抑。

《布里奇太太》中的T塔亦是道格拉斯作为青春期男孩本我的象征：T塔的建造源自道格拉斯一种原始的冲动，建造本身并没有任何意义，正如其他同龄孩子建造洞穴和树屋那样，仅仅是出于青春期的本能；T塔的不断生长象征着道格拉斯本我力量的不断壮大，具体行为表现为他对于母亲阻止其行为的漠视。布里奇太太则是超我，具体来说即社会规约的象征：她对道格拉斯行为的几次阻止，象征着本我力量与超我力量的对抗；而最终叫来消防队摧毁T塔的行为则象征着超我对本我的最终压制。

结语

对伊凡·S.康奈尔创作中的巴别塔神话原型（《圣经》原型）的分析不仅能够揭示其作品中的基督教文化印记，而且有助于我们从西方文化的角度把握其创作思想与心理。弗莱认为文学具有本体性，而“原型（或神话）就是文学本质属性的基本”④p829，根据原型可以将文学作品相互联系起来。尽管其理论存在一定的缺陷，但仍然为文学批评实践提供了重要思路。伊凡·S.康奈尔在国内的知名度并不高，仍存在大量的研究空间。基于原型的强劲的继承性、传播性和无限生成的转换性，或将有助于我们发掘更多的非知名作家作品。

注释【Notes】

①Evan S Connell. *Mrs Bridge*. Penguin Modern Classics, 2012. 06. p.187。以下只在文中注明页码，不再一一做注。

②[加]诺思洛普·弗莱：《批评的解剖》，陈慧等译，天津百花文艺出版社2006年版，第99页。以下只在文中注明页码，不再一一做注。

③《圣经》，中国基督教协会2009年版，第9页。以下只在文中注明页码，不再一一做注。本文《圣经》内容的英译文均来自：The Bible(King James Version). New York American Bible Society, 1816.

④赵一凡、张中载、李德恩：《西方文论关键词》，外语教学与研究出版社2006年版，第817页。以下只在文中注明页码，不再一一做注。

虚构的怀旧："后苏联作家"扎伊德曼的语言转换①

李 暖

内容提要：《海明威与死鸟之雨》是苏联移民作家鲍里斯·扎伊德曼在以色列出版的首部希伯来语小说，作品受到以色列批评家的广泛认可，意味着作家完成了从俄语向希伯来语的语言转换。小说创作于20世纪70年代以色列语言政策的背景下，书写后苏联时代犹太移民的怀旧情绪，用虚构的记忆揭示了苏联怀旧中隐藏的危机症候。作者用文化错位的方式塑造了一种特殊的俄罗斯/以色列身份，对双重身份在历史剧变中的归宿发起了新的探讨。

关键词：鲍里斯·扎伊德曼；《海明威与死鸟之雨》；怀旧；身份认同；语言转换

作者简介：李暖，武汉大学外国语言文学学院讲师，研究方向：俄罗斯文学与比较文学。

Title: Fictional Nostalgia: Language Shift of the "Post-Soviet Writer" Boris Zaidman

Abstract: *Hemingway and the Dead-Bird Rain* is the Soviet immigrant writer Boris Zaidman's first Hebrew novel published in Israel. The work has been widely recognized by Israeli critics, which means that the writer has completed the language shift from Russian to Hebrew. Written in the context of Israel's language policy since the 1970s, the novel deals with the nostalgia of Jewish immigrants in the post-Soviet space, using fictional memories to reveal the hidden crisis symptoms of Soviet nostalgia. The author uses cultural dislocation to shape a particular Russian/Israeli identity and initiates a new exploration of the fate of dual identities in the midst of historical upheaval.

Key Words: Boris Zaidman; *Hemingway and the Dead-Bird Rain*; nostalgia; identity; language shift

About Author: Li Nuan, Lecturer, School of Foreign Languages and Literature, Wuhan University, mainly engaged in research on Russian literature and comparative literature.

2020年，以色列的俄罗斯犹太移民作家鲍里斯·扎伊德曼（Борис Зайдман, 1963—）在特拉维夫"涅哈玛·瓦·赫茨"咖啡馆布置了一个小型俄罗斯艺术展。墙上展出了11幅俄苏诗人的木刻肖像，均由苏联艺术家法沃尔斯基创作，配有诗人代表作的希伯来语译文。早在三十年前，扎伊德曼为比撒列艺术与设计学院布展时，就提供过这个构思。他选择的都是英年早逝的诗人，如普希金、莱蒙托夫、古米廖夫、曼德尔施塔姆、维索茨基，目的是用他们悲壮的结局影射以色列俄苏移民的悲剧本质。

自20世纪70年代以来，以色列接收了大批苏联犹太移民，耶路撒冷、特拉维夫等城市出现了规模可观的俄语文化圈，涌现出数以千计的俄语作家。在移民过程中，不断有作家尝试改用希伯来语创作，想被希伯来语文坛充分接纳，却鲜有成功者。扎伊德曼是一个罕见的例外。2007年，扎伊德曼出版长篇小说《海明威与死鸟之雨》（*Hemingway and the Dead-Bird Rain*），作品引起众多希伯来语作家的关注，并入围2008年以色列萨皮尔文学奖。小说用希伯来语塑造了一种特殊的俄罗斯/以色列双重身份，书写后苏联时代犹太移民的怀旧情绪，用虚构的记忆揭示了苏联怀旧中隐藏的危机症候。尽管扎伊德曼认为，苏联犹太人在以色列丧失了文化根基，是注定毁灭的一代，却在作品中对双重身份的归宿发起了新的探讨。

一、"1.5代"移民的身份危机

扎伊德曼出生于苏联基什尼奥夫（Кишинев），十二岁随父母移民以色列，正值70年代的大规模犹太移民潮。可见，扎伊德曼属于列门尼克（L. Remennick）等学者所说的"1.5代"移民[②]。"1.5代"移民有特殊的身份认同，与初代移民有很大差异。初代移民的苏联记忆更加清晰，怀旧情绪也相对温和，他们很快克服了对以色列现实的失望，开始建设苏联犹太人自己的文化生活空间。相比之下，"1.5代"移民很早就来到以色列，苏联只是童年记忆中模糊的影子。他们起初回避俄罗斯身份，追求最大限度的同化，却逐渐对苏联产生持久的乡愁，生活在一种"后苏联"氛围中。遥远的苏联被想象为虚幻的精神故乡，与幻灭的现实形成对比。[③]

扎伊德曼的精神历程与同代人相似。他在访谈中提道："我1975年来到这里时，力图斩断所有后路，快些成为'本土人'。我没有来自俄罗斯的朋友。"[④]在成长过程中，后移民生活的惨淡现实促使他展开寻根之旅，俄罗斯文化为创作提供了越来越多的精神资源。尽管如此，他对同代人的苏联怀旧保持着审慎的反思，认为怀旧情绪是迷失的表征。以色列俄苏移民将俄语和苏联记忆作为身份认同的寄托，但他们与俄罗斯的血肉联系早已断，在脱离原来的文化土壤后，以俄语为载体的文化身份极易流于空洞。他的文学选择同样展现出语言上的决裂态度。自移民以来，扎伊德曼出版三部希伯来语小说，作品被翻译成法语、西班牙语等多种语言，却没有被译成俄文。[⑤]

《海明威与死鸟之雨》用虚构的苏联记忆揭示了怀旧情绪空虚的本质。小说有鲜明的自传性，记述了一场苏联"寻根"之旅。主人公塔尔·沙尼的经历与作家本人如出一辙，他13岁来到以色列，与20世纪70年代的"普通以色列公民"一样，过着无根的动荡生活；在一次从特拉维夫飞往乌克兰的旅途中，沉睡的苏联记忆苏醒，主人公开始直面自己的过去，乌克兰之旅成为一种时间回溯。作者赋予记忆强烈的虚构色彩。塔尔·沙尼的故乡——乌克兰的德涅斯特罗格拉德（Днестроград）是一座虚构的城市，原型很可能是作者的故乡基什尼奥夫附近的城市提拉斯波尔（Тирасполь），位于当时的摩尔多瓦共和国。淡忘了苏联生活的塔尔·沙尼想象出一个名叫托利克的小男孩，将该形象作为童年的替身。托利克断片式的经历构成了小说的主体，碎片化的讲述使这段记忆越发不可靠。

小说在现实中的以色列犹太人塔尔·沙尼与虚构的苏联男孩托利克之间建立起身份关联，只允许一个虚构的自我穿梭在亦真亦幻的苏联生活中。这映射出以怀旧为根基的文化身份的脆弱性。被以色列俄苏移民视作身份认同主要依据的苏联记忆过多掺杂了记忆主体的想象和加工，只是一种缺乏真实性的自我疗愈手段。它并不能为无根的身份带来归属，相反，更加暴露了犹太移民在历史剧变中的精神创伤。从这个角度看，扎伊德曼与其说是在展开一场文化寻根之旅，不如说是在揭示俄苏移民对身份危机的觉知过程。

二、希伯来语外壳下的双重质疑

在作者看来，苏联怀旧是一种不真实的、"异常"的生活方式，它用温馨的童年家庭生活遮蔽了犹太人真实的历史境遇，作者将其比作皑皑白雪和北极熊童话掩盖下的阴影[⑤p74]。《海明威与死鸟之雨》用大致相等的篇幅交替讲述塔尔·沙尼和托利克的经历，两位主人公的生活充满彼此相似的元素，呈现出对称的叙事结构。这一结构在苏联犹太生活和以色列"俄罗斯"生活之间建立了对等的关系。无论是在苏联还是以色列，俄罗斯犹太人都过着同一种被文化身份规训的生活。俄罗斯犹太身份始终意味着局外人和他者，被视为"肮脏的秘密"，在以色列的社会环境中，俄语则被视为"劣等出身"[⑤p3-4]的标志。因此，即便经历了动荡的时代变迁，俄苏犹太移民的生活却没有发生质的改变。

在这个意义上，希伯来语为俄罗斯身份提供了"保护层"，但也是文化身份的"隔离层"。《海明威与死鸟之雨》的成功与以色列大熔炉政策的宏观背景密切相关，该政策于20世纪60年代提出，主张所有移民都应放弃先前的语言习惯，实现向希伯来语的语言转换。《海明威与死鸟之雨》完成了语言转换并受到以色列众多批评家的肯定，因为它证明了“俄罗斯人也能用希伯来语读写”，这将是“以色列文坛新的声音”⑥。尽管这让扎伊德曼受到以色列主流文学话语的关注，但并不能打破作家与读者之间的文化隔膜，小说书写的仍是俄苏移民独有的历史经验和精神体验，希伯来语读者未必能读懂主人公的苏联。同时，希伯来语也把扎伊德曼与俄罗斯犹太群体进一步分隔开来。小说无法被俄语读者接受，他们不断质疑：谁能用希伯来语为我们代言，描述我们的移民生活？

扎伊德曼常被诟病为捕捉政策红利而“背叛俄罗斯身份”，但细读文本可以发现，《海明威与死鸟之雨》充满了对语言身份认同的反思。在小说中，以色列的语言转换政策为主人公的返乡之旅提供了直接动机。故事起因在于，初入文坛的希伯来语作家塔尔·沙尼受官方委托，赴乌克兰参加“以色列文化节”，向当地犹太人宣传以色列社会文化，而这正是以色列建国以来本土身份建构策略的表征。主人公的个人动机则相反。塔尔·沙尼起初并不想接受委托，他刚从军队服役归来，想回归普通人的生活，拒绝官方话语对私人生活的入侵⑤p5-6。他之所以前往乌克兰，是出于故地重游的个人冲动。文化节的举办地是主人公童年的故乡，这座乌克兰小城在他的生活经验中扮演着记忆母体的角色。

显然，这揭示了以色列官方文化身份策略与俄苏移民个体身份认同之间的鸿沟。主人公的跨语言经验使冲突愈发彰显。塔尔·沙尼由于熟练运用希伯来语而被视为“以色列英雄”⑤p6和完成社会吸纳的典范，但他无法从中获得认同感。在以色列官方语言政策下，完成希伯来语转换的移民看似已同过去斩断联系，彻底融入了“大熔炉”，但并没有像主流话语宣扬的那样与流散经验决裂，反而频繁回溯流散经验，审视断裂的身份。因此，扎伊德曼没有正面书写主人公的童年，而是将托利克作为塔尔·沙尼的替身，以此喻示移民浪潮给个体身份认同带来的异化和断裂感。

小说将主人公的移民经历比作“以色列人塔尔·沙尼与苏联男孩托利克的告别”：“他记录下和托利克的形象告别的那一刻，当时他伪装出成熟的男子气概，与这个快乐的十岁男孩握手，拥抱。”⑤p8告别的瞬间切断了主人公身份认同的连续性，也将身份解构为“自我—他者”这对抽象的概念。托利克是从塔尔·沙尼身上分离出的他者化的自我，反之，塔尔·沙尼也可以视为童年的自我被以色列规训、异化后的形态。从两个形象中区分出真正的自我是主人公重建身份认同的关键，也是文化寻根的路径。

自我在何处？扎伊德曼将该问题诉诸语言。值得指出的是，“塔尔”是俄文名“托利克”的希伯来语音译，在这个文字游戏中，语言是划分主人公双重自我的依据，也造成“托利克”与“塔尔”之间不可逾越的鸿沟。这意味着以色列本土身份只是语言的包装，它用希伯来语这套复杂而陌生的符号置换了移民真正的自我，提供了一种虚假的身份认同。作者继而将目光投向主人公的苏联记忆，试图在托利克身上寻找身份的内核，得出的却是同样的答案：

> 塔尔透过结冰的后窗看着他……在这个又湿又冷的时刻，他集中了全部注意力，所有的力量都用于一个目标：记忆。仿佛在记忆的录音机中放了一盒新的空白磁带，按下录制键。磁带已到尽头，但录制键还保持着按下的状态，录音机仍在空转。⑤p7-8

记忆被比作空转的录音机，记录的只是散乱的俄语词汇和斑驳的生活片段。苏联记忆几乎全部被转化成希伯来语，用陌生的声音将苏联经验他者化，将其瓦解成“бабушка”（祖母）、“вечер”（晚上）等破碎的俄语词，这些碎片已经从活的文化母体中剥离，丧失了真实性和完整性，无法再为身份重建提供精神资源。扎伊德曼用俄罗斯套娃来比喻移民的记忆结构：套娃是家和身份归属的象征，大的家园中坐落着小的家宅；记忆被两种语言编织成不同的层次，当它被层层剥去时，暴露出的核心却空空如也。换言之，对于犹太移民而言，无论是希伯来语记忆层，还是俄语记忆层，都被拔除了现实根基，核心只有空洞的虚构。也正是因此，扎伊德曼选择用希伯来语讲述苏联记忆，用俄罗斯生活填充希伯来语的外壳，以文化错位的方式来消解语言对于身份认同的意义。

此外，苏联记忆向虚构的转化还揭示出"1.5代"移民怀旧情结背后的社会历史问题。从个体层面来看，怀旧意味着思乡和渴望返乡的痛苦；从社会文化层面来看，则意味着历史的衰退与失落，归属感的缺乏带来个人精神信念、个体自由与自足感的缺失，以及本真、本性、自然情感的消逝。⑦这也是扎伊德曼对后苏联社会文化氛围的整体感受。《海明威与死鸟之雨》中的"1.5代"移民始终被笼罩在停滞不前的后苏联氛围中，他们从童年时期就在追问："好的时代意味着什么？如何成为苏联公民，又怎样成为世界公民？"身边的苏联人往往回答："这问题对你来说还太早，很遗憾没有清晰的答案，等你长大了也许就会理解。但也许不会，就像我一样。"⑤p62对于童年时期就离开苏联的"1.5代"移民而言，对时代和身份的追问伴随整个成长过程，但与昔日的苏联人相比，他们并没有在时空的变迁中找到更清晰的答案。

在以色列的现实语境下，这种书写的新颖之处在于完成了双重质疑，它借用希伯来语外壳质疑了苏联记忆的真实性，同时用虚无的失落感质疑了以色列的大熔炉神话，揭示了身份剧变带来的创伤后果，表明即使在那些看似完全被同化的移民身上也留存着俄罗斯性的烙印。扎伊德曼提到，以色列大多数俄苏移民都被围困在后苏联的失落情绪中，对往事怀有独特的爱恨交织的情感。他想让读者感受到每个移民内在的"双重性"——他们对以色列的现实感到深深的失望，同时透过对苏联虚无缥缈的眷恋，看到了怀旧情绪空虚的本质，因而时常反思："怎能如此生活？"由此看来，《海明威与死鸟之雨》探讨的不仅仅是跨语言环境下的文化身份认同，更是后苏联人的整体生活方式和生存状态。

三、世界主义与怀旧的"后苏联空间"

《海明威与死鸟之雨》通过主人公的回忆，书写了苏联人的孤独感和世界主义情怀。作者将苏联人的生活比作孤岛，他们的生活空间"在八月中旬也散发着冬天的气息"⑤p64。主人公的苏联记忆充满了孤独的母亲形象，她们"用特有的方式从肺部和心脏深处发出叹息，仿佛在吟唱一首交织着罪孽、良心、忧伤、寂寥和回忆的颂歌，歌颂孤独和无父无母的生活"⑤p64。象征归属感的母亲被置于迷茫无根的状态，从源头上瓦解了苏联移民的记忆母体和文化根脉。

作者用一种落空的世界主义理想隐喻苏联人无归属的精神状态。这种世界主义是由一些无意义的外国人名和小说片段搭建起来的。例如，作品塑造了一个犹太老兵纳乌姆，他在二战期间从西线战场流浪到中亚，以"世界主义者"自称，但在战后一潭死水的生活中只能用无力的方式表达信仰，例如给宠物取法国名字，并将海明威的小说当作精神寄托。在这个意义上，海明威成为一个象征符号，是主人公托利克探索老一辈苏联人精神世界和信仰之谜的入口。作品设置了这样一个情节：托利克错把墙上挂着的海明威肖像当成了纳乌姆的肖像，他在"纳乌姆"目光的注视下阅读海明威，"走进一个未知的世界"⑤p69。

两个形象在记忆和想象的加工下发生奇妙的重合，同样，海明威的小说成为托利克重建苏联往事的质料，揭示了一种矛盾的精神景观。托利克看到了炮火纷飞的战场，同时也在河流、森林、渔夫、木屋等意象中找到了《猎人笔记》中屠格涅夫式的俄罗斯自然景观和家庭氛围。枪声的轰鸣、炮弹的回声和落叶的沙沙声、壁炉里小树枝的噼啪声构成了分裂的矛盾体，使他"无法把握这阴暗的开头、充满鲜血和死亡的序言与故事背后对大自然平静、克制的描述之间的关系"⑤p69。这也是怀旧幻象掩盖下的苏联生活的真实样貌，核心地带是一片残酷的战场，但历史的破坏力无法侵吞整个空间，自然之力与生活的永恒命题仍以隐忍的姿态存在于战争边缘。

小说借托利克之口揭示了海明威和苏联生活的关系："他隐约感觉到纳乌姆与海明威之间存在着一些秘密。"[⑤p71]此外，还通过罗莎阿姨的记忆进一步确证了海明威的象征性。海明威小说中的场景与罗莎讲述苏联卫国战争的声音交织在一起。她的话语有着与海明威小说相似的结构，在描述激烈战况的同时，不断将目光投向战场边缘的俄罗斯大自然，比如提到乌拉尔山的酷寒，严寒冻僵了空中的麻雀，它们像雨一样纷纷坠落下来，成为苏联士兵对抗死亡时的悲壮布景。"海明威"与"死鸟之雨"构成了一种互文，在文学虚构与苏联人的历史记忆之间形成映射关系。藉此，作者在海明威、苏联人和19世纪以来的俄罗斯文化传统之间建立了隐秘的关联，这也是文本中所说的"世界主义"的深层意涵所在。

扎伊德曼在创作中总是想要改写苏联人的生活方式，从怀旧的生活记忆之外寻找更牢靠的文化根源，在个体的精神深处寻找抵御历史侵蚀的路径。对此，他采用了同时期以色列俄语作家常用的手法，在小说中植入丰富的俄罗斯文学元素。当托利克意识到自己"过早地进入了战场，进入了衰老和地狱"时，他选择退回到俄罗斯文学当中，并承诺实现精神成长后再回到战场中来[⑤p70]，这无疑与纳乌姆将海明威作为精神寄托的做法一脉相承。

扎伊德曼认为，对文学经典的推崇体现出的是俄罗斯性和犹太性的交织，两个民族的精神气质中都有将文学信仰化、将文学家偶像化的倾向，而苏联犹太人继承了俄罗斯一贯的文学中心主义传统，更是将文学视为世俗化的宗教。与来自其他国家的移民不同的是，对俄罗斯文学经典的崇拜是俄苏移民最显著的特征，他们认为以色列本土居民大多不知晓普希金、陀思妥耶夫斯基，是文化贫瘠的表现。越来越多的研究者倾向于将这一特征作为区分俄苏移民文化身份的标志。列门尼克认为，"如果他们有神明，那么神明只能是普希金、契诃夫、帕斯捷尔纳克和布尔加科夫"[⑧]。

在《海明威与死鸟之雨》中，托利克因犹太身份遭到排斥时，总是将书房作为心灵避难所。文本中详细描写了托利克在藏书室流连忘返的情形：

> 他的士兵，他的"全集"都站在那里，排成整齐的队列：中间架子上是绿酒瓶色的契诃夫全集，左侧的书架上，灰色的果戈理全集陪伴着他。狄更斯的队伍穿着巧克力色制服，表情严肃，在褐色和暗绿色交织的序列中，马克·吐温突然狡猾地笑了笑，橙色字母在深蓝色的书脊上闪光。火红的背景上是耀眼的普希金，烫金字迹闪闪发亮。上方则是托尔斯泰的军营，穿着柔软的牛奶咖啡色军装。[⑤p67-68]

藏书被比作士兵和战斗方阵，这支文学大军与苏联历史和生活现实中的残酷战场形成对抗。藏书涵盖各国文学，象征带有世界主义色彩的文化景象，但作者通过托利克对待不同作家的态度，揭示出世界主义表象下的话语格局。狄更斯和马克·吐温只是男孩识字阶段的读物，是"每个雨天与他交谈的伙伴"，巴尔扎克的《人间喜剧》是一堵无法攻克的高墙，海明威的小说只能占有"托尔斯泰和果戈理之间的狭窄空间"[⑤p70]。相比之下，俄罗斯作家则获得主人公更多的认同，他们引领着这场争夺精神统治权和话语权的斗争，成为主人公捍卫精神世界的武器。由此看来，藏书室映现出俄苏犹太人文化认同的内在结构，这片由文学书籍建构而成的精神景观承认了文化边界的消泯，也隐藏着对世界主义均质化倾向的抵抗。

扎伊德曼的立场基于对后苏联社会境遇的整体观察。他常涉足"后苏联空间"，并捕捉到了怀旧情绪中隐藏的世界主义倾向。20世纪90年代以来，怀旧成为俄罗斯的流行现象。兹博罗夫斯基（Г. Зборовский）等学者指出："近年来，怀旧氛围笼罩着俄罗斯社会。它触及日常生活，对普通人的生活方式、目标、向度和行为产生越发广泛的影响，在日常身份建构中扮演重要角色。"[⑨]而在扎伊德曼的创作中，该现象已经贯穿了包括以色列在内的整个"后苏联空间"，说明怀旧文化的呈现无法与全球化的语言符号相分离，因为地域边界在消泯，用希伯来语传达苏联记忆正是揭示地域间出现同化现象的一种文学手段。

在《海明威与死鸟之雨》的怀旧书写当中，主人公怀恋的并非具有鲜明地域色彩的苏联生活，而是苏联人建立认同感的独特方式。它由世界主义理想和个体历史经验共同编织而成，表达了一种理想化的空间想象，正如“怀旧”一词的本质是用记忆替换历史和过去，带有虚构和想象的色彩。尤里·列万达（Ю. Леванда）认为，怀旧的想象直接产生自当下的现实。[⑩]20世纪70年代以来，以色列俄苏移民的生存状态逐渐陷入强调本土性和地域性的极端。在上述背景下，苏联怀旧与以色列俄苏移民的现实困境形成了强烈对比，并传达出一种无法回归想象中的家园的失落感。

怀旧是危机的症候，与身份认同问题紧密相关，但并不能建构新的文化身份。怀旧情绪大多产生于社会极端转型的时期，映射出的是旧秩序解体而新体系尚未建构的状态、生活全方位混乱的境况，以及个体和群体的虚弱。[⑪]列瓦达认为，这一转变是在1993—1994年发生的；鲍里斯·杜宾则认为发生在1994—1995年；博伊姆称，俄罗斯的怀旧年代是在1993—1996年开始的。[⑫]这个时期正值苏联犹太移民潮的第二次高峰。显然，以色列俄苏移民自20世纪70年代以来的生存状态已经预示了后苏联社会情绪的整体流向。俄罗斯在社会动荡中一味追随西方的步伐，在解构之后陷入重构的困境，与犹太移民离开苏联、投身以色列“大熔炉”的经历如出一辙。这样的境况一方面要求复活苏联经验，把这个时代作为一个想象的整体，获得一种普遍的生活形象；另一方面要求打破普遍性带来的均质化，诉诸更深远的民族文化传统，为身份认同寻找比怀旧更可靠的历史文化依据。

注释【Notes】

①本文系广东省哲学社会科学“十三五”规划青年项目“以色列俄语文学的记忆空间与后苏联文化身份塑造”（GD20YWW01）的阶段性成果。

②“1.5代”移民：指来到以色列时尚处于童年时期的移民，介于第一代移民和在以色列本土出生的第二代移民之间。

③Moshkin Alex. “Post-Soviet Nostalgia in Israel? Historical Revisionism and Artists of the 1.5 Generation”. *East European Jewish Affairs*, 2019(3), pp.179-199.

④Ваннер А. Тройная идентичность: русскоязычные евреи – немецкие, американские и израильские писатели. Новое литературное обозрение. 2014(3). С.115-129.

⑤本文主要参考西班牙语译本：Zaidman, Boris. Hemingway y la lluvia de pájaros muertos, Madrid: Errata naturae, 2011. 后文出自该文献的引文只随文注明页码，不再另注。

⑥Янушевский Р. Долгое возвращение домой. Вести. 2010. http://www.proza.ru [09. 10. 2021]

⑦Sonja Svensson. *Equal but Different? The Incorporation of Children's Books in National Histories of Literature*. 转引自：张军平：《谁是〈彼得·潘〉的读者：儿童小说之成人书写》，载《外国文学评论》2017年第4期，第178—192页。

⑧Remennick L. *Russian Jews on Three Continents: Identity, Integration, and Conflict*. New Brunswick, N.J.: Transaction, 2007, pp.48-49.

⑨Зборовский Г., Широкова Е. Социальная ностальгия: к исследованию феномена. Социс. 2001(8). С.31-34.

⑩Леванда Ю. Человек ностальгический: реалии и проблемы. Вестник общественного мнения. 2002(6). С.7-13.

⑪Дубин Б. Лицо эпохи. Брежневский период в столкновении различных оценок. Мониторинг общественного мнения. 2003(3). С.25-32.

⑫Boym Svetlana. The Future of Nostalgia. New York: Basic Books, 2001, p.67.

多重创伤与情感表达：论考琳·麦卡洛《荆棘鸟》中梅吉的创伤书写[①]

郭莉芝

内容提要： 澳大利亚女作家考琳·麦卡洛的代表作品《荆棘鸟》中梅吉的创伤书写具有多重性，其亲情创伤、友情创伤和爱情创伤不仅在一定程度上再现了作者某些真实的创伤性体验，而且呈现了作者在遭遇创伤性体验之后的内心告白，某种程度上实现宣泄痛苦、释放压力和重获新生的目的，从而达到对创伤性体验的抚慰和治疗。梅吉的多重性创伤体验正如传说中的荆棘鸟一样，体现了任何美好东西的获得都需要付出沉重的代价的朴素价值，展示了创伤性文学叙事所具有的感染、引领和教化的文学价值。

关键词： 考琳·麦卡洛；《荆棘鸟》；梅吉；创伤书写

作者简介： 郭莉芝，湖南科技学院讲师，文学硕士，研究方向为英美文学。

Title: Multiple Trauma and Emotional Expression: On Meggie's Trauma Writing in Colleen McCullough's *The Thorn Birds*

Abstract: In The Thorn Birds, the representative work of Australian female writer Colleen McCullough, Meggie's trauma writing has multiple features. Her family trauma, friendship trauma and love trauma not only reproduce some of the author's real traumatic experiences to a certain extent, but also present the author's inner confession after experiencing traumatic experiences. To some extent, the purpose of releasing pain, releasing pressure and reviving life is realized, so as to achieve the comfort and treatment of traumatic experience. Just like the thorn bird in the legend, Meggie's experience of multiple sexual trauma embodies the simple value that any good thing needs to pay a heavy price, and shows the literary value of the traumatic literary narrative to infect, guide and enlighten.

Key Words: Colleen McCullough; *The Thorn Birds*; Meggie; Trauma writing

About Author: Guo Lizhi, Lecturer, Hunan University of Science and Engineering, Master of Arts, research direction: British and American literature.

澳大利亚女作家考琳·麦卡洛的代表作品《荆棘鸟》自1977年问世以来深受各国读者的青睐，一度成为风靡全球的“国际畅销小说”。小说采取线性叙事的方式，以梅吉与拉尔夫神父的爱情纠葛为主线，主要讲述了克利里家族三代人的人生经历和情感历程。当前，国内关于《荆棘鸟》的研究虽然取得较为丰硕的成绩，但是研究主要侧重于女性批评、殖民批评、社会历史批评和精神分析批评，少有论及小说中梅吉的创伤书写。事实上，考琳·麦卡洛的早年生活经历了不少的坎坷与不幸，主要表现在父母的冷漠无情、兄长的溺水身亡、拮据的经济处境、澳大利亚的民族苦难和女性地位的困境等，这些人生体验对其文学创作产生了影响，使她的小说带有较为浓郁的个人色彩，以至有学者认为“考琳·麦卡洛作品中的很多细节都源自她的生活经历”[②]。为此，我们运用创伤理论对小说女主人公梅吉的创伤书写进行解读，既以此有利于加深对梅吉形象的理解，也在一定程度上为国内考琳·麦卡洛及其文学创作研究提供一条可资借鉴的路径。

一、梅吉的亲情创伤书写

在文学性创伤叙事作品中亲情创伤书写是一

种重要的类型，这类书写注重将伴随主人公成长过程中发生的亲情创伤事件转化为创伤话语和表述策略，对其创伤进行具象化讲述，以实现对主人公的创伤再现和见证，而原生家庭则是文学性创伤叙事中经常出现的一种亲情创伤叙事，作为主人公成长历程中难以忘怀的创伤记忆，对其人生成长具有深远的影响。吉尼亚·萨提亚曾说过："一个人和他的原生家庭有着千丝万缕的联系，而这种联系有可能影响他一生。"③因此，原生家庭的创伤影响对个体的成长是持久而深远的。

《荆棘鸟》中的梅吉在原生家庭中遭遇了诸多不幸，如父母对其情感疏忽、至亲之人的离世等，这些不幸给梅吉带来了难以承受的创伤体验。梅吉出生在新西兰一个普通的牧场之家。父亲帕德里克·克利里是一个矮小结实的羊毛工，整日忙于各种农活，虽然也会抱抱她，但是对其关爱有限。到了梅吉上了小学的时候，父亲总是以她现在长大为由，"不再让她坐在他的膝头上了，也不让她用胳膊搂着他的脖子了"④。母亲菲奥娜·克利里对与帕德里克所生的孩子除了给予生理上的照顾之外，情感上非常淡漠。"菲除了给他们喂奶以外，对他们毫无兴趣。"④p135由于菲奥娜曾经遭受过情感的创伤而失去了生活的热情，她对自己唯一的女儿梅吉更是冷淡无情。她将梅吉存在给她带来的痛苦向拉尔夫和盘托出。"什么是一个女儿？她只能使你回想起痛苦……我竭力忘掉我有一个女儿——倘若我真的想到她，也是把她当作我的一个儿子，做母亲的只记得她的儿子。"④p270虽然菲欧娜的"竭力忘掉"是在倾诉自身曾经经历过的创伤体验，但是身为母亲的她这番言词显然会给小梅吉带来深深的伤害。母亲的冷漠使得梅吉非常渴望自己能够获得母爱，以至于她非常羡慕朋友特丽萨，因为朋友的母亲会经常亲吻她，而自己的母亲从来不会这样。这些负面经历导致梅吉在成长过程中产生了相应的心理创伤和防御机制，她一度将自己封闭起来，不愿意与他人进行情感交流和分享内心世界。如果说，梅吉同母异父的哥哥弗里克亲情创伤源于生父的抛弃和继父的蔑视，那么梅吉的亲情创伤则是源于母亲的冷淡与吝啬。弗洛姆认为"乳汁象征母爱的第一个方面：对生命的关心和肯定，蜂蜜则象征生活的甘美，对生活的爱和活在世上的幸福"⑤。菲欧娜对梅吉的母爱仅仅限于"乳汁"，而缺乏"蜂蜜"。换而言之，菲欧娜对梅吉的母爱仅停留在生理上的关爱，缺乏精神之爱，以至于"梅吉将爱情、婚姻等同于对丈夫和孩子的拥有，并将自己全部的人生追求定位于对婚姻、丈夫和孩子的渴求和拥有上"⑥。可是，当梅吉深受爱情创伤而处于迷惘苦闷的时候，她又重蹈母亲的覆辙，缺乏给予女儿朱丝婷心灵上的慰藉和关怀，致使朱丝婷在成长的道路上不相信亲情和爱情，以一种玩世不恭的态度对待自己的人生，造成了下一代新一轮的人生悲剧，形成了一种亲情创伤的代际传递。

合理的亲情是排遣情感创伤的有力支持，不合理的亲情则是造成情感创伤的主要因素。正如武志红所说："我们之所以患上种种心理疾病，多数情况下都是先在家中受了伤。"⑦菲奥娜对梅吉的冷漠使其长期处于母爱的缺失之中，加重了内心的亲情创伤，使她无法建立起自身稳定的独立感，而需要依靠其他亲人才能找到自己存在的价值。然而，这种将自我价值与他者捆绑联系在一起的方式容易出现自我认同崩塌的危机，因为一旦被依附的那个亲人出现变故，建立在此基础之上的自我认同就会随之消解，进而可能会转化成为一种沉重的亲情创伤。小说中发生的一系列梅吉至亲突然离世的创伤事件切断了这种依附他人的自我认同基础，给她身心带来了强烈的痛苦，最终发展成为一种亲情创伤性记忆。凯西·卡鲁斯认为"创伤是一种突如其来的、灾难性的、无法回避的经历。"⑧至亲之人的突然死亡对梅吉来说无疑是一种突如其来的灾难性打击，给其造成了难以磨灭的创伤记忆。弟弟哈尔因病而亡、哥哥斯图亚特因遭受野猪的攻击而丧命、父亲帕德里克葬身于突如其来的大火、儿子戴恩因解救他人而溺水而死，这一系列亲人的离世经历给梅吉带来了沉重的打击，使之倍受死亡恐惧的折磨，成为其人生中一种不断重复出现和继续演变的记忆，建立在至亲基础之上的自我认同的价值也随之解体消亡。以戴恩之死为例，他不仅是梅吉与拉尔夫的爱情结晶，更是维系他们之间情感的纽带。当朱丝婷在电话里告诉梅吉戴恩为救助落水女性而葬身大海的噩耗时，梅吉顿感天昏地暗，悲怆不已，感觉自己陷入无边无底的深渊。“梅吉滑进了这个深渊，感到它的边缘在她的头顶上合拢，并且明白，只要她活在世上，就永远不会再出来了。”[④p642]为了让戴恩能够健康快乐地成长，梅吉付出了毕生心血，她在培养戴恩的同时也从中找到了人生的生存意义与价值。可是，随着戴恩的英年早逝，维系梅吉的自我认同基础塌陷了，她也随即跌入无限的悲痛之中。

二、梅吉的友情创伤书写

作为人际关系的一种重要形式，友情对人的生命和生活具有重要的作用，它可以为生命注入新的力量和活力。正如康斯坦斯·布克萨所言：“友情对于我们每个人来说尤为珍贵，因为与朋友相处，我们能够完全放松自己。朋友们喜欢并且也接受大家固有的样子。这才是真正的礼物。”[⑨]一旦珍贵的友情受到伤害，其造成的身心创伤将会是难以接受的。因此，我们认为相对于爱情创伤与亲情创伤而言，友情创伤虽然缺少了相应的法律性与血缘性，但是这并不影响友情创伤的伤害性，尤其对于那些缺乏亲情和爱情的人来说，友情创伤对其的伤害更严重。

梅吉是父母唯一的女儿，她有兄弟6人，唯一关心的她哥哥弗兰克因与继父有着不可调和的矛盾而离家出走，并成为职业拳击手，尽情发泄自己的仇恨和厌恶，最终也因误杀他人而身陷囹圄。性别上的差异使兄妹间的感情交流存在许多局限，梅吉也没有将自己的心事向弗兰克全盘倾诉，而是有所保留地深藏于心底。与此同时，她与母亲的交往也多停留于家庭日常生活的琐事，缺乏情感维度的关爱。身处这种家庭环境中的梅吉十分渴望能有一位可以与之交心的朋友。上小学的时候，梅吉结识了她的同学特丽萨·安南奇奥。“课间休息时，她们俩相互搂着腰在操场上散步，这标志着她们是‘最好的朋友’，别的人甭想前来插一杠子。她们谈哪，谈哪，没完没了地谈着。”[④p39]她们成了无话不说的知心朋友。梅吉对这份难得的友情也十分重视，她在与家人谈话的时候总会一个劲儿地讲起特丽萨的事情。“她和特丽萨·安南奇奥的友情是她生活中的乐趣，是她赖以忍受学校生活的唯一安慰。”[④p42]然而，一件突发事件彻底结束了两人的友情。菲奥娜在给梅吉梳理头发时发现有虱子，这件事情顿时让全家人不安起来。性格粗暴的父亲不问事由一口认定此事与特丽萨有关，“准是那个该死的达戈女孩那儿传来的！”[④p46]恼羞成怒的他不仅在家里来回踱步地高声怒骂起来，而且还骑马直奔特丽萨家，将其家人痛打一顿，并又急匆匆赶往学校将此事告诉了嬷嬷。父亲鲁莽的行为不仅严重伤害了特丽萨，使她与梅吉彻底决裂，而且也重创了梅吉，使她从此不再敢结交朋友，只能将自我封闭起来，直到在德罗海达遇见拉尔夫神父。

特丽萨是梅吉结交的第一位朋友，这段短暂却又弥足珍贵的友情给她带来了许多欢乐，可是由于父亲的粗暴行为扼杀了她的友情，令其伤心不已。她不仅遭到同学们的冷眼和排斥，而且受到严重的心理创伤。生日那天梅吉虽然得到了一套她曾朝思暮想的与特丽萨家一样的蓝柳瓷茶具，但是这套茶具却随着友情的破灭失去了意义，“谁都不曾想到她讨厌这套蓝柳瓷茶具”[④p50]。梅吉只是忧郁地望着这套茶具，对她来说它的迷人之处已经不复存在了，正如与特丽萨的友情一样破碎消亡了。友情的创伤重创了她的心理，昔日与特丽萨倾诉衷肠，为其被压抑的情绪提供一个表达的渠道，以缓解其孤独寂寞的心境，现在只能独处一室，孤寂与恐惧不时涌上心头，友情的创伤令其在一定程度上甚至出现了自闭的症状。

三、梅吉的爱情创伤书写

弗洛伊德认为创伤不仅包括身体上的创伤，而且还包括心理与精神上的伤害，这种创伤经历都有可能造成抑郁症、焦虑症、癔症等多种精神疾病，并引起多种诸如恐惧、焦虑、失眠、人际交往障碍等常见的症候。正如朱迪思·赫尔曼所言："创伤性事件摧毁了人们得以正常生活的安全感，世间的人与事不再可以掌控，也失去关联性与合理性。"⑩爱情是文学创作的永恒主题，然并非所有的爱情都是有情人终成眷属，这其中也不乏凄恻哀婉的爱情故事。《荆棘鸟》中梅吉的爱情经历是一种典型的创伤体验，重点讲述了她的身体伤痛与情感隔阂以及精神创痛。

小说以梅吉与拉尔夫神父间一场刻骨铭心的爱情为主线，借此揭示出一切美好的事物都需要以难以想象的代价去换取，正如小说扉页中作者题记所写的那样："这是一曲无比美好的歌，曲终而命竭。然而，整个世界都在静静地谛听着，上帝也在苍穹中微笑。因为最美好的东西只能用深痛巨创来换取。"④p19岁的梅吉跟随家人从新西兰迁居到了澳大利亚的德罗海达牧场。在基兰博广场，拉尔夫神父受玛丽·卡森之命前来迎接帕德里克·克利里一家，首次见到梅吉就给他留下了深刻的印象。"她是他有生以来所见到的最甜美、最可爱的小姑娘了。"④p91此后，拉尔夫对比他小了18岁的梅吉关怀备至，并在其成长过程中扮演梅吉的父母、朋友以及人生导师等多种身份，拉尔夫无微不至的关怀让从小缺乏亲情的梅吉产生了浓郁的依恋之情。随着梅吉的长大，她的内心逐渐明白对拉尔夫的迷恋已经行不通了。于是，她就让自己在梦境中享受与他在一起的欢乐，"尽情地想象着和他拥抱和接吻的滋味"④p167-168。然而与她争夺爱情的不是世俗的人，而是至高无上的上帝。面对玛丽·卡森死后将1300万的巨额遗产留给罗马天主教会，其条件是"只要教会赏识上述之拉尔夫·德·布里克萨特神父之价值和才干，此项遗产则将继续支持教会的事业"④p190。上帝与世俗、权力与爱情在拉尔夫身上展开了一场激烈的搏斗，最终拉尔夫以侍奉上帝为由，以1300万银币"卖掉"了梅吉。心灰意冷的梅吉仓促之下嫁给了一位长相酷似拉尔夫的牧工卢克·奥尼尔。婚后，梅吉才发觉卢克其实是一位贪婪自私、冷漠无情的人。他不仅是为了获取梅吉的钱财才娶她，而且新婚之夜野蛮粗暴的行为更是让梅吉对夫妻生活充满了不安与恐惧，这种创伤体验给梅吉留下了心理阴影，使之对性爱产生了强烈抵触、反抗与厌倦情绪。"她不想紧贴着那热乎乎的身体，不想接吻，不想要卢克。"④p322与卢克婚姻的失败使得梅吉更加思念与眷恋拉尔夫，她深知卢克只不过是拉尔夫的替身，"她不爱卢克，永远也不会爱卢克的"④p330。于是，梅吉迫切想要得到拉尔夫，虽然在麦特劳克岛两人终于有了一次灵肉的结合，可是红衣主教的诱惑使他再次离开了梅吉，梅吉也因此终其一生没能与他长相厮守。对拉尔夫爱与恨的创伤体验不断地折磨着梅吉的内心，销蚀着她的灵魂。时隔13年，当拉尔夫再次见到梅吉的时候，发现"与其说她像一个精力充沛、上了年纪、固执的殉难者，毋宁说是像一个放弃了梦想的、顺从的神殿里的圣徒"④p646。梅吉被这份爱而不得的创伤折磨得伤痕累累。"我爱你，拉尔夫，但你从来不是我的。我从你那里得到的，是我不得不偷来的。"④p650梅吉内心的苦闷与痛楚、心酸与无奈在字里行间得到了集中体现与宣泄，梅吉的爱情之路无疑是一条铺满荆棘的道路，也是一首凄美悲凉的绝唱。如果说，梅吉是小说中最引人注目的那只荆棘鸟，那么拉尔夫就是那根最长最尖的荆棘。为了追求与拉尔夫这段真挚美好的爱情，梅吉像荆棘鸟一样执着地歌唱出最美的音符，这种爱情创伤体验带有强烈的殉道色彩，在痛苦与欢乐中让梅吉感受到生活的真谛与生命的意义。

爱情未能使梅吉走出创伤，却在一定程度上缓解了创伤，帮助了她的个人成长。与卢克的经历让梅吉看清了丈夫自私自利的本性，认清了拉尔夫才是自己真正需要的爱情对象。"创伤的复原首先应该以恢复幸存者的权利和建立新关系为基础。"⑪拉尔夫在麦特劳克岛的突然出现唤醒了梅吉内心对爱情的渴望，使她暂时忘却了作为爱情创伤的受创者所表现出来的迷茫与忧郁，表现出她重新建立"关系"的意愿。面对眼前真实存在的拉尔夫，梅吉表现出了脉脉温情与相偎相依。"她那搂着他的双臂就好像无法忍受他离去似的。她那样子仿佛连骨头都酥了。"④p404正是有了拉尔夫此时的相伴，梅吉暂时性真正地感到了从创伤中解脱出来的舒坦与幸福。“她幸福极了，比经历了记忆中的任何乐事都要感到幸福。”④p406可以说，拉尔夫的出现抑制住了梅吉创伤记忆的闪回，缓解了她所受的精神创伤。当她回到黑米尔霍克，她的眼睛显得生机盎然，不时闪现出热情的光芒。当然，这种缓解也是暂时性的，随着拉尔夫为了红衣主教的职位而离开麦特劳克岛，与拉尔夫的爱情最终也成为梅吉心中未能根除的创伤症结。

钱钟书认为文学创作多是作者身心受到创伤、苦闷和发愤下的产品。⑫作为作家书写个体人生体验和思想情感的主要艺术形式和有效途径之一，文学性创伤叙事是作家使用语言文字将自己的创伤经历或者创伤事件重新加工再现出来的文学文本。考琳・麦卡洛是澳大利亚当代最具影响力的作家之一，她结合个人创伤性成长经历，在其代表作《荆棘鸟》中以细腻的笔触书写了主人公梅吉的亲情创伤、友情创伤和爱情创伤。梅吉的创伤性书写在一定程度上再现了作者某些真实的创伤性体验，呈现了作者在遭遇创伤性体验之后的内心告白，某种程度上实现宣泄痛苦、释放压力和重获新生的目的，从而达到对创伤性体验的抚慰和治疗。总而言之，考琳・麦卡洛是一位悲苦意识浓重的作家，她的《荆棘鸟》通过书写梅吉的亲情创伤、友情创伤和爱情创伤重现和见证了作者的创伤性体验，使读者在纪实与虚构的交融中感受真实，使小说《荆棘鸟》具有比较浓郁的自传性色彩。与此同时，作者通过书写梅吉的多重创伤体现了任何美好东西的获得都需要付出沉重的代价的朴素价值，展示了创伤性文学叙事所具有的感染、引领和教化的文学价值。

注释【Notes】

①本文系湖南省教育厅科研项目“考琳・麦卡洛长篇小说的心理创伤书写研究”（课题编号：22C0536）的阶段性研究成果。

②Mary Jean DeMarr. *Colleen McCullough: A Critical Companion*. London: Greenwood Press, 1996, p.3.

③陈公：《人格模式心理学》，合肥：安徽文艺出版社2015年版，第110页。

④[澳]卡琳・麦卡洛：《荆棘鸟》，曾胡译，南京：译林出版社2021年版，第57—58页。以下只在文中注明页码，不再一一做注。

⑤[美]艾里希・弗洛姆：《爱的艺术》，李健鸣译，上海：上海译文出版社2013年版，第46页。

⑥徐梅：《搏击生命的荆棘鸟：考琳・麦卡洛小说中的苦难主题研究》，北京：现代出版社2017年版，第39页。

⑦武志红：《为何家会伤人：揭示家庭中的心理真相》，北京：世界图书出版公司2007年版，第1页。

⑧Caruth Cathy. *Unclaimed Experience: Trauma, Narrative, and History*. Baltimore: Johns Hopkins University Press, 1996, p.11.

⑨金俊华：《友情无价》，载《法语学习》1999年第3期，第5页。

⑩[美]朱迪思・赫尔曼：《创伤与复原》，施宏达等译，北京：机械工业出版社2015年版，第29页。

⑪师彦灵：《再现、记忆、复原：欧美创伤理论研究的三个方面》，载《兰州大学学报》2011年第2期，第136页。

⑫孔庆茂：《钱钟书传》，南京：江苏文艺出版社1992年版，第228页。

"理念"的修辞策略
——叔本华文类理论发微

石　容

内容提要：叔本华是学界忽视的西方现代文类理论的先驱之一。在文艺本质论方面，他认为文学是一种用文字表达"理念"的艺术形式。在文类本质论与界限论方面，他认为文体之间的区别体现在为表达"理念"而采用的不同修辞策略上，即对"主观修辞"与"客观修辞"这两种基本修辞模式的融汇和取舍。叔本华不试图界定、区分各类文体而是探讨其共性，不强调文体的特色、规范而是关注其交融。他修正了古典文类论，推动了文类论向现代主义的递变，甚至影响到后现代文类论。

关键词：叔本华；文类论；理念；修辞策略

作者简介：石容，武昌首义学院新闻与文法学院助教，文学硕士，研究方向：古代文学、中西文论。

Title: The Rhetoric Strategy of "Concept": Schopenhauer's Literary Category Theory

Abstract: Schopenhauer is one of the pioneers of Western modern genre theory that has been overlooked in academia. He believes that the differences between literary genres are reflected in the different rhetorical strategies used to express "ideas". He does not attempt to define or regulate various literary genres, but explores their commonalities and integration. He pointed out the shortcomings of Western classical genre theory since Plato, promoting the transformation of genre theory towards modernism and even affecting postmodern genre theory.

Key Words: Schopenhauer; genre theory; ideology; rhetorical strategy

About Author: Shi Rong, Teaching Assistant at the School of Journalism and Grammar, Wuchang Shouyi University, holds a Master's degree in Literature, with research interests in ancient literature and Chinese Western literary theory.

亚瑟·叔本华（Arthur Schopenhauer，1788-1860），德国哲学家，其文类理论散见于《作为意志和表象的世界》《论写作与文体》等著作。虽然他仍在"三分法"基础上探讨文类，实际表达的却是对古典文类的质疑。他不再依据模仿对象等外部特点为文学划分类属、设定规范，将文体视为强制作家遵守的惯例性规则，而是提出文学——或者说一切文体——的终极修辞目的是表达"理念"，文体之间的区别即体现在为达这一目的所采用的不同修辞策略。从文类论发展史来看，叔本华是学界忽视的现代文类论的先驱之一，他既尝试修正古希腊以来的古典文类论，又构建了一种现代主义新文类论，时间上早于弗莱的"原型论"、克罗齐的"直觉论"、尼采的"二元冲动"、俄国的形式主义、卡勒的"程式化的期待"等，甚至还影响了德里达的后现代"反文类说"。

一、文字中的"理念"——文艺本质论

叔本华的艺术本质论是其文艺本质论的前提，也是他文类辨体的基础。在他看来，一切艺术的终极特点在于表达"理念"，各种艺术门类之间的区别即体现在表出"理念"策略的不同，文艺的独特之处即在于将文字——一种表达"概念"的符号——作为揭示理念的工具。

“理念”指各种事物为人类直观所认识的、最根本的的特质，拥有着无数具体形式，比如：物质的属性和状态、动植物的生命性、人性等。一切艺术都期于表达理念，不同类型的艺术用不同方式表达不同具体形式的理念，如园艺是光线和生命力的交融，雕塑是对人体先验审美的反映，悲剧是对人性中怜悯、恐惧的宣泄。

而“概念”专指抽象的“表象”。叔本华将表象分为直观和抽象两类，前者只依赖视听等基本感官，后者则是对前者经由人脑加工的逻辑、归纳的理解。所有科学都表达概念，而艺术羞于表达概念，因为在叔本华看来，“意志”使人类被欲望操控，陷入生命的盲目冲动，进而堕于永恒的痛苦，理性不能认识这个不可知的本质，只会让人在苦难中更加迷离，唯有在艺术中感受“理念”才能获得短暂解脱。

在叔本华艺术类型论中，文艺是特殊的。理念是文艺的修辞目的，而文艺的材料——文字是人脑加工过的信息，属于概念。必然、广泛地使用概念便成了文艺的独有特色。对于如何用文字表出理念，叔本华实质提出两个要点：其一是要正确感知到理念；其二是能用抽象的文字材料表达出直观共性。因为文字的“所指属性有时不够明确，不尽周延”①，所以必定要“依赖于读者的想象力”才能达到直观。读者会由一个抽象词汇联想到无数具象直观，进而组合、交互每个词汇所联想到的诸多具象直观，“这些概念的含义圈相互交错而脱离了各自的个别性”，最终就会呈现出直观共性。②而这种共性人皆有之，能和任何人唤起共鸣。

与之相反，没触及理念的文字不是文艺。叔本华同亚里士多德一道，将历史作为非文艺的典型，在他看来，史书记载的事件大多只是个别现象而非本质，可能只是昏君的荒谬行为，或是肤浅的世俗陈规，而历史没有的，反而可能是淹没于宏大叙事而反映本质的。实际所有以功利性目的为“惯例性规则”③的文体，如论文、工具书，其中还包括拙劣平庸的文艺作品，如颂德诗，都应与历史同属，比如：文论只能阐述文艺的规律，却没有文艺的美，理学论文可以展现天体的运行规律，却不能呈现仰望星空的震撼，这正是因为它们没能表现出理念而只有概念。

简而言之，叔本华对于文艺本质的看法，当在于用文字——一种概念性质的抽象符号体系——来表达事物直观的标准模式或永恒形式。文字是材料，修辞是形式，“理念”是修辞目的。这为他接下来的文类辨体划出了一个排斥非文艺的基本研究范围，同时也指定了一个与古希腊文类论不同的方向。

二、“理念”的修辞策略——文类本质与界限论

叔本华的文类论是艺术类型论在文学层面的延伸和细化，如果说艺术分类的理据是表达理念的策略，那体现在文艺中就是修辞策略。以此为思路，叔本华对“三分法”做出了新解：抒情诗是用比较主观方式表达理念的文体，戏剧、史诗是用较客观方式表达理念的文体。小说、“田园诗”等则居于两者之间。这实质构建了一种二元修辞理论——本文称为“主观修辞”与“客观修辞”——来修正古典文类论。

“主观修辞”的特点是“描写的人就是被描写的人”②p343，是作者将自己作为感受的主体来描述理念，更偏重于抒情。作者往往直陈肺腑，以自己为叙述者，写出直接为自己视、听等基本感官感受到的直观表象，从这些表象的交汇覆盖中寻求直观共性。最常见的手法是为直观表象加注带有色彩义的修饰成分，使之成为自己主观心境在客观世界的映像，如华兹华斯“欢舞”的水仙花，董解元“尽是离人眼中血”的红叶，这正是中国文论强调“情”与“景”难以分割的理据所在；还可以寻找这些直观表象的相关、相似性，为之赋予新的概念，以更含蓄地表达理念，比如《圣经》将颜色如同鲜血的玫瑰视作基督受难的象征，屈原“善鸟香草以配忠贞，恶禽臭物以比谗佞”，这是意象、象征的本质所在；甚至少数作者完全用概念来表情述志，即“抽象抒情”④，如“问世间，情是何物，

直教生死相许”，完全在抽象概念的交汇中投射直观。

“客观修辞”的特点是描写的人不是被描写的人，实质是作者将世界作为感受的主体来描述理念，更偏重于叙事。作者置身事外，先用与直接感官较接近的概念构建更复杂而与作者主观感受较远的概念，再用后者相互交错、覆盖以呈现共性。比如《红楼梦》对贾宝玉的面色、眼目、鬓发等做了细致描绘，这些都是与感官接近的，但当它们组合在一起，便成了较远、较抽象的概念——某种有意义的人物性格。作者塑造出很多复杂概念，比如关键性的情境、戏剧冲突等，使之相互交错，最终便呈现出了理念——人的宿命感。客观修辞有意采取了更复杂、多层次的修辞策略，是故叔本华认为，相比于抒情诗，叙事文学的创作难度更高。

实际上，在绝大多数文学作品中，主客观修辞是交融而非排斥的，作者可以根据需要来选用、配比。主观辅以客观的有田园诗、景物诗等，作者以自己为叙述者，却时而将世界作为感受的主体，全然忘记了自我，如“明月松间照，清泉石上流”；客观辅以主观的有第一人称叙述的小说等，为客观修辞设置了主观的叙述者。但无论侧重哪一方，所有的文体都可以在此之中求得共性，即共同的宏观修辞策略——在表出理念的时候对主客观修辞的融汇和取舍。

一些在古典论者看来属于语体、形式上的文体规范，实际也可以用二元修辞理论来解释。比如，诗歌的音乐美，以及与韵律相配合的分行书写的形式，常被视作其独特之处，实际上这正是它主观性的体现，叔本华即提出，音乐是最主观的艺术形式，它不用借助任何“概念”及图画而直接表达人的情感欲念，带有音乐性的文体，实际就是偏向主观修辞的文体。再比如，戏剧的台词、舞台指示，也常被视为独特形式特色，实际这正是被叔本华称为“最客观的”的缘由之一，因为这种叙事形式限制了主观修辞方式的使用，比如外貌描写、心理描写等。

值得注意的是，叔本华的这种二元模式，并非将文类拉入一个新的古典主义樊笼，从宏观修辞这个新角度为文体设定规范，使之静态化、典型化，规定作家们都要依此形式遣词造句、谋篇构思。这种分类是自有的，与其世界建诸“表象”和“意志”的世界观相呼应。主观修辞的本质，是作家以人类的视角，将自己作为表象的认识主体；而客观修辞的本质，则是作家将自己置于意志的一边，从世界的角度感受人类的命运。由此来看，这种二元修辞理论实质也是一元论，甚至可以被视作文类本质与界限的终极理据。

三、从柏拉图到德里达——文类理论史中的叔本华

倘若将叔本华的文类理论——下文均称“理念论”——置于学术史当中，不难发现，它在过去被学界严重低估甚至忽视了。

在叔本华以前的古典文类论看来，文体本质上是“惯例与程式”，并极端强调各种类型文体的形式、界限与规范。柏拉图“三分法”是西方文类论的滥觞，亚里士多德为之提出模仿对象的理据。此后上千年西方文类论一直难以摆脱其束缚，直至18世纪，较系统的现代文类论才产生，撼动了原本静态的、定义的文类观。叔本华就身列其中。

不同于古典文类论，叔本华不试图界定、区分各类文体而是探讨其共性，不强调文体的边界、规范而是关注其交融。他提出，将表达理念作为修辞目的是一切文类的通性，“主观修辞”与“客观修辞”是一切文类在策略上的通性，文类之间区别体现在为表达理念而采用的不同修辞策略。他同后来的现代论者一道，把文类理论“从形式范畴变为修辞范畴”⑤。诚如韦勒克所言：“现代的类型理论不但不强调种类与种类之间的区分，反而把兴趣集中在寻找某一个种类中所包含的并与其他种类共通的特性，以及共有的文学技巧和文学效用。”③p268叔本华的观点正具备这种现代性。他实现了对古典文类论的纠偏和修正，使各类文体不再强调本质之外的硬性规范，文类的本质与界限论有了新的理据，一些由来已久的难题也迎刃而解。比如，原本

被视作不伦不类、不合法的文体，在叔本华看来都符合文艺本质，均具合理性，这顺应了当时新流派的创作需求，比如以施莱格尔为代表的浪漫主义流派；又如，缺类问题也能得到了解释，由于作家们对于理念表达策略的不断探索，文学类型得以不断更新迭代，旧类型的创作相对饱和以后，新的类型就会产生，但其间理论与创作往往不同步，“缺类”就是因为理论的滞后性而产生，这实质是与俄国形式主义一道将体裁视作文学史核心机制。

“理念论”不仅观点上与现代文类论耦合，时间上也早于绝大多数的同阵营论者，如弗莱“原型论”、克罗齐“直觉论”、福柯的“期待说”等，是此学派的先驱。更与其伦理学、形而上学体系呼应，将文类构建于他对世界本质的认识——意志与表象，从文学与形而上的关系探讨文类本质与界限的终极理据。

叔本华的文类论甚至还囊括了一些后现代特色，无意识地解构了文类，间接影响到了德里达，而尼采在其间起到了纽带的作用。一度作为叔本华的狂热追随者，尼采将叔本华世界意志本身的冲动解释为“酒神冲动”，将意志显现为现象的冲动解释为“日神冲动”⑥，在文类角度将理念论发展成“梦”与“醉”的二元冲动，是与之同源的形而上理念的文类化。更重要的是，如果叔本华侧重对传统的补正，那尼采则是批判，尼采说出了叔本华意至而未言者，公开反对任何形式的文本权威——必然也包括文体规范，这影响到了有着“尼采关切”⑦的德里达，后者提出“反文类”说，彻底解构了文类，认为对文类进行强制性分类是一种暴力，文学不需要且排斥分类。虽然叔本华没有直接否认文类，但他对于文类界限的新解，使文类的类属数量不再具有理论上限，这实质撼动了文类的合理性，启迪了后现代论者：文类本质只是修辞策略的不同，它可能没有存在的必要。

虽然理念论有开山之功，但仍存在缺陷，集中体现在两点：其一是作为叔本华论证“艺术本质是理念”时列举的一个论据，其文类论难免过于统括而缺乏细节；其二是理念论的理论根基是叔本华的认识论——世界构诸表象与意志，而这常被后世学者界定为“主观论”而遭受批驳。

注释【Notes】

①张春兴：《现代心理学》，上海人民出版社2021年版，第224页。

②[德]叔本华：《作为意志与表象的世界》，石冲白译，商务印书馆2013年版，第335页。以下只在文中注明页码，不再一一做注。此外，叔本华还在《自然界中的意志》中提出，文字本身就是在表达理念，语言“并不是只与修辞格发生关系，而是词语的表达取决于深深地植根于事物内在本性的一种感受”。

③[美]韦勒克（R.Wellek）、沃伦（A.Warren）：《文学理论》，刘象愚、邢培明、陈圣生、李哲明译，生活·读书·新知三联书店1984年版，第256页。以下只在文中注明页码，不再一一做注。

④沈从文：《沈从文集 沈从文谈艺术》，江苏人民出版社2022年版，第2页。

⑤梅兰：《文类研究 理论与实践》，武汉大学出版社2017年版，第7页。

⑥[德]尼采：《悲剧的诞生》，周国平译，上海人民出版社2009年版，第16页。

⑦马成昌：《德里达解构思想中的尼采关切》，载《学术交流》2017年第12期，第47—52页。

从比较到对话的异质文论研究路径

马子茹

内容提要：从1988年《中西比较诗学》到2021年《中西诗学对话》，曹顺庆比较诗学研究呈现出从比较到对话的异质文论研究路径转变。在比较视域中审视诗学问题，《中西比较诗学》采用中西诗学范畴比较的方法，是重中西诗学比较的产物；《中西诗学对话》以变异学的理论视野，坚持中西互释对话原则，是异质文论对话的成果。从《中西比较诗学》到《中西诗学对话》的路径转换，使从比较到对话的异质文论研究对重建中国当代文论话语体系和重塑东方文论话语权具有重要意义。

关键词：曹顺庆；中西诗学；比较对话；异质文论

作者简介：马子茹，西华师范大学文学院文艺学专业硕士研究生，文学理论方向。

Title: Paths of Heterogeneous Literary Studies from “Comparison” to “Dialogue”

Abstract: From *Comparative Poetics of East and West* in 1988 to *Dialogues in Chinese and Western Poetics* in 2021, Cao Shunqing’s comparative poetics research presents a shift in the path of heterogeneous literary research from comparison to dialogue. Examining poetic issues in a comparative perspective, *Comparative Poetics between China and the West* adopts the method of comparing the categories of Chinese and Western poetics, which is the product of comparing the poetic sciences of China and the West; Dialogue between Chinese and Western Poetics adheres to the principle of dialogue between Chinese and Western mutual interpretations with the theoretical vision of variation, which is the fruit of heterogeneous literary dialogues. The conversion of the path from *Comparative Poetics between China and the West to Dialogue between Chinese and Western Poetics* makes the study of heterogeneous literature from comparison to dialogue of great significance to the reconstruction of China’s contemporary literary discourse system and the reshaping of the discourse of Eastern literature.

Key Words: Cao Shunqing; Chinese and Western Poetics; Comparative Dialogue; Heterogeneous Literature

About Author: **Ma Ziru**, a master’s degree candidate in literature and art at the School of Arts, China West Normal University, specializing in literary theory.

目前，西方学者已经解决了比较文学研究中跨国家与跨学科的难题，但跨文化的难题仍亟待解决。[①]中国比较文学界针对此问题掀起了铺天盖地的讨论，展开了丰富的比较文学研究探索，力图破除盘踞已久的中国文论“失语症”。中国学者曹顺庆先生将中西诗学问题置于跨文明视域之中探究，先后发表了《中西比较诗学》《中西诗学对话》等力作，实现了从比较到对话的异质文论研究路径的转变，为跨越东西方异质文论之墙贡献了中国力量。

一、从比较到对话的路径转换

曹顺庆先生从《中西比较诗学》到《中西诗学对话》的学术演进，也是从阐发研究法到对话研究法的转变，展示了从比较到对话的方法论转换。《中西比较诗学》广泛使用了归类法和阐发研究法来比较中西文学理论。“所谓‘归类法’，即以文学理论问题归类，加以比较并建构。”[①p38]《中西比较诗学》将中西文学理论分为“起源论”“本质论”“思维论”等五大类，通过归类法对中西诗学理论进行构建。他强调："比较的最终目标，应当是探索相同或相异现象中的深层意蕴，发现人类共同的'诗心'，寻找各民族对世界文论的独特贡献。"②比较的目的就是去探索文学艺术的本质规律，在使用阐发研究法建构文学理论时，我们应当认识到"阐发研究绝不是单向的；而应该是双向的，即相互的"①p24。在阐发研究时，应采取双向式阐发研究，用中国诗学去观照西方诗学，从而达到双向互释的效果。《中西比较诗学》使用阐发研究法来探讨"风骨"与"崇高"，发掘作为审美范畴的崇高与风骨所共同强调的"力"的基本特质及其气魄与力量并存的阳刚之美。

《中西诗学对话》主要采用了对话研究法，"这种'对话'，主要是指东西方两大文化系统之间的文学与诗学对话"①p32。这种对话是跨越东西方文化的对话，是不同文化系统下异质文论的交流，具有广阔的研究空间。曹顺庆先生认为"对话研究，首要的在于寻找一种双方都能接受而又能相互理解的话语"①p34。双方都能接受的话语是对话的基础，在接受的基础上对话双方能够做到相互理解才能有效对话。"人的思想感情都是一定文化的产物，要排除自身文化的局限，完全像生活于他种文化的人那样去理解其文化几乎不可能。"③异质文化的相遇需要不同国家的人们彼此包容与相互理解。在面对多元文化的比较与对话时，沟通是必不可少的一个环节，而对话的目的就在于沟通。在异质文论对话中，曹顺庆先生将中国古代文论作为一个支点，将西方文论视为主要对话对象，从而开启了多视角的文论对话之路。有中国古代文论"点铁成金""通正奇变"与俄国形式主义"陌生化"理论进行平等对话，还有庄子"目击道存"与胡塞尔"本质直观"的中西话语对话。

二、从比较到对话的视域更新

西方文论在中国引发了三次重要的时代浪潮。在五四时期，中国首次大规模引入西方文论，这次引进使人们的思想获得了前所未有的解放。到了20世纪80年代，纷繁复杂的西方文学理论第二次大规模涌入。到了20世纪90年代，西方文论开始第三次大规模涌入中国。中国的文论界充分考虑到理论的共时性特征，及时引用和介绍了西方理论，渴望在平等对话的基础上进行跨文明的互动和交流。西方文论三次大规模地引入中国，从最初的全盘吸收到后来的平等对话，体现了中国学者从"以西释中"到"中西互释"思考方式的转变，也是从"阐释寻同"到"阐释变异"视域的更新。

从《中西比较诗学》到《中西诗学对话》，曹顺庆先生顺利地实现了从"以西释中"到"中西互释"思考方式的转变。《中西比较诗学》以西方学术规则和话语为基准，用西方的框架来解读的这种方法被称为"以西方哲学的概念体系以及理论框架来研究中国本土的经典和思想的反向格义"④。《中西比较诗学》从艺术的本质、起源、风格、思维和鉴赏五个维度对中西诗学的术语进行了具体的整理和比较，用西方的学术框架对中西文论进行分类。《中西诗学对话》积极探索中国古代文论对西方当代文论产生的影响，积极寻找中西诗学对话的新途径，实现了从"以西释中"到"中西互释"的转变。

从《中西比较诗学》到《中西诗学对话》，曹顺庆也顺利地实现了从"阐释寻同"到"阐释变异"的阐释视域的更新。阐释寻同是将没有发生实际关联的文本进行对比研究，以达到"异中寻同"的目的。曹顺庆认为"阐释变异就是将没有发生实际影响关联的文学文本进行比对阐释，找出它们对某一种文学范畴、文学思想的差异化的表达和话语方式，继而实现双方的对话互补"⑤。"变异"发生在文本的阐释环节，通过差异化的话语表述方式实现双方对话的互补。在《中西比较诗学》中，曹顺庆侧重于中西诗学的阐释寻同，搭建了中西诗学比较的新桥梁；而在《中西诗学对话》中，曹顺庆则侧重于中西诗学的阐释变异，开辟了中国文论阐释西方文论的新路径。

《中西比较诗学》通过比较柏拉图的"美本身"与老子的"大音希声""大象无形"，重点论述了二者的相似之处，说明了二者都是不可捉摸、无声无形的，并且都是永恒的不可分割的混成整体，目的都是探究美的本质。那么他们是如何探究美的本质呢？柏拉图认为天外境界存在着不可捉摸的真实体。虽然“美本身”是无形无色的，但人们可以窥见美，人们可以从认识具体微小的美逐渐过渡到去认识最高境界的美，逐步地去“彻悟美的本体”。因此，柏拉图的“美本身”并不是纷繁复杂的个别美的事物，而是美的本质本身。老子的“大音”“大象”描绘的也不是具体可感的事物，而是一种触摸不到的“浑成”的美境。老子认为，最完美的音乐是听不见的，不是具体的音乐，而是音乐的本身；最完美的“象”是看不见的，不是个别的形象，而是形象本身。可见老子认为美的本质也并非是个别美的事物，也是美的本体自身。老子与柏拉图都认为美的本质是美的本体自身，并且都将美的本质视为个别美的源泉，割裂了一般与个别。《中西比较诗学》更加关注中西诗学的文本类同性以及自身的主观阐释视域，更多地追求“同源”，而非“变异”。

《中西诗学对话》将中国古代文论中的“微言大义”与伊瑟尔的“文本空白”理论进行双向对话时，不仅分析了二者具有的通约性，还对二者之间的异质性进行了详细的探讨。中国古代文论中的“微言大义”与西方的“文本空白”虽然并不是同一个时代的产物，但是在某些方面仍然存在一致性。“微言大义”与“文本空白”理论都强调了空白美学和含蓄美学，两者的美学价值也都强调对“大义”的阐发和“空白”的填补。要真正理解“微言”背后的“大义”，读者必须发挥自己的想象力和动用广泛的知识储备。空白能在文本中建立“可联系性”，同样也能引发读者丰富的联想。因此，它们两者的美学价值都强调填补“空白”和发挥想象。它们二者的异质性在于：“微言大义”中的“义”置身于潜在的道德评判体系之中，这种含蓄的示意方式的目的是表达某种价值判断；而“文本空白”及其关联的“召唤结构”否定了作者的意图价值与文本的孤立价值。虽然中西理论话语在形式上都强调意义的“未完成性”和“间接性”，但“微言大义”的意义往往有所指，而“召唤结构”是一种并未受到任何意识影响的开放结构，意义往往无所确指。尽管《中西比较诗学》中的“大音希声”“大象无形”与《中西诗学对话》中的“微言大义”都强调“无”的重要性，但两者的路径却截然不同。《中西比较诗学》更加注重中西文论之间的“同源”；而《中西诗学对话》从双向对话的角度出发，进行横向对比，实现了时间和空间的双重跨越。

全球化的文化浪潮已经席卷而来，西方文化仍占据着主导地位。重建中国文论话语权，必须深入西方文论的土壤并更新中西文论的对话视域。《中西诗学对话》中谈到“中国文论更新的过程就是中国古代文论现代转换、他国文论中国化，以及在此基础之上的文论重建的持续深入过程”。[⑤p200]

三、从比较到对话的意义生成

当下西方话语盛行，我们需要唤起对中国文化的认同和深厚的民族记忆，因此重建中国文论话语体系迫在眉睫。“百年来的批判割裂了我们的传统，对于古代文论我们也产生了隔膜。”[⑥]在当代西方文论的参照下，我们需要冷静客观地审视中国传统文化和洞悉本国的文化特质，重建中国当代文论体系。由于西方的理论是基于西方本土实践而产出的理论，并不适用于解释东西学界所有的文学理论和批评实践，这种“强制性阐释”也引起了很多东方理论家的重视。“在学习西方的文化理论和人文学术思想方面，我们做了一百多年的学生。现在也应该是我们充当先生的时候了。”[⑦]做学生是成为老师必不可少的发展阶段，长达百年的文学实践为我们积累了大量经验与材料，也向我们提出了建立独创性理论的时代要求。

从比较到对话的转换不仅能够重建中国当代文论话语体系，也能更好地促使我们去理解、消化和吸收当代西方文论话语资源。但是由于中国与西方社会的思维方式存在着很大的差异，因此我们在阅读西方文论时会出现误读的现象。“文学作品观念、文学理论在起点经由媒介到终点的流传过程中会发生信息的失落、变形，在具体流变中会产生完全不同的意义，并被纳入新的文明体系之中。”⑧由于接收者所处的生活环境千差万别，最终阅读到的文本大概率已经受到了他国语言规制的影响。变异学并未对“文化误读”持否定态度，而是认为应当在折中的语言环境中去评估其价值。美国的意象派诗人庞德曾将中国的古典诗学创造性地应用到美国文化语境中，成功地建构了与其所属文化根基相适配的理论模型，这种由译介、接受、过滤带来的变异问题非常富有价值。曹顺庆先生认为，想要真正地理解当代西方文论话语资源，在现有案例中去理解“影响即误读”的深意。误读本身就是一种不可避免的文化交融现象，我们只有切实认同和理解本民族文化源流与根基，才能更好地理解处于发展变化中的西方文论。

从比较到对话的转变不仅有助于理解当代西方文论话语资源，还有利于世界诗学的建构。王宁认为“歌德之所以提出世界文学的构想也是经过他对所阅读过的不同民族/国别的文学进行比较后做出的。因此，我可以进一步指出，提出世界诗学的第二个理论基础就是比较诗学”⑦p4。比较诗学为世界诗学的建构提供了一个宏观视野，在此种宏观视野中我们能够更好地洞悉世界诗学的发展态势与未来前景。曹顺庆先生跨越异质文明的变异学视野研究中西诗学，实现了从比较到对话的言说方式的跨越，其异质文论的比较研究对于重建中国当代文论体系和重拾文化自信具有重要意义。将中国古代诗学与西方诗学放在平等地位上进行对话，为建构具有普世意义的世界诗学添砖加瓦，曹顺庆先生贡献的中国智慧和中国方案，为世界诗学的建构做出了突出贡献。

注释【Notes】

①曹顺庆：《比较文学中国学派基本理论特征及其方法论体系初探》，载《中国比较文学》1995年第1期，第21页。以下只在文中注明页码，不再一一做注。

②曹顺庆：《中西比较诗学》，北京出版社1988年版，第243页。

③乐黛云：《比较文学研究的新视野》，载《瞭望新闻周刊》1994年第16期，第29页。

④刘笑敢：《诠释与定向——中国哲学研究方法之探究》，商务印书馆2009年版，第33页。

⑤曹顺庆：《中西诗学对话》，高等教育出版社2021年版，第200页。以下只在文中注明页码，不再一一做注。

⑥曹顺庆：《中国话语建设的新路径——中国古代文论与当代西方文论的对话》，载《深圳大学学报（人文社会科学版）》2017年第5期，第121页。

⑦王宁：《从世界文学到世界诗学的理论建构》，载《外国语文研究》2018年第1期，第6页。以下只在文中注明页码，不再一一做注。

⑧曹顺庆、张雨：《比较文学变异学的学术背景与理论构想》，载《外国文学研究》2008年第3期，第2页。

“独一”与“多样”

——论南希文学共通体思想

向　平

内容提要： 解构主义者南希提出了著名的文学共通体。本文从“独一”和“多样”角度展开，对文学共通体的生成、特征、运行和界限进行研究，挖掘南希共通体思想对中国文论的建设意义。

关键词： 让-吕克·南希；独一；文学共通体

作者简介： 向平，西华师范大学文学院文艺学硕士，主文学理论研究。

Title: “Singulier” and “Pluriel” — Exploration of Nancy’s Literary Community Thought

Abstract: Nancy proposes the famous literary community.From the perspectives of “singulier” and “pluriel”, this paper studies the generation,features,operation and limits of literary community,and excavates the significance of Nancy's thought to the construction of Chinese literary theory.

Key Words: Jean-Luc Nancy; pluriel; literary community

About Author: Xiang Ping, postgraduate in College of Arts, China West Normal University, majoring in literary theory research.

共同体研究热潮的背后是现代性导致的碎片化、不稳定和不确定性。文学共同体蕴含着人类整体的价值追求与精神世界想象，解构主义者南希提出了他关于共同体的思考——文学共通体。由此文学共通体顺应时代产生，这里的文学将不再故步自封，细观南希的文学共通体思想将帮助我们提出新的思考方式。

一、南希文学共通体思想概述

严格来讲，南希的文艺思想中的共通体并非我们意义上的共同体。国内学者在翻译工作中选择将法语中的“comuneté”翻译为“共通体”，是基于南希对共通体中的“共同”层面的解构，也是对南希思想最大限度的还原。“通”与“同”在汉语的意义上也有出入，“同”有忽视个体性而重视集体性的特点，强调共同的东西；而“通”有通道的含义，主要强调沟通、连通，是对象之间的相互关系。所以与“共同”相比，“共通”更加符合南希的文艺思想。

（一）“独一”与“多样”的生成

文学共通体是神话被“打断”之后剩下的东西。神话的“打断”是由于人们经过现代和后现代“幽灵”的影响，想要通过打开神话作为本源的语境来定义整个现代性，但最后反倒弄巧成拙，使神话被“打断”，隐含在神话中同一的、本质的、封闭的共同体不复存在，多个独体取而代之。剩下的是一个开放的、共通、多元的共通体，人们通过共通体实现自我价值，而共通体思想在与文学的不断整合中得到传递。虽然神话具有虚构性，但被打断的神话与文学相比，“文学不同于神话，它们不再仅仅以虚构乌托邦的形式出现，而是以开放和外展的姿态出现。打断就是通道本身，不是完成，也没有融合，而是不断传播和外展自身”①，这就是“文学共通体”。“打断”在一定程度上来讲并非是坏事，相反它开启了一种思考事物的新方式，文学的分享具有“叙述”的特征。叙述自身故事的文本叙述本就是一个未完成的故事，所以文学的“共通”是一种不断运动的状态，只能接近但不可能被完成，那这个过程即是“独体”及其多样性在“共通”。

文学共通体中的“体”这一字强调的是“独体”而非“个体”。“独体”代表了独一性。南希不再以“个体”展开他思想的阐释，他认为“个体”与“独体”是两个具有相反含义的词，“个体”代表主体性，是封闭的、向内的，由多个个体形成总体；而“独体”从诞生以来就是共有的，独体向外延伸到其他的独体，它们互相分享但又独立于他者。所以，独体是独立的，在根本上不同于其他所有个体，而且每一独体都拥有隐秘的他异性、是瞬时有限的。

（二）“独一”与“多样”的运行

南希以存在论的视角，主张文学的“未完成性”和“分享”。“将诸多的存在共通外展，以及以他们的共显作为存在”②，南希将作为独一体的存在者打开自身的过程叫作外展，即是每一个存在者都将表现为在各自“独一性”的界限上存在的状态。多个“独一性”又能在彼此的界限之间沟通与分享，即多个独体或独一同时存在、互相外展。这并不意味着诸多共通体的绝对交融，而是在保证自身“独一性”的前提下，多个不同的独体互相联结形成一个共通体，这个过程是非功效的。

“独一”传播的即是作品的非功效，即是分享自身，强调的是单独、独一的性质。南希指出，“非功效指的是，在作品的这边或那边，那种离开作品的东西，那种不再同生产或完成打交道，而是遭受到中断、破碎和悬搁的东西。”②p56独一存在的悬搁形成了共通体，共通体不存在实体或基体，因为分享是不可能完成的。而文学作为共通体的外在形式，其代表的意义始终是处于不断变化、不确定以及悬置的。非功效讨论的不再是共同的东西，而是对共同的反叛抑或说是变异，更加注重独体的单独性质，而多个独体之间如何分享自身、将自己的特征进行外展，即“共通”。

共通体中的“共通”十分注重分享与沟通的重要性。“而是存在有‘激情的释放’，独一存在的分享，以及有限性的沟通。在其通向它的界限的时候，有限性‘从’一个通‘到’另一个：这个过渡‘通道’构成了分享。”②p61也就是说分享不是简单的分享，南希认为需要通过一个“通道”来实现独一体之间的沟通和分享，是彼此的沟通，为此南希提出了“共通—中－存在”来解释共通体是如何运作的。“文学铭写了‘共通—中—存在’，铭写了为他者并经由他者的存在。”②p106也就是说，文学与“共通”不存在先后关系，而是同进退。换句话说，南希认为文学“存在—于—共通”，即文学在“共通”中“存在”。文学要存在需要将自己向他者显现，与他者沟通。“共通”已经包含共同存在，同时也包含沟通分享的意思。“存在”是在已经分离的同时，以复数的共处形式联合起来。

文学共通体的运行——言说的“分联”，即“独一”和“多样”的结合。“分”与“联”是文学共通体的运作状况，“‘分联’在某种意义上指‘书写’，也就是说，是对其先验与在场在结构上被无限期延了的意义的书写”②p124。文学的分联，也是对文本意义的书写，“分联”一词由“分”和“联”组成，作为有机整体的文学内外各个部分不断运动、相互作用却不融为一体。如果以文学内部的各要素来指代有机体，作者、读者和文本为内部要素，那文学活动就是三者间的对话，且不断影响彼此。

（三）“独一”与“多样”的边界

共通体以文学的形态出现，“打断首先发生在边界上，更加确切地说，它产生了边界。在边界上，诸多存在相互触及、相互外展、相互分离，从而沟通并传播它们的共通体”②p99。多个存在于边界处相互外展、彼此沟通，就如同一张网。从有机体内部因素来看，独一的存在是有限的存在，所以同样也有界限，“因为有限性是共通的，而且除了有限性之外，没有任何其他东西是共通的”②p48。而南希就此认为正是有限性成就了诸多独一性的分享。

南希提到界限是共通的，但界限并非位置，且没有共有的位置，只有位置的分享。对文学来说，当它在界限上显现自身时，在保持自己特性情况下不断沟通、外展。但这并不是为了超越和取消界限，而是在另一层面上不断突出界限，如此神话才会被打断，虚构共同体神话才无法实现。所以，南希的文学共通体是通过文学的书写，既能保证诸多存在的“独一性”，也能在这基础上通过分享彼此的界限。与传统意义上“存在”的状态不同，南希主张的是超越存在者自身的共同存有方式。“在有限的存在之间，沟通‘本身’却是无限的”[②p107]，在界限上进行沟通，南希认为分享“于—共通体”中存在，但不能叙说其故事，也不能确定其本质。文学使每个存在者展现“独一性”的界限，又在独体界限之间沟通与分享。这种非本质意味着将无限期持续下去，文学也将在社会的不断变化中改变自身。过去的文学能影响到当下，而当下的文学能影响到未来，这实际上也是文学共通体分享的过程。共通对于分享的内容及意义是无限的，没有什么现存，同样也没有终点。

二、文学共通体的现代延展

现代社会的工业化和产业化使人与人之间联结性减弱，带来一系列的碎片化和失落感。南希的共同体思想虽源于西方，但其主张具有无可置疑的普遍性，在人类命运共同体的背景下同样适用。文学是经验、知识之间的沟通，它不再是封闭化、同质化，而是不断保持面向他异性、向外性、差异性。

就文学内部各要素而言，“独一”与“多样”也要求文学理论四要素间应当共通。作为文学活动组成部分的文学理论研究，不能以“作者中心”“读者中心”“文本中心”等单论文学，而应该融合众家之长。文学将通道向外打开，渗透于各个学科中，同时又在与其他学科的沟通、分享中完善自身，不断打破封闭式的结构，达到去中心化的效果。故步自封、脱离现实将会是对文学、文学理论发展的致命打击，所以文学也要与整个社会联系，才能爆发其强大的生命力。但应注意，文学应具有南希所提出的“独一性”，保持“独体”性，不能成为他者的附庸。

就文学的国家层面而言，南希所提出的文学共通体给文化文学的全球化发展带来了新的思考。文学共同体的内涵与外延取决于具体的语境，不能将文学从社会背景脱离出来，“西方文明的发展有人类中心主义、西方中心主义等本质主义的倾向，有极其强烈的西方文化霸权政治的意味”[③]。西方的文明发展看似符合社会的发展，实际上却是片面的、不利于社会的长久发展，容易陷入霸权主义的旋涡中。同时，西方国家的“西方中心主义”对“非西方主义中心”的国家产生了极大的影响。“非西方中心主义”国家套用“西方中心主义”的模式发展本国文化，实际上是对“西方中心主义”文学和文化的发展和再创造。南希的文学共通体强调的不是“共同”而是“共通”，中国古代也有类似的思想主张：和而不同、求同存异等。南希的文学共通体思想也启发我们：要想发展中国文论的创新性和建立话语权，我们需要不断批判并且超越“西方中心主义”。

三、结语

通过对南希文学共通体中“独一”与“多样”思想探讨，我们应该探寻和发掘我们自己国家的文论资源、注重文学文化的输出。在经济大肆影响文学文化的时代，注意防止掉入受经济影响的“西方中心主义”深渊，拥有自己的文论话语权的同时要充分思考和尊重与外来文化的差异性。历史告诉我们：既不能让外来文化成为主导文化，也不能拿着本国文学文化自说自话。我们需要南希文学共通体思想，让中国文学共同体文论体系的声音不断回响在世界文论话语体系中。

注释【Notes】

①李润玉：《让-吕克·南希文学共通体思想研究》，华东师范大学2017年硕士学位论文。

②[法]让-吕克·南希：《解构的共通体》，夏可君编校，郭建玲、张建华、夏可君等译，上海人民出版社2007年版，第106页。以下只在文中注明页码，不再一一做注。

③王琦：《从“共同体的失落”到“文学的共通体”——论南希的文学共同体思想》，载《中国语言文学研究》2020年第2期，第163—176页。

以“知人论世”角度分析李益形象

任美云　杨　鹤　秦金娥

内容提要：蒋防的《霍小玉传》作为唐传奇的经典之作自古以来备受瞩目，作品中霍小玉含恨而死的结局引起了广大读者的同情和愤慨，所以在谈及霍小玉的悲剧时，很多人把矛头指向了李益，把这场悲剧完全归咎于李益个人过失，这也使得对李益的形象缺乏全面、客观的分析。本文从知人论世的角度，结合李益的生平思想、诗歌成就、小说中的情感内容等方面，对李益形象做出合理的解读。

关键词：霍小玉；李益；负心汉

作者简介：任美云，内蒙古鸿德文理学院助教，研究方向：中国古代文学。杨鹤，内蒙古鸿德文理学院学生，研究方向：汉语言文学。秦金娥，内蒙古鸿德文理学院学生，研究方向：汉语言文学。

Title: The Image of Li Yi Analyzed from “Knowing the Human and Judging the World”

Abstract: Jiang Fang’s Biography of Huo Xiaoyu, as a classic of Tang legend, has attracted much attention since ancient times. The ending of Huo Xiaoyu’s death with hatred in the work has aroused the sympathy and indignation of the readers. Therefore, when talking about Huo Xiaoyu’s tragedy, many people point the finger at Li Yi and attribute the tragedy entirely to Li Yi’s personal fault, which also leads to the lack of comprehensive and objective analysis of Li Yi’s image. This paper makes a reasonable interpretation of Li Yi’s image from the perspective of understanding people and discussing the world, combining his life thought, poetry achievement and emotional content in his novels.

Key Words: Huo Xiaoyu; Li Yi; Unfaithful lover

About Author: Ren Meiyun, a Teaching Assistant of Inner Mongolia Hongde College of Arts and Sciences, majoring in Ancient Chinese Literature. **Yang He**, a student of Inner Mongolia Hongde College of Arts and Sciences, majoring in Chinese language and literature. **Qin Jin’e**, a student of Inner Mongolia Hongde College of Arts and Sciences, majoring in Chinese language and literature.

蒋防的《霍小玉传》作为唐传奇的经典之作自古以来备受瞩目，“此篇尤为唐人最精彩动人之传奇，故传颂弗衰”①。本篇小说最牵动人心的部分除了有霍小玉的深情被辜负，造成了含恨而死的悲惨结局外，还有李益复杂矛盾的形象，也引起了热议。在传统论述中，李益的人物形象分析多以负面批判为主，本文站在“知人论世”的角度对李益的形象作全新的解读，从他的家世出身、诗歌成就、与霍小玉相处的思想情感变化等方面来展开论述。

一、出身名门，心系家国

根据《霍小玉传》记载，李益出生于陇西李氏，和李唐王室同属一个地方。《霍小玉传》云：“生门族清华，少有才思，丽词嘉句，时谓无双；先达丈人，翕然推伏。”②“门族清华”一词是说他门第清高华贵，这说明李益家族不仅富有而且社会地位很高。

根据唐代社会选拔人才的标准，可以推断出李益是一个有才情的人。唐代对儒家文化十分推崇，要求培养一批有责任、有担当、“文质彬彬”

的君子型人格。唐太宗在《贞观政要》中说："若勖之以公忠，期之以远大，各有职分，得行其道；贵观其所举，富则观其所养，居则观其所好，习则观其所言，穷则观其所不受，贱则观其所不为；因其材以取之，审其能以任之，用其所长，掩其所短；进之以六正，戒之以六邪，则不严而自励，不劝而自勉矣。古《说苑》曰：'人臣之行，有六正六邪。行六正则荣，犯六邪则辱。'"[③]唐太宗以"六正""六邪"的标准来选拔人才，强调对人才的品德修养、定国安邦的能力进行考察。到了中唐像韩愈、刘禹锡、柳宗元、张籍、元稹、白居易这样的文学家仍然十分推崇儒业，强调修身治国的重要性。白居易在《与元九书》中说诗歌创作："为君、为臣、为民、为物、为事而作，不为文而作。"[④]读书人自觉承担起治国安民的责任。所以当时社会对人才的素养有着严格的要求，《霍小玉传》有："生以书判拔萃登科，授郑县主簿。"[②p38]少年时李益的才能举世无双，中举后朝廷又授予了官职，这可以推断出，李益是一个十分有才的人，且符合当时社会选拔人才的标准。他的才情不仅仅局限于书面理论，还是一个有社会担当的人。

此外，霍小玉对李益的爱也是因他的才情而起，初次见李益时，霍小玉的母亲对霍小玉说："汝尝爱念'开帘风动竹，疑是故人来。'即此十郎诗也。尔终日念想，何如一见。"[②p38]也就是说，还未见李益，霍小玉便对他的才情钦佩不已，而李益也十分坦荡，他说："小娘子爱才，鄙夫重色。两好相映，才貌相兼。"[②p38]一方面，李益指出霍小玉对自己才情的爱慕。另一方面，可以看出他对自己才情十分自信，霍小玉的美貌让李益惊艳不已，而他觉得自己的才情能够和她的美貌"两好相映"。

二、初遇佳人，圆梦情深

在感情方面，李益是一个真诚的人，他与霍小玉相识前本就有思得佳偶的夙愿，在博求佳偶，久而未谐的情况下，因鲍十一娘的协助，得以与霍小玉相识。所以在得到霍小玉后，他苦苦寻求多年的感情得到了满足，他与霍小玉的相识是圆了他多年的梦。李益在初见霍小玉时，情感是炽热真诚的，"但觉一室之中，若琼林玉树，互相照耀，转盼精彩射人"[②p38]。霍小玉惊艳动人的容貌使得李益神魂颠倒，这种赞美也是发自肺腑的。当他听说鲍十娘要给他介绍霍小玉时，再看他的态度："闻之惊跃，神飞体轻"，欢快地就像猴子一样跳起来。接着他说："一生做奴，死亦不惮。"这句夸张的话足以证明他当时愉悦的心情，李益在见霍小玉之前也做了充分的准备，通过借青骢驹、沐浴、修饰容颜、通夕不寐、引镜自照、徘徊良久等一系列行为动作，可以看出他小心翼翼、满心欢悦的心情，通过这些行为能够窥探出李益在爱情方面是一个充满真诚、热情的少年郎。

李益见霍小玉是弥补了他内心多年的空虚，霍小玉是李益的圆梦人。与张生和崔莺莺不同，张生原本无艳遇的念想，在寺庙中机缘巧合下遇到了崔莺莺，所以张生内心是又惊又喜，不知所措。张生对自己内心的情感，以及崔莺莺对自己的情感，甚至他们两人之间的关系，都充满了迷茫，不知所措，所以张生身上更多体现出来的是一种痴呆特性，这种痴呆、憨的特性是他深情的佐证。而李益与霍小玉的相识，是他期盼已久的。他们之间的交往，就是满足李益内心多年梦想的过程，是圆梦的旅程，所以李益更加懂得自己内心所想，懂得自己的情感，他与霍小玉说的那些海誓山盟的话也必定是发自肺腑的真心话。

三、违背誓言，易于妥协

李益在临别时发下的誓言是真挚的，但是面对环境的变化，他性格中的软弱、易于妥协的缺点暴露出来了。当李益和霍小玉分别时，小玉提出八年之约，只和李益相守八年然后就出家为尼，李益听了后大为震惊，他说："有何罪过，忽发此辞？"李益疑惑自己做错了何事，霍小玉有此断离之念头，而且还不是相守一辈子，仅仅是八年。这个时候的李益内心从未想过与霍小玉完全断绝，李益对霍小玉发下的誓言是："皎日之誓，死生以之。与卿偕老，犹恐未惬素志，岂敢辄有二三。"②p38他此刻所流之泪、所发誓言是真挚诚恳的，与她相守一辈子的决心也很坚决，正是因为此刻情之浓烈，誓言之真诚，为后面李益因遇变故，无法如期履行誓言而内心惭愧悔恨，竟至于一味逃避拖延做下了铺垫。

李益的负约是由于外界客观环境所导致，母亲为他安排另娶卢氏，并非他自愿，但是也只能被迫接受，所以面对环境的变化，李益有些不知所措，传统士人性格中的易于妥协性和功利性都烙印在他身上。为了追求功名富贵，他可以暂时舍弃自己的情感，现实和情感不能两全的矛盾性印证着个体命运在时代洪流中的渺小和无奈。李益答应其母迎娶卢氏，并为办置聘礼而忙碌奔波，所以他"遥托亲故，不遗漏言"，拜托亲朋故友不要给霍小玉透露实情。从这个举动能看出李益处理事情的幼稚性，闭塞消息让霍小玉陷入了深深的绝望中，以至于最终含恨而死，这个悲惨的结局并不是李益有意作恶造成，但是他的幼稚以及妥协、摇摆不定却让他成为作恶之源。

正是因为李益情感的热烈、誓言的真挚，所以在爽约后，他内心的愧疚感既真实又强烈。原文有这样的记述："生自以愆期负约，又知玉疾候沉绵，惭耻忍割，终不肯往。晨出暮归，欲以回避。"②p38"惭耻忍割"四个字传达了李益复杂的心里，一个"耻"说明李益不仅对霍小玉有愧疚感，而且爽约这件事也伤害了他的自尊心，爽约意味着失信。《论语》有："人而无信，不知其可也。"⑤儒家讲诚信的重要性，李益作为一个读书人受儒家思想影响深厚，所以在爽约后，他的情绪感受除了愧疚，还有耻辱，这种耻辱的情感是一个人对自己有要求的体现。另一个字是"忍"，这说明李益并非很洒脱地放下了霍小玉，他也在痛苦中煎熬，他倍受良心的谴责，甚至思念的摧残，这些痛苦、纠结使得他成为一个复杂矛盾的人。李益是一个有错误的好人，而非有优点的恶人，当不能按照约定时间与霍小玉见面时，他选择了逃避，逃避又酿成了不可挽回的悲剧。

李益的软弱、逃避行为还与唐朝的社会文化分不开，他既爱着霍小玉，又不得不娶卢氏，这和唐朝的婚姻制度有关，如《唐律》记载："诸嫁娶违律，祖父母、父母主婚者，独坐主婚。"⑥法律规定，婚姻大事得听从父母的意见。此外，唐朝还有很重的门第等级观念，《唐律疏议》记载："人各有偶，色类须同，良贱既殊，何宜婚配。"⑥p373在这里讲到了男女双方必须门当户对才可以结婚。身份地位不同，贵贱有别，是不能结婚的。唐朝无论是仕途还是婚姻都讲究门当户对，当李益母亲选择了卢氏的时候，李益也只能接受。唐朝的科举制度虽然相对比较公平，但是依旧十分重视出身门第，所以读书人和门阀士族通过婚姻互相联络，如此一来，读书人可以得到门阀世家的帮助，而贵族也通过读书人笼络新贵，确保各方面势力得到平衡和延续。李益出身宦官世家，年少中进士，风流多才。而霍小玉社会地位低下，她虽然是霍王之女，但是其母为侍妾，后被赶出王府，沦落风尘，成为名妓，靠卖艺为生。两人身份地位悬殊，相对于卢氏，霍小玉对李益在仕途上的助益很小。为了家族利益和个人仕途，李益断然选择了卢氏，这样的选择多少有些迫不得已，唐朝宰相薛元超在唐宋笔记《隋唐嘉话》中即有"薛中书元超谓所亲曰：'吾不才，富贵过分，然平生有三恨，始不以进士擢第，不得娶五姓女，不得修国史。'"⑦可见这种婚姻观有着深厚的社会根源，新进士了为了家族利益和社会地位与豪门女子联姻，也体现了唐朝士子在婚姻方面的不自由。

四、佳人玉损，一生有愧

霍小玉死后，给李益的内心带来巨大的痛苦，甚至影响了他日后的正常生活。小玉死后，李益"为之缟素，旦夕哭泣甚哀"②p44。这里能够看出李益真情的流露，如果不是对霍小玉有情，他完全没必要亲自去墓地，号啕大哭很久才回家。而且霍小玉死后，李益在下葬当天晚上看到了霍小玉魂灵的模样，不是狰狞的女鬼面目，此时的霍小玉容貌妍丽，宛如平生，穿着艳丽，这就说明霍小玉在看到李益的深情后，内心得到了自己想要的答案，她对李益的怨恨也消除了，霍小玉对李益说的话也是充满了深情留恋："愧君相送，尚有余情。幽冥之中，能不感叹。"②p38这才是善良、痴情的霍小玉真实的模样，她在确认李益对她仍有余情的时候，心里便释怀了，所以后期化为鬼魂迫害李益的并非霍小玉，而是李益内心的执念和愧疚。

李益之后不幸的婚姻生活也可以证明他对霍小玉的真情，霍小玉死之前曾发誓："我死之后，必为厉鬼，使君妻妾，终日不安！"②p38而这种毒誓得到了应验，李益此后几年婚姻不幸，对妻猜忌之深，竟至于三娶，都未尝如愿。此点成为很多人分析鬼神因果报应的根据，或者认为是作者有意融入个人感情，对李益强加惩罚，以达到惩恶扬善之功用。实际上，李益对妻子的病态心理，是因为他心中的愧疚和执念导致。如果说李益是个铁石心肠、没心没肺的恶人，他完全不会受到干扰，事实证明李益并非无情无义的人，他对霍小玉的情感依旧在，正是因为如此，他才痛苦万分，对自己的过失久久不能够释怀。他无法原谅自己，心里的痛苦达到了扭曲的地步。李益倍受良心的谴责，他焦虑不安的情感也说明他对霍小玉从未忘记，甚至结婚以后，仍然惦记着霍小玉，整日"郁郁不乐"。"小玉的离世唤醒了他人性中最为真实的一面，对小玉的愧疚、对小玉的想念、对小玉的纯粹的爱，使得李益无法平静地展开新的生活，疯狂大概是寻求暂时解脱的方法。"⑧李益是社会文化冲突之下的受害者，在仕途和感情中不能兼顾两全，终究有一负，他是被关在围城里不自由的无奈者。

结尾

李益于仕途上是一个心系国家、有担当之人，但于感情上，他是无奈、纠结的矛盾者。他和霍小玉的感情热烈真诚，但是这样一份真挚的感情在现实生活中没有生存的土壤，霍小玉相思成疾，抑郁而终，李益带着愧疚病态地度过余生。《霍小玉传》之所以能够深入人心，在于作品全面细致地刻画出了理想和现实的矛盾冲突，在婚姻讲究门当户对的封建社会里，渺小的个体无法主宰自己的个人命运，肩负重任的李益在家族利益和前途之间，放弃了自己的感情，虽然余生享尽荣华富贵，却一直在愧疚、矛盾中挣扎，几近病态地折磨着自己和身边人。作品真实地展现了人性的复杂性，它让我们看到人性中存在的真挚热烈的美，在现实的阻碍面前，这份可贵真诚的美又是何等容易被摧毁，何等易碎！

注释【Notes】

①李剑国：《唐五代志怪传奇叙录》，南开大学出版社1993年版，第289页。

②张友鹤选注：《唐宋传奇集》，北京：人民文学出版社1979年版，第38页。以下只在文中注明页码，不再一一做注。

③吴兢著，王泽应点校：《贞观政要》卷三，团结出版社1998年版，第137页。

④黄小珠：《论诗歌长题和题序在唐宋间的变化——以杜甫、白居易、苏轼为中心》，载《江海学刊》2014年第6期，第192—199页。

⑤北京文礼：《学庸论语・为政篇二》，线装书局2023年6月版，第63页。

⑥长孙无忌：《唐律疏议：卷十四》，中华书局1983年版，第372页。以下只在文中注明页码，不再一一做注。

⑦刘餗：《隋唐嘉话》，中华书局1998年版，第28页。

⑧张旭光：《对〈霍小玉传〉的多重阐释》，载《长春教育学院学报》2019年第1期，第41页。

《洞天清禄集》中的藏品辨伪思想与宋代文人精神[①]

傅晓莺　沈若娴　娄雨彤　朱　恺

内容提要： 藏品伪作伴随着中国收藏在宋代迎来第一个高潮而盛行，与之相应的以文人士大夫阶层为主体的藏品辨伪在赵希鹄的《洞天清禄集》中第一次得到了系统说明。藏品辨伪作为文人热衷收藏的另一面在他们生活中占有重要地位，其背后蕴藏着宋代文人身处官廷与民间之间的特殊身份所带来的独特精神。此精神既承治世理想，又带有文人独特的生活哲学与审美追求。

关键词： 藏品辨伪；宋代文人精神；《洞天清禄集》

作者简介： 傅晓莺，绍兴文理学院人文学院汉语言文学（师范）专业在读本科生，主要从事古代文学研究。沈若娴，绍兴文理学院人文学院汉语言文学（师范）专业在读本科生，主要从事古代文学研究。娄雨彤，绍兴文理学院人文学院汉语言文学（师范）专业在读本科生，主要从事古代文学研究。朱恺，绍兴文理学院人文学院汉语言文学（师范）专业在读本科生，主要从事古代文学研究。

Title: The Thought of Identifying Counterfeit Collectibles in *Dongtian Qinglu Collection* and the Spirit of Song Dynasty's Literati

Abstract: Counterfeiting of collectibles was prevalent during the first peak of Chinese collection history in the Song Dynasty, and the corresponding identification of collectibles with literati as the main body was systematically explained for the first time in Zhao Xihu's Dongtian Qinglu Collection. The identification of counterfeit collections, as another aspect of literati's enthusiasm for collection, occupies an important position in their daily lives and lies the unique spirit of Song Dynasty literati's special identity between the court and the folk, which not only inherits the ideal of managing the society, but also carries the literati's independent philosophy of life and aesthetic pursuit.

Key Words: Identification of counterfeit collectibles; The spirit of Song Dynasty's literati; *DongTian QingLu Collection*

About Author: **Fu Xiaoying** is from the college of Humanities, Shaoxing University, undergraduate student, majoring in Chinese Language and Literature (Teacher Education), specializing in Ancient Chinese Literature. **Shen Ruoxian** is from the college of Humanities, Shaoxing University, undergraduate student, majoring in Chinese Language and Literature (Teacher Education), specializing in Ancient Chinese Literature. **Lou Yutong** is from the college of Humanities, Shaoxing University, undergraduate student, majoring in Chinese Language and Literature (Teacher Education), specializing in Ancient Chinese Literature. **Zhu Kai** is from the college of Humanities, Shaoxing University, undergraduate student, majoring in Chinese Language and Literature (Teacher Education), specializing in Ancient Chinese Literature.

中国古代有文献记载的收藏起源于周朝，《周礼》载："天府，掌祖庙之守藏与其禁令。凡国之玉镇、大宝器藏焉。若有大祭、大丧，则出而陈之。既事，藏之。"[②]从中可见，周朝"天府"的藏品大多作礼制之用，映射出"藏礼于器"的思想。随着时代的发展，收藏品的价值功用逐渐从宫廷主导下的礼教、祭祀等实用功能中衍生出另一个重要的分支——满足审美需求、个人品位、情操陶冶的艺术功能。这一分支从汉代起即有所显现，汉武帝曾创置"秘阁"搜求天下书法名画，此后历朝大多延续“秘阁”的传统而设立不同的机构以收藏书画、金玉、祭器、兵器等。收藏主要作为一种官方行为或宫廷上层的趣味而存在。

到了北宋，商品经济、市民文化发展，私人收藏真正兴起，收藏鉴赏的参与者逐渐由宫廷上层扩大到士大夫阶层乃至商贾百姓，藏品也更加丰富，除书籍、书画之外，更多金石、文房器具等来自文人士夫生活，也反映文人士夫趣味的艺术藏品。在市场与藏家的共同推动之下，促成了北宋时期，尤其是宋徽宗时期中国收藏史上的第一个高潮。“上有所好，下必甚焉”，正因此，藏品伪作之风也在社会上盛行。文玩字画等器物的收藏所要求的知识与经验门槛随之越来越高，文人鉴藏的能力也成为他们文人品格的重要构成。

宋代文人著作中便时常可见藏品鉴赏与辨伪之法。如米芾《画史》即对画作作伪的方法有所记载，而历史上第一本以辨伪为主要内容的著作则是赵希鹄的《洞天清禄集》。赵希鹄（1172—1250），字飞卿，赵宋宗室，其著作《洞天清禄集》涵盖古琴、古砚、古钟鼎彝器、古翰墨真迹、古画辨等十个门类，其中，各门类下都有相应的藏品辨伪方法，共约17条。

赵希鹄等人的辨伪思想一方面集中反映了宋代文人在朝廷“礼乐治国”理念下对前代文人“以天下为己任”治世理想的强化，另一方面，在文人地位提高的前提下，宋代文人的自我性与独立性更加突出，从中反映出独特的生活哲学与审美追求。可以说，其辨伪思想在兼容礼制与艺术两个重要功能的同时，呈现出文人自身独特的精神风貌。因此，本文将从《洞天清禄集》入手，从治世理想、生活哲学、审美追求三方面探析宋代辨伪思想与文人精神。

一、“直溯三代”的治世理想

上文提及，《洞天清禄集》中所涉辨伪条目约17条，其中古琴与古钟鼎彝器的辨伪占了9条，二分之一强，足见该书之重视。而这或与古琴与古钟鼎彝器最为贴合夏商周三代礼制有关。《洞天清禄集》对二者的辨伪从一个侧面反映出宋代古器物伪作对象的倾向性以及宋代文人“直溯三代”的治世理想。

一方面，古琴在中国传统文化中扮演着重要的角色，《礼记》言：“舜作五弦之琴，以歌南风之诗而天下治”③，古琴因“舜歌南风”的典故而在后世成为三代礼制的象征，常常成为宋代文人寄托理想社会的对象，如范仲淹“思古理鸣琴，声声动金玉。何以报昔人，传此尧舜曲”④，黄庭坚“王师侧闻陛下圣，抱琴欲奏南风弦”⑤等。在《洞天清禄集》中，赵希鹄主要对古琴的断纹进行了辨伪，指出“伪作者，用信州薄连纸先漆一层于上，加灰纸。断则有纹。或于冬日以猛火烘琴极热，用雪罨激烈之。或用小刀刻画于上，虽可眩俗眼，然决无剑锋，亦易辨。”⑥古琴的断纹是其“古”的证明，而伪断纹则生硬地制造了这种古意，破坏了古琴的礼制象征。此外，“可眩俗眼”的“俗”字又暗含雅俗对立之意，伪断纹可以骗过“俗人”，在赵希鹄等辨伪之人眼中却是“极易辨”的，于是文人的鉴赏在与“俗”对立之下被赋予“雅”的地位，而“雅”又可进一步引申为“雅正”，表现出文人士大夫在辨伪过程中维护正统古礼的立场与追求。

另一方面，古钟鼎彝器在三代时期则更是承载着礼器的功能，因此对于文人士大夫来说，赏玩古钟鼎彝器在一定程度上即象征着一场跨越时空的交流，如《洞天清禄集》原序中所说：“摩挲钟鼎，亲见商周。”⑥p1此外，书中还专门列出古钟鼎彝器的“三代制”：“夏尚忠，商尚质，周尚文，其制器亦然”⑥p16，揭示出三代不同精神风貌在制器上的投射。在文中，赵希鹄列举了多种鉴定伪作的方法，如“三代用阴识，谓之偃囊字，其字凹入也。汉以来或用阳识，其字凸，间有凹者，或用刀刻如镌碑，盖阴识难铸，阳识易成。为阳识决非三代物也”⑥p17。其从古器物的款识出发，强调了三代与非三代古器物之间的划分，鲜明地表现出“三代制”古器物在宋代收藏中的特殊地位，而“阴识难铸，阳识易成”则隐约透露出情感倾向，其“阴识”与“阳识”的比较实则是“三代之古”与后世的比较，反映出“以古为雅，以今为俗”的复古思潮。同时，赵希鹄对“三代之治”的推崇中还包含着对古代工匠的肯定：“古人作事必精致，工人预四民之列，非若后世贱丈夫之事。古器款必细如发而匀整分晓，无纤毫模糊。……今设有古器款识稍或模糊，必是伪作。”[⑥p17]此语同样把古代工匠与今人之伪作置于相对位置，且把伪作之人称为“贱丈夫”，表现出对伪作的鄙夷与对古代精细工艺的敬佩之情。

事实上，藏品伪作在宋以前已显露端倪，南朝虞和《论书表》中就有关于书法名迹伪作的记载：“轻薄之徒锐意摹学，以茅屋漏汁染变纸色，加以劳辱，使类久书，真伪相，莫之能别。”[⑦]这种伪作现象在后世并不罕见，但包括古琴、古钟鼎彝器在内的伪作藏品大量出现却始于宋代，这与宋代社会自上而下的尚古风气密切相关。在中国传统文化语境中，“古”往往被视为“礼”的代名词，先秦时期孔子即已有言：“述而不作，信而好古，窃比于我老彭。”[⑧]他试图借包括上古时期尧舜禹的三代之治以及周文王时期的“周礼”在内的“古”来改变天下礼崩乐坏的现状，进而提出“克己复礼”的复古救世方案。

而宋朝自开国以来便推行“以文治国”的方针，这里的“文”正包含着世代流传的儒家礼制思想，于是制礼作乐自然而然地成为社会活动的重要组成部分。在这样的背景下，“直溯三代”，即将夏商周三代治世作为政治理想并重建社会秩序的复古思潮以统治者为起点向下传递，经由文人士大夫阶层的提倡，最终在民间掀起慕古的浪潮，收藏氛围愈热。然而古器物毕竟有限，于是“仿古”与“伪作”的古器物开始大批出现。值得注意的是，“仿古”与“伪作”并不能同一而论，“仿古”的器物常铸有铭文表明是仿制品，且仿制品在形制与气韵上多与原器有差异，其目的是慕古与鉴今。而“伪作”则恰恰相反，其往往以获取利益为目的，如此而成的藏品徒有“古”的外壳而无“礼”的内蕴，与复古的内涵背道而驰，这种伪作的藏品正是赵希鹄等文人士大夫批判的对象，《洞天清禄集》中对古琴与古钟鼎彝器这两类代表性器物的辨伪即体现了这一点。由此，辨伪思想实则体现的是宋代文人对“礼乐治国”理念的重视与自觉维护社会礼制的文人抱负，而“直溯三代”的治世理想则反映了对前代文人“以天下为己任”治世理想的具象化继承。

二、“清净无为”的生活哲学

宋代文人在“臣”的自我身份界定中上承统治阶级影响而自觉承担维护正统、重建礼制、谋求治世等任务的同时，其作为知识分子所具有的个人修养又使其呈现出清净无为、追求自然的日常生活哲学。

《洞天清禄集》在对古绢画进行辨伪时写道：“古绢自然破者，必有鲫鱼口与雪丝。伪作者则否，或用绢包硬物椎成破处，然绢本坚，易辨。”[⑥p37]究其根本，这一辨伪条目实际上以“自然”与“非自然”为主要区分依据，“非自然”之物依靠人力勉强为之，其因违反了“绢本坚”的自然规律而极易识别。而在琴材的选制中，这一“自然无为”的思想则更加明显：“古人以桐梓久浸水中，又取以悬灶上，或吹曝以风日。百种用意，终不如自然者……其奇妙处，乃与造化同功。岂人力所能致哉？岂吹曝所能成哉？”[⑥p6]在这里，赵希鹄将“自然”与天地造化相连，之后连用两个问句表明人力干预无法达到琴材的理想状态，进而清晰地映照出宋代文人崇尚自然的朴拙之风。

宋代文人的这一思想观，无疑受到道家“无为”思想的影响。宋代理学将儒道佛三教融合而产生了新儒学，大批文人在三教合一的观念影响下穿梭于儒、道、佛三家之间，如司马光、王安石、苏轼等，他们多参禅或出入佛老，以诗文与方外人谈禅论道[⑨]。在这样的背景下，一方面，道家崇尚自然、追求朴拙的思想顺势以文人士大夫阶层为媒介融入宋代社会的方方面面，对宋代艺术与文学产生了重要的影响；另一方面，这种无为超逸的观念，在文人的身上继续发展，进一步形成了文人清净无为的日常生活哲学。

在《洞天清禄集》中，“清”字可谓统领全书。书名中的“清禄”意为“清福”，原书序中对此阐释道：“端砚涌岩泉，焦桐鸣玉佩，不知身居人世。所谓受用清福，孰有踰此者乎？”[⑥p1]其中“不知身居人世”，一方面透射出赵希鹄进行鉴砚、赏石、抚琴等活动时的安逸与清闲，另一方面则形象地体现出其对超越俗世、不落泥沼的期待与向往。

“古钟鼎彝器辨”一节中提出对古铜器伪作的辨别方式之一为听其音清浊：“然古铜声微而清，新铜声洪而浊，不能逃识者之鉴。”[⑥p23]这里将“清”与“浊”对举，褒古铜器之“清”而贬伪作铜器之“浊”，表现出对清净、清澈的追求。此外，“凡有笔迹重浊者，伪作”[⑥p37]一句同样从辨伪的角度体现出对“浊而不清”的否定。事实上，“清浊”对举的例子并不少见，其中“道人弹琴，琴不清亦清。俗人弹琴，琴不浊亦浊”[⑥p10]一句尤其值得注意，此句超越了外在的“清浊”而将其分别与“道人”“俗人”相联系，更显出其不愿沾染尘俗的思想。

纵览全书，“清”共出现了大约32次，从藏品声音、质地、形制等多方面对“清”进行了阐释，足见“清”在赵希鹄心目中的重要程度。宋代其他文人作品中也多可见“清”的踪影，如苏舜钦“别院深深夏席清”[⑩]（《夏意》）、黄庭坚“宴寝清香与世隔”[⑪]（《题落星寺四首（其三）》）等句，均从不同角度营造出清净脱俗的氛围，其与道家的自然无为思想相融合而共同呈现出宋代文人独特的日常生活哲学。

三、“气韵生动”的审美追求

在“清净无为”的日常生活哲学之外，宋代文人对“气韵生动”的提倡又表现出艺术与人格上的双重审美追求。

《洞天清禄集》在对墨迹进行辨伪时写道：“以纸加碑上，贴于窗户间，以游丝笔就明处圈却字画，填以浓墨，谓之响榻。然圈隐隐犹存，其字亦无精采，易见。”[⑥p29]其中点明了以钩填圈画而成的墨迹复制痕迹难除且“全无精采”。“精采”实际上指的是作品的“精气神”，与其意思相近的还有“精神”一词，二者在辨伪条目中多次出现，是重要的辨伪依据，如“武冈军重摹绛帖二十卷，殊失真，且石不坚，易失精神”[⑥p32]“今世所见阁帖多乏精神焉”[⑥p29]等，从中可见赵希鹄对书法之“精气”，也就是“气韵”的追求，而这正与中国历史上文人对“气韵生动”的艺术审美追求相呼应。

“气韵生动”一词最早源于南齐谢赫的“绘画六法”，其《古画品录》曰：“六法者何？一，气韵生动是也……”[⑫]其后唐代张彦远在《历代名画记》中从“气韵生动”的反面，即外在的“空善赋彩”，进一步补充了内在“气韵”的重要性：“若气韵不周，空陈形似，笔力未遒，空善赋彩，谓非妙也。”[⑬]无独有偶，宋代陈善的“文章气韵说”也包含内在气韵与外在辞藻的两极：“文章以气为主，气韵不足，虽有辞藻，要非佳作。”[⑭]两者均构成了对有外表而无内里的批评，而在赵希鹄等文人对藏品的辨伪中，折射出的则是以“气韵生动”为审美追求而对空有其表的伪作品进行否定与批判的思想。

事实上，这样的审美观念在宋代并非个例，如苏轼“观士人画如阅天下马，取其意气所到”[⑮]、北宋画家刘道醇“旦观画之法，先观其气象”[⑯]、韩拙“用笔先求气韵，次采体要，然后精思”[⑰]，等等，均反映了宋代文人对“气韵”的重视。

“气韵生动”与否看似抽象而无具体的判断标准，却被众多宋代文人奉为鉴藏的圭臬，其背后蕴藏的深层内涵或许值得进一步探究。《洞天清禄集》在对王献之书法进行辨伪时提道：“山阴僧伪作王大令书保母墓志，韩侂胄以千缗市其石。予每疑其赝作，殊无一点大令气象。”[⑥p34]辨伪由“无一点大令气象”切入，实际上强调了艺术创作主体对创作对象施加的重要影响，也就是说，作品的气韵实则与创作者本人联系在一起。在宋代书画鉴赏家郭若虚的《论气韵非师》中，这一观点则更加明显：“人品既已高矣，气韵不得不高；气韵既已高矣，生动不得不至。”[⑱]可见，他不仅把作品的气韵与创作者本人相连，还上升到了人品的高度，认为个人道德修养与作品的气韵呈正向关系。同为北宋画论家的邓椿则继承了这一思想，他在《画继》中提出，绘画作品的气韵是无法通过后天练习而成的，只能取决于人品。

上述观点由宋代文人士大夫对“气韵生动”的追求生发出了对创作者主体精神的重视，而更进一步的，主体精神彰显的背后亦蕴含着宋代理学的影响。朱熹将“理”作为宇宙之本，为伦理秩序与宇宙秩序的联结开辟了道路，实际上从更为广阔的层面为伦理秩序的存在合理性提供了依据。在此基础上，朱熹提出道德修养为一切人生根本的命题，描绘出“修身、齐家、治国、平天下”这样一套文人士大夫的人生图景。

可以说，在理学的影响下，“反求诸己”的自省与内求思想在文人的观念中占据了重要地位，并且寓于艺术形式之中通过“气韵”表现出来。因此，赵希鹄在《洞天清禄集》中对艺术藏品进行辨伪时所体现的对“气韵生动”的艺术审美追求实际上从一个侧面反映了在理学影响下宋代文人士大夫对审美理想人格的追求。

四、结语

如果说商品经济的发展与文人品格的形成是促成宋代收藏热潮的根本原因[⑲]，那么，宋代的收藏、鉴藏与辨伪能力素养的提高，又反过来丰富与提升了彼时文人品格与精神的内涵。《洞天清禄集》是这种文人精神的集中呈现，从一个侧面反映了宋代社会的多元美学。所谓“华夏民族之文化，历数千载之演进，造极于赵宋之世”，宋代社会于细微处见精神，于格物中能致知。雄壮、幽美，高亢、静谧，两两相杂，无尽之迷人，这便是宋之美——丰富且多维，任何角度皆可观。

注释【Notes】

①本文系国家级大学生创新创业训练项目“‘文画’清玩——绍兴文人宋韵文房研究及网络传播路径新探”（项目编号：202310349003）的研究成果。

②徐正英、常佩雨译注：《周礼》，中华书局2014年版，第447页。

③刘方元、刘松来、唐满先编著：《十三经直解·第二卷下·礼记直解》，江西人民出版社1993年版，第525页。

④（宋）范仲淹：《文正集20卷，别集4卷，补编5卷》，《文渊阁四库全书》第1089册，第18页。

⑤（宋）黄庭坚：《山谷内集30卷，外集14卷，别集20卷，词1卷，简尺2卷》，《文渊阁四库全书》第1113册，第8页。

⑥（宋）赵希鹄：《洞天清禄集》，清嘉庆四至十六年桐川顾氏刻《读画斋丛书》本，第2页。以下只在文中注明页码，不再一一做注。

⑦引自（唐）张彦远：《法书要录》，《文渊阁四库全书》子部八，第二卷。

⑧孔丘原著，杨伯峻、杨逢彬译注：《论语译注》，岳麓书社2009年版，第74页。

⑨参见连凯文：《宋代士人鉴藏的审美思想——以〈洞天清禄集〉为例》，南京艺术学院2009年艺术学专业硕士学位论文，第10页。

⑩引自（清）厉鹗：《宋诗纪事》卷十三，《文渊阁四库全书》集部第九，第2页。

⑪引自（清）吴之振、吕留良、吴自牧：《宋诗钞》卷二十九，《文渊阁四库全书》第1461册，第26页。

⑫谢赫：《古画品录》，上海古籍出版社1991年版，第1页。

⑬张彦远：《中国艺术文献丛刊 历代名画记》，浙江人民美术出版社2011年版，第16页。

⑭（明）冯惟讷：《古诗纪》卷一百四十八，《文渊阁四库全书》第1379册，第14页。

⑮引自（宋）邓椿：《画继》卷三，《文渊阁四库全书》子部八，第9页。

⑯（宋）刘道醇：《宋朝名画评》原序，《文渊阁四库全书》第812册，第2页。

⑰（宋）韩拙：《山水纯全集》，《文渊阁四库全书》第813册，第15页。

⑱引自（宋）邓椿：《画继》原序，《文渊阁四库全书》子部八，第2页。

⑲过常宝主编，高建文、刘礼著：《收藏文化》，中国经济出版社2011年版，第2页。

翻译美学视域下李白《月下独酌·其一》在不同德译本中的审美再现①

胡砚文

内容提要：《月下独酌》是李白的名篇，展现李白官场失意的苦楚。本文以翻译美学的角度，从语音、用词、句子结构、意境以及错译误译几个方面入手，对德语译本进行对比分析，探究译介过程中唐诗的审美再现。

关键词：翻译美学；李白；德语

作者简介：胡砚文，大连外国语大学，德语学院，专业德语，主要研究诗歌译介。

Title: Aesthetic Reproduction of Li Bai's *Drinking Alone Under the Moon: Part 1* in Different German Translations: Through the Perspective of Translation Aesthetics

Abstract: *Drinking Alone Under the Moon* is Li Bai's famous article, showing the pain of Li Bai's frustration in officialdom. From the perspective of translation aesthetics, this paper compares and analyzes the German translation from the aspects of pronunciation, word choice, sentence structure, artistic conception, and mistranslation and mistranslation, and explores the aesthetic reproduction of Tang poetry in the process of translation.

Key Words: Translation Aesthetics; Li Bai; German

About Author: Hu Yanwen, Dalian University of Foreign Languages, School of German, majoring in German language, Poetry Translation.

一、背景

诗歌承载着民族文化，是中华文化向外传播重要的一环。李白作为中国著名的浪漫主义诗人，留下无数不朽诗篇，《月下独酌·其一》是其代表作之一。本文以翻译美学视角，从语言结构美与超文本的语言美两方面对两版《月下独酌·其一》德语译本展开对比分析，探究译介过程中唐诗的审美再现，以期为中国诗歌跨文化传播提供可借鉴的建议。

二、翻译美学理论

在刘宓庆的《翻译美学理论》中提到，美学与翻译学是密不可分的，对原文本的审美解构应当从语言结构美与超文本的语言美两个层级展开，其中包含音韵美、用词美、句子结构美、行文风格美等。这为译者从美学角度理解作品，扫描审美信息提供指导，提供了语际转换过程中审美再现的手段。②

三、语言结构美

语言结构美是指语言表层涵盖的一切意义，包括音韵美，用词美，句子结构美等，是译者进行审美信息语际转换时最基本的工作。

（一）音韵美

诗歌讲究韵律、平仄，给读者带来视听上的满足感。翻译时应当尽量在译文中保留这份美感。在吕福克翻译的版本中，虽然没有特别的韵式，但也在部分句子中做到了押韵。而贝尔格的译本则为自由诗的形式，没能对语音美进行保留。

例1：醒时同交欢，醉后各分散。

吕：Erst einte nüchtern uns der Überschwang, doch mit dem Rausche schwand die Allianz.[③]

贝：O bleibt mir treu, — zum mindesten so lange, Wie klarer Sinn in meinen Worten fießt. Wuhlt freilich erst der Rausch durch meine Schläfen.[④]

在吕福克翻译的版本中，两句虽与原诗韵律不同，但都以“ang”音节结尾，产生了对等的美学效果，减少了音韵美的审美损耗。而贝尔格的版本与原诗差距较大，没有保留这一审美信息。

（二）用词美

选用合适的词汇是诗歌翻译中重要的一环。精确的词汇能高效传递审美信息，让读者理解原文中的含义与意境。

例2：月既不解饮，影徒随我身。

吕：Wenn auch der Mond aufs Trinken sich nur schlecht versteht, ein Anhängsel mein Schatten bleibt.[③p219]

贝：Bei Gott, zwei stille Kumpane-und sie trinken keinen Tropfen!

Mein Schatten rührt sich geradeso wie ich.[④p38]

诗人独自一人月下饮酒，然而明月高悬空中，难和诗人共饮，唯有身下的影子追随着诗人。孤独凄凉之情，可见一斑。在本联后半句的翻译中，吕福克使用了“Anhängsel”一词。该词指附属物、追随者、缠人的人。吕福克使用比喻的手法，用该词代指影子，避免了“Schatten”一词的重复，强调了影子对人的附属性，同时“bleibt”也传达了原诗中唯有影子与诗人做伴的孤寂感，十分巧妙。而贝尔格仍用“Schatten”，将整句直译为影子随我同行，虽忠实于原文，但与吕福克的版本相比少了些灵动与韵味。

例3：永结无情游，相期邈云汉。

吕：Sind die Gefühle endlich aufgehoben, wird eine ewge Freundschaft uns verbinden.

Dann bin ich zu den Sternen aufgeflogen, dort wollen wir dann zueinander finden![③p219]

贝：Ade dann,Freundschaft! Freunde,dann ade!

Wir trennen uns im Dämmerlicht der Fruhe, Doch nicht auf lang.

Wir Wiedersehen, — wollen wir, Genossen?[④p38]

云汉，在古汉语中指代天空联亘如带的星群。诗人使用“云汉”一词，描绘出星光灿烂的天河，为诗句添上唯美梦幻的氛围，意蕴隽永。吕福克没能理解“云汉”的文化意蕴，将云汉直译为“Sternen”，即星星，没能展现原诗中“云汉”一词的美感。贝尔格将其译为“Dämmerlicht der Fruhe”。“Fruhe”指的是清晨、破晓。“Dämmerlicht”指的是曙光、暮色，又可转译为朦胧。这种译法更能展现原诗中天边银河浩渺无垠的美感，减少了审美信息的损耗。

（三）句子结构美

句子结构对仗是诗歌最为明显的特点。唐诗中每一联整齐匀称，富有结构美。将这一审美信息考虑在译介中，使译文同样做到对仗，可展现出诗歌的特点。

例4：我歌月徘徊，我舞影零乱。

吕：Beständig hüpft der Mond zu dem Gesang, der Schatten zuckt unruhig zu dem Tanz.[③p219]

贝：Ich singe!-und der Mond hört lachend zu. Ich tanze!-und mein Schatten tanzt mit mir.[④p38]

作者月下歌舞，但回应他的只有寥寥月色，寂寂人影。尽管句式结构不同，但吕、贝二人在这一句的翻译中都保持了句式对仗，读来朗朗上口。吕福克将这一联同样译为两个句子，采用主谓宾的结构，又将原诗中“歌”“舞”两个动词转为名词，用“zu”带出，十分工整。而贝尔格则拆分为四个句子，将歌、舞用两个简短的感叹句放在句首，用“und”连接后半句，后半句也同样都是主谓结构。两者相较，贝尔格的版本情感对比更加强烈，前半句高亢激烈，转到后半句语调下沉，更加展现作者孤身一人，一腔情感无人回应，唯有举酒消愁的孤寂场景。而吕福克的译本则缺少了这种急转直下的对比，略显平淡乏味。

四、超文本的语言美

超文本的语言美是指语言文字以外涵盖的一切

意义，蕴含着比语言表层概念更深刻、含蕴、婉转的情感。

从标题入手，吕福克与贝尔格对“月下独酌”的翻译就有很大差异。

例5：月下独酌

吕：Der einsame Zecher im Mondenschein[③p219]

贝：Die drei Kameraden[④p38]

吕福克的版本意为：月光下孤独的酒徒。这与原标题契合，营造了孤苦凄凉的氛围，能让读者迅速了解本诗的主旨。贝尔格的版本意为：三个朋友。乍一看与原标题相距甚远，但此标题指的是诗中诗人、孤月、人影三个意象，简洁明了，引人不禁联想到，作者孑然一身，唯有同月与影做伴，何等孤苦。

例6：花间一壶酒，独酌无相亲。

吕：Nur Blüten rings und dieser Krug mit Wein, alleine trinke ich, kein Freund hält mit.[③p219]

贝：In blühender Laube sitz ich stumm beim Wein Und sehne mich nach einem Kameraden, Ist keiner da, der mit mir zechen will?[④p38]

对于“一壶酒”的量词“壶”，贝尔格没有进行译介，直接译为“beim Wein”；吕福克使用了“Krug”一词，指的是有柄的罐子、壶、大杯子，较为符合中国古代的酒壶，便于读者想象李白月下痛饮的情景与氛围。而对于“酌”一字，贝尔格的“zechen”，即痛饮，又比吕福克的“trinken”，即喝，更符合诗中氛围。

例7：暂伴月将影，行乐须及春。

吕：Die zwei Kumpane sind mir heut gerad recht: Es heißt doch lustig sein zur Frühlingszeit![③p219]

贝：Blaß ist der Mond, -Genossen, seid willkommen! Auf, laßt uns saufen, bis der Frühling naht![④p38]

对“行乐”一词，吕福克翻译为“lustig sein”，即直接的“快乐”，较为生硬。贝尔格将其译为“saufen”，这是他对诗中行乐的个人解读，让读者感受到诗人对饮酒的痴迷，这种翻译方式比吕福克的版本更为恰当。

五、误译

在这两个译本中也有不足，导致审美着色的丧失与扭曲，影响译入语读者理解原诗中的审美信息。

例8：举杯邀明月，对影成三人。

吕：Ich heb den Becher, lad den Mond mir ein, mit meinem Schatten wären wir zu dritt.[③p219]

贝：Da naht der Mond und grüßt mich wie ein Freund, Und noch ein dritter taucht empor: mein Schatten! Mein Schatten und der Mond![④p38]

贝尔格译文的意思是：月亮靠近了我，像朋友一样问候我。在月亮之上浮现了三个人：我的影子，我的影子，还有月亮！显然，原诗首句的主语是诗人自己，而不是月亮。后半句中的“对”意为对着，却被译者误解为量词。

除此之外，在例7中，原诗后半句意为，要趁着美好春光及时行乐。“及”意为趁着。吕福克的“zur Frühlingszeit”符合原意，而贝尔格的“bis der Frühling naht”意为直到春天来临前，这显然是对“及”理解的不到位。

六、结语

吕福克与贝尔格的译本都在不同程度与方面上对《月下独酌·其一》中的审美信息进行了保留与加工。对比之下，吕福克的版本更加契合原诗的表意与情感，具有更高的审美价值。两者的译本也都存在诸多不足与误译，唐诗翻译工作仍然任重道远。

注释【Notes】

①本文系2024年大学生创新训练计划项目“‘诗译中国’——翻译美学视域下唐诗中文化负载词的德语翻译研究”（项目编号：202410172E002）的阶段性研究成果。

②刘宓庆、章艳：《翻译美学理论》，外语教学与研究出版社2011年版，第101—105页。

③[德]吕福克：《唐诗选：汉德对照》，中国人民大学出版社2017年版，第219页。

④[德]Hans.Bethge. Die Chinesische Flöte. Leipzig: Insel-Verl, 1938, p.38.

论王维山水诗的艺术风格

倪　爽　朱　倩

内容提要：王维在盛唐久负盛名。王维的山水诗或诗中有画，或动静相宜，或禅理深透，艺术风格自成一统。本文重在对其艺术风格的表现形式和表达内涵进行阐述，透过具体诗句，赏其独有的审美取向。

关键词：诗中有画；动静结合；禅理

作者简介：倪爽，陆军炮兵防空兵学院教员，主要研究方向为汉语言文学。朱倩，陆军炮兵防空兵学院副教授，主要研究方向为汉语言文学。

Title: The Artistic Style of Wang Wei's Landscape Poetry

Abstract: Wang Wei has long been renowned in the prosperous Tang Dynasty. His landscape poetry may have paintings in it, or be balanced in movement and stillness, or have profound Zen philosophy, forming a unified artistic style. This article focuses on elaborating on the expression forms and connotations of its artistic style, and appreciating its unique aesthetic orientation through specific poetic lines.

Key Words: Painting in Poetry; Combination of motion and stillness; the principles of Chan Buddhism

About Author: Ni Shuang, a teacher in PLA Army Academy of Artillery and Air Defense, Research direction; Chinese Language and Literature. **Zhu Qian**, associate professor in PLA Army Academy of Artillery and Air Defense, Research direction: Chinese Language and Literature.

山水诗在唐诗中异军突起，王维作为山水诗重要的代表人物，更是以空灵的意境，暗隐的禅机著称；他独辟蹊径——“诗中有画”；“动静结合”——信手拈来；“物我两忘”——超然物外。他的山水诗自有其独特的艺术魅力。

一、王维山水诗艺术风格的表达形式

（一）诗中有画，形神兼备

1.巧构图，多层次感

王维的山水诗，构图奇巧。以他的《汉江临眺》为例：“楚塞三湘接，荆门九派通”，先从高远处着笔，极力描绘汉江壮阔的景象，并以此为基色，将空间延伸到无垠——浩瀚的江河、连绵的平野，延绵不绝，气象不凡。“江流天地外，山色有无中”，把山色作远景，错落叠加：上句江水汤汤，集天地浩瀚，下句山色苍茫，似有若无。山水相交，天地相容，浓淡缥缈，茫远切近。“郡邑浮前浦，波澜动远空”夸张想象的运用，虚实手法的配合，城邑好像漂浮在水面，远处的天空也似被波澜壮阔的汉江晃动，让郡邑、波澜、前浦、远空，罗列有致，画面立体；既飘逸流动又声势浩渺，虚实间郡邑、水、天灵性互动，再调和视觉听觉，呈现多层次邈远空明的意境。再如《登河北城楼作》“井邑傅岩上，客亭云雾间”，薄雾渐渐聚集，夕阳西下，依稀朦胧间有一些住户，稀稀疏疏地散落于险要的山岩间，一座庭驿在云雾间若隐若现。人家、院落、庭阁全被层层叠叠的云雾笼罩，宁静迷蒙的远景缓缓展开，似梦幻似真实，上下左右蔓延。“高城眺落日，极浦映苍山”，落日与高楼遥相映照，远处的水面倒映着青翠的群峰，高城、落日、及浦、苍山极大极远巧妙安插布局，迎面次第铺开，错落中但显大气别致。

2.妙用“空”字

王维山水诗中使用的“空”字有三十几个，它们各有侧重又有些许相通。如“空山新雨后，天气晚来秋”的空明，“人闲桂花落，夜静春山空”的空幽，“空谷归人少，青山背日寒”的空寂，“空山不见人，但闻人语响”的空冷，“檀栾映空曲，青翠漾涟漪”的空阔，“山中元无雨，空翠湿人衣”的空翠……“空”体现了一种情思，一种意境。“空”好似空无一物，又好似包罗万象。远近高低处风景一览无遗，低眉抬头间宁静淡然的心境油然而生。空山、空谷、空曲……“空”是诗人独具慧眼的体现，更是让他人感同身受，领略独特审美趋向，产生强烈情感共鸣的依托。

3.善着色与留白

王维的山水诗善着色，具色彩美。借助色彩的描绘，融合特殊的情感体验，传达独到的意蕴。如“人闲桂花落，夜静春山空。月出惊山鸟，时鸣春涧中”中的桂花：淡黄中飘着清香；春山：翠绿中孕育生机；月光：银白中普照清辉；春涧：碧青中饱含灵气。众多浅色调的描摹，人、鸟、物、景和谐相存，共同构成一幅完美的画卷。又如“空山不见人，但闻人语响。返景入深林，复照青苔上”中的空山：深黛色；深林：苍翠色；青苔：深绿色；光线：淡黄色。青绿是底色，它储存能量，但画面多少有点幽暗，“复照青苔上”缕缕阳光的加入，给画面又带来了暖色，冷暖相得益彰。王维山水诗除淡雅外也有淡彩的。如“荆谿白石出，天寒红叶稀。山路元无雨，空翠湿人衣”，“红叶”是这首诗中的彩色调，白、红、绿三色辉映，既淡雅清冷，又不失艳丽矜贵。又如“雨中草色绿堪染，水上桃花红欲燃”，红、绿是原色，因是“雨中”绿，“水上”红，带了水汽，显得朦胧，产生了明暗之变、层次之感，进而是草色绿的可人，桃花红的妩媚。善着色的艺术技法，让山水诗不再单调乏味，而是亮点频现。

留白，本是一绘画技巧，却被王维恰到好处地运用到自己的诗歌创造中。“大漠孤烟直，长河落日圆”意象：大漠、长河、孤烟、落日；状态：直，圆。直、圆看似太过随意，又好似全无修饰，可这就是留白，即除直圆以外，留下大片空白，而这个大漠孤烟直，长河落日圆空白才是诗人真正的意图所在。他把想象的空间留给了有心的读者，读者可以依据自己的人生阅历、审美情趣、价值取向等，去填补诗中的空白，最大限度地发挥诗本身的容量，完成诗歌的再创造。又如“木末芙蓉花，山中发红萼。涧户寂无人，纷纷开且落。”诗人三言两语即把所见景物描绘出来，意象语言即已展现，至于意蕴则留白给了读者。无人的山涧，自开自落的花朵。言内意外，无限遐思留给读者，读者的主观能动性得到了充分的尊重。借助留白，让诗的生命力历久弥新。

（二）动静相融，无我之境

1.以动衬静，动静结合

在王维的山水诗中，为了渲染个体的审美感受和营造独特的环境氛围，让意境形象和谐统一，常常以静写动，或以动衬静。如《山居秋暝》中的“明月松间照，清泉石上流”。静态的是明月，动态的是流水，一视觉，一听觉，试想：明月清辉挥洒在如盖的松柏上，林中泉水从石上缓缓流过，月下静静的松柏映衬石上淙淙的流水，石上潺潺的流水依傍月中的松柏，静谧中有灵动，闲适中有淡雅，在动静结合中，感受月、松、泉、石共同构建的宁静空灵的意境。“竹喧归浣女，莲动下渔舟”则又是另一番景象。这两句都是动态描写，可人的直接活动却没写。“喧”是听觉，是洗衣归来的姑娘们从竹林里传来的声音，“动”是视觉，水中莲花摇曳，渔船过来了。归浣女在竹中喧，下渔舟让莲花动，这些景象皆是诗人从静观中捕捉到的，是动衬静，“喧”“动”互为补充，生机盎然、空净蕴藉的景象迎面扑来。《登河北城楼作》：“岸火孤舟宿，渔家夕鸟还”，此处在动静结合中写近景。“岸火、孤舟、渔家、夕鸟”四个意象，把岸边打鱼者傍晚归家的人情风俗生活画卷勾勒无遗，静止的画面显得遥远与娴静，然后“宿”与“还”赋予了画面动态的美感，宿得惬意，还得安心；几点灯火、一叶孤舟、些许渔家、晚归夕鸟，动静之间显得细腻而灵秀，冷清中又透露出丝丝暖意。

2.无我之境

王维早年受母亲影响信佛，后历经仕途的起起落落，山水诗中便多了对无我之境的诠释——物我两忘。“木末芙蓉花，山中发红萼，涧户寂无人，纷纷开且落”，芙蓉花悄悄开放，静静凋零，它的美丽清新无须人赏识，它的谢幕落红不待人惋惜，生亦无乐，死亦无悲，来于自然，终于自然，以平常心看花开花落，世事人常。“行到水穷处，坐看云起时”深山独行，情志完全融于山水，看云起云落，感世间冷暖，忘我忘归。“空山不见人，但闻人语响，返景入深林，复照青苔上”，在空山深林中，阳光青苔上，诗人的心神早已融入自然，进入无我之境。《归辋川作》：“菱蔓弱难定，杨花轻易飞。东皋春草色，惆怅掩柴扉。”柔弱的菱蔓，轻飘的杨花，即便是在轻风的吹拂下，也会随波逐流、飘无定所，这种状态如同人的命运一样难以掌控。诗人并没有刻意去寻求自然中物化的菱蔓杨花，而是内心的感触恰巧与外界的事物不期而遇，触景生情，触物及己，物即是我，我即是物，物与我在特定的环境下，不分彼此，合二为一。因为进入了无我境地，所以眼前的春色也没有给诗人带来欢喜，诗人仍然沉浸在人生多舛与杨花飘无所依的高度融合中，境与意会，在怅然若失中，独自关上门扉。再如《栾家濑》一诗，更是将诗人自然之境与主体形象融合得天衣无缝。“飒飒秋雨中，浅浅石溜泻。跳波自相溅，白鹭惊复下。”清冷的秋雨里，自然溜泻的石上激流，顺势跳起的相溅水波，被惊吓到盘旋空中又恢复常态的白鹭，这一切都是自然界事物所为，与诗人毫无关联。全诗只是对周围画面直白的描摹，对清幽空灵旋律的自然观照。在由秋雨、石溜、白鹭构成的天然画卷里，诗人悄无声息沉浸其中，心随白鹭上下翻飞，意随溪水浅浅流动。彼时彼刻，那秋雨、那溪流、那白鹭，便是诗人，人与物的界限不复存在，无我之境便被神奇地展现出来。

二、王维山水诗艺术风格的表达内涵

（一）情的雄浑豪迈

在王维的山水诗中，清新淡雅、恬淡闲适的居多。但雄壮奔放地描绘壮美河山的也不乏少数，此类诗画面颇为宏大，表达内涵大开大合，如：“太乙近天都，连山接海隅。白云回望合，青霭入看无。分野中峰变，阴晴众壑殊。欲投人处宿，隔水问樵夫。”终南山绵延千里，景象雄奇，横跨数州，气象万千。山、海、云、峰、水，意境高远，神思豁达。对壮阔河山的描绘，展示诗人雄浑豪迈的入世情怀。“高城眺落日，极浦映苍山。”登高远眺，落日、苍山，既在眼前又在天边，满满的踌躇志，拳拳的报国心。又如：“楚塞三湘接，荆门九派通。江流天地外，山色有无中。郡邑浮前浦，波澜动远空。襄阳好风日，留醉与山翁。”高山入天，巨川归海。飞奔的江流融入了诗人的情愫，有无的山色冰释了诗人的郁结，带着一份喜悦与骄傲，对着壮美的山河，诗人意气风发。又如：“大漠孤烟直，长河落日圆。”浩瀚沙漠、荒凉无垠，突兀的烽火台燃起的一股浓烟，格外醒目。一个“孤”字略显单调，可一个“直”字，却无端赋予了它挺拔坚毅的美感。沙漠里没有苍翠林木，没有碧澈水流，横贯其间的黄河，用一个“长”字彰显它的绵长、博大。“落日”本有苍凉感，可“圆”又带有温暖亲切的意味，在广袤的天地间，在大漠、长河、落日、孤烟中，作者似孤寂似旷达，似独品似交会，雄浑豪迈的情感体会巧妙地融入博大的自然景色中。

（二）禅的静默观照

王维早年修佛，晚年精研禅理。在他的山水诗里常把宁静的自然作为凝神观照的对象、息心静虑的参照物。如《终南别业》：“中岁颇好道，晚家南山陲。兴来每独往，胜事空自知。行到水穷处，坐看云起时。偶然值林叟，谈笑无还期。”闲适自得、时散时拢的云，是诗人心态的物化。独坐时放空一切、无思无虑，任由神与物汇，思与境偕。又如《山居秋暝》：“空山新雨后，天气晚来秋。明月松间照，清泉石上流。竹喧归浣女，莲动下渔舟。随意春芳歇，王孙自可留。”诗人在对山水清辉、明月清泉的描绘中，巧妙地将禅的静默观照与山水审美体验融为一体，表达出清幽深远的禅趣。王维到了晚年，禅心更是达到了心静如空的境界。与清风明月为伴，和山水林木为伍，在自然间流连，在景物中盘桓，空灵的寂静，清幽的洒脱。

《曾李世家》中“民间叙事”及其实现途径

邹建军

内容提要： 长篇散文《曾李世家》存在的大量的民间题材与民间语言、大量的民间人物的发掘与呈现、大量的对于历史事件的清理与叙述、大量对于家谱与族谱的引用与分析、大量的历史图片与地方照片的首次刊登、叙述中所采用的真正的民间立场与民间态度等，构成了民间叙事的基本内容与主要方式，并且具有重大的思想价值与美学意义。

关键词：《曾李世家》；长篇散文；民间叙事；人物与事件；发现与呈现

作者简介： 邹建军，文学博士，华中师范大学文学院教授、博士生导师，主要研究中国现当代文学、比较文学与民间文学。

Title: The “Folk Narration” in *An Ancient Zeng-Li Family* and the Approach to Succeed the Narration

Abstract: The long prose *An Ancient Zeng-Li Family* contains many a source material and folk language, explores for and displays a great number of folk figures, does much in clearing and narrating a series of historical events, and quotes and analyzes a great deal of genealogical and family tree, as well as publishes for the first time many historical pictures and local photos; Besides, this prose takes a real folk position, and adopts a folk attitude in its narration. All of the above plays a very important role in building the basic content and main way of the folk narration in the long prose, and moreover, is of great ideological value and aesthetic significance.

Key Words: *An Ancient Zeng-Li Family*; long prose; folk narration; people and events; discovery and presentation

About Author: Zou Jianjun, professor and doctoral supervisor from College of Literature of Central China Normal University, Dr. of Literature, mainly engaged in Modern and Contemporary Chinese Literature, Comparative Literature and Folk Literature.

长篇散文《曾李世家》①是作家达度和洛沙历十年而创作出版的一部长篇散文，是中国当代散文创作的重要收获，也是湖北文坛近年来的重要文学作品之一。这部作品在许多方面具有开创性，特别是在“民间叙事”方面形成了自己的特点与优势，为今后我国同类型文学作品的创作走出了一条新路。

“民间叙事”并不是一个新概念和新理论，然而我们对其又有了新的理解与新的认识。从前的“民间叙事”，是指民间文学作品中的叙事方式与叙事形态，即民间文学中经常采用的一些叙事与抒情手法的综合。从文学理论的角度来理解“民间叙事”，则是指作家文学中所采取的与民间文学相近的叙事手法与相关的艺术形式。这里的“民间”，既是指民间文学中常用的手法，同时也是指与主流意识形态相对的民间立场与民间观念，及其综合性的种种思想与艺术表现。以此而言，《曾李世家》中的叙事方式和叙事形态，则是比较典型的“民间叙事”，并且形成了自己的鲜明的特点和强大的优势。作者自己对此也有比较明确的认知：“本书深入发掘荆楚人文内涵、人文根脉、人文情怀，尽力描绘江汉平原古老而新生的田园风貌与风土人情，弘扬纯朴敦厚的家风民俗和感恩诚信的传统美德，倾情讲述具有中国气派、民间特色、隽永流传的家乡故事。”②虽然并没有注明这一段话的作者，但根据我国的出版惯例，可以将此目为两位作者的观点与立场。因此，我们提出“民间叙事”正是这部长篇散文的主要叙事方式与叙事特点，本书的学术价值与美学意义也正在此，这样的判断不仅是没有问题的，并且还是有根有据的。本文的立论在于作品中大量而显著的“民间叙事”因素的存在，如果不存在就不可能进行讨论；而我们之所以可以从“民间叙事”的角度进行分析与研究，不仅是出于我们作为读者的学术敏感，同时也是因为这部文学作品在“民间叙事”方面所具有的开创性与探索性。

一、“民间叙事”的特点

《曾李世家》在“民间叙事”方面所具有的特点，主要体现在以下六个方面：

1.大量的民间题材与民间语言

《曾李世家》中存在着的大量的民间题材与语言，并且成为这部作品最鲜明的特点与首要的特征。这部文学作品中的题材基本上都是民间的，并且是来自于真正的民间社会和民间生活。江汉平原上几个家族之间的故事，家族内部的人与人之间的关系，地方上的人与人之间的故事，特定地域内所发生的重要的历史事件，有的虽然也涉及了省与县的政府层面，有的也涉及了台湾地区以至于美国和东南亚各国，然而所有这些故事和事件，都是与江汉平原腹地相关的。这样的乡下题材从前进入小说是很少的，进入散文作品则基本上是没有的。同时，在这部文学作品中很少涉及中国的上层社会，也少有涉及各时代的国家政权及其下属部门，正史上已经有所记载的人与事在这部作品中则是很少的。当然，这里所谓的“正史”，就是指历代学者们所主编的中国近代史、现代史及当代史之类的教材，同时也是指学者们所主编的世界近代史、现代史与当代史之类的学术著述。这部散文作品中所讲的人与事，在前述这样的正史中基本上是没有过的，也似乎没有过历史学家对此类事件和人物进行过专门的研究。以此而言，这部长篇散文所披露的题材与内容，具有填补学术研究空白的意义，同时也具有重要的文献价值。并不是小地方就没有发生过大事件，不是所有的重大事件都是发生在大城市，不是所有的重要人物都是出自大地方，小地方有小地方的价值，大地方有大地方的价值，即使是在整个中国与世界的历史上，所谓的历史叙述也并不全是由国家层面的重要人物与重大事件所完成的。每一个小地方所发生的事以及在那里土生土长的人们，都是整个中国或世界历史的血肉与细胞，并且是特别重要的血肉与细胞。没有这样地方性的东西，所谓的中国或世界的历史是不丰满的，同时也是不完整的。因此，这部散文的意义首先就是它在题材上的开创性，历史学家们不研究的东西、学者们不重视的内容，两位作者第一次以散文的方式给我们记载下来，并且是以考古学者的精细态度将所有的来龙去脉给我们揭示出来，开阔了我们的学术视野，增加了人类的地方知识，也为大家提供了一些新的研究方法与研究路径。在语言的选择上也同样是如此，如：“沙湖沔阳洲，十年九不收”“武把子有狠”“驾船走水”“多个朋友多条路”“遇事留一线，日后好见面”“世上三件宝，丑妻、薄田、破棉袄”“作福不灵作祸灵”“低头不见抬头见”等这样的方言土语，在这部散文中是大量的存在、显著的存在和直观的存在，成为一种标准的“民间叙事”。什么样的题材用什么样的语言，民间的题材当然用民间的语言，这样才可以为全书带来一种民间的气息与民间的味道，而作者基本上都是以民间的语言来讲述自己所知道的民间的故事。当然，作者所采用的语言主体还是现代汉语，只是有的引文是文言，有的时候也用一点不文不白的语言，从而保持了历史文献与历史事件的全部真实性。如果没有这样的“民间叙事”，其所具有的意义与价值都是无法或难于全部实现的。文学创作不能总是走老路，学术研究也同样如此，而民间特别是各地方的民间，是一个特别丰富与博大的领域，可是我们学院派的学者们，却一直忽略了这样的研究。《曾李世家》在题材与语言上为我们提供了一个典型的个案，无论是从社会学研究还是从历史学研究，无论是从伦理学研究还是从人类学研究，都是可以从这样的民间叙事中得到许多真实可靠的东西，让我们发现许多重要的、前人没有讨论过的问题，从而写出一部新的人类学或社会学的历史。作家并不是学者，文学创作的目的也不是学术发现，而是要以自己的文学性的讲述动人以情，作家正是在此实现了“民间叙事”最为基本的方面。

2.大量民间人物的发掘与呈现

《曾李世家》中有大量的与江汉平原相关的民间人物的存在及其艺术呈现。前文所讲的地方的题材，虽然也包括了历史人物，但作为具有深厚历史性的散文而言，历史人物却是最主要的对象和最重要的内容。如果以正史为标准，可以说在这部文学作品中所出现的历史人物，基本上都没有进入过中国的历史。明清以来，从江汉平原出生而成长起来的人物有很多，但进入了中国正史的人物又是何其少呢？如果我们以几部具有代表性的历史书为对象进行统计，就可以知道哪些已经是历史人物，而哪些还并不是所谓的历史人物。《曾李世家》中所讲述的或叙述的多种多样的人物，当然也不能说不是历史人物，只是他们还没有能够进入中国的正史而已。可以确定的是，该作品中所有的这些人物不是虚构出来的，也不是想象出来的，包括他们的姓名、人生经历与人生故事，都是作者经过许多年的调查研究，如考古学家那样去发掘出来的。因此，我们只能说他们是历史人物而不是文学人物，因为他们不是作家的想象与塑造，在地方文献如家谱或族谱中是有案可查的，在老一辈人的口中是有流传与讲述的。这些历史人物是一种民间的存在，而不是主流意识形态所认可或所记述的人物。作者以历史的笔法，如实地讲述他们的生平事迹，特别是他们在时代风潮中的经历，在他们身上所发生的事件，就显得特别的真实与可靠。在这部文学作品中，有名有姓的人物大概有一百多个，有的详细一些，有的简略一些。作者所采用的讲述方式虽然以历史事件为主，虽然是客观的叙述与描写，然而也有作者自己的情感性评价与历史性评判，所以我们往往也可以见到较多的议论和丰富的考证。由于明清时期已经比较久远，即使是民国时期也距今有八九十年了，加上这些人物本身名不见经传，所以调查研究就成为基本的路径与主要方法。历史人物及其命运是这部文学作品的核心，虽然其内容并不全是人物传记，也有一些对重大历史事件的记录，特别是对于江汉平原及其周边地方风物的种种描写。虽然这不是一部历史书，却是可以当作历史书来阅读的，而这正是作者所要实现的创作目标之一。文学和历史的区别，就在于是不是具有历史的真实，如果具有历史的真实就是历史，如果只是具有艺术的真实而不一定符合历史的真实，则是文学而不是历史。历史和文学没有高低的区别，历史有时也可以是艺术，而艺术也可以成为一种历史，不过只是文学和艺术的历史，而不是社会学和历史学意义上的历史。这部散文的作者是不是运用了所谓的“文学笔法”？散文的笔法并不就是文学的笔法，小说、戏剧与诗歌的笔法在这部文学作品中基本上是没有的，所以我们不能把它当作虚构文学来看，而只是把它当成“非虚构”文学来看。如果说它是报告文学作品，我们也不会认同，因为它没有报告文学的因素。大量而显著的历史笔法，并且以历史笔法来进行全方位的民间叙事，是这部散文作品的基本特点，同时也是它最为宝贵的经验。书里所讲述的人物，基本没有在历史书上出现过，即便是在当地的志书与家谱中也只有一些零星的记载，而不像这部散文作品中是全面地记录与探讨历史人物的来龙去脉。如关于“三将军”的故事与人生，写的是再详细与深入不过了，有的地方简直就是学术论文式的一种论述。大量的民间人物的发掘与呈现，并且是以历史的方式同时也是文学的方式所进行的呈现，是相当成功的，具有强大的思想与艺术魅力。作为散文而言，主要的任务是讲述人物的故事，一个方面是人物，一个方面是事件，而人物则是重点与核心，作家也是这样做的，并且取得了巨大的成功。

3.大量对重要历史事件的清理与叙述

《曾李世家》中具有大量的对于重要历史事件的清理与叙述。在明代以来的历史事件中，有重大的事件如元末发生的朱元璋与陈友谅之间的大战，如抗日战争时期发生在江汉平原地区的敌对事件，如共产党与国民党之间长期的争斗事件，如共产党所领导的土地改革与“清匪反霸”事件，更有国民党其党政军人员败退台湾等事件，虽然这部文学作品中也有一些记载，但作者并不是全面地记载这些事件本身，而是记载了在这样的时代大背景之下，发生在江汉平原上的人与事，是以人为主而产生的地方性事件，并且也只有这样的记载才可以讲得通，不然的话可能是没有逻辑性与时代性的。对于明清以来在一个家族内部所发生的事件，外人往往是不知道的；如果重新发掘出来并以文字的方式记载下来，则会具有重要的意义和价值。作品中曾家石桥上的那一副对联及其背后所发生的故事，关于生前姓曾而死后姓李的民间传说的产生及其过程，关于“江西迁沔”“兄妹成婚”这样的历史事件或民间传说，作家都一个一个地进行了详细的考证，所以这样的叙述当然就成为一种特别可信的历史。有的可能还没有结论，但作家的原始记录与相关的史料，却是特别可靠的。在曾家石桥走出来的三位将军身上所发生的曲折故事，在每一位主人公身上所发生的人生变动如此之大，如果不是两位作家发现并对此进行历史性的清理，估计是谁也不知道更不清楚曾经有这样离奇的事情发生。有的可能只是一种民间传说，即使是在当地民间有了这样的传说，如果不进行清理并进行文字性的记录，也会在比较短的时间里全部或部分失传。因为在中国当代以来，乡村中的各种人才流失得特别严重，农村的人口特别是读书人越来越少，人口的消失其实也就是民间文化的消失，也就是民间文学的消失，如果连人都没有了，以后谁还知道有这样的传说，有这样的故事呢？所以，两位作家所做的工作是特别重要的，具有一种记录历史与整理历史的学术意义，首先是具有发现原始文献的重要价值。历史上发生过哪些重大的事件，涉及面会相当的广泛，国家层面的大事件如此，地方上发生的大事件也同样如此，因此对于地方上历史事件的研究，往往具有填补空白的意义与价值。中国地域辽阔，人口众多，许多事件都没有在正式的历史上记载过，特别是地方上所发生的一些重大的事件。而《曾李世家》这部书中所记载的，就成为中国历史研究中特别稀少的“民间叙事”的重要内容。对于人物的关注与对于事件的关注是统一的，但一个人物或人物与人物之间所发生的事件，如果不加以清理，也是讲不清楚的，特别是构不成真正的历史。散文的写作是容易的，关键的还是前期的考证与清理，在历史的烟雾中把一个人物与事件的来龙去脉搞明白和弄清楚，则是相当困难的一件事情，并且一般的人是难以完成的。如果当事人已经不在了，或者是已经过了好几代人了，许多事情就不清楚了，那如果要进行全面的叙事则是相当不易的。本书的作者为此而付出了很大的努力，到处采访他人，到处查找相关的史料，到处进行实地的考察与调查，所以有了大量的史料、访谈录与实物作为支撑，否则都完不成这样的“民间叙事”。“民间叙事”基本上是原始叙事，因为没有东西可以参考，也没有现成的理论可以引用，一切都要靠自己去发现与把握，这就体现了作者的水平与能力。

4.对于家谱与族谱的引用与分析

《曾李世家》中存在着大量的对于曾李两家以及相关家族大量家谱的引用与分析，并形成了自己鲜明的特色和重要的优势。家谱是中国传统文化的重要组成部分，也许只有东方国家特别是中国才有这样的传承及其记载，成为东方文化中的一大奇观。为了表现江汉平原腹地这些特别家族的历史，作者收集到了曾李两个家族的多种家谱，同时也收集到了这个地区其他家族的家谱，以便进行对照分析与全面研究。作者指出：“从2012年开始，海量搜集国史、方志、文史、民间故事等材料，初步探明了九搜湖广、血洗沔阳的时间。从2013年开始，用了近三年的时间，借阅了洛江河流域百家姓萧许李赵张等几十部家谱，探明了除我曾氏始祖母一族为明朝以前土著外，其余百姓大多是明清时期从江西迁沔的。”[①p340]作者在写作这部散文的过程中，在收集资料时费了很大的功夫，同时也在散文创作中做了大量的引用，让所有的讲述都建立在了史料的基础之上。特别是在“上部”中，为了说明曾李两家的来历与关系，几乎是在每一节里都会引用多达数十条家谱里的记载，并且还相互印证与分析，才可以得出自己的结论。为了考证“兄妹成婚”的传说，作者费了很大的精力，花了很多的篇幅，这样的分析与历史学家的考证没有什么区别。为了更加全面地了解曾李家族的历史变迁，作者到了江西、山东、上海、北京等地进行田野调查，获得了大量的第一手资料，其中有许多就是家谱与宗亲的著作与讲述，这些材料在这本书中显得特别宝贵。这些东西本来处于民间状态，许多家谱也是百年甚至千年的产物，由于中国有编家谱的深厚传统，所以千万条家族的根脉才可以像正史一样全面而完整地传承下来。作者并不只在书中照抄这样的史料，而是在需要的时候进行引用与分析，因此，他们的相关表述与论证就显得特别的真实与可靠。中国是一个以家为细胞的社会结构，也是以家族为生存方式的社会结构，所以家谱成为联系所有成员的主要途径与重要方式，在江汉平原腹地生存和发展达数百年之久的曾李家族，也同样是如此，因此，《曾李世家》的作者慧眼识珠，发掘大量家谱作为研究对象与立论根据，是特别有力与有效的。如果不是讲述曾李家族的人物与故事，或者不是讲述江汉平原腹地的历史发展，也就不需要这样的家谱与族谱；然而作者正是要以此进行“民间叙事”，也只有在家谱与族谱中才可以发现史料，才可以把这样的民间叙事形成整个的散文讲述，所以这也是不得已而为之。

5.大量历史图片与地方照片的首次刊登

《曾李世家》中有大量的历史图片与地方照片的首次刊登。作者指出：“从2010年开始，用两年时间在田间地头，拍摄了江汉平原二十四节气农作物生长和风云雨雪四季变化图，配以文字说明备用。”①p340这就说明作者在创作这部散文的过程中，就已经明确了要以图片的方式反映江汉平原的真实及其历史的变动。所谓江汉平原腹地的历史图片，主要是指历史人物的照片，他们也许是第一次进入正式出版物，所以显得十分珍贵。而大量的地方图片，则是指江汉平原的地理风物与地理形态的照片。据统计，在这部文学作品中共有图片近百幅，基本上都是作者自己收集与发现的人物与风物照片，构成了这部书“民间叙事”的基本内容之一。文字是一种符号，图片也是一种符号，并且是文字所不可替代的符号，因此，这些照片与图片成为这部散文民间叙事的主要方式。就其性质而言，这就是典型的“民间叙事”，而不是主流叙事或官方叙事。并不是说没有进入正史就不是主流叙事，而是指所有的原始图片与照片，在从前的日子里都处于民间形态，没有人重视，也没有人进行评价，只是民间私人的收藏，家人或本地人自己也只是有时间的时候或特别的日子里，才有可能看一看而已。如曾锡珪将军在印缅战争中与史迪威将军、索尔顿将军在前线研究作战方案的照片何其珍贵，如果本书的作者没有发现与发掘，那可能永远也不会被公开与公布，就不可能构成什么正式的叙事形态。只有在正式的文学作品和艺术作品中，才可能成为一种叙事的方式与形态，这就是标准的“民间叙事”。当然，照片与图片也只是本书民间叙事的一种形式与形态而已。是不是每部散文或小说都需要照片与图片？但如《曾李世家》这样的题材与主题，所讲的是外界很少接触到的故事与人物，没有图片就没有感性的认识，也没有直观的反映与镜像，所以还是特别需要以图为证的，并且成为一种重要的叙事方式，而这正好是“民间叙事”。因为绝大部分图片与照片都是首次公开的，从书中的图注可以得知，来自网络或正式出版物的图片与照片基本上是没有的，作者首次发现与运用的图片与照片是大量的，所以以图片为主的“民间叙事”，形成了一个鲜明的特点，并且取得了明显的效果。当然，书中的图片多半还是历史人物的照片，如果更多地保存当地的地图与地形图、物候图与气候图，以及建筑、大树、河流与平原等实物的图片，则更有说服力与艺术效果。在读图时代，对于这样的要求不仅是不过分的，并且还是理由充分的。希望在修订的时候，可以在此方面得到相当程度的弥补。

6.真正的民间立场与民间态度

《曾李世家》中叙事的基本立场与基本态度，让其中所有的叙事成为一种真正的民间叙事。这是一部长篇的散文作品，虽然在手法上有一点像报告文学或非虚构作品，有的时候也有一点小说的味道，但作品中所有的内容在表述的时候基本上都没用想象的方式，也没有什么虚构的成分，并且这样的叙事与当下的主流意识形态之间没有什么关系。作者的目的就是为了记录自己家族的历史，并不是为了什么宏伟的政治目标，也不是为了要服务于什么特定的对象。作者对于自我家族的感情自然是深厚的，但是他们没有为自我的家族贴金，也没有为了歌颂什么而虚构情节与故事。因此，在创作的立场与目的上，这部散文作品是标准的“民间叙事”。作者本不是体制内的作家，也不是为了完成什么任务而进行创作，虽然是列入了省作协的“家乡书”创作计划，也只是获得了专项的基金资助而已。作家的立场和态度是特别重要的，如果一开始就是为了表现什么政治目标，或者有再现历史的什么责任，那要采用的叙事方式可能就不一样，所采用的文体也就有所不同。作者在谈到这部散文的结构时明确指出：“本书从国史、方志和家谱发端，再与口耳相传的民间传说汇合，采取冰糖葫芦式的写法，如‘活曾死李’、血洗沔阳、江西迁沔、兄妹成婚、洛江河的前世今生等，一线串珠”（有所省略）。[①p340]虽然作者也是在一种大时代的背景之下，讲述曾李两家的故事，并且也是以人物为主，但作者要讲的是真实可靠的故事，而不是编造出来的故事，所以全书中有史家的精神，同时也有史家的方法。读着这样的一本书，让我们想起了《史记》和《汉书》，对于文体的选择也体现了作家的历史与文学之观念与思想。作者首先是选择了散文的方式，想象与虚构的方法显然是不合适的，也是没有必要的。处于民间的作者以民间的方式所进行的“民间叙事”，就成为这部散文中顺理成章的叙述方式。也正是因为如此，这部散文才与时政没有发生什么关联，充分地表现了其个性与气质，成为一部高度个人化的散文作品，为其他许多作品所不能代替，或许是在很长的历史时期之内都是如此。“民间叙事”的基本内容是民间的，基本的方式是民间的，基本的艺术形态是民间的，基本的态度与观念也是民间的，最后一点是极其重要的，是散文创作的基础之基础、前提之前提。如果作者是站在正统的立场上来进行选择，是站在什么政党与官方的立场上进行叙述，其结果则是完全不一样的。作者本身处于社会的下层，也长期生活于比较偏远的地方，所以保持了自己的个性与传统，而这正是这部作品“民间叙事”的来源与成因。

二、“民间叙事”所存在的问题及其原因

《曾李世家》中的“民间叙事”也存在一些问题。主要的问题是：第一，上部和下部的标题不统一。在上部《明清兴衰》中，第一章“江西迁沔”，第二章“洛江河传”，第三章“活曾死李的来源”，第四章“曾家口更名曾家石桥”，第五章“曾氏与曾李氏的曾家大垸”，第六章“江西龙凤谱来之不易”，第七章“曾李家族开山立祠”，第八章“曾李家族三大案”，这样的标题本身没有一种相对性的结构，也没有任何的修饰，基本上是一种大白话式的表述。但是在下部《民国风云》中，却全部是像章回体小说一样的标题：第一章“为圆父亲绅士梦，年近三十才留日”，第二章“南洋爪哇当校长，宜城财政任局长”，第三章“天灾人祸施救助，国难当头苦维持”，第四章“抗战胜利问天下，末路绅士守乡村”，第五章“摧毁一个旧世界，创造一个新世界”，这样的标题与上部的标题，已经完全不同。第二，图片处理不当的问题。图片本来可以发挥重要作用的，但许多图片尺寸过小，并且不少都不太清楚，严重地影响了本书的阅读效果。如在“引言”部分，出现了曾子和老子的像，本来是相当有力地证明曾与李两个家族的来历，可是图像放在右上，加起来只占有半栏的七行字大小，这样的处理就太不显眼。再如在第252页上，附上了曾锡珪将军起草的《劝告全国税务盐务税警官兵书》的部分手稿，因为图片过小而根本就看不清楚；如果看不清楚，这样的附录的意义就会大打折扣。第三，是对于附录的处理问题。上部的第四章有一个附录《赠梅飏公传》，第七章有两个附录《为首建宗祠勒石文》《珩存公子孙的命运》，为什么要在每一章中进行附录，而不可以放在整个上部的后面呢？在下部中，几乎是每一章后

面都有附录，如第一章附录《1910年曾在舫出国前后三将军的家境》，第二章附录《1927年曾在舫回国前后三将军的情况》和《1932年曾在舫辞官前后三将军的情况》，而从第三章开始却将附录放在了节之下，如第三章第六节后附《1937年抗战爆发，曾在舫回乡前后三将军的情况》，第七节后附《1939年，日军入侵沔阳前后三将军的情况》，第十二节后附《1943年，曾在舫任维持会长前后三将军的情况》和《1945年，抗战胜利前后三将军的情况》，第四章第二节后附《曾李氏撰谱修祠启》，第七节附《劝告全国盐务税警官兵书》，第五章第四节后附《曾在舫离世前后三将军的命运》等。我们本来以为这样的附录都是材料或史料，其实细看还是作者所写的内容，而为什么要作为附录呢？因为“民间叙事”也不可能随心所欲，而要力求内容与形式的完美统一，民间叙事与正统叙事在不少的方面也是相通的，也只有这样才可以让“民间叙事”进入正式的社会历史，同时也进入正式的文学历史。

结语

曾大兴教授曾经指出：“通过作家的叙述，我们可以感受到江汉平原那春天的嫩绿与秋天的金黄，夏天的酷热与冬天的湿冷。尤其是梅雨季节的雨雾茫茫，洪水季节的白浪滔滔，还有祭祖的仪式，做屋时落基、上梁的讲究，唱戏时搭台、选目的禁忌，以及婚礼上的嬉闹，葬礼上的恸哭，酒席上的喧哗，赌场上的混乱，划龙船时的抢标，相骂时的脏话连篇，斗殴时的拳打脚踢，扶乩时的平心静气等等，都能唤起我们悠长的记忆与乡愁。”[③]《曾李世家》是一部长篇散文，其容量相当于一部长篇小说，同时相当于一部多幕剧，然而其叙事方式却是典型的“民间叙事”。这是一种不自觉的“民间叙事”，也是自然而然的“民间叙事”，它所取得的成就与达到的高度，非一般的人可以相比。近代中国以来的主流意识形态有其重要性，也有其特殊性，但“民间叙事”也有其存在的理由与存在的意义。就中国近代以来的文学价值构成而言，具有多种多样的形态，“民间叙事”往往具有不可替代的意义，而学界许多人对此却并没有基本的认知。在这部文学作品中所创造出来的“民间叙事”，与同时代的小说和戏剧中的“民间叙事”还有所不同。这部作品中不存在作家文学和民间文学之间的关系，因为整个都是一种民间叙事，并且所表现的是实实在在的民间声音，运用的也是人们在日常生活中所采用的民间语言。作者所讲述的那一个个悲惨的故事和一个个残缺的人物，是中国正史上和正式的文学作品中，基本没有的。在历史上是真实存在的，但在中国的历史著述中或在中国的文学作品中却是罕见的，因此才显出它所具有的开创性价值。“民间叙事”是一种正在发展中的理论，也是一种文学批评的新方法，《曾李世家》中所存在的“民间叙事”形态及其产生的原因，可以说明许多重要的理论问题与实践问题，为中国“民间叙事”的理论研究提供许多新鲜而丰富的经验，同时也说明了这部长篇散文所具有重大的思想价值与重要的美学意义。

注释【Notes】

①达度、洛沙：《曾李世家》，团结出版社2023年版。以下只在文中注明页码，不再一一做注。

②达度、洛沙：《曾李世家》之“内容提要”，团结出版社2023年版。

③曾大兴：《曾李世家》之“序”，见《曾李世家》，团结出版社2023年版，第5页。

冲破身心的双重撒提：论蔼理斯对周作人女性观的影响①

关琳琳

内容提要： 蔼理斯对周作人而言，既是知识的宝库，又是艺术的化身。蔼理斯在性心理研究方面倾注了半生的精力，周作人通过“人学”本体的坚守构建起由“人”自己来统治的内在堡垒，二人所做出的贡献可以称得上“唯一者所有”。周作人犹如蔼理斯在中国的化身。他不仅将蔼理斯的性学思想作为“杂学”体系的重要组成部分，而且在蔼理斯的诸多观念中留下了自己的注脚。周作人综合蔼理斯的学说支撑自己的观点，或回应社会现象，或抨击专制教育。周作人对蔼理斯性心理学思想的接受既冲破了道德对身体的禁锢，又唤起了女性的自觉，动摇了桎梏女性的双重“撒提”。

关键词： 蔼理斯；周作人；性学思想；道德性；影响

作者简介： 关琳琳，浙江农林大学文法学院讲师，文学博士，主要从事中国现当代文学研究。

Title: Breaking through Double Compression of Body and Mind: The Influence of Ellis on Zhou Zuoren's Views of Women

Abstract: For Zhou Zuoren, Ellis is both a treasure trove of knowledge and an embodiment of art. Ellis devoted half his life to the study of sexual psychology, and Zhou Zuoren built an inner fortress ruled by "humans" themselves through the persistence of the "human studies" ontology. The contributions made by the two can be called "the only one owns". Zhou Zuoren is like the embodiment of Ellis in China. Zhou Zuoren not only regarded Ellis' sexual thought as an important component of the "miscellaneous studies" system, but also left his own footnote in Ellis' many concepts. Zhou Zuoren supported his own views by synthesizing the theories of Ellis, either responding to social phenomena or criticizing authoritarian education. The acceptance of Ellis' sexual psychology not only breaks through the moral constraints on the body, but also awakens women's self-awareness and shakes the feudal customs that shackles women.

Key Words: Ellis; Zhou Zuoren; sexology; Morality; influence

About Author: Guan Linlin, a lecturer at School of Humanities and Law, Zhejiang A&F University, Doctor of Literature, specializing in Chinese Modern and Contemporary Literature.

“撒提”一词源于印度语，指“自焚殉夫的寡妇”。本文题目和正文中均使用“撒提”一词的引申义，意指围困与侵害女性身心自由的观念。鲁迅在《狭的笼・译者附记》中说：“单就印度而言，他们并不戚戚于自己不努力于人的生活，却愤愤于被禁了‘撒提’，所以即使并无敌人，也仍然是笼中的下流的奴隶。”周作人《人的文学》开宗明义地反对礼法要求的殉节与守节，抨击“撒提”制度所培养的贞顺之德是“非人的道德”，不啻为反礼教的先声。周作人针对礼制毒瘤对女性的禁锢与残害，不断发表文章呼吁女性身体与精神自由。或指摘社会现象，或嘲讽当局文明，或施以解救方案。但是，由于人们对自己的精神困境尚缺乏自觉，启蒙者犹如“铁屋里的呐喊者”无法被理解。因此，即使形式上的“撒提”被废除了，人心的“撒提”依旧变相地存在着。

一、反抗身体的道德性

反礼教是周作人一以贯之的思想。这样的思想底色致使周作人在接受蔼理斯（Henry Havelock

Ellis，1859—1939）性心理学的过程中，主要从中汲取了对旧礼教和旧风化批判的力量。对与自身思想相悖的部分进行舍弃的同时，对于符合自身意见的部分进行融合，从而转化为抨击旧道德机制的利器。这种主动选择和主观转化，决定了在对蔼理斯性心理学的接受过程中，必然存在着遮蔽的现象。这也呼应了周作人所言：“对于一切东西，凡是我所能懂的，无论何种主义理想信仰以至迷信，我都想也大抵能领取其若干部分，但难以全部接受，因为总有其一部分与我的私见相左。”②

中国的旧礼教是为了维护社会的伦理道德、政治制度和社会稳定而产生的，是一个庞杂而有序的系统。在周作人看来，对旧礼教的批判无法脱离身体这一层面，旧文化中本来就存在压制身体的传统因子。周作人对女性身体十分关注，《天足》《拜脚商兑》《闲话难民妇女的脚》等文谈论中国妇女缠足的恶习；《头发的名誉和程度》《剪发之一考察》等篇目，批驳社会干涉女子不许剪短发；《论女裤》和《穿裙与不穿裙》等文，则集中讨论与妇女相关的服饰问题……周作人认识到诸多的习俗旧约把女性身体捆绑在男性的权威之下，以满足其赏玩的目的。女性身体不被看作自主的存在，而是由男性与社会共同命名的。男性处于道德高位，“把女人的身体看作是一种拖累：一种障碍，一个监牢”③，这种说法在中国再适用不过了。就连阿Q这样一个处于社会最底层的人，在寻求“恋爱”失败之后，仍旧可以用“女人是祸水”的常理来获取优胜感，足以见出受传统观念与道德教育熏陶之甚。过度的规约往往导致身体自我显示功能的丧失，使个体沦为他人话语的呈现形式。女性身体在道德的统治下不再属于自己，而是成为文化与性别的一部分。

以中国妇女缠脚的习俗为例，周作人以为缠脚的陋习是女性羞耻感的来源之一。他不仅看到缠脚旧习背后隐藏的女性主体的丧失，还洞见了民族之所以落难的根由。“小脚”与“天足”的对照，暗示了野蛮民族与西方现代人（文明）的对峙。周作人对此表现出鲜明的反对态度，这样的态度与蔼理斯的理念正相契合。男性按照自己的审美倾向驾驭女性的身体，进而满足自身的需求，女性身体则完全处于被控制的地位。蔼理斯认为男性对女性缠脚的喜爱，就是一种变态心理的表征。在恋足癖者的观念里，脚与性器官有着相似的特征。因为过强的性欲与性幻想力无处发泄，使得脚成为性器官的替代物。因此，许多男性看到女性的脚便生出欲望。周作人说：“我不敢对蔼理斯博士抗辩，他所知道关于中国的拜脚主义似乎要比我多而精审。”④周作人的表述一方面透露出蔼理斯本人对中国社会与文明的关注，体现了其宽广的认知视角；另一方面，也道出了对蔼理斯思想的敬佩与尊重，对他的学说表现出由衷的认同感。周作人极度反对男性对女性身体的定义，主张女性要把握身体的自主权。

道德对身体的规训将女性的身体与其人格、价值和名誉直接关联起来，最典型的就是禁欲主义的贞节观。封建礼教贞节观要求女子不改嫁或不失身，在中国的封建社会十分普遍而深重。这种观念造就的是温顺的良妻与男性的陪葬品，散落在古老村落中的贞女牌坊便是其存在的证明。在蔼理斯的观念里，虚伪的女性名誉观念和不健全的贞节观念产生的原因，是由于对处女身份的过分看重。蔼理斯反对宗教的禁欲主义，主张贞节不等于绝欲，而是一个平衡的状态。禁欲或纵欲其中任何一方走向极端，都会导致机体的平衡状态受损，需要相当长的时间才能恢复。蔼理斯把经由制裁或调节之后正当的性活动，称为“贞节”。这种态度要求对性活动秉持制裁的原则，即通过调节冲动使其得到和谐的运用。他所持的是“一种新的对于性的态度”，可谓对传统禁欲主义贞节观的彻底颠覆。蔼理斯的态度与传统贞节观的根本区别在于，蔼理斯认同偶尔的纵欲与禁欲具有同等的价值，对于机体的调节与性生活的和谐都是有积极意义的。因此，一味主张压制人的性欲，必然会走向反面。指出在性问题上反科学的禁锢是违反自然的，一样是要不得的。周作人吸收了蔼理斯的观点，来反驳假道学家的极端的禁欲主义。周作人借此指出传统贞节观念的不合理处，“极端的禁欲主义即是变态的放纵，而拥护传统道德也就同时保守其中的不道德”⑤。指责道学家只认识到性欲的缺陷，而忽视了其积极作用。

蔼理斯是第一个对性持肯定态度的人，他在书中指出："在艺术、道德、一切文明中所有的最优美的因素，其根源可能都真正地埋在自动情爱的冲动中。"[⑥]据蔼理斯所言，日常的许多观赏活动如花草和食物的气息，都与肉体所引发的联想关联，也就具有了性的意味。这一思想把以生理为基础的本能的影响，推至对事物的触觉与想象力的充盈之上。周作人在多次阅读蔼理斯的著作中不会没有意识到。周作人在1922年发表的文章中，已经把"性的要求"放在与衣食问题等同的位置上。认为性的问题超越种族与阶级的区别，是十分迫切而且困难的。五四时期虽然提倡追求个性自由与解放，但是对于人的生理欲求却未给予充分的重视。因此，蔼理斯的学说和周作人的主张在当时显然带有先锋意味。到了1927年，周作人在一篇杂话中进一步提升了性的地位，承认"性的关系实占据人生活动与思想的最大部分"[⑦]。如果说之前提出"食"与"性"同位，按周作人的话是"本了个人的经验"的结果，如今，赫然将"性"列在生命活动的第一位，则与此间阅读蔼理斯《性的心理研究》和《性的伦理》有关。周作人把蔼理斯的《性的心理研究》视为自己的启蒙之书，声称对于人生与社会之见解的形成得益于这本书。1923年9月13日，周作人在日记中写下："下雨旋止，阅《性的心理》，收晨报社洋九元。"17日，复记："下午伏园来，以《性的心理》一本送小峰。"[⑧]周作人从蔼理斯那里不仅获得了对性欲的肯定态度，而且接受了均衡与节制原则，主张性的健康、自然的发展才于人生有益。值得注意的是，社会上同时兴起的性解放思潮，可谓突破禁欲之后自然欲求的空前泛滥，大量言说暴露了性的游戏的态度。对此，周作人特意写作《时运的说明》和《裸体游行考订》等文章，批判时人猥亵的性心理，提倡性解放同样需要理性的规约。

周作人在蔼理斯的学说中寻找反驳的科学依据，企图把身体从封建伦理道德的压制下解救出来。周作人提出要改变不健康的贞节观，首先需要意识并尊重以生理为基础的本能，而不是忽视或抑制它的存在。因为性本身"对于个体的身心健康，亦自有其维护与培养的功用"[⑨]。正是基于这一点，周作人对上海没有什么好感，在《上海气》一文中对上海人崇信古道、维持礼教的精神气大加鞭挞。他指出由于长期以来上海人对于古训的极力遵循和对于传统道德的迷信，使得新的知识与道德难免被阻隔、被嘲笑与被丢弃。在上海成为租界之后，中国与西方、传统与现代在同一个文化空间并峙共存，老派的上海人便感到无所适从了。迷信色彩的道德与法律的过度管辖，使得生命意志趋于凝滞。在茅盾的长篇小说《子夜》中，目睹都市环境的光怪陆离，倍受刺激而猝死的吴老太爷便是例证。"上海气"并不为上海所独有，更是中国古已有之的一种风气。周作人主张关于性的事情，应当祛除礼教的禁锢，"改由微敏的美感或趣味所指挥"[⑦p211]。

中国自古以来对身体进行压抑的传统，导致缺乏身心合一的个体，也缺少恣意活泼的生命。人们普遍持传统的灵肉二元观念，身体与灵魂分属两端。蔼理斯认识到这种观念对性本能、幻想力与创造力的压抑，指出"文明的惯例以及所谓教育的人为格局使我们迟钝起来了"[⑥p97]。这样的表述引起了周作人的共鸣。周作人将批判的矛头指向了道学家，指出真正的道学能够坦然面对性爱的自然冲动，而非极力地压抑与隐匿。后者则是鼓吹道学与德操的伪道学家了，他们把自己行为的责任推归外物，将女性身体视为污秽的观念。周作人说明假道学家之所以不道德的地方，是由于其意志薄弱易受诱惑。周作人进而讥讽了假道学家树立的虚伪形象，指出其仁义道德的皮囊下是过度压抑导致的性的觊觎心理。尤其是读书人最善于将潜意识与外在物象相勾连，使欲望得以释放。周作人认为其极端的端淑背后隐藏着薄弱的意志力与不健全的思想，恰恰是使人堕落的因素。主张凡是阻碍人性向上发展的因素，都属于"兽性的余留"，应该得到改正。周作人抄录蔼理斯《新精神》中的话："现在还有那种野蛮的传说，经中世纪教会竭力宣传，流传在世间：把女子当作性的象征，说物事经她接触，就要污秽，布列纽思说，'世上无物比月经更丑'，到现在这句话还有势力。"[⑩]据蔼理斯说，在英国社会上"以尾闾骨为中心，以一尺六寸的半径——在美国还要长一点——画一圆圈，禁止人们说及圈内的器官，除了那'打杂'的胃。"[⑥p263]蔼理斯的此种描述，对于一贯关注礼教问题的周作人而言极易引起共鸣。周作人在文集中就列举了中国社会上流传的"不净观"，诸如有人把女性作为娱乐的工具，将女性性器官看作丑恶与不祥的征兆，将性现象与天道人事全部联系在一起，等等。在这类观点的影响下，人们自然对性行为讳莫如深，甚至对性行为加以严格的禁锢。对此，周作人是极力反对的。周作人以为必须祛除老派道学家的思想，否则新的性道德难以生成。在周作人看来，道德的理想本于"良心自发的自裁"。实行情感压制的传统道德与人的本性相悖，自然无法"从自己心里发生"。

与道德化相对的方向，则是使女性身体从性道德伦理中逃离，使其充分个人化。即承认性是自然本能，按蔼理斯的话讲，便是"性与排泄一类的问题，应当和别的问题同样的简单的与坦白地作答，而作答的时候，更丝毫不应当表示厌恶或鄙夷的神色"[⑨p153]。周作人以性心理学为武器，试图重建女性个人的身体。周作人为突破身体的道德化所做的努力，按他自己的话说，既是对自己诚实的表现，又可以称得上"是最珍贵的贡献了"。从文学史的角度来看，现代文学中的身体书写从五四时期潜藏的身体叙述，到20世纪30年代的新感觉派，再到90年代的身体写作，身体的感觉与欲望日渐得以呈现。而反观当时的社会，周作人的主张确实具有一定的反叛性与异质性，对旧有的性道德构成了相当的冲击。

二、唤起"为女"的自觉

谈及五四文学革命的历史意义，郁达夫认为最大的功绩在于"个人"的发现，即"从前的人，是为君而存在，为道而存在，为父母而存在的，现在的人晓得为自我而存在了"[⑪]。在启蒙主义的基本立场下，知识分子的言说对象往往是能够"自觉觉人"与"自度度人"的青年群体，却很难寻觅到妇女的位置。将国民全体中的女性作为启蒙对象，要求恢复其主体地位，并在这方面付诸努力的莫过于周作人了。作为一个传统知识分子与现代知识分子共存于一身的复杂个体，周作人不光要求"认识人自己"，还要求女性实现自我认知。不同于呼吁男女平等或妇女男性化的妇女解放运动，周作人对女性的发现建立在人性的整体思考之上，提倡"使女子有为人与为女的双重自觉"[④p261]。

周作人是较早关注女性精神独立问题的学者。他在《人的文学》一文就曾指出女性地位低下的状况。"古来女人的位置，不过是男子的器具与奴隶。中古时代，教会里还曾讨论女子有无灵魂，算不算得一个人呢。"[⑫]古来常有说法把女性看作男性身体的一部分，如《旧约》的"肋骨说"。也有将女性作为男性的附属物，周作人在《北沟沿通信之二·"神交"与"情玩"》中提到《河上集》，该文把男女两性的关系视作身体之于衣服。周作人表示十分反感，以为女子不应当是泄欲与生育的工具，而是有独立的思想。对于"女子没有灵魂"这样的说法，蔼理斯实觉荒谬与可笑。他认为女性对于自己的灵魂是有自主权的，不仅不受男性的支配，亦不受公众舆论所左右。蔼理斯所构想的女性理想世界，"在那里女人的精神是比火更强的烈焰，在那里羞耻化为勇气而仍还是羞耻，在那里女人仍异于男子与我所欲毁灭的世界并无不同，在那里女人具有自己显示之美"[⑬]。这种认识虽然带有乌托邦的色彩，但周作人相信在不久的将来会得到社会的承认。

在当时的中国社会，已经有人在为女性独立人格发言了。1919年2月1日，叶绍钧有感于历史事实，在《新潮》杂志上发表文章讨论女子的人格问题。肯定这一问题存在的现实价值，指出女子不幸的根源在于人格的不完备。叶绍钧认为所谓没有人格，就是"没有真实、确定的人生观"，而最不幸的是女子不以为自己有独立人格的需求。叶绍钧将这种现象归因于男子出于自私心，对女子观念的施加。主要有"诱惑主义"和"势力主义"两种。

"诱惑主义"即以贞女、贤妻、良母以及"女子无才便是德"之类的名目，把女子的人格取消。使其放弃向外扩展和实现人生理想的愿望，局限于阁楼与家庭的空间里。导致女子逐渐退化，最终在社会中失去独立的地位。"势力主义"则以保护的名义，使女子彻底沦为男性的附属品。这种固有的观念对女子的思想与生活，产生了极大的危害。在因循的事实之下，女子便自然接受不再有辩驳的可能。因此，唯有去除"诱惑主义"与"势力主义"两种主义，同时消灭滋生这些主义的土壤，女子才能将生命把握在自己的手上。1922年8月23日，北京女子高等师范学校学生成立北京女权运动同盟会。要求男女平等，提出禁止社会上买卖婢女和实行公娼的行为。同年9月6日，《现代妇女》刊物出版，主张现代的妇女应该是自由的妇女。妇女不仅具有做人妻子和母亲的自由，肉体和灵魂的自由，还有作为人所应有的一切自由。在这样的历史语境下，周作人认为女性要改变被压迫和被支配的处境，必须建立女性的自我主体。蔼理斯同样呼吁："妇女不再像她的先辈们那样在想象力丰富的人们眼里被塑造成天使兼魔鬼的形象，而是显而易见地要成为——这甚至可以由她的发式、裙子以及明摆着的服装样式中看出来——与男人有同等的社会地位的伴侣，无论是工作上还是娱乐消遣上，甚至也许还包括性行为上。"⑭

但从当时的社会现实来看，这样的愿望恐难有实现的希望。1924年，北京大学杨教授向韩姓学生递了一封情书，韩女士将其公开发表。周作人认为这位女学生将个人的私事交给社会公判，显然缺乏独立的判断。周作人觉得两性的关系"即使如何变态，如不构成犯罪，社会上别无过问之必要"⑮。主张情爱的事情本是私人的事，别人不能越俎代谋。周作人借用蔼理斯著作《性的道德》中的观点，指出爱情与婚姻是私人的事情，不应由他人提供评价的标准与行为的准则，要全部交由自己判定与解决。周作人充分肯定了独立的判断在两性关系中的重要性。

周作人在蔼理斯的著作《男与女》中读到："在人种学知识还不发达时，常常认为女子是原始人的软弱之源，因此，把她们降低到奴隶的地位。"⑯蔼理斯真正从女性的角度出发看待婚恋与生育问题，引起了周作人的兴趣。周作人认为要求得女性的解放，首先要普及性科学知识，使女性养成科学理性的目光。性道德的整殇依赖于知识的解放与趣味的修养，树立科学的性观念是非常重要的，对社会也会产生很大影响。以往呼吁男女平等观念，往往忽视了男女在根本上的不同。周作人主张尊重女性对爱和欲的双重需求，恢复女性在恋爱与婚姻中的自主权，所依据的便是蔼理斯的《性心理学》。蔼理斯指出"性的意义对女子比对男子要深刻得多"⑨p74，即出于天性的要求，女性在做性选择时要比男性苛求得多。周作人进而指出性爱方面普遍以男子的观点为依据，忽略女性与男性在性爱中的区别是不科学的。在周作人眼中，女性具有独立的身体与人格，追求情与欲的统一。而在公妻制度里，女性只是男性泄欲的工具而已。虽在封建社会不被视作不道德的行为，但在周作人看来恶俗的公妻制度便是以男性为本位的产物。公妻制度无法执行，很大程度上便在于"总不为女性之所赞许"。周作人公开反对公妻制度，将这一制度视为动物式的杂交行为。鲁迅先生则在《热风·随感录四十一》中，将一夫多妻的模式称作"无所可爱的悲哀"。在此基础上，周作人进一步倡导一夫一妻制度。认为此种制度"能依了女子的本性使她平均发展，不但既合天理，亦顺人情"⑮p15。显然，周作人持此态度，是站在女性的立场上发声的。周作人认为固有的对于妇女和性的观念是很有势力的，需要经过大的斗争方能改变。因此，常识的养成在中国是刻不容缓的事情。周作人在自己的妇女观与性科学、性心理学之间建立起极为密切的联系，以性心理学作为支撑自己言论的科学依据。无独有偶，同样提倡一夫一妻制的沈从文，认为要改变现状也需要从男女性心理方面入手。据金介甫考证，沈从文不仅读过蔼理斯的《性心理学》，而且从周作人诸篇评论蔼理斯的文章里接受了蔼理斯的心理学观点。

周作人认识到因为受传统的性禁忌的影响，小学教育中往往有意忽略这方面的内容。只是“在那里讲忠孝节义或是教怎样写借票甘结……结果连自己是怎么活着的这事实也仍是不明白”[⑩p842]。为此，周作人时常感到焦虑，要去别处寻找可以给女儿看的性教育方面的书籍。1924年1月16日，他在《民国日报》上刊发了一篇题为《女子的读书》的文章。文章中就极力提倡女子要多读些生理、心理与道德方面的书籍，认为这些科学的书籍能够使人树立理性的认知、清明的思想与公正的判断。当时，极力鼓吹性自由与性解放的张竞生因一本《性史》和一套关于性的看法，遭到了诸多社会人士的反讽与批判。1925年，张竞生的《性史》出版后更是遭到了南开中学的查封，连同售卖该书的书店老板都被关进了拘留所。李欧梵指出缘由：“张竞生的恶劣名声最富于戏剧性地表明了活力论因素的泛滥，这一泛滥展示了由基本的传统情感主义模式过渡到根源于西方的爱与性的尽情倾泻的过程。”[⑰]对此，周作人对教育界凡是性学一律视为洪水猛兽的态度深表不解。周作人一连在《语丝》上刊发《南开中学的性教育》与《南开与淫书》两篇文章，指明张竞生的学说“不觉得怎么可怕”[⑩p75]。同时，他从这一事件中洞悉到了教育界思想的守旧与顽固。对于性自由究竟应当推向何种程度，周作人即不能认可张竞生所提倡的“性爱与美趣的社会”，又反对旧道德对女性过分规约的态度。因此，他将为子女找出更科学的书籍作为自己的职责所在。周作人认为这样的著作首先需要著者对性本身有科学的了解，其次要有心理学和伦理学方面的研究作为基础，往往不限于性行为本身而是囊括人生诸种大义。使读者不仅接受性的教育，也从中加深对人性的认知。从知识领域和思想特征上来看，周作人所谈到的学者是蔼理斯无疑了。

1925年，杨荫榆女士任校长期间因循守旧，一副封建家长做派，引发了女师大学风潮。鲁迅对于这种教育下的青年女子表示很担忧，作文对其“寡妇主义”教育进行了大力的批判。周作人对这种严苛而畸形的教育方式也非常反感，讥讽是婆婆对待童养媳。进而，周作人又借用蔼理斯的观点反对不合时宜的道德观，指出“目下的工作是想对于思想的专制与性道德的残酷加以反抗”[⑱]。1926年，三·一八惨案发生后，周作人发表了《关于三月十八日的死者》《新中国的女子》和《死法》等文章。以反讽的笔调攻击当局者的不辨是非，为死去的女子深表惋惜。同时，他也在这一事件中洞见了女性身上非凡的力量。周作人在回忆录中表露出对启蒙群众的失望，以及对女性的敬畏之心。长期以来，婚姻占据了女性生命的全部，自我意识退居其后。在社会事件的刺激下，周作人开始重新审视蔼理斯对于现代女性多重身份的认知：“男子既于这两件事外，还有许多做人的事业；女子也是如此；她爱男子，生育子女，此外也应做人；她对于丈夫儿女，是妻是母，还有对于人类是个人，对于自己唯一者所有。”[⑲]呼吁女性摆脱家庭与两性的狭小范围，通过与社会建立联系来获得自我认同。然而，走出家庭走向社会并不意味着为妻和为母身份的凋落，女性面临的是社会责任与家庭责任之间的冲突。当时《女子月刊》的主编黄心勉便是证明，她在报社与家庭之间奔走劳碌，过早地奉献了自己的生命。针对现代女性所面临的这一难题，1927年《新女性》组织了“现代女子的苦闷问题”专题讨论，蔡元培、周作人、周建人等人纷纷著文发表看法。周作人认为女性的独立价值与“为妻为母”的责任，在未来或许有同时实现的可能。只是在现有的条件下，“没有别的调和的办法，只能这样冲突地去做”[⑦p47]。同样流露出蔼理斯“冲突之哲学”的影子。

三、结语

综上，本文提出“为何是性”的问题得以解答。周作人之所以钟爱蔼理斯的性心理学，正如蔼理斯称赞《旧约》中的《雅歌》。一方面是出于“对于肉体崇拜的咏叹”，认为“性”实在是生命中最重要的部分；另一方面则与他对妇女人格的关切紧密相连，本于为女性招魂的责任意识。周作人综合蔼理斯的学说支撑自己的观点，或回应社会现象，或抨击专制教育。既冲破了道德对身体的禁锢，又唤起了女性的自觉，动摇了桎梏女性的双重撒提。与此同时，周作人意识到霭理斯所阐明的性知识只有“上等人”才可以享用。霭理斯的思想对于大多数人是没有用处的，因为他们尚且缺乏稳健的常识和独立的判断。这种自我言语的悖论，既揭示出现实情况的复杂性，也暴露了周作人思想的保守性。

注释【Notes】

①本文系浙江农林大学科研发展基金项目“中国现代作家与霭理斯”（项目号：203402004501）的阶段性研究成果。

②周作人著，钟叔河编订：《周作人散文全集 第6卷》，桂林：广西师范大学出版社2009年版，第406页。

③[法]西蒙娜·德·波伏娃：《第二性》，郑克鲁译，上海：译文出版社2011年版，第8页。

④周作人：《谈虎集》，石家庄：河北教育出版社2002年版，第149页。以下只在文中注明页码，不再一一做注。

⑤周作人著，钟叔河编订：《周作人散文全集 第3卷》，桂林：广西师范大学出版社2009年版，第154页。以下只在文中注明页码，不再一一做注。

⑥[英]霭理斯：《生命之舞》，徐钟珏、蒋明译，北京：生活·读书·新知三联书店1989年版，第95页。以下只在文中注明页码，不再一一做注。

⑦周作人著，钟叔河编订：《周作人散文全集 第5卷》，桂林：广西师范大学出版社2009年版，第3页。以下只在文中注明页码，不再一一做注。

⑧周作人：《周作人日记 中》，河南：大象出版社1996年版，第327页。

⑨[英]霭理斯：《性心理学》，潘光旦译，北京：生活·读书·新知三联书店1987年版，第36页。以下只在文中注明页码，不再一一做注。

⑩周作人著，钟叔河编：《周作人文类编5》，长沙：湖南文艺出版社1998年版，第8页。以下只在文中注明页码，不再一一做注。

⑪郁达夫：《中国新文学大系·散文二集》，上海：良友图书印刷公司1935年版，第2页。

⑫周作人：《艺术与生活》，石家庄：河北教育出版社2002年版，第9页。

⑬周作人著，钟叔河编订：《周作人散文全集 第4卷》，桂林：广西师范大学出版社2009年版，第54页。

⑭[英]霭理士：《禁忌的作用——霭理士随笔》，王青松译，上海：东方出版中心2008年版，第199页。

⑮舒芜：《女性的发现：知堂妇女论类抄》，北京：文化艺术出版社1990年版，第63页。以下只在文中注明页码，不再一一做注。

⑯[英]霭理斯：《男与女》，尚新建、杜丽燕译，北京：中国文联出版公司1989年版，第7页。

⑰李欧梵：《现代性的追求》，北京：人民文学出版社2010年版，第102页。

⑱陈子善、张铁荣编：《周作人集外文（上集）》，海口：海南国际新闻出版中心1995年版，第744页。

⑲[俄]契科夫：《可爱的人 附记》，周作人译，《新青年》第6卷第2号。

打开艺术的“黑匣子”：评赵毅衡新著《艺术符号学：艺术形式的意义分析》①

蒋方圆

内容提要：《艺术符号学：艺术形式的意义分析》是艺术形式理论的集大成者。全书立足艺术形式论，从艺术的定义、文本和意义过程出发，系统观照了艺术意义的产生、艺术文本的意义构成、艺术意义的传播方式和社会功能等论题，回答了在这个时代背景下人们如何看待艺术的关键之问。本文从“难为”“有为”“无为”三个方面对艺术的意义形式问题进行解读，认为该书打开了艺术的“黑匣子”，让我们得以一窥究竟。

关键词：艺术符号学；意义形式论；艺术理论

作者简介：蒋方圆，重庆邮电大学英语系教师，重庆大学艾柯研究所执行委员，主要研究方向为符号学、英美文学。

Title: Unpacking the “Black Box” of Art: A Review of Zhao Yiheng’s *Semiotics of Art: Analysing Its Meaning in Form*

Abstract: *Semiotics of Art: Analysing Its Meaning in Form* represents the culmination of artistic form theory. Grounded in the theory of artistic forms, this book, starting from the definition of art, texts, and the process of meaning, systematically examines issues such as the generation of artistic meaning, the constitution of meaning in artistic texts, the modes of dissemination of artistic meaning, and societal functions. It addresses the pivotal questions of how people perceive art in the context of the current era. This article interprets the issue of meaning in art forms from three perspectives: difficulties, achievements, and the Zen of art. It asserts that Zhao Yiheng’s work opens the “black box” of art, allowing us to glimpse its essence.

Key Words: semiotics of art; meaning of form; art theory

About Author: Jiang Fangyuan, Lecturer of the English Department, Chongqing University of Posts and Telecommunications, executive board member at Umberto Eco Research Institute of Chongqing University. His research fields include Semiotic Studies, and English and American literature.

随着科学技术发展，科学与艺术的二元对立似乎显得更加明显。人们用大量的时间和精力去认识外部世界，重新书写了科学史和思想史。但是，在人的艺术审美活动研究上，现在流行的各种“科学取向”的认知学说似乎还不能为我们提供满意的答案，我们不得不回到语言哲学—艺术史的批评路径，来处理关于艺术意义这一时代课题。关于它的定义、形态、功能、认知模式等一直难有定论。何为艺术？艺术何为？这些问题在艺术史上引起了许多争论，而答案仍莫衷一是。符号学就是意义学，其本身就“带有强烈的认知倾向”②，意义的产生和传播离不开形式，这让艺术形式的意义分析成为可能。赵毅衡认为：“采用符号学分析艺术，是顺理成章的事，是学界早就应当做成的事。”②p1《艺术符号学：艺术形式的意义分析》（以下简称《艺符》）用整整4年时间写就，是艺术形式理论的集大成者。全书立足艺术形式论，从艺术的定义、文本和意义过程出发，系统观照了艺术意义的产生、艺术文本的意义构成、艺术意义的传播方式和社会功能等论题，回答了在这个时代背景下人们如何看待艺术的关键之问，打开了艺术的“黑匣子”，让我们得以一窥究竟。

一、难为之为：“超脱庸常”的艺术定义

作者在书中处理的第一个重要的问题便是艺术的定义问题。在梳理了功能说、表现说、历史一体制说等诸家理论后，作者提出“艺术是借形式使接收者取得对庸常的超脱的符号文本品格”[②p69]，将艺术定义为“有超脱庸常意味的形式”（the form significant beyond the mundane）[②p69]。笔者认为，这一定义很好地处理了艺术意义生产、传播和接受过程中涉及的艺术家、媒介和观众三大主体；把握住了艺术阐释的核心——人（及其认知）；更重要的是，“超脱庸常”这一定义克服了传统的“艺术无法定义”和“过于宽泛的定义”两种取向，不仅保留了传统定义对意味的关注，还保持了这个定义系统的开放性。

皮尔士认为，如果没有定义，人们对某对象的认知就只是一堆无边界无形态的意见。这种感知是属于“第一性”的“质符”，只是一种浅层的质地显现，无法独立地表达意义。[②p50]在《艺符》中，作者花费了近三分之一的篇幅对艺术定义进行讨论，因为在他看来，“只有将此范畴与其他范畴辨析异同，找出外延边界，加以定义，才能形成各种解释，进行辨析讨论”。[②p38]也就是说，定义是有效讨论的基础，支持“不可定义论”，其本质是对困难问题的逃避。首先，作者通过对艺术和美学概念的辨析，帮助我们走出这两个概念长达几个世纪的纠缠。从18世纪鲍姆加登创造出“aesthetics”一词开始，到康德在《判断力批判》中将其纳入哲学体系进行考察，再到黑格尔之后艺术学和美学哲学的分离，作者提出应该摆脱这种由历史和日语转译“美学”这一词语所带来的意义含混，使用“艺术学理论”这一意指关系更加明确的词语统辖全篇。功能论（functionalism）者从艺术提供的价值出发定义艺术，这显然是一种同义反复，没有“说清楚具体是什么功能”。[②p43]与之相反，表现论（expressionism）者认为，“艺术性是艺术家置于艺术品中的品格”，但许多艺术作品“并不明确反映某种客观对象或经验事实”。[②p44-46]形式论（formalism）者对纯粹形式的关注“引发了一种非同寻常的快感，并使人完全脱凡生活的利害之外”[③]，但这并不是艺术所独有的功能，且作者认为，仅仅从形式上很难找到艺术的本质。

回到功能主义，其核心关注点是人。先不论艺术到底是否有目的，它的存在本身就是“人类自从获得意识起，一直在从事的重大意义活动”[④]。作者把艺术“超脱庸常”的功能放置在整个社会文化语境中加以考察，发现了它具备一种“无目的的合目的性”特征。[⑤]其中，“无目的性”指艺术的运作方式，作为还未投射人类认知的审美对象，它是一种“纯然”；“合目的性”是指艺术作为社会的存在产生的“超脱庸常”的功能。因此，作者所谓“庸常”除了建立在自己具身的感受之外，还受到强大的文化系统的规约，在不同的社会、历史、文化语境中往往呈现出不同的表征。“超脱庸常的意味”则点名了艺术符号学的研究内容——意义。“有超脱庸常意味的形式”则指明了艺术符号学研究的直接研究对象——形式，因为“艺术（以及任何其他符号文本）都是具体内容的抽象形式呈现”[②p70]。总之，对艺术进行定义是打开这个“黑匣子”的第一步，而作者这一定义不仅最大可能地做到了内容与形式的统一，还克服了传统艺术定义在中西文化语境中水土不服的现象。

二、有为之为：艺术文本的构成与冗余

在《艺符》第二部分，作者集中讨论了艺术文本形式的各种组合方式产生的问题，即艺术文本形式的“六种张力”[②p91]。这六种张力分别是：艺术中的准不可能世界、艺术反讽与解释旋涡、艺术动势、艺术的拓扑像似、现代艺术的“不协调转向”与艺术文本中的冗余。在笔者看来，这六种张力在丰富作品意义的同时，构成了艺术之所以为艺术的风格性本质，是人们认知艺术、感受艺术的关键，也是艺术家创造艺术品、评论家品鉴艺术最大有可为之处。这种张力既是艺术符号追求反叛的“标

出性”（markedness）[⑥]的必然结果，也是人们在“泛艺术”时代“追求艺术功能转变”和一种新感受力的应然选择。[⑦]

如果说符号本身就是一种用来“说谎的艺术”，那么艺术符号就是其中最特别的一种。[⑧]所以，艺术符号到底和其他符号有什么不同？人们在认知艺术文本的时候，会把自己放置在“我在欣赏艺术品”的框架之下，按照莱文森的主张，郑重地用“先有艺术品被看待的相同方式来看待它”[⑨]。此时我们首先感受到的应当是艺术符号的“文本代码”，其次才是它的“社会代码”和“阐释代码”，三大代码一起，构成了艺术文本认知的基础。在艺术文本层次，首当其冲的便是文本的冗余和噪音问题。作者认为“如果艺术无意义，也当然就无噪音；如果艺术没有常规意义上的意义，也就没有常规意义上的冗余或噪音”[②p103]。在艺术符号三联体的框架下，艺术文本的冗余和噪音最大程度指向指称对象，且最底程度指向解释项，当这两种指向之间的张力拉大，艺术性就得到凸显。那么驱动艺术文本在实在世界——可能世界——不可能世界中的三界通达的动力是什么呢？作者在书中创造性地提出了“艺术动势”这一概念，认为艺术文本的展开方式是动态的，不仅仅是指称对象，更强调文本结构中的内部动势，且这种动势是贯穿于符形、符义、符用的整体结构的。

艺术文本的动态展开，势必带来符号意义的流动。作者认为，“符号意义需要‘认知差’才能进入传播”[⑪]，这里的认知差带来的其实不仅仅是意义的流动，还为艺术超脱庸常提供了源源不断的能量。在涉及像似问题时，作者认为“艺术不仅靠像似”。[②p153]贡布里希曾说：“我们不可能把看见的东西与知道的东西完全区别开，我们对所见之物的知识或信念总是影响我们的观看”[⑫]，我们对事物的认知总是建立在知觉和经验、逻辑的基础之上的，感官在提取信息的时候总会“共时”和“历时”地提取自己全部的知识和经验。因此，艺术文本的像似一定不是“零度”的，而是一种理据的、充满了创造性变形的弹性像似，是一种启迪艺术创作和欣赏的“拓扑像似”。艺术符号的形态和动势最终落脚点是认知，这给艺术文本本身塑造的阐释可能性和艺术风格造成了巨大的压力。基于此，作者宣告了现代艺术“不协调转向”时代的来临，“不协调艺术本质不只是一种手法，它还具有社会文化向度……不协调艺术不是不表达社会性意义，相反，是把人类从文化程式的桎梏里解放出来的”[②p186]。总之，艺术文本通过综合运用“文本代码”“社会代码”和“阐释代码”（及其噪音与冗余），发掘自身的“动势”，实现了艺术意义在不同体裁、不同场域的流动，追求与常规状态不同的“别样”，给我们带来超脱庸常的体验，是一种“有为之为”。

三、无为之为：艺术意义的展示与风格

如果说艺术文本的编码是艺术家从符形、符义、符用的角度，对文本代码、社会代码和阐释代码进行的综合，是一种“有为之为”；那么我们也可以说，艺术家对其创造的艺术文本所产生的动势、张力和意义差，以及人们对于艺术文本中“超过庸常”的意味的感知可谓是鞭长莫及。从这个意义上讲，艺术意义的传输、接受和影响力对这个意义的发出者来说，是一种“无为之为”。《艺符》对这一环节所涉及的“物”“再现”“展示”“风格”和“标出”等重要概念做了深入的探析，详细考察了艺术文本在艺术实践中意义发生的整个过程。

作者认为，物至少在艺术的三个环节上起作用：“艺术文本描述或再现的对象物、艺术文本形成所需的媒介物、艺术作品呈现所需的载体物。”[②p235]可以说，“艺术作为符号必然携带再现某事物这个基础意义，这是艺术作为意义活动的出发点”[②p237]。再现物，不管是实体的物，还是经过艺术家加工的对象或心象，都是人们认知艺术文本必不可少的依托。在被消费主义和景观所宰制的当代社会，各种艺术潮流都呈现出强烈的“物转向”和拜物教特征，艺术在面对日常物质生活越发庸常化和泛艺术化两种极端倾向时，不得不凸显“物媒介”和“物载体”两大特征，并与再现物本身合流，一起投入到符号意义动势的生产之中。

艺术物为了追求独特的艺术品格，不得不借

助标出以展现风格，艺术标出可以加强文本的艺术性。作者从符码的角度切入艺术风格研究，提出“文本的艺术式风格构成才是艺术的本质”，“风格就是艺术”。判断艺术文本到底是显性风格、中性风格，还是零度风格，最终都取决于认知主体。面对不同的艺术标准、艺术创作主体，我们很难对文本的艺术品格做出十分准确的判断。此时，到底是先有艺术，再有艺术性；还是先有艺术性，再有艺术？作者认为，各个阶段的艺术“都是由社会文化关系决定的，但是古典阶段主要靠题材，现代阶段主要靠形态，而后现代阶段艺术对展示的依赖，已经达到了能决定它是否是艺术的程度”[②p201]。从静态的角度来看，艺术意义的生产和传播即使是在封闭系统中完成，其意义的发生主要还是取决于认知主体。假设这里的认知主体在同样的社会文化背景中被塑造，他们对于艺术意义的感知和接受程度也不可能做到完全相同，那么对于艺术是否成其为艺术也带有一定的不确定性。更何况艺术意义的过程本身就是开放的，在愈发开放的阐释空间，艺术对于展示的依赖已经成为关涉其艺术性的主要矛盾。总的来说，物是艺术文本意义的出发点，在艺术装置下展示，获得自身艺术品格的合法性，艺术家也借此打上了风格标签。但是，或许我们可以把脚步慢下来，对真实物和虚拟物作为媒介与载体的艺术形态采取更加审慎的态度，让艺术文本的意义自然发生，无为而治。

四、结语

作为对艺术符号形式意义思考的菁华，赵毅衡教授《艺符》一书用简洁通透的语言完成了阐释艺术不可能之可能，就艺术“超脱庸常”的定义、艺术文本的构成与冗余之论辩、艺术意义之展示与风格向读者娓娓道来。《艺符》所关注的不仅仅是艺术的“玄之又玄”，它的出发点与被当代“艺术泛化”所淹没的社会文化现实密切相关，极具问题意识。作者站在认知主体的角度，从形式论出发，以艺术文本意义为研究对象，完成了艺术文本符号学理论的“难为”“有为”和“无为”，是艺术符号学领域一次超脱庸常且生动的理论实验。我们有理由相信，面对体裁风格各异的艺术形态和未来不断发展变化的“艺术现场”，《艺符》的理论主张将会展现出越来越强大的理论生命力，为解决艺术理论发展自身面临的困境和“泛艺术化”的时代难题开出了良方。

注释【Notes】

①本文为2023年重庆市教委人文社会科学研究规划项目“苏珊·桑塔格与翁贝托·艾柯的阐释学思想比较研究”（项目编号：23SKGH118）和2023年重庆市社会科学规划项目“认知符号学视阈下中美电影中的‘侠客’与‘超级英雄’形象对比研究”（项目编号：2023WYZX34）的部分研究成果。

②赵毅衡：《艺术符号学：艺术形式的意义分析》，四川大学出版社2022年版，第105页。以下只在文中注明页码，不再一一做注。

③[英]克莱尔·贝尔：《艺术——艺术的理性空间系列》，薛华译，江苏教育出版社2005年版，第39页。

④[法]莫里斯·梅洛-庞蒂：《知觉现象学》，姜智辉译，商务印书馆2001年版，第571页。

⑤陆正兰、赵毅衡：《艺术符号学：必要性与可能性》，载《当代文坛》2021年第1期，第54页。

⑥赵毅衡：《符号学：原理与推演》，南京大学出版社2011年版。

⑦[美]苏珊·桑塔格：《反对阐释》，程巍译，译林出版社2003年版，第343页。

⑧Umberto Eco. *A Theory of Semiotics*. Indiana University Press.1976, p.6.

⑨Jorrold Levinson. “Defining Art Historically”. *Journal of Aesthetics & Art Criticism*. Spring. 1989, p.25.

⑩Daniel Chandler. *Semiotics: The Basics*. Routledge. 2022, pp. 157-158.

⑪赵毅衡：《认知差：意义活动的基本动力》，载《文学评论》2017年第1期，第60—67页。

⑫[英]E. H. 贡布里希：《艺术与错觉：图画再现的心理学研究》，杨成凯、李本正、范景中译，广西美术出版社2015年版，第58页。

“人性”之光的张扬
——《八月之光》《萧萧》中“弃妇”形象的比较[①]

李 晶

内容提要：从“弃妇”切入历史，可窥探时代、地域乃至文化景观。美国西部作家福克纳的《八月之光》与湘西歌者沈从文的《萧萧》都塑造了“弃妇”形象。两部作品借“弃妇”讴歌了人性美，体现人类社会的共性。但弃妇“出走”的差异性又可折射出中美两国历史文化的不同，是深入了解中西文化异同的钥匙。

关键词：《八月之光》；《萧萧》；弃妇；人性

作者简介：李晶，女，武汉市南湖中学，中教一级。

Title: Display of the Light of “Human Nature”: Comparison of the Image of the “Abandoned Wife” in *Light in August and Xiaoxiao*

Abstract: Entering history from the perspective of “abandoned women” can reveal the era, region, and even cultural landscape. American Western writer Faulkner’s *Light in August* and Xiangxi singer Shen Congwen’s *Xiaoxiao* both portray “abandoned women”. The two works use “abandoned women” to praise the beauty of human nature and reflect the commonality of human society. However, the differences in the departure of abandoned women can also reflect the historical and cultural differences between China and the United States, which is the key to a deeper understanding of the similarities and differences between Chinese and Western cultures.

Key Words: *Light in August*; Xiaxiao; Abandoned women; Human Nature

About Author: Li Jing, Wuhan Nanhu Middle School, Secondary Education Level 1.

人类进入文明时代以来，“弃妇”便不断产生。无论什么时代与国度，都有忧伤的“歌”送给“弃妇”。中国现代作家沈从文的《萧萧》中有“童养媳”被人抛弃的故事。20世纪中期，美国作家福克纳在《八月之光》中也讲述了一个“弃妇”的故事。比较两部作品中的弃妇，可折射出中美两国历史文化的差异以及人类社会的共性，是深入了解中西文化的钥匙。

一、《八月之光》《萧萧》中孕育“弃妇”的土地

《八月之光》与《萧萧》所塑造的“弃妇”是中美两个不同国度的女性。她们都生活在自己家乡那片或尘土飞扬或僻静清幽的土地上。这片土地，或者如福克纳所说是“邮票般大小”，或者如沈从文所说是“希腊的小庙”。

（一）清教主义势力下的南方世界。《八月之光》讲述了一个按照生命的本来形态率性行事的女性形象——莉娜的故事。

故事发生在20世纪初期的美国南方，那里尘土飞扬，充满了野蛮的生命力。南北战争后，南方资本主义经济有了一定程度的发展。但以加尔文主义为核心的清教主义还有着极大势力。清教主义压制人的欲望，谴责享受和娱乐。但莉娜却因情欲与卢卡斯·伯奇野合有了身孕，后不辞辛劳地走上寻夫的道路。作者对这个人物倾注了赞扬和爱慕。有对她美丽外表形象的描绘，还有对她安详宁静神态的赞叹。如当阿姆施特德太太询问她有关伯奇的情

况时，面对令未婚先孕女性尴尬的话题，莉娜始终以“平静”的态度应答。如阿姆施特德太太说道：“阿姆施特德说你姓伯奇。”莉娜回答时“语气颇为严肃，异常平静。她静静地坐着，双手放在膝头一动不动”[②]，以此抵抗任何讽刺与蔑视，这是人性美的力量。正是莉娜一系列沉静的答复，阿姆施特德太太把自己辛苦攒下来的钱交给了莉娜。这间接表达了作者对人性美的赞扬。

（二）野蛮风俗中的湘西边地世界。中国现代作家沈从文在作品《萧萧》中叙述了湘西懵懂而又纯真的“弃妇”——萧萧的故事。

萧萧的故事发生在边地湘西。生活在这里的村民“坐到院心，挥摇蒲扇，看天上的星同屋角的萤，听南瓜棚上纺织娘子咯咯咯拖长声音纺车……”[③]这是一幅幽静美好的乡村夏夜图，但也是一个原始未开发的化外之地。村民闲来无事喜欢聚在一起调侃并远远观看城里放“水假”（暑假）的女学生，显示了对现代文明的抗拒。更有甚者，一旦有女孩有偷情行为，则将被“沉潭”或“发卖”。但沈从文希望通过对家乡湘西的描述，来“造希腊小庙……这小庙供奉的是‘人性’”[④]。在《萧萧》中，作者弱化了这种压制人性的野蛮风俗。“弃妇”萧萧与长工花狗“做了一点糊涂事”，但作者通过赞扬萧萧年轻、健康、自然来肯定她合乎人性的本能需要。萧萧没有被“发卖”或“沉潭”，而是顺利生下与花狗“野合”的孩子并迎娶了新媳妇。

正是出于对人性的共同追求，我们看到两位不同国别的作家在叙述故事时惊人的相似性。这种对人性的共同追求，建立在他们都痛感现代社会对人性的剥夺。因此，通过叙述人性的痛失，发出对人性的呼唤。

二、《八月之光》《萧萧》中“弃妇”共通的人性之光

（一）相似的浪漫气质。两位作者在刻画“弃妇”形象时使用了独特的叙述方法，正是这种独特艺术方法的运用，使得“弃妇”内涵更加深远、形象更加鲜明，给我们带来了强烈的审美享受。

福克纳是生长生活在美国南方的“乡下人”[⑤]。他笔下的人物往往能反映南方人的性格和思想倾向。由于南方所具有的浪漫主义气质[⑥]，也因为福克纳喜欢在具有南方特色的环境中展开故事，作品往往具有浪漫主义风格。《八月之光》同样有这样的风格特点。如福克纳通过莉娜的“寻夫”之路，向我们描述了一幅美国南方特色的风情画，“慢吞吞爬坡的马车”，“太阳照耀的广袤而寂寥的土地”。还有杰弗生镇的刨木厂，以及那些业余生活丰富而上班认真的杰弗生镇工人。沈从文是“中国现代文学史上的最后一位浪漫主义者”[⑦]，是湘西的叙述者。他以“乡下人”自居，叙述了生活在湘西这块土地上的“弃妇”萧萧。这里有夏夜乡村图，也有愚昧而又心思单纯的村民，对于萧萧的处罚，“大家全莫名其妙，只是照规矩象逼到要这样做，不得不做。”[③p373]

（二）“弃妇”意象的多元性。除了相似的浪漫主义气质，福克纳与沈从文都否认自己作品有明确主题。福克纳说：“我没有主题，或者，可能有……”[⑤p147]同样，沈从文也为作品主题是什么而茫然。但他们的作品都体现了丰富深刻的内涵。

《八月之光》中“弃妇”直接含义是指女性遭受男性抛弃。文中遭情人抛弃的莉娜是“弃妇”。“弃妇”也指遭受他人排斥，作品中的乔·克里斯莫斯便是。白人排斥他，认为他是黑人，黑人也不欢迎他，认为他是白人。他处于孤立的境地，“弃妇”是他身份的象征。朱安娜又何尝不是双重“弃妇”的意象呢？她是生活在杰弗生镇的白人，但她被那些代表主流的白人所排斥。后来，又成为乔的情人并死于乔之手。而《萧萧》中的“弃妇”，同样传达了多种意蕴。既指萧萧被花狗抛弃，也指远离城市的乡民被现代文明所抛弃。

（三）一曲地域哀歌。福克纳作为南方人，具有南方人的保守和浪漫情怀。南方人对北方入侵有本能的反感。他们理想的生活是高雅悠闲的庄园生活，有对变革的恐惧和拼命想维护过去岁月的绝望。这种情绪反映在作品中，呈现出哀婉的情调。

莉娜行走在没有方向的路上寻找情人，固然体现了昂扬的乐观基调，但在乐观的背后是无用的挣扎。这种徒劳似乎透露了作者对前途茫然无知的悲哀。《萧萧》同样体现了哀婉风格。萧萧偷情后既没有被“沉潭”，也没有被“发卖”，而是怀抱新生儿迎娶了新媳妇。但这种“大团圆”结局是太多偶然因素的结果。

三、“出走”所彰显的时代文化内涵

福克纳与沈从文所刻画的“弃妇”形象有诸多相似之处，但如从“出走”切入，将发现弃妇形象的不同，以及这种不同背后深厚的时代文化根源。

（一）“弃妇”出走的相异性。“弃妇”在面临被抛弃的命运时，都想到了出走。“弃妇”的这一共同决定，有相同的人类学意义。这是人类面临困境时的主动或被动的选择。

莉娜和萧萧的“出走”体现出了诸多不同。首先，出走的心态不同。莉娜是主动出走，萧萧是被动退出。其次，出走的结果不同。莉娜成功，萧萧失败。最后，出走的动机不同。莉娜出走是为了找到伯奇，萧萧出走是认为自己做了错事。出走的“弃妇”传达的文化意蕴也不同。“莉娜们”“为某种内在的需要纠缠着、蛊惑着、驱赶着……”⑧莉娜执着追求的形象是美国发展中的象征。萧萧无力逃亡后安于现状，开始迎接新的“萧萧”，象征着在原地打圈的半殖民地半封建社会的中国。

（二）“出走”所彰显的社会文化差异性。同为“弃妇”，却又显示出走的诸种不同。这必然离不开孕育了她们的时代文化。

莉娜所生活的美国南方，清教主义思想对妇女的约束已明显减弱。而封建传统思想对妇女的压迫在20世纪初期的中国并没有得到实质性改变。这就是为什么莉娜敢于从家中出走。可能也有卫道分子阻挠莉娜出走，但她认为自己完全可以在大白天从门口走出去。而当时的中国，正为了实现这种“出走”大力引进西方思想，在进行不懈的努力。莉娜出走的积极乐观、充满生命力的追求者形象，是迅速发展起来的美国形象的象征。而“出走”受阻的萧萧则象征了当时踟蹰不前的古旧中国。

除了社会现实的不同导致出走的差异性，不同的文化传统也是原因之一。福克纳思想

既有占主导地位的美国传统观念，即“勇气、荣誉、希望、自豪、同情、怜悯之心和牺牲精神”⑧p255，也有西方现代文化的影响，如萨特的存在主义思想。存在主义要求由自己的意志来做出选择。在欧美两种文化的熏陶下，莉娜是不停前进的形象。受传统封建思想影响，中国的“萧萧们”必受到“读了‘子’‘曰’‘诗’‘云’”封建卫道士的惩罚，这也是萧萧未能成功出走的原因。

注释【Notes】

①本文为2022年湖北省教育厅课题“21世纪以来新加坡中学华文文学教材中的中国形象研究”（课题编号：22G01）的研究成果。

②[美]威廉·福克纳（William Faulkner）：《八月之光 美国现代经典》，蓝仁哲译，天津：百花文艺出版社1998年版，第14页。

③沈从文著，赵园主编：《沈从文经典名作》，北京：生活·读书·新知三联书店2020年版，第362页。以下只在文中注明页码，不再一一做注。

④沈从文：《从文小说习作选集 代序》，见《沈从文全集》第9卷，太原：北岳文艺出版社2012年版，第2页。

⑤[美]克林斯·布鲁克斯：《乡下人福克纳》，选自李文俊：《福克纳评论集》，北京：中国社会科学出版社1980年，第237页。以下只在文中注明页码，不再一一做注。

⑥肖明翰：《威廉·福克纳：骚动的灵魂》，成都：四川人民出版社1999年版，第65页。

⑦陈国恩：《浪漫主义与20世纪中国文学》，合肥：安徽教育出版社2000年版。

⑧李文俊：《福克纳评论集》，北京：中国社会科学出版社1980年版，第40页。以下只在文中注明页码，不再一一做注。

寻找创伤和压抑中的女性声音：评李惠仪《明清文学中的女子与国难》

葛晓通

内容提要：明清文学中女性作为创作主体与被摹写对象已经成为不容忽视的主题，尤其是易代之际在危机时刻的情感呈现更能触动人们的心弦。李惠仪《明清文学中的女子与国难》一书显然是抓住此点，以打通文体之间的限制为途径，以情感统摄与时代变换的命题来观察明清鼎革之际的创伤和记忆，同时视野移步现代当代，关注清末与现代的女性声音，并借由陈寅恪的个案研究展现出对性别界限与修辞观念的独特理解。

关键词：李惠仪；明清文学；女性文学

作者简介：葛晓通，上海外国语大学中国古代文学硕士，研究方向为明清文学。

Title: Looking for Female Voices in Trauma and Repression: A Review of Wai-Yee Li's *Women and National Trauma in the Late-Imperial Chinese Literature*

Abstract: In the literature of Ming and Qing Dynasties, women as creative subjects and imitated objects have become a theme that cannot be ignored, especially the emotional presentation in the crisis moment of the transition can touch people's heartstrings. Wai-Yee Li's *Women and National Trauma in the Late-Imperial Chinese Literature* obviously grasped this point, and observed the trauma and memory at the time of the Ming and Qing Dynasty Revolution through the topic of emotional control and the change of times. At the same time, her vision shifted to the modern era, focusing on the female voice in the late Qing Dynasty and modern times. Through Chen Yinke's case study, he shows his unique understanding of gender boundary and rhetoric concept.

Key Words: Wai-Yee Li; Literature of Ming and Qing Dynasties; Feminine literature

About Author: Ge Xiaotong, a master student in Shanghai International Studies University. His research fields: Literature of Ming and Qing Dynasties.

《明清文学中的女子与国难》于2022年翻译至国内。其书先由英语写就，于2014年在哈佛大学亚洲中心出版。随后多次获得如“约瑟夫·列文森”等驰誉中外的奖项，其书籍质量与成就可见一斑。该书多言鼎革之际的女子举动，时间多聚焦于晚明与清初之际，并且在尾部提及现代与当代的女性形象塑造，其间人物多有创伤与罹难，于明代与诸多士人、遗民而言，更乃国难，此书既是旧秩序的拆解与见证，又为新秩序的建构而铺排。

一、消弭界限与文体：独特的女性形象与文学史的建构方式

过往的文学史叙述往往侧重遗民诗人的主体选择，其间偶有女性参与也仅仅是偶一提及，很难将明清鼎革与女性的身份认同以及命运抉择通过多种文体进行演进，难以打通文体，以综合的视角分析明清之际的女性体验。作者另辟蹊径，以男女性别界限、明清鼎革、生与死、人与鬼等看似二元对立的概念作为线索不断探求明清之际的更多思考。作者借由二元对立的框架进行叙事，目的实则是逐步消解这种二元对立的思考。在第一章与第二章，作者在题目设置与立论过程中就多次混淆二者的界限，第一章虽名为“男性诗词与性别界限”，而着重探讨的则是诸如闺阁之笔、幽微婉约的修辞；第二章题为“女性诗词与性别界限”，而着重探讨的

则是多形容男性作家的语词，如诗史精神、壮志难酬以及谈兵说剑等。作者有意地将固有印象中抽象的男女性别进行重新思考，钩沉史料典籍，谈论女性书写者而并不孤立，既能在婉约背后找到属于古代文学的共同研究理路，也可以补充明清文学中不可或缺的女性经验。李惠仪在通过对女性作家作品进行细致的文本细读后，能将其与男性作家的修辞与视角进行对照，证明了女性作家抑或是书写女性的文本与文体之多样性的同时，也准确定位了明清之际女作家对其时其地文学精神的坐标。

同样，在此书中，我们亦可以透过材料的征引与作者的叙述明晓男性作家形象树立之外的可能。可以说，该书还意在揭櫫女性形象建构与文体之间的关联。就大类而言，诗、词、小说以及弹词甚至传奇、杂剧，在该书中都有或多或少的评析，而以往被视为“言志”的诗也逐渐带有如记史、抒情的功用，与之相对应的是词、曲、小说、传奇等俗文体的共振。不同文体之间由于表意的差别，无法进行共通的分析，在李惠仪的分析中，作者不但将原有的诗史互证进行发挥，同时还将词、小说等文体的诸多特点进行贯穿。以第三章《化身英烈》为例，作者分析了如李渔的《意中缘》、王夫之的《龙舟会》等剧作以及林四娘故事不同版本之间的区别①。李惠仪将戏曲、弹词、杂剧、笔记、小说、文人别集中的序文等文体统摄于一个主题之下，借由丰富的个案展现出明清之际女英雄的化身现场。同时，将视野移至第四章、第五章则会发现，章节与章节之间遥相呼应，第三章所书写的形象转变很难以诗、词等非叙事性的抒情文体表达出来，而第四章明末声色风月的名士与名妓之间的交流则多以诗、词等抒情文体展现，更可以看出作者的匠心独具。可以说，作者在有意与无意之间也突破了明清文学研究中诸多文体的限制，在诗词小说等诸多文体、雅俗之间找到了一种平衡。

二、文化叙事与被压抑的女性创伤

明清之际，所令人感慨追忆的并非仅仅只有作为文学的文本，同样，一种更宽广的文化文本也以其独特的发展方式保留了下来。李惠仪在书中便试图超越文学文本，以更宏观的文化角度来关照易代鼎革之际的女性面貌，同时以“女性创伤”和造成这种创伤与记忆的缘由为切入点，对明末与清初的诸多作为文化的事件与故事进行思考与阐释。

作者并未选择更具有历史和伤感的南京故都作为主要分析场域，而是将视角转移到南京旁边的自古令人愉悦的扬州，以扬州女子在兵燹与混乱中的种种遭遇所形成的创伤与记忆进行叙事。李惠仪并不避讳谈及“扬州十日”的悲怆经历，笔锋所指，反而指向了作者王秀楚对扬州女性的批评。王秀楚对扬州女子的严厉批评，固有的男性立场，使得其固有的认知在当下的时空里，不免多了一层反讽的味道。《扬州十日记》的残酷经历，详细描绘却并不讽刺清军的入侵，而将矛头指向女性，拉开了明清之际女性地位逐步下降的序幕，而作为创伤记忆的承受者，明清之际的女性在化身英烈，或投身声色风月之后，反而被埋入痛苦与创伤的体验之中。李惠仪在最后一章提及固有男性叙事下有关扬州文化与创伤记忆，显然是心有所戚戚焉。杰弗里·亚历山大曾提到，“当个人和群体觉得他们经历了可怕的事件，在群体意识上留下难以磨灭的痕迹，成为永久的记忆，根本且无可逆转地改变了他们的未来，文化创伤就发生了”②。有关扬州文化与女性创伤的书写未尝不是一种独特的文化创伤。在特定的扬州十日下，诸多作家通过对扬州经验的书写，传递的是一种强烈而持久以至于难以磨灭的痛苦记忆。原来这种记忆独属于明遗民等士人群体，而借由李惠仪的书写，这种记忆的书写方式也有所变化，原来被压抑的女性声音被扬声，固有的独属于“士人、遗民”的声音相较之下也显得并非如此单纯。

在这种创伤的经历体验下，李惠仪又选择了丁耀亢的《续金瓶梅》的个案以分析，针对扬州文化的浮靡，在《续金瓶梅》轮回思想与批判底色之外，由于北方人的身份又多在南方与名士遗民交游，与南方声色的暧昧关系，丁耀亢在其作品中是否又有隐微指涉？不同于先前《扬州十日记》的女性呈现，丁耀亢多书写女子在罹难间被掳掠与城市兴衰，自身漂泊以至于为国殉身。李惠仪借由丁耀亢的《续金瓶梅》所传递的是一种在明清易代之际的过渡书写，由过往被视为淫纵无耻演化为无辜的受害者与权威的历史见证人，这无疑给女性的表达加上了一层“史”的视野与眼光，正因为其中有“情”的融入，借由旖旎的表达，第二章所提到的“诗史精神”在此处便有了独特的回声。

在别有用心的纪实叙述与小说虚构之后，李惠仪将视角移至更为写实的“县志”史料之下，试图以《康熙扬州府志》和《乾隆江都县志》中对烈女的褒奖来找寻清政府在处理易代经验与意识形态控制的缝隙中“贞烈女性”的独特位置。不断刻画的从容赴死，以自缢、坠井、投河或自焚等较为温顺的方式来记载女性的遭遇，其中鲜有被逼迫而死的暴力性，与一开始提及的《扬州十日记》大相径庭，读者看来，足见作者选取材料考虑到的悖论与张力感。在清政府的馆阁文臣与地方文化人士主持编纂的府志县志下，那些被强暴奸淫掳掠的女子独特经历被隐藏了，而剩下的只是从容赴难为故国与贞洁而死的女性，而仅存的女性创伤记忆背后也往往被宗族与传统的力量压制，作者所着力指出的正是被压抑的女性声音与创伤记忆不断闪烁在隐性与显性的文献之中，压抑者正是背后的清政府与父权力量。相较于开篇作者所提及的《扬州十日记》，这种褒奖和夸耀的背后实则是对特定记忆的淡忘与抹杀。

第四部分正是通过许多的诗词来表达这一时期的记忆与遗忘。众多诗人如周容、孙枝蔚、丁耀亢、吴伟业、王士禛等的扬州欢愉书写和唱和之作，显然是试图以游览的欢愉代替过往的创伤罹难记忆。李惠仪同时还选取了孔尚任的《桃花扇》作为“第二代记忆”的代表，既探讨了孔尚任如何接受明清易代之际江南遗民文化与南明记忆，同时也以舞台上的轻拢慢捻重塑自己心中对过往尘埃的想象。台上的余文唱着“当年真是戏，今日戏如真”的同时，借兴亡之情写离合之感的寓意虽已达到完全表达，可历经磨难的李香君终归遁入空门，李惠仪眼光独到地指出，“李香君体现了这主客世界之间的裂痕。时事逼使她多情重义的自我期许政治化。她的爱情及政治激情与其处境相违（作为妓女她如商品被买卖，她在剧中往往身不由己），却始终不渝”[①p453]。李香君表达政治见解的方式是戏剧，规劝阮大铖与马士英之辈的同时，塑造李香君形象的背后动力也在持续指向女性和女性在危机时刻下的选择，而这种选择只能以台上的聪明智慧显现时，无疑是对官方文献的质疑与反拨。当李香君在台上不断地呈现女性所有的坚贞与无奈时，她本身所诉说的话语和表现，就已经冲破了易代之际对女性的压抑，也是孔尚任表达历史的另一重维度。

最后，作者为一直被视为“祸水”的陈圆圆翻案，梳理“圆圆故事”的流脉的同时，也在呈现何时何人何种意图在塑造圆圆。从清初诸多剧作的不断翻案，对陈圆圆的开脱、歌颂乃至于称赞其机敏果敢和沉毅，以国事为重甚至自沉殉节，试图消弭导致明亡的罪责，再到晚清的作者塑造中，陈圆圆摇身一变，成了民族英雄。由“红颜祸水”到“民族英雄”，正是因为民间与时局的变迁需要。危机的解除与生成之下，以“陈圆圆”为个案，作者表露的实则是在历史的变迁下，女性逐步被压抑和无法左右的窘境。甚至变为民族英雄也并非真实如此，而是被借题发挥和时局需要，借由文学文本我们观察到了“圆圆故事”与“圆圆形象”的流变，而文化背景的演变下我们听到的是被压抑的女性声音。

三、意在当下：危机之际的女性选择

该书标题提及的有关“明清之际”与题名中的“帝国晚期（late imperial）”略有不同，不仅仅涉及习惯用语，同时还有关意识形态观念的区别。仅就文学表达而言，标题所概括的明清典籍与文学研究占据了该书的绝大部分篇幅。

然而，该书作者却并不满足于过往历史与古典文献，所汲汲而探求的是易代危机之际中国女性的求索与尝试。该书一共六章，每一章互为表里相互映衬的同时，也将书中一条重要线索逐渐披露，也即明清抑或更早岁月中的女子事迹对清末乃至现代中国的影响与回声。第一章“男性诗词与性别界限”中的结尾，虽然仍以男性作家的跨性别修辞为表达，但以陈衍的评点，王鹏运、朱祖谋、刘福姚等人同作的《庚子秋词》以及陈宝琛《感春》，王闿运《游仙诗五首》等诸多诗词，都以含蓄委婉的隐语修辞呈现出一种暧昧的取舍。性别界限在第一章中就逐渐被涂抹，闪烁其词的背后是现代中国前夕观念的破除，而开启这次举动的则是性别意识的消弭。正如在第二章中进一步分析“婉约”评价机制背后的原因，并以诸多本以形容男子的语词谱系移就到女子身上，如“诗史精神”、谈兵、友情等，随着评价与实质呈现的逐步符合，为人所常识的闺阁之笔也与本属于男性的精神达成了一次悖反，作者力图呈现的，就是在这种张力中，女性在易代之际的危急时刻所表现的种种精神与独特面貌。这种面貌也勾连着现代革命与救亡中的女性独特体验，以秋瑾、吴藻、陈蕴莲等人为例，作者力图勾勒的也是一种思维模式，即置身现代的门槛时，女性觉醒者如何以诗心呈现自己的爱国情愫，以及这种女性英雄的想象源泉究竟何时如何而来？借由刀剑、诗史与诗心的觉醒，新一代的女英雄自我接受传统的谱系，以在混乱的史诗时代中谋求独立的自由与未来。

在李惠仪的笔下，古代文学与现代文学的发展似乎从未真正断裂，往往在后世人们所经历的困境中不断反响着对前世磨难的回声。借由不同作者在作品中所书写的“林四娘形象”，作者力图呈现的是在时代的洪流下作家对于女性书写的不同抉择，而这种抉择在现代也不仅仅借由文字呈现，更可以通过唱腔，乃至优伶的表演，寄托更为幽深的情绪。李惠仪就在书中明确提及民国时期的男旦经常搬演许多女将和女侠的故事，尚小云所扮演的谢小娥、秦良玉和林四娘以及梅兰芳、程砚秋、荀慧生在危机时刻下扮演救国的女英雄，既是对古代文学中性别界限的回应与再探讨，同时也为女英雄在当下与之后的想象提供无法反驳的余地。

同时，作者还将笔触伸向了更广阔的女子贞洁的问题。在序言中，李惠仪就已经揭开有关“贞洁”在易代之际的不稳定性，常常出现母子同时请求妻子保障家族血脉和孩子的前提下，对时人遵守所谓“贞洁”的观念进行了有力质疑并给出了诸多案例，李惠仪有意阐释有关“贞洁”的观念并非一成不变，反而这种所谓“贞洁”的观念并非具有稳定性。这不仅仅表现在第五章“辱身与遂志”的详细书写之中，更重要的则在于第五章末尾的“越界”一节中所提到的丁玲的女性书写。民族主义与革命战争的叙事下，女性的贞洁与国家的胜利挂钩时，《我在霞村的时候》独到女性经验似乎为我们浇上一盆冷水。女性由于追逐革命而染上日本军官所传播的性疾病，在常人的视野下，贞贞不过是被目为“被困的情欲野兽”“复仇女神”，但正如同名字“贞贞”所赋予的意义一般，在独特的个案展现里，实则呈现的是固有的反讽书写，因为贞无法被破坏，被破坏的便不能称之为贞，所以染了病的贞贞希望的是去“乌托邦”一般的圣地治愈。女子所付出的苦难以及经历的创伤，更是自古代横亘至现代的叙事之中。

另外，值得注意的一点是，该书不仅仅关注于古代以及中国现代文学所发生的种种个案与文学研究，更是逐步将视野迈入当代与后世的纠葛。在史诗时代结束后，在现代与传统交织的中国土地上，以女性修辞抑或隐微写作的传统如何延续的问题成为该书发出的质问。作者在序言中曾经提到，书籍的结尾本打算以分析陈寅恪的经历为章节将思考进一步延伸，然而由于种种原因最终作罢。我们如今看到的余论部分似乎就是作者以一种更为开放式的尾声作结，而且在其余的部分章节之中也提到陈寅恪的个人选择，将“陈寅恪”的个案作为研究的切入角度与收尾，引起更多维度的思考，似乎才是该书的旨归。陈寅恪的个人选择与家国命运都构成了张力的最后一环，而其皇皇巨著《柳如是别传》也是李惠仪在书中孜孜矻矻捻出的“性别界限、女性诗心、诗史意识”的当代代表。如果说建立一种谱系，并找出诸多崭新的线索以及更圆融传神的语言是此书为人足道的观察角度，而单是将《柳如是别传》纳入此种谱系并点到为止，这种举动或许才是此书研究视野的独特意义。

注释【Notes】

①李惠仪：《明清文学中的女子与国难》，台大出版中心2022年版，第161—244页。以下只在文中注明页码，不再一一做注。

②Jeffery C Alexander. “Towards a Theory of Cultural Trauma”. *Cultural Trauma and Collective Identity*. University of California Press, 2004.

论中英传统文论与诗歌中的价值诉求和情感表征

成俊飞

内容提要：中国传统诗歌和英国传统诗歌在不同时空中有交集也有抵牾。首先，中英传统诗歌古典文论具有不同的文采观与创作观，这是来源于作者的隐性价值诉求；其次，中英传统诗歌从文本意义上还具有不同的恋爱观，这是不同民族诗歌中所传递的显性价值诉求，透过价值诉求，中英传统诗歌中仍具有不同的情感表征，其可能的表征为风景书写，构建了中英传统诗歌中的不同特点。

关键词：中英传统诗歌；文采观；恋爱观；风景书写

作者简介：成俊飞，湖南科技大学外国语学院研究生，主要研究英语语言学。

Title: The Value Appeal and Emotional Representation in Chinese and English Traditional Literary Theory and Poetry

Abstract: Chinese traditional poetry and English traditional poetry have overlaps and conflicts at different times. First, the traditional Chinese and English poetry classical literary theory has different views of literary talent and creation, which comes from the author's implicit value appeal; Secondly, Chinese and English traditional poems also have different views on love from the text meaning, which is the explicit value appeal conveyed in different national poems. Through the value appeal, Chinese and English traditional poems still have different emotional representations, which may be represented by landscape writing, constructing different characteristics in Chinese and English traditional poems.

Key Words: Chinese and English traditional poetry; literary view; love; scenery writing

About Author: **Cheng Junfei** is a graduate student in School of Foreign Studies at Hunan University of Science and Technology, majoring in English linguistics.

在中英不同的传统诗歌中，吴伏生总结了中英诗歌传统中的诗歌与诗人的差异及其背后的社会文化因素的影响。①除此之外，还有对于中英诗歌创作题材的探究，吴伏生研究了中英传统诗歌中的宫体怨情诗，发掘了其不同的政治文化与宗教背景。②在宏观的比较之外，还有对于诗歌中共同文化意象的探索，吴伏生以中英传统诗歌中经常使用的经典意象“兰”和“violet”（通译为“紫罗兰”）为例，通过对具体诗歌文本的分析，指出它们在各自传统中均象征谦逊退让的美德。③王璇对中英文传统诗歌中的月意象进行梳理之后，发现这些意象的隐喻内涵有着共同的认知基础，即“女神”的神话原型，通过平行分析，建立起从源域到目标域的跨域映射，以此说明“月亮是女神”（MOON IS GODDESS）是一个对月意象进行元认知的概念隐喻，是中英文传统诗歌中月意象塑造的契合点。④胡赛龙分析了中西美学和诗学对意象的定义和分类后，选取了中英诗歌中重叠较多的水和风这两个自然意象进行对比，考察相同的自然意象在中英诗歌中的不同呈现和不同作用。⑤张静分析了不同诗歌的爱情形象。⑥陈海庆、吴永波比较阐发了中英诗歌的不同自然意象。⑦鉴于此，本文欲研究前人研究相对较少的领域，从意识形态和上层建筑的角度，聚焦于中英诗歌中不同的价值诉求，即作者意义上诗歌文论中不同的创作观念、文本意义上诗歌所体现的不同爱情观，以及体现价值诉求的情感表征——风景书写。

一、中西诗歌文论中不同的文采观

（一）《文心雕龙》的文采观

山川秀丽，锦绣河山，“文之为德也大矣，与天地并生者”，在刘勰看来，为文的道理和大自然的鬼斧神工并无二致，丰富流变的体裁、富足生动的题材，再装饰以动人的韵律，便会四处流淌着创作者的智慧与文采，与山川日月同辉。但是，刘勰的文采观历经前代文学观念的冲刷、洗礼，仍以孔子儒家美学思想为正统，奉六经为上乘，似乎有思想而又质朴的文章胜过仅有文采的文章，正统即为文采，如“百龄影徂，千载心在”的孔子所说：“志足而言文，情信而辞巧，乃含章之玉牒”，文采的关键在于思想充实又情感充沛，有无绚烂的文风似乎并不影响文章的文采，只要文章发自肺腑，有宏图之志，情真意切，便是好文采，所以刘勰的文采观并不是狭义的，而是一种超脱于狭义文采之外的大文采，文以载道，记录世情内心与人生百态的“文采”。用周公和孔子的文章可以作为有无文采的正统检验标准。“繁略殊形，隐显异术；抑引随时，变通会适”，好的文采还在于适当地变通，随着创作的实际情况进行调整，繁略隐显需要找到适当的时机和题材，才能生花妙笔。所谓微言大义，精简绝伦，“辞约而旨丰，事近而喻远”，“芟繁剪秽，弛于负担”，刘勰遂以《楚辞》的靡靡之音和汉赋的奢靡艳丽作为反例，即使在一定程度上赞扬了其奇崛伟岸的文风，但是落笔仍是批判，好的文采仍是简练质朴、深情脉脉、论点明确、世情严明、文风规整、文品端正，强调文采不是首位也不是末位，但当思想与文采发生冲突时，质朴真情却占据首位，“义典则弘，文约为美”。明晰晓畅的说理仍是首位：“经足训矣，纬何豫焉”“《七历》叙贤，归以儒道，虽文非拔群，而意实卓尔矣”“陆机自理，情周而巧”，以经纬线为喻，经线是本，纬线为辅，经线是情理，纬线是文采，即情理要先于文采；又以纺织中正色与间色为喻，文采不能妨碍内容情思的发挥，正如间色红紫不能阻碍正色朱蓝的显耀。

但更理想的一步是，当雅正质朴与奇丽华丽的文风都具备时，便达到了文采的和谐平衡和辩证统一：“酌奇而不失其贞，玩华而不坠其实”，又以《离骚》为证，因其真情流露、记录山川、情理交融，可谓极富文采。好的文采犹如奇丽织物一样不失本色，图画色泽丰富而不落本质，文采过于繁盛却不失质朴的道理、风教。尤其是创作要哀而不伤，富有正统的哲理与意义，创作不能过于模仿而归于戏谑，文章的文采应有醒世教化之功效，流芳百世，传颂经典，对于历史记录，应该要有公正客观之心，直言不讳之风，才能谏世以流传千古。“唯英才特达，则炳曜垂文”，好的文采还在于创作者是否具有有品格的“文采”，是否具有清绝的风骨，好的文章来自人，好的文采出自文章，没有卓绝的品格，文章再妙也不过是一潭死水，无人问津，文章应该坚持正道。创作还应顺势而为，如心中所想，又合乎逻辑，如木之纹理，一脉相承，一气呵成，没有漏洞与罅隙，所言即所写，所思即所述，无虚妄矫正，无油滑空洞，此中真理，还包括天人合一、道法自然的哲学观，理包括天理和人事，世间百态，纷纷人事，皆可形诸笔端，诉诸笔墨。好的文采需要因地制宜，在不同的时机用不同的题材、文体和风格，对于不同的物象能够信手拈来，张弛有度，繁简得体，华实相彰，如此这般才能达到文和理的整饬与交融，而儒家美学思想的整体观与和谐观，便体现在此。中庸的哲学观过犹不及、中正平和也体现在此，如儒家使用文辞古雅却不迂腐，通俗而又不流俗，文采适度而不靡丽，文章强劲有力而又不断创新，是谓文采。如若辞藻过于绮丽，“淫巧朱紫”，便有损文章的劲道与深刻；如若辞藻过于炫丽，掩盖了文理的彰显，有损于逻辑的贯通，为了文采而抛弃逻辑与文理，其实是失掉了创作的根本，是创作的大忌。好的文采在于文章晓畅，合乎实际，“表里必符”。“志足文远”的文章才能算作有文采，刘勰的文采观往往与政治才能与远大的抱负志向有关，因其受儒家思想所熏陶，“修身、治国、平天下”的思想深刻熔铸在刘勰的文采观中，文章中所体现的胸怀大志往往能够助力好的文采“百尺竿头更进一步”。

谈及刘勰的文学理论，其神思说阐明了文采的来源，对于文采的构建在于把握内心的灵感，这种灵感往往是稍纵即逝的，只有捕捉到方寸的理，咫尺的义，博闻强识，饱览群书，思接千载，视通万里，创作便如神来之笔，顺乎自然的法度，合乎自然的情理，让文采厚积薄发。而对于文采的彰显，刘勰强调要博学精练，神游于自然，通感于外物，通其文理，精于声律，才能锻造出好的文章，喷发好的文采。其风骨说构建了文采的内涵，文章的品格不在于辞藻的堆砌，“然契机者入巧，浮假者无功”，而在于内容的充实，思想的饱满，情感的真切，文字朴实而声调韵律和谐。刘勰从反面论述之：“若瘠义肥辞，繁杂失统，则无骨之征也；思不环周，索莫乏气，则无风之验也”，风骨乃思想情感实质，文采乃外在形式表征，刘勰擅于比喻论证，如果有风骨而无文采只能算作中乘，有文采而无风骨只能归为下乘，风骨和文采兼有之可谓上乘的大文采，即文章中的“凤凰”。其通变说强调既要研习古代经典传统，又要求新求变，所谓文章，无不是站在巨人肩膀上的批判继承，“莫不相循，参伍因革，通变之数也”，博古通今，以古今作品为观察范式，取其精华，去其糟粕，不断求新求变，“故知炜烨之奇意，出于纵横之诡俗也”，融会贯通，才能“为有源头活水来”。附会说的观点在于作文者要有提纲挈领的能力，好的文采在于材料的取舍，长短句的交错，对偶句与骈句的交织，音节与文脉能够和谐共生，文章能够首尾呼应，如气贯长虹，一以贯之。文辞又因情感志向而抒发，附会于自然万物，“然屈平所以能洞监《风》、《骚》之情者，抑亦江山之助乎”，因时而变，因季而动。

（二）《文心雕龙》与《诗学》文采观之比较

“春日迟迟，秋风飒飒。情往似赠，兴来如答”，无论是刘勰的文采观还是亚里士多德的文采观，都注重对于自然的仿拟，倾注情感于自然万物，文思便如泉涌，因为中西方的诗学不论怎么变化，作为人的本源，都摆脱不了自然万物的限制，自然万物既是窠臼，又是成就文采腾飞的渊薮。《诗学》阐释道，人从出生开始就有模仿的本能，但是这种模仿在于口头诗的旋律与音调，通过模范大自然的韵律而造就了吟游诗人与口头诗人，所以西方文学滥觞于口头诗学，其原因不言自明，因为大自然是万物的本源，在人没有成为万物的尺度之前，大自然便是人的尺度，在未出现文字之前，诗歌文学得益于口头的传播。但是西方早期诗歌据《诗学》所言，更多的是对于有德之人和无德之人的模仿，记录他们的行动。当与神学结合在一起，便出现了颂神诗，而这些神其实是人类的抽象化身，《文心雕龙》歌颂儒家正统，而西方诗学歌颂英雄与神灵，早期的中国文采更多地指向政治上的歌功颂德，而西方诗学的文采更多地与个人主义和偶像崇拜结合在一起，出现了颂神诗、讽刺诗、史诗。东西方文采的共同点是对于美好德行的赞誉，因为那时都还未出现良好的法律系统，以文学来作为引领人积极向上的力量和准绳，具有积极和重要的意义。西方世界中，从诗歌到戏剧的跨越，都没有离开韵律，西方讲究抑扬步和音步，而中国诗学也推崇形式的对仗，尤其是对偶与骈句的和谐。

《文心雕龙》的文采观更多地在于对自然物象的模仿，而《诗学》的文采观更多的地在于对人的模仿，尤其是喜剧模仿低劣的人，以放大他们不好的品性，进行夸张与戏谑，而悲剧往往确实是对美好的高尚人的品格的仿拟，这样就具有了文采上的张力。但是悲剧的力量更具有文采，喜剧只是一笑而过，而悲剧具有史诗的因素，记录宏伟的历史、鲜活的文化、不屈的英雄气节，以待彪炳史册。悲剧的文采还在于与读者的共情，其宣泄的力量有助于引发人们的各种消极情感，具有表演的成分，其情感是融汇在观众的观感中，打动普通观众与读者，而刘勰的文采是熔铸于元文本，是情理结合，更多的是打动当时的知识阶层。综上观之，《诗学》的文采观更接地气，而刘勰的文采观似乎束之高阁，非平民化，因为当时受教育的是少数人。悲剧包括情节、性格、语言、思想等要素，而语言和思想这两个维度是中西文采观的交集。刘勰的诗学注重抒情和说理的融会贯通，而在古希腊时期西方的文采观便体现在对于情节和人物叙事意义上的把握，据亚里士多德所言，悲剧的灵魂是情节，即使没有浓墨重彩的语言，也不输于仅有语言的涂抹，而刘勰的文采观灵魂在于，文理即个人的情志乃至儒家正统思想发挥，刘勰的文采观更多地停留在感性的层面，而早在古希腊罗马时期，文法结构意义上的叙事聚焦便成了悲剧的灵魂。因为题材写作的不同，刘勰所处的时代重视骈文和诗歌的写作，文贵简约，避免盘根错节，文章需要强劲有力，更符合当时写作体裁与时代精神的需要，而《诗学》的文采观在于，只要剧情明朗，文章的体裁越长越好，因为长度能反映戏剧人物情感的变化，更能适应当时表演的需要。但是在文章构思和编排中，中西方的文采观都强调一气呵成，《诗学》所宣扬的好的悲剧强调情节非穿插式，而应该具有逻辑上的统一与连贯，事情的排列顺序应该错落有致，而非零散混乱，即使是意料之外的情节也应该具有一定的合理性，便是引起读者和观众的恐慌，情节和性格也是某种必然的因素，而不是某种偶然的因素。而在文章构思中，两者都强调提纲挈领的作用，在心中布置好一盘棋，前后附会，再运用神思加以穿插词语与情节。在用词造句方面，言语需要明晰，但又不能落于俗套，《诗学》建议善用隐喻词、延伸词、缩略词、外来词和变体词，简约而不简单。无论是中西方的诗学，都认为文采不是写作的第一要义，但也不是文人骚客轻视的末端，文采都在创作中展示了一定的意义。通过对《文心雕龙》和《诗学》不同文采观及其创作理念的探析，《文心雕龙》与诗学都重视文采对万物的模仿，《文心雕龙》在于对自然的模仿，而《诗学》在于对人的模仿。其文采观所体现和钟爱的体裁也不尽相同，前者是短小的骈文和韵文，而后者是倾向于史诗的戏剧，前者偏经验总结，后者偏理性叙事，更接地气，但其相似的地方是都认为文采在于抒情、说理与逻辑、道德情操的感化，韵律和华章只是一种充分不必要的形式。

二、中西诗歌中不同的爱情诉求

在中英有关爱情的传统诗歌中都充斥着对于爱情的歌颂，但是其中不同的爱情观值得深思其背后的历史和文化渊源以及中英不同爱情观的书写和表现差异，“《诗经》是我国现存最早的诗歌总集，其中的爱情诗反映了那个时期人们独特的爱情观。它用世上最美丽的语言为我们展示了人类美好的情感世界，表现出了上古时代人们所特有的纯正、健康的爱情观，同时也给我们留下了永不磨灭的情感光辉，它永远激励着我们后人不懈地追求爱情的真谛。”⑧“关关雎鸠，在河之洲。窈窕淑女，君子好逑。参差荇菜，左右流之。窈窕淑女，寤寐求之。求之不得，寤寐思服。优哉游哉，辗转反侧。参差荇菜，左右采之。窈窕淑女，琴瑟友之。参差荇菜，左右芼之。窈窕淑女，钟鼓乐之。”远在先秦时代，诗经便用赋比兴的手法为我们勾勒出了美好的爱情图式，古代的积极的爱情观受儒家三从四德的道德观念和男权观念的束缚，女子对于爱情追求并不是那么主动，并且受制于男子的追求信号，在诗中，以雎鸠的啁啾起兴，爱情的缘分被一条河流相连，男女主人公在劳务活动中不期而遇或冥冥之中邂逅，荇菜、琴瑟、钟鼓都是男主人公的礼物。辗转反侧，男主人公最终只是在梦中实现了他的愿望，而这背后的原因值得深究，究竟是爱而不得还是阶级的差异。由此观之，古代的爱情并不是那么自由，而是充满着道德和阶级的束缚。“随着封建制度的逐步形成，社会中的一些习俗也给爱情套上了枷锁，同时这也是造成青年男女爱情观发生变化的一个主要原因。随着社会的不断发展，逐步出现了私有制，这也使得纯粹的爱情观不得不受到‘父母之命，媒妁之言’的制约，而此时在爱情与婚姻上，男女青年也不是处于平等地位的，对于女性青年而言，有更多的束缚。”⑨

“相见时难别亦难，东风无力百花残。春蚕到死丝方尽，蜡炬成灰泪始干。晓镜但愁云鬓改，夜吟应觉月光寒。蓬山此去无多路，青鸟殷勤为探看。”“曾经沧海难为水，除却巫山不是云。取次花丛懒回顾，半缘修道半缘君。”“锦瑟无端五十弦，一弦一柱思华年。庄生晓梦迷蝴蝶，望帝春心托杜鹃。沧海月明珠有泪，蓝田日暖玉生烟。此情可待成追忆，只是当时已惘然。”在中国古代传统的爱情诗中，以李商隐的《无题》为例，积极的爱情观是忠贞的，具有强烈的道德色彩，即使在离别和追求仕途的立功过程中，思念和不舍仍是主旋律，作者以春蚕和蜡炬作为诗眼，强调爱情的如一性。在《离思》一诗中，作者也是视沧海和巫山为唯一，积极的爱情观在此的阐释应该为对于另一半的不离不弃，始终如一。在《锦瑟》一诗中，扑朔迷离的意象，锦瑟、蝴蝶、沧海明珠、蓝田暖玉都成了烘托回忆的种子，爱情是一种不离不弃的回忆，是一种难舍难分的戒断反应，如梦如烟，如歌如泣。综上所述，虽然众多诗人是男性，因为古代女子受教育的机会很少，所以叙述的重心似乎都落在了男作者身上，这不足为奇，即使对于女性的描写，“晓镜但愁云鬓改，夜吟应觉月光寒”，也只是衬托男性的思恋以及对于女性的关心。即使在女性词人的笔下：“红藕香残玉簟秋。轻解罗裳，独上兰舟。云中谁寄锦书来？雁字回时，月满西楼。花自飘零水自流。一种相思，两处闲愁。此情无计可消除，才下眉头，却上心头。”李清照对于女性的心绪描写也是集中于男主人公的动态上，被男主人的喜怒所左右，“云中谁寄锦书来”成了她心目中最皎洁的月光。中国传统爱情诗离不开对于思绪的过度聚焦，对于爱情坚贞如一的道德使命。诚然，爱情是一种责任，爱情是一种担当，但是对于爱情观中的欲望书写，似乎在中国古代诗歌作品中少之又少，如若有之，也是一种侧面描写，如上述的思恋和心绪的微妙变化。

但是在西方诗歌的烂漫妖艳的笔触之下，欲望在诗人的笔尖下舞动：“她走在美的光影里，好像无云的夜空，繁星闪烁；明与暗的最美的形象凝聚于她的容颜和眼波，融成一片淡雅的清光——浓艳的白天得不到的恩泽。多一道阴影，少一缕光芒，都会有损于这无名之美：美在她绺绺黑发间飘荡，也在她颜面上洒布柔辉；愉悦的思想在那儿颂扬这神圣寓所的纯洁高贵。安详，和婉，富于情态——在那脸颊上，在那眉宇间，迷人的笑容，照人的光彩，显示温情伴送着芳年；恬静的、涵容一切的胸怀！蕴蓄着真纯爱情的心田！”（杨德豫译）拜伦是浪漫主义诗人，在他的笔下，爱情诗充斥着第三人称叙述视角，浓墨重彩的女性书写视角，女性的脸颊聚焦在诗人的镁光灯下，美丽、典雅而安详，男权的中心似乎在被解构，而爱情也不是道德的束缚，也不是忠贞的主场与歌功颂德，却是对于爱情的真善美的描摹，虽然在《圣经》中有对于原罪的批判，但是文艺复兴和中世纪的启蒙运动正如中国近代的新文化运动，如一场春风化雨，给中世纪的黑暗带来黎明，文艺复兴中对于爱欲的书写对于人性的自由解放，不仅影响了当时的文艺创作，更是影响了后期的文艺美学，所以在西方古典诗歌中，积极的爱情观孕育着对欲望的包容与理解，而这种拉康式的欲望在对女性的细腻刻画中得到极大的彰显与发扬，女性镜头与叙述视角的聚焦与单一无不提供了这种佐证。“你的灵魂是定脚，并不像移动，另一脚一移，它也动。虽然它一直是坐在中心，可是另一个去天涯海角，它就侧了身，倾听八垠；那一个一回家，它马上挺腰。你对我就会这样子，我一生像另外那一脚，得侧身打转；你坚定，我的圆圈才会准，我才会终结在开始的地点。”“邓恩的爱情诗，透视邓恩的理想主义爱情观——恋人间的爱是排他的、相互的、自给自足的、疯狂的、平等的、灵肉相结合的且神圣的，展现邓恩‘现实的理想主义者’之形象。”⑩“多恩宗教生活中背叛与皈依的经历使他一生都处于心灵的矛盾与冲突中，但是多恩始终都没有停止对宗教和爱的追求，他的爱情诗表达的是诗人由男女间的情爱进而体验到神人之间的圣爱的诗意理想。”⑪从某种角度来说，邓恩的别离词对于新古典主义的书写是一种对于欲望的反叛，一定程度上是对于中国古典诗歌的复调，强调爱情的坚贞不一，但是这种坚贞并不是女子的三从四德，而是一种宗教意义上的灵魂契合，是一种意识领域的张扬，“你的灵魂是定脚，并不像移动，另一脚一移，它也动。虽然它一直是坐在中心，可是另一个去天涯海角，它就侧了身，倾听八垠”，灵魂的契合犹如合一的圆规，柏拉图式的爱情得以彰显。

三、中英诗歌中共同的情感表征：风景书写与记忆

“如果景观在这个意义上是‘大地写作’的例证，我想说它所讲述的故事需要更多的关于非归属感，关于遥远和疏远，他们却不是关于联系，沉浸和归属。”[⑫]“简而言之，风景不是你或其他人可以看到的整体，而是一个世界。我们对周围的环境持一种观点。它是在这个细心的背景下，人类的想象力在塑造对风景的看法中发挥了作用。风景，借用梅洛-庞蒂的话来说，与其说是对象，不如说是‘我们思想的汇集地’。”[⑬]风景作为一种大自然的客观产物，其真实客观性毋庸置疑，但是在与人类的情感发生碰撞时，风景便是思想的外衣，其本质是一种思想家园，而风景书写大多数是关于悲伤的记忆，因为文学诗歌大多诉说悲伤，风景是文学的载体，诉说的往往是一种于世间的游离感、孤寂感，非联系感，与尘世和权力中心背离。柳宗元所留存的诗集中较少涉及恋爱观，而是存在较多的风景书写与风景记忆。无论是广角镜头还是鸟瞰镜头，都塑造了一种极其空灵野旷的诗情画意。在著名的《江雪》一诗中：“千山鸟飞绝，万径人踪灭。孤舟蓑笠翁，独钓寒江雪。”这是上帝的俯视镜头，大自然的寂寥美景都在诗人的寥寥数笔中得以酣畅淋漓的展现，淡漠稀疏的笔墨正好与凋零凄清的残冬之境相得益彰，所有的风景没有一个聚集点而是一张散视图，最后的焦点渔翁即使用尽了笔墨渲染，却未能彰显一丝热闹，而是分担了所有残雪的寂寥。此处散点图式的风景书写是一种权力分散的表征，柳宗元被贬永州，纵然纵情于山水之间，但这份美景是份苦酒，难以下喉，符合他此时的境况与身份定位。熟悉的景观特征与之相关，并能够反映和唤起个人记忆和感情的东西都不见了。长安在灯火阑珊处，京城记忆渐渐模糊，一种非连续性的记忆时时闪现，“物非人是事事休”，而这种空灵的非连续性的景物书写不仅存在于此诗，也存在于“晨诣超师院读禅经”：“汲井漱寒齿，清心拂尘服。闲持贝叶书，步出东斋读。真源了无取，妄迹世所逐。遗言冀可冥，缮性何由熟？道人庭宇静，苔色连深竹。日出雾露馀，青松如膏沐。澹然离言说，悟悦心自足。”“道人庭宇静，苔色连深竹。日出雾露馀，青松如膏沐。”从引起诗情的寒齿，到以贝叶书为喻的佛经，至“道人庭宇静，苔色连深竹。日出雾露馀，青松如膏沐。”的松竹，这些清冷高幽的意象不仅寄托了诗人淡然超脱的佛理追求，还用风景意象构造了于尘世即中原权力中心的边缘化，松竹是君子品格，不为外物所染，不为外物所动，但是从全诗集的密度看，这种超然只是一种心血来潮的自慰罢了。“若人抱奇音，朱弦緪枯桐。清商激西颢，泛滟凌长空。自得本无作，天成谅非功。希声閟大朴，聋俗何由聪。”好友的琴艺俱佳，柳宗元的伯乐似乎难以寻觅，只能以音乐自况，知音难觅，妙曲难寻，一直郁郁寡欢，心中郁结，难以排遣，自然借以道家“希声大朴”的自然观来聊以自慰，但这绝不是隐居田园的旷达，而是一种热血凌绝长空的不屈与呐喊，这种独特的物象、琴弦与风物志，是一种人为风景的权力书写，那“激西颢”的商曲是一种对于权力的抱负与追求，似乎在诉说，终有一日，柳宗元会回归长安的权力中心。

“寓居湘岸四无邻，世网难婴每自珍。莳药闲庭延国老，开樽虚室值贤人。泉回浅石依高柳，径转垂藤间绿筠。闻道偏为五禽戏，出门鸥鸟更相亲。”“人们可以有一种属于特定景观的感觉，通常是在该地区 他们在哪里度过了他们的青春，或者他们在哪里经历了人生的关键时期传记。人们从该地区的景观中获得的身份被称为地方身份或存在性身份”[⑭]柳宗元虽然没有出生在永州，但是柳宗元被贬谪为永州司马，诗人隐居于永州的山水之间，在此获得了永州的地方性或者存在性身份，在好友崔敏的客气招待下，对于田园生活有孩童般的

热爱，泉水叮咚，绿草茵茵，鸟鸣啁啾，即使身处偏远的蛮夷之地，这柔情的山水似乎要比长安的政治斗争好许多倍，这种自然山水的风情是温和善意的，给予了落魄诗人母亲般的温暖，呵护住了这颗赤子之心。风景给予诗人的心理和文化认同感，从这种意义来说，长安的盛世繁华或许也能在永州的山水间了然无痕，诗人暂时熄灭了心目中的志向火种。也如关于愚溪的诗歌：“久为簪组累，幸此南夷谪。闲依农圃邻，偶似山林客。晓耕翻露草，夜榜响溪石。来往不逢人，长歌楚天碧。”“宿云散洲渚，晓日明村坞。高树临清池，风惊夜来雨。予心适无事，偶此成宾主。”“幸”字体现了诗人对于永州山水的认同，在贬谪期间，他在愚溪旁和农民一起劳作，即使孤单，在永州风景的独特魅力下，内心也从不寂寥，体现了一种对于风景强烈的身份认同。在第二首关于愚溪的诗歌中，末句体现了物我合一的境界，“予心适无事，偶此成宾主”。在永州山水之间，柳宗元无所事事，以诗歌书写苦难，以美景寄托情怀，永州山水和柳宗元互为朋伴。而这种心境源于强烈的儒家思想的熏陶，“达则兼济天下，穷则独善其身”，但是其“修身，治国，平天下”的政治理想需要一个实现的机会，虽然这种机会在现在看来是渺茫的。“物理环境使追溯个人历史成为可能。连续性可分为两种类型：地点参照连续性和地点一致连续性。地点参照连续性指的是特定地点有对一个人的情感意义，构成了他个人历史的一部分。地点连续性是指具有共性的地点的特征，并且可以从一个地方转移到另一个地方”⑮柳宗元寄情于永州的山水，个人生活方式得到支持，自我效能感就会得到维持，至少不与该地区发生冲突，因此，在永州，柳宗元获得了一种悠然自得的逸致，用西方的学术话语体系来说，就是自我效能感，但这与繁华的长安相比还是有差距，这种情感一致性不能从一个地方转向另一个地方，从长安顺畅地连接到永州，也就是说，永州的风景具有极强的不连续性。但时空的一致性，天时地利人和在独特的场域和资本中造就了永州山水的风景部分认同，假若永州是柳宗元的第二次贬谪地，恐怕这种山水间的激情会淡漠许多。譬如，一再贬斥的柳宗元的心绪不一定总是那般平和，这种风景就是非身份认同的风景，正如在他贬斥到柳州所言：“城上高楼接大荒，海天愁思正茫茫。惊风乱飐芙蓉水，密雨斜侵薜荔墙。岭树重遮千里目，江流曲似九回肠。共来百越文身地，犹自音书滞一乡。”在第二次被贬谪至柳州之后，诗人登高望远，极目远眺，“惊风乱飐芙蓉水，密雨斜侵薜荔墙”，山水阻隔了友情，音书难以抵达，并不是柳州的风景不如永州，而是此时作者的心境经过时间的洗涤，大抵不过从前，因此，这种时空的交叉和阴差阳错造成了柳州风景的低认同度。

而在华兹华斯的浪漫主义与风景记忆中，“我独自漫游，像山谷上空，悠然飘过的一朵云霓，蓦然举目，我望见一丛金黄的水仙，缤纷茂密；在湖水之滨，树荫之下，正随风摇曳，舞姿潇洒。连绵密布，似繁星万点，在银河上下闪烁明灭，这一片水仙，沿着湖湾，排成延续无尽的行列；一眼便瞥见万朵千株，摇颤着花冠，轻盈飘舞。湖面的涟漪也迎风起舞，水仙的欢悦却胜似涟漪；有了这样愉快的伴侣，诗人怎能不心旷神怡！我凝望多时，却未曾想到，这美景给了我怎样的珍宝。”浪漫主义反对过度的工业化，在湖区山水之间，华兹华斯选择了风景的陪伴，在其留存的众多诗篇中，《瀑布和野蔷薇》《致杜鹃》《水仙》《鹿跳泉》《延腾寺》《威斯敏斯特桥上》，自然风物成了眼睛的记忆，这是一种自我意识的觉醒，伟大的诗篇成就了这种记忆的书写。

四、结语

中国传统诗歌和英国传统诗歌在不同时空中有交集也有抵牾，中英传统诗歌古典文论具有不同的文采观与创作观，这是源于作者的隐性价值诉求。其次，中英传统诗歌在文本意义上还具有不同的恋爱观，这是不同民族诗歌中所传递的显性价值诉求。透过价值诉求，中英传统诗歌中仍具有不同的情感表征，其可能的表征为风景书写，构建了中英传统诗歌中的不同特点。

注释【Notes】

①[美]吴伏生：《中英诗歌传统中的诗歌与诗人》，载《中国文学批评》2023年第2期，第170页。

②[美]吴伏生：《中英传统诗歌中的宫体怨情诗》，载《当代比较文学》2022年第2期，第69页。

③[美]吴伏生：《中英诗歌中的“香草”传统，兼谈诗歌翻译：以“兰”和“Violet”为例》，载《汉风》2022年第1期，第82页。

④王璇：《月亮女神：中英传统诗歌中月意象的一个认知隐喻》，载《龙岩学院学报》2012年第3期，第119页。

⑤胡赛龙：《中英诗歌中水和风的自然意象对比》，载《山东农业大学学报（社会科学版）》2012年第1期，第114页。

⑥张静：《盟誓与失恋的经典对白——中英传统爱情诗歌的形象问题》，载《河北理工大学学报（社会科学版）》2007年第2期，第180页。

⑦陈海庆、吴永波：《中英诗歌中“自然”意象比较阐微》，载《莱阳农学院学报（社会科学版）》2007年第4期，第71页。

⑧车雅琴：《〈诗经〉爱情诗所表现的爱情观》，载《安徽文学（下半月）》2008年第9期，第205页。

⑨杨雪梅：《探讨古诗词中女性的爱情观——以〈诗经〉为例》，载《语文建设》2015年第30期，第42页。

⑩黄颖思：《约翰·邓恩的理想主义爱情观——邓恩的爱情诗赏析》，载《青年文学家》2009年第15期，第147页。

⑪朱芳：《爱与宗教的追求——多恩矛盾爱情观探源》，载《北京理工大学学报（社会科学版）》2010年第4期，第119页。

⑫ Wylie J W. “Landscape as not-belonging: The plains, earth writing, and the impossibilities of inhabitation”. *Philological Quarterly Journal*. 2018, p.11.

⑬ Ingold T. “The Temporality of the Landscape”. *World Archaeolog Journal*. 1993, p.160.

⑭ Jorgensen B S & Stedman R C. “Sense of place as an attitude: Lakeshore owners attitudes toward their properties”. *Environmental Psychology Journal*. 2021, p.237.

⑮ Stobbelaar D J, Pedroli B. “Perspectives on landscape identity: A conceptual challenge”. *Landscape Research Journal*. 2011, p. 322.

比较文学平行研究再讨论：重走韦斯坦因的“方法论之旅”

李婕妤

内容提要：比较文学学者乌尔里希·韦斯坦因在其《影响与相似》一文中归纳并整理了包括影响、相似与类比等关键学术概念在内的文学文本关系以及相应的研究方法。这篇文章为厘清“parallel”与“analogy”这两个概念提供了较为充足的材料，又以“方法论之旅”的形式建构出一个基于具体实践的方法论框架，确定了类比研究在比较文学中的位置——它是伴随着比较文学实践自然生成的，其目的是在不确定性的领域树立确定性。另外，在该文的参照下，韦斯坦因重要著作《比较文学与文学理论》的中文译本中存在的误读与误译现象得以浮现，这又同国内学界对于美国学派的误认与误解紧密相关。

关键词：平行研究；乌尔里希·韦斯坦因；类比研究；美国学派

作者简介：李婕妤，武汉大学文学院比较文学与世界文学硕士生，主要从事英语文学研究。

Title: Re-Discussion on the Parallel Study in Comparative Literature: Revisiting Ulrich Weisstein's "Methodological Journey"

Abstract: The comparative literary scholar Ulrich Weisstein summarized and reorganized the relationships between literary texts, including key academic concepts such as influence, parallel and analogy, as well as corresponding research methods in his article *Influences and Parallels*. This article provides relatively sufficient materials for clarifying the concepts of "parallel" and "analogy", while also constructing a methodology framework based on concrete practices in the form of "a methodological journey". In comparative literature study, it allows us to locate analogy study which is naturally generated during literary researching practices and aims to establish certainty in uncertain areas. In addition, in the light of this article, misreadings and mistranslations in the Chinese translation version of Weisstein's critical work *Comparative Literature and Literary Theory* can be revealed, which is closely related to the misrecognition and misunderstanding of the American School in our academic community.

Key Words: parallel study; Ulrich Weisstein; analogy study; American School

About Author: Li Jieyu is from the School of Chinese Language and Literature, Wuhan University, majoring in Comparative Literature and World Literature, specializing in English literature study.

近年来，中国比较文学研究者们重新审视学科发展历程，展开学科理论新探索，取得了一系列学术成果。其中，以平行研究为突破口的论文不在少数，大力冲击了此前学界对于“平行研究”的认识。在他们的论证中，韦勒克、雷马克、奥尔德里奇等美国学派的代表人物频频登场，而韦斯坦因则较少为人关注。

姚孟泽《比较文学平行研究概念之谜》（2022）①一文明确地指出了将平行研究视作美国学派的代表性理论的谬误。在引言部分，谈及韦斯坦因《比较文学与文学理论》（*Comparative Literature and Literary Theory*，1973）一书，作者称其分章讨论了“影响和模仿”以及“接受和效果”等问题，但并未提到平行研究；后续作者又举其文章《影响与相似》（*Influences and Parallels*，1975），认为其中的相似（parallel）和类比（analogy）②指的是现象，而不是方法。该文重新审视了此前学界对于美国学派的理解，指出系统性研究而非平行研究才是美国学派的核心主张，并分析了谬误生成的原因，将其与中国比较文学学科发展的进程结合到一起，总体而言逻辑清晰且得出了有效结论。

然而，需要指出的是，虽然类比（analogy）在韦斯坦因的理论体系中不是一种明确的方法，但它是相当具有分量的存在。在《影响与相似》中，韦斯坦因以“方法论之旅”（methodological journey）为形式，沿着学术史的脉络，与各种理论碰撞、对话，逐步建构出了一套完整的体系，而类比研究（analogy studies）是这一旅程的终点。并且，在他的体系中，类比（analogy）所涉及的主体之间的关系非常接近于此前中国学界对于“平行”的理解——没有事实关联。这些都询唤着我们对其展开更为深入的探究。

诚然，韦斯坦因的主张不能等同于美国学派的主张，其所倡导的类比研究与平行研究之间仍存在一定的差异，因而对其方法论的回溯无法在美国学派与平行研究之间建立起坚实的联系，本文也无意于驳斥姚文的观点。但走进韦斯坦因的理论世界仍有必要——目前国内学界韦斯坦因相关研究数量颇少，对其比较文学理论的分析与梳理可以作为补充，并在一定程度上解答“平行研究”的疑难问题。其对于法国学派、美国学派以及俄苏学派的理论兼收并蓄、融会贯通的尝试，能够为我们重新理解乃至于建构比较文学学科理论提供参照。

一、“平行”之谜：“parallel”与“analogy”

在国内学界，“平行研究”术语的英文表述大体上有“parallel study”与“analogy study”两种，且尚未统一。而在韦斯坦因《影响与相似》中，“paralle”与“analogy”两个表述都多次出现，对其展开细读分析将有助于我们厘清这两个概念，并以此为切入口，尝试解答有关“平行研究”的谜题。

文章开篇，在回顾学界有关影响与相似的争议的基础上，韦斯坦因指出，影响、相似与类比是同等重要的，因为它们在实际案例中总是会交叠在一起，单独考察其中的一支是不可能的。为便于展开分析，现将原文引用如下：

Disagreeing with both gentlemen, I should like to treat **influences, parallels and analogies** as being, roughly, equivalent, for the simple reason that, in the majority of cases, they either overlap or are dialectically related to each other, so that in focusing on the one must never cease to ponder the other. [③]

在这里，“influences”“parallels”与“analogies”三者是并列的关系，可见“parallel”与“analogy”是两个不同的概念。而在后续的论述中，韦斯坦因又以括号的形式特别标明了它们的内涵——

In the next subdivision of our previously mentioned twilight zone, **parallels** (i. e., sets of features inherent in two entities which are closely similar or corresponding, as in purpose, tendency, time or essential parts) increasingly tend to give way to **analogies** proper (i. e., similarities in some respects between things otherwise unlike or unrelated). [③p599]

据此，“parallel”指的是“两个非常相似或相对应的实体所固有的特征集”，而“analogy”指的是“在其他方面不同或不相关的事物在某些方面具有相似性”。也就是说，“parallel”所涉及的两个实体在整体上就是相似或相对应的，而“analogy”所涉及的实体只在某些特定的方面具有相似性，二者在“同”的意义上有程度的差异。在此引入金雯[④]对于“类比”（analogy）概念的溯源分析，能够帮助我们理解两个概念的关系——“类比”（αναλογια）概念在古希腊逻辑学与修辞学中表示“具有相同关系”，而到了近现代时期逐渐演进为一种认知方法，并分化为以“相异性”（以康德为代表）和“同一性”（以赫尔德为代表）为基点的两支。这两支恰好能够同韦斯坦因理解中的“parallel”与“analogy”达成对应。

关于二者的差异，文中还有一段更为具体的描述：

Upon leaving the twilight zone of **parallelisms** which links and, concurrently, separates contactual and typological similarities, we reach the vast domain of **analogy studies**, where our sole concern is with "comparable manifestations in form or content in different authors, literatures, and perhaps at different times, and with no demonstrable direct relationship to each other".[③p601-602]

大致翻译如下：在“相似”的领域，由接触产生的或是类型学的相似之处被联系到一起（或分离）；而在“类比”的领域，研究者们所关心的是没有直接关联的（也许是在不同的时代）作者与作品在形式或内容上的可比性。

结合以上两处论述，我们可以对相似研究与类比研究进行简短的总结。“相似”的研究对象是非常相似的作家作品，它们之间的相似性可能是由于接触产生的（这就与“影响”存在交叠），也可能是一种类型学的相似，此类研究就是比较它们之间的同与异。而“类比”的研究对象是没有直接关联的、只在某些方面近似的作家作品，研究者们寻求到二者之间的可比性就能够展开分析。若以韦斯坦因的划分方式为参考，结合国内学界对于“平行研究”的普遍理解，即在无事实关联的作品之间展开比较，则应该将“平行研究”与“analogy studies”相对应。当然，理论范式的跨语言、跨文化转换是非常复杂的问题，在此只是以文献材料为依据、生发出一个可供参考的观点。

二、方法论之旅：影响、相似与类比

前文我们已经明确了“相似”与“类比”的差异，并大体上认识了相似研究与类比研究，但类比研究的定位问题还横亘在我们面前——类比研究是否能够代表美国学派的方法论？类比研究与影响研究之间关系如何？在韦斯坦因撰写理论文章时，这些问题同样横亘在他的面前。《影响与相似》一文的副标题，正是“类比研究在比较文学中的地位与功用”。重走他的“方法论之旅”，将有助于我们解答这些问题。

最为直接的是韦斯坦因在《影响与相似》中列出的“文学关系”术语清单。现结合文中的注释重新整理并翻译如下：

1.借用（borrowings）

1.1引用（quotations）

1.2集锦（pastique）

重新组合从一个或多个样本（model）中选取的元素

2. 翻译（translations）

3. 改编（adaptations）

4. 模仿（imitations）

4.1 严肃的（serious）

4.2 幽默/批判的（humorous/critical）

5. 影响（influences）

与“模仿”不同，被影响者的作品在本质上是他自己的

6.排他性的相似（mutually exclusive parallels）

表明（suggest）影响的存在

指向无法经文献证实的共同来源或接触（contact）

7.相似（parallels）

共时的、在给定的文化圈（Kulturkreis）内

8.类比（analogies）

8.1历史的（historical）

采用类型学（typological）方法、可以超出给定的文化圈

8.2非历史的（ahistorical）

8.2.1系统的（systematic）

寻求文学或人类学常量（constants）

8.2.2不系统的（non-systematic）

修辞批评；跨学科批评

《影响与相似》就是按照这份清单所列举出的文学文本关系渐次展开的。从“借用”到“类比”，这些术语并非随机排列，而是体现出从可确定性到不确定性的过渡与转换。文章结尾部分，韦斯坦因强调了两个关键的节点——从影响到相似的转换，以及从相似到类比的转换。

第一个节点在影响与相似之间。韦斯坦因认为，借用、翻译、改编、模仿以及影响都是可确定的、有迹可循的，受制于“因果遗传学”（Kausalgenetik）。而一旦我们离开了“影响”的

领域，因果就变得无从确定。“排他性的相似”可以看作是影响与相似之间的过渡地带。事实主义（factualist）研究在这里已经达到了极限，作家作品之间具有排他性的相似之处暗示出共同的来源或是无法以书面方式核实的联系。也就是说，在这个过渡区域里，由于事实链条的断裂与部分环节的缺失，影响无法得到证实；但由于相似具有排他性，研究者们还是能够得出结论。

而到了下一个区域，也就是不具有排他性的、意义更为宽泛的“相似”的领域，用以解释相似性的不再是明确的事实，而是某种时代精神（Zeitgeist）或世界观（Weltanschauung）。此类研究往往会采用心灵史（Geistesgeschichte）或思想史（Problemgeschichte）的研究框架。在此我们可以稍加总结：在“排他性的相似”的领域，研究者还在积极寻求事实联系，但求之不得，只能将缺失的部分悬置起来；而到了广义的“相似”的领域，明确的事实链条消失了，研究者必须放弃对于事实的追寻，必须改换研究思路，否则将寸步难行。

这是一片新天地，但并不稳固——韦斯坦因将其称作“模糊地带”（twilight zone）。他首先引述了韦勒克（Rene Wellek）与沃伦（A. Warren）在《文学理论》（*Theory of Literature*，1942）中对于心灵史研究的质疑——他们认为这种研究方法是片面的类比，强调差异而忽视相似，或是强调相似而忽视差异。就研究实践而言，韦斯坦因则表示比较文学家往往实践这一方法而不去宣扬它。由此也可以看出学界对于此类研究仍持有怀疑态度。也许是为了克服简单类比的片面性，韦斯坦因特别强调了心灵史研究只能在特定时代与地域范围内的文化圈（Kulturkreis）或文明之内进行。

旅程还没有结束，我们还要继续前进。离开“相似”的模糊地带，我们抵达了类比研究的广阔领地。在这里，两个或以上的作家作品之间可以没有关联。如何解释它们的近似之处呢？韦斯坦因简明扼要地介绍了布吕纳介、波斯奈特以及维谢洛夫斯基的相关理论，并指出他们的观点都隐含了对于人类社会与文化常数（constants）的信念。日尔蒙斯基则进一步完善了维谢洛夫斯基的理论，主张对文学进行历史比较研究，实现了事实联系的方法与类型学方法的结合，限于篇幅在此不赘述。

韦斯坦因指出，日尔蒙斯基的理论实际上已经超出了单个文化圈与文明的范围，而研究者们对此心照不宣。于是，我们已然步入了一片未曾被绘制过的全新领地。在这片领地的边缘地带（fringe zone），有一些研究者试图建构诗学或人类学意义上的普遍模式（universal pattern）。对此，韦斯坦因持否定态度。他认为总体诗学只是幻想，而人类学研究超出了文学研究的范围。“在这里，比较文学在思想体系与方法论上杀死了自己”⑤。当然此处的“自杀”所针对的只是部分研究者的主张，并非对于类比研究的否定。韦斯坦因特别强调了类比研究的学术价值——对于两个及以上具有可比性的文学现象的研究，总是会将它们各自所处的历史语境纳入进来，这无疑是具有研究特质的。

“考虑完这些，我们的方法论之旅似乎抵达了终点。”⑥但韦斯坦因没有在这里停下，而是将类比的方法延伸到文学外部，探讨文学与艺术之间的关系，并将跨学科研究纳入类比研究的范围内。他特别强调：“此处我们只关心真正的类比，在不同艺术领域的作品之间的类比，它们之间是没有接触关系的。”⑦又一次呼应了之前对于“parallel”与“analogy”的区分，强调类比研究针对的是没有实证关联的实体。

方法论之旅到此就结束了。在旅程的终点，韦斯坦因表示他所做的只是系统性的描述，而非“教条式的规定性概述”（dogmatically prescriptive overview）。亦可以说，他给出的是一份比较文学方法论的图纸，近乎草稿，每一个研究者都可以在这份图纸上进行增删修改。

手握这份图纸，让我们回到章节开头的那两个问题：类比研究是否能够代表美国学派的方法论？类比研究与影响研究之间关系如何？

综观《影响与相似》全文，韦斯坦因没有提到“美国”，也没有论及学派之争，而是探讨方法在实践中的运用。这或许与韦斯坦因的德裔身份与

“中道”（Middle Road）观点有关，“他在某种程度上可称为美国学派的‘叛逆儿’”。[8]但改换思路，我们可以考察其类比研究的主张与美国学派其他主将之间的契合程度。回到之前的清单——

8.类比（analogies）

8.1历史的（historical）

采用类型学（typological）方法、可以超出给定的文化圈

8.2非历史的（ahistorical）

8.2.1系统的（systematic）

寻求文学或人类学常量（constants）

8.2.2不系统的（non-systematic）

修辞批评；跨学科批评

“不系统的非历史的类比”中的两种批评方法——“在文学内部的修辞批评”以及“跨学科批评”恰好对应了韦勒克对于文学内部研究、文学性的强调[9]，以及雷马克对于跨学科研究的强调[10]。而韦勒克与雷马克又是美国学派的核心人物。由此，我们完全可以说韦斯坦因的类比研究与美国学派之间的联系相当紧密。但我们不能忽视的是，除了美国学派的核心人物的核心主张之外，韦斯坦因还将类型学方法、俄苏学派的研究方法也纳入类比研究中，体现出破除学派界限、重构学科方法论体系的意图。

而对于第二个问题，即类比研究与影响研究之间的关系，虽然韦斯坦因没有给出直接的回答，但他的“方法论之旅”给了我们足够的提示。在旅行的模式下，我们能够看出二者并不是非此即彼的对立范畴，并不是“实证关系”之有无的两极，而是接近于具体的比较文学实践中的两个步骤。当实证研究走到“绝路”的时候，我们不得不转向相似研究的领域，尝试从时代精神或“心灵史”的角度切入；而如果超出了某个特定的文化圈，我们就步入了更加广阔的领域，可以采用类比研究的诸多方法……也就是说，研究方法的选择有赖于研究实践的具体情况，研究者应该“对症下药”，选择最具有学理性且能够产出最多价值的方法。法、美两派之间的二元对立，影响研究与平行研究之间的“泾渭分明”，确乎是后人的简化与建构。

三、余论：被误认的“平行”与被误读的韦斯坦因

在考察《影响与相似》一文中的“parallel”与“analogy”之后，为增加文本分析的有效性，笔者将韦斯坦因的重要论著《比较文学与文学理论》也纳入考察范围内。在其正文部分共出现“parallel”39处、“analogy”17处。其中二者“邻近”出现的有4处，现摘录如下：

第一处：Viewing the potential and actual excesses of **mere parallel hunting**, one should not let Baldensperger’s warning go unheeded... Like so many of his colleagues, Carre would like to banish **such analogy studies** from Comparative Literature...[11]

第二处：First of all, it should be stressed that in the case of **the so-called analogy or parallel studies** there can be no question of influence in the proper sense, but only of “affinities” or“false” influences. [11]p38

第三处：In his opinion, the term Comparative Literature was coined, **in analogy to** Comparative Philology, in order to make universal literary historiography more palatable to university administrators. **This parallel**, however, Elster maintained, was based on false premises...[11]p193

第四处：He sharply condemned, on the other hand, **the study of mere parallels (analogies)**... [11]p235

在第二处与第四处中，“analogy study”与“parallel study”是可以互相替代的关系。另外两处没有直接用“or”或者括号表示替换，但也能够看出概念之间的混同。第一处，“平行搜索”（parallel hunting）的方法在接下来的句子中被指称为“类比研究”（analogy studies）；而在第三处中，比较文学与比较哲学被认为是“in analogy to”的关系，而这一关系又被用“parallel”一词描述。由以上四例可以看出，韦斯坦因并没有明确地将“parallel”与“analogy”区分开来，存在混用现象。

1987年，《比较文学与文学理论》中文译本出版。在该译本中，“parallel”被译为“平行”，而“analogy”则被译为“类似”或“类同”。但在翻译前文引用的第一处（Viewing the potential…）时出现了一个特殊情况，译者将“parallel”翻译为“平行类似”：

考虑到这种追逐单纯平行类似已经存在和潜在的过头的情形，我们就不应该忘记巴尔登斯伯格的警告……卡雷像他的许多同事一样，要把这样的类似研究从比较文学中驱逐出去……⑫

如前所述，韦斯坦因在《比较文学与文学理论》中没有区分这两个概念，存在混用现象；译者受其影响，将“平行”与“类似”两种说法混合使用，也属合理。而在《译者前言》的部分，译者9次提到“平行”，将“平行研究”等同于美国学派的方法论，并称韦斯坦因的缺陷在于对平行研究的基本方法论述不够。这种对于学派及理论的简化无疑具有时代局限性，是在当时学界对于法美两派的二元想象中生成的。需要指出的是，在学界对于“平行研究”的错误认知与韦斯坦因在《比较文学与文学理论》一书中词语混用的共同作用下，译者还误读了韦斯坦因的比较文学观，在《译者前言》中如是说道：

在讨论会上所做的讲演中，他提出了“绝对的平行”（exclusive parallels）的观念，这一观念实质上正是他在本书中并不赞同的那种没有事实联系的、非历史的平行类比研究。这种转变不仅说明一个真正的比较学者会具有宽广、开放的胸襟，也标志了一种历史的必然。⑫p6

根据《影响与相似》一文，此处译者对于“exclusive parallel”的理解是有偏差的，它指的是“排他性的相似”而非“绝对的平行”；而认为韦斯坦因此前反对没有事实联系的平行类比研究也是一种以偏概全的认知。由此观之，一方面，对于韦斯坦因的细读有助于我们拨开平行研究的迷雾；另一方面，在拨开平行研究的迷雾之后，我们也不能忘记重读韦斯坦因，以及美国学派的其他主将的论述，真正走入他们的理论世界，才能揭开表层概念的遮蔽，更好地建构比较文学的方法论体系乃至学科体系。

注释【Notes】

①姚孟泽：《比较文学平行研究概念之谜》，载《文艺理论研究》2022年第3期，第110—119页。

②为方便论述，后文将借用姚孟泽对于parallel与analogy的翻译方式。

③Ulrich Weisstein. “Influences and Parallels: The Place and Function of Analogy Studies in Comparative Literature”. in “Teilnahme und Spiegelung: Festschrift für Horst Rudiger”, Walter De Gruyter, 1975, p.596. 以下只在文中注明页码，不再一一做注。

④金雯：《在类比的绳索上舞蹈：比较文学中的平行、流通和体系》，载《中国比较文学》2021年第3期，第13—26页。

⑤原文“Here Comparative Literature commits an ideological and methodological suicide. ”

⑥原文“With these considerations, we would seem to have reached the end of our methodological journey.”

⑦原文“Let it be noted at the outset that here we are solely concerned with true analogies between works belonging to different spheres of art, not, however, with contactual relations...”

⑧李琪：《试论韦斯坦因比较文学学术思想在中国的认同》，载《知与行》2019年第5期，第144—148页。

⑨参见韦勒克、沃伦《文学理论》（*Theory of Literature*）与韦勒克《比较文学的危机》（*The Crisis of Comparative Literature*）等。

⑩参见雷马克《比较文学的定义与功用》（*Comparative Literature, Its Definition and Function*）等。

⑪Ulrich Weisstein. *Comparative Literature and Literary Theory: Survey and Introduction*, Indiana University Press, 1973, p.7. 以下只在文中注明页码，不再一一做注。

⑫[美]乌尔里希・韦斯坦因：《比较文学与文学理论》，刘象愚译，辽宁人民出版社1987年版，第5页。以下只在文中注明页码，不再一一做注。

媒介理论视域下《名利场》的影视改编对比研究①

黄一阳 陈 琳

内容提要：《名利场》是英国19世纪批判现实主义作家萨克雷的代表作，曾多次被改编为影视作品，享有广泛的国际声誉。从文学文本到影视作品的转化是一个通过视听语言的创作进行跨媒介改编的过程，改编作品通过与时代发展状况、大众文化诉求相结合，构筑起独特的美学特征。本文选取《名利场》的电影和电视剧改编版本为研究对象，在媒介理论视域下对电影和电视剧的人物形象塑造、叙事节奏、摄影风格进行对比剖析，试图探究不同媒介形式下影视改编的深层逻辑和艺术特色，丰富媒介理论在改编研究中的实践。

关键词：媒介理论；《名利场》；影视改编；跨媒介

作者简介：黄一阳，南京邮电大学外国语学院英语专业在读本科生，主要从事外国文学研究。陈琳，南京邮电大学外国语学院副教授，研究方向：英美文学。

Title: Film and Television Adaptations of *Vanity Fair* from the Perspective of Media Theory

Abstract: *Vanity Fair*, a masterpiece of British 19th century critical realist writer Thackeray, has been adapted into film and television many times and enjoys wide international reputation. The transformation from literary text to film and television work is a process of trans-media adaptation through the creation of audio-visual language, and the adapted works construct unique aesthetic characteristics by combining with the development situation of the times and the demands of popular culture. In this paper, we select the film and TV series adaptations of *Vanity Fair* as the research object, comparing and analyzing the character portrayal, narrative rhythm, and photography style of the film and TV series under the horizon of media theory, attempting to explore the deep logic and artistic characteristics of adaptations in different media forms, and to enrich the practice of media theory in the study of adaptations.

Key Words: Media theory; *Vanity Fair*; film and television adaptations; trans-media

About Author: Huang Yiyang, undergraduate student of English, School of Foreign Studies, Nanjing University of Posts and Telecommunications, mainly specializes in European and American Literature. **Chen Lin**, Associate Professor, School of Foreign Studies, Nanjing University of Posts and Telecommunications, mainly doing research on European and American literature.

《名利场》是英国19世纪批判现实主义作家萨克雷的代表作，小说通过描写两位性格迥异的女主人公蓓基·夏泼（Rebecca Sharp）和爱米丽亚·赛特笠（Amelia Sedley）截然不同的人生经历，为读者展现了一幅19世纪初期英国上流社会的全景式画面，揭露了当时英国上层社会的道德危机和腐败堕落，批判了资本主义社会金钱至上的观念。

影视改编是对文学作品进行视觉转化和艺术再创作的过程。《名利场》曾多次被改编成电影、电视剧。改编的影视作品增添了时代化、大众化的内容，构建起广阔的文化消费市场，为《名利场》的国际传播提供了崭新途径。其中，2004年印度女导演米拉·奈尔执导的电影版《名利场》和2018年詹姆斯·斯特朗导演的电视剧版《名利场》较具代表性，这两个版本在人物形象塑造、叙事节奏、影像风格上各有特色，但都激发了观众的讨论和回到文学中“寻根”的欲望，进一步扩大了文学作品的影响。

一、蓓基形象对比分析

2004电影版《名利场》将蓓基重塑为一个有情有义、女性主义色彩鲜明的形象；2018电视剧版《名利场》对蓓基的形象进行了还原。

在麦克卢汉的核心理论“媒介即人的延伸”中，任何媒介都是人的感觉或感官的拓展和延伸。文字和印刷媒介是人类视觉能力的延伸，广播是人类听觉能力的延伸，电视是视觉、听觉、触觉能力的综合延伸，网络是人类中枢神经系统的延伸。②根据技术对感官的不同延伸，麦克卢汉划定了三个媒介史分期：口语媒介对应部落社会，印刷媒介对应脱部落社会，电子媒介对应再部落化社会——“地球村”。③书籍和影视作品都是对我们感官的延伸，让我们看到人类社会的不同面貌，体会作者或导演所传达的价值导向。

在原著中，萨克雷塑造这个人物形象的目的是揭露封建贵族荒淫无耻、腐朽堕落的本质和资产阶级追名逐利、尔虞我诈的虚伪面目，他创作的蓓基把所有男人都视为自己跻身上流社会的工具，对待好友爱米丽亚也是利益大于真情。

2004电影版《名利场》由印度女导演米拉·奈尔执导，作为掌握话语权的女性导演，她力图瓦解电影业中对女性创造力的压制和银幕上对女性形象的剥夺④，她改编的《名利场》，突出体现了蓓基的野心与反抗精神。电影中的蓓基打破传统的女性角色定位，对罗登和爱米丽亚也是付出了真感情的。在罗登上战场前，当看到丈夫细心地为自己安排以后的生活，蓓基情不自禁流下了悲喜交集的眼泪，说自己只是一个“坠入爱河的幸福小女人”，劝罗登不要在战场逞能。电影中，怀孕的蓓基为了留下来安慰照顾同样是准妈妈的爱米丽亚，毫不犹豫地放弃了自己以马为代价换来的仅有的一个马车座位，放弃了逃走的机会，陪她一起等待丈夫归来。蓓基对他人表现出的关爱和体贴与小说中冷酷无情的剥削者形象大相径庭。电影对蓓基和斯丹恩勋爵关系的改编也对蓓基形象的重塑起重要作用。小说中的蓓基与儿子并不亲近，当她发现小罗登偷听她唱歌时，甚至扇了他一个耳光。在电影中，这一幕被改编为斯丹恩勋爵把小罗登赶走并关上了门。很多小说中蓓基所做的残忍行为，在电影中都改编成了斯丹恩勋爵所为，提升了女主角的正面形象。通过电影，我们跨越时空界限，感受到米拉·奈尔塑造的充满独立意识的现代女性形象和独特的女性电影美学。

而2018电视剧基本还原了原著中蓓基的形象。在与爱米丽亚的哥哥乔瑟夫成婚的计划失败后，她很快收拾好心情寻找下一个目标，与罗登成婚实际上是看重他深受克劳莱小姐的喜爱，很可能继承一大笔财产。战争来临时，她将两匹马以天价卖给急于逃命的乔瑟夫，不仅不在意罗登的安危，反而暗自庆幸他没有带走这两匹马，让自己发了一笔大财。

二、叙事节奏对比分析

2004电影版和2018电视剧版《名利场》在叙事节奏方面明显不同，分别选取不同的隐喻对原著开头进行改编。

麦克卢汉指出“媒介即讯息”，他认为真正有意义的“讯息”不是各个时代的媒介所传播的内容，而是这个时代所使用的传播工具的性质，媒介最重要的作用就是“影响了我们理解和思考的习惯”，最终带来社会变革。电影和电视是两个不同的媒介，当我们看电影时，我们坐在漆黑的封闭空间里全神贯注，但我们看电视的传统方式是在茶余饭后，全家坐在沙发上，有的闲聊，有的发呆，这就导致了“电视剧观众能够接受的信息仅仅是电影观众的三分之一”。所以，电影的叙事往往比电视剧更紧凑，更富悬念和戏剧性。

原著中萨克雷将《名利场》设置成一部戏，开头以领班的视角看众生百态，介绍即将出场的人物，然后转向傀儡戏的世界。这个开头在2004电影版中得到了改编。电影的开头全景展示了英国贫民窟的面貌，然后画面切换到蓓基爸爸的画舫里，镜头给到演木偶戏的小蓓基。小蓓基当时正在说：“妈妈，你不能把我卖给出价最高的人，哪怕他是贵族。”妈妈回答：“为什么不能，孩子？我们不能无视社会的规则。”在斯丹恩勋爵愿意出10基尼买走画着她母亲的画的时候，小蓓基仍有些不情愿，但她说“拒绝的代价太大了”。蓓基从小便在现实的环境里成长起来，深谙金钱和地位的重要性，这也塑造了她长大后的性格，在她身上有着强烈渴望进入英国上流社会而不惜使用任何手段的冒险家的各种品质。她和斯丹恩勋爵的纠缠也从这时就开始了。

2018电视剧版也对这个开头进行了改编。每一集电视剧都由领班的一番话拉开帷幕，“女士们先生们，这里是名利场。名利场是一个非常虚荣、邪恶和愚蠢的地方。有着各种谎言、虚伪和自负。绝非道德之地，不过它非常喧闹，这里的所有人都在为不值得的事物奋斗。”电视剧巧妙融入了旋转木马这一元素，领班一打响指，身后的旋转木马便亮了起来，上面坐着蓓基、爱米丽亚、都宾、奥斯本等人。这部剧的最后，蓓基高声呼喊着“没有人能从我的名利场里全身而退”，拉着乔瑟夫再度欢笑着冲上旋转木马。她野心勃勃地笑着，跃跃欲试，那么明媚。而命运正如这旋转木马一般，风水轮流转，蓓基和爱米丽亚的人生剧本仿佛彼此做了交换，又在五光十色的名利场中几番轮回，终究是一场虚无的浮华梦影罢了。

通过两者对比可以看出，电影版的开头通过小蓓基演绎木偶戏这一情节，既体现了原著中傀儡戏的意象，又展现出蓓基成长的环境，暗示了她的家庭和以后的性格，叙事更加巧妙紧凑。而电视剧有较充足的叙述时间，所以每一集都以马戏领班的话带领观众进行前情回顾，并以发问的方式开启新的故事，创造性地加入旋转木马这一元素，暗示人们在名利场中兜兜转转，起起落落，没有尽头。

三、摄影风格对比分析

2004电影版和2018电视剧版《名利场》在摄影风格方面侧重不同，各有创新。电影版通过多种手段延伸观众的感官，打造沉浸式体验；电视剧版融入时代元素，借助演员表演吸引观众。

“冷媒介”和“热媒介”是麦克卢汉的著名观点，其定义紧紧围绕着清晰度和参与度两个标准展开。当媒介本身是“热”的，它通过技术方式延伸了人的多重感官，人无须自主调动更多的感官去理解和认知信息，保持较低的参与度⑤；而当媒介本身是“冷”的，人需要自主调动某一种感官或多种感官来获取信息，参与度高。根据麦克卢汉的标准，电话、电视、口语等被分到了冷媒介，收音机、电影、书籍等被分到了热媒介。

2004电影版《名利场》通过各种艺术手段延伸观众的感官，每个场景的服装设计都把空间艺术的美感发挥到极致，每个镜头都力求向观众传递更多信息。服装方面，蓓基在社交舞会遭到排挤的场景里，她走入舞会大厅时，大厅里的贵族女子围成一圈，而蓓基一走近她们，她们便一齐散开，没有人愿意与她来往。贵族女子的服装颜色各不相同，但统一为灰白色系，象征着贵族的冷漠、残忍和傲慢。而蓓基却穿着墨蓝色礼裙，在浅色中很不协调。服装的对比强化了戏剧冲突，把原著中蓓基被孤立的场景淋漓尽致地展现出来。光晕方面，蓓基初到伦敦时通过马车窗户看到斯丹恩勋爵的房子，那是她进入上流社会的最后一块跳板。在她路过房子时，镜头从拍摄蓓基微笑的脸切换到房子旁边耀眼的阳光，传递出一种年轻活力的青春感，预示着蓓基到达伦敦后即将走上人生巅峰。

相对于电影而言，电视属于“冷媒介”，是由“细节很少，信息度很低”的马赛克图像构成，因而需要看电视的人“始终处在参与和补充的状态之中”。2018年电视剧版《名利场》融入现代化元素，通过表演调动观众沉浸其中。

“从技术上说，电视是趋向于特写镜头的媒介。特写镜头在电影里用来取得使人震撼的效果，可是它用到电视上却成了家常便饭。”2018电视剧版《名利场》融入现代视角，多次对蓓基的面部表情进行特写，她时不时以某种表情看向摄影机，犹如打破和观众间的“第四堵墙”。从学校离开后，蓓基暂住在爱米丽亚家里，有天晚上趁爱米丽亚睡着时，蓓基爬起来偷偷试戴爱米丽亚放在床头的首饰。正当观众沉浸在这种氛围中时，蓓基突然转头看向摄像机，仿佛把摄像机当成镜子，和观众对视了。这一对视让观众不禁紧张，但情绪起伏后也更沉浸在电视中。表演方面，2018电视剧版《名利场》体现了现实生活中人们说话很快并且经常相互打断的特点。比如乔瑟夫讲述他在印度遇到大象的经历时，他说“我冲到它跟前，擒住了它的缰绳”，故事到这里显然还没有讲完，但蓓基打断了他并接着说“从而保全了那么多无辜百姓的性命”。

2004电影版中对蓓基破箱子的特写镜头也值得注意，用字母和图像推动故事发展是电影叙事的一大特点。破箱子的特写共出现三次，每一次都在蓓基人生的重大转折点。第一次出现在她到毕脱爵士家中当家庭教师时。当一个孤苦伶仃的女子坐了很远的马车到达一个荒芜的地方时，观众难免会对她产生同情与怜悯。第二次出现在私自和罗登结婚被克劳莱小姐赶出家门时，她没有丝毫受挫，挺直腰板坐车而去。第三次出现在蓓基跟随乔瑟夫来到印度开启新生活时，她的箱子在大象头上一摇一晃，逐渐走远，影片落幕。

四、结语

从媒介理论切入经典文学改编的影视作品，析读电影和电视剧在人物塑造、叙事节奏、摄影风格方面的不同，不仅仅是对萨克雷文本改编的深入研究，也是对媒介理论在改编研究中的实践。编导对原著的还原度、对人性认识的深入性以及对情感传递的共鸣程度，将直接影响观众对影片的认可度。[⑥]经典文学的影视改编，不能仅仅停留在原著的视觉化呈现，还要有坚实的文化内核，在把握源文本精神的基础上，利用新媒介的特性并结合时代特点，深入挖掘故事的表现形式与思想内核，打造独特的美学体验，创造与时俱进的艺术精品。

注释【Notes】

①本文系2023年国家级大学生创新训练计划项目“英国19世纪经典小说的跨媒介改编及传播研究”（项目编号：202310293058Z）的阶段性成果。

②[加拿大]马歇尔·麦克卢汉：《理解媒介：论人的延伸》，何道宽译，译林出版社2019年版，第58页。

③谌知翼、胡翼青：《再论麦克卢汉“媒介即人的延伸”——媒介环境学经典理论重访之二》，载《新闻记者》2023年第5期，第38—51页。

④胡燕娜：《当代印度“新电影”之母——米拉·奈尔的电影追求》，载《艺苑》2012第3期，第72—77页。

⑤姚文苑、胡翼青：《“外观”抑或“背景”：再谈麦克卢汉的“冷热媒介论”——媒介环境学经典理论重访之一》，载《新闻记者》2023年第2期，第71—83页。

⑥陆生发：《新技术在影视作品中的叙事影响》，载《出版广角》2019年第20期，第85—87页。

《大年夜》中译本比较研究

郭育婷

内容提要：樋口一叶是日本明治时期为数不多的女性作家之一，年仅24岁就因肺结核而去世。她的创作历程非常短暂，被称为“奇迹的十四个月”，但仍留下了《青梅竹马》《十三夜》《浊流》《大年夜》等著名短篇小说，以及众多日记、随笔、和歌。其中，《大年夜》代表着她的创作风格由浪漫主义转向现实主义。本文将对分别由萧萧和林文月翻译的《大年夜》中译本从语言风格、文化内涵、译者的创造性翻译三方面进行对比，进而分析译者的翻译风格，探究翻译策略在日本文学汉译过程中的实践性与可靠性。

关键词：《大年夜》；归化；异化；萧萧；林文月

作者简介：郭育婷，天津外国语大学国际教育学院比较文学与世界文学专业硕士在读，主要研究方向为中日比较文学。

Title: A Comparative Study of *The Last Day of the Year* in Chinese Translations

Abstract: Higuchi Ichiyo was one of the few female writers in Japan during the Meiji period, and died of tuberculosis at the age of 24. Her writing history is very short, known as “the miracle of 14 months”, but she still left many famous short stories, such as *Child's Play, The Thirteenth Night, Troubled Waters, The Last Day of the Year*, and many diaries, essays, and Waka. Among them, The Last Day of the Year represents her writing style from Romanticism to Realism. This paper compares the two representative Chinese versions of Xiao Xiao and Lin Wenyue in three aspects: language style, cultural connotation and the translator’s creative translation, and then analyzes the translator’s translation style, and explores the practicality and reliability of translation strategies in the process of Chinese translation of Japanese literature.

Key Words: *The Last Day of the Year*; domestication; foreignization; Xiao Xiao; Lin Wenyue

About Author: Guo Yuting is a master’s degree student in Comparative Literature and World Literature at the School of International Education, Tianjin Foreign Studies University. Her main research focuses on Chinese and Japanese comparative literature.

一、引言

樋口一叶的《大年夜》是1894年在文艺杂志《文学界》发表的短篇小说，讲述了山村家的婢女阿峰为了帮助卧病在床的舅父，偷窃了东家两元钱，但被东家儿子石之助顶罪而未受惩罚的故事。本文选择的日文原著为昭和二十四年新潮文库出版的《にごりえ・たけくらべ》，两部译本分别是1962年人民文学出版社出版的萧萧译本《樋口一叶选集》和2011年译林出版社出版的林文月译本《十三夜》，也分别是大陆和台湾地区的首译本，影响范围较广。因为两位译者在樋口一叶作品的翻译方面具有代表性，所以选取这两位译者的作品进行对比，能更好地探究不同地区译者的翻译风格、翻译策略以及诸多文化因素对翻译的制约作用。

二、两译本的比较

樋口一叶的小说文体被称为“雅俗折中体”，即叙事采用文言、对话采用口语。针对这种文体，萧萧和林文月两位译者的翻译各有特色，因此本文将从语言风格、文化内涵、译者的创造性翻译三方面进行译本对比。

（一）语言风格

1.词语表达

例1. 風ひゅうひゅうと吹抜きの寒さ……

萧译：寒风飕飕穿堂而过。①

林译：寒风冷冷地吹着。②

日语原文中的“ひゅうひゅう”是拟声词，表示风呼呼地吹、风嗖嗖地。文中此处所描写的场景是婢女阿峰在严冬时节工作的环境，林译本中的“冷冷地”虽能表示出冬季风吹时的寒冷，但萧译本的“飕飕”更符合冬季冷风呼啸的场面，这种表达也更为形象。

例2. あれ三ちゃんであったか……

萧译：啊呀，你是小三吗？你瞧多凑巧！①p38

林译：噢，阿三么。还好，找到你了。②p58

此处是阿峰因腊月回家探亲，在聚集了小孩们的铺子前猜想是否舅舅的儿子三之助在人群中，并非刻意寻找三之助。萧译本中的“凑巧”二字准确地表现出阿峰在人群中发现三之助的随意性和偶然性，而林译本则有通过许多途径和方法最终达成目的之感。二者相比，萧译本更能凸显体现原文的“惊喜”之感。

例3. 堅焼きに似し薄蒲団を伯父の肩に着せて……

萧译：又硬又薄的被子盖在舅舅的肩上。①p39

林译：把棉絮已结成像硬饼似的薄被子拉到舅父肩头。②p58

“堅焼き”指“烤得硬”，常用来形容烤得硬的日本脆饼。此处林译本采取直译，这种异化翻译策略保留了日本文化特点，且使用了比喻手法，形象地反映出因冬季气温降低，棉絮结块的样子。萧萧采取归化的翻译策略，将其简略译为“又硬又薄”。两种翻译方式在此处并无优劣之分，但就流畅性而言，萧译本更为简洁明了。

例4. 四苦八苦見かねたやら……

萧译：生活很困难。①p40

林译：他看尽了四苦八苦。②p62

“四苦八苦”是日语中的四字熟语，指非常辛苦、痛苦的事情。该词来源于佛教用语，意为所有痛苦。萧译本意译为“生活很困难”，林译本则采取直译附注释的方式。该词萧译本符合中文读者阅读习惯，但林译本体现了当时日本百姓受到佛教思想影响，在日常对话中出现佛教用语的特点。

2.叙事特点

例1. おお堪えがたと竈の前に火なぶりの一分は一時にのびて……

萧译：“暖，冻死啦！”她蹲在灶前拨弄着火，起初只想烤一分钟，却不知不觉地拖延着。①p35

林译：哦，真受不了。在炉灶前烤火取个暖，一分钟竟觉得像一个钟头那么的长。②p54

例2.大汗になりて運びけるうち……

萧译：阿峰累得汗流浃背。①p36

林译：挑水挑得满头大汗。②p55

樋口一叶的文体在叙事过程中基本不出现人物名称，常常只能在人物之间的对话中进行推断，这就使得原文的翻译变得暧昧。从上述两个例子可以看出，萧译本主动补足主语，形成第三人称叙事视角，能从宏观上把握原文含义。而林译本常按照原文省略主语，甚至在小说开始后的两千多字才出现了女主人公阿峰的名称。这篇小说中阿峰的心理描写篇幅很大，林译本选择省去主语的译法可以让读者以第一人称视角阅读，拉近与主人公之间的距离。

（二）文化内涵

1.民俗文化

例1.哀れ四十二の前厄と人々後に恐ろしがりぬ……

萧译：伙伴们事后惊骇地议论着说：“他今年四十二岁，恰巧是交厄运的头一年哩！”①p40

林译：后来人人都吓坏了，说可哀的，准是男人四十二岁大厄运的前厄啊。②p61

根据日本古时民俗文化，每个人在人生的节骨眼上有“前厄”“本厄”“后厄”。男性的“前厄”岁数是24岁、41岁、60岁。此处萧译本采用归化的策略，将“前厄”的意思解释说明，而林译本则是采取注释的方式进行说明。萧译本中的“四十二岁”应为误译。

例2. 塩花こそふらね跡は一まづ掃き出して……

萧译：太太虽没有像驱除了恶魔似的念喜歌……[①p49]

林译：虽然还不至于撒盐祛秽……[②p71]

“塩花”是日本的习俗，指在参加不吉利的事后撒盐驱邪。萧译本和林译本在此处均为意译，解释了该词的含义，把山村太太视继子为恶魔的心态很好地展现了出来。

例3. 旦那つりより惠比須がほして帰らるれば……

萧译：老爷兴高采烈地钓鱼回来。[①p47]

林译：老爷心满意足像惠比须神似的回家。[②p68]

惠比须神是日本信仰的七福神之一，也是七福神中唯一一个日本固有神明。惠比须神笑容满面，慈祥柔和，这一点在林译本的注释中也有提及。另外，林译本的注释中还说明了此处用惠比须神形容老爷，意在指老爷钓鱼有所收获。萧译本在此次将其意译为“兴高采烈”，形象生动，更符合中文读者阅读习惯。

2.和歌翻译

例1. 世をうぐひすの貧乏町ぞかし……

萧译：实际上却是出名的贫民街。[①p38]

林译：莺声频啼的贫民窟。[②p57]

新潮社版本中“世をうぐひすの貧乏町”的注释是：被迫过着痛苦生活的贫民窟。其中，“うぐひす”指的是莺，且“うぐひす”中的“う”与“憂し”的“憂”同音，从而给莺声添上了忧愁的情绪。莺的意象在和歌中经常出现，林译本在此处的注释中说明了翻译为“莺声频啼”的原因是蹈袭了《续古今集》醍醐天皇和歌。在我国唐宋诗词中，莺声大致有四个意象：晓莺残月，凄凉愁怨；莺声小院，悠闲慵懒；柳浪闻莺，轻柔灵动；花外流莺，华美精致。[③]而在现代汉语中，莺声多用来形容大好春光。此处日语原文之意在于形容贫民窟的哀愁，萧译本简明扼要地译出其意，林译本虽按照原文文本翻译，但有硬译之感。

3.习惯用语

例1. よき事には大旦那が甘い方ゆゑ、少のほまちは無き事も有るまじ……

萧译：好在老爷为人仁慈，不愁没有一点零星赏钱。[①p35]

林译：好在老爷人好，你要弄点外快大概也不是不可能吧。[②p54]

日语中“ほまち”的意思包括：一，临时的个人收入。二，私房钱、零花钱。萧译本中的“赏钱”一词出自《南史・宗越传》，意为赏给、赏赐的钱。林译本中的“外快”一词指在正常收入以外的收入或者通过一些手段得到的利益。新潮社版本在此处的注释为：临时的收入。结合该句提到老爷的仁慈，原文更偏向于表示老爷对婢女的赏赐。针对该词，萧译本更为精准。

例2. その御隠居さま寸白のお起りなされてお苦しみの有しに……

萧译：她老人家突然发作了腰痛的毛病，非常痛苦。[①p39]

林译：那老太太胃肠不舒服。[②p58]

根据《日本国语大辞典》的解释，“寸白”有两种意思：第一，指绦虫等寄生虫及由绦虫引起的各种疾病。第二，指妇女腰痛或生殖器疾病。此处更多指的是妇科方面的疾病而非林译本中所写的“胃肠”。萧译本在此处翻译得更为准确。

4.典故

例1. 炎につつまれて身は黒烟りに心は狂亂の折ふし……

萧译：一定瞧见太太被修罗的火焰笼罩着身子，五体化为黑烟，心烦意乱。[①p45]

林译：恐怕会身被火焰熏黑、心绪狂乱起来。[②p67]

根据林文月的注释，此处引自佛教典故《大藏法数》。林译本根据该典故和日语原文将其直译。萧译本中除基本含义外，又将“火焰”译为“修罗的火焰”，将“身体”译为“五体”。“修罗”是“阿修罗”的略称，来源于佛教，是印度远古诸神之一。“五体”也来自佛教用语，指头、两膝、两只手。五体投地是佛教中最高的礼法之一。两者相比，萧译本将来自于佛教用语的词翻译得更贴合宗教意味。

例2. 太公望がはり合ひなき人……。

萧译：不中用的丈夫。①p46

林译：真是太公望似的不可指望。②p67

该句在文中意思是，像姜太公一样悠闲自洽的人。原文中，山村太太对继子心怀不满，又听闻自己的大女儿即将生产要她立刻前往，丈夫此时又外出钓鱼，不免抱怨。林译本将典故译出，虽在注释中补充“此处仅引喻好钓之人”，但仍有硬译之感。姜太公博学多闻，辅佐文王、武王做出不少政绩，是一位正面人物，将姜太公比作“不可指望”的人，对于大陆读者而言难免不理解。萧译本在此处未翻译该典故，但其意相当明了。

（三）创造性翻译

例1. 濡れ衣を着せて、干されぬは貧乏のならひ……

萧译：穷人因为穷，总要受冤枉，有口难辩。①p50

林译：穷人穿湿衣不遑晾干。②p71

在日文中，“濡れ衣”字面意思为湿的衣服，更多则用来表示无实之罪、受冤枉。萧萧在这里采用意译，更贴切日语原文含义，将“受冤枉”这一关键信息翻译了出来。林文月则是直译日语文本，读来容易引起读者困惑和不解。

例2. 開闢以来を尋ねたらば……

萧译：如果去请教那位太太曾经换了多少婢女。①p36

林译：开天辟地来追寻起来。②p55

日语“開闢以来”是四字熟语，意为开天辟地之时。萧译本在这里意译为计算太太从当时到现在换了多少婢女，更具归化特点。而林译则是采用了夸张手法，在注释中补充道，“开天辟地指雇佣下女以来”，更具异化特点。

例3. 今の世に勘當のならぬこそをかしけれ……

萧译：于是利用独生子不能废嫡的特权。①p43

林译：假如是在当今之世，没有断绝父子关系才怪哩。②p64

“勘當”指断绝父子关系，萧萧在此处采用意译手法，将其翻译为“独生子不能废嫡”，但稍显累赘。林文月则是采用直译，将该句意思表达得更为明了，也更贴合汉语表达习惯。

三、结语

以上从语言风格、文化内涵、译者的创造性翻译三个方面将两个译本进行了比较。从翻译策略来看，萧萧更偏向于归化，在译本中常常略去异质文化的部分，采用更符合中文习惯和本土风俗的表达，但在文体、句式方面与原文相差较大，也有部分词汇为了更贴合本土文化从而表达得较为累赘。林文月则更多采用异化，译本非常贴近原文的句式和表达，体现出了异质文化的色彩，不足之处在于，一些词汇和句子采用直译的方式，虽在后文附上注释予以解读，但读起来感到生硬，对于中国读者来说缺少民族韵味。但两位译者均未采取单一的翻译策略，在具体的译本中，两者都运用到了异化和归化的策略。因此，归化和异化两种策略各有千秋，在翻译过程中要灵活运用翻译策略，在尽可能流畅的同时注意异质文化的色彩。

注释【Notes】

①[日]樋口一叶：《大年夜》，萧萧译，人民出版社1962年版，第35页。以下只在文中标明页码，不再一一做注。

②[日]樋口一叶：《大年夜》，林文月译，译林出版社2011年版，第54页。以下只在文中标明页码，不再一一做注。

③白帅敏：《论唐宋词中的莺声》，载《阅江学刊》2015年第7期，第141—148页。

从影响研究视角看《古船》对《复活》忏悔意识的接受

刘佳怡

内容提要：张炜在创作《古船》时曾对《复活》中的忏悔意识进行吸收和借鉴，其主要表现为主人公形象的相似上，二者皆为忏悔贵族，都经历了认罪、忏悔、赎罪三个阶段。众多学者局限于传统的影响研究，只证明了《复活》对《古船》创作存在影响，没有意识到张炜作为接受者的主体性地位，而本文从转型后的影响研究出发，认为张炜创造性地对《复活》中的忏悔意识进行改造和重构，其背后的文化过滤机制——现实语境与传统文化发挥了关键作用。

关键词：《复活》；忏悔意识；《古船》；影响研究

作者简介：刘佳怡，四川师范大学硕士研究生，研究方向：俄罗斯文学、比较文学。

Title: *Ancient Ship's* Reception of the Confessional Consciousness in *Resurrection*: From the Perspective of Influence Research

Abstract: Zhang Wei absorbed and borrowed the confessional consciousness in Resurrection when he wrote *Ancient Ship*, which is mainly manifested in the similarity of the main character's image, both of whom are penitent nobles and both of whom go through three stages of confession, repentance and atonement. Many scholars confine themselves to traditional influence studies, which only prove the existence of influence of *Resurrection* on the creation of Ancient Ship without realizing Zhang Wei's subjectivity as a recipient, while this paper, starting from the post-transformation influence studies, argues that the cultural filtering mechanism behind Zhang Wei's creative transformation and reconstruction of the penitential consciousness in *Resurrection* — realistic context and traditional culture play a key role.

Key Words: *Resurrection*; confessional consciousness; *Ancient Ship*; influence study

About Author: Liu Jiayi, a Master student of Sichuan Normal University, with research interests in Russian literature and comparative literature.

一、引言

《古船》是由中国当代作家张炜在20世纪80年代发表的一部长篇小说，它聚焦于山东一个古镇里隋、赵、李三大宗族的恩怨情仇，如实地再现了新中国从土改到改革开放的历史。在20世纪80年代的中国文坛，伤痕、反思方兴未艾，通过家族史来讲述民族历史的作品屡见不鲜，《古船》在其中并不出彩。但《古船》却因其浓厚的忏悔意识在新时期文学中独具一格。所谓忏悔意识，指的是良知意义上的自我审判。未经良知审判的自我处于迷失之中，而经由审判，让迷失的清醒，让还债的还债。①有学者指出《古船》在新时期小说忏悔意识普遍缺失的情形下，首次为当代小说贡献了隋抱朴这个忏悔者形象。②而这样一个具有原罪意识的忏悔者形象渊源有自，正如王达敏所认为的，这种源自于民间的中国忏悔贵族，尽管植根于中国现实土壤，但在精神气质上则与俄罗斯文学的忏悔贵族遥相呼应。③

虽然有众多学者意识到《复活》中的忏悔意识对于张炜撰写《古船》所产生的影响，但大多研究仍局限于传统的影响研究范围内，只通过实证考据、文本细读证明影响存在，忽略了张炜作为接受者的能动性。而当代的影响研究，结合接受美学、文学社会学等多个学科，形成双向互动的交往理论和跨文化互识的多元文化观。因此，本文将从转型后的影响研究出发，进一步探讨《复活》中的忏悔意识对《古船》创作的影响，重心在于考察张炜创作《古船》时对《复活》中的忏悔意识所进行的改造、重组、变异及其背后的文化过滤机制。

二、影响的存在：《古船》与《复活》中的忏悔意识

探究张炜创作《古船》时对《复活》中的忏悔意识的接受前提是：《复活》对《古船》的创作影响重大。因此，本文将通过张炜研究资料的搜集和考据证明二者具有实质性的文学影响关系。

首先，张炜在《自述二则》中承认了列夫・托尔斯泰及其《复活》对他创作《古船》时产生的影响，他发现19世纪作家关心的都是微不足道的小事，而正是这些小事使他们揪心，“比如托尔斯泰，我写《古船》时受他影响很大，我的面前常常闪动着他朴素而高大的身影”④。其次，他曾在采访中声明：“我不得不说多次，我喜欢《复活》。”⑤“我每年读一两次，让它的力量左右我一下，以防精神的不测。”⑥可见张炜在《古船》创作前后受托尔斯泰及其《复活》的影响之大。

此外，据张炜自述，他在20世纪80年代初就已经阅读过托尔斯泰的所有作品。“托尔斯泰的书在中学就开始读，后来读得多了。八十年代初我把所有能找到的关于托尔斯泰的书全都读了。俄罗斯时代的作家译过来的书我几乎全读了。他们对我的影响不可能是小的。俄罗斯作家真是了不起。”⑤p17“从高尔基再到托尔斯泰——我们读了那么多托尔斯泰的书，在我眼里这可是西方文学的第一人。托尔斯泰和关于托尔斯泰的书，我几乎将译文全读了。”⑦一个作家的写作必然受到他当时所阅读的作家作品的影响，那么，创作《古船》时的张炜在阅读完托尔斯泰的众多著作后，必然受到托尔斯泰及其作品的影响。

根据上文的考证，张炜不仅广泛阅读托尔斯泰的各类著作，而且还通过访谈和写作的形式承认了他在创作《古船》时对于《复活》的吸收和借鉴。由此，我们可得出结论：《复活》影响了张炜《古船》的创作。而《复活》对《古船》创作的影响主要体现在忏悔意识方面，或者说，张炜通过《复活》引入了具有叩问灵魂深度的形而上的罪感意识。不由得有学者指出：“这种罪感文学作品的出现，在西方不算奇特，但在我国，则不能不说是一种罕见的文学现象。”①p70《古船》作为这样一部少有的拥有罪感意识和忏悔意识的中国当代长篇小说，不仅体现了张炜用他人之“酒杯”浇胸中之“块垒”的能力，还为中国当代作家示范了如何将西方的思想资源化为己用。

那么，从传统的影响研究的角度来看，就可以建立起这样直线式的经过路线：《复活》→译本→《古船》。20世纪初，中国知识分子出于启蒙目的对俄苏文学进行了系统的翻译和介绍，而我国文坛对于托尔斯泰的关注远超其他俄苏作家，在建国之前就已经基本实现托尔斯泰小说的全面译介。⑧张炜出生、成长、写作的时代，正是这样一个俄苏文学与中国现当代文学紧密结合、托尔斯泰小说译介全面开花的时代。

《复活》中的忏悔意识对《古船》创作的影响确实存在，在证明二者之间存在影响关系之后，本文将讨论《复活》中的忏悔意识具体在哪些方面影响了《古船》的创作及影响背后的深层原因。

三、影响的接受：“忏悔贵族”与时代反思

《复活》中的忏悔意识对《古船》创作的影响主要集中在主人公形象的塑造上，二者之间不仅具有行为的相似性，还在精神上一脉相承。总的来说，《复活》主人公聂赫留朵夫和《古船》主人公隋抱朴之间有三点相通之处。

首先，隋抱朴和聂赫留朵夫都属于“忏悔贵族”，二者都意识到自己的阶级原罪，誓死要洗清身上的阶级罪孽。聂赫留朵夫在为马斯洛娃上诉、告御状及为其他含冤之人奔波的过程中，他意识到自己不仅愧对马斯洛娃，同时作为剥削农民的贵族阶层的一员，从一出生就有原罪，于是他将自己的

土地和财产还给了农民。隋抱朴是一个从童年伊始就具有罪感的人物，他的地主父亲隋迎之在死前一夜曾对他说：“老隋家的欠账还没还完，事情得及早做，没有工夫了。”⑨由欠农民的账所引起的阶级罪感就这样传到隋抱朴身上，使其进行近乎自虐般的忏悔。

其次，他们对罪恶都有着清醒的认识，这使得他们在精神层面展开剧烈的挣扎和冲突，对自我和社会进行毫不留情的剖析和审视。聂赫留朵夫内心的冲突既是不断自我否定的过程，同时也是一种自我认识、突破与超越的过程。而隋抱朴亦是如此，他主动承担起地主阶级的罪恶。在对面父母双亡、妻亡、妹妹被四爷爷霸占、小葵二嫁这些惨剧时，隋抱朴就如同中国大地最质朴的农民一般默默地承受，思索着这一切苦难的根源。

最后，二者都经历了忏悔的三个阶段：认罪→忏悔→赎罪，完成了人性的复归与灵魂的升华。聂赫留朵夫在认罪后积极忏悔，最终在福音书中得到了救赎。比起聂赫留朵夫，隋抱朴的赎罪可以说是更加延宕和缓慢。他勤于忏悔而止于忏悔，只敢通过近乎自虐的“扶缸”去赎罪，但这种赎罪却只针对他自己，直到弟弟见素与赵多多争权失败，他才真正开始行动，才在《共产党宣言》的启发下重获新生，继承父亲隋迎之的遗志，重新计算那笔老隋家欠的账。

张炜在创作《古船》时主动吸纳《复活》的忏悔意识有两方面的原因：一是当时正处于对文革的反思时期，作家们深入文化、社会层面，对社会基本矛盾、民族文化进行思考。这是张炜引入《复活》的忏悔意识的最根本原因，他将忏悔的矛头直指本我，使得《古船》具有同时代作家作品不曾有过的反思深度；二是张炜的文学意趣、价值取向与俄苏文学和托尔斯泰遥相应和，“也许是两国土地相连的关系，我们对这些作家作品（指俄苏作家及其著作）的理解更容易入眼入心，对这种气味总是更能适应。它是一个欧洲国家，但东部在亚洲，这就有可能产生最接近东方气息的艺术”⑩。

四、文化的过滤：现实语境与传统文化

尽管张炜在创作《古船》时对《复活》的忏悔意识多有接受，但根植于中国农村的民间地主之子隋抱朴和在俄苏土壤下产生的上层贵族聂赫留朵夫还是有所不同的，其相异之处表现在：

由于二者所属的文化环境不同，罪感的生发必然有所差异。聂赫留朵夫先在精神层面认清自身罪恶，展开忏悔；而隋抱朴的罪感来自父辈，由于父亲一直在“还债”使得隋抱朴也自认“欠债”。聂赫留朵夫被堕落的上流社会风气所侵蚀，近十年时间沉浸享乐中，而后偶遇被审判的马斯洛娃，才被自己所犯下的罪惊醒，先意识到自己所犯的人世之罪（凌辱马斯洛娃），再体认到自己的阶级原罪，其间有“堕落者”到“负罪者”的形象转变；隋抱朴的罪是由扭曲的社会对人性和情欲的压抑所犯下的，先是背负着阶级原罪，再背负人世之罪（与已有丈夫的小葵私通），他一直以一个“负罪者”的形象出现。

二者所忏悔的具体内容不同。聂赫留朵夫先是对马斯洛娃进行忏悔，而后对俄国农民阶级进行忏悔。他在一定程度上可以看作托尔斯泰的化身。托尔斯泰以忏悔贵族聂赫留朵夫的身份，代表曾作为其一员的整个贵族社会向马斯洛娃和俄国人民忏悔，从而皈依到宗法农民的精神世界。而隋抱朴不仅对小葵、农民阶层进行忏悔，更有对人性之恶的忏悔，在他看来，正是由于处于斗争和复仇中的社会导致人们的苦难，于是在书中，“镇上的人们就这样撕来撕去，血流成河”⑨p215。而这又深入到了对时代的反思层面。

二者进行“复活”的方式不一。聂赫留朵夫最终在上帝面前获得了拯救，而隋抱朴则是将对神的信仰转化为世俗的精神寄托，试图从《共产党宣言》中寻求消除苦难、洗清罪恶的办法，因为他认为《共产党宣言》是这样一本“和全世界的人一块儿想过生活的方法”⑨p229的大书。《复活》为19世纪的俄国贵族指明一条通往救赎的信仰之路，而《古船》为创伤期后的中国青年指明一条达到至善的世俗之路。

这三个相异之处体现了张炜在接受《复活》中的忏悔意识时背后的文化过滤机制。文化过滤指的是作者立足于本民族传统文化、现实语境、价值标准之上，根据自身需要对外来文学与文化进行选择和改造。在张炜构思《古船》之时，对所吸收的忏悔意识进行了改造、重组和变异，而在这当中有两方面因素在起作用——现实语境和传统文化。

首先，从现实语境来看，张炜写作时期正是中国经历了大跃进和文革之后的一个时期，如何面对这段历史成为当时作家的首要问题，张炜给出的回答是：对人自身进行忏悔。张炜将这段历史投影到洼狸镇上，关注的重心在于人如何跳出由人之恶所造成的苦难的循环。因此，张炜对人性的罪恶进行忏悔，并认为人们可以在《共产党宣言》中找到解决人性恶的办法，实现真正意义上的共产。

其次，从文化方面上看，西方文学中的忏悔意识源自《圣经》，基督教认为人生来有罪，人的一生都要为这笔“债务”进行偿还，最后才能在上帝面前获得拯救，由此延伸出原罪、忏悔、救赎等观念，因而西方文学更多地对人进行灵魂上的叩问。反观中国，在儒家道德体系下，并无罪感文化（虽然儒家也强调自省，但这种反省指向自身，并不指向超验的神），而是与之相对应的乐感文化。所谓乐感文化是由李泽厚先生在1985年提出的，他认为与西方罪感文化、日本耻感文化相比较，以儒家为骨干的中国文化的特征是乐感文化，其关键在于一个世界的设定，不谈论超越此间的形上世界或天堂地狱。⑪因此，由于中国一直缺乏追求超验世界和终极价值的精神传统，当聂赫留朵夫在基督教教义中实现人性的复活时，隋抱朴则在《共产党宣言》中重获新生。当然，这也与现实语境——中国是社会主义国家有关。

隋抱朴与聂赫留朵夫在罪感的生发、忏悔的内容、救赎的道路上的差异体现了张炜作为接受者，在基于当时反思文革的现实语境和中国传统儒家文化体系的基础上，出于自身需要选择性地汲取《复活》中所体现的忏悔意识。

五、结语

《复活》作为托尔斯泰的经典之作，其所具有的深刻的人性、高超的艺术性、浓厚的忏悔性，影响了一代又一代中国当代作家。张炜之于《复活》，不仅仅是对其忏悔意识进行多维度的借鉴，而且也通过自身的知识体系和生命体验进行主体性的再创造。正如张炜所说，优秀的文学大家从来不是简单的模仿者，“文学是长跑，能跑下来的，大概不会靠模仿”⑤p17。

可见，过去非凡的文学经典在今天仍能激励时下作家，而作家可以在当代意义上赋予它们以一定的新解，使其获得新生。

注释【Notes】

①刘再复、林岗：《罪与文学》，中信出版社2011年版，第39页。以下只在文中注明页码，不再一一做注。

②夏楚群：《临界境遇下的忏悔与救赎——重读〈古船〉》，载《海南师范大学学报（社会科学版）》2015年第11期，第43页。

③王达敏：《中国新文学第一部“完全忏悔”之作——再论〈古船〉》，载《杭州师范大学学报（社会科学版）》2017年第2期，第89页。

④张炜：《自述二则》，载《广西文学》2006年第3期，第78页。

⑤张均、张炜：《“劳动使我沉静”——张炜访谈录》，载《小说评论》2005年第3期，第17页。以下只在文中注明页码，不再一一做注。

⑥孔范今、施战军：《张炜研究资料》，山东文艺出版社2006年版，第75页。

⑦张炜：《从热烈到温煦》，人民文学出版社2017年版，第231页。

⑧杨丽、张越：《列夫·托尔斯泰小说在中国的翻译与出版》，载《当代外语研究》2022年第2期，第130页。

⑨张炜：《古船》，人民文学出版社2010年版，第23页。以下只在文中注明页码，不再一一做注。

⑩张炜：《问答录精选》，山东友谊出版社1996年版，第2页。

⑪李泽厚：《论语今读》，安徽文艺出版社1998年版，第27—28页。

历史延长线上的追问与在场①

——《全沉浸末日脚本》与《火星生活》比较研究

古欣蕾

内容提要：美国女诗人特蕾西·史密斯（Tracy K.Smith）的诗集《火星生活》和翟永明的诗集《全沉浸末日脚本》在题材与结构上都有一定相似性。两部诗集均从科幻角度入手进行宇宙"终极之问"的叩问和后人类想象，从环境、主体和存在三个角度切入文本中的科幻世界。同时，她们带着敏锐的女性视角进入诗歌，尝试了诗歌与其他艺术文化的"跨界"，并在其中注入了女性诗人一以贯之的隐痛发现与女性沉思。在完成了关于科幻题材与女性现实主义的"出走"之后，诗人们选择回到诗歌本身，挖掘从"故事"到"出发"的诗歌形成路径，从而达到一种在历史延长线上不断进行追问与在场的"未完成"，构成当代女性诗歌的特别图景。

关键词：特蕾西·史密斯；翟永明；科幻诗歌；女性诗歌

作者简介：古欣蕾，华中科技大学人文学院中国现当代专业硕士研究生，主要从事中国现当代诗歌研究。

Title: "Questioning" and "Being Present" on the Extended Line of History: A Comparative Study of *Total Immersion Apocalypse Script and Life on Mars*

Abstract: There are certain similarities in the themes and structures between the poetry collection *Life on Mars and Total Immersion Apocalypse Script*. Both poetry collections explore the "ultimate question" of the universe and posthuman imagination from a science fiction perspective, delving into the science fiction world from the perspectives of environment, theme, and existence. At the same time, they bring a keen female perspective into poetry, attempting a "crossover" between poetry and other cultures, and injecting the pain and contemplation of female poets. After their "departure" from science fiction themes and female realism, the poets choose to return to poetry itself, exploring the path of poetry formation from "story" to "departure", thus achieving a kind of continuous questioning and presence "unfinished" on the historical extension line, constituting a picture of contemporary female poetry.

Key Words: Tracy K. Smith; Zhai Yongming; science fiction poetry; female poetry

About Author: Gu Xinlei, Master student of modern and contemporary Chinese literature, School of Humanities, Huazhong University of Science and Technology, mainly engaged in the study of modern and contemporary Chinese poetry.

美国非裔女诗人特蕾西·史密斯在诗集《火星生活》中将视角转移为对宇宙的追问，通过展现外太空畅想和科幻世界，描摹后人类时代的宇宙图景、两性关系、自然环境和种族问题，加之其对于美国历史文化语境解读和生命体验的记录以及对未来人类的思考，借助科幻寻找沟通真实与想象世界的符码，完成超越诗歌语言的记录与书写。翟永明出版于2022年的《全沉浸末日脚本》呈现出相似性，不同于她早期有关女性肉体之痛的诗歌以及新世纪之后对于历史的追问，她创造性预设了一个末日世界，通过想象这一赛博格世界的后人类命运、伦理和价值拓展视域，同时赋予"终极之问"以时空体认，结合《随黄公望游富春山》以来的"跨界"实验，在科幻题材之外展现现实关切。

虽未有研究表明史密斯与翟永明的诗作有相互关系，但诗集中所呈现的科幻想象、现实问题、艺术跨界和女性存在之思却是共通的，同时两位女诗人都试图借助崭新的题材完成一种迥异于前的诗歌自我革命——从个体感伤到跨越时空的宇宙图景展现，从而完成一种历史延长线上的追问与在场，用别具一格的“死亡，爱与希望”追寻诗歌新的可能。

一、宇宙“终极之问”与后人类想象

（一）环境之问：反乌托邦的赛博格书写

翟永明在诗歌中从未尝试创造一个美好而虚幻的乌托邦，从早期以《女人》等奔涌直抒的“自白”诗，到后来《咖啡馆之歌》《十四首素歌》等克制的智性诗，她都将情感熔铸在观察之下，用“黑夜”的凝视洞悉现实背后的根源与指向。《全沉浸末日脚本》亦然，翟永明观察人类活动对自然环境的影响，借助动植物搭建遭到破坏的后人类地球生态样貌，用高度发展的人类科技与崩坏的自然社会结构形成张力，构成反乌托邦的未来宇宙图景。《雪豹的故乡》中，她将探险摄影师吕玲珑穿越冰山拍摄到的“雪豹”与菲利普·迪克在《仿生人会梦见电子羊吗》中的“电子羊”对比，发出在未来的太空世界生物能否“跑进外太空”[②]的自然之问。《豢养》中北极圈消失的极地苔原和《蟾蜍》中曾经被人类厌弃与应用的动物的灭亡都对当下发出了预警。在表现未来人类社会样貌时，诗人借用科幻电影《西部世界》中的情境，当机器人意识觉醒后开始了“夺走我们的思想、记忆”的反攻，从而“夺走他们（人类）的世界”[②p9]，这些都昭示着人类探索自身和宇宙奥秘的终极悖论。

《全沉浸宇宙脚本》书写透过现实地球问题的衍生想象，史密斯在《火星生活》中则用更多科幻质素展现现实之外的人类历史与信仰问题追索。《过时的博物馆》中，诗人为自己设身处地地创设了一个后人类博物馆，其中展览着旧人类生存所需的物品，甚至还有“一个活生生的人”[③]，在这里“爱”与“疾病”都变成了“一会儿的事”[③p18]，关于“古老的信仰”[③p18]和“古老的星球”[③p18]的一切都已经荡然无存，历史滚滚向前带走了诗人所处时空的一切。在《大教堂媚俗》中，史密斯书写了一个具有“媚俗”特性的教堂，用来旨归现实秩序崩坏下信仰何去何从的问题，在诗中她写道“就像神，在大里，也在小中，在伟大，也在旧物”[③p20]，大教堂在此具有了象征意义，在自然社会秩序遭到损害的未来世界中仍然象征着信仰与崇高，从而建立起与“过时的博物馆”有对照意义的“信仰犹存”后人类精神图景。

（二）主体之问：神秘的“它”与迷失的“我”

史密斯的诗惯于使用代词来增强意义的不明确性，其中“它”作为所指范围更大的词语，在《火星生活》中可以包罗万象，可以成为一切，取代一切存在的意义。[④]纵使亲情、宗教和社会事件都是诗集中的常见话题，“它”却总能超脱能指，包蕴主体对整个宇宙及内外关系的关切之问。借助“它”，史密斯搭建神秘的“未知”，诗人的探索行为构成了追寻主体性的张力，将“它”与上帝并列，同时“我们希望它不要超过我们知道的”[③p4]，但“当然，它属于我们。倘若是任何人的，它也属于我们”[③p16]，在对意义的找寻中，神秘的“它”如同海明威“冰山理论”中的冰山，包藏了超越语言而无以言说的、试图找寻人类主体性的探索。

与史密斯的科幻题材诗歌相仿，翟永明科幻诗作兼具主体性和赛博格特点，在“当我们谈论永生/我们谈论的是‘死亡’/不同形式的泯灭”[②p11]此类哲思指引下，试图完成大数据与人工智能时代主体生命的定义，其涉及的后工业人类伦理问题至今仍未能解决，因此诗人仅用“这个问题/被关闭了/从一个接口到另一个/已然没有寂灭/必然没有赋形”[②p13]的状态表征新的“永生”或“消亡”。翟永明将仿生人的创造称为“奇点”，其从地球生命命运角度出发，“改变只需要五分钟，基因对我说，你就会从尼安德特人，快进到仿生人”[②p15]，人类的漫长发展历史都被融入“无边的路由器”[②p16]中，人类的生存状态成为“模式”，高智能时代与人类文明形成了强烈反讽，在人类历史与主体性被“虚无化”的边缘，迷茫的“我”应何去何从？

世界科幻文学对主体性的寻找是贯穿的，《弗兰肯斯坦》中人与科技巨物共存问题，《基地三部曲》中人机伦理问题，《仿生人会梦见电子羊吗》中存在与意识问题，都展现了科技发展下对人类存在问题的追索。主体性问题在史密斯和翟永明诗歌中有着不同意义，父母是浸信会教徒的史密斯，以对上帝的信仰构成思想基石，在诗歌中更多地表现出一种神秘特质，神秘的“它”可指代上帝、男性权威、暗物质、一种秘不可宣的“理念”，而在诗歌探索中尝试科幻题材的翟永明选择直面问题，以对当下的关切和自我的在场体验作为根据，呈现一系列已经发生或者已有迹可循的主体问题，诗人无疑是迷茫的，而这种迷茫的旨归在于“赛博空间”当中每一个人类个体的“去处”问题。

（三）存在之间：存在方式与此在体认

史密斯和翟永明完成了个体意义找寻后，在诗歌中进行了由现象到本质的深化。海德格尔曾区分“存在物”与“存在”的关系，“存在物”指客观物，而“存在”则是客观物之所以成其为自身的动态过程。在史密斯看来，存在问题包含物的聚集与人的思维存在，因此便有了诗中常见的“暗物质”意识，在《火星生活》一诗中，“暗物质”时而成为“人与人之间的空隙”③p46，时而成为“某种我们知晓是有的东西”③p49，时而是被囚禁女性所处的黑暗，时而是“空间之间的空间”③p53，时而是“除了肌肉，意志，纯粹的恐惧”③p58，诗人试图对沟通了人与宇宙的“暗物质”进行实体化描述，以“存在物”表现人类存在形态与方式问题，这种类哲学的思辨源于其宗教思维，却指涉科学与神学之外的存在。

翟永明的《全沉浸末日脚本》由“地球将死于何种形态”②p3开启整部诗集的想象，从赛博时代的后人类命运、人与外界关系以及地球的自我体认角度展开，其中后人类伦理关系生存场景嵌套自然环境，成为地球“历史”的叙述元素，以“全息”式的叙述方式将脑中关于未来世界万物的畅想投射在文本空间。第一辑的最后两首诗《深蓝斑点》和《云之诗》，从地球存在状态与动态历史发展角度入手探讨“存在”问题。“深蓝斑点，太空尘埃中最小的一粒”②p32从宇宙尺度来看可以对应人类、恒星和宇宙，反映了诗人将中国传统哲学与朴素世界观糅合在文本中的努力。《云之诗》中，诗人将“舒展亿万年/无言”②p44的天上云朵与地球演化过程结合，动静之间“几亿年前的爆发”②p43到“一瞬间的死寂/恒远”②p43，地球和人类存在的动态全景描述在文本内得以毕现。

相较于翟永明在诗歌中进行地球和人类存在维度的叙述，史密斯的着眼点则更多聚焦于现实，她关注宗教、流行音乐、个体经验、犯罪案件、种族歧视、两性关系等存于现实世界的问题，以现实质素探讨人类与世界的存在问题，在诗集的最后她同样选择了收束，“千年一瞬，草弯下腰，然后重新学会站立”③p101，与翟永明笔下“舒展亿万年”②p44“一瞬间死寂”②p43的云有异曲同工之妙，这里的“草”，指代“此在”的诗人、全体人类、现实世界乃至宇宙命运。翟永明所关注的是人与世界的“存在”方式问题，史密斯则在“存在”状态基础之上进行“此在”体认。

二、女性视角的诗歌“跨界”实验

（一）女性视角的“跨界”艺术

史密斯《火星生活》和翟永明《全沉浸末日脚本》都有鲜明的“跨界”意识，关注现实的诗人用诗歌实践填补“纯诗”空白，音乐、话剧、电影、绘画、装置艺术、摄影都是诗人的对象，在纷繁的当代艺术中，两位女诗人进行多元文化视角下找寻自我的尝试，既包括诗人对自身诗歌视域的拓展，也包括对于两性和时空等视角女性定位问题的思考。

《火星生活》的“跨界”尝试表现在流行音乐与科幻电影上，时代文化的融入成就了颇具当代风格的诗歌。大卫·鲍伊融迷幻、摇滚、朋克于一体的曲风和炫目的装扮影响了一代人的文化，长诗《有时，难道你不好奇吗？》中，诗人想象大卫在街道上的情境，表露了诗人对于时代标志物的有意靠近与对时代文化的取舍，其中科幻艺术就受到了青睐。史密斯在采访中提道：“科幻艺术可以让我重新审视那些我习以为常的东西……在诗歌中我想找到一种方法将电影与现实的冲突带到诗歌中，其中包括真实和情感层面的那些焦虑。”⑤计算机技术和太空军备竞赛都影响了作为一个天文学家女儿的史密斯，她将科幻文化与美国“超级大国”焦虑入诗，笔下《2001太空漫游》电影中男主人公的时空飞船与太空宇宙都最终经历“闪闪发光的巨大摄影棚又回到黑暗”③p12，在对美国太空探索反讽的同时，更增添了人类科技哲思。诗人的创作也可看做作是一种“创世”，将科幻艺术的自觉与女性诗人独特视角结合，创造《太空晴雨》一类细腻想象之作，在《电影原声带》中书写一个时代女性的“在场”与想象。

翟永明则转向戏剧、绘画与装置艺术。翟永明诗歌的“跨界”尝试早有端倪，2015年的《随黄公望游富春山》用言语的“点染”将女性诗人对于画作的现实思考付诸笔端，呈现贯穿时空的“诗画”。翟永明曾提道：“我的写作里常有戏剧的因素存在……我一直喜欢视觉艺术。”⑥《灰阑记》中，她不再如往常关注女性的生养之痛，转而用被争夺的孩子作为主视角论述焦灼与两难。《诺尔玛的爱情》以戏剧为依托探讨当代爱情观：“没人为爱情牺牲自己/为了他或她/至多与母亲为敌”②p62，相较于写下“永恒的脐带绞死我”⑦的翟永明，如今岁月沉淀让她选择用谐趣的诗语戏仿时代、反讽现实。出现在诗集第二辑的所有形象几乎均为女性，包括弗里达·卡罗、薇薇安·迈尔、草间弥生等，艺术形象则包括贝诺尔玛、天鹅公主等，内容重心在于女性关怀，借助跨时空维度与其他艺术“对话”，寻求新变的女诗人完成对人类艺术的沉思。在古典艺术与当代艺术的交汇点上，史密斯与翟永明共同选择了以“跨界”艺术为对象的诗歌尝试。

（二）诗歌新变中的女性隐痛与沉思

两位女性诗人都受到当代女性主义运动和女性诗歌影响，在这两部诗集中从女性身体经验出发，表达女性遭受的个体压抑、性别歧视以及心理冲突，深层揭示两性、家庭以及母性本能等问题。

史密斯多次在诗集中用隐晦的语言呈现两性交合的画面，在平铺直叙的诗歌语言当中，展现女性对性冷静的痛觉，与暴力的对立者形成对比。“那硕大的粗暴的搅拌器、呼吸、四肢和牙齿，抱成一团的我们”③p21“这会持续，我攥着床单，谈论时间”③p94，作为女性的“我”通过“性”思考两性关系、时间、空间和自身存在，在“解构”中完成一种完整的女性身体经验书写。“痛苦太多时，女人们都唱……穿过肉体坠落到自身的地狱”③p99，“歌”对于女性而言如“圣礼”一般，完成世界对女性的规训，在不自觉的屈服中走向麻木的结局——“消失于空中”③p99，史密斯尝试揭开这层伤疤。

翟永明带着她一以贯之的性别视角审视艺术史与当代社会。薇薇安·迈尔是一个“死后才被发现”的摄影师，翟永明对“一个被遮蔽的故事”②p76的主人公进行了反问：“她不愿与世界分享的，除了身份、秘密、籍贯，对天才的认定与摧毁，以及绝缘社会的艺术制度，还有什么？”②p79，较于她早期直接宣泄的诗歌风格，诗人隐藏了呼之欲出的结论。《凝视弗鲁贝尔的〈天鹅公主〉》中，诗人构成了“凝视”与“反凝视”的对照关系来对抗异性视角下的艺术史，“男人都爱描画的女性：永恒的女性？稍纵即逝的女性？神秘婉转的女性？珍珠般溢彩的女性？”②p83，对画作中女性的单一形象进行控诉与诘问，在“反凝视”之外有着欲言又止的无奈感。翟永明还将目光投向现代社会中的人们生存状态，“爱人吃你/你吃你爱的人/你爱的人又去吃那些奢爱的/爱人必被爱吃”②p145“为了幸福她必须熟读婚姻法，为了婚姻她必须熟读中国”②p132，诗人抽丝剥茧般将横亘在当代人与幸福间的鸿沟揭开，这种沉思和隐痛源于个体，却指涉所有当代人。

（三）回到诗本身：超越性别的诗歌

翟永明关于性别写作说道：“我承认在我的写作中一直伴随着对性别问题的思考，也是我的一个特点，我不愿意去否认。”⑧翟永明不否认自己的女性主义者身份，对于女性诗歌，她认为创作本就与性别是有机体，她尝试将多年女性诗歌实践“灵魂”融入科幻、艺术、人生的创作中，诗语更加闪现着智性特质，在平实的语言中集聚能量。

《久负盛名和小确幸》一诗包含翟永明对自己数十年来诗歌创作的反思，“久负盛名”和“小确幸”的出版社象征诗人的两种创作状态，如“窗内的炼金术士”[②p179]般执着诗艺的提高，而在席卷的数据中，诗人发现诗学理念的陈旧之处，对更大的诗歌空间，她写道“更大的数据/哪里一切都是虚拟/因而最终成为真实”[②p180]。这首写作于2021年的诗是对诗集缘起与旨归的贯通，翟永明的《女人》《黑夜意识》等早期诗歌及观念对比起后人类世界与人类艺术发展史似乎有些单薄，因此她开始创新内容形式，在对既往诗歌的超越中，想象性与现实性构成了诗歌创作的两极，在巨大张力中挖掘虚拟时代诗歌的更多可能。

翟永明在诗歌领域、在一个过去的“完成态”中创新，史密斯则仍在“未完成”的诗歌成长线路当中。她的诗歌从《平凡之光》对母亲的缅怀开始，到《魔灵》讲述作为非裔美国人个体地位的找寻，再到《火星生活》对个体视角的进一步开拓，她在经验世界中创作。非裔美国女性的身份赋予了诗人以更加敏锐察觉男女之间二元对立的机会，而后现代的性别观念同时给了她以借助诗歌的解决方式。“女人仍将是女人，然而将是无意义的区分”[③p2]，至此科幻世界想象不再仅是诗人关于自我艺术素养与后人类警示录的结合，还表现出了一层对现实具有启示意义的性别观念含义，通过二元对立的消解，在诗歌的疆土上开拓出有关性别的乌托邦，这与史密斯本人所主张的“反乌托邦”形成了一种后现代式的吊诡。

三、延长线：诗歌走向何方

（一）“出发”的诗歌

史密斯用“四种气质”概述自己的诗艺经验，分别是“形式”“音乐”“意象”和“出发”（departure）。其中，“形式”与“意象”不必多论，而“出发”则代表了诗学观问题。在英语中，“departure”除了“出发”还包含着对“以往”离开的意义，首先是对“story”即“故事”的分离，是对于过去的创新，通过书写挽歌、反思人类和科幻想象开发新维度。史密斯常从历史文献和新闻报道中汲取素材，在《他们可能会爱所有他所甄选的，并恨所有他所摒弃的》中，史密斯聚焦种族或两性恶性事件，并在诗中设计了亡灵作为寄件人写信件的部分，寄予诗人对现实与想象世界差距的书写。《信念的速度》在书写父亲挽歌中表达诗人关于“故事”的思索，怀旧是为了更好地“出发”，在“我走过，我的眼睛，容纳一切”[③p41]的反思中，“我”以包容的态度去审视整个世界，这在前文所论述的科幻视域开拓和后现代的性别观念中可见一斑。

“音乐”是“出发”之外的另一个关键词，这里史密斯所指的“音乐”包含两重意义，其一是她从小受到的美国流行音乐思潮影响，其二则是她关于诗歌音乐性独树一帜的追求。内容上，被流行元素渗透的史密斯诗歌彰显了美国霸权焦虑背景下一代人的价值选择，这些网络流行文化的精神质素构成了诗人的创作观。形式上，史密斯重视诗歌音乐节奏的和谐与诗歌叙事功用并存，她大量使用诗行间错位空行的形式，在留白与递进中调整诗歌措辞和步速。由此，史密斯诗歌内容和形式层面都表现了从传统创新，在延长线上“出发”的特点。

翟永明的诗歌发展历程较史密斯更长更久，但也同样在清晰的发展脉络中表现出了“出发”的特点。从1984年的《女人》诞生至今，翟永明都关心将女性写作落到实处。其并不局限于对女性“话题”的关注，在写作于1985年的《谈谈我的诗观》一文中，她提道：“我的诗将顺从我的意志去发现预先在我身上变化的一切……我甚至不惜超出我的心理量度去试图进行一种挣扎，这种挣扎代表了超越时间的永恒感。”[⑨]距离翟永明写下充满着死亡黑暗气息的诗歌已三十多年过去，她仍在透过生命本身探索和感受现实世界，用在场的经验和不断追问挖掘背后的想象与事实，她试图“挣扎”，但却不限于女性层面，“贴标签也好、被贴标签也好、或者是不贴标签也好，或者是给自己贴另外的标签也好，这些都是次要的问题，最重要的还是在于自己的作品”[⑩]，尽管有着女性诗人、先锋诗人、第三代诗人的标签，翟永明的每一首诗歌创作都基于个人、艺术、现实三者历史延长线上的书写，在《全沉浸末日脚本》中她开始记录并不曾在诗歌中出现的生活中的细微小事，老照片、雷雨夜、干眼、住院经历……从抽象隐喻到具体可感，翟永明也无时无刻不在“出发”。

（二）走向：历史延长线上的女性诗歌

史密斯的《火星生活》和翟永明的《全沉浸末日脚本》两部诗集中都包含着历史延长线上进行诗歌开拓的特点。

其一，诗歌均从历史角度进行溯源，以“故事”为基础进行诗学创造。从史密斯对于社会事件的关注、对宇宙起源的思考和将个体与外界联系的想象都展现了一种“历史性”的态度，基于线性历史，史密斯进行科幻视角的展望与回溯。同样地，翟永明也更多地表现出“记录者”的姿态，她写下与八位诗人同游镇江的经历，写下“蹭车”的一件小事，也尝试书写史诗来表现“大历史”中“小个人”的体验，在“新冠”疫情的背景下表达对疾病与幽闭的恐惧……她们自觉地成为了历史的记叙者，借助“对话型”诗歌语言构成独特的个人与世界关联。这种诗歌选择于史密斯来说，是出于她非裔美国女性的特殊身份和生命经验，于翟永明而言则是在多年的女性诗歌和艺术评鉴积累下的某种“自然”。

其二，两位女性诗人的诗歌均沿着历史延长线拓展写作，在科幻、宗教、文艺的天地里信马由缰。科幻作为人类现有文明延伸，伴随着科技发展诞生，开创了在人类已知时间之外的延伸，提供给迷惘的当代人一种通过想象与社会现实自洽的新的可能。史密斯期待在想象中收获一个神圣的世界，“永逸，可理解，并且安全”[③p3]成为目标，这个空间可以容纳日常，又能从神性与信仰的角度弥补精神的空虚。对于翟永明，科幻则意味着“末日般的图景”，以危机意识审视身边所发生的事件，火山爆发、全球变暖、生物灭绝等都成为描绘未来的素材，她的艺术“跨界”实验诗歌和日常记录型诗歌则专注于以“小”撬动其背后更加深刻的现实。

最后，无论是从特定的历史节点向前追溯抑或是向后想象，两位女诗人的诗歌都是现实旨归的。普利策奖颁奖仪式上这样评价诗集《火星生活》：“大胆无畏、技艺高超，将读者带入宇宙，带给他们一种快乐和苦痛真切交织的感动体验。”身份、技艺和想象成就了特蕾西·史密斯，时代、思想和现实成就了翟永明，虽然诗歌的发展在当今时代似乎日渐式微，但诗人们对于诗歌题材、时空、内容和形式的开拓却是无尽的，科幻诗歌与女性现实主义诗歌的融合带给了中西方诗歌阅读者以强烈的视觉冲击，这或许也正是诗歌“出发”的指向所在。

注释【Notes】

①本文系国家社会科学基金项目“博物诗学视野下的现代汉诗文体研究”（批准号：20BZW134）、华中科技大学自主创新基金文科重点项目“博物诗学专题研究”（项目编号：2023WKYXZD022）的阶段性研究成果。

②翟永明：《全沉浸末日脚本》，辽宁人民出版社2022年版，第20页。以下只在文中注明页码，不再一一做注。

③特蕾西·史密斯：《火星生活》，湖南文艺出版社2018年版，第18页。以下只在文中注明页码，不再一一做注。

④Ryan Sharp. “Life on Mars (review)”, Callaloo 35. 2.2012. pp.520-521.

⑤Elizabeth Bush. “Life on Mars by Jon Agee (review)”, *Bulletin of the Center for Children's Books*, 70.5.2016. pp.184.

⑥曾琦、张人杰：《翟永明：写作本来就存在着性别，无性别写作是自我安慰》，https://mbd.baidu.com/newspage/data/landingsuper?nid=news_9810930877402809043，2022年7月5日。

⑦翟永明：《翟永明的诗》，人民文学出版社2012年版，第36页。

⑧曾琦、张人杰：《翟永明：写作本来就存在着性别，无性别写作是自我安慰》，https://mbd.baidu.com/newspage/data/landingsuper?nid=news_9810930877402809043，2022年7月5日。

⑨翟永明：《谈谈我的诗观》，见老木编《青年诗人谈诗》（教学参考资料），北京大学五四文学社1985年版，第149页。

⑩曾琦、张人杰：《翟永明：写作本来就存在着性别，无性别写作是自我安慰》，https://mbd.baidu.com/newspage/data/landingsuper?nid=news_9810930877402809043，2022年7月5日。

镜与我：对话的双重性

——试论比较文学中的“自我与他者”及“自我与自我”

张子墨

内容提要：本文意欲探讨比较文学中的对话问题。首先将会从现代性的角度对比较文学学科的背景做一个探讨，从历史与背景的角度看“对话”的可能。然后，笔者将以“镜中我”为喻探讨对话的重要性，以及“自我”和“他者”的生成关系。最后，笔者指出并非只有他者才能成为“镜”，“自我”的内部亦充满了异质与缝隙，并以华语语系作为主要论述对象进行论述，通过分析史书美与王德威的理论以及他们之间的分歧，指出在用“华语文学”/“华语语系”去相对所谓的“西方话语”时，必须关注到它本身内部各种复杂的权力关系，比较并非将两种文本并置静态地看待文字背后的差异，而是探究其动态的关系。

关键词：比较文学；现代性；自我与他者；对话；华语语系

作者简介：张子墨，北京大学中国语言文学系在读博士生。研究方向：文艺理论、流行文化研究、后人类美学等。

Title: The Mirror and the I: The Duality of Dialogue — On “Self and Other” and “Self and Ego” in Comparative Literature

Abstract: The purpose of this article is to explore the issue of dialog in comparative literature. Firstly, I will discuss the background of the discipline of comparative literature from the perspective of modernity, and look at the possibility of "dialog" from the perspective of history and background. Then, the author will use the metaphor of "I in the mirror" to discuss the importance of dialog, and the generative relationship between "self" and "other". Finally, the author points out that not only the other can be the "mirror", but also the "self" is full of heterogeneity and gaps. Taking the Chinese language family as the main object of discussion, the author points out that in the use of "Chinese language", "I" is not only a mirror, but also a mirror of the other. Through the theories of Shi Shumei and Wang Dewei and the differences between them, it is pointed out that in comparing the so-called "Western discourse" with “Sinophone Literature”, attention must be paid to the complex power relations within itself, and that the comparison is not a static view of the two kinds of texts. The comparison is not to juxtapose the two texts and look at the differences behind the words in a static manner, but to explore their dynamic relationships.

Key Words: Comparative Literature; Modernity; Self and Other; Dialogue; Sinophone Literature

About Author: Zimo Zhang, a doctoral student at the Department of Chinese Language and Literature of Peking University. Research interests: literary theory, popular culture studies and posthumanist aesthetics.

一、从施特劳斯到哈贝马斯：现代性危机与比较文学的机遇

在《现代性的三次浪潮》中，施特劳斯曾为我们勾勒了现代西方文明面临的精神危机，并通过对历时层面上西方文明三次哲学思潮的梳理对这一危机做出了诊断。在笔者看来，20世纪西方文明发生的现代性危机与衰落或许可以作为理解“比较文学”之“文学”现代意义的切入点。

施特劳斯认为西方文明的危机直接指向启蒙哲学下怀疑主义精神的盛行。在除了“怀疑”本身之外一切皆可怀疑的科学理性主导之下，从历史主义、相对主义到虚无主义解构了传统政治哲学为西方文

明树立的一切价值与理想。①现代人由此从相信"进步""理性"的理想未来的"朝圣者"沦为失去建立关联、寻找方向、确立意义能力的"游牧人"，在此意义上西方文明被科学主义带向了虚无。但事实上从另一个角度看，西方文明的危机恰恰是跨民族、跨文化、跨东西的比较文学发展的契机所在，正如乐黛云、陈跃红等老师主编的《比较文学原理新编》中所说，在发展史上带有鲜明欧洲中心主义"独白话语"的比较文学学科，恰恰是在欧洲文明危机转型期"'独白话语'的中心地位的解体和语言杂多局面的鼎盛"时获得了新生。②而探其原因，与现代意义上"文明"与"文化"两个概念的对立是分不开的。

埃利亚斯（Elias）在《文明的进程》中对"文明"与"文化"概念的区分进行了探讨。在他看来，以英国为代表的欧洲传统中Civilization意义上的"文明"实际上内含了一种进化主义的历史眼光与"共同历史进程"的假设，即从"黑暗的中世纪"超脱而出的欧洲以其近百年来的成就超越了人类社会、达成了"文明"状态。③但"文明"概念本身就内含着欧洲中心主义式的进步、同化，甚至殖民主义逻辑。而与"文明"相对，渊源于德国的Kultur意义上的"文化"则指向了人类所创造的价值与特性，作为一种民族自我表达的"文化"概念强调的是差异化呈现与非目的性逻辑。也是在"文明"与"文化"此种对立的基础上，面对着现代性危机中"文明"概念的崩塌，作为"文化"核心呈现的"文学"的现代意义得以凸显。在欧洲中心主义式传统消解之后，真正的"文化"意义上的比较"文学"才得以可能。

而除了施特劳斯在《现代性的三次浪潮》中所诊断的导致西方现代性危机的科学主义或唯理主义与比较文学学科的建立与兴盛存在相关性（Correlation）之外，法兰克福学派亦对此有重要关切，并可以进一步帮助我们理解其内涵所在。哈贝马斯认为，受自然科学影响的实证论有两个基本特点，一是以自然科学为学术典范，二是认为有一个独立于人的存在的外部世界，而话语或者理论是否具有真理性，取决于它是否与外部世界相吻合——哈贝马斯将其概括为"相应真理论"。相应真理论这样一种以某种所谓的"外在客体"为比照标准，以此衡量、裁制他者的方式某种程度上与比较文学起源史上的欧洲中心主义传统如出一辙。前者的"外在客体"是自然世界、被裁制的是人类的知识理论，而后者的"外在客体"则是欧洲现代科学理性所建构出的以欧洲文明为典范的人类"理想文明"、被裁制的则是以东方为代表的他者的文化话语。二者的区别在于，"自然世界"或许可以被认为是外在于人的"客体"（当然这种主客二分的合理性在哲学上可能还存在争论），但所谓的"理想文明"则无疑很大程度上是人为建构的结果，而事实上施特劳斯所谈到的现代性危机也与这种科学理性的历史建构物的解构崩塌直接相关。

而哈贝马斯针对"相应真理论"提出的社会范畴内的"共识真理论"又对比较文学中十分重要的"对话"问题有所影响。哈贝马斯认为相比于自然世界，社会领域的现象具有意义性和主体性，任何针对外部世界的理解都要经过人的主观演绎，因此在社会领域话语的真假、正误实际上是由参与讨论的人在相关规范体系下达成的共识（Consensus）来决定的，即所谓的"共识真理论（Consensus Theory of Truth）"。而这种共识性真理得以达成的条件又指向了两个方向的思考，一是语言、沟通的实现，二是使得"讨论"得以可能的公共空间（Public Sphere）的建立。④哈贝马斯的这一思想在笔者看来对东、西方"文学对话"关系的建立是富有启发性的，在"公共空间"中通过不受阻碍的"沟通"以达成"共识性真理"的过程某种程度上或许正可以看作理想的东、西方文学比较关系的原型。一方面，"沟通"即"对话"，而非一方对另一方的话语霸权，而"公共空间"则指向了随着拉美文学、东方文学兴起而呈现的世界多元文化间平等的对话姿态；另一方面，也更为重要的是，文学比较的旨归不再是以自我为标准，以求在他者中得到印证与肯定，并对他者做出评判，而是超越此、彼的二元对立，以"文学对话"的方式探寻共识的真理，以此实现比较文学的愿景与追索。

二、如何对话，怎样比较：论文学对话中的自我与他者

在完成了对欧洲中心主义的"去中心化"解构之后，理论上"文学"的现代性意义得以凸显，但随

之而来的问题是真正的跨民族、跨文化、跨东西的“比较”文学何以可能？

“对话”对以跨民族文化为视域的文学“比较”而言意义是重大的。既为“比较”，那么在比较文学中“自我”与“他者”的划分无疑是展开所有论述的基础。而对于“他者”的认识，无疑是以对“自我”的认识为前提和出发点的。但从“对话”层面上来说，“他者”与“自我”的认识关系却并非如此。库利（Charles Cooley）在《人类本性与社会秩序》中提出了“镜中我（the Looking Glass Self）”的概念，即个体的“自我”是他人对其“反映”的总和，个体通过他人的“反映”完成对“自我”的想象与塑造，并在此基础上调节、控制自己的行动。⑤虽然这一“镜中我”的概念一般被应用于个体心理学，但正如弗洛伊德所主张的个体成长史与人类文明史的高度对应关系，这一“镜中我”的概念未尝不能帮助我们深入理解在民族、文化层面上“对话”的意义所在。在跨民族、文化文学“比较”中，“自我”与“他者”的划分也就如“我”与“镜中我”的关系。与其说我们为了进行“比较”而划分了“自我”与“他者”，不如说“自我”与“他者”的界线只有在“比较”中才得以明晰。换言之，是“文学对话”完成了民族文化意义上的“自我”与“他者”的构建，这也正是作为比较文学方法论基础的“文学对话”的意涵所在。

正如上文中谈到的，欧洲文明现代性危机导向了比较文学中欧洲中心主义的衰亡，但事实上正如“自我”与“他者”的字面意义所暗示的，这一“主”与“客”的划分似乎天然包含着“对话”的非平等性。比较文学其实是在民族文学充分发展的前提下产生，但如果对本民族与外民族文学的关系处理不当，反而会阻碍比较文学的发展，而且这一隐患是内在地隐含于比较文学产生的历史条件与理论基础之中的。

毫无疑问的是，跨民族文化的文学比较中“自我”与“他者”的地位处理存在天然的敏感性，容易滑向一方对另一方的凌驾与暴力，从这一角度上看“真正平等而有效的对话关系”的建立似乎遥不可及。但文学比较中“自我”主导这一倾向作为一种哈贝马斯式的“知识旨趣”是可以大方承认的，如果为了所谓的“政治正确”而刻意回避反而显得矫枉而过正。在坦然接受了“自我”在“对话”中的主导地位之后，文学对话需要做到的或许可以说是价值指向“自我”基础上对话姿态的平等。

米德（Mead）在继承库利“镜中我”思想的基础上以“主我（I）”和“宾我（Me）”的概念对作为主体的“自我”进行了更深入的分析。在《心灵、自我与社会》中，他谈到“自我”的实质就在于反思，通过借助他者视角的反思，作为主体的“自我”就成为自己的客体、即“宾我（Me）.”⑥，因此个体的社会性实质就在于，“自我”同时即是主体的“主我（I）”，也是客体的“宾我（Me）”。以他者视角进行反思所形成的“宾我”对“主我”产生影响，而“主我”则持续对“宾我”进行着回应。而作为民族、文化意义上的“自我”实际上就生成于这种“主我”与“宾我”的互动之间，某种程度上这也正是“对话”当中主体“自我”的“出位之思”。也正是通过这样一种互动方式，所谓“对话”姿态上的平等才能在“自我”主导的基础上成立。

三、华语语系与“自我”的异质观照

上文所提及的“自我”是在互动中生成，实际上可以牵引至更深远的“自我”的内部。近年来，随着欧洲中心主义在比较文学学科的逐渐消解，又加之以中国比较文学学科与文化研究等相关学科的建设，不少学者提出了“华语语系”（sinophone）、“华语文学”诸概念，不再将中国文学囿于传统范畴中，进行东与西的比较，而关注到其内部复杂的动态关系。

然而，我们必须警惕的是，在我们理所当然地以为的所谓“自我”之中，亦存在着中心主义的隐患，并且因为“自我”的迷障而更隐秘也更难以被发掘。华语语系、华语文学的提出，出发点是为了扩大“华文”的范畴，因为在中国本土之外，新加坡、马来西亚甚至欧美等地都有华语写作。华语语系的提出，本身带有反“中心主义”的含义，然而在许多情境中，华语却因此被当作抹除差异性的工具，只是为了以此来证明中国文学的多元与异质性，从而抹除了地方的特殊性，亦间接否认文学生产与民族国家之间的重要关联。因此，“华语语系”的概念是对中国和中国性的“纯然预设”之批判，反对对“话语”的狭隘定义。

比较文学所带来的“对话”方法，则是一种在后现代背景下，对“差异性”的强调与包容，对动态关系的持续研究。因此，在用“华语文学”/华语语系去相对所谓的“西方话语”时，必须关注到华语语系内部各种复杂的权力关系，尤其要注意不能用单一的“中国”“东方”概念去主导对华语语系的思考。比较并非将两种文本并置静态地看待文字背后的差异，而是探究其动态的关系。这也是第一部分中所提到的，当“文明”成为“文化”的比较文学学科意涵。文化是持续生成、复杂而幽微的动态式。

王德威先生亦在其《华夷风起》中对华语语系做了描述：“版图始自海外，却理应扩及中国大陆文学，并由此形成对话……只有在我们承认华语语系欲理还乱的谱系，以及中国文学散播蔓延的传统后，才能知彼知己、策略性地——套用张爱玲的吊诡——将那个中国‘包括在外’。”⑦

王德威和史书美的分歧在于，王德威强调“华语”语言本身，是如何连接地理与国族的，中国性又是如何在地域、族裔、社会、文化等面向进行移动与再生的。中国性的经验如何流动与位移是王德威所主张的华语语系。而史书美无疑更加关注“语系”内部的复杂性。王德威的研究重点在于“华”而不见“语”，华人是其论述重点，而史书美则认为“离散”方为“华语语系”的重点。例如，研究马来西亚华语文学的重点除了看见中国性的转换之外，更应延伸进在地脉络，探访华语的在地生产与文化混杂。华语在史书美的语境中并非单一的，而是复数的形态，例如马来西亚华语与新加坡华语便是非常不同的形态，而华语与华语之间，华语与非华语之间的动态关系，亦非常值得我们去寻求。例如马来西亚华语与本土马来语的互动、新加坡华语与新加坡英语的互动，等等。

笔者认为，史书美的论述能够为“华语文学”的研究打开新的面向，与王德威的论述相辅相成。而在“对话”的过程中，“自我”与“他者”绝不仅仅是简单的对话两方，尤其是我们以为的“自我”，其中更具有许多幽微的权力结构，“自我”中的异质性，也是不容忽视、值得关注的问题。尤其在全球化的背景之下，更应该将“语言”的范畴与想象力放宽，避免“中心主义”的危机。

注释【Notes】

① [德]列奥•施特劳斯：《现代性的三次浪潮》，郝苑译，见赵郭华主编：《外国哲学 第29辑》，商务印书馆2015年版。

② 乐黛云、陈跃红等：《比较文学原理新编》，北京大学出版社1998年版。

③ [德]诺贝特・埃利亚斯：《文明的进程 上卷》，王佩莉译，生活・读书・新知三联书店1998年版。

④ [德]尤尔根・哈贝马斯：《对话伦理学与真理的问题》，沈清楷译，中国人民大学出版社2005年版。

⑤ [美]查尔斯・霍顿・库利：《人类本性与社会秩序》，包凡一、王源译，华夏出版社1999年版。

⑥ [美]G・H・米德：《心灵、自我与社会》，霍桂桓译，尚新建校，见[美]苏珊・哈克主编，陈波、尚新建副主编：《意义、真理与行动：实用主义经典文选》，东方出版社2007年版，第473页。

⑦ 王德威：《华夷风起：华语语系文学三论》，高雄中山大学出版社2015年版。

我与世界文学
——学术之海，孤舟探知

屈伶萤

内容提要：在世界文学的广袤海洋中，我就像一叶孤舟，独自在波涛汹涌的海面上航行。每一个浪花都像是知识的碎片，而我，正是那个执着于将这些碎片拼凑成完整图画的探索者。这片海洋既深邃又辽阔，充满了未知与神秘，让人既感到兴奋又感到迷茫。攻读博士学位的旅程，对我而言，不仅仅是一段学术的追求，更是一次精神的历练。这段旅程如同一次冒险，我在其中不断挑战自我，探寻知识的边界。邹建军先生如同海上的灯塔，无论风浪多大，总能为学生们照亮前行的道路，让我们在迷茫中找到方向，在困境中找到希望。如今，我已经完成了博士学位的攻读，但我知道，我的学术旅程才刚刚开始。在未来的道路上，我将继续秉承邹老师的治学精神，不断探索、不断创新，为世界文学的研究贡献自己的力量。

关键词：世界文学；学术探索；精神历练；个人感悟

作者简介：屈伶萤，女，汉族，1993年1月出生，重庆人，民盟盟员，讲师。华中师范大学外国语言文学学院获文学学士学位，香港大学人文学院获文学硕士学位，华中师范大学文学院获文学博士学位。现为四川美术学院通识学院讲师，研究领域为：电影研究、比较文学与文化研究。

Title: My Relationship with the World Literature: Navigating the Seas of Scholarship as a Lonely Boatman

Abstract: In the vast ocean of world literature, I am like a lonely boatman, sailing alone on the turbulent sea. Every wave seems like a fragment of knowledge, and I am the explorer who is determined to piece these fragments together into a complete picture. This ocean is both profound and vast, filled with unknown mysteries that inspire excitement and confusion. The journey of pursuing a doctoral degree is not just an academic pursuit for me, but also a spiritual journey. This journey is akin to an adventure, in which I constantly challenge myself and explore the boundaries of knowledge. Professor Zou Jianjun serves as a beacon on the sea, always illuminating the path for students regardless of the stormy waves, guiding us to find direction in confusion and hope in adversity. Today, I have completed my doctoral studies, but I know that my academic journey has just begun. On the road ahead, I will continue to uphold Professor Zou's scholarly spirit, exploring and innovating constantly, contributing my own strength to the study of world literature.

Key Words: World Literature; Academic Exploration; Spiritual Experience; Personal Perception

About Author: Qu Lingying, female, Han Nationality, born in Jan. 1993, Chongqing, a member of the China Democratic League, lecturer in SCFAi. She obtained a Bachelor's degree in Literature from the School of Foreign Languages and Literatures at Central China Normal University, a Master's degree in Literature from the Faculty of Arts at the University of Hong Kong, and a Doctoral degree in Literature from the School of Liberal Arts at Central China Normal University. Currently, she is a lecturer at the General Education College of Sichuan Fine Arts Institute, specializing in film studies, comparative literature, and cultural studies.

怀揣着对深邃学术的无尽追求，我在2017年做出了人生中的一次重大决定——毅然决然地辞去了稳定的公职，转身踏上了攻读博士学位的艰难旅程。那是一条充满挑战与未知的学术之路，每一个脚步都显得沉重而又坚定。在这条道路上，给予我巨大影响、无私鼓励和坚定信心的，毫无疑问，是我的博士生导师邹建军教授。邹老师不仅学识渊博，更有着宽广的胸怀和独到的眼光。在他的悉心指导下，我不仅系统地学习了丰富的学术知识，更掌握了许多实用的学术技能。每一次与他的交流，都让我感受到学术的无穷魅力和探索的喜悦。更为重要的是，邹老师以他深厚的文学造诣和敏锐的洞察力，引领我逐步揭开世界文学的神秘面纱。

邹老师，是深谙文字之美的诗人，是博学多才的学者，是独具匠心的书法家，更是懂得生活的美学家。他的人生，就如同一首优美的诗篇，流淌着对学术无尽的追求与热爱。在他那诗意盎然的人生画卷中，我们可以清晰地看到那份对知识的渴望，对学术的执着，如同熊熊燃烧的火焰，从未熄灭。邹老师在治学上的严谨态度，更是让人肃然起敬。他对待学术研究一丝不苟，每一个细节都力求完美。然而，在这份严肃认真的学术态度之下，隐藏的是他对每一个学生深深的关爱。他真诚地关心每一个学生的成长，用心倾听我们的困惑和迷茫，总是在关键时刻给予我们最宝贵的建议和鼓励。而他的笔下，更是流淌着源源不断的智慧和灵感。笔耕不辍，不仅是他对学术的坚持，更是他对人生的独特理解和热爱的体现。他用自己的笔触，描绘出了一个又一个精彩绝伦的文学世界，让我们在其中感受到了人生的酸甜苦辣。他的文字，如同他的人生一样，充满了豁达与智慧，让人读来心生向往。邹老师用他的诗意人生、严谨治学和笔耕不辍，为我们树立了一个难以企及的榜样。他的人生哲学和学术态度，将永远激励着我们不断前行，追求更高的境界。在他的引导下，我得以深入文学的内核，感受到那些经典作品背后所蕴含的深刻思想和人类共同的情感。这种深入骨髓的文学体验，让我对文学有了更为深刻的认识和独到的感悟。

导师的指导如同夜航中的明亮灯塔，照亮了我学术探索的道路，使我在茫茫的学术海洋中找到了前进的方向。他的每一个建议、每一个点评都如同灯塔中的一束光，穿透迷雾，让我看到了文学的真实面貌和研究的深远意义。在他的细致且耐心的指导下，我们如同探险者一样，逐渐领略到文学这片广袤大地的博大精深。他为我们揭示了文学研究中的无数宝藏，使我对文学产生了前所未有的敬畏与热爱。每当我迷茫或遇到难题，他总是不厌其烦地为我解答，帮我指明方向。在读博士期间，我才体会到文学研究需要不断地创新和突破，不要被现有的观念和理论所束缚，要勇于开拓，敢于质疑，深入挖掘文学作品中的深层内涵，从字里行间寻找到作者的真实意图和情感。更为重要的是，作为博士，我不仅要感受文学之美，还要了解文学理论的前沿，去探索那些未知的领域，阐释文学为何而美。“就世界文学而言，我们都很无知，因为我们知道的不过像在海滩上拾起的几块贝壳或石子，而横在我们面前的则是尚未发现的宝藏之大海，尚待我们去发现、研习和鉴赏。”①我的博士学习阶段，无疑是文学理论学习的黄金时期，在此期间，我系统地学习了各种文学理论，开始真正理解文学作品的深层内涵和意义。这种深入的学习不仅增强了我对文学作品的解读能力，还极大地拓展了我的学术视野。我开始能够从更多的角度、更深的层次去审视文学作品，获得了前所未有的深刻体验和认识。丹姆诺什说，世界文学“常常被视为三种东西中的一种或多种：已经确立的经典，尚在发展变化中的一套杰作，或是开向世界的窗户”②。在不断地求学中，我逐渐明白，文学不仅仅是简单的文字组合，更是对人性、社会、历史的深入挖掘和反思。每一部作品都隐藏着作者的情感、思考和观察，都是对人类历史和文化的一种记录和反思。

每一部作品，都如同一座历史的石碑，静静地矗立在那里，见证着它所属的时代变迁。在这些作品中，无论是主角还是配角，他们都像是鲜活的生命，从字里行间走出来，每一个细微的动作，每一句台词，都承载着作者对纷繁复杂世界的深沉思考与真挚情感的流露。随着学习的深入，我开始更加重视探究作品背后的文化脉络、历史沉积和社会背景。我渐渐明白，那些脍炙人口的作品并非凭空而来，它们的诞生并非偶然，而是深深地扎根于作者所生活的那个时代，受到当时社会文化环境的深刻影响，并反映了作者个人的生活状态和情感体验。在这种深刻的认识下，在师门学习越久，我对世界文学的热爱越浓厚。世界文学如同一座五彩斑斓的宝藏，每一部作品都仿佛是一次心灵的深度交流和思想的激烈碰撞，它们如同历史的悠扬回声，让我们有机会回望过去，理解和体验不同的文化和时代。在这样的探索过程中，我开始更加珍视文学作品中那些真挚而细腻的情感描绘，以及深刻而独到的思想启示。这些元素如同一个个生动的画面，让我看到了人性的千百种面貌，感受到了生活的酸甜苦辣。每一个故事，每一个人物，都让我对人性有了更加全面和深入的理解。不仅如此，我也更加重视文学作品对我们当下社会现象和人类共同命运的深刻启示。这些作品，总是以它们独特的方式，提醒我们关注社会的种种问题，反思我们的行为和选择。它们如同一面面镜子，让我们看清自己，也让我们更加珍视和尊重每一个生命和每一种文化。在这样的阅读和思考中，我感受到了文学的力量，也更加坚定了继续探索和学习文学的决心。

在不断地充实自我中，我开始在庞杂的文学海洋中寻找到了属于自己的研究方向——从女性主义的独特视角出发，深入挖掘文学世界的深层奥秘。这个选择并非一蹴而就，而是在不断地学习中，经过反复思考和探索才最终确定的。我开始尝试新的研究领域，挑战传统观念，从而拓宽自己的学术视野。选择女性主义作为研究的切入点，让我对文学作品中的女性元素产生了浓厚的兴趣。进入新时代的女性文学研究需要在本土历史文化与性别经验的基础上，以包容开放的姿态拓宽自身的话语空间。我开始更加关注那些丰富多彩的女性形象和鲜活角色，试图从她们的身上探寻到更深层次的社会、历史和人性的内涵。在这个过程中，我逐渐认识到女性在多个层面——无论是社会、历史还是人性——都扮演着举足轻重的角色，她们的地位和作用不容忽视。当代女性文学的一个重要特点就是从女性的“日常生活”出发，同时又不局限于单一的性别经验来实现对历史的观照与书写。对女性文学的深入研究不仅极大地丰富了我的学术视野，也让我对文学作品有了更为全面和深入的理解。我开始学会从不同的角度去审视和评价文学作品，而不再局限于传统的男性视角。同时，这也让我更加珍视和尊重文学作品中的每一个角色和形象，尤其是那些被忽视或边缘化的女性角色。

在我的博士研究过程中，我开始专注于分析文学作品中的女性形象塑造，力图探讨这些形象背后所蕴含的社会文化意义，深入研究女性在文学创作中是如何进行自我表达的，以及她们的形象是如何反映和影响社会和历史的。女性文学“在观照女性独特生存境遇的基础上，不仅具有超越二元对立范式、建构审美共同体的精神深度，同时还体现了呼唤平等和谐的国际秩序、关注人类生命体验的生命哲学”③。这一过程不仅锻炼了我的研究能力，也让我对女性主义有了更为深刻的认识。通过系统地学习女性主义文学理论，并将其应用于实际研究中，我逐渐领悟到女性主义的深远意义。它不仅仅是为女性争取权益的社会运动，更是一种深刻的思想观念，致力于挑战传统观念、关照人性的多样性和复杂性，以及追求社会的全面平等和进步。在邹老师的悉心指导下，我不仅找到了自己的研究方向，还学会了如何深入挖掘文学作品的内涵和价值。他的教诲和鼓励一直激励着我不断前行。

在钻研文学的漫长时光里，我深深感受到的，不仅仅是导师深沉而专注的指导，还有整个师门之间那份难以言表的关爱，以及充满激情的学术氛围。这种氛围如同一股暖流，悄无声息地流淌在我心中，让我在枯燥的求学路上感受到了前所未有的温暖与陪伴，使我不再感到孤单和无助。邹老师如一位领航者，稳稳地驾驭着学术之船，带领我们驶向知识的彼岸。在老师的精心组织下，我们师门时常聚在一起，举行深入的学术讨论。每个人都热衷于分享自己的研究心得，我们争论、探讨，也在这一过程中不断地汲取新的知识和观点，实现了真正的共同成长和进步。同样让我珍视的，是师门中那份真挚的情谊。我们在追求学术的道路上并肩作战，共同面对困难和挑战。每当我们中的某个人感到困惑或遇到难题，总会有师兄弟、师姐妹伸出援手，给予最及时的帮助和支持。我们一起度过了无数个白天和黑夜，一起探讨文学的奥秘，分享生活中的喜悦，为同一个目标努力。这份经历，不仅极大地拓宽了我的学术视野，更让我收获了人生中最珍贵的友谊。我们如同战友，相互扶持、相互鼓励，在世界文学的广阔领域中勇敢地探索，为实现我们共同的学术理想而不懈努力。这份深厚的情谊，将是我人生中最宝贵的财富，也是我未来道路上最坚实的支撑。

回首过去那段充实而美好的学术旅程，我为自己能在文学的海洋中自由航行，不断探寻知识的奥秘而感到由衷的庆幸。在这段旅程中，是邹老师那如同明灯般的悉心指导让我能够在茫茫学海中找到了自己的学术方向，也为我照亮了前行的道路。邹老师的每一次指导都如同智慧的火花，点燃了我对文学的热爱和对知识的渴望。他不仅教会我如何深入研究文学作品，更教会我如何以一名研究者的身份去思考、去质疑、去探索。在邹老师的引领下，我逐渐领悟到文学研究的真谛，也找到了自己为之奋斗的目标。未来，我将带着邹老师的教诲和期望，继续深入挖掘世界文学的宝藏，探寻那些隐藏在字里行间的深刻内涵和价值。我希望能以自己的微薄之力，为文学研究添砖加瓦，为推动文学的发展贡献一分力量。

如今，我已经从一名懵懂的学生成长为一名独立的青年教师。虽然没有了导师的时时引导，学术之路显得并不那么轻松，但整个师门所传承的深厚人文关怀和严谨的学术态度，始终激励着我不断前行。每当遇到困难和挫折时，我总会想起邹老师的鼓励和支持，想起师门中那份真挚的情谊，这些都让我在学术道路上充满力量，勇往直前。在此，我要衷心感谢邹老师为我点亮了学术生涯的灯塔，感谢他在我迷茫时给予的指引和帮助。同时，我也要感谢所有陪伴我走过世界文学之旅的朋友和亲人，是你们的支持和鼓励让我在这条道路上走得更远、更坚定。未来的道路虽然充满未知和挑战，但我将始终不忘初心，牢记自己的学术理想，以砥砺前行的姿态继续在世界文学的海洋中探索前行。我相信在不久的将来，我能够在文学研究领域取得更多的成果和突破，为实现自己的学术梦想而不懈努力。

注释【Notes】

①张隆溪：《作为发现的世界文学》，载《国际比较文学（中英文）》2024年第7卷第1期，第5—17页。

②Damrosch. *What Is World Literature?* Princeton University Press, 2003, p.15.

③于文秀：《站在更高的精神层面审视女性——茱莉亚·克里斯蒂娃的女性主义理论评析》，载《山东师范大学学报（社会科学版）》2023年第68卷第1期，第64—71页。

“热爱可抵岁月漫长”

——我的世界文学之缘

王晓燕

内容提要：众所周知，“世界文学”的定义自歌德以来便一直处于动态的讨论中。但作为一门专业，世界文学以其广阔的视野和多元的文学体系而备受推崇。它从文学入手，对人类、世界、文明等重要命题进行思考和探讨，体现了文学的“人学”本质，也凸显了其“世界性”的格局与视野。

关键词：世界文学；视野；意义

作者简介：王晓燕，天津师范大学文学院、跨文化与世界文学研究院；讲师；博士学位。研究方向：比较文学理论研究。

Title: “Love Can Offset the Long Years”: My Acqaintance with World Literature

Abstract: As we all know, the definition of “World Literature” has been in a dynamic discussion since Goethe. However, as a major, World Literature is highly respected for its broad vision and diversified literary system. It starts with literature, pondering and exploring important topics such as Humanity, the World, and Civilization, reflecting the “humanistic” nature of literature and highlighting its “global” pattern and perspective.

Key Words: World Literature; Vision; Significance

About Author: Wang Xiaoyan, School of Literature, Institute of Intercultural and World Literature, Tianjin Normal University; Instructor; Doctoral Degree; Research direction: Comparative literary theory research.

复旦大学马凌教授在其新书《多年爱书已成精》中写道：“世界上有两种悲剧：一种是匮乏的悲剧，另一种是丰裕的悲剧。每一个教授‘世界文学’课程的大学老师，必定对后一种体会尤深。”如要自问这“丰裕的悲剧”究竟何为，其答案既有对“丰裕”的不足之感，也有对“悲剧”理解得不深之意，想来不免有些惭愧。但是，如果回望世界文学带给我的知识、视野及学术追求，那一定是获益匪浅的。

2005年，我进入湖北师范大学学习汉语言文学专业，这是我第一次正式接触关于“语言”和“文学”的专业知识，其间有学语言的些许“枯燥”，也有学文学的相对“轻松”，但更多是在文字的海洋里寻找心灵的静谧感。也是在此期间，我第一次阅读到18世纪德国伟大作家歌德关于“世界文学”的展望：“世界文学的时代即将到来，每个人都必须为推进它做出贡献。”这种论述的内涵与深意，远远地超出了自己当时的知识视野，也带给了我学习世界文学的兴趣与动力。大学毕业后，我顺利考入华中师范大学文学院攻读比较文学与世界文学专业的硕士。严格意义上讲，这是我第一次系统学习比较文学与世界文学这个专业。或者说，我对于世界文学发展脉络和知识结构的梳理、国别文学间比较研究的实践及大量相关文本的细读，主要集中在这一时期。

如果说大学时对于外国文学的了解是“独上高楼，望断天涯路”之后的初相识，那么读研时期则是“衣带渐宽终不悔，为伊消得人憔悴”的知识积累。跟随课堂老师的讲授，我深刻理解了“斯芬克斯之谜”的内涵、莎士比亚悲剧的深刻意义、菲尔丁小说的伦理叙事、易卜生戏剧中的空间地理建构、哈代小说中的宿命论以及经典作品中的细节书写等问题，我也看到西方文学视野的广阔与东方文学内在的深邃。每次跟导师和同学们在课堂学习、在中外文学讲坛研讨和交流，不仅开阔了自己的学术视野，也进一步加深了我对世界文学的理解。

我在王忠祥老师的一次内部讲座中，听到他对学习世界文学专业学生的教诲：每位学习比较文学与世界文学专业的学生，都应该有“中国心、文学情、世界爱”。当时来听讲座的人坐满了外国文学教研室，我坐在教研室进门处，算是离王老师较远的一角，却是我真正理解世界文学研究最真实和深刻的一次。“中国心、文学情、世界爱”这句话，对于刚正式接触世界文学的我而言，无疑是一种撞击心灵的专业引领。它不仅为我指明所学方向的具体内容、研究方法，也对我之后从事该专业的研究提出了基本的要求。我始终记得第一次登上讲台，引用此话给学生介绍自己所学专业时的样子，紧张惶恐却也自信满满。虽然，当初跟王老师仅有一面远远听讲座之缘，但这么多年来这句话我一直铭记在心。听闻去年王老师仙逝，当初听他讲座时的场景，却历历在目。此时写下这句话，心中感触良多：感恩并怀念斯人、情及岁月。此外，桂子山四季多美景，无论是春日樱花灿烂，夏日栀香浓郁，秋日桂子芬芳，还是冬日红梅暗香，在始终伴随花香的日子里，似乎让我与世界文学“相处”的这段时光也充满着花香，以至于后来每每看到这些花开，我都会情不自禁念及一段关于“闻花读书”的记忆。

从华中师范大学硕士毕业以后，我任性地做了一直想做的事：三年浪迹天涯，感受文字里的壮美山河；三年努力工作，增长许多社会实践；三年重回校园，继续做一名学习比较文学与世界文学的学生，重拾中断的学业。此时的自己，依旧选择在世界文学研究领域丰富自己，有“重操旧业”的“侥幸”小心思，也是想继续在文字中探寻世界的兴趣使然。

读博三年里，我进一步完善了自己的世界文学知识谱系：它是帕斯卡尔·卡萨诺瓦（Pascale Casanova）从语言地理及其文化政治的视角建构的“文学共和国”；是大卫·达姆罗什（David Damrosch）的“椭圆折射”“语言转换”“阅读模式”的世界文学；是弗兰科·莫莱蒂（Franco Moretti）关于“树”与“波浪”隐喻的动态发展机制；是艾米丽·阿普特（Emily Apter）对商业化了的“世界文学”的批判和对文学“不可译性”的强调……在这众多关于世界文学的论述中，我最终选择德国语文学家和比较文学学者埃里希·奥尔巴赫（Erich Auerbach，1892—1957）为研究对象。其主要的原因是：

第一，《摹仿论》的比较文学与世界文学特质。众所周知，奥尔巴赫最为人所知的就是他在流亡伊斯坦布尔时期创作的《摹仿论——西方文学中现实的再现》（*Mimesis: The Representation of Reality in Western Literature*），不仅为奥尔巴赫赢得了世界性盛誉，而且还被美国学者爱德华·萨义德（Edward W.Said，1935—2003）称为“迄今为止最令人惊叹、最富有影响力的文学批评著述之一”。在书中，奥尔巴赫从语文学为入手，选取自荷马开始到伍尔芙的二十余部西方文学经典作家文本为研究对象，精心构筑了一部宏大的西方文学史。他从《奥德赛》和《圣经》比较分析开始，最终以弗吉尼亚·伍尔芙的《到灯塔去》结尾，既有地域的共时性比较文学研究，又有历时性文学史勾勒，具有明显的比较文学与世界文学研究特质。

第二，语文学的意义与价值。语文学（英文philology，希腊语philologia，中译为“语学”“言语学”），是一门古老而深厚的学问，从词源结构来看，源自古希腊语，是由“爱（philo）”和“语文（logos）”构成。作为一名罗曼语文学家，奥尔巴赫以语文学为基础，将文学置于语言学、文本校勘和文化背景下加以理解和评价，并在1952年的《世界文学的语文学》中对世界文学的“标准化”问题提出了自己的担心：“标准化无处不在。人类的一切活动都集中表现为欧美或俄罗斯布尔什维克模式……如果人类能经得起如此迅猛的集中化过程——对这一过程人类精神还没有做好充分的准备——那么，人就必须习惯生存在一个标准化的世界上，习惯于一种单一的文学文化，只有少数几种甚或唯一一种文学语言。那么‘世界文学’的概念在实现的同时又被破坏了。”奥尔巴赫在此关注语文学的现实意义，也由此看到世界文学的发展前景和面临的困境。可以说，他的研究在关照文学史中的语言、文本等微观细节的基础上，以历史的广阔视野把握文学史发展的总体脉络。他虽然没有提到《摹仿论》作为书写文化历史的综合方式的例子，却将语文学嵌入“世界文学的概念”，以一种“综合的文化史的形式”作为建构文学史的重要手段，这样的理论观点对于世界文学研究，显然是有独特意义的。

第三，奥尔巴赫自身的经历和创作，也具有世界性的特点。奥尔巴赫于1892年出生于德国柏林，后于1936—1947年流亡伊斯坦布尔，1947年移居美国生活，直至1957在美国逝世。纵观奥尔巴赫的一生，其创作可分为三个阶段：德国阶段—土耳其阶段—美国阶段。而从早期的《但丁：世俗世界的诗人》到流亡土耳其的《摹仿论》，再到移居美国后的《世界文学的语文学》，奥尔巴赫的个人经历与研究视野也随之从“欧洲”走向“世界”，呈现出世界性的特质。这或许又在某种意义上关联着我与世界文学之间的关系。此时，沿着读书、工作、辞职、重返校园、毕业留校这近二十年的路径，追溯这一路与世界文学结缘的点点滴滴，在这海棠微雨的春日，竟有种“忆往昔”的宁静感。我时常想，是什么支撑我这么多年一直沿着外国文学之路继续前行？外国文学于我而言，意义究竟何在？如非要一个明确标准化的答案，我想三言两语定是难概括的。

我始终觉得文学是一门养心的学问。它落笔成文，书写历史，记录文明，展示世间繁华，刻画人情世俗，是人类的精神史，也是添福人心的重要内容。“文学可以养心”，不管是对文学的初感知还是这么多年的读书心得，这个答案一直未变。具体到“世界文学”而言，它本身所涵盖知识的广阔性、前沿性与世界性等特点，使其并不仅仅给我一种单纯的知识积淀，更在于对我学习视野、眼光及格局的塑造。“世界文学”以其悠久而深厚的历史沉淀，钩沉我们对人类、世界、文明等重要命题的深思，进而建构人类命运共同体的格局与视野，这或许是“世界文学”最内在和现实的意义启示。而在世界文学学习与研究中所应秉承的“中国心、文学情、世界爱”，也一直是我这么多年重要的专业信念。当然，前辈学者的学术成就和硕、博士恩师的教诲，也是关联我与“世界文学”的重要原因。非常有幸，这么多年所遇恩师皆为为人为事为学的“大先生”，更是我在“世界文学”这条学术之路前行的重要榜样。

虽然世界文学领域广袤深邃，自己如沧海一粟慢步前行，但因文学而不断丰裕的内心，足以抵抗岁月漫长及其带来的些许至暗时刻。所谓“热爱可抵岁月漫长”，这句话用于我对“世界文学”这么多年的偏爱与执着，一点都不为过。

世界文学、生态文学与我

刘婷婷

内容提要：本文从笔者和世界文学之间的关系出发，提出生态文学长久以来是世界文学中的一个重要部分，现在在持续发展着，并有着可期的潜力。生态文学的正常与良性发展必将为世界文学添砖加瓦，为维持以及促进世界文学的发展贡献自己的力量。本文以法国电影生态纪录片《鸟的迁徙》为经典范例，对影片中鸟类在迁徙前作准备的情景进行解说和诠释，并主要围绕有关这部电影的四个问题进行探讨和论述，表达笔者的相关思考、观点与感悟。本文希望以点及面，通过对《鸟的迁徙》的探讨与论述，帮助我们能对当代优秀的世界文学中的生态领域有所认知，启发我们注意到与世界级文学、世界优秀文学等重要特点与素养相通的方面。

关键词：世界文学、生态文学与我；电影《鸟的迁徙》；事实与现象；客观规律；逻辑性；科学性；诗意与哲思表现；人文探寻与诉求；（电影与世界文学）的相通性

作者简介：刘婷婷，重庆长江师范学院讲师，比较文学与世界文学硕士＆英语语言文学硕士，主要研究方向为比较文学；英、德语语言文学；英、德翻译。

Title: My Relationship with the World Literature and Ecological Literature

Abstract: This paper starting from the relationship between the world literature and the paperwriter, puts forward that the ecological literature, having been one important role of the world literature for long, has been developing till now, and owns the promising potential for future. The normal and sound growth of the ecological literature will certainly do its bit to help the world literature, and will do more contribution to holding and improving the development of the world literature. This paper, taking the classic French ecological documentary Winged Migration as an example, explains and elaborates the film scenes about how it is before the migration of the birds. Moreover, this paper investigates and interprets four main views of the documentary film, presenting the paperwriter's thinking, opinions and perception. This paper, from point to surface, hopes through the investigation into and analysis on Winged Migration, to help people get some knowing about the ecological field in the contemporary excellent world literature, and enlighten people to notice some important characters and accomplishments of the film in common with the world-class literature and the excellent world literature.

Key Words: The world literature, the ecological literature and I; the documentary film *Winged Mugration*; fact and phenomenon; objective laws; logicality; scientific nature; poetical and philosophical presentation; humanistic investigation and appeal; the common (between the film and the world literature)

About Author: Liu Tingting, lecturer, Chongqing Yangtze Normal University, Master of Comparative Literature and World Literature & Master of English Language and Literature, mainly engaged in the research of comparative literature, English and German language and literature, English and German translation.

我喜爱世界文学，世界文学在我进行研究与教书育人的求学与工作阶段，也占据着很重要的地位，这也就不奇怪和大多数人相比，我和世界文学的交集也就更多、更深、更全面些。世界文学浩瀚广博，似乎无边无尽，拥有着大量的物质成果与人文珍奇，并且有着从各种各样的维度或角度进行接触、认识、考虑的可能；而在世界文学众多的珍宝中，生态文学与文化已经越来越受注意与重视。

21世纪初期，我在华中师范大学读研究生时，真正开始注意世界生态文学与文化，并逐步深入。当时，海明威的《老人与海》，以及老师对这部小说的解读令我印象深刻。我发现在这部小说里，一些客观的、进行单纯直接描写的语句，如果从生态的角度进行考虑和解读，有助于对小说的文本进行更多维、更立体但同时也更趋潜力、柔韧性的探讨与认识，使这样一部数十年来从不缺少注意、研究、评论的经典之作，依然有着与时俱进的气质与底蕴。

这次欣赏世界文学名作的心路历程，给我留下很深的印象。我在后来的生活岁月里，在拥有着无数国内外文学宝藏的世界文学长廊中，或是驻足，或是徜徉，或是流连与追忆时，常常有意无意地接触与探索有关生态文学与文化的现象、思想和理念，这些对我日后能在世界生态文学与文化领域，对生态文学与文化专题进行实质的潜心研读、细致思考以及专业性探讨有很大的帮助，也成为我对我日后所接触的国内外各类型生态资料发生兴趣的灵动因子，是我日后潜心研读约翰·巴勒斯、奥尔多·利奥波德、雷切尔·卡森等作家的生态文学作品的灵魂牵引，是我日后欣赏诸如“安妮系列”“纳尼亚传奇系列”等作品中那些数量不菲的有关生态的优秀章节的思绪牵引，也是我日后认真研究《海洋》《鸟的迁徙》等优秀的生态电影的橄榄枝与启示。

在广阔的世界优秀生态文学与文化之林，法国导演雅克·贝汉的自然纪录片“天·地·人”三部曲和《海洋》以鲜明的生态主题，精美准确而不失活力的表现，对自然与人类关系等重大课题的尝试与探讨，还有对自然、对世界、对人生的认真而富有诗意的哲理式探问与解释，对我有着很强的吸引力。我开始对世界生态文学与文化进行专题性接触和研究，是从法国自然纪录片“天·地·人”三部曲开始的，而我曾写过的文章《电影里永远的生命流动》是围绕三部曲以外的另一部纪录片《海洋》写的，这是我对生态文学与文化进行专题探讨的第一则文章，而本文是通过对电影“天·地·人”三部曲中的《鸟的迁徙》的解说与诠释，希望能对世界文学之林中优秀的生态文学与文化进行更多甚至进一步探讨的尝试。我在欣赏《鸟的迁徙》时，发觉这部电影紧紧围绕主题“鸟的迁徙”，对鸟类迁徙前、鸟类迁徙途中、鸟类完成迁徙后，都有认真细致的表现。电影对鸟类迁徙前情景的表现，在整部电影中起着引言式的作用。这部分情景精美、丰富、巧妙，重客观性与科学性，并蕴含着深刻也具有启发意义的人文含义和吁求，可以较好地说明电影《鸟的迁徙》的不少基本特点。

我通过对电影中鸟类迁徙前的情景表现进行跟踪式解读，表达我的感受、观点与思考。文后三个方面，就是我在对《鸟的迁徙》的电影文本解读后，得到的包括概括式论述和相对更为具体的主要启发和体会，以期能对电影里有关鸟类做迁徙前准备的这部分进行有意义的介绍，也希望能以此帮助读者对整部电影及此类的生态文学与文化有所认识。

《鸟的迁徙》是一部有助于我接触和认识与鸟类世界有关的现象与物质世界的电影。难能可贵的是，这部电影表现的鸟类众多，画面精美、丰富，并常常显示出活泼、变化性强的特点，但是总体上却有着流畅自然的表现力，并且往往依据真实客观的自然规律与法则，单一画面间、各组画面间也常有着内在而不失理性的逻辑联系，并常与完整、经典的鸟类和生态知识体系接轨；《鸟的迁徙》对自然的重视、对生命的关怀、对自然与人类社会共存与和谐相处的注意与期待，对生命世界的进行、发展与延续的记录、思考和展望，使这部电影含情脉脉、意义缱绻，令它有着回味无穷的可能。这也使我认识到，当我想在世界文学之林寻求到一部综合实力优秀的作品时，想寻求到一部既能较好地表现事实与现象，又能不囿于事实与现象，而较好地体现情理意义与价值的作品时，《鸟的迁徙》就是其中一部，它必将承受得住时间的流逝、岁月沧桑的临沥，对包括我在内的世人、世情和世事，有着绵延而持续的艺术感染力和魅力。

以《鸟的迁徙》为代表的生态作品虽然重真

实、重事实，但并不囿于事实，也并不是将事实和现象进行简单的拼凑或堆积，延持相互缺乏内在连贯、缺乏逻辑、缺乏条理的机械式连续。相反，此类作品并不排斥文本可能具有的完整性或是一些部分之间的有机整体感，不排斥文本各部分内容间可能存在的内在连贯性、逻辑联系和有秩序的条理。《鸟的迁徙》[①]在表现“候鸟准备迁徙”这部分时，对主题的表现比我先前想得还要集中与清楚。当细读这部电影时，可以发现它是紧紧围绕着主题“鸟的迁徙”进行表现的，这与标题甚为一致；并且从总体上说，这个方面的特点在整部电影中表现得也很清晰。《鸟的迁徙》一开始就表现了在法国西南部的一处田园之境。对处于冬季时的这个田园，电影所着笔墨不多。然后春季到了，电影后面内容很多就是有关春季时的情景。这和标题“鸟的迁徙”所揭示的主旨、主题与主要内容是相符的，因为《鸟的迁徙》主要表现的是鸟类在春季时的“迁徙”。

无论是冬天场景还是春天场景，《鸟的迁徙》都不吝啬以“他乡候鸟”为主角。这不仅与主题“鸟的迁徙”有内在一致性，也有助于加强电影其他部分间自然而连贯的联系。我们可以尝试着从主题以外的方面，探讨《鸟的迁徙》的内在连贯性、逻辑性和条理性。比如，在刚开始的场景里，白雪飘飘，一幢木屋在这漫漫的自然雪景里悄然伫立，陈述着这一派天地世间的稳定、持久与安然，似乎显示着，这里是可以成为一些自他乡飞来的候鸟们安稳度过冬季的佳所的；影片后面表现春季来临，这里的候鸟们似乎静候着、准备着，或是这样那样地巡游着，只待那个可以飞离此处、而回乡的迁徙之程也即时开启的时刻。这与前文表现的冬季时的情景一起，在时间的流动与行进、场景间的衔接与联系、情节的发展与上下文间逻辑关系等方面，都是较为清晰和易被常识性接受的。冬去春来，《鸟的迁徙》虽在这个方面着墨不多，但较为清楚地表现了这里的一处田园“由冬入春”和入春以后的情景。春季就是候鸟们准备迁徙、即要迁徙和进行迁徙的时节。所以，简单地表现了一处地方的冬季情形后，以这同一处地方为“引言”般的视角，在冬春季节自然更替后，电影开始并着重表现春季时的情景，这样显得上下文衔接和过渡的自然而合理。而在《鸟的迁徙》里，类似上述情况，以符合大自然的客观真实现象，并以意思较为连贯、明朗的方式表现的景象是较多的。

《鸟的迁徙》能够集事实性的自然现象、文学艺术、人文意境、哲理探寻、社会责任等重要特点于一身，使我和更多的人在感受、认识这部电影时，能不囿于单纯的现象或片段，而找出影片中有意义和价值的逻辑联系，得到正向的知识与理念，也使人们为一些有关生存与生命的重要课题，得到良性的参考。据此，我认为有必要再次重申，当有人觉得在《鸟的迁徙》及此类生态文学或文化中，有太多的自然元素甚至相互间缺少意义联系的片段，是部鲜少表现常识、正常逻辑的电影时，是存有对它们的实质性误读的。

在世界文学之林中的一些优秀的生态文学与文化里，客观准确的科学知识和认真负责的科学态度，往往有着重要的表现、意义和作用，这些常为生态文学与文化提供基础、增强力度、增添亮色，并加强感染力与号召力。比如在《鸟的迁徙》这部生态电影中，当表现鸟类生存与发展问题时，“鸟类”与“环境”之间的关系这一鸟类生态知识系统中最基本、最重要，也不乏朴素的科学内容，在电影表现“鸟在迁徙前”这部分时，在内容方面占据着重要位置，也体现了重要的意义和作用。这些可以通过《鸟的迁徙》这部分场景里的重要角色欧亚鸲[②]，得到较为充分的体现。电影开始，法国某处田园，严严冬季。不少鸟类从他乡迁徙而来，并在此渡过了漫漫冬季。这里有一幢木屋，似乎已被废弃；一只欧亚鸲即栖息于此。欧亚鸲惯于在柔淡的阳光、温润潮湿的环境里生长[③]。同时，它所披覆的毛发存有脂肪等物质，并且它敏捷、灵活，这些对它御寒都有帮助；但是，受困于它的某些自身条件，它在冬、春等季节的更替、过渡时期，也经常难以抵御或是较难适应由秋入冬时温度的较大变化。所以，也就不怪欧亚鸲留守在同一个地方，较难适应此地由秋入冬的境况；但如果欧亚鸲应客观的自然条件变化，依此进行迁徙，在地点的变化里寻求适应自身情况的外在环境（包括客观的自然条件、人为条件、物质条件等），未必不可在冬季生存或适应冬天生活。而电影开始时出现的这处田园，显然是符合这只欧亚鸲能安然度冬的条件的。这里的冬天比其他很多地方暖和些。在这里，即使是冬季时节，冰雪似乎给这片世界加了无形的枷锁，可河水却依然流淌、前行着。这条河水不是那样容易被冰封的；还有河水附近、河水所处的地理位置，还有这里的阳光、土壤、水、植物……一起组成着即使在冬季，总体也相较温暖的生态圈，就连搭建在这处"圈"的地理范畴内的那幢木屋，似乎也是用带着温馨之感的木头所搭建成的。此外，还有那浸湿木屋的漾漾流水。这些应该是那只欧亚鸲会栖息于此的重要的环境原因吧。欧亚鸲是种敏捷、灵巧的鸟类，经常能效率较高地找到适合自己生存、处居的环境或者说是外部的客观条件。这片田园是个即使在冬季，也不失逸逸暖意，是个较为典型的适合从北方迁徙过来的候鸟度冬的处所；还有那幢似乎貌不惊人，却在皑皑冰雪世界里显得颇有些底气、耐力和坚持的木屋……那么，在电影开始的数分钟里，就可以看到一只欧亚鸲也就不怪了。

电影里冬去春来时的场景里也有明显表现欧亚鸲与环境间紧密联系的。正值春天，在很多地方可以看到这只灵巧的鸟。树枝、苔藓、绿意盎然的林间，还有水畔和绿植，在这样的气候里，这只生灵松弛而舒展，迎着微风，灵巧地跳跃驰动；它也可以恣意，也可以随性，尽情地和外界、自然，还有和其他的生物接触或接近。这些多少可表现出这只鸥亚鸲的灵敏度、柔韧度和行动力，总体上比它在冬天时有所升高，并可保持较高的效率，同时也不失"沉稳把持"的特点。而综上所述，这些特点是一位优秀称职的导游常备的素养之一，也是展示欧亚鸲与适合自身的环境之间正向的趋势性表现。此外，包括我在内的观众们在后面的电影中，能欣赏到数个包括大杜鹃、家燕、翠鸟、灰雁等不同类的鸟，这不仅是"导游"欧亚鸲引导的功劳，也因为有大自然的天然馈赠。春天本就是遍处芳菲、百鸟争鸣的时节，鸟儿们凌厉的跹飞、寻食、捕食，还有凌盈还巢，或是哺育子女的身影都随处可见。这也表现了鸟类与环境之间联系的重要性。

电影《鸟的迁徙》有一个方面给我印象很深：这部虽然是以"鸟"、自然为主角的电影，并不排斥人的存在、影响与作用，注意和彰显着人与鸟的关系、人与自然的关系、社会与自然的关系的主题，这有助于《鸟的迁徙》超越只探讨和鸟类世界直接有关的生态领域，注意到鸟类、自然、人类与社会之间的关系，并具有值得注意的人文主义色彩，使电影所接触的包括生态在内的一系列课题有了扩大、延展、提升的时空和潜力，这也是我认为《鸟的迁徙》堪比优秀的世界文学，也比很多世界生态文学与文化优秀的重要原因之一。《鸟的迁徙》中，也许是对"家"的主题、也许是对户内场景的补充或是比较，画面里出现孩子在田间野外奔跑的情景。这是个年纪不大却已经有了足够的活动力，并在乡野间可以尽情表现的男孩。他在家乡动态活跃的身影，还有他融入户外大自然时，画面里随着光影忽闪交错而显现的色块，似乎在表示孩子与大自然是浑然一体的。差不多就在这个时候，田园河塘里的那群灰雁真的启程了，开始了漫漫回乡之旅。人们也许用这样或那样的方式听说过、获悉过，或是主观想象过大雁跃向空中时的情景，也许在观赏这部电影时，是第一回真切地感受与认识到大雁的启程腾飞，它们与前行、奔跑的人类一样，与之前在田野里奔跑的那个孩子一样，在向外界、向更广阔的空间迎面而去。其实，与很多意欲施展"拳脚"、从而离开故乡的他者不同，灰雁是要迁徙返乡，但是，无论离乡还是返乡，无论是人类，那个孩子，还是灰雁，生命里一种不违适当的追求或是吁求，用改变、行动或是前进去"书写"、表现、获得甚而成功，总是有被感知的潜在，也常常不乏力度之美，有时也不乏可以上升为精神层面去感受、认知其价值的可能。

当《鸟的迁徙》里灰雁腾飞至天空的那时起，

影片开始趋向表现众多鸟类在迁徙途中的情况。我认为，电影《鸟的迁徙》对鸟类在迁徙前作准备的表现，在整部电影里起着重要的引言式作用，对电影围绕主题并自然起势，以及进行相对更完整的整体性表现是有所帮助的；同时，这部分在帮助人们感受鸟之生态状况、鸟的迁徙方面也有着自然流畅的引导作用，也有助于人们的相关认知更为全面，并在开始欣赏电影后面有关鸟的迁徙情景时，也不至于感觉生硬或突兀。总的说来，本文里，我对《鸟的迁徙》里有关鸟类在迁徙前作准备的情景有所解读，希望也能以点及面，通过对这部如教科书般经典电影的认识，对当代世界文学、特别是优秀的世界文学中的生态领域有所认知，甚而对当代优秀的世界文学的现状、特点、前沿亮点、走向，还有可能的趋势与潜能获悉一二。

世界文学之林中，《鸟的迁徙》在生态文学与文化领域里有着重要地位和较高的口碑，在拥有自身特点（有的特点还富于个性化色彩）的同时，也对世界级优秀的生态文学与文化、甚至总体世界文学与文化的一些普遍和基本的优秀特点有所表现，是可以诠释何以可谓优秀生态文学文化的重要参考之一，也是可以诠释何以可谓世界级优秀文学文化的良性参考之一。我认为，在对电影《海洋》进行了认真的探索和解读后，选择《鸟的迁徙》这部电影，对世界文学之林、对世界文学之林中那些优秀的生态文学与文化进行进一步的探索，是有意义的。这部电影触动和影响我的方面是比较多的：它有着动人而富蕴的感官影响力，尊重自然原生态、尊重客观的自然知识和规律，注重自然与人类间共存与和谐相处的可能性、事实与理念；此外，电影总体上是本着极为认真负责的态度，记录了诸多真实的自然现象，并往往以适当、科学而丰富的方式对“鸟类迁徙”这一主题和有关方面进行了表现，比如鸟类的生态环境、鸟与人类的关系、自然与人类社会的关系等，其中一些问题足以引起科学界的注意、参考与探讨；而这些足以影响我的因素，往往又可以启发我们注意到《鸟的迁徙》与生态文学与文化、世界级文学、世界优秀文学等重要特点与素养相通的方面。

优秀的世界文学作品，往往能尊重客观的事实，但又能以斐然的艺术才华，各俱姿态的艺术形式等诗意而流畅地表现客观事实的能力；它往往能尊重自然规律，又有着能将这些客观规律与丰富的现象贻然相融，从而两方交相辉映的从容儒雅；它往往在众多或美或丑、或好或坏、或明或暗的丰富、变化的现象里，蕴含着对自然、社会还有生命的关切与思索，有着对自然与人类共存与和谐相处的探问、良好祝愿和哲理式诉求。这些特点在一部优秀的生态文学与文化里常常可以看到；而在《鸟的迁徙》里，上述特点可谓皆而有之。可以说，当我在世界文学中寻求适合我的精神支柱或重要维度时，生态文学与文化是首选，而“天·地·人”三部曲中的“鸟的迁徙”则是我在生态文学与文化领域，幸运地寻求到的一部知、会、意等方面各自优秀，而综合表现也相当卓越的作品，是一部能常常给予我感动、哲思、启示的优秀作品。我认为，对这部电影的欣赏、习读与探讨，可帮助我对世界文学之林中优秀的生态文学与文化，甚至对总体性世界文学动态的不少情况与特点，有进一步的接触与认识。

注释【Notes】

①电影《鸟的迁徙》的影像资料出自优酷、爱奇艺网络平台。

②③部分有关资料在掌阅、百度上有进行查询、阅览。

与世界文学的对话：一场穿越时空的旅行

白阳明　邹　杏

内容提要：作者与世界文学展开了一场穿越时空的对话，展示了如何通过世界文学作品来审视文化的多样性，对抗文化中心主义的重要性，以及不同文化背景引发的思想碰撞和交流，为世界文学的教学与研究提供了重要的视角。世界文学可以促进全球文化的相互理解和尊重，对其传播有助于构建一个更加和谐的世界。

关键词：世界文学；对话；文化

作者简介：白阳明，湖北工业大学外国语学院，副教授，硕士生导师，文学博士，主要从事英美文学、翻译学与英语教育研究。邹杏，湖北工业大学外国语学院，外国语言文学研究生，主要从事翻译学研究。

Title: A Dialogue with World Literature: A Journey across Time and Space

Abstract: A dialogue that transcends time and space has been carried out between the author and world literature, demonstrating how world literary works allow us to examine cultural diversity, the importance of combating ethnocentrism, and the intellectual collisions and exchanges prompted by different cultural backgrounds, as well as providing important perspectives for the teaching and research of world literature. World literature can foster mutual understanding and respect among global cultures and its dissemination contributes to building a more harmonious world.

Key Words: world literature; dialogue; culture

About Author: Bai Yangming, a Ph. D. in literature, associate professor and master instructor at the School of Foreign Languages, Hubei University of Technology, engaged in the research on British and American literature, translation studies and English education. **Zou Xing**, a graduate student in foreign language and literature at School of Foreign Languages, Hubei University of Technology, focusing on translation studies.

在记忆的长河中，与世界文学的首次相遇宛如一场意外的旅行，带我穿越了时空的界限，开启了一段探索文化多样性、人性和人生的旅程。那是在一个静谧的午后，在父亲的书架上偶然间翻阅到了《百年孤独》，马尔克斯那绚烂的魔幻现实主义世界瞬间吸引了我，使我对于文学的力量有了全新的认识，打开了我探索世界文学的大门。

随着时间的推移，我从《伊利亚特》走到了《尤利西斯》，从《红楼梦》穿越到《战争与和平》，接触了不同文化背景下的世界文学作品。这些世界文学精华不仅丰富了我的知识储备，也让我开始思考更加复杂的问题——涉及人性、爱情、战争、和平以及生命的意义。早期的这些文学作品，不仅滋养了我的情感，也拓展了我的视野，促使我对广泛的社会、历史和哲学问题进行反思。它们如同一扇扇窗户，让我得以窥见不同文化和时代的生活风貌，理解各种人物的内心世界和梦想。这种跨越文化和时代的理解，为我日后的学习、研究、教学乃至生活提供了宝贵的视角和深刻的启示。

文化的多样性是世界文学中一个无比丰富和引人入胜的主题。通过阅读不同国家和地区的文学作品，我得以深入探索和欣赏这个世界上广泛而多样的文化。每一部作品都像是一扇门，带领着我通向一个全新的世界，让我体验到了与自己生活环境截然不同的生活方式、思想观念和价值体系。文化的多样性不仅让我对人类的创造力和想象力深感敬畏，也让我认识到，尽管我们生活在不同的文化环境中，但人类共同的情感和经历——如喜爱、希望、恐惧、失落——构成了我们共同的基础。这种认知帮助我跨越文化障碍，与作品中的人物建立起深厚的情感联系，体会到他们的痛苦、快乐和挣扎。世界文学作为文化交流的桥梁，使我意识到文化的交融和互鉴对于人类社会的发展至关重要。例如，当我阅读拉丁美洲的魔幻现实主义作品时，其独特的文化背景和超现实叙事技巧深深吸引我，使我更深入地理解拉丁美洲的复杂历史和社会状况。而通过阅读非洲作家的作品，我对非洲的历史、文化及人民的生活有了更加深刻的理解和感情。

通过世界文学的阅读，我也逐渐意识到对抗文化中心主义的重要性。每种文化都拥有其独特的价值和美丽，不存在绝对的优越或劣等之说。这种认识鼓励我保持开放的心态，学会从不同文化的角度看待世界，尊重并欣赏文化之间的差异。文化多样性教会我谦逊与宽容。通过接触并理解不同的文化，我学会了在更广阔的世界观中定位自己，了解到自己观点的局限，并更加珍视这个多元化的世界。这不只是知识的增长，更是心灵的成长。文化的多样性是世界文学中最珍贵的宝藏之一，它不仅拓展了我的视野，加深了我的理解，还使我成为一个更加全面、包容和富有同情心的人。

不同文化背景下的思想交锋尤为引人入胜。比如在东方文学中，我们常常见到强调生态集体主义的价值观；而西方文学则更多探讨个人自由和个性的实现。这种文化差异不仅在文学主题中表现明显，也深刻影响着人物的塑造和故事的展开。在阅读和比较这些不同文化的作品时，我不得不从不同的文化视角出发，思考什么是幸福、社会正义，以及个体与集体的关系。通过世界文学，我接触到了广泛的思想流派和哲学理念，从古希腊的英雄主义到现代主义的人性异化，从东方的和谐哲学到西方的个人主义等。这些丰富多样的思想观念不仅拓展了我的精神视野，也激发了我对自己长期持有的价值观和信念进行反思。

更深层次的收获来自内在的思想碰撞。在阅读过程中，我经历了深入透彻的意见交锋，挑战了我的一些根深蒂固的观念。就像《追忆似水年华》引发了我对时间、记忆与存在意义的深刻反思。这些文学作品如同镜子，映照出我的内心世界，迫使我直面自己的不足和偏见，从而推动了我的个人成长和思想转变。这样的思想交锋和撞击不仅仅是一种知识上的增长，更是一种精神上的锤炼。它培养了我的批判性思维能力，教会了我如何在不同观点和理念之间寻找平衡，同时在肯定自己的价值观时，保持对他人和其他文化的尊重和理解。在当今这个日益全球化和多元化的世界中，这种能力显得尤为重要和宝贵。

总之，思想的碰撞和交流让我意识到，世界文学不仅仅是艺术表达的一种形式，它更是一个超越文化和国界限制的思想交流平台，促使我不断地探索、学习和成长。世界文学不仅让我更好地认识世界，更重要的是，它教会了我如何在不同文化和思想之间寻找共鸣，如何在看似相互冲突的观念中寻求平衡，从而最终构建了一套属于自己的文学和生活哲学。未来，我期待继续在这种思想对话中前行，探索更多未知领域，与更多的思想相碰撞，以此来不断丰富和深化我的思想世界。

世界文学的教学和研究始于面向学生开设选修课程“美国生态文学及作家作品选读”“生态文学与影视鉴评”等。之所以投身于世界文学的教学和研究，根源于一种深切的愿望：将我从世界文学中获得的宝贵财富传承下去，并与他人分享这份无价之宝。这种愿望不仅源于对世界文学本身的热爱，也来自对文学作为人类共同遗产的深刻认识，以及文学在跨文化理解、人性探索和思想启迪中所扮演的独特角色。世界文学作品都是时代的缩影，它们记录了人类历史上的思想、情感和文化。在我个人的阅读经历中，世界文学作品不仅拓宽了我的视野，也深化了我的思考，提升了我的情感理解能力。它教会了我同情、理解和欣赏不同的文化和价值观。因此，我觉得自己有责任，也有强烈的愿望，将这些作品的丰富内涵和它们带给我的启示，传递给更多的人，尤其是年轻一代。

在教学过程中，我体会到了满足和挑战并存。最大的满足来源于看到学生们在文学的世界中找到共鸣，深入思考生活和存在的深层问题。然而，挑战同样显而易见。首先，如何激发学生们对世界文学的兴趣，特别是在当今这个快节奏、以科技和视觉文化为主导的文化环境中，显得非常重要，这是我需要持续探索的课题。其次，如何处理不同文化背景下的敏感话题，使之成为促进理解和尊重多元文化的契机而非分歧的来源，也是我不断尝试和调整的重点。同时，在教学和分享世界文学的过程中，我也面临着如何使文学作品跨越时空障碍与当代学生产生共鸣的挑战。这不仅需要我深入作品，挖掘其普遍的人性价值和时代意义，还需要探索创新教学方法，让文学作品与学生的现实生活联系起来。鉴于世界文学作品深深植根于特定的文化土壤，如何在传递其文化特色的同时，促进学生对全球多元文化的理解和尊重，亦是一大挑战。这些挑战要求我不仅是世界文学的传播者，还需成为世界文化的解读者和世界文化沟通桥梁的建设者。

面对这些挑战，我打算进一步提升自己的专业素养，深入研究不同文化背景下的文学作品，探索更多有效的教学策略，使世界文学教学既具深度又具广度。同时，我期望通过利用现代科技手段，比如数字媒体和在线课程等，使世界文学的教学和传播更加灵活多样，更易于学生接受和学习。最重要的是，我希望能够唤起学生对世界文学的兴趣和热爱，引导他们在阅读中自我探索，思考生活，形成跨文化的视角和全球的意识。通过传承与分享世界文学的精髓，我期待能够为建设一个更加开放、和谐、理解和包容的世界贡献自己的力量。

教学激发了我对世界文学研究的热爱，也因此得以拜入恩师邹建军教授门下。邹老师常常带领学生开展世界文学的教学实践，读博期间，基于博士生课程“文学地理学研究”的教学实践给我的教学和学术带来了重要的启示。歌德于1872年首次提出“世界文学”[①]的概念，自此众多学者展开了相关研究。宋炳辉提出“从语言视角切入，尝试对世界文学做出观察与阐释”[②]。按照曹顺庆的观点，“唯有让翻译在异质文化内积极融通，本土文学才有可能跨越民族边界，真正走向世界文学”[③]。邹建军指出“世界文学的审美模式应是以人—地关系为根基结构的地方性审美”[④]，也是基于此，我开始了基于文学地理学的世界文学研究之路，这是一条探索文学作品与其地理、文化背景之间复杂关系的旅程。这种研究不单单关注文学作品本身，更侧重于文本所处的地理环境、文化语境以及这些因素如何塑造文学创作和接受的过程。我对世界文学作品中“地理”相关内容的浓厚兴趣，促使我探究特定的地理环境和文化背景如何塑造作者的创作逻辑，以及这些文学作品如何再现和重塑了它们所处的世界。文学地理学为我提供了一个独特的视角，让我能够从地理的角度，深入探讨文学作品和世界之间的联系。我的研究重点放在几个关键领域：文学中的地理叙事主要探索文学作品如何描述和构建具体的地理环境，这些地理环境如何成为推动情节发展和深化主题的力量；地理环境对文学创作的影响主要研究特定地理和文化环境如何影响作家的创作主题、风格和视角；文学作品中的地理景观主要分析文学作品如何反映和塑造读者对于某个地方或文化的认知和理解；跨文化交流与地理空间主要探讨文学作品如何跨越文化和地理界限，促进不同文化间的理解和对话。

在方法论上，我采用跨学科的研究方法，结合文学批评、文化地理学、历史学以及人类学等领域的理论和工具。通过对文学作品进行深入的文本分析，结合GIS（Geographic Information System，地理信息系统）技术对作品中的地理元素进行可视化呈现，以及采用田野调查方法探访文学作品中的关键地点，试图揭示文学与地理之间多维度的关系。在这条研究之路上，我面临的主要挑战是如何精确地解读文学作品中的地理元素，并理解这些元素与文化背景之间的复杂互动。此外，跨学科的研究方法也要求我不断地学习新的理论和技术，以便更好地整合和分析数据。

作为一位时空旅者，通过世界文学的窗口，我得以穿越时空，窥探过去，体验现在，乃至预见未来。每次翻开一本书，都仿佛开启了一段新的旅程，让我进入不同的世界，遇见不同的人物，体验他们的情感世界，思考他们的生活和选择。这些体验不仅充实了我的知识和智慧，更深刻地塑造了我，使我成为一个更加成熟、更具理解力和包容心的自己。我逐渐意识到，与世界文学的对话远不止于简单的学术研究，它是一场穿越时空的心灵旅行，是一次灵魂深处的交流。在这场世界文学之旅中，我体会到文学不仅仅是文字和故事的堆砌，它是人类共同经验和智慧的结晶，是连接不同文化和时代的桥梁。对于未来，我抱有无限的期待。我希望继续这场时空之旅，不仅作为一个学者和教师，探索更多未知的文学领域，与来自不同背景的学生和同行深入交流，也作为一名终身学习者，不断地从世界文学中汲取灵感和力量，丰富自己的生活和心灵。我期待着未来能够将我对世界文学的热爱和理解，传递给更多的人，延续这份跨越时空的对话，激发更多的思考和共鸣。

注释【Notes】

①[德]爱克曼：《歌德谈话录》，朱光潜译，人民文学出版社1978年版，第113页。

②宋炳辉：《世界文学的谱系——一个语言地理学的视角》，载《上海师范大学学报（哲学社会科学版）》2022年第2期，第15—16页。

③曹顺庆：《翻译的变异与世界文学的形成》，载《外语与外语教学》2018年第1期，第127页。

④邹建军、卢建飞：《“地方性”与世界文学的形态、演进及审美特性》，载《文艺论坛》2023年第3期，第83页。

“外国文学”课程思政的实施路径及策略[1]

杜雪琴 杨 丽

内容提要：新文科语境下，“外国文学”课程教学需要直面纷繁复杂的外国思想和西方主流话语，在政治方向、价值导向和文化引领等方面发挥作用。“外国文学”课程应在马克思主义文艺观指导下，从课程思政教学大纲设计开始，并遵从一定的教学策略，寓价值观引导于知识传授和能力培养之中。同时，教师应打破学生中外二元对立的惯常思维，在外国经典作家作品、流派中深入挖掘思政元素。在“课程思政”的视域下，“外国文学”的教学和研究被赋予了新的视角和方法，从而使外国文学典籍在新时代焕发出新的人文之光。

关键词：课程思政；“外国文学”；人才培养；高校课程建设

作者简介：杜雪琴，三峡大学文学与传媒学院副教授，主要研究方向为中外戏剧与文艺理论、比较文学和文学地理学。杨丽，三峡大学文学与传媒学院讲师，主要研究方向为文学与风景、比较文学。

Title: The Approach and Strategy of Curriculum Ideology and Politics in Foreign Literature Course

Abstract: Under the background of new liberal arts, foreign literature course teaching needs to face the complicated foreign thoughts and western mainstream discourse, and play a role in the aspects of political direction, value orientation and cultural guidance. Foreign literature course should be guided by Marxist Literary Theory, design the syllabus of curriculum ideology and politics, and follow certain teaching strategies to combine values with knowledge imparting and ability training. At the same time, teachers should break students' dual- opposition thinking pattern between China and foreign countries, and deeply explore ideological and political elements in classic foreign literary writers, works and schools. Under the vision of curriculum ideology and politics, foreign literature course teaching and research have been given new perspective and method, and the foreign literary classics glow with new humanism in a new era.

Key Words: curriculum ideology and politics; foreign literature course; talent training; curriculum construction in colleges and universities

About Author: Du Xueqin, associate professor at the College of Art & Communication, China Three Gorges University, specializes in the study of Chinese and Foreign Drama and Literature Theory, Comparative Literature and Literary Geographical Criticism. **Yang Li**, lecturer at the College of Art & Communication, China Three Gorges University, specializes in the study of Literary and Landscape, Comparative Literature.

新文科语境下，深入挖掘各类课程和教学方式中蕴含的思想政治教育资源，寓价值观引导于知识传授和能力培养之中，推动课程思政与思政课程“同向而行”，是高校课程思政建设的新要求、新模式和新样态。“外国文学”是高等院校中国语言文学类专业基础（必修）课之一，旨在拓宽学生的国际视野、培养人文精神和提升跨文化能力。面对纷繁复杂的外国思想和西方主流话语，本课程只有加强主流意识形态教育、文化自信教育，才能真正落实“立德树人”根本任务，回答“培养什么人、怎样培养人、为谁培养人”这一教育根本问题。

一、课程思政教学大纲

（一）指导思想

以马克思主义思想为指导。本课程教师应仔细研读《共产党宣言》《马克思恩格斯论文艺》《马克思和世界文学》等，深入理解其中马克思、恩格斯对“世界文学”的经典论述，将马克思、恩格斯的文艺观、世界文学观贯穿于教学中。习近平总书记说：“只有坚持洋为中用、开拓创新，做到中西合璧、融会贯通，我国文艺才能更好发展繁荣起来。”②本课程以习近平建设中国特色社会主义文艺学体系等思想，指导学生科学理性地研究和反思外国文学的相关问题。

（二）教学目标

“树人”须以“立德”为前提。“外国文学”教师要强化课程思政意识，培养德智体美劳全面发展的学生。一方面，教师应真正成为德才兼备“大先生”，亦即“三尺讲台系国运、一生秉烛铸民魂”；另一方面，应转变教学理念，注重吸取世界文化精华，明确德育目标。即让学生理解“外国文学”的课程性质和发展历史，熟练掌握各国文学的基本知识、基本概念和基本作品，熟悉不同国家文学思潮变迁的内在逻辑和规律；能运用马克思主义立场、观点，正确评价外国文学思潮、流派和作家创作；能够理解外国文学经典作品的育人价值，树立对人类命运的终极关怀意识，尝试以外国文学经典作品为轴心，完善跨学科知识体系，吸收世界文化精华，获得较为宽广的视野和胸襟。

（三）教学重点与难点

关于重点：其一，横向联系上，在特定历史、政治、文化和国家等背景下考察各国文学现象，理解其特点和内涵；其二，纵向联系上，追踪外国文学发展变化的源流，准确把握作家作品在世界文学史中的地位。关于难点：中西文化的碰撞问题。如何在跨文化视野下提炼“外国文学”课程思政元素，增强学生理论自信、制度自信、文化自信，系“外国文学”课程思政教学之难点。

（四）教学改革方法

学生的外国文学基础普遍比较薄弱，加上大学“外国文学”开课一般都在中国文学之后，很容易被边缘化。因而，改革教学方法，提高课堂质量成为首选。其一，通过中外文学和文化比较的视域，注重开展启发式教学。要直面中西方文化的交汇与冲突，厚植爱国主义情怀。其二，采用翻转课堂，注重实施混合式教学。“外国文学”课时少，知识点多。通过课内与课外、评点与探究等相结合的方式，必然事半功倍。其三，构建智慧课堂，注重拓展式教学。新时代是智能化时代，要主动利用智慧课堂优化教学流程，丰富资源，提升课程思政的实效性。

（五）教学改革评价

随着课程改革内容重构，教学方法改变，最后评价方式也相应发生变革。总体来讲，要侧重过程性考核，完善课程评价机制与方法，做到灵活有效。要转变评价观念，全方位、多角度、多形式地检验教学效果；线上学习应充分利用“慕课堂”中的课前、课中、课后不同阶段安排内容，注重有效监测学生的学习成长经历。

（六）教学实施原则

1.在教学内容设计层面，坚持价值引领，中外融通，落实立德树人

教师是课程思政的实施主体，应在课程思政建设目标的指引下，按照“萃取、融入、导出”的路径，提炼元素、编排内容、设计教学。在中外融通的思想指导下，从课程教学内容中萃取内源性思政元素，将之梳理、提炼和升华，并精巧融入专业知识点中；梳理知识逻辑，优化课程内容，调整章节顺序，避免零散式、断裂式嫁接思政元素，实现课程思政的无缝式、整体性、系统化。如“绪论”介绍外国文学发展脉络时，有机融入思政要点：一是中西不同的思维方式凸显中国传统文化的整体意识；二是中西文化不同的发展脉络凸显中国文化的包容意识。在讲授“古希腊神话”章节时，可引导学生：一是辩证看待希腊神话中蕴含的人文精神。学习希腊英雄的家国情怀、社会担当，勇挑民族复兴使命；对希腊神话人本意识中放纵原欲、个人主义等消极方面进行批判性地思考。二是探讨中西神

话的差异及对当代大学生的精神启示，培养学生的民族自信心，以及“和而不同”与“西为中用”的胸怀和抱负。于此，引导学生放眼看世界，培养国际视野，厚植家国情怀；帮助学生树立正确的世界观、人生观、价值观，提升道德素养和文化批判意识，实现立德树人、培根铸魂。

2.在教学活动设计层面，坚持学用结合，能力导向，打开未来之门

教师将思政元素萃取、提炼并有机融入教学内容后，应积极引入教学活动中，提高思政元素与专业课教学内容的契合度，努力实现“学”与“用”的同步同频、相辅相成。教师应以多元能力为导向，以体验式学习、项目式学习、互动式学习、探究式学习等形式，培育跨文化的复合型人才。跨文化能力包括思辨能力、学习能力、合作能力和一定的研究能力和职场能力等，可以将这些能力再细化、分解为各种子技能，并结合教学内容设置形式丰富的活动，将多元能力培养的目标落实到具体章节教学任务中。如可设置“外国文学经典作品赏析”“外国诗歌朗诵”“经典戏剧改编及演出”“中西文学比较研究”等；除了课堂教学任务，还可在校园、社会、职场、学术中为学生提供探究真实问题、提升多元能力的情境。蔡元培认为：“教育者，非为已往，非为现在，而专为将来。”③未来的人才必定是具有全球胜任力的复合型、创新型人才，“外国文学”课程可以从跨文化思辨角度，培育学生对不同价值观的辨别能力，并在此中锻炼未来需要的就业能力、职场发展能力和终身发展能力。

二、课程思政元素挖掘

外国文学中的文学流派纷繁多元，经典作品哲理深厚、寓意丰富，呈现出复杂的思想观念和价值取向，需要在人类文明多样性与文化交流互鉴的背景下检视，用马克思主义文艺观阐释作品的主题意蕴、伦理思想和人文旨归，充分挖掘与“中国元素”的亲缘性，实现社会主义核心价值观引领，培养学生的政治认同、家国情怀和文化自信。可以从以下几个方面挖掘本课程的思政元素：

（一）从“和而不同”的多元文化立场中挖掘

“和而不同”是中华传统文化内在文化基因的体现，即“万物并育而不相害，道并行而不相悖”④。庄子提出“太和万物”⑤，追求天地万物完满的和谐关系。“礼之用，和为贵”⑥，在“礼”的原则和规范之下，秉持开放包容，追求新的和谐和发展的精神。“和”的本义就是协调诸多因素在不同关系网络中的共处，达到和谐统一，使不同事物都得到新发展、形成新事物。法国比较文学大师巴柔强调“和谐”（即“和实生物，同则不继”）概念重要性，认为中国“和而不同”原则将成为重要的伦理资源，在人类的第三个千年实现差别共存与相互尊重。⑦本课程应帮助学生树立正确的价值观、文化观，使其能以中国学人的眼光客观品评外国文学作家作品的思想内涵及文化表征，正确分析和判断中西方文化差异和意识形态差别。如19世纪现实主义作品中，英国狄更斯《双城记》、萨克雷《名利场》、法国巴尔扎克《人间喜剧》、俄国托尔斯泰《安娜·卡列尼娜》及美国作家马克·吐温系列作品，可以辩证看待西方世界曾经的高速发展和现今的经济繁荣。可以帮助学生在接受异质文化独有魅力的前提下，在跨文化视野中观照两种不同文化的对话和碰撞，进一步增强青年学子对中华优秀传统文化的认知，增强对本民族文化的价值和情感认同，切实领悟社会主义核心价值观。

（二）从中西诗学中的“生态和谐”观中挖掘

中西诗学中，人与自然的共在、共生、共荣关系的话题历久不衰且各有差异。在中国古代，《庄子·齐物论》言：“天地与我并生，而万物与我为一”⑧，提倡遵循自然法则，人与自然和谐共生。西方的生态和谐观与文化建构、身份认同有着密切关联。外国经典作品中，众多作家探讨人与自然环境之间的关系，揭露人类破坏自然规律的恶果，批判人类中心主义，强调人与自然和合共生、和谐发展的重要性。卢梭、华兹华斯、柯勒律治、拜伦、雪莱、盖斯凯尔夫人、爱默生、梭罗、惠特曼、梅尔维尔、海明威、福克纳、庞德、斯奈德、

冯内古特、塞林格、贝娄、利奥波德、蕾切尔·卡森等，特别是美国作家梅尔维尔《白鲸》和海明威《老人与海》等都表达了不同的生态伦理思想。不仅可以探讨不同国度、不同作家对自然的态度，也可以从马克思主义自然辩证法切入，与当代中国新时代的“绿水青山就是金山银山”理念和构建生态文明理论相联系，引导学生从伦理上体验对一切生命负责的思想价值，在思想上意识到人类一切活动都必须遵循自然规律，在行动中践行生态文明理念。

（三）从中西对话中的“人类命运共同体”意识中挖掘

当今世界，世界多极化、经济全球化潮流势不可挡，各国相互联系、相互依存的程度不断加深，全球人民构建了一个你中有我、我中有你的命运共同体。《尚书·尧典》云：“百姓昭明，协和万邦”⑨，意指以社会和谐为基础协调各邦利益，通力合作形成合力，最终实现“天下太平”，蕴含“天下为公”“天下大同”“为万世开太平”价值理念，强调不同国家、民族、文化间的和谐共处、相互融合和相互协商。党的二十大报告提出“促进世界和平与发展，推动构建人类命运共同体”⑩，“尊重世界文明多样性，以文明交流超越文明隔阂、文明互鉴超越文明冲突、文明共存超越文明优越，共同应对各种全球性挑战”⑩p32。“文明互鉴”是人类命运共同体的精神纽带，中西文化共同传达着人类文明的精神，从不同文化作品中可以看到文化的特殊性及人类精神的相通之处，尊重和平等对待各种文明，有助于促进人类社会的繁荣发展。20世纪以来，在后殖民主义思潮的影响下，作家们关注殖民体系崩溃后世界文化现状，用多样的叙事手段批判残存的“帝国中心主义”“白人至上”“文明冲突”等论调。印度作家泰戈尔，尼日利亚作家钦努阿·阿契贝，英籍作家多丽丝·莱辛、萨尔曼·拉什迪、V.S.奈保尔、哈尼夫·库雷西，美国作家路易丝·厄德里奇、托妮·莫里森，南非作家纳丁·戈迪默、J.M.库切等，生动刻画后殖民时代前殖民地国家的社会状态，揭示殖民主义造成的物质损失和心灵创伤。全球化语境下，应消解权威与从属、中心与边缘的等级关系，建设平等、独立、交流、合作的多元文化体系。在当代中国，我们在尊重和包容多样化价值观的同时，更需在差异中求共识、在多样中立主导，在多极化和多样化的世界中建构文明共同体之文学，以此培育和弘扬社会主义核心价值观，促进世界的和谐发展。

（四）从世界文学中的“中国形象”辨析中挖掘

当今世界处于百年未有之大变局，“文化冲突”与“文化共处”成为世界范围讨论的命题，系统研究世界文化对话中的中国形象是一个极富挑战价值、正待开垦的领域。认清几百年来中国形象在国外的发展变化，有利于当今重构中华优秀文化传统、参与世界总体文化对话。中国文化对欧洲文明产生重要影响，成为其不可分割的一部分。18世纪是欧洲最倾慕中国的时代。中国工艺品影响了欧洲巴洛克风格之后的洛可可风格，中国建筑使英法各国进入所谓“园林时代”；中国的陶瓷、绘画、地毯、壁饰遍及各地，直接、间接推动欧洲工业革命；更重要的是当时欧洲新思潮“自然神论”，也从中国宗教生活与伦理准则的感受中找到认同。意大利耶稣会士利玛窦、法国启蒙思想家孟德斯鸠、伏尔泰，德国哲学家韦伯、斯宾格勒，都将中国纳入其分析的世界图式，作为世界文化不可缺少的部分进行研究。虚构文学中，英国浪漫主义诗人柯勒律治《忽必烈汗》，歌德、庞德、马尔罗、巴拉德、卡夫卡、布莱希特、博尔赫斯等，将中国作为一个极富魅力的“异域”进行探索。在课程教学中可以设计专题研讨，引导学生关注和思考不同民族、国家之家的相互观察、想象及塑造，如“外国文学中的中国形象”“中国作家笔下的他者形象”“中外经典作家比较”等。启发学生运用中国伦理价值和文化思想审视异文化涉及的人类普遍问题，从而坚定文化自信，增强文化自觉，培养“讲好中国故事”的责任和情怀。

三、课程思政教学策略

（一）以“人文精神”为旨归，实现求知与立德统一

人文精神是一种形而上意义的“终极关怀”，包括对生命、死亡、人生价值和意义的探寻，对人格、人性和主体精神的张扬，对自由、平等、尊严的追求，对理想和信仰的执着等。“外国文学”课程应强调人文精神的培育，挖掘外国文学作品精神层面的人文内涵、审美意蕴，使学生心灵受到感染与熏陶，培养出健康高尚的人格和符合社会主义核心价值观的主流意识。应以人文关怀、道德教育、审美教育和爱国主义培养等为着力点，将文学经典与学生生活实际、学生需求结合起来，推动专业课教学与思想政治教育互促共进。

（二）以“知人论世”为方法，培养学生跨文化能力

教育的目的是“立人”“达人”，须先“知人”，最终达“仁”；既要知“古人”，也要晓“今人”，更要悉“他人”。英国诗人彭斯祈望“能以别人的眼光来审察自己”[⑦p120]。当代理论家哈贝马斯认为“互为主观”[⑦p120]是突破封闭体系、发展前进的必要前提，以此重新认识他人、认识自己，不仅对中国文化的重构，也对世界文化的发展具有重要意义。外国文学涵盖中国以外其他国家和地区文学、文化的系统性知识，学习“外国文学”的过程，就是了解“他者”文学和文化的过程。将他者作为镜子反观自身，可以更全面、深入地理解本国文学与文化；通过自我和他者的比较，也有助于客观、正确地认知外国文学与文化，形成“跨文化能力”[⑪]。可以将不同文明的文学、哲学、艺术、宗教经典文本进行跨文化比较阅读、反思和研讨，培养学生的思辨能力。“颂其诗，读其书”，由“知言”“知心”进而“知人”“明德”“修身”。多元文化语境中比较、鉴别、取舍和互鉴不同国家文学，让学生了解不同民族文化传统，理解不同民族情感方式、思维特点、价值观念、审美取向，从而具备跨文化沟通能力，能在全球范围内讲好中国故事，增强国际理解，为构建人类命运共同体贡献力量。

（三）以“中西互释”为理念，提升教师思政育人能力

所谓“互释”，是在互相阐释中找到共同问题，证实其共同性，同时反证其不同性，以达到进一步的沟通和理解。自全球化时代提出文化多元化问题以来，如何推进不同文化间的宽容和理解成为学术界关注的热点。本课程教师应以“互为主观”“互为语境”“互相参照”“互相照亮”理念观照中国和西方文化，以沟通不同文化的生命形式和不同的体验形式为己任，在课程教学中引导学生转换观念、提升能力、厚植情怀。设置跨文化专题研讨不同时期、不同国家与民族的文学、文化经典作品，如“中西诗歌比较研究”“中西戏剧比较研究”“中西小说比较研究”“中西散文比较研究”等，增进对世界文学总体性、世界文化多样性的理解。自觉在作家作品阐述中弘扬人文情怀，以情感人；在专业知识讲授中植入德育元素，以德育人；在理论传授中融合思政元素，以理服人；发挥学为人师的引领示范作用，以行导人。

（四）以“智慧创意”为手段，打造立体思政育人环境

“智慧”指智慧教育，是一种综合、与现代化相结合的教育。“创意”是指创意思维，指学生独立创作思考的能力。近年来，云计算、大数据、人工智能、区块链、移动通信等数字技术已成为新质生产力的内核，全球正经历一场深刻的数智化变革。专业教师需依托智慧教育的理念与技术，着眼于数智时代技术、媒体的融合，以及技术先进、信息量大、互动性强、内容丰富和形式多样的实践平台建设要求，提出科学的课堂教学方案，运用新媒体新技术转换教学模式、更新教学方法、整合教学内容。如充分利用“慕课”、微课组织翻转课堂、混合式教学，灵活采取问题引领式、小组讨论式教学方法，大量吸收网络教学素材和资源，精准、精细投放思政内容，使课程思政教学形象化、趣味化。积极探索“互联网+课程思政”模式，建设思政教育数智化学习平台，为学生打造全天候、动态

化、便捷化的网络课堂。改变传统的课程评价体系，增设过程性评价以及专业竞赛、科研任务评价部分，与教研成果共同成为最终成绩的评价标准；增加学生自我评价与互相评价部分；注重信息化课程教学，提高师生信息技术应用水平。

注释【Notes】

①本文为三峡大学2023年“课程思政”教学改革与实践类专题项目“外国文学经典课程思政元素的融入研究”（编号：J2023033）的阶段性研究成果。

②习近平：《在文艺工作座谈会上的讲话》，人民出版社2015年版，第30页。

③蔡元培：《蔡元培全集（第二卷）》，中华书局1959年版，第406页。

④朱熹：《四书章句集注》，中华书局2011年版，第38页。

⑤陈鼓应：《庄子今注今译》，商务印书馆2007年版，第428页。

⑥李学勤：《十三经注疏·论语注疏》，北京大学出版社1999年版，第10页。

⑦乐黛云：《比较文学与比较文化十讲》，复旦大学出版社2004年版，第65页。以下转引只在文中注明页码，不再一一做注。

⑧（晋）郭象注，（唐）成玄英疏：《庄子注疏》，中华书局2011年版，第44页。

⑨顾迁译注：《尚书》，中华书局2016年版，第2页。

⑩习近平：《高举中国特色社会主义伟大旗帜为全面建设社会主义现代化国家而团结奋斗——在中国共产党第二十次全国代表大会上的报告》（2022年10月16日），《求是》2022年第21期，第30页。以下只在文中注明页码，不再一一做注。

⑪孙有中：《外语教育与跨文化能力培养》，《中国外语》2016年第3期，第17页。

试论信息时代的外国文学教学

郭 伟 王 烨

内容提要： 在新媒体平台不断涌现、流行文化持续围堵的信息时代，地方高校的外国文学教学因经典阅读的缺失而变得举步维艰。为了有效激发学生阅读与学习的兴趣，涵养现代人文精神，外国文学课堂应该在“名著细读”的基础上，深入开展教学改革：①利用新媒体，构建开放式课堂；②注重整体教学，贯彻“整体教育”理念；③主动授之以渔，培养“终身学习”能力。

关键词： 信息时代；外国文学教学；整体教育

作者简介： 郭伟，黄冈师范学院文学院副教授，文学硕士，主要研究比较文学与中国现当代文学；王烨，黄冈师范学院文学院副教授，文学博士，主要研究比较文学与海外华文文学。

Title: Teaching of Foreign Literature in Information Era

Abstract: In the current information age, new media platforms continue to emerge and popular culture continues to contain. The teaching of foreign literature in local universities has become difficult because of the lack of classical reading. In order to stimulate students' interest in reading and learning, improve their modern humanistic spirits, foreign literature teaching should carry out reforms deeply on the basis of “close reading of classics”. 1. Use new media to build open classroom; 2. Focus on holistic teaching, implement the “holistic education”. concept; 3.Take the initiative teaching ways to cultivate themselves the ability of “lifelong learning”.

Key Words: Information era; foreign literature teaching; holistic education

About Author: Guo Wei, Associate Professor of Literature, Huanggang Normal University, Master of Arts, mainly studies comparative literature and modern and contemporary Chinese literature; **Wang Ye**, Associate Professor of Literature, Huanggang Normal University, Doctor of Arts, mainly studies comparative literature and overseas Chinese literature.

当下世界正处于资讯发达的信息时代，新媒体已悄然植入现代生活的每个角落。这一梦幻时代的最大特点是信息交流的即时性、信息渠道的多元性和信息内容的丰富性。信息以立体网状结构链接，每一个信息点都仿佛敏感的触角，鼠标一点而波及全球。知识信息的高速互动与瞬间更新对课堂教学带来了巨大的挑战。在传统课堂教学阶段，纸媒课本、纸质教案与科任老师的有限发挥共同构成学习者领纳的全部信息容量。这种严重受到时空和资源限制的学校教育显然无法适应现代公民“终身学习”的需要。面对这种趋势，教育界只有与时俱进，在捍卫教育核心价值的同时，寻求与市场经济、网络时代最佳的契合点，在适应中求改革。具体到外国文学课堂教学层面，这种改革大致可以包含三个方面：

一、利用新媒体，构建开放式课堂

网络作为继报刊、广播、电视之后发展起来的第四媒体，本身的双向性和互动性是其他三大传播媒体所不可及的。在实际生活的运用中，网络大多在娱乐、通讯、资料搜索等方面发挥作用，并没有更深入地与教学活动发生融合。高校的课程教学大多采用PPT课件形式，并另行创建线上课程网站，或链接精品课程资源，较少同步开展线上学习。然而，这种线上线下各行其是的格局并非真正的“混合式教学”模式。要想不断与时俱进，外国文学教师就必须引导学生建立正确的网络学习观，并依托“学习通”等教学平台设计即时问答学习、随机测试任务，落实在线学习交流评价，构建精品课程资源、影视媒体资源、中外文献资源普遍共享，阅读、学习、讨论三者互渗交融，线上与线下同步对接的混合式教学模式，打造真正的开放式课堂，这样才能更好地培育学生开展主动学习、研究性学习的能力。

1.教学课件引入网络超链接和视频剪接片段，构建文字与视、听、讲、演等多种资源交互作用的多介质知识谱系

课堂网络化可有效激励师生共同参与知识谱系创新构建，促进可持续的教学相长。一旦课堂真正实现全面开放，任课老师将不得不抛开一本教辅、一本教材包办课堂的传统模式，积极搜索大量资料，开展深度阅读，做更全面生动的备课。学生的学习兴趣和主动性也能空前地调动起来，不再满足于作课堂被动的信息接收者，主动享受发现未知、深度学习的乐趣。正如朱熹所说，“问渠那得清如许，为有源头活水来”，唯有网络活水注入，课堂教学才能以开放的姿态获得持续发展、无限增殖的生命力。

外国文学教学课件既可随机剪辑插入《哈姆雷特》《德伯家的苔丝》《安娜•卡列宁娜》等同名影视作品片段，导入相关文学讲堂节目，又能以超链接为手段，不断细密化知识导图，全面实现知识的谱系化、结构化。在知识谱系框架中，“知识点”之间的相关性、对比性链接，为学生提供了课外学习参考的国内外网站链接、电子书籍、报刊等学习平台，提供了海量的跨学科知识资源，可供自行搜索、下载学习之用。视频链接、知识超链接、课外网站链接，与纸质文本一样，既可以丰富、深化教学内容，丰富学生对知识点的立体认知，又可给学生留下无限宏阔的思考空间，为其提供终身学习的不竭动力。这种动态结构化的高效课堂，正如《华严经》所谓“帝网重重”，相互映发，必可引领学生享受层出不穷的求知愉悦。

2.根据课程特点，在超星尔雅、中国大学MOOC等线上课程平台设置类似于BBS性质的读书论坛或分享学习平台

以论坛为契机，以思想知识分享为目标，实现线上线下一体化，有助于激励学生围绕课前、课中问题展开拓展阅读和深入探究。读书论坛的讨论内容是丰富多样的，既可涉及对教师教学的意见和建议，又可包含每次授课内容的具体、微观的探讨；既可反馈给教师以作教学改进之用，又可为深度学习提供灵感启迪和资源共享。在空间设置上，网络匿名和点对点对话可提供给学生以较为隐蔽的空间，激发其学习的积极性，提供思想自由表达、观点碰撞和争鸣的空间。当然，如果教师需要结合发帖数量、质量对参与学习者的平时成绩进行量化考核，也可以要求采用实名制。除此之外，班级QQ群和微信群、留言板、邮箱等均可以起到反馈、交流，促进课堂教学进一步优化的目的。

二、注重整体教学，贯彻“整体教育”理念

“整体教育”思潮是20世纪80年代末兴起的新人文主义教育思潮，以1926年哲学家斯马茨在《整体论与进化》一书中提出的“整体论”（holism）为哲学理论基础。“整体论”认为，整体远比部分之和大，不能分割为部分，借助分析的方法是不能理解整体的。“整体”（holistic）这一术语不仅在健康与医学领域，而且在生活与教育、企业界也逐渐地使用起来。1988年，米勒（L•Miller）创办季刊杂志《整体教育评论》（Holistic Education Review），同年，约翰•P•米勒（Miller•J•P）出版专著《整体课程》（Holistic Curriculum）。1990年6月，芝加哥会议——第一届整体教育国际会议召开，通过了阐述“整体教育”的《芝加哥宣言》。“整体教育”意图根治产业社会的价值观和科学技术信仰支配下的“病态的教育”，提倡尊重学习者生命整体的和谐状态，重视合作学习和体验

性学习，主张回归教育的本来面貌——“引出”并哺育每一个学习个体身上所拥有的不可替代的潜能。①

“整体教育”理论虽然质疑、批判现行文明体制和价值观，然而它对人类命运和地球未来的悲悯情怀与其对教育本质的深刻理解，已引起了国内外有识之士的密切关注和深入思考，其中的积极成分对当下的高校教育改革，仍毋庸置疑地具有重大的启示价值。管见所及，建议如下：

1.强调“全体领受”而不作简单的知识肢解

每一位学生，都有内在的生命图像，“全体图像先行，具体的部分再在后来的时间中出现，也像哲学讲的目的论，是目的先于手段、成长而存在的，面对这种特质，如果我们想用单点突破来改变这个图像，其实很难，你只能用一个图像诱引整个图像的转变”。落实到教学过程中，就是说，学生的学习，是“全体领受”的，要“全体呼应”，“有全体决定部分的观念，从整体氛围入手，让与他相契的在此作用。即使要改变他，也得从这基础上逐渐改变”②。每一门课程的整体教学，从大的方面讲，就是要使学生与这门课程之间，首先建立一种内在的精神契合，树立对这门课程的终身学习兴趣，产生强大的学习内驱力。从小的层面讲，则强调学生对教材、课程知识结构、作品的整体把握，要教育他们把书读薄，读成一张信息密码图或概念逻辑图，而每一个信息码或概念链均具有快速搜索记忆的功能，可随时调动大脑丰富的知识储存。这由厚到薄、由薄到厚的信息处理过程，就是最有效的学习过程。

就外国文学课程而言，每个阶段的文学思潮都是时代的产物，蕴含着强烈的时代气息，与同时期的政治运动与变革、社会心理背景、哲学思潮，乃至社会风俗的变迁、艺术思潮的演化密切相关，其自身也体现了相应的文学史发展规律。以20世纪的现代派文学为例。它与非理性主义哲学的关系之密切，超过了之前的任何一个时代。如果学生不理解“上帝死了”“虚无主义”“荒诞”“异化”等关键概念，不了解20世纪的文化背景，却想读懂荒诞派、存在主义、表现主义、象征主义作品，那简直比古人登临蜀道还难。译文也许认得，可却不知其所云。如果外国文学教学没有扫清这些外围障碍，没有提前对孕育文学作品的人文气候、知识氛围、时代语境进行充分解读，只片面计较于思潮现象本身，一味纠缠于作品的故事情节、人物形象、艺术特点，热衷碎片式的信息传递和记忆，那么，学生必将逐渐失去学习兴趣，陷入有文学常识而缺乏文学感觉的记诵怪圈。由此可见，外国文学教学只有从大时代入手，以文学经典为全息案例，还原真实可感的时代情境，在情境中切入作品本身，再通过咀嚼文学细节反观时代，才可能真正激发学生的文学探索欲，潜移默化地发挥文学课的审美教育功能。

2.抓住核心全息元，推行全息阅读教学

全息教学是指基于全息理论，对教学信息全息化，通过全息式教、学，实现师、生全息发展的教学活动。以文本解读为基础的外国文学课程全息教学主要体现于对教材和作品文本的全息阅读教学。

高效的全息阅读教学务必引导学生“潜入文本，寻找文本内在的全息元”。所谓全息元，是指在功能或结构上与其周围的系统或部分有相对明显的边界，并具有系统或整体的全部信息的子系统或部分。教材或文学作品便是这样的自足的全息文本系统，字词章句作为其组成部分，“能映照文本内容的意义、所表达的情感，甚至核心意蕴”③。文学教学一旦紧扣这样的全息元，有如打开一扇最敞亮的窗户，以最佳的视角与文本展开对话，聚焦文本的全部信息，达到窥一斑而见全豹的功效。譬如，在外国文学史“但丁”章节，引用了恩格斯评价但丁的一句话，称其为“中世纪最后一位诗人，同时又是新时代的最初一位诗人”④。以这句话作为本节知识系统的核心全息元，无疑能够唤醒学生的问题意识，提纲挈领地指导他们认识但丁思想和创作上的双重性，全面、准确地读解《神曲》。

全息阅读还表现为对作品文本的多重解读。教师务必引导作为全息阅读者的学生打通当下的阅读活动与“视界期待”的隔墙，建立背景材料与文本内容之间的联系，激发个体生活经验、情感体验与文本深层意蕴之间的默契神会，鼓励他们与文本“全息元”之间展开超时空的心灵对话，从而催生富有个性的文本意义。“水尝无华，相荡乃成涟漪；石本无火，相击而发灵光。”⑤只有在不断叩问、不断探究的对话过程中，教师、学生与文本这三位全息元主体才能在教学“全息场”中实现交融贯通，走向全息“视界融合”。

3.把“完整的人”作为终极教学目标

教育的本质是什么呢？是高等知识技能的传授么？当然不是。据《说文解字》，“教”意为“上行下效”，“育”意为“使作善也”，教育的本质理应培养“完整的人”。中小学教育如是，高等教育亦如是。因此，我们的课程教学绝不是简单的知识传授，其最终目标是人的全面发展，是身、心、灵的健康和谐。故每门课都是理解人性、透视人生、把握世界的一扇窗户。每扇窗户都可以看到一些不同寻常的知识“风景”。这扇窗与那扇窗所映照的风景会有交叉，并不完全相同，但最终都以特殊的视角反映了人生、世界的某种真相，引领学生实现“完整的人”的成长。在实现总体目标的前提下，每扇窗的知识“风景”便同时成了灵魂的风景。

外国文学教学不仅要揭示古希腊以来的文学变迁史，而且还应打破狭隘的文学视野，把生命教育与审美教育融合起来，涵养学生整个的生命和人格。学生要成为一个真正的独立之“人”，务必从有限的知识经验出发，建构直面世界的健康心灵空间。作为人文精神培育的核心课程，外国文学天然适宜于在文学阐释中发挥灵魂治疗的作用。例如，外国文学中书写“爱情”母题的作品甚多，既有《傲慢与偏见》《理智与情感》这样较为理性的婚姻伦理叙事，也包括《美狄亚》《包法利夫人》《安娜·卡列尼娜》等爱情至上主义者的女性悲剧。教师在引领学生欣赏、讨论文本的过程中，并非只讲人物塑造、叙事结构等小说艺术，着眼于“有意味的形式”，为文学而文学，更应该聚焦分析“爱情”作为人的本能情感的复杂性质，研究其与人生、命运之间的多重互动关系，关注女性生命史的“三个W”（who/what/why），希望通过某些具体形象透视整个性别群体，联系考察“情死”“情仇”“弃妇”等相关社会现象，敏锐地发现其中足以引起良性变革的某种要素。总之，文学虽非社会学，主要以培养审美鉴赏能力为主，但也不能耽溺于文学艺术的象牙塔。披文入情，结合社会百态，切入生命管理课题，亦是应有之义。

三、主动授之以渔，培育“终身学习”能力

现代社会的日新月异和信息爆炸要求每个公民务必坚持“终身学习”。作为相对系统的教育体系，学校教育理应对此进行理论反思和教学支持。“授人以鱼，不如授人以渔”，“终身学习”潜力取决于课堂教学的能力培养导向功能。为此，课堂教学当培养学生三种能力：

1.基于课程知识酵母，开展合作学习、专题学习的能力

学校教育阶段各门课程所传授的知识，在受教育者一生的金字塔知识体系中，属于最基础的塔基部分，是后期教育的知识酵母。然而，知识酵母的发酵则有赖于自主学习能力的培养，这就要求课堂教学务必打破填鸭模式，培养学生自由学习能力。

（1）推行专题合作汇报课模式，以“关键词”和思考题引领学生独立开展探究性学习。开课之初，开列考核必读书目。每章学习之初，科任教师先对文化背景和文学思潮做线索式勾勒和全景式鸟瞰，然后就代表此期的经典作品列出相应的思考题，要求学生4个人一组，选取其中的一个问题，课外结合作品，展开讨论学习，并合作制作相应的小组PPT。在汇报课上，小组代表作研究性学习分享，自评、小组评与教师评分相结合，最终纳入期末考核。这种学习任务设计可以调动学生对纸质文本阅读的主动性和创造性，引导他们细读文本，感受细节之美和声情幽微之处。

（2）开展案例拓展教学。外国文学课程可组织学生重现、戏仿相关现实生活或作品文本中的一些场景，开展案例教学，“培养学生的创造性思维

和解决问题的能力”[⑥]。案例场景既可与对象文本保持一致，也可有意图地呈现两者之间的创造性差异。例如，把冯小刚导演的电影《夜宴》视作对《哈姆雷特》的改写，是在中国社会历史与文化语境下的重新演绎。教师在《哈姆雷特》教学中，可先组织学生观摩《夜宴》，在课堂上模拟新场景，然后引导他们比较讨论，加深对原著人物、语言、作者写作视角的认识。后现代电影《哈姆雷特2000版》对莎剧进行了颠覆，亦可作如是观。

2.投身课外实践活动，进行创造性学习、体验学习的能力

“终身学习”往往肇始于某种社会化的考量机制的驱动，折射了一定的社会需求。在终身学习阶段，学校教育第一课堂教学的知识存储作为发酵的酵母，已拥有丰富的实践参照系，蕴含着真实的自我“体验”，演化为成熟的知识形态，最易聚合新知识。但这种成熟知识形态的演化，需要较长的体验实践阶段，故而，要迅速培养学生终身学习的能力，实现知识的飞跃式成熟，务必从学校开始，在课外实践活动中培养学生体验学习、创造学习的能力。

从社会角度看，真实的课堂，绝非有形封闭的地理空间，而在于广阔的个体人生和丰富的社会实践。学生应该把来自课堂教学案例的知识习得、情感体验与第二课堂、社会课堂相结合，在理论与实践相互印证、互动发酵的过程中，实现课程内容的社会化、能力化。尤其是具有过渡性质的第二课堂，它提供的创造性实践情境，将充分培育学生的“终身学习”能力，为未来的职业生涯埋下精彩的伏笔。

文学社团与专业课程学习息息相关，是课堂教学的实践性延伸。诸如，创办话剧社、开设话剧专场，演出世界名剧或自编话剧。剧社成员在体验角色、锻炼话剧表演技能的同时，加深对编剧技巧与戏剧主题的理解，促进对中外戏剧的学习。组织电影沙龙，播放由文学改编的经典影视作品，加深读图时代的青年学子对名著的理解和认识。

综上，面对当下挑战与机遇并存的信息时代、智能时代，外国文学教学并非没有改革求变的余地。它不仅要学会与时俱进，在适应中求改革，充分利用网络“第四媒体”，构建开放式课堂，而且还要克服那种片面追逐海量资源、沉溺碎片式学习的弊病，努力借鉴“整体教育”的新型理念，加大课程整体教学的力度。在课堂之外，更要依托线上线下多种平台，鼓励学生开展合作探究型学习，引领他们在第二课堂实践中进行创造性学习、体验式学习，培育学生“终身学习”的意识和能力。只有这样，“教育现代化”的战略构想才可能在外国文学教学领域有次第地实现。

注释【Notes】

①钟启泉：《整体教育思潮的基本观点》，载《全球教育展望》2001年第9期，第11页。

②林谷芳：《如是生活如是禅》，太原：山西人民出版社2008年版，第131页。

③周颖琴：《以全息阅读建构阅读教学新模式》，载《语文天地》2015年第4期，第55页。

④马克思、恩格斯：《马克思恩格斯文集》，北京：人民出版社2009年版，第26页。

⑤梁长春、李国清：《语文教学场论》，载《天中学刊》2001年第4期，第93—94页。

⑥吴安平、王明珠、王继忠：《案例教学法研究与实践》，载《长春大学学报》2002年第10期，第23页。

高等院校公共英语课程课堂不良气氛的识别与调节策略

沈　悦

内容提要：在高等教育领域，课堂气氛是影响教学质量和效果的重要因素之一。在高等院校针对非英语专业学生开设的公共英语必修课课堂上，教师会面临不同类型、不同程度的不良气氛，因此，相应的识别与调节策略尤为重要。本文总结了高校公共英语课程课堂不良气氛的含义及其表现形式，将课堂不良气氛的影响力归纳为六个方面，通过对代表性学生的非正式访谈，分析了高校公共英语课堂不良气氛的成因和特点。最后，作者提出了应对不良课堂气氛的综合性策略。高校公共英语课教师通过识别和调整不良课堂气氛,可以改善课堂气氛并达到良好的教学效果。

关键词：高等教育；公共英语课程；课堂气氛；识别与调节策略

作者简介：沈悦，博士，广州美术学院艺术与人文学院教师，主讲“大学英语”“美术英语”“博士英语写作”等课程，研究方向：高等教育英语教学、教育科技用户体验设计、少数民族文学外译、翻译与本地化研究。

Title: Strategies for Identifying and Moderating Bad Atmosphere in Public English Classroom of Higher Education Institution

Abstract: In the higher education context, classroom climate is one of the important factors to influence the quality and results of teaching. In higher education's compulsory general English courses for non-English majors, teachers can be faced with adverse classroom climate of various types and to different degrees. As a result, the corresponding identification and adjustment strategies play a pivotal role. This article summarizes the meaning and manifestations of negative classroom climate in university-level general English courses, categorizes the influences of adverse classroom climate into six areas, and analyzes the causes and characteristics of unfavourable classroom climate through informal interviews with representative students. Finally, the author puts forward a comprehensive strategy to deal with adverse classroom climate. By identifying and adjusting teaching methods according to adverse classroom climate, university teachers of general English courses can improve the classroom climate and achieve desirable teaching results.

Key Words: higher education; general English courses; classroom climate; identification and adjustment strategies

About Author: Shen Yue, PhD, lecturer at the School of Arts and Humanities, Guangzhou Academy of Fine Arts. She teaches courses such as College English, Fine Arts English and English Writing for PhDs. Her research interests include teaching English in higher education, User Experience design for educational technology, translation of minority nationality literature, translation and localization studies.

在高等教育领域，课堂教学的质量和效果取决于很多因素，包括教授的内容、教学的形式、学生的学习态度等，还有一个重要的因素：课堂气氛。“课堂气氛是在课堂中呈现的一种综合性的心理状态，它可以用一定的心理、行为指标来衡量。如果我们以秩序、参与、交流三个指标为依据，就会把课堂气氛划分为三种主要类型：积极的课堂气氛、消极的课堂气氛和对抗的课堂气氛[①]。消极课堂气氛也称为不良课堂气氛。消极的课堂气氛常常以学生的紧张拘谨、心不在焉、反应迟钝为基本特征。在课堂学习过程中，学生情绪压抑、无精打采、注意力分散、小动作多，有的甚至打瞌睡。对教师的要求，学生一般采取应付态度，很少主动发言。有时，学生害怕上课或提心吊胆地上课”②。

随着全球化进程的加快，英语作为国际交流的重要工具，其在高等教育中一直占有重要地位。目前，我国高等院校针对非英语专业学生，普遍开设公共英语作为一门必修课，大多开设在大学一、二年级，课程学生属于高等院校的低年级学生，学生英语水平层次不一，成绩各异，存在一些学生英语基础比较薄弱、成绩不太理想、上课较为吃力的问题；另一些学生英语水平相对较高，认为所学内容简单，对自己用处有限；还存在部分学生对英语学习兴趣不大的情况。因此，高校公共英语课程课堂教学活动中会面临不同类型、不同程度的不良气氛。为了调节课堂气氛，建立优良的课堂氛围和环境，高水平实现教学目标，提升教学质量，高校公共英语教师教师和研究人员应当时时研究应对不良课堂气氛的措施并将有效的措施付诸实践。对课堂不良气氛的识别与调节，也是高等院校公共英语课程教师应具备且应不断提高的基本能力和必备技能。

一

准确把握高等院校公共英语课程课堂不良气氛的含义及其表现形式，可以深化教师对课堂气氛的认识，为教师掌握课堂不良气氛识别与调节策略奠定良好基础。

课堂气氛是指在课堂教学活动中，由教师与学生共同塑造形成的整体性的精神表现或心理状态。如果不考虑环境因素影响，课堂气氛主要是由教师与学生在课堂交互活动中产生的，教师与学生及其之间的互动是影响课堂气氛的主要因素。从教师角度来看，课堂气氛集中表现为学生在课堂教学活动中的精神状态、情绪表达及其行为倾向性。总体上，课堂气氛可以分为课堂良好气氛（以下简称“良好气氛”）和课堂不良气氛（以下简称“不良气氛”）两大类型，又称为课堂积极气氛和课堂消极气氛。良好气氛是指有利于推进课堂教学进程、实现教学目标的课堂气氛。与之相对应，本文所述不良气氛是指高等院校公共英语课堂教学活动中，由学生表现出来的不利于推进课堂教学进程、影响课堂教学活动、阻碍实现课堂教学目标的课堂气氛。

高等院校公共英语课程课堂不良气氛的表现形式复杂多样，按照对课堂教学活动的影响程度可以大致划分为以下几个层级：第一层次主要表现为学生在课堂上消极的精神状态，包括学习态度消沉、情绪低落、无精打采、心不在焉、神志散乱、疲惫倦怠等形式；第二层次主要表现为学生在课堂上消极的情绪表达，包括对课堂教学活动不予响应、疏远逃避、敷衍应付，甚至对教学活动明显表现出反感、厌恶、抵触、抗拒等形式；第三个层次是复合型的情绪—行为表现，即学生在课堂上的情绪对抗及其行为反映，包括对教师进行挑衅、对教学活动进行粗暴否定以及破坏课堂纪律、故意制造课堂混乱等行为。

二

全面、深入认识不良气氛的影响力，可以促使教师对课堂气氛予以高度重视，并促进教师增加备课内容、丰富课堂教学管理手段、拓宽课堂教学范畴。

不良气氛的影响力巨大而微妙，在课堂教学活动中不容忽视，这种影响力主要表现在以下几个方面：第一，对课堂教学活动具有直接的破坏力，是拉低课堂教学质量和效果的重要原因；第二，影响课堂教学秩序，干扰教学进程，激烈的不良气氛则可能造成教学活动偏离正确方向，阻碍实现课堂教学目的；第三，损害教学双方的心理体验，给教学双方造成不愉快甚至痛苦的心理阴影；第四，影响教学双方情绪，伤害教学双方之间的感情，造成教学双方面压力，导致教学关系紧张；第五，瓦解教学双方兴趣、信心和动力；第六，持续的不良气氛直接影响学校、学生和社会对教师的评价和信任，影响教师（特别是青年教师）的成长和发展。另外，在此需要指出的是，任何事物都是一分为二的，在课堂教学活动研究中，不良气氛也往往隐藏着契机，对于一个善于调节课堂气氛的优秀教师而言，如果课堂出现不良气氛，可能正好提供了一个难得的宝贵“机会”。它意味着教师可以在化解不良气氛的过程中，因势利导地优化教学内容，转换教学方式方法，强化教学双方互动，进而活跃课堂，深化教学，“征服学生”，实现学生学习态度、情绪、情感以及课堂质效的多重反转。

三

及时、准确判断不良气氛产生的原因，了解其特点，有利于教师有针对性地采取调节策略，控制不良气氛影响，维护教学秩序。

不良气氛产生的原因多种多样，往往也极具个性化色彩。鉴于其产生原因的敏感性、复杂性以及学生自我认知的差异性，导致对该问题进行大规模问卷调查所获取的信息进行分析后，所得结论容易失真或不够具体。因此，作者在研究该问题的过程中，通过观察，从约360名高校公共英语课程学生中选出30名代表性学生，进行简短的非正式访谈（课后沟通对话）并记录相关信息。在此过程中提示学生不必说明答复是根据自己的情况还是自己了解的同学情况而来，以保护学生的隐私和确保数据客观、真实。在此数据基础上笔者通过对比分析，力图归纳出不良气氛产生的真实、具体原因，所得出的不良气氛产生原因如下表列示。

不良气氛产生原因

班级	访谈人数	被访问者原因自述						
		认为无用	不感兴趣	跟不上	教学内容枯燥	教学方式陈旧	教师能力不足	其他
A班	10	9	9	10	1	1	0	0
B班	10	8	9	10	0	0	0	0
C班	10	8	8	9	1	0	0	0

上述访谈在约两年时间里完成。表中所列被访谈学生都是课堂各种不良气氛形成的情绪—行为主体。谈话主要在课间休息或课后辅导中进行，学生自述原因总体可靠。根据访谈所记录的学生自述，课堂不良气氛形成的原因依次是“跟不上”“不感兴趣”“认为无用”“内容枯燥”“教学方式陈旧”，占比分别为96.7%、86.7%、83%、6.7%和3.3%，与教师的经验分析和判断基本一致。

在公共英语课堂教学实践中，不良气氛往往表现出以下特点：第一，局部性。不良气氛一般因少数甚至个别学生的情绪—行为而产生，如果教师应对得当，其影响也可以限制在局部范围。在正常情况下，在课堂上发挥主导作用的应该是情绪和行为状态表现良好的主流学生群体。但教师依然不能忽视局部消极的非主流学生群体。第二，交互性。课堂气氛是由教师与学生之间以及学生与学生之间多方互动生成的。一方面，良好的气氛可以在教学双方之间相互传导，另一方面，不良气氛同样也可以在师生之间及学生之间相互传染。第三，可感知性。课堂气氛具有强烈或比较强烈的情景化和外显型，教师和学生都可以感知，可以识别。无论是良好的课堂气氛，还是不良的课堂气氛，都会从教师和学生的精神状态、情绪表达和行为倾向性等方面表现出来。只要达到一定程度，教学双方都可以感知到课堂气氛的性质和状态（激烈程度）。第四，可调节性。针对各种不良气氛，教师采取措施，可以弱化其表现烈度，改变其性质，降低、分散、转移甚至消除其影响。

四

公共英语作为高校的通识教育必须课程，由于历史的和现实的多种原因，对教师而言，面临不良气氛是一个常见现象，这一现象也是影响公共英语课程教学效果的一个突出问题，掌握不良气氛识别与调节策略，成为高校公共英语教师课堂教学能力的重要组成部分。

不良课堂气氛是教学活动中的消极因素，其一经形成，如果教师不予重视，不加管控，不予有效调节，则其不仅难以自我消散，而且可能蔓延、扩散，对教学活动会产生一系列直接和间接负面影响，因此，高等院校公共英语课程教师必须高度重视课堂不良气氛。应该说，每一位教师都希望课堂自始至终气氛良好。但是，由于教、学双方主客观因素影响和课堂内、外等多方面原因，几乎所有课堂都或多或少、或强或弱地会产生一些不同类型、不同程度的不良气氛。不良课堂气氛是每一位教师都可能面临的现象。因此，高校公共英语课程教师在观念上要正确看待不良课堂气氛，局部的不良气氛是课堂教学活动过程中必然会产生的现象，应积极主动地学习和运用有效的方法和策略管控不良气氛。

高校公共英语课程教师应把应对各种不良气氛的策略纳入备课工作范畴，课前预见可能面对的不良气氛种类，事前准备好不良气氛的调节策略。这项工作对教师提出了一系列新的具体要求：第一，要求教师增加新的备课内容，拓展课堂教学管理边界，把不良气氛识别与调节预案设计、实施纳入备课和课堂教学管理范畴。第二，要求老师充分了解班级基本情况和学生的知识结构、认知能力、学习能力以及性格、志趣、特点、爱好等要素，尊重学生的人格。第三，坚持因材施教，善于激发学生学习的热情，善于交叉运用多种教学方式方法，把教书与育人有机结合起来。第四，准确预判不良气氛可能产生的教学节点、可能产生在哪个学生群体以及产生的具体原因。教师按照上述要求设计不良气氛应对预案，运用起来应该可以得心应手，并取得良好效果。

高等院校公共英语课程教师要保持对不良课堂气氛的高度敏锐性和洞察力，及时、准确判断不良课堂气氛的种类及其程度，为启动实施应对预案做好铺垫和准备。如果不良气氛的类型及其表现程度不在预案之内，要保持冷静、自信与包容，在继续推进教学活动的同时，及时构思和设计化解不良气氛的策略。

高等院校公共英语课程教师在面对不良气氛时，不能消极应对，如神情尴尬、手足无措或对其视而不见、听之任之，更不能情绪失控、态度生硬、激烈应对、激发和放大矛盾。而应积极应对，选择适当时机启动实施调节预案，做到胸有成竹、操之在我。需要强调的是，实施不良气氛调节方案应具有明确的而具体的针对性和目的性。各种不同种类的不良气氛都因特殊的原因而产生，影响力大小也不同，有针对性的调节策略才能奏效。教师对不良气氛进行调节的总体目标无外乎是为了保障教学秩序、顺利推进教学进程、实现教学目的，而在具体的课堂场景中，这一总体目的又可以进一步细分为维持课堂纪律、活跃课堂气氛、调动学生主动性和积极性、激发学习热情、集中学生注意力、缓解学习疲劳、驱散倦怠感、消除焦虑、化解对抗情绪、缓解矛盾或冲突等一系列具体目的。

多数不良情绪状态、消极情绪表达和行为表现，运用适当的调节工具即可进行有效调节。例如，在学生倦怠、课堂气氛沉闷时，围绕课堂教学内容增加提问、研讨、团队学习、小游戏或者反转课堂等互动环节，基本就可以扭转课堂气氛颓势。除上述工具外，可以用来调节不良气氛的工具还包括与课堂教学内容紧密相关的案例、事例、小故事、音视频、竞赛、小奖品等。老师课前应针对课堂可能产生的各类不良气氛，建立健全调节工具箱，不断充实、丰富调节工具，学会交叉组合运用多种调节工具。

当教师面对比较激烈的不良气氛或者难以调节的不良气氛时，要积极借助主流学生群体的智慧和力量来化解可能产生的矛盾和冲突。例如，当教师在课堂教学过程中，面对个别学生对课堂教学活动的价值公开进行全面否定时，教师就不适合自己来与学生争辩了。在这种情形下，教师应保持冷静、自信、宽容，要相信大多数学生对课堂教学活动的评价和认同，可以请学习态度端正的学生代表来具体列举和说明课堂教学活动的真实价值，澄清个别学生的认知误区。

在课堂教学过程中，教师应通过停顿、注视、微笑、询问等方式积极主动与产生不良气氛的学生沟通，向其传递明确的信息，使其明白自己造成的不良气氛对课堂教学活动带来了负面影响，已经引起了老师的关注。对严重影响课堂教学秩序的不良气氛，教师也可以对当事人提出批评和要求，当然，在课堂上批评学生时，要慎重，要掌握好分寸，要让被批评者感受到教师的善意，最好能够让被批评者如沐春风。

教师应对每一次实施不良气氛调节预案的效果及时进行评价，检视不良气氛识别是否及时，类型及其原因判断是否准确，调节措施选择运用是否合理，调节效果是否达到预期目标。在此基础上，举一反三，积累经验，吸取教训，不断充实、优化不良气氛调节预案，持续提升不良气氛识别与调节能力。

总之，识别并调节高校公共英语课程的课堂气氛，是公共英语课堂教学的重要教学技能。通过识别课堂不良气氛，并及时进行课堂干预，做好面对不良课堂气氛的应对方案，对不良课堂气氛保持警惕，适时启动调节方案、交叉运用多种调节工具、积极借助主流学生群体的智慧和力量化解不良气氛、积极主动与形成不良气氛的学生沟通等方法和策略化解不良课堂气氛，保持课堂的优良气氛，达到良好的教学效果。

注释【Notes】

①熊应、罗旋、谢园梅：《教育心理学》，湖南师范大学出版社2019年版，第252页。

②李国强、罗求实、赵艳红：《教育心理学》，湘潭大学出版社2017年版，第299页。

美国中学历史教科书的课文系统评析
——以“工业革命”为例

李银燕

内容提要： 历史教材是中学历史教育的重要媒介，为教师进行历史教学提供了依据和媒介，是学生进行历史学习的重要工具。自新课程改革以来，学界对于如何优化中学历史教科书的编写一直争论不断。如何编写出更好更高质量的历史教材以落实新课改的要求呢？国外历史教科书的编写一定程度上为优化我国历史教科书的编写提供了借鉴，近年国内学界对美国的中学历史教科书的研究给予了一定的关注。本文将以美国比较权威的麦格劳-希尔2005版《世界历史》（*World History*）为研究对象，探讨《世界历史》课文系统的优点与不足，对完善我国中学历史教科书的编写提出见解。

关键词：《世界历史》；课文系统；工业革命；历史教材

作者简介： 李银燕，江汉大学人文学院在读读研究生，研究方向为中学历史教学。

Title: An Analysis of the Text System of American Middle School History Textbooks — Take the Industrial Revolution as an example

Abstract: History textbook is an important medium of history education in middle school, which provides the basis and medium for teachers to carry out history teaching, and is an important tool for students to carry out history learning. Since the new curriculum reform, the academic circle has been arguing about how to optimize the compilation of middle school history textbooks. How to compile better and higher quality history teaching materials to implement the requirements of the new curriculum reform? To some extent, the compilation of foreign history textbooks provides a reference for optimizing the compilation of Chinese history textbooks. In recent years, domestic scholars have paid some attention to the research of American middle school history textbooks. This paper will take McGraw-hill's 2005 edition of *World History* as the research object, explore the advantages and disadvantages of the text system of *World History*, and put forward opinions on improving the compilation of Chinese middle school history textbooks.

Key Words: *World History*; Text system; The Industrial Revolution; History textbook

About Author: Li Yinyan, a graduate student in the School of Humanities, Jianghan University, research fields: Middle School History Teaching.

教材的内容体现了国家培养人才的要求，教育方案的落实有赖于教科书的科学编写。随着近年历史新课程改革的逐步开展，我国中学历史教科书的编写注重关注世界，汲取国外中学历史教科书编写的优点，美国的中学历史教科书在这方面为我们提供了思考和启发。目前我国学术界对美国中学历史教科书的研究热点主要是教科书的编写、史料使用、教科书中涉及的中国史内容、关于学生能力的培养、中美中学历史教科书之比较、史地结合、教科书的错误，并未有学者深入研究美国历史教科书课文系统的课文叙述和史料选取。笔者不敏，试图以“工业革命”这一课为例，探讨美国麦格劳-希尔版《世界历史》的课文系统，分析课文系统在课文叙述和史料选用上的优点和不足。

一、《世界历史》的总体情况

《世界历史》是由美国国家地理频道（National Geographyic）与McGraw Hill公司旗下

Glencoe合作，2005年出版的高中历史教材，系依据美国统一的历史课程标准《美国国家历史课程标准》编订而成。麦格劳-希尔版《世界历史》的编写体例也是通史知识结构，以历史发展的时间阶段为线索，按单元—章—节的结构编排，每单元的学习内容有不同的主题，体现了历史教科书的时序性。其总体结构主要分为三部分：前言、正文和附录。前言部分不仅明确了学生的学习目标，也对学生如何使用学习方法、寻找学习资源以及教科书资源进行了指导。正文主体分为单元、章、节三部分，每个单元都设有单元导引部分，非常注重对学生学习的阅读指导作用。

历史课程标准是历史教科书编写的首要根据。教科书的内容和结构、风格的设计等都以课程标准为基础，围绕课程标准进行编写。美国在20世纪90年代把历史课程确定为社会课程中的全国性核心课程，并出台相应的历史课程标准。《美国国家历史课程标准》分为两大部分：考虑到学生的智力和知识发展水平与课程内容的差别，幼儿园—4年级和5—12年级采用了不同的组织。前者用主题来组织，后者则从美国历史和世界历史的角度进行分期。[①]美国的课程标准体现历史学科的学科特性，强调历史技能的培养，尤其强调培养学生的历史思维能力和理解能力。在历史思维能力的要求上，它强调历史教学要着重培养相对独立但相互联系的五种历史思考能力[②]，包括时序思维能力、历史理解能力、历史分析与历史解释能力、历史研究能力和分析历史问题并做出决策能力。在教材内容上，美国5—12年级的课程内按时间的发展顺序编排，由远到近。小学学习本土历史即所在州或者所在区的历史，初中学习美国史，高中学习世界史。《世界历史》课文系统的课文叙述和史料选用体现了美国历史课程标准对历史思维能力的要求。

二、《世界历史》关于“工业革命”的课文叙述

历史教科书的结构分为两大系统：一是以体现教学内容为主的课文系统；二是以体现教学方法为主的课文辅助系统。[③]课文系统是历史教材中最基本和最稳定的主要结构，反映了历史教材自身的特性。课文系统作为教科书的子系统，是构成教科书体系的要素之一。在课文系统之中，课文叙述尤为关键。教材中的课文叙述是教师了解课文内容、确立教学立意的重要途径之一。关于“工业革命”这一历史事件的内容，不同于我国的《中外历史纲要》的第10课《影响世界的工业革命》是从“工业革命的背景”“工业革命的进程”“工业革命的影响”三个子目叙述，《世界历史》将其设置在第19章“工业化与民族主义”的第1节“工业革命”，设置了“英国工业革命”“工业革命的蔓延”和“欧洲的社会影响”三个主标题，每个主标题的下面设了一些相关的副标题展开叙述。在课文叙述上有其独特之处。

《世界历史》并不刻意追求定论式的编写方式，选取基础的、关键的历史史实按时间顺序组织和呈现历史事件的背景、过程、结果或影响，保证从宏观上把握历史发展的整体脉络和培养学生的时序思维能力。在“英国工业革命”中，选取的内容除了工业革命的促成因素外，还选取了棉纺织业的变革、蒸汽机、铁路、新工厂相关的历史史实，并对这些相关史实进行详细的描述，有助于学生在学习英国工业革命背景的同时学习英国工业革命的发明成就，帮助学生从宏观上整体把握依靠英国工业革命发展的脉络。“欧洲的社会影响”选取了人口和城市的增长、工业中产阶级、工业工人阶级和早期社会主义五个基础且关键的历史史实作为副标题，详细描述了副标题的相关史实。这部分运用大量笔墨叙述工业革命带来的新变化：人口和城市的增长、工业中产阶级的产生、工业工人阶级的产生和早期社会主义的出现，叙述新变化的同时阐述了这些新变化带来的社会问题。

《世界历史》文风质朴，叙事为主，论述为辅。该教科书的编者站在一个“讲故事”的角度，对过去的世界重大事件进行饱含历史温情的叙述。这种“讲故事”的叙述方式极大地调动了学生的阅读兴趣，促使读者在学习过程中关注叙述者想表达

的内容：随时间展开事件进程的叙述，了解当时人们的行为和意图，把握事情的前因后果及其时间联系。与《中外历史纲要》重视用简洁的概括性语言叙述历史不同，《世界历史》以叙事散文话语的形式向读者揭露更多的历史信息，利于学生在没有教师的指导下也能把握课程内容。例如叙述工业革命的另一个重要因素——工厂时，“英国工业革命”是这样叙述的：工厂是工业革命的另一个重要因素。工厂从一开始就建立了一个新的劳动力制度，工厂主希望不断地使用他们的新机器。因此，工人被迫轮班工作，以保持机器以稳定的速度生产。早期的工厂工人来自农村地区，在那里他们习惯了繁忙的工作，随后是不活动的时期。因此，早期的工厂主必须建立一个工作纪律制度，使员工习惯于在固定时间工作，一遍又一遍地做同样的工作。例如，成年工人因迟到而被罚款，因严重不当行为而被解雇，特别是因醉酒。童工经常遭到殴打。一位早期的实业家说，他的目标是“把人变成不会出错的机器”。除了阐明“工厂是工业革命的另一个重要因素”外，还叙述了工厂带来的社会生产变化，还从侧面反映了工业革命带来的消极影响。

《世界历史》选取的内容大都贴近生活，关注社会现实问题，呈现生活化、大众化的特点。它以独特的视角向学生展示了过去人类的经历，揭示重大历史事件为社会带来的变化和教训。这种叙述方式可以达到认识、理解、关心人类社会的发展和命运，进而增强公民的社会责任感的目的。④“欧洲的社会影响”选取了关于人口和城市的增长使人民生活条件变得恶劣、工人恶劣的工作条件、童工与妇女的工作时间长和工资只有男人的一半或不到一半等相关史实。课文写道：“工业工人面临着恶劣的工作条件，工作时间为每天12至16小时，每周工作6天，午餐和晚餐时间为半小时，没有就业保障，也没有最低工资。在棉纺中这些人每天被锁起来14个小时，夏天和冬天在80到84华氏度的高温下工作，磨坊很脏且尘土飞扬，危险且不健康。工厂监工为了确保孩子们持续工作，会轻拍他们的头、掐他们的鼻子、给他们一撮鼻烟、往他们脸上泼水、把他们从岗位拉下来后不停地转动他们，使他们保持清醒。”通过课文的叙述，学生能够直观地感受到工业革命带来的社会问题，促使学生关注当下工业化迅速发展带来的社会问题，培养公民社会责任感。

当然，《世界历史》的叙述也存在不足。篇幅过长不符合中学的课时安排，过长的篇幅不利于学生对内容的理解和吸收。《世界历史》的叙述逻辑不明显，这种叙述方式对学生的理解能力要求高，不利于学生对课程内容的掌握。我国的《中外历史纲要》侧重于精练和高度概括的陈述性叙述，句子多为短句，阅读难度不大，符合高中生的认知水平。相比《世界历史》，史论内容多于史实内容，多为结论性、专业性强的语句，略显枯燥，较强的学术性在一定程度上弱化了可读性。

三、《世界历史》关于“工业革命”的史料选用

课文系统是历史教科书的基础性结构，它包括基本课文、补充性课文、绪论性课文、史料性课文、探究性课文等。史料性课文是指课文引用的史料，大体分为文字史料和图片史料两类。⑤史料性课文有利于培养学生“论从史出”的学习态度和方法，传达真实情感。为了培养学生的历史思维能力和历史解释能力，《世界历史》选用了大量的史料，包括历史文献、著作、信件、报告、报纸、历史照片、绘画、卡通画等文字史料和图片史料。

（一）文字史料

文字史料，是指用文字记录的形式体现和保存下来的人类活动遗迹。⑥中学历史教科书选取的多种类型的文字史料，包括档案、历史著作、文学作品和历史文献等。文字史料的选用不仅关乎课文内容的完整性和生动性，还关乎历史课程标准相关教育目标的达成和具体要求的落实。

《世界历史》在“工业革命”这一课中选用的文字史料包括历史专门著作、报纸广告、报告（官方文件）和法律。在课前导语部分选用西德尼·波拉德和科林·霍尔姆斯的《欧洲经济史》的

节选，选用对1844年柏林一家工厂为工人制定工作纪律规定的描述导入该课，目的是让学生通过辨识制定规定的时间、地点、对象，联想到是工业革命导致的，培养学生的历史理解能力。“工业化的蔓延”选用纽约州尤蒂卡镇一家报纸上的招聘广告：“招聘：怀特镇棉纺厂招聘几个头脑清醒、勤奋的家庭，每家至少有5个8岁以上的孩子。有大家庭的寡妇最好留意这个通知。”目的是补充说明关于新英格兰的新工厂里妇女和女孩在大型纺织工厂的工人中占绝大多数的内容。在“欧洲的社会影响”部分选用1838年的一份英国议会调查童工状况的报告、关于糟糕的棉纺厂工作条件的调查报告和1833年《工厂法》关于童工的年龄和工作时长的规定，以拓展工业革命带来的妇女和童工、工业工人工作环境恶劣等社会问题，生动形象地描述了工业革命在欧洲的社会影响，使学生深入了解历史、触摸历史。

《世界历史》选用丰富的文字史料不仅用以补充或拓展课文内容，还为了使学生辨识和评价历史资料的来源和其可信程度，达到提高学生的历史思维能力和历史理解能力的目的。其中选用广告、具有较高可靠性和信服力的官方文件和法律史料，为学生提供了不一样的历史视角，揭露当时不同群体的立场和观点，利于学生获取更多历史信息。为了促进立德树人教学目标的达成和培养学生的历史学科核心素养，我国的高中历史教科书《中外历史纲要》也选用了大量的文字史料，在叙述“工业革命”这一课选用的文字史料主要包括历史专门著作和文学作品。与《世界历史》相比较，《中外历史纲要》的文字史料类型比较贫乏，但选用的部分文字史料设置了相关问题，引发学生思考和探究，培养学生史料实证和历史解释核心素养。

（二）图片史料

历史图片是历史教材内容的重要组成部分。图片与文字史料一样，承载着重要的历史信息。历史图片对学生而言，具有比文字传达历史信息更直接、更易接受的功能，它也能帮助学生形成历史表象、发展审美能力。⑦图片史料作为史实叙述的重要补充，蕴涵着丰富、生动形象的历史信息。历史教科书的图片史料选用、分布等状况不仅体现了历史教科书的编写特点，还反映了课程标准对学生技能培养的要求。为了吸引学生学习历史的兴趣和落实美国历史课程标准的要求，《世界历史》选用了丰富的图片史料。

《世界历史》的图片史料选用反映美国历史课程标准强调培养时序思维能力和历史理解能力，美国历史课程标准要求学生能够利用各类图片史料包括历史照片、地图、绘画、漫画和建筑图等，以获取、理解或详细阐释课文中的信息和富有想象力地阅读文本，利用各种图表（包括图表、表格、饼状图和条状图、流程图、其他图解形式）所展示的直观资料和数量资料，明晰、阐明或详细阐述历史叙述所隐含的信息。《世界历史》在课前导语里采用了油画《工厂工人》，与导语中关于柏林一家工厂为工人制定规定的文字史料搭配使用达到图文互证，让学生快速获取关于工业革命的信息进入新课学习；在“英国的工业革命”选取了油画《在纺织厂工作的年轻女性》，凸显棉纺织业的革新；选取英国第一条公共铁路线的铁路修建图，帮助学生了解工业革命推动英国铁路交通的发展；选用了课文中提到的其中一种蒸汽机车火箭的绘画作品《火箭》（Rocket），并设置问题：“想象历史，在火箭(左)中，只花了两个小时就行驶了32英里（51.5公里），这张照片是如何捕捉人们对火车旅行的好奇感呢？”，这张照片的选用展现了英国交通工具的革新，设置的问题引导学生富有想象地阅读文本，培养学生的创新精神。在“工业化的蔓延”中选取了饼状图《比较美国和英国》以详细阐述工业革命在美国的蔓延，选取了19世纪70年代欧洲工业化的国家地理分布图，帮助学生结合时间和空间理解工业革命席卷了19世纪的欧洲。在“在欧洲的社会影响”中，选用了三组图片史料，第一组选取了绘画作品《年轻的工人》，第二组选取了照片《监督者在确保儿童持续工作》，旨在突显工业革命给社会带来的童工问题；第三组选取了一张19世纪晚期的照片，显示了英国糟糕的住房条件。

《世界历史》选用的一些图片史料附带文字注释和设置了与课文知识点密切相关的思考题，反映美国历史课程标准注重培养历史分析和历史解释能力。美国历史课程标准要求培养学生的思维技能，学生通过比较不同时期和地区的发展分析因果关系、分析插图所揭示的信息，有思考地、创造性地分析和解决历史问题。在“工业化的蔓延”部分选用了图表和地图设置相关问题以培养学生的历史分析和历史解释能力。选取饼状图《比较美国和英国》并设置问题：“1.比较，从19世纪30年代到70年代和19世纪70年到90年代，与美国对比英国人口增长如何？同时期英国铁路的扩张与美国相比如何？2.问题解决，在19世纪70年哪个国家的铁路里程占总平方英里的比例最高？”通过比较和问题解决两个技能训练，学生更深入研究了解英美两国的人口增长情况和铁路扩张。此外，教科书还对图表进行了文字注释，提醒学生在研究这些比较时要记住英国和美国所涵盖地区的巨大差异，说明了英国大陆涵盖的所有地区和英美两国大陆的总面积。选取了19世纪70年代欧洲工业化的国家地理分布图，并设置问题：“1.解读地图，英国的主要工业是什么？2.应用地理技能，你认为主要工业的分布有什么规律？哪些地理因素可以解释这些模式？”，锻炼学生解读地图获取信息，结合地图分析和解释历史问题。

《世界历史》选用的图片史料数量多且种类丰富，注重搭配相关问题使用以培养学生的历史思维能力和历史理解能力。但是中学生正处于青春期，注意力和专注力容易受影响，过多使用图片易分散学生注意力，削弱了学生对课文文字内容的关注。我国的《中外历史纲要》在图片史料选用上，由于篇幅受限，使用的图片史料不及《世界历史》多，图片与文字排版简洁、美观。关于史料的运用，侧重于课文内容的补充和拓展，没有利用图片史料设置与课文知识相关的思考题。

在新课改不断推进的今天，优化历史教科书的编写是一项艰巨的任务。借鉴国外历史教科书的编写，有利于扫除新课改道路上的障碍，有力地推动新课改的顺利进行，促进中学历史教学高质量发展。

注释【Notes】

①赵亚夫：《国外历史课程标准评介》，北京：人民教育出版社2005年版，第70页。

②陈其：《美国高中世界历史教科书的特点及启示》，载《历史教学（中学版)》2012年第1期，第8—13页。

③郑林：《中学历史教材分析》，北京：光明日报出版社2013年版，第29页。

④赵亚夫、郭艳芬：《美国国家历史课程标准评述》，载《外国教育研究》2004年第2期，第1—5页。

⑤于西友、赵亚夫：《中学历史教学法》，北京：高等教育出版社2017年版，第60页。

⑥翦伯赞：《史料与史学》，北京：北京出版社2011年版，第85页。

⑦黄牧航：《中学历史教材图片设计的理论与实践》，载《历史教学》2001年第9期，第25页。

融通文学传播场域内外的新诗研究
——评析“现代汉语诗歌传播接受研究丛书”

黄仁志

内容提要：在现代中国诗歌发展历程中，诗歌的传播与接受问题一直是创作者与学界关注的焦点。王泽龙教授主编的“现代汉语诗歌传播接受研究丛书”是一项针对中国现代诗歌传播和接受机制的深入学术探讨。该丛书回望百年中国新诗发展传播历程，以文体锚定新诗研究本位，以理论联通文学场域内外，以大文学史观洞悉历史语境，构建了具有中国特色的现代诗学概念话语体系。系列成果不仅为中国现代诗歌研究提供了新的视角和思路，也为当下诗歌理论建设与创作实践提供了有益的参考和借鉴，是新诗研究在传播接受领域取得重要突破的成果。

关键词：新诗研究；传播接受；现代汉语；理论创新

作者简介：黄仁志，华中师范大学文学院博士生，研究方向为中国现当代诗歌。

Title: New Poetry that Integrates Both Inside and Outside Field of Literary Communication: Communication and Acceptance of Modern Chinese Poetry

Abstract: In the development process of modern Chinese poetry, the dissemination and reception of poetry has always been a focus of attention for creators and academia. The “Research Series on the Communication and Acceptance of Modern Chinese Poetry” edited by Professor Wang Zelong is an in-depth academic exploration of the dissemination and acceptance mechanism of modern Chinese poetry. This series of books looks back on the development and dissemination of Chinese new poetry over the past century, anchoring the research focus of new poetry with literary style, connecting the literary field both inside and outside with theory, and understanding the historical context with a grand literary historical perspective, constructing a modern poetic conceptual discourse system with Chinese characteristics. The series of achievements not only provide new perspectives and ideas for the study of modern Chinese poetry, but also provide useful reference and inspiration for the construction of current poetry theory and creative practice, marking an important breakthrough in the field of dissemination and acceptance of new poetry research.

Key Words: Research on New Poetry; Communication and acceptance; Modern Chinese; theoretical innovation

About Author: Huang Renzhi, doctoral student, School of Literature, Central China Normal University, specializing in modern and contemporary Chinese poetry.

中国新诗的发生、发展与经典化建构，与传播接受密切相关。新诗作为现代文学的重要构成，其滥觞与演变深受特定社会历史背景与传播接受系统的影响。系统考察现代诗歌传播接受的历史语境与读者接受，成为理解新诗现代转型的关键，对于理解新诗发展脉络与艺术内涵至关重要。近年，华中师范大学王泽龙教授主持的国家社会科学基金重大项目“中国新诗传播接受文献集成、研究及数据库建设（1917—1949）”围绕这一问题展开了深入扎实的研究，项目阶段性成果“现代汉语诗歌传播接受研究丛书”（第一辑，7册，后文均简称为“丛书”）①于2022年10月由中国社会科学出版社出版，系列专著从不同层面为新诗传播接受研究提供了新的启示与借鉴。该丛书不仅细致梳理了新诗传播接受的历程，进一步拓展了学界关于现代诗歌语言形式的本体研究，而且通过跨学科的理论视角以及整体性的文学史关照，为我们提供了一个全面理解中国现代诗歌的新框架。

一、以文体锚定新诗研究本位

“丛书”聚焦文学研究的形式本位，重视对现代诗歌本体的研究。相较于学界以往更多关注外部研究的倾向，“丛书”从现代白话、节奏、虚词、人称等语言内部视角出发，对现代诗歌的传播接受过程与诗歌形式、文体演变之间的内在联系进行了详尽的探讨和解析，以此为我们呈现了一个更为立体、全面的新诗研究图景，为理解现代诗歌的现代变革提供了新的维度。

深入研究现代汉语与诗歌形式的互动关系，是“丛书”最为鲜明的标志。王泽龙在《现代汉语与中国现代诗歌》中详细阐发了现代汉语变革与新诗本体形式建构的内在关联，强调现代白话的传播普及为现代汉语诗歌新构型提供了语言基础。现代白话作为一种综合性的现代语言，其逻辑性、叙述性等特征，对新诗的形式建构产生了深刻影响。现代汉语的发展变化是现代诗歌多样性的关键，而诗歌中的语言表达始终处于变动之中，这种变动不仅重构了诗体形式和句法结构，也促进了现代诗歌的传播和接受。这种语言的变革，不仅仅是一种工具性的转换，更是思维方式和审美趣味的转变。

“丛书”重点关注了中国现代诗歌节奏与审美形态的重构。节奏作为诗歌最本质的组织形式和外观形态，其在现代诗歌中的新变化，体现了诗歌与现代汉语的紧密联系。王雪松在《节奏与中国现代诗歌》中对中国现代诗歌节奏的性质、形态以及原理机制进行了深入剖析，并重点探讨了节奏与格律的关系。王雪松通过对中国现代诗歌节奏的整体性考察，指出节奏的变化不仅是声音的重组，也是诗歌意象和情感的重新编排，揭示了中国现代诗歌节奏的肌理以及中国新诗独特的形式美学特征。

“丛书”也进一步探讨了虚词与人称代词在新诗生成发展过程中的诗学功能。钱韧韧和倪贝贝分别在《虚词与中国现代诗歌》和《人称代词与中国现代诗歌》中，探讨了虚词和人称代词在现代诗歌中的重要作用。钱韧韧指出，虚词的大量使用标志着古典诗歌向现代诗歌的转型，打破了固化的传统格律诗体，对新诗语言的现代性转变具有重要意义。倪贝贝则分析了人称代词在现代诗歌中如何作为抒情主体，改变了诗歌的表达方式，影响诗歌的主题内容和情感内涵的传达。这些语言元素的运用，不仅推动了诗歌句法和语义连接方式的建构，而且对诗歌的主题内容、情感内涵的传达与建构产生了深远影响。

相较于既往学界在主题思想探究、社会历史批评等新诗外部研究领域取得的丰厚成果，对新诗本体艺术形式的研究整体而言仍显得较为薄弱。形式本体研究是最终走进文学内部世界的通道，是探究艺术经典魅力的聚焦点。②“丛书”从诗歌本体形式研究出发，将新诗艺术形式与思想探究紧密结合，对中国现代诗歌的诗性价值与审美形态进行了全面的学术考察，在很大程度上填补了新诗研究领域的薄弱环节，也为实现现代经典文学研究创新开拓了新路径。通过这套丛书，我们能够更加深入地理解现代汉语变革对新诗文体建构的重要影响，了解现代语言元素如何塑造现代诗歌的形式和风格，体悟新诗在传播接受过程中所展现出的独特魅力。

二、以理论联通文学场域内外

“丛书”综合运用了传播学、语言学、现代诗学等多种理论范式，对新诗的传播接受进行了一次学理性的深入探讨。这种跨学科的理论视角，为理解现代诗歌的复杂性提供了丰富的学术资源，以理论资源激活了现代经典文学研究。“丛书”通过探讨现代汉语诗歌的起源和传播，揭示了语言内部形式如节奏、虚词、人称代词等对诗歌形式和文体变革的深远影响。同时，“丛书”也关注了科学、民间、革命等外部话语对新诗传播和接受的影响，进而从贯通语言学、传播学与现代诗学的跨学科视域出发，为现代汉语诗歌的系统性研究提供了新的理论框架。

“丛书”在传播学视角下厘清了新诗发展传播的历程。“丛书”以传播学与语言学联动的理论资源进入现代诗学，综合考量新诗的内部艺术形式及其所关涉的外部历史命题，构筑了全面覆盖中国新诗传播接受的研究谱系。“丛书”的纲领性著作《现代汉语与中国现代诗歌》提出了研究现代汉语诗歌传播接受的多维视角，包括近现代科学思潮、诗歌形式建构、中西诗歌传统交流、学校教育对诗歌传播的影响等，以传播学视野重新关照新诗经典作品及相关重要史料，为新诗的传播接受研究提供了新的学术增长点。王雪松所著的《节奏与中国现代诗歌》将新诗节奏置于中西诗学比较视野中进行宏观考察，深入探讨了中国现代诗歌节奏在新诗传播接受的语境中对中外诗歌节奏传统的继承和转化，厘清新诗如何在中西方诗歌资源的影响下形成自己独特的节奏构型和节奏诗学③，为我们理解中国现代诗歌的节奏美学提供了新的视角。“丛书”也充分关注新诗与社会时代背景的紧密联系。《科学与中国现代诗歌》《革命话语与中国新诗》《民间话语与中国现代诗歌》三部著作具体分析了科学、革命、民间等社会时代主题对新诗创作和传播的重要影响。这些外部因素不仅为新诗提供了丰富的创作素材和灵感来源，也深刻地影响着新诗的精神风貌、内容主题和审美趣味。

“丛书”以语言学理论为学理支撑，深入探析了现代诗歌形式及其与新诗传播发展的内在关联。“丛书”关注到了虚词、人称代词等语言要素在新诗中的运用和变化。这些看似微小的语言元素，实际上在新诗的形式建构和文体变革中起到了举足轻重的作用。通过深入分析这些语言要素与诗歌节奏、对称、分行等诗学范畴的内在联系，“丛书”为我们揭示了中国新诗文体诗学理论系统的建构过程。王泽龙的《现代汉语与中国现代诗歌》系统性分析现代汉语传播接受与新诗形式建构之关联，集中从早期现代汉语诗歌传播接受的语境中探讨现代诗歌的发生问题，试图回答中国新诗何以在百年前选择现代白话，走上自由诗体的散文化道路。④钱韧韧的《虚词与中国现代诗歌》重点关注了虚词在现代诗歌中的运用及其对诗歌形式变革的影响，详细阐释了现代汉语虚词入诗与现代汉语诗歌的产生，以及与诗体、诗歌功能、诗歌思维、诗歌美学趣味现代变革等问题。倪贝贝的《人称代词与中国现代诗歌》则从人称代词的角度切入，细致梳理了人称代词入诗的基本特性、形态功能、生成机制。作者深入分析了现代人称代词大量入诗与现代诗歌形式变革的密切关系，为我们理解现代诗歌中人称代词的运用及其艺术效果提供了清晰的参照。

“丛书”通过综合运用传播学、语言学以及现代诗学等多个领域的研究范式，充分关涉了文学研究的“世界—作品—艺术家—欣赏者”四大本质要素，对新诗传播接受的历程进行了细致梳理与深刻反思。M.H.艾布拉姆斯在其文学理论经典论著《镜与灯：浪漫主义文论及批评传统》指出，每一件艺术品总要涉及“作品”“艺术家”“世界”“欣赏者（听众、观众、读者）”四个要点，几乎所有力求周密的理论总会在大体上对这四个要素加以区辨。⑤这套“丛书”以传播学和语言学理论为基石，将诗歌文本置于传播接受机制与宏观语言学理论中考察，在本体研究中纳入现代汉语变革传播的历史语境，在历史话语研究中充分考量新诗内部的现代性境遇，深入探索了新诗传播接受的内外生成机制。它不再仅仅局限于诗歌文本的主题式鉴赏，而是将视角扩展到了更为本质的诗歌形式表征以及更广阔的社会历史背景，进而构筑了覆盖诗歌本体、代表性诗人创作特色、新诗生发传播场域以及读者接受状况的新诗研究体系。“丛书”从多个维度对现代诗歌的传播接受进行了系统的分析和阐释，使得诗歌内部研究与外部研究相互融通，为现代汉语诗学的理论建构做出了积极探索。这一研究范式不仅为我们提供了一个全面了解新诗传播接受机制的窗口，也为我们理解新诗的精神风貌、内容主题、形式建构等提供了重要的参考。

三、以大文学史观洞悉历史语境

“丛书”的新诗研究并未仅停留于文本内部研究以及传播媒介变化的梳理，其中魏天真、魏天无、刘继林、金新利等多位学者的著作将现代诗歌置于近现代中国社会历史的整体发展格局中进行考察，立体式呈现了中国新诗生成、传播、接受的时代历史语境，将现代诗歌、诗学的特色与价值定位于广阔的时代精神谱系中，这种兼顾文学研究基础性与外延性的学术范式体现了“丛书”所秉持的大文学史观。“丛书”以科学、革命、民间三个关键概念为线索锚定新诗生成传播的历史语境，为我们提供了一个宏观的文学社会学维度的考察视角，为我们进一步理解新诗传播发展的历史脉络提供了有力的支撑。这种“大文学史观”的运用，使得我们能够跳出单一的历史阶段或文学流派的局限，从更为宏阔的视角审视新诗的发展历程。

科学思潮对新诗的生成发展产生了深远影响，它不仅为新诗注入了理性客观的思维方式和精确严谨的表达手法，更推动了中国诗学体系的现代化转型。金新利所著的《科学与中国现代诗歌》从科学思潮与诗学理论、诗歌思维、诗歌意象、诗歌语言、诗歌审美等多个现代诗学范畴的互动关系入手，阐释了科学思潮对新诗生成、传播的深刻影响。该书指出，科学思潮的兴起更新了人们对“人”的观念，推动进化论文学史观逐渐替代传统的循环论文学史观。在这一过程中，新诗的语言系统得以更新，新词汇、新标点、新句法、新结构、新版式不断涌现，为现代诗歌的创作提供了丰富的表达工具。清末民初西方科学思潮的涌入，不仅革新了中国诗歌的语言风貌，还极大地推动了诗学体系的现代化转型。金新利认为，科学的理性思维与中国古典诗歌中“情本位”的思维模式相互交融，使得新诗创作突破了传统诗歌的思维框架，形成了融合“智性”与“情感”于一体的新型表达结构。此外，新诗中大量融入的科学技术意象，革新了传统诗歌的意象系统，使得新诗的言语表达更为精准和具体。在审美倾向上，科学思潮的传播也引导了新诗审美模式的转变，相较于古典诗歌对“以道为美”“与天地参”等审美理念的推崇，初期白话诗更倡导求真务实、知性重理的审美形态。这些变化，不仅丰富了新诗的表现手法，也拓宽了新诗的审美空间。

革命话语作为20世纪三四十年代中国新诗发展的重要引擎，不仅赋予了新诗鲜明的时代烙印，更在内容、形式及传播接受层面上产生了深远影响。革命话语的崛起，使新诗在现代文学中占据了重要位置，成为反映时代变迁、引领社会风尚的先锋力量。魏天真、魏天无合著的《革命话语与中国新诗》以何其芳、卞之琳、冯至、艾青等八位代表性诗人为例，深入剖析了革命话语在新诗生产、传播及经典化过程中的作用，揭示了其与新诗生成的紧密联系。该书认为，革命话语不仅是特定时期诗歌写作的主题内容，也是新诗生成发展的过滤器与运作中心，它促进了新诗形式的创新，拓宽了新诗的表现领域，并推动了新诗在更广泛的社会层面上的传播与接受。通过革命话语的渗透，新诗不仅记录了历史的波澜壮阔，更体现了中国人民在革命斗争中的精神风貌与情感世界。这种深刻的时代印记，使得新诗成为连接历史与未来、传统与现代的桥梁，为中国现代文学的发展注入了新的活力。

民间话语作为新诗生成发展的深厚根基，其质朴自然的语言风格和贴近生活的情感表达，不仅丰富了新诗的文化内涵，也推动了新诗在形式和内容上的创新。刘继林的《民间话语与中国现代诗歌》一书，深入探讨了民间话语在新诗创作中的核心地位及其对中国现代诗歌的推动作用。刘继林指出，民间话语的引入，让新诗更加贴近人民群众的生活，更加真实、自然地表达情感，从而实现了诗歌的平民化、革命化和大众化。作者结合中国现代诗歌的发展历史，分析了民间话语在新诗生成传播过程中的重要作用。他认为，民间作为新诗生成的重要土壤，为新诗提供了丰富的创作素材和灵感来源。新诗在民间的传播和接受过程中，不断吸收民间文化的养分，形成了独特的艺术风格和表达方式。这种基于民间话语的诗歌创作，不仅增强了诗歌的本土性，还使其具有了更广泛的群众基础和更强的生命力。五四时期，民间话语的真实、自然、通俗、具体的审美特质，与旧诗的雕琢、矫饰、僵化与教条形成了鲜明对比。这种差异性不仅凸显了新诗的创新之处，还在某种程度上有效地缝合、修复了新诗与古典诗歌传统的断裂。通过引入民间话语，新诗在继承传统的基础上，实现了对传统的超越和创新。

通过对科学、革命、民间三个时代命题的梳理和分析，“丛书”为我们呈现了一个更为完整、深刻、具体的新诗历史画卷。通过文学社会学视域下的细致考察，“丛书”让我们更加深入地理解了新诗在不同历史阶段的发展和变化，以及这些变化背后的社会历史动因和文化背景。它让我们看到新诗作为一种文化现象和文学作品的历史性和时代性，从而更加全面地评价和理解新诗。这种以大文学史观为指导的研究方法，不仅有助于我们更深入地理解新诗的历史和文化内涵，也为我们未来的新诗研究提供了新的思路和方向。

恰如王泽龙教授在“丛书”总序中所言，“讨论中国新诗传播接受的过去，是为了从新诗传播的历史语境与读者接受的视角，深入阐释中国诗歌现代缘起与变革，重现新诗经典建构过程中的历史图景，阐释新诗变革的规律特征与经验教训，为当下诗歌理论建设与创作实践提供参照”[⑥]。这套“现代汉语诗歌传播接受研究丛书”围绕这一研究主旨，以文体锚定新诗研究本位，以理论联通文学场域内外，以大文学史观洞悉历史语境，构建了具有中国特色的现代诗学概念话语体系。这系列成果不仅为中国现代诗歌研究提供了新的视角和思路，也为当下诗歌理论建设与创作实践提供了有益的参考和借鉴，是新诗研究在传播接受领域取得突破的一项重要成果。此外，值得注意的是，按照“现代汉语诗歌传播接受研究丛书”相关研究计划，除上文言及的七本著作外，“丛书”还将进一步考察隐喻[⑦]、分行、对称、叙事等诗学要素与现代传播、诗歌形式发展的细致关联，期冀由此建构更加全面的新诗研究理论框架。王泽龙教授及其所带领的学术团队长年致力于新诗传播接受研究、新诗本体形式研究与中国现代诗学体系建构，以诗歌本体为研究核心，以多元理论激活史料，以诗学范畴推进、融通中国现代诗歌生成传播的场域内外，形成了国内新诗研究领域独树一帜的一道学术风景。

注释【Notes】

①丛书第一辑具体包括：《现代汉语与中国现代诗歌》（王泽龙著）、《节奏与中国现代诗歌》（王雪松著）、《虚词与中国现代诗歌》（钱韧韧著）、《人称代词与中国现代诗歌》（倪贝贝著）、《科学与中国现代诗歌》（金新利著）、《民间话语与中国现代诗歌》（刘继林著）、《革命话语与中国新诗》（魏天真、魏天无著）。

②王泽龙：《中国现代文学经典重释的路径探究》，载《中国社会科学》2022年第4期。

③王雪松：《节奏与中国现代诗歌》，中国社会科学出版社2022年版，第16页。

④王泽龙：《现代汉语与中国现代诗歌》，中国社会科学出版社2022年版，第295页。

⑤[美]M.H.艾布拉姆斯：《镜与灯：浪漫主义文论及批评传统》，郦稚牛、张照进、童庆生译，北京大学出版社1989年版，第5页。

⑥王泽龙：《现代汉语与中国现代诗歌》，中国社会科学出版社2022年版，第1页。

⑦叶琼琼《隐喻与中国现代诗歌研究》一书由武汉大学出版社在2022年10月出版，属于“现代汉语诗歌传播接受研究丛书”之一。

君自故乡来，尽知故乡事

——读邹惟山诸篇“文化地理赋”

甘光地

甲辰春节前一周，荣县中学老学长田穗老师忽然通知我，说华中师范大学文学院著名学者邹惟山教授从武汉返乡探母，要先在内江停一日，与部分朋友见一面。我和惟山教授在十二年前的“内江大千讲坛”上相识，那一期“大千讲坛”是他主讲“内江文化与内江名人地理基因解读”。关于沱江流域文化名人的地理基因问题，也是我退休后一直关注的课题。邹教授的讲座，对我启发很大。会后我们还进行了倾心的探讨，十年来我也多次通过微信，向他请教关于内江地方文化的问题，可惜没有机会再次见面。今日邹教授特邀我赴会，真是喜出望外。

由于当日武汉突降大雪，甚至弄得高铁都晚点了，他在晚上10时左右，才风尘仆仆地赶到了会面地点。入座贵宾有邹教授高中恩师黄渝文画家、挚友邓国军博士等，高朋雅士，齐聚一堂。邹教授高兴激动，高谈阔论；与会人员热情高涨，华盏高举，谈笑风生，觥筹交错。会上我才得知，他不仅会写十四行诗（那是在11年前“大千讲坛”上领教的），而且擅长写赋，已经创作出120多篇。我不禁肃然起敬，而且满怀渴望，竟毫不客气地向教授索要他的赋作。

春节之后他返回江城不久，我就收到两个包裹，是邹教授寄来了他的诗词和赋作各两册。我迫不及待捧起《惟山文存·赋》和《惟山文存二集·赋》阅读起来。

打开《惟山文存·赋》的目录，迎面扑来的就是一串串熟悉和不熟悉的地理名词：西山、江城、黄陂、云台、武夷山，天登、高顶、俩母、三星、笔架岩……我首先翻阅我比较熟悉的高顶寨和俩母山之赋。读着，读着，我忽然脑洞大开。在学术上他曾提倡一种新的文学批评方法——关于文学地理学的学说，因此他的散文叫作“地理散文”，其实他的赋也应该叫作“地理之赋”也。

从教科书上我们读到过自然地理、人文地理、经济地理、政治地理和军事地理等，那么什么叫“文学地理”呢？什么又叫“地理之赋”呢？

我不想从学术上去讨论什么是文学地理，阐释各种文学要素的地理分布、地域特性以及文学与地理环境的相互关系，等等。从中国文学史的角度来看，自古到今都有不少地域性的文学流派，诸如京派、海派、江西诗派以及山药蛋派等，体现了一种文学要素（文学作品及其作家与读者）与地理环境的种种关系。但是他所写的文学地理之赋，不是某一个地区作者的文学形态，而是另一种类别，我想便从阅读邹教授之《高顶寨赋》和其他美赋，而引起我对于地理之赋与辞赋创作的某些关系，即赋与时间空间的某些有趣和有意思的关系，谈谈自己的一些心得。

读他的赋，你会发现许多篇一开始便有一个地理位置：比如黄山之西、华中重镇、古越溪边有高台者、俩母仙山乃西蜀名山也……然后从这个地点出发，他会带着读者走进一个个美丽神奇的世界。在《高顶寨赋》中，作者首先以一种反问句式，向我们介绍了高顶寨的地理特征：杨家沟之西，千亩园林；盘家沟之东，千载古门。它是作者从小向往之地，却“时有回乡探亲之迹，无游高顶寨之趣者也”。终于在丙辰之秋，满月在望，有了机会，约同高士，“直奔高顶寨美景而去也！”作者欲擒故纵，经过精心铺垫，以游踪为线索，描绘了游历高顶寨的壮丽宏观。作者用了形态各异、风姿绰约的词语，相约徐行，东张西望，延鸡冠、续铁门、过柜子、经向家，看凤眼、观梅花、闻荷塘、望玉皇，行走山林之间，顺小路而下，有巨石纵横，高树满坡，良田美树，百鸟成群。一处处乃高士之胸怀，乃巨人之手臂，乃士人之心血，乃英雄之脸面，乃美女之衣衫，乃自然之气度，此正是惟山之气象也！

作者所作文学地理之赋，其最关键之漩玑，便是为作品设置一个个形象生动的地理场景，好比一幕幕壮阔雄伟的大剧的舞台，好比军事家运筹帷幄埋兵设阵的大战场，因而非常具有现场感、震撼力和吸引力，让读者身临其间，感同身受，用时髦的话说，便是具有沉浸式的体验。于是赋里的山川壑壁，便有了生命力；赋中的花草树木，便具有了人文性。而这一山一水、一草一木之自然气度，也便成为作者“惟山之气象也”！本赋结尾，作者一反古代辞赋以讥讽劝上，以警策醒世的常例，不仅发出“惟山恋山敬山，所以登高顶者也；惟山怀土爱土，所以观西越者也”之胸臆，而且发出“高山巍巍，此非自我之他者乎？江河汤汤，此乃他者之自我乎”之感慨。这两句话所代表的思想情怀和哲学意味，可以读作是邹教授文学地理的关键词，也是破解邹教授文学地理价值的金钥匙。请读一读邹教授其他所有的文学地理之赋，引领其上、充盈其间的，就是这种醲郁真挚的家国情怀和强劲广厚之天人合一观。我们可以称“文学地理之赋”为“人文景观之赋”。“山高人惟峰”。邹教授的赋，每一个场景都是大自然与游览者“天人合一”之杰作。古人云：“诗缘情而绮靡，赋体物而浏亮。”（陆机《文赋》）又云：“‘赋’者，铺也，铺采摛文，体物写志也。”（刘勰《文心雕龙·神思》）说到了诗与赋的区别，以及赋在不同时代的特点。作为文学的地理之赋，其所有的铺采摛文都是为了体物、缘情、言志并抒怀也。而邹教授的文学地理之赋，恰是最好的开拓与尝试之鲜美花朵，实践与创新之甜蜜果实也。

要在赋中营造这样一种地理环境，是要有天赋的。我哥哥甘光能（川大中文系毕业、特级教师）就有一种特别的地理素质。我同他一起走亲戚人户、访旅游名胜，他只要去了一次，就能够把沿途的地理环境记得一清二楚，第二次去他能把上了哪个坡、过了哪个湾，哪里有株大树、哪里有户人家都能完全复制，甚至哪里遭遇野狗的突袭也历历在目。我就不行，走过一两次的道路，也总是记不清楚。我觉得他的脑海里有一幅清晰的立体地图，邹教授脑海中的立体地图也一定很完备。在创作之时，他不仅调动了地图上的地理信息，还调动了脑海中的文学信息、情感信息，甚至人生顿悟、哲学思考。于是才会写出一篇形象鲜明、情文并茂、令人喜爱的文学地理之赋。

请读者再回到本赋的开头，作者曾向你发问：“蜀中之山川者，奇秀者不在少数，而以高顶寨为最美者乎？文化之长河者，深厚者数不胜数，而以《道德经》为最神者乎？”如果那时你还没法回答这个问题，那么读完《高顶寨赋》，你或许能够找到答案了吧。作者是一个恋山敬山之人，喜欢旅游，也到过世界上许多名山大川、风景胜地，可是他为什么说高顶寨是最美者，一方面高顶寨是自己的故乡之山，“看山须看故山亲”，人之常情也；更重要的是，作者在高顶寨想起了老子的《道德经》。原来在文化的胜地里，《道德经》乃中华文化经典中的经典，它同《易经》一起支撑起中华传统文化的大厦，是人文哲学的高顶之神。这两部书都是天地之书，人文之书，宇宙之书，时空之书。经历史考验数千年，却依然散发出昊昊的真理光辉。尤其是在当代，在一个科技发达、战争不断、恶欲横流、危机爆发的时代，人类比任何时候都必须认真处理好人与自然（身外）、人与社会（他人）、人与我（自身）的关系。而在这个问题上，《道德经》所提供的中国观念、中国策略、中国办法和中国智慧，是最高端而最接地气，是最玄妙却最实际的。“天人合一”，“人法地，地法天，天法道，道法自然”，是天文观、地理观、科学观，更是世界观、宇宙观、人生观。不仅量子力学可能问道老聃，而且要破解人类发展的瓶颈难题，更需要从《易经》《道德经》等中华优秀文化中去寻求答案。吾与心、心与物、物与天、天与吾。善养三宝精气神，抱守一和人地天。答案不仅深藏在中国文化的经典之中，也凝练在中华民族数千年所积累下来的人文景观之中。为什么联合国教科文组织会为中国的泰山、黄山专门设立一个世界自然文化双遗产。而泰山、黄山、都江堰、青城山、峨眉山、武夷山等自然文化景观，能将自然与文化融合得如此和谐美好而且天衣无缝？因为这些人文景观，乃人与自然和和共美的产物，如茅盾先生所言之“第二自然”“第二风景”也（《风景谈》）。明白了这一点，那么我们便会在这些“文学地理之赋”中有更多体悟，有更多发现。

读者还会注意到，作者创作这些文学地理之赋的时间，也是十分奇巧的。有的赋就创作在当时当地，是一篇篇即景抒怀之赋；有的赋创作在从风景地返回住地的火车上，是一篇篇流连忘返之赋；有许多篇却是在此地创作出彼地之赋，那是一种非常链接之赋。我们设想：在吴哥古城链接到西山，在汝阳天中山链接到高顶寨。我们设想在从成都返武汉的绿皮火车之上，作者构思和执笔写作之时，人在车上，神思却在千里之外。文学地理之赋的创作，即使寂然凝虑，亦思接千载；而稍焉动容，必视通万里。这里此地与彼地、吾心与他心灵犀一通；吾心与其景浑然一体。

“君自故乡来，应知故乡事。”正如爱因斯坦之有相对论，文学地理也有相对观。比如说到家乡，在内江的宴席间，作者自然说自己的家乡是越溪、俩母、黄荆屋基；到了成都、武汉，或许家乡也就是内江了，那么到了吴哥、巴黎、莫斯科，中国人会说大中华都是自己的家乡。笔者梦想，如果你移民去了火星，或者与外星人接触，那么我们整个地球村，不都是自己的家乡吗？作者上通高天日月，下接人间烟火，崇尚自然恩惠，关切人类命运。他的赋，所设置的各种典型环境，一切都是从自己的黄荆屋基出发的。家乡是作者的根，家国是作者的魂，民族是作者的胆，中华文化则是作者心中那一树光焰无比的花果。

欲知故乡事，请读邹君赋。

（甘光地，四川省内江诗人、作家，辞赋名家，内江市市中区教师进修学校高级教师。）

直抒胸臆唱大风

——邹惟山“拟寒山体”的艺术创新

陶秉礼

近年来，邹惟山教授通过仔细观察、潜心研究和认真体味，不懈探索，笔耕不辍，在对自然与人生、历史与现实、社会与生活、乡情与亲情的深切感悟中直抒胸臆，创作近两千多首“拟寒山体”诗，出版了《惟山文存二集·拟寒山体》一书（上下册）。这部诗集是对寒山体诗的传承，是世间百态与人生万象真实而艺术的反映，可以称得上一朵独具特色的文学艺术奇葩。

邹惟山先生的“拟寒山体”诗作，内容特别丰富，题材宽泛多样。这些诗作的内容可以说是无所不包，无所不容。上至天文地理、世界国家大事，下至百姓琐事、烦事难事、好事易事，甚至坐一趟公交、眼前的一棵树、邻里拌两句嘴等，心里有了想法，就可以脱口而出。真可谓“俗事俗语入诗来。”“嬉笑怒骂，皆成文章。”自然而然成为作者笔下的一首首诗作。如《江汉大地雪茫茫》《天下有五谷》等。在《八十年前狼烟起》一诗中：“八十年前狼烟起，数百万人逃江东。杀人放火有的是，抢掠奸淫无不通。壮士出川三百万，草鞋一双令尔痛。滚回小岛去忏悔，不然巴掌铁扇公。”短短的八句诗，深刻揭露了日本侵略者在上海的残酷暴行，特别是对不承认侵略罪行无忏悔者，给予了无情的鞭挞。在《水中短鸟嗡嗡嗡》中：“水中短鸟嗡嗡嗡，沙里长虫凶凶凶。混入水上不可活，掉进土里不敢动。自闭也想走大道，性恶还要邀奇功。为人不正非高论，处事不公无友朋。”诗歌以“短鸟”和“长虫”为喻，告诫人们做人要正直诚实，处事要公道正派，不然就会华而不实，行而不远。

浓郁朴实的生活气息，是这部诗集在内容上的重要特点。邹惟山用心观察生活，用情感悟生活，用笔书写生活。他的诗歌与自己生长生活、工作学习的青龙咀、黄荆、江汉、珞珈、桂子山等紧密相连，具有浓厚的地域特色和深厚的生活气息。在《太阳一出万物生》一诗中：“太阳一出万物生，春风一来百鸟鸣。雪去远处留寂寂，花来眼前丰盈盈。不想青龙嘴上石，更有越溪水中音。春来喜雨贵如油，男女老少忙春耕。”读着这样的诗句，仿佛感到人在景中、人在画中，留给读者一幅自然的山水画卷，一派繁忙的春耕景象。乡情亲情是人类在现实生活中最基本、最纯朴的感情。诗人利用回乡探亲的机会，通过回忆童年，与乡亲们交谈，感受人间烟火，体会浓浓的乡愁，触景生情之时创作出许多生活气息浓郁的诗作，特别富有人间的情味。在《少年离家中年回》一诗中：“少年离家中年回，涛声依旧云美丽。同伴多人已作古，时光放牛追记忆。小儿问我你是谁，老人近指黄荆里。物是人非双眼泪，溪水长流青山碧。”时光如梭，人生易老。面对青山，面对美丽的彩云，面对短暂而多彩的人生，人们应该珍惜每一点时光，从而享受美好而幸福的生活。又如“你的小鸡啄我食，我的小鸭呷尔泉”等诗句，充满了一种浓郁纯朴的农村生活气息。

他的诗作有浓烈饱满的时代精神。“文章合为时而著，歌诗合为事而作。”洞悉时代，讴歌时代，是邹惟山先生诗作的又一重要特点。他的诗与时代的步伐紧紧相连，与时代的脉搏一起跳动，在热忱拥抱时代的蓬勃激情中，迸发出脍炙人口的诗章。在《东方大国四十年》一诗中："东方大国四十年，改革开放果满山。有人英明留千古，有人大才照万年。人民温饱放首位，国家安定入心间。日夜操劳不折腾，十载风雨惊世界。"诗作以特别朴实的语言，赞颂中国四十年改革开放取得的巨大成就，歌颂了伟人的丰功伟绩，是改革开放伟大实践的真实写照。在《朝辞京中小烟雨》一诗中，通过自己从京城返回江城的旅途，"朝辞""午至"，"千里""万年"，"从西到东""自北至南"，"八小时内""九州一统"，用时间、空间、地域等概念，描写了伟大祖国在改革开放以后所发生的巨大变化。在《龙窖山下老龙潭》一诗中："龙窖山下老龙潭，洞庭湖上黄梅艳。梅池山水甲天下，古塘云霓渡人间。茶马古道入洋楼，银色高铁奔广原。远古巨龙隐黄岩，而今已醒飞苍天。"诗人通过对龙窑山老龙潭等自然景色的描写，映衬出茶马古道上的洋楼，广原上奔驰的高铁列车，引申出中国这条已经觉醒的远古巨龙，正在飞向苍天。诗作下笔自然贴切，以景入诗，以史入诗，无疑极大地增添了这首诗的厚度和高度。

针砭时弊的犀利文笔是他的诗艺风格。邹惟山先生的诗歌作品，既弘扬正气，歌颂正能量，又鞭挞社会上存在的不良现象。对现实中的弊端及丑陋，可谓一针见血，毫不留情。如对为了眼前利益而破坏环境的人和事："破坏环境即死罪，子子孙孙留恶名。"对于不讲道德、不讲良心的文化人："一点良知都没有，如何算得读书人。"对于贪婪霸道的坏人与恶人："贪得无厌蛇吞象，逆我者亡蝎吃莲。"在《一只眼睛只看权》一诗中："一只眼睛只看权，一只眼睛只看钱。两只眼睛已变形，三只眼睛好阴暗。无钱无利不起早，无权无势眼不圆。人间之事很难说，钱权害人已不浅。"以眼睛不正形成了三只眼，只看"权钱"就会"阴暗"，结果害人又害己。这样的诗句就给人以重要的警示，每一个人都要慎用权、善用钱。在《山不在高有灵魂》一诗中："山不在高有灵魂，水不在深流神韵。人间多少牛打鬼，争权夺利闹纠纷。还有一些鬼打架，阴沟尽头求生存。庸俗卑贱之一生，不如一幅小书影。"诗作从自然山水入笔，以山的灵魂、水的神韵，引申出一个人要有志气、有精神，如果为了争权夺利就尔虞我诈，只能是庸俗卑贱的一生，到头来还不如一幅"小书影"。这样的诗行，真可谓淋漓尽致，酣畅痛快。

富于哲理的幽默语言也是其诗的一个重要特点。在邹惟山的诗作中，多以人与自然相融合为主题，充满深厚的哲理，往往给人以重要的启迪，即"人生透视即哲学，山水感知是诗篇"。在《天地之间水为贵》一诗中："天地之间水为贵，人世之际诚乃珍。水乃生命之本源，诚为人生之根本。相互为尊出真心，相互利用哪有情。友谊小船不经浪，友谊长帆染天青。"诗中以"天地"对"人世"，以天地之间自然的"水"对人世之间社会的"诚"，以"贵"对"珍"，得出水乃生命之"本源"、诚为人生之"根本"的结论，使诗作富于哲理，富有内涵。在《历代王朝如潮去》一诗中："历代王朝如潮去，民间野史似浪散。人间纷争不可忆，内心世界只阴暗。收割季节黄与熟，播种时光绿与蓝。争名夺利不可存，清江山水福寿锦。"诗中把中国历代王朝的更替比喻为收割季节的"黄与熟"、播种时光的"绿与蓝"，以自然世界的变化揭示人间的争名夺利的不可取，只有清江山水才是"福寿锦"，才可以永恒地留存。邹惟山的诗作诙谐幽默、辛辣嘲讽，如"一天到晚不读书，四年到头不骑驴。""一点小名追追追，一勺小利嗡嗡嗡。"这样的诗句让人掩面唏嘘，感叹不已。

清新淡雅的诗意韵味也是其诗作的重要特点。邹惟山先生的诗作简洁朴实，自然天成，既注重"拟寒山体诗"的外在"形似"，又注重内在的"神似"，反映一种思想，流露一丝意念，平添一腔情怀。在《后有黄龙下高山》一诗中："后有黄龙下高山，前有青溪出大湾。右山向左进山去，左水倒右入龙源。千年银杏秋上树，百丈高岩藏春天。罗氏小居雾似霞，刘家大屋茶如烟。"诗中的每一句前面，都是四个字："后有黄龙"对"前有青溪"，"右山向左"对"左水倒右"，"千年银杏"对"百丈高岩"，"罗氏小居"对"刘家大屋”；每一句的后面三个字：“下高山”对“出大湾”，“进山去”对“入龙源”，“秋上树”对“藏春天”，“雾似霞”对“茶如烟”。从而让这首诗对仗工整，诗意浓郁。诗中“秋上树”的一个“秋”字，仿佛让人感到嗅到古老银杏树上秋的气息；“藏春天”的一个“藏”字，仿佛让人看到触到耸天高岩绝壁上春的盎然。在《传统中国六千年》一诗中：“传统中国六千年，血雨腥风多苦难。百年以来已觉醒，民族复兴正犹酣。改革旧制拓新径，开放国门涌巨澜。十四亿人图伟业，八千里路云与帆。”诗作气势磅礴，用字准确凝练，写出了华夏的历史、百年的觉醒复兴、改革开放的浪潮及对于未来的宏图展望，读后让我们心潮澎湃、激情满怀。

更为重要的是，在这部诗集中佳句迭出，许多诗行都是金光闪闪而耐人咀嚼的。如“以字写吾江海情，用诗抒我山川志。”“人生在世难称意，浪里轻舟过江川。”“三山五岳到眼前，四海九湖入胸怀。”这些诗句磅礴豪迈，酣畅有力，清新中富有朝气，淡雅中寓于厚重，使人自信，给人力量，催人奋进。邹惟山的诗继承了中国古典诗艺的传统，不仅有以意象胜、以诗美胜、以形式胜，并且以诗句胜、以诗语胜、以虚实胜，这样的诗作在岁月沉淀中，会经得起检验并绽放出艳丽的色彩。

（陶秉礼，河南省驻马店市诗人与作家，中国诗歌学会会员。）

《人间便利店》中的空间书写与女性表达①

张雨莹　沈思涵

内容提要：由真实体验创作的话题性小说《人间便利店》曾获得日本第155届芥川奖。本文结合空间批评、女性主义批评等理论，从地理空间、心理空间和社会空间三个维度解析《人间便利店》中的叙事空间，从而探讨作品中的女性主义空间观。这为更加系统、全面地理解村田沙耶香的创作提供了新的角度，也能帮助更多的人深入了解和挖掘日本文学中的空间书写与女性表达。

关键词：《人间便利店》；村田沙耶香；地理空间；心理空间；社会空间

作者简介：张雨莹，武汉工程大学外语学院研究生，主要研究方向为日本文学与日本文化。沈思涵，博士，武汉工程大学外语学院讲师，硕士生导师。

Title: Space Narrative and Feminine Expression on Murata Sayaka's *Convenience Store Woman*

Abstract: The popular novel Convenience Store Woman, which was written based on real experiences, won the 155th Akutagawa Prize in Japan.Based on the theories of spatial criticism and feminist criticism, this paper analyzes the narrative spaces in Convenience Store Woman from the perspectives of geographical space, mental space, and social space, thus exploring the feminist spatial view in the novel.This paper provides a new point of view for a more systematic and comprehensive understanding of Murata Sayaka's creation,and there is also a benefit for deeply understanding and exploring the space narrative and feminine expression in Japanese literature.

Key Words: *Convenience Store Woman*; Murata Sayaka; geographical space; mental space; social space

About Author: **Zhang Yuying**, A postgraduate student of Japanese Language and Literature at the School of Foreign Languages,Wuhan Institute of Technology, mainly engaged in the study of Japanese literature and Japanese culture. **Shen Sihan**,Teacher of School of Foreign Languages in Wuhan Institute of Technology, Master's Supervisor, PhD.

引言

近年来，伴随着女性主义与女权运动的发展，日本女作家们积极呼应女性写作这一全球热潮。作为现当代日本备受瞩目的新生代女性作家之一，村田沙耶香的代表作《人间便利店》刊载于2016年《文学界》6月号，同年7月经由文艺春秋社出版发行。小说以第一人称独白的形式展开。从小就被周围人觉得有点异常的古仓，在成长的过程中一直通过听取妹妹的建议、模仿周边人的说话方式和服装穿搭，才渐渐学会了像“普通人”一样行事。从大学时代开始，18年间没有正式工作，一直在便利店打工，吃便利店的东西，遵循便利店的日程安排，这一切都让古仓感到安心。就在这样的生活持续之时，便利店里新来的、以结婚为目的白羽这一男性的出现，改变了古仓的平静生活。与被炒鱿鱼的白羽再次重逢后，古仓和白羽开始了所谓的同居生活。然而，在古仓妥协于世俗，选择听从白羽的指示辞去便利店的工作，开始找工作后，却又再次意识到便利店店员才是自己真正的生存意义所在。

文中存在着不少如“便利店”一样独特的空间及其意象，它们不仅起到了构筑叙事空间的作用，也为小说的情节发展、主题表达拓宽了叙事边界。本文试图从地理空间、心理空间、社会空间等方面着手分析《人间便利店》中的空间叙事及其与身份建构的关系，探讨女性如何找寻空间归属、确立身份认同的最终答案。

一、地理空间

物理空间是客观存在的，承载着人们的行为和生活实践。地理景观属于物理空间的范围内，在人类发展的时间长河中，不断地被赋予一定程度的文化意义。“空间是一种自然地理现象，这种自然地理空间如同坚硬的大地板块，凝固恒定，亘古不变，它为人类社会的历史演进提供了一个客观而坚实的广阔舞台，并成为承载历史的巨大容器。”② 正如此言一般，地理空间有着具体的形态和被塑造的外形，为文学作品创造出独立的叙事氛围，与故事人物、故事情节之间有着紧密的共生关系。而女性地理空间“可以起到固化身份和强化自我的作用”，是“自我或集体意识的再现”③。在《人间便利店》中，地理空间与女性主角复杂的个人生活情感经验互为关联，揭示出日本现代女性在现代化进程中进行空间探寻与身份建构的普遍特征。

首先，作品中的地理空间可以成为女性追寻自我归属、寻找身份认同的场所存在。对于真实存在的客观世界的描写，往往能够直观地表现出创作者对世界的认知与想象。虽然被日本文坛许多作家称之为“疯狂的沙耶香”，但村田沙耶香同样擅长描写现实生活与都市空间。《人间便利店》中最为典型的就是便利店这一空间景象。“那栋纯白色写字楼的底层，仿佛变成了一个透明的大水缸”④p18，与“透明的大水缸”一般无二的便利店及其周边景象在文中反复出现。小说里的人物其实与现实中的人并无二致，同样都需要在具体存在的地理环境中进行相互交会与影响。作为主人公的古仓惠子，自大学一年级开始就在这个便利店内打工，和这个空间相互影响长达18年之久，她在其内的生活痕迹、交际往来都是无法掩埋的。从小与世界格格不入的古仓惠子，在平凡无比的便利店中，开始学会正常生存的规则与秩序，第一次在这个世界上感受到了认同感和归属感。便利店这样一个空间，在不知不觉中成为惠子这一女性角色获得自我归属、实现身份认同、建构主体安全的场所存在。

其次，作品中的地理空间可以使得客观事物主观化，成为女性表达情感认知的全新途径。古仓惠子第一次踏足便利店周边的商务区，便有这种感觉——“大街上到处都是漂亮的白色高楼，就如同绘画纸搭建的模型一样，仿若是虚假的光景”，“简直如同鬼城一般的，只有高楼的世界”④17-18。一切都是如此清洁明亮、井然有序却又空洞异常。这些对于现代都市景象的描写既表现了现代城市空间的特点，也是一种客观事物的主观化，是人物心情的写照。这一片万籁俱寂的城市景观，给予了惠子深深的压迫感，惠子对这一切都觉得陌生而难以接近。这也间接反映了惠子在之前从未能够与现代社会建立了解，因而在这样一个世界中找不到归属感。

再者，部分特殊的地理空间是主角历经情感体验的最佳场所，可以完美聚焦女性的个体空间感受。这样的地理空间，首当其选的就是“家”。正如加斯东·巴什拉在《空间的诗学》中所言：“家屋、阁楼、地窖、抽屉、匣盒、橱柜、介壳、窝巢、角落等，都属于空间方面的原型意象，它们都具有某种私密感、浩瀚感、巨大感、内外感、圆整感。”⑤“家”对于一个人或者家庭来说，本该是其日常生活和娱乐的核心场所，但对于惠子来说，那样一个狭小的六叠半房间，更像是一个幽闭且压抑的私密空间，充斥着阴郁气息。这样一个封闭的地理空间在另一方面隐喻着人际关系与内心世界的疏离，以及惠子对自身身份定位的困惑。到了后期，与白羽同居，惠子选择了从便利店辞职后，两人蜗居在房间内，依旧是一人在浴室、一人在壁橱，毫无交流。正因为“家”是惠子的个人空间，可以不受打扰，所以在丧失社会规则束缚后，惠子开始无所事事，失去生活的目标。可以看出，村田沙耶香在此塑造了一个没有社会性要求、不受传统性别理念约束的空间。只有在走出这一空间，再次回归便利店后，惠子才能再度成为“有意义的生物”。

此外，地理空间还起到推动叙事进程发展的作用，惠子进行的每一次地理空间的转移都是女性对原有空间的突破与超越，是女性进行空间实践、追求自主价值、实现社会认同的全新探索。最初的惠子从老家来到便利店这样一个陌生的环境，摸索着便利店的“员工手册”，试图当好一个“普通人”。然而这更像是被社会要求裹挟着做出的挣扎选择。她能完美领悟便利店的员工手册，却依旧无法掌握作为正常人的生活指南。“正常的世界是非常强硬的，它会静静地排除掉异类”，“怪不得我必须接受治疗。假如不治好，就会被正常人排除掉。家人为什么那么急着治好我，如今总算有点理解了”④p99。随着身边朋友、亲人言论与视线的尖锐化，惠子又选择离开便利店这样一个曾经令她感到安心、舒适的空间。她收留白羽居住在自己的小房间内，佯装两人是会走向婚姻的男女关系，尽管两人皆对对方的人生理念并不认同，并且辞去了便利店的工作，开始寻觅更正经的长期职业。惠子认为，也许这样就能慢慢获得身边人和这个世界的接纳和认可。这一次的地理转移，本质上仍旧是惠子为了突破原有空间对她形成的束缚与限制，却殊不知走向了另一片牢笼。最后，本应该前往公司面试的惠子重新感知到了便利店的声音，再次回到这片熟悉的空间，她才恍悟，“我是名叫便利店员的动物。我不能违背我的本能”④p200。女性地理空间可以起到固化身份和强化自我的作用，现代都市空间对惠子的成长与生存产生着极大的影响，同时惠子也在空间探寻中努力地找回自我意识、建构自我主体。

纵观整个作品，我们可以发现，其地理空间设置十分清晰明了，以主人公惠子的活动轨迹作为主线连接着不同的空间。以便利店这个主要空间为轴心，在各个空间中呈现出多样且具体的生活境况，再通过各个空间的转换，构建形成具体的故事情节，推动人物与故事不断发展，逐渐完成了这样一个完整的作品。而这样一些随着惠子的行动轨迹而不断变幻的地理空间，也在基础层面为更高层次的空间奠定了实质性的基础。

二、心理空间

心理空间的概念最早由吉尔斯·富康涅提出，他认为，心理空间与可能世界之间的主要区别在于，心理空间并不包含现实或实体的一个如实再现，而是一个理想化的认知模式。⑥心理空间，我们或许也可以将它称为个体空间的表征空间，它是被概念化后的空间，承载着人物的典型特征和思想，是外部环境和社会经验在人物内心的反映，它往往通过梦境、回忆、意识等意象表现出来。《人间便利店》中不仅有地理空间对女性的影响，同样有着对于女性心理空间的呈现。村田沙耶香通过对古仓惠子心理空间的描摹与建构，表现出了女性在自我成长与探索世界的过程中的孤独、迷茫与困惑，以及为女性究竟该如何在纷杂烦扰的现实空间中认识自我、认可自我并实现自我提供了一条全新的道路。

《人间便利店》没有简单地使用传统的线性叙事顺序描写，在文本前半部分较多地通过回溯、闪回等手法来加述古仓惠子对于童年的回忆，以此来构建出人物的心理空间。回忆具有某种空间性的特征，它虽然是潜藏在人们脑海深处的意识，却与空间有着密切的联系。童年时代起，惠子就是个公认有点怪异的孩子。她无法对小鸟死去感到共情，在周围小孩都在为其哀伤落泪时，惠子却认为可以把它烤着吃了；班上男生扭打起来时，想到只要能阻止他们就行，便拿出把铲子，往男生头上砸去；在老师因为生气而大吼大叫，吓哭班上同学时，为了让老师闭嘴，惠子选择了跑到她身旁，把她的短裙和内裤扯了下来……在惠子成长的不同阶段，回忆中的她都时常会冒出与周围人截然相反的念头与行为。正是这样的异常，注定她不被社会所认可。村田沙耶香通过插入惠子这一角色的回忆描述，不仅补充了作品中缺失的情节，丰满了角色的性格构成，也能更加生动地让读者感受到小说中人物思绪之流动。读者能够尝试着通过回忆去窥探惠子真正的内心想法，去探明惠子这样一个人物形象究竟是怎样形成的。通过这一系列的回忆，我们也能发现，其实古仓惠子面临着严重的自我身份认同危机，从而产生身份困惑。

人的成长无法逃离人际关系的编织，人际关系的变化可以带给人思想的转变。心理空间不仅承载了个人的思考，也是外部环境在人内心的直观呈现，对人的意识产生极大的影响。因此，我们可以发现，不同的人际关系所带来的交流与事件都会带来全新的意识，构建出一个不同的心理空间。对于惠子来说，亲妹妹有着与惠子截然相反的形象，属于普罗大众眼中的“正常人”范畴。但她又像是自己的一面镜子，惠子在照这面镜子的时候逐渐意识到自己似乎与“普通人”的世界相距甚远，所以她也曾亦步亦趋地模仿着妹妹的生活方式。村田沙耶香在同一个家庭中精心设置的这一对立形象，更像是在帮助惠子认识自身并推动其认可真正的自我。身处其中的父母同样不是简单的旁观者身份。在与妹妹的对比下，他们不断地试图治愈惠子，想要用“正常人”的观念对惠子进行洗脑教育，使之成为同样的“正常人”。这并没能帮助惠子建构自我，反倒是使得惠子对于这个陌生的世界愈发地无所适从，最终决定“在家以外的地方杜绝开口说话。要么模仿别人，要么遵从他人指示放弃一切主动的机会”④p13。此时的惠子，与其说是学会了怎么做一个“正常人”，不如说是放弃了自身的真实情感，也放弃了真正的自我。群居中的孤独感源于人的交往欲求和作为独立个体永远不能与他人彻底沟通的矛盾。⑦惠子在这样的矛盾中长大，尽管时时处处需要与人交际，却也时时需要承受难以抑制的孤独的冲击。

直到惠子遇到了便利店及其内部的人，她拥有了具备标准化的员工手册，也结识了可以同步自身的模仿对象，终于逐渐在便利店这一空间内获得了安心感。可以说，出现便利店里的人物已然成为属于惠子“自己的世界”中的人物。惠子从便利店每日的安排中学习自成一套的规则，从便利店各异的同事身上学习待人处事的模板，从而使自己能在这样一个特殊空间中得以自洽。作品中，特殊的男性角色白羽的出现在某种程度上使得惠子自己所构建出的趋向稳定的世界再次被打破。白羽也是个异类，同样不被这个世界所理解。在这点上，却又是惠子所感同身受的。所以，对于惠子来说，白羽是异类中的同类。她开始接近白羽。但惠子的生存模式“指南”中虽然也包含着与他人接触时的定律，却并没有任何关于与他人肉体或精神相互联结的诉求。⑧当她选择让白羽留宿在自己家中时，其实已经走上了一条与自己本心相悖的道路了。

三、社会空间

除地理空间与心理空间以外，社会空间同样是文学作品中的一个重要的组成部分。列斐伏尔在《空间的生产》一书中提到过“社会空间”，针对这个概念他认为最重要的是要理解“空间是为社会所生产同时也生产了社会”。空间在具有自然属性的同时也同样具备社会属性，任何一个社会都会有社会空间。但社会空间又不仅仅只是各类自然属性的简单融合，它在地理空间和心理空间的双重影响下，呈现出复杂且多样的特性。正如麦克·克朗所言，文学是一种社会产品——它的观念流通过程，委实也是一种社会的指意过程。⑨交汇于《人间便利店》这一作品中的社会空间，不仅反映出当代日本社会所呈现出的人际关系建构的复杂矛盾，也探讨了不同地理空间下、不同性别、不同个体的空间体验。人离不开空间，社会空间也不可避免地会参与社会性别的构建。在《人间便利店》中，有其特殊的男性空间与女性空间。

男性独裁者们表达过这样的观点：“国家生活有两个世界，一个是男人的世界，一个是女人的世界。”⑩一方面，男性空间里的权力压迫是常有的。男性自古以来具有的空间优越感最初是产生于生理性别的差异，然后经过父权制又进一步加强了空间权力的运作。人类社会在很长时间内都是以父权制为基本特征的，因此无论是在历史还是现实处境中，父权制的社会结构已然镌刻进社会空间的基因里。日本社会具备其特有的“村落文化”，有着经济建设和繁衍生息这两项基本任务，而这两项任务也塑造了当代社会中性别的固有形象：男性从事经济建设，创造经济价值，这些都被视为男性需要履行的责任；而女性负责生儿育女，贡献出自己的子宫，只有这样才能被视作是“真正的女性”。

长久以来，性别的刻板印象加剧了性别的二元对立，这种背景下的社会文化也使得女性更加囿于原有的被动地位。像惠子这种三十多岁没有男女关系、不生小孩还没有正式工作的女性是会被周围人视为“异类”的。传统父权制将女性排除在公共空间之外，以驯化加暴力的方式将女性限制在家宅之中，要求女性扮演贤妻良母的家庭角色，履行相夫教子的家庭责任。⑪p12而惠子性格独特，不善交际与表达，也很难与他人建立过于亲密的联系，可以说从小就已经偏离了世人眼中正常女性该有的模样。惠子始终对自己的“家”有着疏离感，年幼时这种认知感影响着惠子的自我身份认同——不明白正常人究竟应该怎么做，也不明白自己究竟处于怎样的位置；长大后这种认知感则反映在惠子对建立家庭与生儿育女的不理解上——惠子的妹妹，作为她的对照项，过着标准化生活，而惠子每次与这样的角色见面都会带着困惑与迷茫。所以，后期惠子遇到白羽，才会迫于世俗的认知，尝试着与他建立更亲密的关系。实际是她已然在男性空间的权力压迫下产生了性别身份认知危机。女性被构建为男性性客体和生育工具，意味着性别霸权对女性主体意识和自由意志的毁灭。⑪p52在这样的情况下，惠子的自我觉醒显得尤为可贵。

另一方面，女性空间中的反叛与觉醒也并不少见。虽然正如前文所述，男性一般会因为拥有属于自己的空间而在性别权力关系中占主导地位，但《人间便利店》却打破了这类型传统的男女性别定位。虽然大部分的空间权力都是由男性所掌控的，但这并不排斥在局部空间领域里，女性实现一种权力反转⑫。惠子享有着独立的女性空间，而白羽却是好吃懒做、自私自利，属于没有安身立命之所、只得寻求女性庇护的弱势群体。甚至，白羽在生活和经济上都要依赖惠子。惠子与白羽开始同居之后，既为白羽提供了可逃避现实的蜗居空间，又不需要白羽出去打工养家。就像伍尔夫在《自己的一间屋》里所说："一个女人如果要写小说的话，她就要有一间自己的房间和一年500英镑的收入。"⑬在村田沙耶香的笔下，女性主人公惠子其实是具备在独立女性空间中觉醒的条件的。

尽管如此，白羽在精神上却始终秉持着男性优越感。试图用世俗观念与刻板印象将惠子囿于传统的家庭女性的图圄之内。惠子也曾一度妥协，选择离开便利店，想要寻找到一份更正规的工作，从而使得自己与白羽之间的两性关系趋向稳定。但最终还是在去面试时，因为路过一家便利店而停下了步伐。熟悉的便利店的"声音"重新流入惠子的身体，像音乐一样在她的体内回响。她看向便利店窗玻璃上自己的身影，突然明白了存在的意义所在——"我一想到这双手脚都是为便利店而存在的，就觉得玻璃上的自己第一次成了有意义的生物。"④p201觉醒过来的惠子通过在地理空间中的探寻、心理空间的挣扎和觉醒后，终于在社会空间中重构了属于自我的真实空间。女性意识的觉醒是从女性集体无意识的枯井中挣脱出来，从暗无天日的境地浮上了历史地表。⑭当女性完成了自我认同和觉醒，便不会再度随意给予男性创造便利和优越感的机会。作者认同的也正是这样的反抗和回归。女性的存在本就不应该是被男性评价和确定的，她们可以拥有自我意识，可以在"被男性接受"和"回归自我"之中选择自我。⑮

注释【Notes】

①本文系武汉工程大学第十五届研究生教育创新基金项目"村田沙耶香笔下的女性空间叙事研究"（项目编号：CX2023496）的阶段性研究成果。

②谢纳：《空间生产与文化表征——空间转向视域中的文学研究》，北京：中国人民大学出版社2010年版，第59页。

③苏锑平：《风景叙事与民族性的塑造》，载《沈阳大学学报（社会科学版）》2015年第6期，第817页。

④村田沙耶香：《人间便利店》，长沙：湖南文艺出版社2018年版。以下只在文中注明页码，不再一一做注。

⑤龙迪勇：《空间叙事学》，北京：生活·读书·新知三联出版社2015年版，第19页。

⑥谭君强：《论抒情诗的空间呈现》，载《思想战线》2018年第6期，第116页。

⑦王聪：《〈围城〉空间叙事研究》，四川外国语大学2015年硕士学位论文，第15页。

⑧周菲菲：《〈便利店人〉中的当代都市书写的空间维度》，载《当代外国文学》2018年第2期，第102页。

⑨陆扬：《空间理论和文学空间》，载《外国文学研究》2004年第4期，第35页。

⑩伍尔芙：《三枚旧金币》，王斌，王保令，胡龙彪，肖宇译，选自《伍尔芙随笔全集III》，北京：中国社会科学出版社2001年版，第1162页。

⑪温佳琪：《弗吉尼亚·伍尔夫作品的性别化空间研究》，吉林大学2023年硕士学位论文。以下只在文中注明页码，不再一一做注。

⑫游翠萍：《〈三国演义〉的性别空间叙事》，载《湖北文理学院学报》2022年第12期，第14页。

⑬伍尔芙：《自己的一间屋》，王义国，张军学，邹枚，张禹九，杨羽译，选自《伍尔芙随笔全集II》，北京：中国社会科学出版社2001年版，第488页。

⑭王春荣：《女性生存与女性文化诗学》，北京：人民文学出版社1973年版，第118页。

⑮姚星羽：《日本当代女性作家的空间书写研究——以青山七惠、川上未映子、村田沙耶香为例》，大连理工大学2022年硕士学位论文，第31页。

外国文学研究书系

为了展现高等院校在外国文学和比较文学研究领域的最新成果，促进学术研究的繁荣与发展，加强合作与交流，世界图书出版广东公司学术出版中心（武汉）本着“把世界介绍给中国，把中国介绍给世界”的宗旨，策划出版《外国文学研究书系》。此书系力图顺应学术发展潮流，既重视对外国经典作家作品的解读，也重视对当代文学前沿问题的研究，以期扩展视野，为外国文学与比较文学研究者提供借鉴。

一、主编简介

邹建军，又名邹惟山，华中师范大学文学研究所副所长、文学院教授、博士生导师，《华中学术》副主编、《中国诗歌》副主编。主要研究英美文学、比较文学、中国现当代文学与文学地理学。在《文艺研究》《求是》《中国比较文学》《外国文学研究》《当代外国文学》等发表论文与文学批评300余篇，其论文多次为《新华文摘》《高校文科学术文摘》等全文转载，出版《“和”的正向与反向：谭恩美长篇小说中的伦理思想研究》《多维视野中的比较文学研究》《江山之助——邹建军教授讲文学地理学》《现代诗学》（与龙泉明合著）等，主编《外国文学作品精选》《世界百首经典诗歌》《易卜生诗剧研究》《中国学者眼中的华裔美国文学》《中国当代文学作品选读》等教材与论文集。

二、收录著作

《外国文学研究书系》第一辑已经由世界图书出版公司出版发行：《易卜生诗剧研究》（邹建军主编）、《小说翻译中的异域文化特色问题》（杨晓荣著）、《文学地理学视野下的易卜生诗歌研究》（邹建军、胡朝霞编著）、《超文本文学之兴：从纸介质到数字化》（李洁著）、《创作小说的技术与阅读小说的技术——以〈外国小说欣赏〉为例》（何永生著）、《〈红楼梦〉与〈源氏物语〉时空叙事比较研究》（杨芳著）、《文本形式的政治阐释——詹姆逊文学批评思想研究》（杜明业著）、《多恩的内在承继与思辨书写》（张缨著）等。

图书在版编目（CIP）数据

世界文学评论．第19辑 / 世界文学评论编辑部编．
天津 ： 天津人民出版社， 2024. 8. -- ISBN 978-7-201
-20664-6

Ⅰ. I106-53

中国国家版本馆 CIP 数据核字第 2024N8E918 号

世界文学评论．第19辑

SHIJIE WENXUE PINGLUN. DI 19 JI

出　　版　天津人民出版社
出 版 人　刘锦泉
地　　址　天津市和平区西康路35号康岳大厦
邮政编码　300051
网购电话　(022)23332469
电子信箱　reader@tjrmcbs.com

责任编辑　郭晓雪
装帧设计　黑眼圈工作室

印　　刷　廊坊市海涛印刷有限公司
经　　销　新华书店
开　　本　889毫米×1194毫米　1/16
印　　张　15.25
字　　数　415千字
版次印次　2024年8月第1版　2024年8月第1次印刷
定　　价　78.00元